"INTELIGENTE, ENGRAÇADO, SAGAZ E, POR VEZES, INSUPORTAVELMENTE TRISTE." THE TIMES

"PROVAVELMENTE O MELHOR LIVRO DO ANO." HARRIET EVANS, THE GUARDIAN

"NARRADO COM UM DISCERNIMENTO TÃO PRECISO E VERDADEIRO, QUE CHEGA A SER CONSTRANGEDOR. SE VOCÊ TERMINOU A FACULDADE NOS ANOS 1980 SEM UMA IDEIA CLARA DO QUE IRIA ACONTECER DEPOIS, OU SOBRE QUEM OS SEUS AMIGOS SE TORNARIAM, **ESTE É O LIVRO.** MAS SE ISSO NÃO ACONTECEU COM VOCÊ, NÃO IMPORTA: **ESTE CONTINUA A SER O LIVRO.**" DAILY MAIL

"NICHOLLS CAPTURA O TÉDIO DOS RECÉM-FORMADOS. UM TEXTO SEM FALHAS." HERALD

"A MELHOR HISTÓRIA DE AMOR ATEMPORAL PARA AQUELES QUE SEMPRE DESEJARAM TER ALGUÉM QUE NUNCA TIVERAM." ADELE PARKS

"COM PERSONAGENS MUITÍSSIMO BEM-CONSTRUÍDOS E UMA NARRATIVA PROFUNDAMENTE TOCANTE, ESTE É UM DOS MELHORES ROMANCES DO ANO." HEAT

"UMA ANÁLISE MINUCIOSA E HABILMENTE CONSTRUÍDA SOBRE O QUE FOMOS E O QUE PODEREMOS NOS TORNAR." ESQUIRE

"**UM LIVRO BRILHANTE** SOBRE O ASSOMBROSO HIATO ENTRE O QUE ÉRAMOS E O QUE SOMOS."
TONY PARSONS

"É DIFÍCIL ENCONTRAR UM ROMANCE QUE TRATE O PASSADO RECENTE **COM TANTO CONHECIMENTO DE CAUSA.** É AINDA MAIS RARO ENCONTRAR ALGUM EM QUE OS PROTAGONISTAS SEJAM CONSTRUÍDOS COM TANTA SOLIDEZ, **COM UMA FIDELIDADE TÃO DOLOROSA À VIDA REAL.**" JONATHAN COE, LIVROS DO ANO DO THE GUARDIAN, 2009

"DIFÍCIL ENCONTRAR UMA COMÉDIA ROMÂNTICA TÃO AFIADA E DOCE COMO A HISTÓRIA DE DEXTER E EM."
THE INDEPENDENT

"NÃO POSSO IMAGINAR ALGUÉM QUE NÃO VÁ ADORAR ESTE LIVRO." BBC, RADIO FIVE LIVE

"**UMA DELICIOSA HISTÓRIA DE AMOR.**"
SUNDAY HERALD

"FABULOSO. NÃO CONSEGUI LARGAR. BRILHANTE."
FAY RIPLEY

David Nicholls

Um dia

Tradução de Claudio Carina

Copyright © David Nicholls 2009

'Days' extraído de *The Whitsun Weddings*, de Philip Larkin
© 1964, com a permissão de Faber and Faber Ltd.

Burning the Days, de James Salter © 1997,
com permissão de International Creative Management.

TÍTULO ORIGINAL
One Day

PREPARAÇÃO
Maíra Alves

REVISÃO
Julio Ludemir
Fátima Maciel

CIP-BRASIL. CATALOGAÇÃO-NA-FONTE
SINDICATO NACIONAL DOS EDITORES DE LIVROS, RJ

N518d   Nicholls, David, 1966-
         Um dia / David Nicholls ; tradução de Claudio Carina.
     – Rio de Janeiro : Intrínseca, 2011.

         Tradução de: One day
         ISBN 978-85-8057-045-8 (capa original)
         ISBN 978-85-8057-096-0 (capa inspirada no pôster do filme)

         1. Romance inglês. I. Carina, Claudio. II. Título.

                                        CDD: 823
11-0642   CDU: 821.11-3

[2011]
Todos os direitos desta edição reservados à
Editora Intrínseca Ltda.
Rua Marquês de São Vicente, 99, 3º andar
22451-041 – Gávea
Rio de Janeiro – RJ
Tel./Fax: (21) 3206-7400
www.intrinseca.com.br

Para Max e Romy, quando vocês forem mais velhos.
E para Hannah, como sempre.

Para que servem os dias?
Dias são onde vivemos.
Eles vêm, nos acordam
Um depois do outro.
Servem para a gente ser feliz:
Onde podemos viver senão neles?

Ah, resolver essa questão
Faz o padre e o médico
Em seus longos paletós
Perderem seu trabalho.

    Philip Larkin, "Days"

Parte um

1988-1992

Vinte e poucos anos

"Foi um dia memorável, pois operou grandes mudanças em mim. Mas isso se dá com qualquer vida. Imagine um dia especial na sua vida e pense como teria sido seu percurso sem ele. Faça uma pausa, você que está lendo, e pense na grande corrente de ferro, de ouro, de espinhos ou flores que jamais o teria prendido não fosse o encadeamento do primeiro elo em um dia memorável."

Charles Dickens, *Grandes esperanças*

CAPÍTULO UM
O futuro

SEXTA-FEIRA, 15 DE JULHO DE 1988

Rankeillor Street, Edimburgo

— Acho que o importante é fazer diferença — disse ela. — Mudar alguma coisa, sabe?

— Você está falando de "mudar o mundo"?

— Não o mundo inteiro. Só um pouquinho ao nosso redor.

Os dois ficaram em silêncio por um tempo, os corpos entrelaçados na cama de solteiro, depois começaram a rir em voz baixa, na mesma altura do amanhecer.

— Nem acredito que eu disse isso — murmurou ela. — Um pouco batido, não é?

— É, um pouco batido.

— Estou tentando servir de inspiração. Preparar sua alma negra para a grande aventura à sua frente. — Virou-se e olhou para ele. — Não que você precise disso. Imagino que já esteja com o futuro bem-planejado, muito bem-planejado. Deve ter até um fluxograma ou coisa assim guardado em algum lugar.

— Até parece.

— Então, o que você vai fazer? Qual é o seu grande plano?

— Bom, meus pais vão guardar minhas coisas na casa deles, depois vou passar uns dias no apartamento de Londres, ver alguns amigos. Depois França...

— Muito legal...

— Depois talvez China, ver o que acontece por lá, quem sabe ir até a Índia, viajar um pouco pelo país...

— *Viajar* — ela suspirou. — Tão previsível.

— O que há de errado em viajar?

— É mais uma forma de fugir da realidade.

— Eu acho que a realidade é algo muito superestimado — contestou, esperando que a frase soasse cínica e carismática.

Ela fungou.

— É, imagino que sim, para quem pode pagar. Mas por que não dizer simplesmente: "Vou tirar umas férias de dois anos"? É a mesma coisa.

— Porque viajar amplia os horizontes — respondeu ele, apoiando-se sobre um cotovelo e dando um beijo nela.

— Ah, acho que os seus horizontes já estão bem ampliados — comentou ela, virando a cabeça para o outro lado, ao menos naquele momento. Os dois se ajeitaram outra vez no travesseiro. — De qualquer forma, eu não estava falando do que você vai fazer no mês que vem, estava falando do futuro mesmo, sei lá... — Fez uma pausa, como se vislumbrasse uma ideia fantástica, uma quinta dimensão. — Quando você tiver uns *quarenta* anos. O que você quer ser quando tiver quarenta anos?

— *Quarenta?* — Ele pareceu se debater com aquele conceito. — Não sei. Será que posso responder "rico"?

— Mas isso é tão superficial.

— Está certo. Então, "famoso". — Começou a esfregar o nariz no pescoço dela. — Um pouco mórbido tudo isso, não?

— Não é mórbido, é... fascinante.

— Fascinante! — Agora ele imitava a voz dela, seu leve sotaque de Yorkshire, fazendo-a parecer bobinha. Isso sempre acontecia com ela, garotos bacanas falando com voz engraçada, como se um sotaque fosse algo estranho e incomum, e não pela primeira vez sentiu um estremecimento de aversão em relação a ele que a tranquilizou. Afastou-se até apoiar as costas na parede fria.

— Sim, fascinante. E não é para menos, é? Com todas essas possibilidades. Como disse o diretor, "as portas da oportunidade se abriram...".

— "Os seus nomes estarão nos jornais de amanhã..."

— Isso é *pouco provável*.

— Então por que você está tão empolgada?

— Empolgada? Eu estou morrendo de medo.

— Eu também. Saco... — Virou-se de repente e pegou o maço de cigarros no chão ao lado da cama, como para acalmar os nervos. — Quarenta anos de idade. Quarenta anos. Puta inferno.

Achando graça na aflição dele, ela resolveu piorar um pouco mais o cenário.

— Então, o que você vai estar fazendo quando tiver quarenta anos?

Ele acendeu o cigarro, pensativo.

— Bom, Em, o negócio é...

— "Em"? Quem é "Em"?
— Todo mundo chama você de Em. Eu ouvi.
— É, os meus *amigos* me chamam de Em.
— Então, posso te chamar de Em?
— Vai nessa, *Dex*.
— Bom, eu já andei pensando nessa história de "ficar velho" e decidi que vou continuar exatamente como sou no momento.

Dexter Mayhew. Ela o observou por entre a franja, recostado na cabeceira acolchoada da cama barata, e, mesmo sem óculos, entendeu muito bem por que ele queria continuar exatamente daquele jeito. Olhos fechados, o cigarro colado languidamente no lábio inferior, a luz da manhã filtrada pelo tom avermelhado das cortinas aquecendo um lado do rosto, ele parecia estar sempre posando para uma fotografia. Emma Morley considerava "bonitão" um termo banal, do século XIX, mas na verdade não havia outra palavra que o descrevesse, a não ser talvez "lindo". O rosto era daqueles em que você enxerga os ossos por baixo da pele, como se até a caveira fosse bonita. Um nariz afilado brilhava um pouco com a oleosidade, olheiras tão carregadas que pareciam hematomas, medalhas de honra por todos os cigarros e noites em claro perdendo deliberadamente para colegiais de Bedales no *strip poker*. Havia algo de felino em suas feições: sobrancelhas finas, a boca intencionalmente amuada, lábios um tanto sombrios e grossos, mas agora secos e rachados, arroxeados pelo vinho tinto búlgaro. Ainda bem que o cabelo era horrível, curto na nuca e nos lados, com um topetinho ridículo na frente. Fosse qual fosse o gel que usava, já tinha perdido o efeito e agora o topete parecia fofo e atrevido, como um chapeuzinho idiota.

Ainda com os olhos fechados, ele exalou a fumaça pelo nariz. Sabia muito bem que estava sendo observado, porque enfiou a mão debaixo da axila, inflando os bíceps e os peitorais. De onde vinham aqueles músculos? Por certo de nenhuma atividade esportiva, a não ser que nadar nu ou jogar sinuca fossem considerados esporte. Provavelmente era a boa saúde herdada da família, junto com as ações, participações nos lucros e móveis finos. Então ele era bonitão, lindo até, com uma cueca samba-canção estampada na altura dos ossos do quadril, e por alguma razão estava ali em sua cama de solteira naquele pequeno quarto alugado ao término de quatro anos de faculdade. "Bonitão"! Quem você pensa que é? Jane Eyre? Hora de crescer. Seja razoável. Não se deixe iludir.

Emma tirou o cigarro dos lábios dele.

— Eu posso imaginar como você vai ser aos quarenta anos — falou, um tom de malícia na voz. — Sei muito bem o que vai acontecer.

Dexter sorriu sem abrir os olhos.

— Então, diga.

— Tudo bem... — Ela se mexeu na cama, o edredom preso nas axilas. — Você vai estar num carro esporte com a capota arriada em Kensington ou Chelsea, num desses lugares, e o mais incrível nesse carro é o fato de ser silencioso, porque todos os carros vão ser silenciosos em... sei lá quando... 2006?

Ele apertou os olhos, fazendo a conta.

— 2004...

— E o carro está na King's Road a dez centímetros do chão, sua barriguinha está espremida embaixo do volante de couro como uma almofadinha e você está com aquelas luvas sem dedos, já com cabelo rareando e sem queixo. Você é um homem grandão num carro pequeno, com um bronzeado de peru assado...

— Vamos mudar de assunto?

— E tem uma mulher ao seu lado, de óculos escuros, sua terceira... não, quarta esposa, muito bonita, modelo... não, *ex*-modelo, vinte e três anos, que você conheceu enquanto ela posava no capô de um carro num salão do automóvel em Nice ou coisa assim, muito bonita e burra como uma porta...

— Bom, isso é legal. Algum filho?

— Não, sem filhos, só três divórcios. É uma sexta-feira de julho, vocês estão a caminho de uma casa de campo e no minúsculo porta-malas do seu carro voador tem raquetes de tênis, tacos de críquete e um cesto cheio de vinhos e uvas sul-africanas, aspargos e umas pobres codornas. O vento bate no seu para-brisa e você se sente bem, muito bem consigo mesmo, e a esposa número três, ou quatro, sei lá, sorri para você com duzentos dentes brancos e brilhantes, e você sorri de volta e tenta não pensar no fato de vocês dois não terem nada, absolutamente nada, a dizer um ao outro.

Emma parou de repente. "Você está falando como uma doida", disse para si mesma. "Tente não falar como uma doida."

— Se serve de consolo, é claro que todos já teremos morrido numa guerra nuclear bem antes disso! — observou com leveza, mas ele continuou com o cenho franzido.

— Então acho melhor eu ir embora. Já que sou tão superficial e depravado...

— Não. Não vai, não — ela pediu, talvez um pouco ansiosa demais.

— São quatro da manhã.

Ele se ajeitou na cama até ficar com o rosto a poucos centímetros do dela.

— Não sei de onde você tirou essa ideia a meu respeito, você mal me conhece.

— Eu conheço o seu tipo.

— Meu tipo?

— Eu já vi você com a sua turma depois das aulas de literatura moderna, gritando uns com os outros, organizando festas *black-tie*...

— Eu nem tenho um *smoking*. E muito menos sou de gritar...

— Passeando de iate no Mediterrâneo em feriados prolongados, rá, rá, rá...

— Então, se eu sou assim tão canalha... — Agora a mão dele estava no quadril dela.

— E é mesmo.

— ...por que você está dormindo comigo? — A mão alojou-se na pele quente e macia da coxa.

— Na verdade acho que eu não dormi com você, dormi?

— Bem, isso depende. — Inclinou-se e beijou-a. — Defina os seus termos. — A mão tateava a base da coluna, uma perna enfiada entre as pernas dela.

— A propósito — murmurou ela, a boca colada na dele.

— O quê? — Sentiu a perna dela enlaçar a sua e puxá-lo mais para perto.

— Você precisa escovar os dentes.

— Eu não ligo se você não escovar.

— Mas está horrível — ela riu. — Sua boca está com gosto de vinho e cigarro.

— Tudo bem. A sua também está.

A cabeça dela se afastou num tranco, interrompendo o beijo.

— É mesmo?

— Eu não ligo. Eu gosto de vinho e de cigarro.

— Só um segundo. — Ela empurrou o edredom, passando por cima dele.

— Aonde você vai? — Encostou a mão nas costas nuas que se afastavam.

— Só vou até o trono — respondeu, pegando os óculos de cima da pilha de livros ao lado da cama: óculos grandes, armação preta, modelo comum.

— "Trono", "trono"... Desculpe, não sei do que se trata...

Emma se levantou com um braço atravessado sobre o peito, tomando o cuidado de ficar de costas para ele.

— Não vá embora — falou enquanto se afastava, enganchando dois dedos no elástico para ajeitar a calcinha no alto das coxas. — E não vale se masturbar enquanto eu estiver fora.

Dexter expirou pelo nariz e se ajeitou na cama, examinando o mal-ajambrado quarto que ela aluga, sabendo com absoluta certeza que em algum lugar entre aqueles cartões-postais de arte e cartazes de peças de teatro alternativo haveria uma fotografia do Nelson Mandela, como uma espécie de namorado ideal que só existe no mundo dos sonhos. Já tinha visto muitos quartos como aquele nesses últimos quatro anos, espalhados pela cidade como a cena de um crime, quartos onde nunca se estava a mais de dois metros de um disco da Nina Simone. Embora raramente tivesse visitado duas vezes o mesmo quarto, tudo era muito familiar. Os velhos abajures e os vasos de plantas desolados, o cheiro de sabão em pó em lençóis baratos que mal cabiam nas camas. Ela também tinha aquela paixão artística por fotomontagens, tão comum nas garotas: fotos de colegas da faculdade e da família misturando-se com desenhos de Chagall, Vermeer e Kandinsky, os Che Guevaras, os Woody Allens e os Samuel Becketts. Nada era neutro, tudo afirmava um ponto de vista. O quarto era um manifesto, e com um suspiro Dexter identificou-a como uma daquelas garotas que usavam "burguês" como um termo ofensivo. Ele entendia que "fascista" pudesse ter conotações negativas, mas gostava da palavra "burguês" e de tudo que tal termo implicava. Segurança, viagens, boa comida, boas maneiras, ambição; por que deveria se sentir culpado por isso?

Observou as nuvens de fumaça saindo da própria boca. Tateando em busca de um cinzeiro, encontrou um livro ao lado da cama. *A insustentável leveza do ser*, com a lombada bem vincada nas partes "eróticas". O problema dessas garotas rebeldes e individualistas é que todas eram exatamente iguais. Outro livro: *O homem que confundiu sua mulher com um chapéu*. "Que imbecil", pensou, certo de que jamais cometeria aquele erro.

Com vinte e três anos, a visão que Dexter Mayhew tinha do próprio futuro não era mais nítida que a de Emma Morley. Queria ser bem-sucedido, que os pais se orgulhassem dele e que tivesse a oportunidade de dormir com mais de uma mulher ao mesmo tempo, mas como tornar todas essas coisas compatíveis? Queria ser citado em revistas e esperava um dia ver uma retrospectiva do seu trabalho, sem ter uma clara noção do que seria esse trabalho. Queria aproveitar a vida ao máximo, mas sem confusões nem complicações. Queria viver de forma que, se fosse fotografado casualmente, a foto saísse bonita. As coisas deveriam estar certas. Diversão; devia haver bastante diversão e pouca tristeza, não mais que o absolutamente necessário.

Não era um grande plano, e já tinha havido alguns tropeços. Esta noite, por exemplo, poderia ter repercussões: lágrimas, telefonemas desagradáveis e acusações. Talvez o melhor fosse ir embora o quanto antes. Olhou para as roupas jogadas ao lado, preparando-se para uma fuga. Foi alertado por um solavanco e o estampido de uma antiga descarga vindos do banheiro e logo recolocou o livro no lugar, encontrando embaixo da cama uma latinha amarela de mostarda *Colman's*, que abriu e confirmou que, sim, continha camisinhas e pequenos restos acinzentados de um baseado que pareciam fezes de rato. Com a possibilidade de sexo *e* drogas que aquela pequena lata amarela continha ficou mais animado, e afinal decidiu que poderia ficar um pouco mais.

No banheiro, Emma Morley limpava manchas de pasta de dente nos cantos da boca e pensava se tudo aquilo não seria um grande equívoco. Lá estava ela, depois de quatro anos vagando em um deserto romântico, finalmente, finalmente na cama com alguém de quem gostava, de quem gostara desde que o tinha visto pela primeira vez numa festa em 1984, e que em poucas horas estaria indo embora. Provavelmente para sempre. Era quase certo que não a convidaria para ir à China, sem falar que ela estava boicotando a China. E ele estava certo, não estava? Dexter Mayhew. Na verdade desconfiava que ele nem fosse assim tão brilhante, quem sabe até um pouco cheio de si, mas era popular. Engraçado e — não havia como negar — muito atraente. Então, por que estava sendo tão indelicada e sarcástica? Por que não conseguia se mostrar divertida e autoconfiante como as garotas exuberantes e artificiais com quem ele costumava andar? Viu a luz da manhã pela minúscula janela do banheiro. Sobriedade. Penteou o cabelo desgrenhado com a ponta dos dedos fazendo careta, depois puxou a corrente da antiga caixa de descarga e voltou para o quarto.

Na cama, Dexter viu quando ela apareceu na porta, vestindo a beca e o barrete que todos foram obrigados a alugar para a cerimônia de formatura, a perna enganchada no batente da porta de forma jocosa e sedutora, o canudo do diploma na mão. Emma espiou por cima dos óculos e cobriu um olho com o barrete.

— Que tal?

— Fica bem em você. Gostei da pose sedutora. Agora tire isso e volte para a cama.

— De jeito nenhum. Isso me custou trinta pratas. Esse dinheiro vai ter que valer alguma coisa. — Abriu a beca como se fosse uma capa de vampiro. Dexter tentou segurar uma das pontas, mas ela desfechou um golpe com o diploma enrolado e sentou na beira da cama, dobrando as hastes dos óculos e tirando a beca. Ele deu uma última olhada nas costas nuas e na curva dos seios dela, e logo tudo desapareceu debaixo de uma camiseta preta, que exigia desarmamento nuclear unilateral já. "É isso aí", pensou. "Nada melhor que uma longa camiseta preta com dizeres políticos para acabar com o desejo sexual, a não ser talvez um disco da Tracy Chapman."

Resignado, pegou o diploma do chão, deslizou o elástico até o final do tubo e anunciou: "Inglês e história, com louvor, primeira classe."

— Morra de inveja, garotão — tentando pegar o diploma. — Ei, cuidado com isso.

— Vai mandar enquadrar, é?

— Minha mãe e meu pai vão transformar isso em papel de parede. — Enrolou o diploma bem apertado, ajeitando as extremidades. — Vão mandar fazer descansos de pratos. Minha mãe vai tatuar isso nas costas.

— Aliás, onde estão os seus pais?

— Ah, estão logo aí no quarto ao lado.

Ele vacilou.

— Como assim, é mesmo?

Ela gargalhou.

— Claro que não. Já voltaram para Leeds. Papai acha que hotel é coisa de bacana. — Escondeu o diploma embaixo da cama. — Chega para lá — falou, empurrando-o para o lado frio do colchão. Dexter deixou que ela se deitasse e procurou uma posição, passando um braço ao redor dos ombros da garota meio sem jeito e beijando seu pescoço de forma especulativa. Emma virou-se para ele, o queixo encolhido.

— Dex?
— Hum.
— Tudo bem se a gente só ficar abraçadinho?
— Claro. Se é isso o que você quer — respondeu, galante, embora na verdade nunca tivesse entendido muito bem o sentido daquilo. Dormir abraçado era para tias-avós e ursinhos de pelúcia. Dava cãibras. O melhor mesmo seria admitir logo a derrota e ir para casa o mais rápido possível, mas ela estava deitando a cabeça em seu ombro, ocupando território, e os dois ficaram assim por algum tempo, rígidos e pouco à vontade, antes de ela dizer:

— Nem acredito que eu falei "ficar abraçadinho". Que coisa horrível... Desculpe.

Ele sorriu.

— Tudo bem. Pelo menos não foi *aconchegado*.
— *Aconchegado* é bem ruim.
— Ou *juntinhos*.
— *Juntinhos* é terrível. Vamos prometer nunca ficar *juntinhos* — sugeriu ela, arrependendo-se imediatamente de ter falado aquilo. Os dois juntos? Parecia pouco provável. Ficaram em silêncio outra vez. Durante as últimas oito horas eles tinham conversado e se beijado, e agora sentiam aquela fadiga corporal profunda que chega junto com a alvorada. Melros cantavam no jardim dos fundos malcuidado.

— Adoro esse som — ele falou com a boca nos cabelos dela. — Melros ao amanhecer.

— Eu odeio. Dá a impressão de que vou me arrepender de ter feito alguma coisa.

— É por isso que eu adoro — observou Dex, mais uma vez buscando um efeito cínico e carismático. Logo depois acrescentou: — Mas por que isso?

— Por que o quê?
— Você vai se arrepender de ter feito alguma coisa?
— Você está falando disso? — Apertou a mão dele. — Ah, espero que sim. Ainda não sei. Pergunte isso de manhã. E você?

Ele pressionou a boca contra o topo da cabeça de Emma.

— Claro que não — respondeu e pensou: "Isso nunca, nunca mais pode acontecer."

Satisfeita com a resposta, Emma chegou um pouco mais perto.

— A gente precisa dormir um pouco.

— Por quê? Não tem nada para fazer amanhã. Nenhum prazo, nenhum trabalho...

— Só o resto das nossas vidas se abrindo à nossa frente — comentou ela sonolenta, sentindo o cheiro dele, morno, fresco e maravilhoso, e ao mesmo tempo com um arrepio de ansiedade percorrendo seu corpo ao pensar no que estava por vir: uma vida adulta e independente. Mas ela não se sentia adulta. Não estava preparada, de jeito nenhum. Era como se um alarme de incêndio tivesse disparado de madrugada e ela se encontrasse no meio da rua com as roupas emboladas no braço. Se não tinha aprendido nada, o que iria fazer? Como preencheria os próximos dias? Não tinha a menor ideia.

"O negócio era ser corajosa e ousada e realizar alguma coisa", pensou consigo mesma. Não exatamente mudar o mundo, só um pouco à sua volta. Sair por aí com o diploma com honras de primeiro lugar em duas matérias, muita paixão e a nova máquina de escrever elétrica Smith Corona e trabalhar duro em... alguma coisa. Mudar a vida das pessoas através da arte, talvez. Escrever coisas bonitas. Agradar aos amigos, continuar fiel aos próprios princípios, viver plenamente, bem e com paixão. Experimentar coisas novas. Amar e ser amada, se possível. Comer com moderação. Coisas assim.

Não era exatamente uma linha filosófica, nem algo que pudesse ser compartilhado, menos ainda com aquele homem, mas era no que acreditava. E até agora as primeiras poucas horas de vida adulta independente tinham sido razoáveis. Talvez de manhã, depois de um chá com aspirina, ela conseguisse até reunir coragem para chamá-lo de volta para a cama. Eles estariam sóbrios então, o que não facilitaria muito as coisas, mas talvez fosse bom. Nas poucas vezes em que tinha ido para a cama com meninos ela sempre acabara gargalhando ou chorando, e seria bom tentar algo que não fosse nem uma coisa nem outra. Ficou imaginando se ainda tinha camisinhas na lata de mostarda. Não havia razão para não ter, pois estavam lá da última vez em que verificou: fevereiro de 1987. Vince, um engenheiro químico cheio de pelos nas costas e que tinha assoado o nariz na fronha dela. Bons tempos aqueles, bons tempos...

Lá fora, começava a clarear. Dexter podia ver o tom rosado do novo dia filtrado pelas pesadas cortinas de inverno que vinham junto com aqueles quartos alugados. Tomando cuidado para não acordá-la, passou o braço por cima da garota, jogou a ponta de cigarro na caneca de vinho e olhou para o teto. Seria difícil dormir agora. Melhor desvendar o estampado da toalha cinza até ela estar completamente adormecida e então se esgueirar e sair em silêncio.

Claro que sair desse jeito significaria nunca mais voltar a ver Emma. Ele se perguntou se ela ficaria chateada e achou que sim: em geral elas achavam essas coisas importantes. Mas por que ele se importaria? Tinha passado muito bem sem ela durante quatro anos. Até a noite passada achava que seu nome era Anna, mas na festa não tinha conseguido desviar o olhar. Por que não a notara até então? Examinou o rosto adormecido ao seu lado.

Era bonita, mas parecia constrangida por isso. O cabelo tingido de ruivo era malcortado quase de propósito, talvez por ela mesma em frente ao espelho ou pela garota grandona e barulhenta com quem dividia o apartamento, Tilly sei lá o quê. A pele pálida e com acne indicava muito tempo passado em bibliotecas ou tomando cerveja em bares, e os óculos faziam com que parecesse uma coruja afetada. O queixo era suave e gorducho, embora talvez fosse só um pouco de papada (ou será que "gorducho" e "papada" eram coisas que não se podiam dizer naquele momento? Assim como não se podia dizer que tinha uns peitos incríveis, mesmo que fosse verdade, sem que ela ficasse toda ofendida).

Deixa para lá, vamos voltar ao rosto. Havia um pequeno quisto sebáceo na ponta do nariz pequeno e bem-feito e um borrifo de minúsculas manchas vermelhas na testa, mas fora isso era inegável que aquele rosto... bem, o rosto dela era uma maravilha. Os olhos estavam fechados e ele percebeu que não se lembrava bem da cor deles, apenas que eram grandes, brilhantes e irônicos, assim como os dois vincos nos cantos da boca rasgada, parênteses marcantes que se aprofundavam quando ela sorria, o que acontecia com frequência. Bochechas macias com sardas rosadas, almofadas de carne que pareciam quentes ao toque. Sem batom, os lábios cor de morango estavam sempre apertados, mesmo quando sorriam, como se ela não quisesse mostrar os dentes, um pouco grandes para a boca, os da frente meio lascados, tudo isso dando a impressão de estar sempre escondendo alguma coisa, uma risada, uma observação inteligente ou uma piada secreta fantástica.

Se fosse embora agora, provavelmente nunca mais veria aquele rosto, a não ser talvez em alguma terrível reunião dali a dez anos. Ela estaria mais gorda e se diria decepcionada, reclamaria por ele ter ido embora sem se despedir. Melhor sair em silêncio, e nada de reuniões comemorativas. Seguir em frente, olhar para o futuro. Haveria muitos outros rostos bonitos à frente.

Mas, assim que tomou a decisão, a boca da moça se abriu num sorriso largo e ela falou, sem abrir os olhos:

— Então, qual é a sua conclusão, Dex?

— Sobre o quê, Em?

— Sobre eu e você. Você acha que é amor? — deu uma risada grave, os lábios bem apertados.

— Vê se dorme, tá?

— Então pare de olhar para o meu nariz. — Abriu os olhos, azul-esverdeados, brilhantes e astutos. — Que dia é amanhã? — resmungou.

— Você quer dizer hoje?

— Hoje. Esse dia novo e radiante que nos espera.

— É uma sexta. Sexta o dia inteiro. Aliás, é o Dia de São Swithin.*

— E o que isso quer dizer?

— É uma tradição. Se chover hoje, vai chover pelos próximos quarenta dias, ou durante todo o verão, algo assim.

Emma franziu o cenho.

— Isso não faz sentido.

— Nem é para fazer. É uma superstição.

— Vai chover onde? Sempre está chovendo em algum lugar.

— No túmulo de São Swithin. Ele está enterrado perto da catedral de Winchester.

— Como você sabe tudo isso?

— Eu estudei lá.

— Uau — ela falou baixinho no travesseiro.

— "Se chover no Dia de São Swithin / Por quarenta dias permanecerá assim."

— Que belo poema.

— Bom, eu só estava parafraseando.

---

* Segundo a tradição inglesa, as condições meteorológicas do dia 15 de julho, o Dia de São Swithin (o bispo de Winchester, clamado por duas doações para caridade e construção de igrejas), permanecerão por quarenta dias. (*N. da E.*)

Ela riu mais uma vez, depois ergueu a cabeça, sonolenta.
— Escuta, Dex?
— Em?
— E se não chover hoje?
— Hu-hum.
— O que você vai fazer mais tarde?
"Diga que vai estar ocupado."
— Nada especial — respondeu.
— Então vamos fazer alguma coisa? Quer dizer, nós dois?
"Espere ela dormir e saia de fininho."
— Sim. Tudo bem — concordou. — Vamos fazer alguma coisa.
Emma deixou a cabeça cair no travesseiro outra vez.
— Um dia novinho em folha — murmurou.
— É, um dia novinho em folha.

CAPÍTULO DOIS
De volta à vida

SÁBADO, 15 DE JULHO DE 1989

Wolverhampton e Roma

Vestiário feminino
Colégio de Stoke Park
Wolverhampton
15 de julho de 1989

Ciao, Bella!
Como estão as coisas? E como está Roma? A Cidade Eterna vai muito bem, mas estou aqui em Wolverhampton há dois dias e isso parece uma eternidade (embora eu deva admitir que a Pizza Hut daqui é excelente, excelente mesmo).

Desde a última vez que nos vimos resolvi aceitar aquele trabalho na Cooperativa de Teatro Sledgehammer que mencionei, e nesses últimos quatro meses estive planejando, ensaiando e fazendo turnês com Carga cruel, *espetáculo patrocinado pelo Conselho das Artes e que fala sobre o mercado de escravos através de histórias, canções folclóricas e algumas mímicas bem chocantes. Estou anexando uma cópia malfeita de um folheto para você ver como se trata mesmo de coisa fina.*

Carga cruel *é uma peça do TE (Teatro na Educação, para sua informação) destinada a garotos de onze a treze anos, com uma visão provocativa da escravidão como Coisa Ruim. Faço o papel de Lydia, a... bem... sim, na verdade é o PAPEL PRINCIPAL, a filha mimada e vaidosa do malvado senhor Obadiah Grimm (pelo nome já dá para perceber que ele não é muito boa gente, não é?), e no momento mais intenso do espetáculo eu de repente percebo que todas as minhas coisas lindas, todos os meus vestidos (vestidos exclusivos) e joias (também exclusivas) foram comprados com o sangue de outros seres humanos como eu (snif, snif) e me sinto suja (olho para minhas mãos como se estivesse VENDO SANGUE), suja até a AAAALMA. É uma cena muito forte, embora ontem à noite tenha sido arruinada por alguns garotos atirando bombons na minha cabeça.*

Falando sério, na verdade não é tão ruim assim, não no contexto, e não sei por que estou sendo tão sarcástica, provavelmente por conta de algum mecanismo de defesa. Na verdade a resposta dos garotos que assistem ao espetáculo, os que não jogam coisas na gente, é muito boa, e nós fazemos umas oficinas bastante animadas em escolas. É incrível como esses garotos sabem pouco de sua herança cultural, de onde eles vêm, mesmo os jovens do Caribe. Gostei de escrever a peça também, me deu um monte de ideias para outros espetáculos e coisas do gênero. Então, acho que vale a pena, mesmo que você considere que estou perdendo o meu tempo. Eu continuo achando que a gente pode mudar as coisas, Dexter, de verdade. Lembro que eles tinham muito teatro radical na Alemanha nos anos 1930, e veja só que diferença isso fez. Nós vamos acabar com o preconceito racial aqui em West Midlands, nem que tenhamos que fazer isso com uma criança de cada vez.

Somos quatro no elenco. Kwame é o Escravo Nobre e nós nos damos muito bem, apesar de fazermos o papel de senhora e serviçal (embora outro dia eu tenha pedido para ele comprar um pacote de batata frita para mim e ele tenha me olhado como se eu o estivesse OPRIMINDO ou algo assim). Ele é legal e faz um trabalho sério, só que chora muito nos ensaios, o que considero um pouco demais. Ele é meio chorão, se você entende o que estou dizendo. Na peça deveria haver uma poderosa tensão sexual entre nós dois, porém mais uma vez a vida não consegue imitar a arte.

Depois tem o Sid, que faz o papel do meu pai malvado, o Obadiah. Sei que você passou toda sua infância jogando críquete num grande campo de camomila e nunca fez nada tão vulgar quanto assistir à TV, mas Sid já foi bem famoso num seriado policial chamado City Beat, *e o desgosto que sente por ter sido reduzido a ISSO transparece em tudo. Ele se recusa terminantemente a fazer mímica, como se estivesse abaixo dele ser visto com um objeto que na verdade não está ali, e todas as frases dele começam com "quando eu trabalhava na TV", que é a maneira de ele dizer "quando eu era feliz". Sid faz xixi em pias, usa uma dessas medonhas calças de poliéster que a gente LIMPA em vez de lavar e vive de tortas de carne compradas em postos de gasolina. Eu e Kwame achamos que no fundo ele é racista, mas fora isso é um homem adorável, muito adorável.*

E depois tem a Candy. Ah, Candy. Você ia gostar da Candy, ela é exatamente o que o nome diz, doce. Faz o papel de Cheeky Maid, uma mistura de latifundiária com Sir William Wilberforce; é muito bonita e mística e, mesmo que eu não aprove o termo, uma vaca total. Vive me perguntando qual é mesmo a minha idade e dizendo que pareço cansada e que se usasse lentes de contato eu seria bem mais bonita, coisa que eu ADORO, óbvio. Faz questão de deixar claro que só está fazendo isso para conseguir o registro de atriz e se distrair até ser descoberta por algum produtor de Hollywood que por acaso esteja passando por Dudley numa tarde chuvosa de terça-feira, à procura de um talento do TE. Ser atriz é um lixo, né? Quando começamos o CTS (Cooperativa de Teatro Sledgehammer), nós estávamos muito a fim de montar uma comunidade teatral progressista, sem essa bobagem de "ego e fama e aparecer na TV para mostrar o ego", e só fazer trabalhos políticos originais e instigantes. Isso tudo pode parecer bobinho para você, mas é o que queríamos fazer. O problema é que nesses coletivos democráticos igualitários a gente tem de conviver com imbecis como Sid e Candy. Eu nem me incomodaria se ela fosse uma boa atriz, mas seu sotaque de Newcastle é inacreditável, parece um derrame ou coisa assim, e ainda por cima tem mania de se alongar fazendo posições de ioga vestida só de lingerie. Pronto, isso chamou sua atenção, não foi? É a primeira vez que vejo alguém fazer Saudação ao Sol de cinta-liga e corpete. Isso não pode estar certo, pode? O coitado do Sid mal consegue mastigar sua torta de carne com curry, mal consegue encontrar a própria boca. Quando afinal chega a hora de ela vestir uma roupa e subir no palco, um dos garotos dá um assobio de lobo ou coisa do gênero, e depois no micro-ônibus ela finge se sentir ofendida e ser feminista. "Odeio ser julgada pela aparência, toda a minha vida eu tenho sido julgada pelo meu rosto exótico e o meu corpo firme e jovem", diz enquanto ajusta a alça do sutiã, como se fosse um grande tema POLÍTICO e devêssemos estar fazendo um teatro de rua ativista, sobre reivindicações de mulheres que foram amaldiçoadas com peitos grandes. Será que estou falando demais? Já está apaixonado por ela? Talvez eu a apresente a você quando voltar. Já estou até vendo você apertando a mandíbula, fazendo um trejeito com os lábios e lançando aquele olhar ao perguntar sobre a carreeeeira dela. Acho que não vou apresentar vocês dois...

* * *

Emma Morley virou a folha de papel para baixo quando Gary Nutkin entrou, magro e ansioso: era o momento da preleção do diretor e cofundador da Cooperativa de Teatro Sledgehammer antes do espetáculo. O camarim unissex não era um camarim de jeito nenhum; era apenas um vestiário feminino de uma escola no centro, que mesmo nos fins de semana conservava aquele cheiro de escola de que ela se lembrava: hormônios, sabonete líquido cor-de-rosa e toalhas emboloradas.

Na porta, Gary Nutkin pigarreou, pálido e bem-barbeado, o botão do colarinho da camisa preta abotoado, um homem cujo ícone estilístico pessoal era George Orwell.

— Belo público esta noite, gente! Quase a metade da lotação, o que não é ruim, se pensarmos um pouco! — Não chegou a mencionar o que deveria ser considerado, talvez porque estivesse distraído com Candy rebolando num macacão de bolinhas. — Vamos fazer um grande espetáculo, pessoal. Vamos mostrar para eles!

— Eu sei o que eu gostaria de mostrar para eles — grunhiu Sid, olhando para Candy enquanto catava migalhas do bolinho. — Um taco de críquete com pregos na ponta, seus canalhinhas.

— Não seja tão negativo, Sid, por favor — implorou Candy num longo e controlado suspiro.

Gary continuou:

— Lembrem-se, mantenham o frescor da novidade, fiquem ligados e espertos, digam as falas como se fosse a primeira vez e, o mais importante, *não* deixem a plateia intimidar ou conduzir vocês de jeito nenhum. Interação é ótimo. *Retaliação* não. Não se deixem irritar. Não deem esse prazer a eles. Quinze minutos, por favor! — e com isso fechou a porta do camarim deixando todos lá dentro, como se fosse um carcereiro.

Sid começou o seu aquecimento de todas as noites, um murmúrio entoado de "eu odeio esse trabalho, eu odeio esse trabalho". Ao lado dele estava Kwame, de peito nu e desamparado em calças esfarrapadas, mãos enfiadas nas axilas, cabeça caída para trás, meditando ou talvez tentando não chorar. À esquerda de Emma, Candy entoava canções de *Les Miserables* num soprano fraco e suave, erguendo-se na ponta dos pés como havia aprendido em dezoito anos de balé. Emma observou seu reflexo no espelho trincado, ajeitou as mangas bufantes do vestido imperial, tirou os óculos e deu um suspiro de Jane Austen.

O último ano havia sido marcado por uma série de caminhos errados, más escolhas e projetos abandonados. Houve a banda só de garotas em que Emma tocava contrabaixo, que teve nomes que variaram de Throat a Slaughterhouse Six, passando por Bad Biscuit; se já tinha sido difícil escolher um nome, imagine então uma direção musical. Depois foi o clube noturno alternativo ao qual ninguém foi, o primeiro romance abandonado, o segundo romance abandonado, vários empregos infelizes e temporários vendendo caxemira e lã xadrez para turistas. Na fase mais baixa da maré, Emma tentou fazer um curso de técnicas circenses, mas percebeu que não tinha nenhum talento para aquilo. Trapézio não era a solução.

O tão alardeado Segundo Verão do Amor foi melancólico, um desperdício de energias. Até mesmo sua amada Edimburgo começava a deixá-la entediada e deprimida. Morar na cidade universitária era o mesmo que continuar numa festa da qual todo mundo tinha ido embora, e por isso em outubro ela desistiu do apartamento da Rankeillor Street e voltou para a casa dos pais por um longo e úmido inverno, cheio de recriminações, portas batendo com violência e televisão durante as tardes numa casa que agora parecia inacreditavelmente pequena. "Mas você tem um diploma com primeiro lugar em duas matérias! O que aconteceu com ele?", a mãe perguntava todos os dias, como se o diploma de Emma fosse um superpoder que ela se recusasse a usar. Sua irmã mais nova, Marianne, uma enfermeira feliz no casamento e com um filho recém-nascido, aparecia à noite só para tripudiar na agora rebaixada filha perfeita do papai e da mamãe.

Mas de vez em quando havia Dexter Mayhew. Nos últimos dias quentes do verão, depois da formatura, Emma ficou hospedada na linda casa da família dele em Oxfordshire: casa não, aos olhos dela era uma mansão. Ampla, dos anos 1920, com tapetes desbotados, grandes telas abstratas e gelo nos drinques. No enorme jardim que cheirava a ervas, os dois passaram um longo e lânguido dia entre a piscina e a quadra de tênis, a primeira que ela via que não fora construída pela prefeitura. Tomar gim-tônica em cadeiras de vime olhando a paisagem fez com que Emma se lembrasse de *O grande Gatsby*. Claro que ela havia estragado tudo: bebeu demais, ficou nervosa durante o jantar e discutiu sobre a Nicarágua com o pai de Dexter — um homem gentil, modesto e perfeitamente razoável — enquanto Dexter a olhava com uma expressão carinhosa e decepcionada, como se fosse um cachorrinho que tivesse sujado o tapete. Será que tinha mesmo sentado à mesa da família para jantar e chamado o pai dele de fascista? Naquela noite Emma voltou para o quarto de hóspedes arrependida e atordoada, esperando por uma batida na porta que sem dúvida não ouviria: esperanças românticas sacrificadas em favor dos sandinistas, que provavelmente eram uns ingratos.

Os dois se encontraram de novo em Londres em abril, na festa de aniversário de vinte e três anos de Callum, um amigo em comum, e passaram o dia seguinte em Kensington Gardens, conversando e tomando vinho no gargalo. É claro que ela tinha sido perdoada, mas àquela altura os dois já haviam caído na frustrante familiaridade da amizade; frustrante para ela, deitada na grama verde fresca da primavera, as mãos quase se tocando, enquanto Dexter falava sobre Lola, a incrível espanhola que tinha conhecido esquiando nos Pireneus.

Depois foi viajar outra vez, para ampliar ainda mais os seus horizontes. A China se revelou estranha e ideológica demais para o gosto de Dexter, que por isso preferiu embarcar numa viagem de um ano por aquilo que os livros de viagem chamavam de "Cidades Festivas". Então, agora eles se comunicavam por missivas, Emma escrevendo longas e intensas cartas repletas de piadas e indiretas forçadas e implícitas que mal escondiam sua saudade: gestos de amor de duas mil palavras em papel de carta. Assim como fitas gravadas reunindo vários artistas, cartas também eram veículos para emoções não expressas, e Emma estava investindo tempo e energia demais nisso. Dexter respondia com cartões-postais que economizavam palavras: "Amsterdã é uma LOUCURA", "Barcelona é INSANA", "Dublin é DEMAIS. Vomitando SEM PARAR hoje de manhã". Como escritor de viagem ele não era nenhum Bruce Chatwin, mas ainda assim Emma levava os cartões-postais no bolso de um casaco pesado em longas caminhadas sentimentais por Ilkley Moor, em busca de algum significado oculto em "VENEZA COMPLETAMENTE INUNDADA!!!".

— Mas afinal quem é esse *Dexter*? — perguntou sua mãe, olhando o verso dos cartões-postais. — É seu namorado? — Depois, com uma expressão preocupada: — Você já pensou em trabalhar para a companhia de gás?

Emma arranjou emprego servindo cerveja num *pub* local e o tempo passou, e ela sentia o cérebro murchar, como se fosse algo esquecido no fundo da geladeira.

Foi então que Gary Nutkin ligou. O trotskista magricelo fora seu diretor numa despojada e descomprometida montagem da peça *Terror e miséria no Terceiro Reich*, de Brecht, em 1986, e na festa de encerramento do espetáculo ficou beijando Emma durante três horas seguidas, mas sem compromisso. Pouco depois levou-a a uma sessão dupla de

Peter Greenaway e esperou quase quatro horas para estender o braço e botar a mão no seio esquerdo dela de uma forma distraída, como se estivesse ajustando a iluminação num *dimmer*. Naquela noite os dois fizeram amor de uma forma brechtiana, numa cama de solteiro pouco asseada sob um cartaz de *A batalha da Argélia*, com Gary tomando todo o cuidado para deixar bem claro que não a estava tratando como objeto. Depois disso, nada, nem uma palavra, até aquele telefonema tarde da noite no mês de maio, com hesitantes palavras expressas num tom delicado:

— Você gostaria de participar da minha cooperativa de teatro?

Emma não tinha ambições de ser atriz nem sentia grande paixão pelo teatro, a não ser como um meio de reunir ideias e palavras. Mas a Sledgehammer se propunha a ser um novo tipo de cooperativa de teatro progressista, com intenções compartilhadas, entusiasmo em comum, um manifesto por escrito e o compromisso de mudar a vida de jovens através da arte. "Talvez houvesse algum romance também", pensou Emma, "ou ao menos um pouco de sexo". Arrumou a mochila, despediu-se de seus céticos pais e embarcou no micro-ônibus como se estivesse partindo para uma grande epopeia, uma espécie de Guerra Civil Espanhola teatral financiada pelo Conselho das Artes.

Porém, três meses depois, onde tinham ido parar todo o afeto, toda a camaradagem, a noção de valor social e de grandes ideais combinados com diversão? Eles deveriam ser uma cooperativa. Era o que estava escrito na lateral da caminhonete, como ela mesma havia gravado. "Eu odeio esse trabalho, eu odeio esse trabalho", dizia Sid. Emma apertou as mãos nos ouvidos e se fez algumas perguntas fundamentais.

Por que eu estou aqui?

Será que estou mesmo fazendo alguma coisa?

Por que ela não veste uma roupa?

Que cheiro é esse?

Ela queria estar em Roma, com Dexter Mayhew. Na cama.

— Shaf-tes-bury Avenue.
— Não. Shafts-bury. Três sílabas.
— Lychester Square.
— Leicester Square, duas sílabas.
— Por que não Ly-chester?
— Não faço ideia.

— Mas você é o meu professor, devia saber.
— Sinto muito. — Dexter deu de ombros.
— Bom, eu acho que é uma língua idiota — disse Tove Angstrom, dando um soquinho no ombro dele.
— Sim, é uma língua idiota. Concordo plenamente. Mas não precisa me bater.
— Desculpe — disse Tove, beijando o ombro dele, depois o pescoço e a boca, e Dexter mais uma vez percebeu o quanto ensinar podia ser gratificante.

Os dois estavam deitados num amontoado de almofadas no piso de terracota do minúsculo quarto dele, depois de desistirem da cama de solteiro por ser inadequada às suas necessidades. No folheto da Escola Internacional de Inglês Percy Shelley, as acomodações dos professores eram descritas como "com algum conforto e muitos aspectos compensadores", e era um resumo perfeito. O quarto no Centro Storico era insípido e institucional, mas ao menos havia uma sacada, um peitoril de trinta centímetros dando para uma praça pitoresca que, bem ao estilo romano, também funcionava como estacionamento. Todas as manhãs ele acordava ao som de funcionários dos escritórios brigando por uma vaga para seus veículos.

Mas, no meio daquela tarde úmida de julho, o único som vinha das rodinhas das malas dos turistas que ressoavam nas pedras que pavimentavam a rua, e os dois estavam com as janelas escancaradas, beijando-se preguiçosamente, o rosto no cabelo dela, grosso, escuro e cheirando a alguma marca de xampu dinamarquês: pinheiro artificial e fumaça de cigarro. Ela estendeu o braço por cima da cintura dele, pegou o maço no chão, acendeu dois cigarros e passou um para ele, que se ajeitou nas almofadas, o cigarro pendurado nos lábios como Belmondo ou algum personagem de Fellini. Ele nunca tinha assistido a um filme com Belmondo ou de Fellini, mas conhecia os cartões-postais: estilosos e em preto e branco. Dexter não gostava de se sentir vaidoso, mas havia ocasiões em que gostaria que houvesse alguém por perto para tirar uma foto dele.

Eles se beijaram mais uma vez, e Dexter distraidamente considerou se aquela situação implicava alguma questão ética ou moral. É claro que a hora certa de se preocupar com os prós e contras de dormir com uma aluna teria sido depois da festa da faculdade, quando Tove se empoleirou desequilibrada na beira da cama e abriu o zíper das botas que iam até os joelhos. Mesmo naquele momento, em meio ao torpor do vinho tinto e ao desejo, Dexter se surpreendeu pensando no que Emma Morley diria. E, enquanto Tove enrolava a língua no seu ouvido, ele já elaborava sua defesa: ela tem dezenove anos, é adulta, e, de qualquer forma, eu não sou um professor de verdade. Além disso, Emma estava muito longe naquele momento, tentando mudar o mundo num micro-ônibus na estrada vicinal de alguma cidade provinciana, e afinal o que tudo aquilo tinha a ver com Emma? Agora as botas de Tove amontoavam-se no canto do quarto, no albergue onde era estritamente proibida a permanência de visitas durante a noite.

Ele mudou de posição em busca de uma parte mais fresca da terracota e olhou pela janela, tentando calcular a hora a partir do pequeno quadrado de céu azul brilhante. O ritmo da respiração de Tove mudava, ela começava a pegar no sono, mas Dexter tinha um encontro importante. Largou os últimos centímetros do cigarro numa taça de vinho e alcançou o relógio, em cima de um exemplar nunca lido de *É isto um homem?*, de Primo Levi.

— Tove, eu preciso sair.

Ela grunhiu em protesto.

— Tenho um encontro com os meus pais, eu preciso ir embora.

— Posso ir também?

Ele deu risada.

— Melhor não, Tove. Além do mais você tem prova de gramática na segunda. É melhor estudar um pouco.

— Você pode me avaliar. Me avalie agora.

— Tudo bem: verbos. Presente do indicativo.

Enrolou uma perna ao redor dele e usou o impulso para subir no seu corpo.

— Eu beijo, tu beijas, ele beija, nós beijamos...

Dexter se ergueu sobre os cotovelos.

— É sério, Tove...

— Mais dez minutos — suspirou no ouvido dele, e Dexter deitou-se outra vez no chão. "Por que não?", pensou. Afinal, estou em Roma, está um lindo dia. Tenho vinte e quatro anos, sou saudável e financeiramente estável. Sinto que estou fazendo uma coisa que não deveria, mas sou um cara de sorte, de muita sorte.

Aquele fascínio por uma vida dedicada às sensações, ao prazer e a si próprio provavelmente se dissiparia algum dia, mas ainda havia muito tempo para isso.

Como está Roma? Como vai La Dolce Vita? Vá pesquisar. Imagino que neste momento você esteja na mesa de um café, tomando um desses cappuccinos *de que a gente tanto ouve falar* e dando em cima de <u>tudo</u>. Provavelmente está lendo esta carta de óculos escuros. Ei, tira esses óculos, você está ridículo. Recebeu os livros que eu mandei? Primo Levi é um ótimo escritor italiano. É para lembrar que a vida não é só gelati e espadrilles. Nem sempre a vida pode ser como a abertura do filme Betty Blue. E como vão as aulas? Por favor, diga que não está dormindo com as suas alunas. Isso seria tão... decepcionante.

Agora eu preciso parar. O fim da página está se aproximando e já estou ouvindo na sala ao lado o excitante murmúrio dos espectadores na plateia atirando cadeiras uns nos outros. Termino esse trabalho em duas semanas, GRAÇAS A DEUS. Depois Gary Nutkin, nosso diretor, quer que eu crie um espetáculo para crianças em idade escolar sobre o apartheid. Com FANTOCHES. Que merda. Seis meses no trânsito da rodovia M6 com uma marionete do Desmond Tutu no meu colo. Acho que essa eu não vou topar. Além disso, escrevi uma peça sobre duas mulheres, inspirada em Virginia Woolf e em Emily Dickinson, chamada Duas vidas (isso *ou* Duas lésbicas deprimidas*)*. Talvez eu encene isso em um teatro-pub em algum lugar. Uma vez expliquei a Candy quem era Virginia Woolf e ela disse que adoraria fazer o papel, mas só se pudesse tirar o sutiã. Então o elenco está montado. Eu vou ser Emily Dickinson e vou ficar de sutiã. Vou reservar o seu ingresso.

Enquanto isso, preciso decidir se vou morar em Leeds ou em Londres. Escolhas, escolhas. Estou resistindo à ideia de mudar para Londres — mudar para Londres é tão PREVISÍVEL —, mas Tilly Killick, minha ex-companheira de apartamento (lembra-se dela? Grandes óculos vermelhos, opiniões estridentes e costeletas?) tem um quarto vago em Clapton. Ela diz que é o "cubículo" dela, o que não parece muito bom. O que você acha de Clapton? Pretende voltar a Londres em breve? Ei! Quem sabe não podemos dividir um apartamento?

"Dividir um apartamento?" Emma hesitou, meneou a cabeça e soltou um gemido, depois escreveu: "Brincadeirinha!!!!", e gemeu outra vez. "Brincadeirinha" era exatamente o tipo de coisa que as pessoas escreviam quando estavam falando sério. Agora era tarde demais para apagar, mas como encerrar aquela carta? "Tudo de bom" era muito formal, "*tout mon amour*" era afetado demais, "com amor" era muito brega, e Gary Nutkin já estava de novo à porta.

— Muito bem, todos a postos! — Infelizmente ele mantinha a porta aberta, como se quisesse conduzir todos a um pelotão de fuzilamento, e ela teve de se decidir rápido e escreveu...

Sinto muita saudade de você, Dex

...depois assinou e carimbou um beijo no papel de carta azul-claro.

Na Piazza della Rotunda, a mãe de Dexter sentava-se à mesa de um café, um romance pendendo da mão, olhos fechados e a cabeça inclinada para trás e para o lado, como um pássaro aproveitando os últimos raios do sol da tarde. Em vez de se aproximar logo, Dexter ficou um tempo entre os turistas nos degraus do Pantheon e viu um garçom se aproximar e pegar o cinzeiro, assustando-a. Os dois riram, e pelo movimento dramático da boca e dos braços da mãe conseguiu perceber que estava falando seu terrível italiano, dando tapinhas no braço do garçom como se fosse um flerte. Mesmo sem ter noção do que havia sido dito, o garçom sorriu e correspondeu ao flerte antes de se afastar, olhando por cima do ombro para a linda mulher inglesa que tinha tocado seu braço e falado algo incompreensível.

Dexter observou tudo aquilo, sorrindo. O velho conceito freudiano de que os garotos são apaixonados pelas mães e odeiam os pais, insinuado pela primeira vez na escola, parecia perfeitamente plausível. Todo mundo que ele conhecia era apaixonado por Alison Mayhew, e o melhor de tudo é que Dexter também gostava muito do pai: como acontecia em várias outras coisas, ele também tinha muita sorte nisso.

Muitas vezes, durante o jantar, no grande e exuberante jardim da casa de Oxfordshire ou em férias na França, quando ela dormia sob o sol, Dexter tinha visto o pai observando Alison com seus olhos de cão de caça, numa expressão de pura adoração. Quinze anos mais velho que ela, alto, o rosto comprido e introvertido, parecia que Stephen Mayhew não conseguia acreditar naquela incrível sorte. Nas frequentes festas que ela organizava, se ficasse bem quieto a ponto de não ser mandado para a cama, Dexter via os homens formando um círculo dedicado e obediente ao redor da sua mãe: homens inteligentes, realizados, médicos e advogados, pessoas que falavam no rádio, todos eram reduzidos a adolescentes ingênuos. Observava quando ela dançava ao som dos primeiros álbuns da Roxy Music, um coquetel na mão, inebriada, embora sob controle, ao lado das outras esposas, baixinhas e lerdas se comparadas a ela. Seus colegas de escola também, mesmo os mais indiferentes e complicados, viravam personagens de desenho animado diante de Alison Mayhew, flertando com ela e sendo correspondidos, envolvendo-a em guerras de água, elogiando sua péssima comida — os ovos mexidos violentamente, a pimenta preta que na verdade eram cinzas de cigarro.

Alison tinha estudado moda em Londres, mas agora dirigia uma pequena loja de antiguidades que vendia castiçais e tapetes caros para distintos cavalheiros de Oxford, com grande sucesso. Ainda mantinha aquela aura dos anos 1960 — Dexter havia visto as fotografias, os recortes de suplementos de jornais desbotados —, mas, sem mostrar tristeza ou arrependimento, tinha trocado tudo aquilo por uma vida familiar resolvida e respeitável, segura e confortável. Era como se tivesse sentido o momento exato de sair da festa. Dexter desconfiava que, às vezes, ela tinha seus desentendimentos com os médicos, com os advogados e com as pessoas que falavam no rádio, mas achava difícil ficar zangado com ela. E as pessoas sempre diziam a mesma coisa — que Dexter tinha puxado à mãe. Ninguém especificava "o que" tinha puxado, mas todos pareciam saber: a aparência, é claro, a energia e a boa saúde, mas também uma certa autoconfiança indiferente, o direito de ser o centro das atenções, de estar no time vencedor.

Mesmo agora, em seu desbotado vestido azul de verão, fuçando a imensa bolsa em busca de fósforos, a vida na Piazza parecia gravitar em torno dela. Olhos castanhos penetrantes e um rosto em forma de coração, os cabelos negros desgrenhados por um cabeleireiro caro, o vestido amassado com um botão desabotoado, uma displicência impecável. Quando viu Dexter se aproximar, a expressão dela se abriu num largo sorriso.

— Quarenta e cinco minutos de atraso, meu jovem. Onde você estava?

— Logo ali, vendo você conversar com os garçons.

— Não conte nada para o seu pai. — Esbarrou o quadril na mesa ao se levantar para abraçá-lo. — Mas onde você estava?

— Preparando umas aulas. — O cabelo ainda estava molhado da ducha partilhada com Tove Angstrom, e, quando Alison afastou uma mecha da sua testa, acariciando o rosto do filho com orgulho, Dexter percebeu que ela já estava um pouco bêbada.

— Cabelo despenteado. Quem está despenteando você? O que andou aprontando?

— Já falei, eu estava preparando umas aulas.

Ela fez um bico, sem acreditar no que ouvia.

— E onde você se meteu ontem à noite? Nós ficamos esperando no restaurante.

— Desculpe, eu me atrasei. Estava numa discoteca da faculdade.

— Numa *discoteca*. Que coisa mais 1977. E como estava?

— Duzentas garotas escandinavas flanando bêbadas pelo salão.

— "Flanando". Tenho o prazer de dizer que não faço a menor ideia do que se trata. Foi divertido?

— Foi um inferno.

Deu um tapinha no joelho dele.

— Coitadinho de você.

— Onde está o papai?

— Voltou para o hotel para tirar uma de suas sonecas. O calor, as sandálias machucando. Você sabe como é o seu pai, é tão *galês*.

— E o que vocês têm feito?

— Passeamos pelo Fórum. Eu achei bonito, mas Stephen morreu de tédio. Toda aquela confusão, colunas caídas por toda parte. Imagino que ele acha que deviam demolir tudo e construir um belo conservatório ou algo assim.

— Vocês deviam visitar o Palatino. Fica no alto daquela colina...

— Eu sei onde fica o Palatino, Dexter. Eu conheci Roma antes de você nascer.

— Sei, e quem era o imperador naquela época?

— Ah. Escuta, me ajude com esse vinho, não me deixe tomar a garrafa toda. — Ela já tinha bebido quase tudo, mas Dexter despejou os últimos centímetros num copo de água e pegou um cigarro do maço dela. Alison fez uma expressão de reprovação. — Sabe que às vezes acho que levamos essa atitude de pais liberais um pouco longe demais?

— Concordo totalmente. Vocês me estragaram. Passa o fósforo.

— Fumar não é uma coisa inteligente, sabe. Sei que você acha que fica parecendo um artista de cinema, mas não é verdade, fica horrível.

— Então por que você fuma?

— Porque eu fico sensacional. — Pôs um cigarro entre os lábios e Dexter acendeu com o fósforo. — Mas eu vou parar. Este é o meu último. Agora, rápido, enquanto seu pai não está aqui... — Aproximou-se do filho, numa atitude conspiratória. — Fale da sua vida amorosa.

— Não!

— Vamos lá, Dex! Você sabe que eu preciso viver a vida dos meus filhos indiretamente, e a sua irmã é tão *virgem*...

— Está bêbada, minha senhora?

— Nunca vou saber como ela conseguiu ter dois filhos...

— Você está bêbada.

— Eu não bebo, lembra? — Uma noite, quando Dexter tinha doze anos, Alison o levou até a cozinha e o ensinou, em voz baixa, a fazer um *dry* martíni, como se fosse um ritual solene. — Vamos lá, desembucha, com todos os detalhes apimentados.

— Eu não tenho nada a dizer.

— Ninguém em Roma? Nenhuma garota católica e simpática?

— Não.

— Nenhuma de suas alunas, espero.

— É claro que não.

— E em casa? Quem anda escrevendo as longas cartas molhadas de lágrimas que sempre remetemos a você?

— Não é da sua conta.

— Conte logo, não me obrigue a abrir os envelopes no vapor!

— Não há nada a contar.

Recostou-se na cadeira.

— Puxa, você me decepciona. E aquela garota simpática que ficou na nossa casa uma vez?

— Que garota?

— Bonita, sincera, nortista. A que ficou bêbada e brigou com seu pai por causa dos sandinistas.

— Aquela era Emma Morley.

— Emma Morley. Gostei dela. Seu pai também gostou, apesar de ter sido chamado de fascista burguês. — Aquela lembrança fez o rosto de Dexter se contrair. — Eu não ligo, pelo menos ela tinha um pouco de paixão, um pouco de impetuosidade. Diferente das bonequinhas sensuais que encontramos às vezes no café da manhã. "Sim, senhora Mayhew, não, senhora Mayhew." Eu sempre ouço você andando na ponta dos pés para ir até o quarto de hóspedes no meio da noite...

— Você está mesmo bêbada, não está?
— Então, e essa Emma?
— Emma é só uma amiga.
— Ah, é? Não sei, não. Na verdade, acho que ela gosta de você.
— Todo mundo gosta de mim. É a minha maldição.

Na cabeça de Dexter aquela frase soou bonita: rebelde e irônica, mas quando ficaram em silêncio sentiu-se mais uma vez um tolo, como nas festas em que a mãe o deixava ficar com os adultos e ele se comportava mal, desapontando-a. Alison sorriu complacente, apertando a mão dele em cima da mesa.

— Seja uma boa pessoa, está bem?
— Eu sou uma boa pessoa, sempre.
— Mas não seja muito bonzinho. Quer dizer, não faça disso uma religião, ser bonzinho.
— Pode deixar. — Sentindo-se desconfortável, Dexter começou a olhar em volta da Piazza.

A mãe cutucou o braço dele.
— Então, você quer outra garrafa de vinho ou vamos voltar ao hotel e cuidar das bolhas do seu pai?

Começaram a caminhar para o norte, pelas ruas menos movimentadas que corriam paralelas à Via del Corso em direção à Piazza del Popolo, com a rota sendo ajustada para tornar o passeio o mais cênico possível. Dexter sentiu-se um pouco melhor ao saborear a satisfação de conhecer bem uma cidade. Alison o seguia apoiada em seu braço.

— Então, quanto tempo você pretende ficar por aqui?
— Não sei. Talvez até outubro.
— Mas depois vai voltar para casa e arranjar o que fazer, não é?
— Claro.
— Não estou dizendo para vir morar com a gente. Eu não pediria isso a você. Mas nós podemos ajudá-lo a alugar um apartamento.
— Mas não há tanta pressa, não é?
— Bom, já faz um ano, Dexter. De quanto tempo de férias você precisa? Você não deu tanto duro assim na faculdade...
— Eu não estou de férias, estou trabalhando!
— E o jornalismo? Você não tinha falado de jornalismo?

Dexter havia mencionado isso de passagem, mas só como um álibi, para despistar. A impressão era de que, ao se aproximar dos vinte anos, suas possibilidades tinham começado a se reduzir gradualmente. Já não tinha mais chances nas carreiras mais promissoras e que o interessavam — cirurgião cardíaco, arquiteto —, e o jornalismo parecia seguir o mesmo caminho. Não era um bom redator, não sabia quase nada de política, falava um francês limitado a restaurantes e não tinha formação nem qualificações, só um passaporte e uma imagem vívida de si mesmo fumando debaixo de um ventilador em algum país tropical, uma velha Nikon e uma garrafa de uísque ao lado da cama.

Na verdade, o que realmente queria era ser fotógrafo. Aos dezesseis anos tinha concluído um projeto fotográfico chamado "Textura", cheio de closes em preto e branco de cascas de árvores e conchas, que parecia ter "fundido" a cabeça do seu professor de arte. Nada do que fez depois proporcionou mais satisfação que "Textura", aquelas imagens em alto contraste de geada nas janelas ou do cascalho na garagem. Jornalismo implicava travar uma árdua batalha com coisas difíceis, como palavras e ideias, mas Dexter achava que poderia ser um bom fotógrafo, nem que fosse por seu talento para perceber quando as coisas impressionaram. Nesse estágio da vida, seu principal critério para escolher uma carreira era que soasse bem quando gritada no ouvido de alguma garota num bar. E não havia como negar que "sou fotógrafo profissional" era uma ótima frase, quase no nível de "trabalho como correspondente de guerra" ou "na verdade, eu faço documentários".

— Jornalismo é uma possibilidade.

— Ou algum negócio. Você e Callum não iam abrir uma empresa?

— Estamos pensando no assunto.

— Tudo isso soa muito vago, "empresa".

— Como eu disse, estamos pensando.

Na verdade, Callum, seu ex-companheiro de apartamento, já havia começado o negócio sem ele, alguma coisa relacionada a manutenção de computadores, que Dexter não teve energia para tentar entender. Eles iriam ficar milionários até os vinte e cinco anos, insistia Callum, mas como isso soaria num bar? "Na verdade, eu trabalho com manutenção de computadores." Não, fotógrafo profissional era sua melhor aposta. Resolveu expressar aquilo em voz alta.

— Na verdade, eu ando pensando em fotografia.

— Fotografia? — A mãe dele deu uma risada impertinente.

— Ei, eu sou um bom fotógrafo!

— ...quando não esquece de tirar o dedão da lente.
— Você não devia me dar uma força?
— Que espécie de fotógrafo? *Glamour*? — Deu uma risada rouca. — Ou vai continuar o seu trabalho de "Textura"? — E os dois tiveram de parar para ela gargalhar por um tempo no meio da rua, apoiando-se no braço dele. — Todas aquelas fotos de *cascalho*. — Quando finalmente parou, Alison se endireitou e ficou com o rosto sério. — Dexter, mil desculpas...
— Na verdade eu estou muito melhor agora.
— Eu sei que está, desculpe. Peço perdão. — Retomaram a caminhada. — Você deveria tentar, Dexter, se é o que deseja. — Apertou o braço dele com o cotovelo, mas o filho estava amuado. — Nós sempre dissemos que você pode fazer qualquer coisa que desejar, desde que se esforce para tal.
— Foi só uma ideia — ele comentou, petulante. — Estou pesando as possibilidades, só isso.
— Bem, espero que sim, porque ensinar é uma bela profissão, mas na verdade não é a sua vocação, é? Ensinar letras dos Beatles para garotas nórdicas deslumbradas.
— É um trabalho difícil, mãe. Além disso, é algo com que posso contar.
— É, às vezes fico pensando se você não conta com coisas demais. — Falou isso olhando para baixo, e a observação pareceu ecoar no pavimento. Os dois andaram um pouco mais antes de ele falar.
— E o que você quis dizer com *isso*?
— Ah, só que... — Alison suspirou e descansou a cabeça no ombro dele. — Só quis dizer que em algum momento você vai ter que levar a vida a sério, só isso. Você é jovem, saudável e bonito, ao menos à meia-luz. Parece que as pessoas gostam da sua companhia, você é inteligente, talvez não em termos acadêmicos, mas sabe das coisas. E teve sorte, muita sorte, Dexter, e foi protegido de certas coisas como responsabilidade, falta de dinheiro. Mas agora é um adulto, e um dia as coisas podem não ser mais assim... — Olhou ao redor, indicando a ruazinha cinematográfica por onde ele a havia conduzido. — ...tão serenas. Seria bom estar preparado para isso, estar mais bem-equipado.
Dexter franziu o cenho.
— Você quer dizer ter uma carreira?
— Em parte.

— Você está falando como o papai.

— Meu Deus, como assim?

— Um bom emprego, ter garantias, motivação.

— Não é só isso, não é só um emprego. Uma direção. Um objetivo. Uma motivação, alguma ambição. Quando tinha a sua idade eu queria mudar o mundo.

Dexter fungou.

— Por isso a loja de antiguidades — e a mãe deu uma cotovelada nos rins dele.

— Isso é passado, estamos falando do agora. E não banque o espertinho comigo. — Segurou no braço dele e os dois começaram a andar devagar outra vez. — Eu quero me sentir orgulhosa de você, só isso. Quer dizer, eu já me sinto orgulhosa de você, da sua irmã, mas você sabe o que estou dizendo. Estou um pouco bêbada. Vamos mudar de assunto. Eu queria falar sobre outra coisa.

— Que coisa?

— Ah, tarde demais. — Agora já estavam vendo o hotel três estrelas, elegante mas sem ostentação. Através do vidro fumê, Dexter viu o pai afundado numa poltrona no saguão, uma perna comprida e fina dobrada por cima do joelho, a meia embolada na mão enquanto examinava a sola do pé.

— Meu Deus, ele está cutucando os calos no saguão do hotel. Um pedaço do País de Gales na Via del Corso. Encantador, simplesmente encantador. — Alison soltou o braço e pegou na mão do filho. — Leve-me para almoçar amanhã, tá? Enquanto seu pai fica num quarto escuro cutucando os calos. Vamos sair, só nós dois, ir a algum lugar na calçada de uma praça bonita. Com toalhas de mesa brancas. Algum lugar caro, eu convido. Você pode até me mostrar algumas fotos de pedrinhas interessantes.

— Tudo bem — ele respondeu, de mau humor. Sua mãe estava sorrindo, mas franzindo o cenho também, apertando a mão dele um pouco demais, e Dexter sentiu uma súbita pontada de angústia. — Mas por que esse almoço?

— Porque eu quero conversar com meu filho bonitão, e no momento estou um pouco bêbada, acho.

— Qual é o assunto? Diga alguma coisa!

— Não é nada, nada.

— Você não vai se divorciar, vai?

Alison deu uma risada grave.

— Não seja ridículo, é claro que não. — No saguão do hotel o pai já tinha visto os dois e estava de pé, puxando a porta, que abria para dentro. — Como eu posso me separar de um homem que usa a camisa para dentro das cuecas?

— Então me diga qual é o assunto.

— Nada de ruim, querido, nada de ruim. — Ainda na rua, Alison deu um sorriso animador e passou a mão nos cabelos curtos da nuca do filho, puxando-o até a sua altura de forma que a testa dos dois se tocassem. — Não se preocupe com nada. Amanhã. Amanhã a gente conversa.

CAPÍTULO TRÊS
O Taj Mahal

DOMINGO, 15 DE JULHO DE 1990

Bombaim e Camden Town

— ATENÇÃO, POR FAVOR! Posso pedir a atenção de vocês? Um minuto de atenção, se não se importam. Estão ouvindo? Não matem o mensageiro, por favor. Por favor. ATENÇÃO, POR FAVOR! Obrigado.

Scott McKenzie ajeitou-se no banco alto e olhou para sua equipe de oito funcionários: todos com menos de vinte e cinco anos, todos vestindo jeans branco e boné de beisebol com a logomarca da empresa, todos desesperados para estar em qualquer outro lugar que não ali, no turno do almoço de domingo do Loco Caliente, um restaurante mexicano na Kentish Town Road, onde tanto a comida quanto a atmosfera eram muito, muito apimentadas.

— Antes de abrirmos as portas para o *brunch* eu queria discorrer sobre os chamados "pratos especiais" do dia, se possível. Nossa sopa é uma velha reincidente, o creme de milho, e o prato principal é o delicioso e suculento burrito de peixe!

Scott deu um suspiro e esperou baixar o alarido dos resmungos e das falsas ânsias de vômito. Homem pequeno, pálido e de olhos rosados, formado em administração de empresas em Loughborough, sua antiga ambição era ser um capitão de indústria. Imaginava-se jogando golfe em centros de conferências ou subindo os degraus de um jatinho particular, mas naquela manhã já havia retirado um naco de gordura de porco amarelada do tamanho de uma cabeça humana do ralo da cozinha. Com as mãos sem luvas. Ainda sentia os dedos besuntados. Estava com trinta e nove anos, e as coisas não deveriam ter sido bem assim.

— Basicamente, é o nosso burrito padrão de carne-traço-frango-traço-porco, mas, e eu vou citar, com "deliciosos e suculentos pedaços de salmão e bacalhau". Quem sabe alguém até consiga encontrar um ou dois camarões.

— Isso é simplesmente... *horrível* — riu Paddy atrás do balcão, onde cortava limão-galego em forma de cunhas para enfeitar as garrafas de cerveja.

— Acrescentando um pequeno toque do Atlântico Norte à cozinha da América Latina — disse Emma Morley, amarrando o avental e percebendo alguém se aproximar por trás de Scott, um homem grande e forte, com cabelos loiros e encaracolados emoldurando uma cabeça grande e cilíndrica. O garoto novo. A equipe examinou-o com cautela, avaliando-o como se fosse um recém-chegado à turma.

— O lado bom disso — continuou Scott — é que vou apresentar vocês a Ian Whitehead, que vai participar da nossa feliz e muito bem-treinada equipe.

Ian empurrou o boné de beisebol do uniforme para trás da cabeça e ergueu o braço numa saudação, os cinco dedos no ar.

— Olá, minha gente! — falou, no que poderia ser um sotaque americano.

— *Olá, minha gente?* Onde Scott *encontra* esses tipos? — perguntou Paddy com um risinho atrás do balcão, a voz calibrada em um volume que o recém-chegado escutasse.

Scott bateu com a palma da mão no ombro de Ian, o que o assustou:

— Então eu vou passar você para Emma, nossa funcionária mais antiga!...

Emma reagiu àquele cumprimento com um esgar, depois sorriu como que pedindo desculpas ao garoto novo, que retribuiu sorrindo com os lábios apertados; um sorriso de Stan Laurel.

— Ela vai mostrar o básico a você. E é isso aí, pessoal. Lembrem-se! Burritos de peixe! Agora, música, por favor!

Paddy apertou a tecla do toca-fitas engordurado atrás do balcão e ouviu-se uma irritante sequência de quarenta e cinco minutos de música mariachi sintetizada, como sempre começando com "La cucaracha", a barata, que seria ouvida doze vezes no turno de oito horas de trabalho. Doze vezes por turno, vinte e quatro turnos por mês, havia sete meses. Emma olhou para o boné de beisebol em sua mão. A logomarca do restaurante, um burrinho de desenho animado, olhava para ela com os olhos esbugalhados embaixo de um sombreiro, parecendo até bêbado, ou talvez louco. Pôs o boné na cabeça e desceu do banco alto ao lado do balcão como se imergisse em água gelada. O novato esperava por ela sorrindo, os polegares enganchados sem jeito nos bolsos da calça jeans branca novinha, e Emma mais uma vez se perguntou o que estava fazendo da vida.

Emma, Emma, Emma. Como está você, Emma? E o que está fazendo neste exato segundo? Estamos seis horas à frente aqui em Bombaim, por isso espero que ainda esteja na cama com uma daquelas ressacas de manhã de domingo. E, nesse caso, ACORDE*! É O DEXTER!*

Esta carta chega até você de um albergue no centro de Bombaim equipado com colchões terríveis e cheio de australianos correndo para cima e para baixo. Meu guia de viagem diz que o hotel tem personagens, ou seja, roedores, mas meu quarto também tem uma pequena mesa plástica de piquenique perto da janela, mas lá fora chove que é uma loucura, até mais forte que em Edimburgo. É SUFOCANTE, Em, faz tanto barulho que mal posso ouvir a fita que você gravou para mim e da qual gostei muito, com exceção daquele negócio indie *estridente, porque afinal eu não sou uma* GAROTA*. Ando tentando ler os livros que você me deu na Páscoa, mas tenho que admitir que estou achando* Howards End *um tanto maçante. É como se todos estivessem tomando a mesma xícara de chá há duzentas páginas, e eu continuo esperando alguém puxar uma faca ou acontecer uma invasão alienígena ou algo assim, mas isso não vai acontecer, vai? Quando você vai desistir de me educar? Nunca, espero.*

A propósito, caso você não tenha percebido pela Prosa Requintada e toda a GRITARIA*, estou escrevendo isto bêbado, muitas cervejas na hora do almoço! Como você pode notar, eu não sei escrever cartas tão bem como você (sua última carta estava muito engraçada), mas o que vou dizer é que a Índia é incrível. Ser proibido de ensinar inglês como língua estrangeira terminou por tornar-se a melhor coisa que já me aconteceu (embora ainda ache que eles exageraram. Moralmente inadequado? Eu? Tove tinha vinte e um anos). Não vou aborrecer você com o velho papo hinduísta a não ser para dizer que todos os clichês são verdadeiros (pobreza, dores de barriga e blá-blá-blá). Não é só uma questão de ser uma civilização rica e antiga, você não* ACREDITA *que tipos de substâncias químicas podem ser compradas sem receita.*

Então eu tenho visto algumas coisas surpreendentes e, mesmo que nem sempre seja divertido, é uma experiência; eu tirei milhares de fotografias que vou lhe mostrar muito devagaaaar quando voltar. Finja estar *interessada, está bem? Afinal de contas eu fiz isso quando você discursou sobre o poll tax.* De qualquer forma, mostrei algumas dessas fotos a uma produtora de TV que conheci num trem outro dia (não é o que você está pensando, ela é velha, já trintona), e ela disse que eu poderia me profissionalizar. Estava aqui produzindo uma espécie de programa de viagens para jovens e me deu um cartão e falou para eu ligar em agosto, quando eles estiverem de volta, então quem sabe eu faça alguma pesquisa ou até umas filmagens.*

Como você anda em termos de trabalho? Está fazendo alguma outra peça? Gostei muito, muito da sua Virginia-Woolf-Emily-sei-lá-o-quê quando eu estava em Londres, e, como já disse, mostrou muito potencial, o que pode parecer baboseira mas não é. Acho que você tem razão em desistir de ser atriz; não por não ser boa atriz, mas porque você claramente odeia isso. Candy também foi legal, bem mais legal do que você descreveu. Mande lembranças a ela. Você está fazendo outra peça? Continua naquela caixa de fósforo? O apartamento ainda cheira a cebola frita? Tilly Killick continua deixando aquele imenso sutiã cinza de molho na pia do banheiro? Você está trabalhando no Mucho Loco ou sei lá o nome? Sua última carta me fez rir à beça, Em, mas ainda acho que você devia sair de lá porque, apesar de ser bom para fazer piadas, definitivamente faz mal a sua alma. Você não pode jogar fora anos da sua vida para não perder a piada.

E chego ao motivo desta carta. Está preparada? Talvez seja melhor se sentar...

— Bem, Ian... bem-vindo ao cemitério da ambição!

Emma empurrou a porta da sala de funcionários, o que imediatamente derrubou uma caneca de cerveja no chão, os últimos cigarros da noite anterior boiando na espuma. A turnê oficial os tinha levado ao pequeno e úmido vestiário que dava para a Kentish Town Road, já cheia de estudantes e turistas a caminho do Camden Market para comprar grandes cartolas peludas e camisetas estampadas com rostos sorridentes.

— Loco Caliente quer dizer Louco Quente: "quente" porque o ar-
-condicionado não funciona, "louco" porque é o que você precisa ser

---

* Imposto criado em 1989, durante o governo Margaret Thatcher, para custear prefeituras por meio de taxa única anual cobrada por cada habitante do Reino Unido. Gerou manifestações violentas e foi revogado no governo John Major. (N. da E.)

para comer aqui. Ou para trabalhar aqui, aliás. *Mucho mucho loco*. Vou mostrar onde pode guardar suas coisas. — Os dois atravessaram restos de jornais velhos até chegar ao escritório bagunçado. — Esse é o seu armário. Não tranca. Não fique tentado a deixar seu uniforme aqui durante a noite, porque alguém pode roubá-lo só Deus sabe por quê. A gerência pira se você perder seu boné. Enfiam a sua cara num barril cheio de molho barbecue concentrado...

Ian deu risada, uma boa gargalhada, embora um pouco forçada, e Emma suspirou e virou-se para a mesa onde os funcionários comiam, ainda recoberta pelos pratos sujos da noite anterior.

— A gente tem vinte minutos para almoçar e você pode comer qualquer coisa do cardápio, menos os camarões grandes, o que eu considero uma bênção disfarçada. Se você dá valor a sua vida, não toque nos camarões grandes. É como roleta-russa, um em cada seis te mata. — Começou a limpar a mesa.

— Espera, deixa eu... — disse Ian, pegando cuidadosamente um prato de carne engordurado com a ponta dos dedos. "Garoto novo... ainda cheio de frescuras", pensou Emma observando-o. Tinha um rosto agradável, largo e franco, moldado por cachos cor de palha desgrenhados, bochechas macias e rosadas e uma boca que em repouso ficava sempre aberta. Não era exatamente bonito, mas, digamos... sarado. Por alguma razão, não exatamente explicável, era um rosto que a fazia pensar em tratores.

De repente seu olhar encontrou o de Emma e ela falou:

— Então me diga, Ian, o que o traz ao mexicano?

— Ah, você sabe. A gente precisa pagar o aluguel.

— E não há mais nada que possa fazer? Nenhum emprego temporário, não dá para morar com seus pais ou coisa assim?

— Eu preciso morar em Londres, preciso de horários flexíveis...

— Por quê? Qual é o seu hífen?

— Meu o quê?

— Seu hífen. Todo mundo que trabalha aqui tem um hífen. Garçon-hífen-artista, garçon-hífen-ator. Paddy, que trabalha no bar, alega ser modelo, mas sinceramente eu duvido.

— Beeeeem — começou Ian, com o que ela interpretou como um sotaque do Norte —, acho que eu deveria responder que sou humorista!

— Depois sorriu, espalmou as mãos em volta do rosto e abanou a cabeça.

— Certo. Bom, todo mundo gosta de rir. Que tipo, desses *stand-up*?
— Principalmente. E você?
— Eu?
— O seu hífen? O que mais você faz?
Ela pensou em responder "dramaturga", mas, mesmo depois de três meses, a humilhação de interpretar Emily Dickinson para uma sala vazia ainda era muito presente. Poderia responder tanto "astronauta" como "dramaturga", as duas coisas seriam verdadeiras.
— Ah, eu faço isso... — e retirou a carapaça de queijo endurecido de um velho burrito. — É isso o que eu faço.
— E você gosta?
— Se eu *gosto*? Eu adoro! Quer dizer, ninguém é de ferro. — Limpou o ketchup do dia anterior num guardanapo usado e se encaminhou para a porta. — Agora vou mostrar os banheiros. Prepare-se...

Desde que comecei a escrever esta carta eu já bebi (tomei? entornei?) mais duas cervejas, então estou pronto para dizer isso agora. Lá vai. Em, nós nos conhecemos há uns cinco ou seis anos, mas só há uns dois anos somos, bem, "amigos", o que não é tanto tempo assim mas acho que sei um pouco sobre você e entendo qual é o seu problema. E fique sabendo que só tirei 2,2 em antropologia, por isso sei do que estou falando. Se não quiser conhecer a minha teoria, pare de ler agora.

Ótimo. Então vamos lá. Acho que você tem medo de ser feliz, Emma. Parece que pensa que o caminho natural das coisas na sua vida é ser triste, sombria e macambúzia, e odiar seu emprego, odiar o lugar onde mora e não ter sucesso nem dinheiro, e Deus a livre de um namorado (e uma pequena digressão aqui: esse negócio de não se achar bonita está ficando chato, vou te dizer). Na verdade vou mais longe: acho que você gosta de se sentir frustrada e ter menos do que queria ter, porque isso é mais fácil, não é? O fracasso e a infelicidade são mais fáceis, porque você pode fazer piada com isso. Está incomodada? Aposto que sim. Bem, estou só começando.

Em, eu detesto imaginar você naquele apartamento terrível no meio daqueles cheiros e barulhos estranhos, com aquelas lâmpadas no teto, ou naquela lavanderia, — aliás, não há razão nesses dias e nessa época para alguém usar uma lavanderia, não tem nada de bacana ou de politicamente correto em lavanderias, são apenas deprimentes. Sei não, Em, você é jovem e é uma garota genial, no entanto sua ideia de diversão é lavar roupa. Acho que você merece mais do que isso. Você é inteligente, engraçada e legal (muito legal, se quer saber) e, de longe, a pessoa mais inteligente que conheço. E (a esta altura vou tomar mais uma cerveja... e respirar fundo) é também uma Mulher Muito Atraente. E (mais cerveja), sim, eu também quero dizer "sensual", embora me incomode um pouco escrever essa palavra. Mas não vou rabiscar só porque é politicamente incorreto dizer que alguém é "sensual", pois isso também é VERDADE. Você é linda, sua velha rabugenta, e se eu pudesse te dar só um presente para o resto da sua vida seria este. Confiança. Seria o presente da Confiança. Ou isso ou uma vela perfumada.

Sei por meio de suas cartas e por tê-la encontrado depois da sua peça que você não sabe ao certo o que fazer da vida, está meio sem rumo, mas tudo bem, tudo certo, porque todo mundo é assim aos vinte e quatro anos. Na verdade, toda a nossa geração é assim. Eu li um artigo sobre isso; é porque nunca lutamos numa guerra ou por termos passado muito tempo em frente à televisão ou algo assim. De qualquer forma, as únicas pessoas que têm rumo são muito chatas, como a tal da Tilly Killick ou o Callum O'Neill e sua manutenção de computadores. Eu realmente não tenho um grande plano, e sei que você acha que tenho tudo planejado, mas não tenho. Também me preocupo, só que nem tanto com seguro desemprego e aluguel social, o futuro do Partido Trabalhista e onde vou estar daqui a vinte anos e como Nelson Mandela está se adaptando à liberdade.

Então chegou a hora de dar mais um tempo antes do próximo parágrafo porque só estou começando. Esta carta vai provocar um clímax de mudança na sua vida. Fico imaginando se você está pronta para isso.

Em algum ponto entre os banheiros dos funcionários e a cozinha, Ian Whitehead resolveu apresentar o seu show.

— Alguma vez você já esteve num, digamos, supermercado, no caixa de até dez volumes e tem uma senhora na sua frente que está com, digamos, *onze* itens? E você conta os produtos dela e fica, assim, muiiito brava...

— *Ay, caramba* — resmungou Emma baixinho antes de abrir as portas vaivém da cozinha com um chute, onde foram recebidos por um bafo de ar quente que fez seus olhos arderem com a mistura acre de pimenta *jalapeño* e de detergente aquecido. Um rock lisérgico soava alto no velho toca-fitas enquanto um somali, um argelino e um brasileiro faziam força para destampar embalagens de plástico branco.

— Bom dia, Benoit, bom dia, Kemal. Oi, Jesus — cumprimentou Emma, afável, e eles sorriram e aquiesceram, também afáveis.

Emma e Ian foram até um quadro de avisos, onde ela apontou um cartaz que dizia o que fazer se alguém engasgasse com a comida, "como podia acontecer". Ao lado estava pregada uma folha maior, desgastada nas pontas, um pergaminho com o mapa da fronteira entre o Texas e o México. Emma apontou com o dedo.

— Está vendo essa coisa que parece um mapa do tesouro? Bem, não tenha esperança, porque é só o menu. Não tem ouro aqui, compadre, só quarenta e oito itens, todas as combinações diferentes dos cinco grupos principais de comida *tex-mex*: carne moída, feijão, queijo, frango e guacamole. — Percorreu o mapa com o dedo. — Então, indo do leste para o oeste, nós temos feijão com frango coberto de queijo, cobertura de queijo em frango com guacamole, guacamole com carne moída em cima de frango debaixo de queijo...

— Certo, já entendi...

— ...e às vezes a gente põe um pouco de arroz ou cebola crua para aumentar a emoção, mas a maior alegria vem de como se faz tudo isso. Tudo tem trigo ou milho.

— Trigo ou milho, certo...

— *Tacos* são de milho, burritos são de trigo. Basicamente, se esfarelar e queimar a sua mão é um *taco*, se esparramar e vazar banha vermelha no seu braço é um burrito. Esse é um deles... — Pegou uma panqueca mole de um pacote de cinquenta unidades e segurou como uma flanela úmida. — Isso é um burrito. Ponha um recheio, frite e jogue queijo derretido por cima, é uma *enchilada*. Uma tortilha com recheio é um *taco*, e um burrito que você mesmo recheia é uma *fajita*.

— E o que é uma *tostada*?

— Já vamos chegar lá. Um passo depois do outro. As *fajitas* vão nesses pratos vermelhos cor de ferro em brasa. — Ergueu uma panela de ferro engordurada que parecia ter saído da bigorna de um ferreiro. — Cuidado com isso, você não acreditaria quantas vezes tivemos que desgrudar essas coisas dos clientes. E aí eles não dão gorjeta. — Ian olhava para ela, rindo como um pateta. Emma apontou para um balde aos seus pés. — Essa coisa branca é creme azedo, só que não é creme nem leite azedo, é só uma espécie de gordura hidrogenada, acho. É o que sobra quando eles fazem petróleo. Serve para colar um salto no sapato, mas fora isso...

— Eu tenho uma pergunta.

— Pode falar.

— O que você vai fazer depois do expediente?

Benoit, Jesus e Kemal pararam o que faziam, Emma recompôs a expressão e deu uma risada.

— Você não perde tempo, hein, Ian?

Ian tinha tirado o boné e o girava na mão como um candidato no palco.

— Não é um encontro ou coisa assim, você já deve ter namorado! — Passou-se um momento enquanto ele esperava uma resposta, mas a expressão de Emma não se alterou. — Só achei que talvez pudesse se interessar pelo meu... — com uma voz nasalada — ...estilo de comediante, só isso. Eu vou fazer uma... — os dedos fizeram um gesto indicando duas aspas — ..."apresentação" hoje à noite no Chortles, no Frog and Parrot, em Cockfosters.

— Frog and Parrot?

— Em Cockfosters. É na Zona 3, sei que parece Marte nas noites de domingo, mas mesmo se eu me sair mal tem outros bons comediantes lá. Ronny Butcher, Steve Sheldon, os Kamikaze Twins... — Enquanto ele falava, Emma percebeu qual era seu verdadeiro sotaque, um suave e agradável sibilo de West Country, ainda não eliminado pela cidade, e mais uma vez pensou em tratores. — Vou fazer um número novo hoje à noite, sobre a diferença entre homens e mulheres...

Sem dúvida era um convite para sair. E ela deveria aceitar. Afinal de contas, isso não acontecia todos os dias, e o que poderia acontecer de tão ruim?

— E a comida também não é má. O básico: hambúrguer, rolinho primavera, batata frita...

— Parece ótimo, Ian, as fritas e tudo o mais, mas hoje não posso, sinto muito.

— É mesmo?

— Não posso perder a missa das sete.

— Não seja assim.

— É uma boa pedida, mas fico muito cansada depois do meu turno aqui. Só quero ir para casa, comer uma comidinha e chorar. Por isso não posso aceitar, sinto muito.

— Que tal outro dia? Na sexta eu vou me apresentar no Cheshire Cat, em Balham...

Por cima do ombro, Emma viu os cozinheiros observando, Benoit rindo com a mão na boca.

— Talvez outro dia — respondeu, delicada porém resoluta, e tentou mudar de assunto.

— Agora, isso — cutucou outro balde com o pé. — Isso aqui é um molho. Cuidado para não derramar na pele. Arde.

O negócio é o seguinte, Em, voltando correndo para o albergue embaixo de chuva agora há pouco — a chuva aqui é morna, às vezes até quente, diferente da chuva de Londres —, eu estava, como falei, meio bêbado, e de repente me peguei pensando em você, e pensando que pena que Em não está aqui para ver isso, para vivenciar isso, aí eu tive a seguinte revelação.

Você devia estar aqui comigo. Aqui na Índia.

E aí vai meu grande plano, que pode ser maluco, mas vou mandar esta carta antes que eu mude de ideia. Siga estas instruções simples.

1 – Largue essa droga de emprego agora mesmo. Deixe que eles encontrem outra pessoa para derreter queijo em cima de tortilha de batata por 2,20 a hora. Ponha uma garrafa de tequila na bolsa e vá até a porta. Pense em como você vai se sentir, Em. Saia agora. Faça isso.

2 – Também acho que você devia sair desse apartamento. Tilly está roubando você, cobrando esse dinheirão por um quarto sem janela. Não é um quarto, é um caixote, e você devia sair daí e deixar outra pessoa torcer o imenso sutiã cinza para ela. Quando eu voltar para o chamado mundo real, vou comprar um apartamento, porque esse é o tipo de monstro capitalista privilegiado que eu sou, e você vai ser sempre bem-vinda para ficar um tempo, ou para sempre se quiser, pois acho que nos damos bem, não é? Assim, sabe, como COMPANHEIROS DE APARTAMENTO. *Isso desde que você consiga superar sua atração sexual por mim, rá-rá-rá. Se o pior acontecer, eu tranco você no seu quarto durante a noite. Bem, e agora o grande impacto...*

3 – *Assim que ler isso, vá até a agência de viagens de estudantes na Tottenham Court Road e reserve uma passagem para Nova Délhi, com a data de volta* EM ABERTO, *para chegar aqui em duas semanas, por volta de 1º de agosto, que é o dia do meu aniversário, caso tenha esquecido. Uma noite antes pegue um trem até Agra e fique num hotel barato. Na manhã seguinte acorde cedo e vá ao Taj Mahal. Talvez você já tenha ouvido falar, é um grande prédio branco que recebeu esse nome por causa daquele restaurante indiano na Lothian Road. Dê uma olhada por lá e exatamente ao meio-dia fique bem em frente ao domo com uma rosa vermelha na mão e um exemplar do* Nicholas Nickleby *na outra e eu vou te encontrar, Em. Vou levar uma rosa branca e o meu exemplar do* Howards End *e quando eu vir você vou jogar o livro na sua cabeça.*

Não é o melhor plano de que você já ouviu na vida?

Ah, isso é típico do Dexter, você deve estar dizendo, será que ele não está esquecendo alguma coisa? Dinheiro! Passagens de avião não crescem em árvores, sem falar da previdência social e da ética no trabalho etc., etc. Bem, não se preocupe, eu pago. Sim, eu pago. Vou mandar o dinheiro da passagem (eu sempre quis fazer uma remessa de dinheiro) e bancar tudo quando você estiver aqui, o que parece pretensioso, mas não é, porque tudo aqui é MUITO BARATO. *A gente pode viver meses aqui, Em, eu e você, indo até Kerala ou conhecendo a Tailândia. Podemos ir a um luau — imagine passar a noite acordada, não por estar preocupada com o futuro, mas por* PRAZER. *(Lembra quando ficamos acordados a noite toda depois da formatura, Em? Enfim, vamos em frente.)*

Com trezentas libras de outra pessoa você pode mudar sua vida, e não deve se preocupar com isso porque francamente eu tenho um dinheiro que não mereço, e você trabalha duro e mesmo assim não tem dinheiro; vamos colocar o socialismo em prática, vamos? E se você fizer questão pode me pagar quando for uma dramaturga famosa, ou quando ganhar dinheiro com suas poesias ou seja lá o que for. Além do mais, são só três meses. Tenho que voltar no outono de qualquer jeito. Como você sabe, mamãe não está muito bem. Ela me diz que a operação foi um sucesso e talvez seja verdade, ou então ela não quer me deixar preocupado. De qualquer jeito, preciso voltar para casa em algum momento. (Aliás, minha mãe tem uma teoria sobre você e eu, e se você me encontrar no Taj Mahal eu conto tudo a respeito, mas só se você me encontrar lá.)

Na parede à minha frente tem uma espécie de louva-a-deus gigante que está olhando para mim como se me mandasse calar a boca, e é o que

eu vou fazer. A chuva parou e vou até um bar encontrar umas novas amigas, três estudantes de medicina de Amsterdã que contam tudo o que você precisa saber. Mas no caminho vou passar num correio e mandar esta carta antes que eu desista. Não que ache que vir aqui é uma má ideia — não é, é uma grande ideia e você deve vir —, mas porque posso ter falado demais. Desculpe se isso a deixou perturbada. O principal é que penso demais em você, só isso. Dex e Em, Em e Dex. Pode me chamar de sentimentaloide, mas não tem ninguém no mundo que eu mais gostaria de ver com disenteria.
Taj Mahal, 1º de agosto, meio-dia.
Encontro você!
Com amor,
D

...e então ele se espreguiçou e coçou a cabeça, bebeu o resto da cerveja e pegou a carta, juntou as folhas e depositou a pilha à sua frente com um gesto solene. Sacudiu a mão para diminuir a cãibra: onze páginas escritas em alta velocidade, o máximo que tinha escrito desde as provas finais. Esticando os braços sobre a cabeça, Dexter pensou, satisfeito: "Isso não é uma carta, é um presente."

Enfiou os pés nas sandálias, levantou-se meio desequilibrado e se preparou para o chuveiro comunitário. Estava bastante bronzeado, seu grande projeto dos últimos dois anos, a cor sedimentada profundamente na pele como uma camada de alcatrão. Com a cabeça quase raspada por um barbeiro de rua, também tinha perdido algum peso, mas secretamente gostava da nova aparência: magro como um herói recém-resgatado da selva. Para completar o visual, mandou fazer uma discreta tatuagem no tornozelo, um descomprometido símbolo de *yin-yang* do qual provavelmente iria se arrepender quando voltasse a Londres. Mas tudo bem. Em Londres usaria meias.

Sóbrio depois da ducha fria, voltou ao minúsculo quarto e revirou a mochila em busca de algo que pudesse vestir para o encontro com as estudantes de medicina holandesas, cheirando cada peça de roupa até todas estarem empilhadas sobre uma esteira velha de ráfia. Decidiu-se pelo item menos detonado, uma antiquada camisa de manga curta americana, e vestiu uma calça jeans surrada e rasgada na altura das panturrilhas, sem cueca, para se sentir ousado e destemido. Um aventureiro, um pioneiro.

Aí viu a carta. Seis folhas azuis escritas dos dois lados. Olhou para elas como se um intruso as tivesse deixado ali, e, junto com a recente sobriedade, veio a primeira pontada de dúvida. Pegou a carta devagar, deu uma olhada numa página ao acaso e imediatamente virou para o outro lado, a boca contraída. Todas aquelas letras maiúsculas, pontos de exclamação e as piadas de mau gosto. Dizia que ela era "sensual", usava a palavra "digressão", que nem era de fato uma palavra. Parecia mais um leitor de poesia de colégio, não um pioneiro, um aventureiro de cabeça raspada e tatuagem que não usava cueca por baixo do jeans. "Encontro você lá, tenho pensado em você, Dex e Em, Em e Dex..." O que ele estava pensando? O que parecia urgente e emotivo uma hora atrás agora parecia meloso e deslocado, às vezes até enganador. Não havia nenhum louva-a-deus na parede, não estava ouvindo a fita dela enquanto escrevia, pois tinha perdido o toca-fitas em Goa. Por certo, aquela carta mudaria tudo, mas as coisas não estavam ótimas do jeito que estavam? Será que queria mesmo Emma na Índia, caçoando da sua tatuagem, fazendo suas observações inteligentes? Eles teriam de se beijar no aeroporto? Teriam de dividir a mesma cama? Será que queria mesmo encontrar com ela tanto assim?

Sim, decidiu que queria. Porque, apesar de toda aquela idiotice, havia um carinho sincero no que havia escrito, até mais que carinho, e definitivamente ia mandar a carta naquela noite. Se Emma reagisse mal, ele sempre podia dizer que estava bêbado. Pelo menos isso era verdade.

Sem mais hesitações, guardou a carta num envelope, que enfiou dentro do seu exemplar de *Howards End*, na página da dedicatória escrita à mão por Emma. Então saiu para o encontro com suas novas amigas holandesas no bar.

Pouco depois das nove da noite, Dexter saiu do bar com Renee van Houten, uma estagiária de farmácia de Roterdã que tinha uma tintura de hena desbotando nas mãos, um frasco de temazepam no bolso e uma tatuagem malfeita do Pica-Pau na base da coluna. Viu o pássaro olhando para ele de esguelha e com lascívia ao passar cambaleando pela porta.

Na ânsia de saírem do bar, Dexter e sua nova amiga sem querer trombaram com Heidi Schindler, de vinte e três anos, uma estudante de engenharia química de Colônia. Heidi xingou Dexter, mas em alemão e em voz baixa, para os dois não ouvirem. Abrindo caminho pelo bar lotado, livrou-se da enorme mochila e vistoriou o salão em busca de um lugar para desabar. Os traços de Heidi eram redondos e rosados, como uma série de círculos sobrepostos, efeito que era ressaltado pelos óculos redondos, agora embaçados no bar quente e úmido. De mau humor, entupida de Diocalm, furiosa com os amigos que sempre a deixavam para trás, ela desabou de costas num decrépito sofá de ratã e absorveu toda a dimensão da sua infelicidade. Tirou os óculos embaçados, limpou as lentes com a bainha da camiseta, acomodou-se no sofá e sentiu uma coisa dura cutucando seu quadril. Praguejou outra vez, em voz baixa.

Alojado entre as desgastadas almofadas havia um exemplar de *Howards End*, com uma carta inserida nas páginas de abertura. Embora a carta não fosse endereçada a ela, sentiu uma sensação involuntária de expectativa diante do filete vermelho e branco do envelope via aérea. Tirou a carta do envelope, leu-a até o fim, depois leu outra vez.

O inglês de Heidi não era tão bom, e algumas palavras eram desconhecidas — como "digressão", por exemplo, mas ela entendeu o bastante para perceber que era uma carta importante, do tipo que ela mesma gostaria de receber algum dia. Não exatamente uma carta de amor, mas quase. Imaginou a tal "Em" lendo a carta, depois relendo, exasperada porém com certo prazer, e imaginou o que ela faria a partir daquilo, se abandonaria seu terrível apartamento e o péssimo emprego e mudaria de vida. Heidi visualizou Emma Morley, que poderia ser parecida com ela, à espera no Taj Mahal enquanto um homem loiro e bonitão se aproximava. Imaginou os dois se beijando e começou a se sentir um pouco mais feliz. E decidiu que, acontecesse o que acontecesse, Emma Morley deveria receber aquela carta.

Mas não havia nenhum endereço no envelope, nem tampouco o endereço do remetente "Dexter". Examinou as páginas em busca de alguma pista, talvez o nome do restaurante onde Emma trabalhava, mas não encontrou nada de útil. Resolveu perguntar na recepção do albergue da estrada. Afinal, era o máximo que podia fazer.

Agora Heidi Schindler é Heidi Klauss. Aos quarenta e um anos de idade, mora num subúrbio de Frankfurt com o marido e quatro filhos, e até que é feliz — com certeza, mais feliz do que esperava ser aos vinte e três. O exemplar de *Howards End* ainda está na estante no quarto de hóspedes, esquecido e não lido, com a carta inserida logo depois da capa, perto de uma dedicatória escrita numa caligrafia pequena e caprichada que dizia:

Ao querido Dexter. Um grande romance para a sua grande jornada. Viaje bem e volte a salvo e sem tatuagens. *Seja legal, ou ao menos o quanto for capaz. Que droga, eu vou sentir sua falta.*
Com muito amor, sua boa amiga Emma Morley. Clapton, Londres, abril de 1990

CAPÍTULO QUATRO
Oportunidades

SEGUNDA-FEIRA, 15 DE JULHO DE 1991

Camden Town e Primrose Hill

— ATENÇÃO, POR FAVOR! Um minuto de atenção. Atenção, todo mundo. Chega de conversa, chega de conversa, chega de conversa. Por favor. Por favor. Obrigado. Bom, eu queria falar sobre o menu de hoje, se possível. Antes de mais nada os chamados "especiais". Temos um caldo de milho verde e um *chimichanga* de peru.

— Peru? Em julho? — contestou Ian Whitehead do balcão, onde fatiava cunhas de limão-galego para enfiar no gargalo das garrafas de cerveja.

— Bem, hoje é segunda-feira — continuou Scott. — Deve ser um dia fácil e tranquilo, por isso quero esse lugar um brinco. Já verifiquei a escala de serviços, e você fica com os toaletes, Ian.

Os outros funcionários gracejaram.

— Por que sempre eu? — resmungou Ian.

— Porque você faz isso *maravilhosamente* — respondeu sua melhor amiga, Emma Morley, e Ian aproveitou a oportunidade para passar o braço em volta dos ombros caídos dela e fingir de forma carinhosa que a esfaqueava de cima para baixo.

— E, quando vocês dois terminarem, será que você pode vir até o meu escritório, Emma? — perguntou Scott.

Os outros funcionários deram risadinhas sarcásticas, Emma soltou-se de Ian enquanto Rashid, o *barman*, apertou a tecla "play" do engordurado toca-fitas atrás do balcão: "La cucaracha", a barata, uma piada que não tinha mais graça, repetida até o fim dos tempos.

— Eu vou direto ao assunto. Sente-se.

Scott acendeu um cigarro e Emma se acomodou na banqueta em frente à sua mesa mal-arrumada. Uma muralha de caixas cheias de vodca, tequila e cigarros — o estoque considerado mais "afanável" — bloqueava a luz do sol de julho na saleta escura que cheirava a cinzeiros e desilusão.

Scott pôs os pés em cima da mesa.

— O fato é que estou indo embora.

— É mesmo?

— O escritório central me chamou para gerenciar a nova filial do Ave Caesar's, em Ealing.

— O que é Ave Caesar's?

— Uma nova cadeia de restaurantes italianos modernos.

— Chamada Ave Caesar's?

— Exatamente.

— Por que não Mussolini's?

— Eles vão fazer com a comida italiana o que fizeram com a mexicana.

— O quê, estragar tudo?

Scott pareceu magoado.

— Dá um tempo, tá, Emma?

— Desculpe, Scott, de verdade. Parabéns, meus parabéns, mesmo... — Parou de repente, ao perceber o que vinha em seguida.

— A questão é a seguinte... — Scott entrelaçou os dedos e inclinou-se para a frente na mesa, como se tivesse visto aquele gesto ser feito por executivos na televisão, sentindo certo lampejo afrodisíaco de poder. — Eles me pediram para indicar um substituto para a gerência, e é sobre isso que gostaria de falar com você. Eu quero alguém que não esteja de saída. Alguém confiável, que não vá embora para a Índia sem aviso prévio ou largar tudo por um emprego melhor. Alguém em quem eu possa confiar para ficar aqui por alguns anos e realmente se dedicar a... Emma, você... está *chorando*?

Emma cobriu os olhos com as duas mãos.

— Desculpe, Scott, é que você me pegou num mau momento, só isso.

Scott franziu o cenho, dividido entre compaixão e irritação.

— Toma. — Tirou um papel-toalha azul e áspero de um pacote. — Sirva-se... — e jogou o rolo, que bateu na mesa e ricocheteou no peito de Emma. — Foi alguma coisa que eu disse?

— Não, não, não, é só uma questão particular, pessoal, que de vez em quando vem à tona. Muito constrangedor. — Pressionou dois pedaços de papel azul áspero nos olhos. — Desculpe, desculpe, você estava dizendo...

— Perdi o fio da meada, com você chorando desse jeito.

— Acho que você estava dizendo que a minha vida não vai a lugar nenhum — e começou a rir e a chorar ao mesmo tempo. Pegou um terceiro pedaço de papel-toalha e enxugou a boca.

Scott esperou até os ombros dela pararem de subir e descer.

— Então, está interessada no emprego ou não?

— Você está dizendo — apoiou a mão num galão de vinte litros de molho de salada Thousand Island — que um dia tudo isso pode ser meu?

— Emma, se você não quer o emprego, é só dizer, mas eu venho fazendo isso há quatro anos...

— E fez tudo muito bem, Scott...

— O salário é razoável, você nunca mais teria que limpar banheiros...

— E eu agradeço a proposta.

— Então por que a choradeira?

— É que eu ando meio... deprimida, só isso.

— De-primida — Scott franziu o cenho, como se ouvisse aquela palavra pela primeira vez.

— Você sabe. Um pouco triste.

— Certo. Entendi. — Pensou em lhe dar um abraço paternal, mas isso significaria passar por cima de um barril de quarenta litros de maionese, e, por isso, preferiu inclinar-se mais para a frente na mesa. — Algum problema com... namorado?

Emma deu uma risada curta.

— Não seria por isso. Não é nada, Scott, você me pegou numa maré baixa, só isso. — Meneou vigorosamente a cabeça. — Está vendo, já passou, tudo bem. Vamos esquecer.

— Então, o que você acha? Quanto a ser gerente.

— Posso pensar no assunto? Dar uma resposta amanhã?

Scott sorriu com benevolência e concordou.

— Tudo bem! Fique à vontade... — Apontou com o braço em direção à porta, acrescentando com uma compaixão infinita: — Vá comer alguns nachos.

Na sala dos funcionários vazia, Emma contemplou o prato de queijo fumegante com salgadinhos de milho como se fosse um inimigo a ser derrotado.

Levantando-se de repente, andou até o armário de Ian e enfiou a mão no jeans embolado até encontrar o maço de cigarros. Pegou um, acendeu, depois ergueu os óculos e examinou os próprios olhos no espelho trincado, lambendo os dedos para remover as manchas reveladoras. O cabelo estava comprido, sem corte e com uma cor que ela comparou à de um camundongo magro. Tirou uma mecha do elástico que o prendia no lugar e passou os dedos pelos fios, sabendo que quando lavasse o cabelo o xampu escorreria cinza. Cabelos de cidade grande. Estava pálida, devido a muitos turnos à noite, e gordinha também: já havia alguns meses vestia a saia pela cabeça. Culpava todos aqueles feijões fritos e depois fritos de novo. "Sua gorda", pensou, "gorda e imbecil", uma das frases que passavam pela sua cabeça atualmente, junto com "Um terço da vida já se foi" e "Qual o sentido de tudo isso?"

Os meados de seus vinte anos haviam trazido uma segunda adolescência, ainda mais egocêntrica e sombria do que a primeira.

— Por que você não volta para casa, querida? — a mãe tinha perguntado na noite anterior, com sua voz trêmula e preocupada, como se a filha tivesse sido abduzida. — Seu quarto continua aqui. Há vagas nas lojas da Debenhams — e pela primeira vez Emma se sentiu tentada.

Houve um tempo em que achava que poderia conquistar Londres. Imaginava um turbilhão de salões literários, engajamento político, festas divertidas, romances agridoces às margens do Tâmisa. Pretendia montar uma banda, fazer curtas-metragens, escrever romances, mas dois anos depois o magro volume de versos não havia engordado, e nada de muito bom tinha acontecido já que foi atacada a cassetete nas manifestações contra a *poll tax* de que participou.

A cidade tinha vencido, exatamente como disseram que aconteceria. Como numa festa cheia de gente, ninguém percebeu a chegada dela, e ninguém notaria se fosse embora.

Não que ela não tivesse tentado. A ideia de uma carreira no mercado editorial estava descartada. Sua amiga Stephanie Shaw tinha arrumado um emprego depois da formatura e desde então nunca mais foi a mesma. Não se via mais Stephanie Shaw diante de canecas de cerveja clara ou escura. Agora ela tomava vinho branco, usava terninhos elegantes da Jigsaw e servia salgadinhos Kettle Chips em seus jantares. Seguindo o conselho de Stephanie, Emma escreveu cartas a editoras, a agentes e depois a livrarias, mas nada. Havia uma recessão, as pessoas se aferravam a seus empregos com uma determinação inflexível. Pensou em buscar refúgio na academia, mas o governo tinha cancelado as bolsas de estudo e ela não tinha como pagar a mensalidade dos cursos. Havia algum trabalho voluntário, talvez para a Anistia Internacional, mas o aluguel e o transporte consumiam todo o seu dinheiro, enquanto o Loco Caliente consumia todo o seu tempo e a sua energia. Teve a ideia fantasiosa de ler romances em voz alta para pessoas cegas, mas será que isso era um emprego ou algo que tinha visto em algum filme? Quando tivesse energia, descobriria. No momento ia ficar simplesmente em frente à mesa olhando para o seu almoço.

O queijo industrializado tinha ficado duro como plástico, e numa súbita repulsa Emma empurrou o prato para longe e remexeu na bolsa para retirar um caderno de anotações novo e caro, de couro preto, com uma robusta caneta-tinteiro presa na capa. Abrindo uma nova página do papel cor de creme, começou a escrever depressa.

<u>Nachos</u>

Os nachos são os culpados.
A fumegante variedade da bagunça igual à bagunça da vida dela
Resumindo tudo o que está errado
Da
Vida
Dela.
"Hora de mudar", diz a voz das ruas.
Perto da Kentish Town Road
Soam risadas
Mas aqui, nesse sótão esfumaçado,
Existem apenas
Os nachos.
O queijo, como a vida, ficou
Duro e
Frio
Como plástico
E não soam mais risadas debaixo do pé-direito alto.

Emma parou de escrever, olhou para o outro lado e fitou o teto, como se estivesse dando a alguém uma chance de se esconder. Olhou de novo para a página com a esperança de ser surpreendida por um texto brilhante.

Estremeceu e soltou um longo gemido, depois riu, balançando a cabeça enquanto riscava metodicamente todas as linhas até que cada palavra ficasse ilegível. Logo o excesso de tinta atravessou o papel. Virou a página de volta, para o lado de onde vinham os borrões, e leu o que estava escrito.

Edimburgo, quatro da manhã

Deitados numa cama de solteiro, nós conversamos sobre o
Futuro, fazemos nossas previsões,
e enquanto falamos eu olho para ele, penso
"Bonitão", palavra estúpida, e penso
"será que é isso? A coisa ilusória?"

Melros cantam lá fora e a
luz do Sol aquece as cortinas...

Estremeceu mais uma vez, como se espiasse por baixo de um curativo, e fechou o caderno com força. Meu Deus, "a coisa ilusória". Tinha chegado a um momento de decisão. Não acreditava mais que uma situação pudesse melhorar se escrevesse um poema a respeito.

Empurrou o caderno, pegou uma edição do *Sunday Mirror* do dia anterior e começou a comer nachos, os ilusórios nachos, mais uma vez surpresa com o quanto uma comida ruim podia servir de consolo.

Ian estava à porta.

— Aquele cara está aqui de novo.

— Que cara?

— O seu amigo, aquele bonitão. Está com uma garota. — Emma soube imediatamente de quem Ian estava falando.

Ficou observando da cozinha, o nariz encostado no vidro engordurado da escotilha circular, enquanto os dois se acomodavam de forma insolente num reservado central, bebericando drinques enfeitados e rindo do cardápio. A garota era alta e magra, com a pele clara e uma maquiagem negra nos olhos, cabelo preto, preto, curto e com um corte chique e assimétrico, as pernas compridas enfiadas em calças justas pretas e botas de cano curto. Um pouco bêbados, os dois agiam com aquela atitude confiante, solta e despreocupada que as pessoas assumem quando sabem que estão sendo observadas: comportamento de um videoclipe. Emma pensou como seria bom entrar no salão e bater nos dois com um pacote de burritos do dia.

Duas mãos grandes cobriram seus ombros.

— Uau! — exclamou Ian, apoiando o queixo na cabeça dela. — Quem é ela?

— Não faço ideia. — Limpou a marca que seu nariz tinha feito na janela. — Eu perco a conta.

— Então essa é nova.

— Dexter não consegue se concentrar por muito tempo. Como um bebê. Ou um macaco. Você precisa estar sempre agitando alguma coisa brilhante na frente dele. — "É o caso dessa garota", pensou, "uma coisa brilhante".

— Então você acha que o que dizem é verdade? Que as garotas gostam dos canalhas?

— Ele não é um canalha. É um idiota.

— Então as garotas gostam de idiotas?

Agora Dexter tinha espetado o guarda-chuva do seu coquetel atrás da orelha, e a garota morria de rir, encantada com a genialidade daquele gesto.

— Sem dúvida parece que sim — respondeu Emma.

"O que era aquilo", ela se perguntou, "aquela necessidade de ostentar sua nova e resplandecente vida na metrópole para ela?" Assim que se encontraram nos portões de desembarque quando ele voltou da Tailândia, esguio, bronzeado e de cabeça raspada, Emma soube que não havia mais chance de um relacionamento entre os dois. Muita coisa tinha acontecido com ele, muito pouco tinha acontecido com ela. Mesmo assim, aquela era a terceira namorada, amante ou o que fosse que ela conhecia nos últimos nove meses, Dexter apresentando-as como um cão segurando um pombo gordo na boca. Seria uma espécie de revanche doentia por alguma razão? Por ela ter tirado notas mais altas que ele? Será que não sabia o que isso fazia com ela, ver os dois sentados na mesa nove esfregando as virilhas na cara um do outro?

— Você pode atender, Ian? É a sua seção.

— Ele pediu você.

Emma suspirou, limpou as mãos no avental, tirou o boné de beisebol para minimizar a vergonha e abriu a porta num empurrão.

— Então... vocês querem saber os especiais de hoje?

Dexter levantou-se depressa, desvencilhou-se dos longos braços da garota e abraçou sua velha, velha amiga.

— Olá! Como vai, Em? Grande abraço! — Desde que tinha começado a trabalhar na TV, Dexter desenvolvera certa mania de abraçar, ou de Grandes Abraços. A proximidade com apresentadores de TV o contagiava, e agora ele falava com ela mais como uma convidada especial do que como amiga.

— Emma, essa... — Pôs uma das mãos no ombro nu e ossudo da garota, formando uma corrente entre os três. — Essa é Naomi, mas a pronúncia certa é Noume.

— Olá, Noume — Emma sorriu. Naomi também sorriu, o canudinho da bebida preso entre os dentes brancos.

— Ei, vem tomar uma *margarita* com a gente! — Inebriado e sentimental, ele puxou Emma pela mão.

— Não dá, Dex, estou trabalhando.

— Vamos lá, cinco minutos. Faço questão de te oferecer uma bêbada. Uma *bebida*! Eu quis dizer uma bebida.

Ian juntou-se a eles, o bloco de pedidos à mão.

— Então, vocês vão comer alguma coisa? — perguntou de forma educada.

A garota torceu o nariz.

— *Acho* que não!

— Dexter, você já conhece Ian, não é? — perguntou Emma depressa.

— Não, não conheço — respondeu Dexter.

— Sim, já nos encontramos várias vezes — replicou Ian. Houve um momento de silêncio entre todos, funcionários e clientes.

— Então, Ian, você pode providenciar duas... não, três *margaritas* "Remember the Alamo". Duas ou três? Em, você vai sentar com a gente?

— Dexter, eu já disse que estou trabalhando.

— Certo. Nesse caso, sabe de uma coisa? Nós vamos embora. Só a conta, por favor, hã... — Ian se afastou e Dexter chamou Emma em voz baixa: — Ei, escuta, existe alguma maneira de... você sabe...

— O quê?

— Dar algum dinheiro a você pelas bebidas.

Emma olhou para ele sem entender.

— Não estou entendendo.

— O que estou querendo dizer é: existe alguma forma de... te dar uma *gorjeta*?

— Gorjeta?
— Exatamente. Uma gorjeta.
— Por quê?
— Por nenhuma razão, Em — respondeu Dex. — Só por querer muito te dar uma gorjeta — e Emma sentiu mais uma pequena parte de sua alma desmoronar.

Em Primrose Hill, Dexter dormia sob o sol da tarde, camisa desabotoada, mãos atrás da cabeça, meia garrafa de vinho branco comprada no supermercado esquentando ao seu lado, dissipando a ressaca da tarde e se embebedando outra vez. A grama amarela e ressecada da colina estava repleta de jovens profissionais, muitos saindo direto dos escritórios, rindo e conversando ao som de três estéreos competindo entre si, e, no meio de tudo aquilo, Dexter sonhava com a televisão.

A ideia de se tornar um fotógrafo profissional havia sido abandonada sem grandes conflitos. Dexter sabia que era um amador razoável, provavelmente sempre seria, mas para se tornar excepcional, um Cartier-Bresson, um Capa ou um Brandt, era preciso empenho, renúncia e luta, e ele não sabia bem se combinava com luta. A televisão, por outro lado, o aceitou de imediato. Por que não tinha pensado nisso antes? Sempre teve uma televisão em sua casa na infância, mas sempre houve algo de feio em assistir àquela coisa. Agora, nesses últimos nove meses, passara a dominar sua vida. Era um convertido, e, com a paixão de um novo recruta, se viu envolvido de uma forma muito emocional com a mídia, como se enfim tivesse encontrado um lar espiritual.

Claro que não tinha o brilho artístico da fotografia ou a credibilidade de um correspondente de guerra, mas televisão era uma coisa importante. Televisão era o futuro. Democracia na prática, chegava à vida das pessoas de maneira imediata, formava opiniões, provocava, entretinha e envolvia de um jeito mais eficaz do que todos aqueles livros que ninguém lia ou peças a que ninguém ia. Emma podia dizer o que quisesse dos Conservadores (Dexter tampouco era entusiasta, embora mais por uma questão de estilo do que por princípio), mas sem dúvida eles tinham revolucionado a mídia. Até pouco tempo atrás as transmissões eram limitadas, grandiloquentes e chatas; muito sindicalizadas, cinzentas e burocráticas, cheias de barbudos convictos, benfeitores e velhas senhoras empurrando carrinhos de chá: uma espécie de filial do serviço público no entretenimento. A Redlight Productions, por outro lado, era parte do advento de novas empresas privadas, joviais e independentes que lutavam contra os meios de produção dos antiquados e velhos dinossauros da TV pública. Havia dinheiro na mídia: esse fato transparecia nos escritórios arejados e de cores primárias, com seus sistemas de computadores ultramodernos e generosas geladeiras comunitárias.

A ascensão de Dexter naquele mundo foi meteórica. A mulher que conheceu num trem na Índia, de cabelos curtos pretos e brilhantes e óculos minúsculos, tinha arranjado seu primeiro emprego como contrarregra, depois como pesquisador, e agora ele era produtor assistente, prod. assist., no UP_4IT, programa semanal que misturava música ao vivo e esquetes audaciosos, com reportagens sobre temas que "realmente interessam aos jovens de hoje": DST e drogas, música para dançar e drogas, violência policial e drogas. Dexter produzia pequenos filmes hiperativos de sinistros conjuntos habitacionais enfocados por ângulos malucos com tomadas de grandes-angulares, acelerados por uma trilha sonora lisérgica. Falava-se inclusive de atuar na frente das câmeras na próxima temporada. As coisas iam muito bem, ele estava se sobressaindo, e tudo indicava que poderia fazer os pais sentirem orgulho por ele.

"Eu trabalho na televisão." O simples fato de poder dizer isso já era gratificante. Gostava de caminhar até a ilha de edição da Berwick Street carregando envelopes de videoteipes e acenando para pessoas como ele. Gostava de tábuas de sushi e festas de lançamento, de beber água de filtros transparentes, pedir mensageiros e dizer coisas como "temos que cortar seis segundos". Secretamente, gostava de trabalhar em um dos ramos de atividade mais atraentes, e um que valorizava a juventude. Não havia chance, nesse admirável mundo novo da TV, de entrar numa sala de reuniões e encontrar um grupo de sexagenários discutindo uma ideia. O que será que acontecia com o pessoal da TV quando eles chegavam a uma certa idade? Onde iam parar? Não fazia diferença, aquilo combinava com ele, assim como a presença de mulheres jovens como Naomi: enérgicas, ambiciosas, cosmopolitas. Em um dos raros momentos em que se questionou, Dexter chegou a pensar que sua limitação intelectual poderia atrasar sua vida, mas era o tipo de trabalho em que a autoconfiança, a energia e talvez até uma certa arrogância eram o que importava, todas qualidades de que dispunha. Sim, era preciso ser inteligente, mas não como Emma. Só era preciso ser político, astuto, ambicioso.

Dexter adorava seu novo apartamento perto de Belsize Park, todo de madeira escura e bronze. Adorava estar na grande, difusa e enevoada

Londres naquele Dia de São Swithin, e queria dividir todo esse entusiasmo com Emma, mostrar que havia outras possibilidades, novas experiências, novos círculos sociais, tornar a vida dela mais parecida com a dele. Quem sabe Naomi e Emma pudessem ser amigas.

Embalado por esses pensamentos, prestes a adormecer, foi acordado por uma sombra pairando sobre seu rosto. Abriu um olho, piscou.

— Oi, linda.

Emma chutou de leve as costelas dele.

— Ai!

— Nunca, *nunca mais* faça isso!

— Fazer o quê?

— Você sabe o quê! Foi como se eu estivesse num zoológico com você me cutucando com um bastão, dando risada...

— Eu não estava rindo de você!

— Eu vi quando você foi embora, gargalhando com a sua namorada...

— Ela não é minha namorada, e nós estávamos rindo do menu...

— Vocês estavam rindo do lugar onde eu trabalho.

— E daí? Você também ri!

— Sim, mas eu *trabalho* lá. Eu brinco com a adversidade, você estava rindo da minha cara!

— Em, eu nunca, jamais...

— Pois foi o que pareceu.

— Bem, eu peço desculpas.

— Ótimo. — Emma dobrou as pernas e sentou-se ao lado dele. — Agora arruma essa camisa e me passa a garrafa.

— E na verdade ela não é minha namorada. — Abotoou os três botões de baixo da camisa, esperando que ela mordesse a isca. Quando não houve resposta, provocou mais uma vez. — De vez em quando a gente dorme junto, só isso.

Quando a possibilidade de um relacionamento entre eles se esfarelou, Emma lutou para se proteger diante da indiferença de Dexter, e agora uma observação daquelas não causava mais dor do que, digamos, uma bola de tênis atirada na nuca. Ela mal acusava o golpe.

— Deve ser ótimo para vocês dois, tenho certeza. — Despejou vinho num copo plástico. — Então, se não é sua namorada, como devo chamá-la?

— Sei lá. "Amante"?

— Isso não implica afeto?
— Que tal "conquista"? — ele sorriu. — Pode-se usar o termo "conquista" hoje em dia?
— Ou "vítima". Eu gosto de "vítima". — Emma deitou de repente e enfiou os dedos de forma desajeitada num dos bolsos do jeans. — Pode pegar isso de volta. — Jogou uma nota amassada de dez libras no peito dele.
— De jeito nenhum!
— De jeito nenhum, mesmo.
— Isso é seu!
— Escuta aqui, Dexter. Não se dá gorjeta para amigos.
— Não é gorjeta, é um presente.
— Dinheiro não é presente. Se quiser comprar alguma coisa para mim, tudo bem, mas dinheiro não. É muito chato.
Dexter suspirou e guardou o dinheiro no bolso.
— Peço desculpas. Outra vez.
— Ótimo — disse Emma, deitando-se ao seu lado. — Então vamos lá. Conte-me tudo.
Sorrindo, ele se ergueu sobre os cotovelos.
— A gente estava numa festa de encerramento no fim de semana...
"Festa de encerramento", pensou Emma. Dexter tinha virado uma pessoa que ia a *festas de encerramento*.
— ...e eu vi uma garota lá no escritório e fui dizer um oi, alô, bem-vinda ao time, tudo muito formal, a mão estendida, e ela sorriu para mim, piscou, pôs a mão na minha nuca, me puxou e... — baixou a voz até se transformar num suspiro emocionado — ...me beijou, sabe?
— Beijou você, sabe? — ecoou Emma, tomando outra bolada de tênis na nuca.
— ...e enfiou uma coisa na minha boca com a língua. "O que é isso?", perguntei, e ela piscou e respondeu: "Você vai descobrir."
Houve um silêncio antes de Emma perguntar:
— Era um amendoim?
— Não...
— Um amendoinzinho torrado...
— Não, era uma pílula...
— Como assim, uma balinha Tic-Tac ou algo assim? Para o seu mau hálito?
— Eu não tenho mau...

— Aliás, você já não me contou essa história?

— Não, aquilo foi com outra garota.

As bolas de tênis chegavam cada vez mais rápidas, com uma ou outra bola de críquete no meio. Emma se espreguiçou e olhou para o céu.

— Você precisa parar de deixar mulheres colocarem droga na sua boca, Dex, isso é anti-higiênico. E perigoso. Um dia vai ser uma cápsula de cianureto.

Dexter deu uma risada.

— E aí, quer saber o que aconteceu depois?

Emma botou um dedo no queixo.

— Quero? Não, acho que não. Não, não quero.

Mas ele contou assim mesmo, a velha história de quartos escuros no fundo de casas noturnas, telefonemas de madrugada e táxis atravessando a cidade ao amanhecer: o interminável bufê "coma à vontade" que era a vida sexual de Dexter. Emma fez um esforço consciente para não ouvir, só observar sua boca. Era uma boca bonita, como lembrava, e, se fosse destemida, ousada e assimétrica como a tal Naomi, ela se inclinaria para beijá-lo, e se deu conta de que nunca havia beijado ninguém, nunca tinha *tomado a iniciativa*. Já havia sido beijada, claro, de repente e até com força demais por rapazes bêbados em festas, beijos que vinham do nada, como socos. Ian tinha tentado três semanas atrás, quando ela limpava a geladeira, surgindo tão bruscamente que chegou a imaginar que ele fosse dar uma cabeçada nela. Até Dexter a tinha beijado uma vez, muitos, muitos anos atrás. Seria assim tão estranho retribuir aquele beijo agora? O que poderia acontecer se ela fizesse isso? "Tome a iniciativa, tire os óculos, segure a cabeça dele no meio da fala e beije, beije..."

— ...daí Naomi me liga às três da manhã e diz: "Pegue um táxi. Agora mesmo."

Concebeu uma imagem mental bem clara de Dexter limpando a boca com as costas da mão: o beijo como uma torta de creme. Virou a cabeça para o outro lado e observou as pessoas no gramado. A luz da tarde começava a diminuir, e duzentos jovens prósperos e atraentes jogavam *frisbee*, acendiam churrasqueiras descartáveis e faziam planos para a noite. Mas ela se sentia tão distante daquela gente, com suas fascinantes carreiras, aparelhos de CD e *mountain bikes*, como se estivesse assistindo a um comercial de TV, talvez de vodca ou de carros esportivos. "Por que você não volta para casa, querida?", sua mãe tinha perguntado na noite passada. "Seu quarto continua aqui..."

Voltou a olhar para Dexter, ainda falando de sua vida amorosa, depois viu por cima do ombro dele um jovem casal se beijando ostensivamente, a mulher ajoelhada ao lado do homem, os braços para trás em sinal de submissão, os dedos entrelaçados.

— ...resumindo, nós não saímos do quarto do hotel por uns três dias, acho.

— Desculpe, eu parei de ouvir um tempo atrás.

— Eu estava contando que...

— O que você acha que ela vê em você?

Dexter deu de ombros, como se não entendesse a pergunta.

— Ela diz que eu sou complicado.

— Complicado. Você é um quebra-cabeça de duas peças... — Sentou-se e limpou a grama da pele. — De uma cor só. — Suspendeu um pouco a bainha da calça. — Olha só essas pernas. — Segurou um pequeno tufo de pelos entre o indicador e o polegar. — Parecem pernas de uma montanhista de cinquenta e oito anos de idade. Eu poderia ser a presidente da Associação dos Andarilhos.

— Por que você não depila, Maria Peluda?

— Dexter!

— Suas pernas são lindas de qualquer jeito. — Estendeu o braço e beliscou a panturrilha dela. — Você é linda.

Emma empurrou o cotovelo dele, fazendo com que caísse para trás na grama.

— Não acredito que você me chamou de Maria Peluda. — Atrás deles, o casal continuava se beijando. — Olha só aqueles dois... discretamente. — Dexter olhou por cima do ombro. — Dá até para escutá-los. A essa distância dá para ouvir a sucção. Como alguém desentupindo uma pia. Eu disse para olhar discretamente!

— Por quê? Estamos num lugar público.

— Por que ir a um lugar público para se comportar desse jeito? Parece um documentário sobre a natureza.

— Talvez eles estejam apaixonados.

— Então o amor é isso... bocas molhadas e uma saia levantada?

— Às vezes é.

— Parece que ela está tentando engolir a cabeça dele. É capaz de deslocar a mandíbula se não tiver cuidado.

— Mas ela sabe das coisas.

— Dexter!

73

— É verdade, pode acreditar.

— Sabe, tem gente que poderia achar um pouco estranha essa sua obsessão por sexo, tem gente que acharia isso um tanto triste e desesperado...

— Engraçado, não me sinto triste. Nem desesperado.

Emma, que se sentia exatamente daquele jeito, não disse nada. Dexter cutucou-a com o cotovelo.

— Sabe o que a gente devia fazer? Eu e você?

— O quê?

Dexter sorriu.

— Tomar "E" juntos.

— "E"? O que é "E"? — Fez uma expressão séria. — Ah, sim, acho que li um artigo a respeito. Não pense que estou por fora dessas substâncias que alteram a consciência. Uma vez eu deixei a tampa do meu *liquid paper* aberta, inalando-o sem querer, e achei que meus sapatos iam me comer. — Dexter deu uma gargalhada e ela escondeu um sorriso por trás do copo de plástico. — De qualquer forma, prefiro o estado puro e natural da bebida.

— É muito bom para desinibir, o "E".

— É por isso que você fica abraçando todo mundo o tempo todo?

— Eu acho que você ia se divertir, só isso.

— Eu me *divirto*. Você nem imagina quanto. — Deitada de costas, olhando para o céu, Emma sentia que ele a olhava.

— Certo. E você? — perguntou Dexter, com a voz parecida com a de um psiquiatra. — Alguma novidade? Alguma ação, em termos de vida amorosa?

— Ah, você me conhece. Eu não tenho emoções. Sou um robô. Ou uma freira. Uma freira-robô.

— Não é, não. Você finge ser, mas não é.

— Ah, não se preocupe. Eu gosto muito de estar envelhecendo sozinha...

— Você tem vinte e cinco anos, Em...

— ...e me transformando numa literata de pijama.

Dexter não sabia bem o que era uma literata, mas sentiu uma pontada de excitação pavloviana ao ouvir a palavra "pijama". Enquanto ela falava, imaginou Emma de pijama, mas logo chegou à conclusão de que não cairia bem nela, nem em nenhuma outra, que as mulheres deveriam dormir só de calcinha, preta ou talvez até vermelha, como a que Naomi tinha usado outro dia. Só então percebeu que talvez não tivesse entendido bem o termo "literata de pijama". Esse tipo de devaneio erótico ocupava boa parte da energia mental de Dexter, e ele pensou um pouco se Emma não tinha razão, talvez ele se distraísse um pouco demais com o lado sexual das coisas. Sempre ficava meio idiota diante da visão de cartazes, capas de revista, a alça vermelha de um sutiã de uma estranha qualquer na rua, e no verão era pior ainda. Por certo não era normal se sentir como alguém que tivesse acabado de sair da prisão *o tempo todo*. Concentrar-se. Alguém de quem gostava muito estava sofrendo uma espécie de colapso nervoso e ele devia se concentrar nisso, não naquelas três garotas que tinham começado uma guerra de água atrás dela...

"Concentre-se! Concentre-se." Desviou os pensamentos do assunto sexo, o cérebro tão ágil quanto um porta-aviões.

— E aquele cara?

— Que cara?

— Do seu trabalho, o garçom. O que parece o líder de um clube de computadores.

— Ian? O que tem?

— Por que você não sai com Ian?

— Cala boca, Dexter. Ian é só um amigo. Passa a garrafa, tá?

Ficou olhando Emma tomar o vinho, que já estava quente como um xarope. Embora não fosse sentimental, havia ocasiões em que Dexter podia ficar quieto vendo Emma Morley rir ou contar uma história e saber com absoluta certeza que ela era a melhor pessoa que conhecia. Às vezes quase tinha vontade de dizer isso em voz alta, interrompê-la para fazer essa afirmação. Mas aquele não era um desses momentos, e, em vez disso, notou que ela parecia cansada, triste e pálida, e que quando olhava para o chão o queixo começava a formar uma papada. Por que não usava lentes de contato em vez daqueles óculos grandes e feios? Ela não era mais uma estudante. E aquelas presilhas de veludo no cabelo? Não ficava nada bem com aquilo. "O que ela precisava mesmo", pensou cheio de compaixão, "era de alguém que a pegasse pela mão e liberasse o seu potencial". Precisava de uma boa produção, e imaginou com carinho Emma experimentando uma série de novos modelos. Sim, ele realmente deveria prestar mais atenção em Emma, e é o que faria se não estivesse acontecendo tanta coisa no momento.

Mas será que não havia nada que pudesse fazer para ela se sentir melhor consigo mesma no curto prazo, para alegrar seu espírito, aumentar sua autoconfiança? Teve uma ideia e segurou na mão dela antes de anunciar, solenemente:

— Sabe de uma coisa, Em, se você ainda estiver solteira quando tiver quarenta anos, eu caso com você.

Emma olhou para ele com uma franca aversão.

— Isso foi uma *proposta*, Dex?

— Não é para *agora*, mas para quando nós dois estivermos desesperados.

Ela riu com amargura.

— E o que o faz pensar que eu ia querer me casar com você?

— Bom, só estou especulando.

Emma meneou a cabeça devagar.

— Bom, acho que você vai precisar entrar na fila. Meu amigo Ian me disse a mesma coisa quando estávamos desinfetando o freezer de carnes. Só que ele me deu até os trinta e cinco.

— Sem querer desmerecer o Ian, acho que vale a pena você esperar mais cinco anos.

— Não vou esperar nenhum de vocês dois! Eu nunca vou me casar.

— Como você sabe?

Ela deu de ombros.

— Uma velha e sábia cigana me contou.

— Imagino que você não concorde em termos *políticos* ou coisa assim.

— Simplesmente... não é para mim, só isso.

— Eu consigo imaginar direitinho. Vestido branco longo, damas de honra, pequenos pajens, ligas... — "Ligas." A mente de Dexter foi fisgada pela palavra como um peixe no anzol.

— Para dizer a verdade, acho que existem coisas mais importantes do que "relacionamentos".

— Como assim, você está se referindo à sua carreira? — Emma o fuzilou com um olhar. — Desculpe.

Os dois voltaram a observar o céu, que agora escurecia com a noite, e depois de um instante ela disse:

— Aliás, a minha carreira teve uma reviravolta hoje, se você quer saber.

— Você foi demitida?

— Fui promovida. — Começou a rir. — Me ofereceram o cargo de gerente.

Dexter ergueu-se de um salto.

— Naquele lugar? Você não pode aceitar.

— Por que não posso aceitar? Não vejo nada de mais em trabalhar num restaurante.

— Em, você poderia estar extraindo urânio com os dentes, desde que estivesse feliz. Mas você detesta aquele trabalho, odeia todos os momentos do seu dia.

— E daí? A maioria das pessoas não gosta do próprio trabalho. É por isso que se chama trabalho.

— Eu adoro o meu trabalho.

— Sim, claro, mas nem todos podem trabalhar na *mídia*, não é? — Detestou o tom da própria voz, irônica e azeda. Pior ainda, começou a sentir lágrimas quentes e irracionais por trás dos olhos.

— Ei, talvez eu possa arranjar um emprego para você!

Ela deu risada.

— Que emprego?

— Trabalhando comigo, na Redlight Productions! — Começou a acalentar a ideia. — Como pesquisadora. Você teria de começar como contrarregra, que não é muito bem-pago, mas logo se destacaria e...

— Obrigada, Dexter, mas eu não quero trabalhar na mídia. Eu sei que todos estão desesperados para trabalhar na *mídia* hoje em dia, como se fosse o melhor emprego do mundo... — "Você está falando como uma histérica", pensou, "histérica e ciumenta". — Aliás, eu nem sei o que é a *mídia*... — "Pare de falar, fique calma." — Quer dizer, o que vocês fazem o dia todo além de beber água mineral, ingerir drogas e xerocar suas *falas*...

— Ei, é um trabalho difícil, Em...

— Quer dizer, se as pessoas tratassem, sei lá, enfermagem, serviço social ou lecionar com o mesmo respeito com que tratam a *mídia*...

— Então devia dar aula. Você seria uma ótima professora...

— Seria bom se você escrevesse no quadro: "Não vou mais dar conselhos sobre a carreira aos meus amigos!" — Estava falando alto demais agora, quase gritando, e seguiu-se um longo silêncio. Por que estava reagindo daquela forma? Dexter só estava tentando ajudar. O que ele tinha a ganhar com aquele relacionamento? Deveria se levantar e ir embora, é isso que ele devia fazer. Os dois se viraram e olharam um para o outro ao mesmo tempo.

— Desculpe — disse Dexter.

— Não, eu é que peço desculpas.
— Por que deveria se desculpar?
— Estou tagarelando como uma... velha louca. Desculpe, eu estou cansada, foi um dia ruim, sinto muito estar sendo tão... chata.
— Você não é tão chata.
— Sou, sim, Dex. Juro por Deus, eu mesma me acho chata.
— Bom, eu não acho você chata. — Pegou a mão dela. — Você nunca vai ser chata para mim. Você é uma em um milhão, Em.
— Não sou nem uma em três.
Dexter deu um chute no pé dela.
— Em?
— O quê?
— Acredite em mim, tá? Fique quieta e aceite.
Os dois se olharam por um momento. Dexter deitou outra vez, e depois de um tempo Emma fez o mesmo, reagindo com um pequeno estremecimento ao sentir o braço dele nos ombros. Houve um momento de desconforto e constrangimento mútuos que durou até ela virar de lado e se aninhar perto dele. Apertando os braços em volta de Emma, Dexter falou com a boca no alto da cabeça dela.
— Sabe o que eu não consigo entender? Toda essa gente vive dizendo quanto você é bacana, inteligente, engraçada, talentosa e tudo o mais... quer dizer, é o tempo todo, eu digo isso há anos. Por que você não acredita? Por que você acha que as pessoas dizem essas coisas, Em? Acha que é uma conspiração, que as pessoas combinaram de ser legais com você?
Emma encostou a cabeça no ombro dele tentando fazê-lo parar, para não começar a chorar.
— Você é um cara legal. Mas preciso ir embora.
— Não, fique mais um pouco. Vamos comprar outra garrafa.
— Naomi não está esperando você em algum lugar? Com a boquinha cheia de drogas, como uma pequena cobaia drogada? — Estufou as bochechas, Dexter deu uma risada e ela começou a se sentir um pouco melhor.
Ficaram lá por algum tempo, depois foram até uma loja de bebidas e voltaram para a colina para ver o sol se pôr sobre a cidade, tomando vinho e comendo um grande e caro pacote de salgadinhos. Estranhos gritos de animais podiam ser ouvidos do zoológico Regent Park, e algum tempo depois eles eram as últimas pessoas ali.
— Eu preciso ir para casa — disse Emma meio zonza.

— Você pode ficar no meu apartamento, se quiser.

Emma pensou na viagem de volta para casa, pela Northern Line do metrô, no segundo andar do ônibus N38, depois na longa e perigosa caminhada até o apartamento que sempre cheirava a cebola frita. Quando afinal chegasse a casa, o aquecimento central já estaria ligado e Tilly Killick estaria lá com a camisola aberta, grudada no aquecedor como uma lagartixa e comendo molho *pesto* do vidro. Haveria marcas de dentes no queijo *cheddar* irlandês e algum programa na televisão. Ela não queria voltar.

— Eu te empresto uma escova de dente? — disse Dexter, como se lesse seus pensamentos. — Você dorme no sofá?

Emma se imaginou passando a noite no barulhento sofá de couro preto modular de Dexter, a cabeça girando por conta do álcool e de sua confusão, e decidiu que a vida já estava complicada demais. Tomou uma decisão firme, o tipo de decisão que vinha tomando quase diariamente naqueles dias. Chega de dormir fora, chega de escrever poesia, chega de perder tempo. Era hora de dar um sentido à vida. Hora de começar de novo.

CAPÍTULO CINCO
Regras de Convivência

QUARTA-FEIRA, 15 DE JULHO DE 1992

Ilhas do Dodecaneso, Grécia

E tem dias em que a gente acorda e tudo está perfeito.

Aquela linda manhã do Dia de São Swithin encontrou Emma e Dexter sob um imenso céu azul sem a menor possibilidade de chuva, no convés de um barco a vapor navegando lentamente no mar Egeu. Com óculos escuros novos e roupas de férias, os dois estavam lado a lado sob o sol da manhã, dormindo para curar a ressaca da noite anterior na taverna. Era o segundo dia de uma viagem de dez dias de férias nas ilhas gregas, e as Regras de Convivência continuavam firmes.

Uma espécie de Convenção de Genebra platônica, as Regras eram um conjunto de proibições básicas elaboradas antes da partida para garantir que as férias não ficassem "complicadas". Emma estava solteira outra vez; uma relação breve e nada especial com Spike, um mecânico de bicicletas cujos dedos sempre cheiravam a WD40, havia terminado com um leve abraço entre os dois, mas ao menos serviu para dar um impulso na autoconfiança dela. E a bicicleta de Emma nunca esteve em melhor estado.

De sua parte, Dexter tinha parado de sair com Naomi porque, segundo suas palavras, a coisa "estava ficando intensa demais", seja lá o que significasse *aquilo*. Desde então ele já havia passado por Avril, Mary, uma Sara e uma Sarah, uma Sandra e uma Yolande, antes de chegar a Ingrid, uma feérica modelo transformada em estilista depois de ser forçada a desistir da carreira de modelo — e ela explicou o fato a Emma com uma expressão séria — porque seus "seios eram grandes demais para a passarela". E, ao dizer isso, parecia que Dexter ia explodir de orgulho.

Ingrid era o tipo de garota que confiava na própria sexualidade, que usava sutiã em cima da blusa, e, embora não se sentisse de forma alguma ameaçada por Emma, ou na verdade por ninguém neste mundo, foi decidido por todas as partes envolvidas que seria melhor esclarecer algumas coisas antes de tirar as roupas de banho da mala e partir para os coquetéis. Não que algo pudesse acontecer: aquela pequena janela se fechara alguns anos atrás, e agora os dois estavam imunes um ao outro, seguros nos confins de uma firme amizade. Mesmo assim, Dexter e Emma conversaram bastante numa noite de sexta-feira em junho, na calçada de um *pub* em Hampstead Heath, e estabeleceram As Regras.

Número um: quartos separados. Acontecesse o que acontecesse, não haveria camas partilhadas, nem de solteiro nem de casal, nada de carícias ou abraços inebriados; eles não eram mais estudantes.

— E também não vejo sentido em dormir abraçado — disse Dexter. — Isso só serve para provocar cãibras.

Emma concordou, acrescentando:

— Nada de flertes também. Regra dois.

— Bom, eu não sou de flertar, então... — replicou Dexter, esfregando o pé na canela dela.

— É sério, nada de tomar uns drinques e ficar ousado.

— "Ousado"?

— Você sabe o que quero dizer. Sem gracinhas.

— O quê, com você?

— Comigo ou com qualquer outra. Aliás, essa é a regra três. Não quero ficar segurando vela enquanto você passa óleo nas costas de alguma alemãzinha.

— Em, isso não vai acontecer.

— Não vai mesmo. Porque é uma regra.

A regra número quatro, por insistência de Emma, era uma cláusula de não nudismo. Nada de nadar nu: recato físico e discrição o tempo todo. Ela não queria ver Dexter de cueca, nem no chuveiro, nem — Deus a livre — indo ao banheiro. Em retaliação, Dexter propôs a regra número cinco: nada de palavras cruzadas. Cada vez mais os amigos estavam jogando esse jogo, de forma irônica, como caçadores de palavras maníacos, mas ele achava que o jogo fora concebido para fazer com que se sentisse burro e entediado. Nada de palavras cruzadas nem tampouco joguinhos com palavras: ele ainda não tinha morrido.

Agora já no segundo dia, com as regras ainda sendo seguidas, os dois estavam no convés de um antigo barco a vapor navegando lentamente de Rodes em direção às pequenas ilhas do Dodecaneso. Passaram a primeira noite na Cidade Velha, tomando coquetéis açucarados servidos em abacaxis ocos, sem conseguirem parar de sorrir um para o outro por conta da novidade daquilo tudo. Ainda estava escuro quando a balsa zarpou de Rodes, e agora, às nove da manhã, os dois deitavam-se no convés curtindo a ressaca, sentindo a pulsação dos motores no estômago cheio de líquidos, chupando laranjas, lendo em silêncio, completamente à vontade em meio ao silêncio um do outro.

Dexter foi o primeiro a falar, suspirando e descansando o livro no peito: *Lolita*, de Nabokov, um presente de Emma, a responsável pela escolha de todas as leituras da viagem, uma pilha de livros, uma biblioteca ambulante que ocupava a maior parte da bagagem dela.

Um momento se passou e ele suspirou outra vez para chamar a atenção.

— O que está acontecendo? — perguntou Emma, sem tirar os olhos de *O idiota*, de Dostoiévski.

— Não estou conseguindo me envolver.

— Esse livro é uma obra-prima.

— Me dá dor de cabeça.

— Eu devia ter trazido alguma coisa com imagens e relevos.

— Não, eu estou gostando...

— Talvez *A lagartinha comilona* ou coisa assim...

— Só estou achando meio denso demais. Esse cara fica martelando o tempo todo o quanto está com tesão.

— Achei que você ia se identificar. — Emma ergueu os óculos escuros.

— É um livro bem erótico, Dex.

— Só para quem gosta de menininhas.

— Conte outra vez: por que você foi expulso da Escola de Idiomas de Roma mesmo?

— Eu já disse que ela tinha vinte e três anos, Em!

— Então durma um pouco. — E voltou ao seu romance russo. — Seu filisteu.

Dexter acomodou a cabeça na mochila outra vez, mas agora havia duas pessoas ao lado fazendo sombra sobre seu rosto. A garota era bonita e agitada, o rapaz, grande e pálido, quase da cor de leite de magnésia no sol matinal.

— Com licença — disse a garota com um sotaque de Midlands.

Dexter protegeu os olhos do sol com a mão e abriu um sorriso largo para os dois.

— Olá.

— Você não é aquele cara da televisão?

— Pode ser — respondeu Dexter, sentando-se e tirando os óculos de sol com um sedutor meneio de cabeça. Emma gemeu baixinho.

— Como se chama mesmo? *curtindo todas*! — O título do programa dele na TV era sempre escrito em caixa-baixa, pois as letras minúsculas estavam mais na moda do que a sequência normal de maiúsculas e minúsculas.

Dexter ergueu uma das mãos.

— Culpado!

Emma soltou uma risada curta pelo nariz, e Dexter fulminou-a com um olhar.

— Esse trecho está engraçado — explicou ela, apontando para o seu Dostoiévski.

— Eu sabia que tinha visto você na TV! — A garota cutucou o namorado. — Eu falei, não foi?

O rapaz pálido se agitou, resmungando, depois ficou em silêncio. Dexter tomou consciência do ruído dos motores e do livro aberto sobre o peito. Guardou-o sorrateiramente na sacola.

— Vocês estão de férias? — perguntou. Era uma pergunta claramente redundante, mas permitia que vestisse sua personagem televisiva, a do sujeito simpático e espontâneo que eles tinham acabado de encontrar no bar.

— É, estamos — resmungou o homem.

Silêncio no estúdio.

— Essa é minha amiga Emma.

Emma espiou por cima dos óculos de sol.

— Oi.

A garota franziu o cenho.

— Você também trabalha na televisão?

— Eu? Puxa vida, não. — Arregalou os olhos. — Mas é o meu sonho.

— Emma trabalha na Anistia Internacional — disse Dexter com orgulho, uma das mãos sobre o ombro dela.

— Só meio período. Meu principal trabalho é num restaurante.

— Ela é gerente. Mas já está de saída. Vai começar a fazer um curso para ser professora em setembro, não é, Em?

Emma olhou para ele com um ar de cobrança.

— Por que você está falando desse jeito?

— De que jeito? — Dexter deu um sorriso irônico, mas o jovem casal não estava muito à vontade, o rapaz olhando para a balaustrada do navio como se pensasse em dar um mergulho. Dexter resolveu encerrar a entrevista. — Então a gente se vê na praia, certo? Talvez tomando uma cerveja ou um coquetel? — O casal sorriu e voltou para onde estava sentado.

Dexter nunca teve muita vontade de ser famoso, embora quisesse ser bem-sucedido, mas qual era a graça de ter sucesso sem que ninguém soubesse? As pessoas precisavam saber. Agora que era famoso, a fama fazia certo sentido, como se fosse uma extensão natural de sua popularidade na escola. Também nunca pretendera ser um apresentador de TV — será que alguém fazia disso um projeto? —, mas ficou encantado quando disseram que ele tinha um talento natural. Aparecer diante das câmeras foi como sentar-se a um piano pela primeira vez e descobrir que era um virtuoso. O programa em si era menos temático do que outros em que havia trabalhado, na verdade eram apenas apresentações de bandas ao vivo, vídeos exclusivos, entrevistas com celebridades e, sim, tudo bem, não exigia muito, ele só precisava olhar para a câmera e gritar: "vamos lá, vamos agitar!" Mas fazia isso muito bem, de uma forma cativante, com bastante charme e ginga.

O reconhecimento público ainda era uma experiência nova. Estava meio convicto de ter certo talento para o que Emma chamava de "comicidade" e, com isso em mente, investia na busca de algo para fazer com o próprio rosto. Preocupado em não parecer afetado, convencido ou cheio de si, Dexter criou uma expressão que dizia: "ei, não é nada especial, eu só trabalho na TV." Foi a atitude que assumiu naquele momento, ao pôr de volta os óculos escuros e retornar ao livro.

Emma observou aquela performance e achou engraçada: o esforço para se mostrar indiferente, o pequeno tremor nas narinas, o sorriso estremecendo nos cantos da boca. Ergueu os óculos de sol até a testa.

— Isso não vai mudar você, vai?
— O quê?
— O fato de ser muito, muito, muito, muito mais ou menos famoso.
— Odeio essa palavra. "Famoso".
— Ah, e o que você prefere? "Bem conhecido"?
— Que tal "notório"? — sorriu.
— Ou "irritante"? Que tal "irritante"?
— Pare com isso, tá?

— E você também pode parar, por favor?
— O quê?
— Com esse sotaque do subúrbio. Pelo amor de Deus, você estudou no Winchester College.
— Eu não tenho sotaque do subúrbio.
— Quando está sendo o *Mister* TV, você tem. Parece outra pessoa falando.
— E você tem sotaque de Yorkshire!
— Porque eu *nasci* em Yorkshire!
Dexter deu de ombros.
— Eu preciso falar desse jeito, senão o público estranha.
— E se eu estranhar?
— Deve estranhar mesmo, mas você não está entre os dois milhões de pessoas que assistem ao meu programa.
— Ah, agora é o *seu* programa?
— O programa de TV em que eu apareço.
Emma deu uma risada e voltou ao livro. Depois de um tempo, Dexter falou outra vez.
— Então, você assiste?
— O quê?
— Assiste ao programa? Você me vê no *curtindo todas*?
— Devo ter assistido uma ou duas vezes. Deixo a TV ligada enquanto atualizo as contas no meu talão de cheques.
— E o que você acha?
Emma suspirou e fixou os olhos no livro.
— Não é o meu estilo, Dex.
— Diga assim mesmo.
— Eu não entendo nada de televisão...
— Mas diga o que você acha.
— Está certo, acho que o programa é como ouvir gritos de um bêbado sob uma luz estroboscópica durante uma hora, mas, como eu disse...
— Certo, já entendi. — Olhou para o livro, depois outra vez para Emma. — E quanto a mim?
— Como assim?
— Bem... eu sou bom? Como apresentador.
Emma tirou os óculos escuros.
— Dexter, provavelmente você é o melhor apresentador de TV jovem que esse país já teve, e não estou falando isso de brincadeira.

Orgulhoso, ele se ergueu sobre um cotovelo.

— Na verdade, eu prefiro me ver como um jornalista.

Ela sorriu e virou a página.

— Claro que prefere.

— Porque é do que se trata, de jornalismo. Eu tenho de pesquisar, elaborar a entrevista, fazer as perguntas certas...

Emma segurou o queixo entre o indicador e o polegar.

— Sim, sim, creio ter visto uma entrevista profunda com o MC Hammer. Muito questionadora, muito instigante...

— Cala a boca, Em...

— Não, é sério, a forma como você se aprofundou, as inspirações musicais dele, as calças que usava. Foi, digamos, impecável.

Dexter deu um pequeno safanão nela com o livro.

— Cale a boca e continue a sua leitura, tá? — Recostou-se e fechou os olhos. Emma deu uma olhada e constatou que ele estava sorrindo, e sorriu também.

No meio da manhã Dexter ainda dormia, e Emma teve o primeiro vislumbre do destino deles: uma massa de granito cinzento encravada no mar mais límpido que já tinha visto. Sempre imaginara que águas como aquelas eram uma mentira contada pelos folhetos, um truque com lentes e filtros, mas lá estavam elas, cintilando em verde-esmeralda. À primeira vista a ilha parecia deserta, a não ser por um amontoado de casas brotando do porto, umas construções cor de sorvete de coco. Percebeu que estava rindo em silêncio diante daquela visão. Até então suas viagens tinham sido tenebrosas. Todas as férias, até os dezesseis anos, se resumiam a duas semanas brigando com a irmã em um *trailer* em Filey enquanto os pais bebiam sem parar e olhavam a chuva, uma espécie de experiência radical dos limites da convivência humana. Na universidade chegou a acampar com Tilly Killick em Cairngorms, seis dias numa barraca que cheirava a sopa instantânea; umas férias tão terríveis que foram até engraçadas, e que terminaram também de uma forma terrível.

Agora, apoiada no parapeito, observando a cidade se aproximar, começou a entender o que era viajar. Nunca tinha se sentido tão longe da lavanderia, nem do andar superior do ônibus em que voltava para casa à noite ou do cubículo de Tilly. Era como se ali o ar de alguma forma fosse diferente; não só o gosto e o cheiro, mas o próprio elemento. Em Londres o ar era uma coisa que se podia enxergar, como um aquário malcuidado. Aqui tudo era nítido e brilhante, limpo e claro.

Ouviu o estalido do obturador de uma câmera e virou-se a tempo de ver Dexter fotografá-la outra vez.

— Eu devo estar horrível — disse como por reflexo, embora talvez não estivesse. Dexter se aproximou e segurou no parapeito com os braços ao redor da cintura dela.

— Lindo, não é?

— Muito bonito — respondeu, incapaz de se lembrar de um momento em que tivesse se sentido mais feliz.

Quando os dois desembarcaram — era a primeira vez que Emma *desembarcava* —, logo encontraram no cais um alvoroço, com todos aqueles mochileiros e viajantes casuais apressando-se em busca das melhores acomodações.

— E agora, o que acontece?

— Vou procurar um lugar para nós. Você me espera naquele café, eu venho te buscar.

— Um lugar com varanda...

— Sim, madame.

— E com vista para o mar, por favor. E uma mesa.

— Vou ver o que consigo fazer — e saiu caminhando pela multidão no cais, as sandálias estalando.

Emma gritou quando ele se afastava:

— E não esqueça!

Dexter virou-se e olhou para ela, em pé perto do quebra-mar, segurando o chapéu de abas largas na cabeça, ao sopro da brisa morna que colava seu vestido azul ao corpo. Não estava mais de óculos e havia sardas espalhadas pelo seu peito que ele nunca havia visto antes, a pele nua mudando do rosa ao castanho ao desaparecer abaixo da linha do pescoço.

— As Regras — explicou.

— O que têm as regras?

— Precisamos de *dois* quartos. Certo?

— Sem dúvida. Dois quartos.

Dexter sorriu e misturou-se à multidão. Emma ficou olhando-o se afastar, depois arrastou as duas mochilas pelo cais até um pequeno café fustigado pelo vento. Ao chegar, abriu a bolsa e tirou uma caneta e um caderno de anotações, um negócio caro, encadernado em pano, o seu diário de viagem.

Abriu o caderno na primeira página em branco e tentou pensar em algo que pudesse escrever, alguma sacada ou observação que não fosse a de que estava tudo bem. Mas estava mesmo tudo bem, e ela teve uma rara e nova sensação de estar exatamente onde gostaria de estar.

Dexter e a proprietária estavam no meio do quarto vazio, com paredes pintadas de branco e um piso de pedra, onde mal cabiam a imensa cama de ferro de casal, uma pequena escrivaninha, uma cadeira e algumas flores secas numa jarra. Passou pelas portas duplas com treliça que davam para uma grande varanda cuja pintura combinava com a cor do céu, com vista para a baía abaixo. Era como entrar num cenário fantástico.

— Vocês são quantos? — perguntou a proprietária, uma trintona bem atraente.
— Dois.
— E por quanto tempo?
— Não sei bem, cinco noites, talvez mais.
— Bem, aqui é perfeito, acho.
Dexter sentou na cama de casal e testou o colchão.
— Mas eu e minha amiga somos, bem, nós somos apenas bons amigos. Nós precisamos de dois quartos.
— Ah. Tudo bem. Eu tenho outro.
"Emma tem aquelas sardas que nunca vi antes espalhadas pelo peito logo abaixo do pescoço."
— Então você tem dois quartos?
— Sim, claro, eu tenho dois quartos.

— Eu tenho boas e más notícias.
— Diga lá — disse Emma, fechando o caderno de anotações.
— Bom, eu encontrei um lugar fantástico, vista para o mar, varanda, um pouco mais alto que a aldeia, silencioso se você quiser escrever, tem até uma escrivaninha, e está vago pelos próximos cinco dias, ou mais se quisermos.
— E a má notícia?
— Só tem uma cama.
— Ah.
— Ah.
— Entendi.
— Sinto muito.
— É mesmo? — perguntou, desconfiada. — Só um quarto nessa ilha inteira?

— Nós estamos na alta estação, Em! Eu tentei em toda parte! — "Fique calmo, não seja tão eloquente. Talvez seja melhor fazer o papel do culpado." — Mas se você quiser que eu continue procurando... — Com um ar cansado, fez menção de levantar da cadeira.

Emma pôs a mão no braço dele.

— Cama de solteiro ou de casal?

Parece que a mentira ia pegar. Sentou-se outra vez.

— De casal. De casal e grande.

— Bem, teria de ser uma cama bem grande, não é? Para estar de acordo com as regras.

— Bem — Dexter deu de ombros —, acho que prefiro pensar nelas como diretrizes.

Emma franziu o cenho.

— O que eu quero dizer é que não me importo, se você não se importar, Em.

— Sim, eu sei que *você* não se importa...

— Mas se você realmente acha que não pode manter as mãos longe de mim...

— Ah, eu consigo, é com você que eu me preocupo...

— Porque eu vou dizer uma coisa, se você encostar um dedo em mim...

Emma adorou o quarto. Da varanda podia ouvir as cigarras, um som que só tinha ouvido em filmes e quase desconfiava ser apenas uma ficção exótica. Ficou encantada também ao ver limões crescendo no jardim; limões de verdade, em árvores, e pareciam estar colados. Atenta para não parecer provinciana, não disse nada disso em voz alta, falando apenas:

— Ótimo. Vamos ficar.

Depois, enquanto Dexter cuidava dos trâmites com a proprietária, entrou no banheiro para continuar a batalha com suas lentes de contato.

Na universidade, Emma tinha desenvolvido sólidas convicções sobre a vaidade que existia em torno das lentes de contato, a maneira como elas alimentavam as noções convencionais de uma beleza feminina idealizada. Os honestos, robustos e utilitários óculos do serviço de saúde pública mostravam quanto ela não se importava com essas trivialidades tolas de parecer bonita, pois sua mente estava voltada para coisas mais importantes. Porém, nos anos posteriores a sua formatura na faculdade, essa linha de raciocínio começou a parecer tão abstrata e ilusória que ela afinal sucumbiu às provocações de Dexter e comprou aquelas malditas lentes, percebendo tarde demais que, na verdade, durante todos aqueles anos só vinha tentando evitar aquele momento que se via nos filmes: a bibliotecária tirando os óculos e soltando os cabelos. "Mas você é muito bonita, senhorita Morley."

Seu rosto no espelho agora parecia estranho, nu e exposto, como se tirasse os óculos pela primeira vez em nove meses. As lentes tendiam a torná-la mais sujeita a espasmos faciais inquietantes e aleatórios, com piscadelas nervosas. Grudavam no seu dedo e no rosto como escamas de peixe ou, como agora, escorregavam para baixo da pálpebra, deslizando até o fundo da nuca. Depois de um rigoroso embate de contorção facial e o que pareceu uma cirurgia, conseguiu retirar a lente e saiu do banheiro, com os olhos vermelhos e piscando entre lágrimas.

Dexter estava sentado na cama, com a camisa desabotoada.

— Em? Você está chorando?

— Não. Mas ainda é cedo.

Os dois saíram no opressivo calor da hora do almoço e começaram a andar em direção à longa faixa de areia branca em forma de lua crescente que se estendia por quase dois quilômetros a partir do vilarejo, e finalmente chegou a hora de mostrar os trajes de banho. Emma tinha pensado muito a respeito do que iria usar, talvez até demais, decidindo afinal por um maiô inteiriço da John Lewis que poderia ter a etiqueta "Era Eduardiana". Enquanto tirava o vestido pela cabeça, ficou imaginando se Dexter iria pensar que ela era covarde por não usar um biquíni, como se um maiô se integrasse aos óculos, às botas de caminhada e ao seu capacete de ciclista como algo puritano, tímido e não muito feminino. Não que ela se importasse, mas enquanto tirava o vestido pela cabeça ficou imaginando se tinha visto os olhos dele brilhando em sua direção. De qualquer forma, ficou satisfeita ao perceber que ele tinha escolhido um calção largo. Uma semana deitada ao lado de Dexter usando sunga seria mais do que ela poderia aguentar.

— Com licença — disse ele —, você não é Garota de Ipanema?

— Não, sou a tia dela. — Sentou-se, tentando aplicar o protetor solar nas pernas, de forma que as coxas não balançassem.

— Que negócio é esse? — ele perguntou.

— Fator trinta.

— Seria melhor ficar debaixo de um cobertor.

— Não quero exagerar no segundo dia.

— É como um revestimento de pintura externa.

— Eu não estou acostumada ao sol. Não sou como você, seu homem do mundo. Quer um pouco?

— Eu sou contra protetor solar.

— Dexter, você é tão *rígido*.

Ele sorriu e continuou a observá-la por trás dos óculos escuros, notando como o movimento do braço dela erguia o seio embaixo do tecido preto do traje de banho, a zona da pele clara e macia perto do pescoço flexível. Havia algo em seus gestos também, a inclinação da cabeça e o cabelo jogado para trás quando passava a loção na nuca, e sentiu aquela agradável vertigem que costuma acompanhar o desejo. "Meu Deus", pensou, "mais *oito dias* disso". O maiô era bem decotado na parte de trás, e ela não conseguia alcançar o ponto mais baixo.

— Quer que eu passe nas suas costas? — perguntou Dexter. Oferecer-se para passar bronzeador numa garota era uma artimanha velha e cafona, muito abaixo do nível dele, por isso fez questão que aquilo parecesse uma precaução médica. — Você não vai querer se queimar.

— Tudo bem, pode passar. — Emma se ajeitou e sentou entre as pernas dele, a cabeça descansando sobre os próprios joelhos. Dexter começou a aplicar a loção, o rosto tão próximo que ela sentia sua respiração no pescoço, e ele sentia o calor refletido da pele dela, com ambos fazendo de tudo para dar a impressão de que aquilo era um comportamento trivial e de forma alguma representava uma contravenção às regras dois e quatro, a que proibia o flerte e a do recato físico.

— Esse maiô é bem cavado, hein? — comentou Dexter, concentrado em seus dedos na base da coluna dela.

— Ainda bem que eu não vesti de trás para frente! — observou Emma, e seguiu-se um silêncio durante o qual os dois ficaram pensando: "Meu Deus, meu Deus, meu Deus, meu Deus."

Para se distrair, Emma pegou o tornozelo dele e puxou em sua direção.

— O que é isso?

— Minha tatuagem. Da Índia. — Ela esfregou o local com o polegar como se tentando apagá-la. — Já apagou um pouco. É o símbolo do *yin-yang* — ele explicou.

— Parece um sinal de trânsito.

— Significa a união perfeita dos opostos.

— Significa "fim do limite de velocidade federal". Significa "calce uma meia".

Dexter riu e pôs as mãos nas costas dela, os polegares alinhados com os sulcos das omoplatas. Passou-se um tempo.
— Pronto! — falou, animado. — Sua camiseta está pronta. Agora vamos nadar!

E assim transcorreu aquele dia longo e quente. Eles nadaram, dormiram e leram, e, quando o calor amainou e a praia ficou mais cheia de gente, surgiu um problema. Dexter foi o primeiro a notar.
— Será que estou enganado ou...
— O quê?
— Ou todo mundo nessa praia está totalmente nu?
Emma ergueu os olhos.
— É mesmo. — Retornou ao livro. — Não precisa *comer com os olhos*, Dexter.
— Eu não estou fazendo isso, só estou observando. Sou um antropólogo formado, lembra?
— C menos, não foi?
— B mais. Olha lá os nossos amigos.
— Que amigos?
— Do *ferry boat*. Ali. Fazendo um churrasco. — A vinte metros de distância um homem pálido e nu agachava-se sobre uma bandeja de alumínio fumegante como que em busca de calor, enquanto a mulher estava acenando na ponta dos pés, dois triângulos brancos e um preto. Dexter acenou de volta, animado:
— Vocês estão nuuus!
Emma desviou o olhar.
— Eu não conseguiria fazer isso, sabe.
— O quê?
— Fazer churrasco sem roupas.
— Em, você é tão convencional.
— Não é uma questão de convenção, é uma questão de saúde e segurança básica. Uma questão de higiene com a comida.
— Eu faria um churrasco nu.
— E essa é a diferença entre nós, Dex; você é tão diferente, tão complicado.
— Talvez a gente deva ir até lá e dar um alô.
— Não!
— Só bater um papinho.

— Com uma coxa de frango numa das mãos e a maçaneta dele na outra? Não, obrigada. Além do mais, não seria falta de etiqueta nudista ou coisa parecida?
— O quê?
— Falar com pessoas nuas sem estarmos nus.
— Não sei, é?
— Concentre-se no seu livro, tá bom? — Virou o rosto na direção das árvores, mas ao longo dos anos tinha chegado a tal nível de familiaridade com Dexter que era possível ouvir uma ideia entrar na cabeça dele, como uma pedra atirada na lama. Assim:
— Então, o que você acha?
— Do quê?
— Será que devemos?
— O quê?
— Tirar a roupa?
— Não, nós *não* vamos tirar a roupa!
— Mas todo mundo tirou!
— Não é motivo para isso. E quanto à regra quatro?
— Não é uma regra, é uma diretriz.
— Não, é uma regra.
— E daí? A gente pode flexibilizar.
— Se fizer isso, não é uma regra.
Amuado, ele deitou outra vez na areia.
— É que parece um pouco indelicado, só isso.
— Tudo bem, vai lá você. Enquanto isso eu tento olhar para o outro lado.
— Mas se eu for sozinho não tem sentido — ele resmungou de forma petulante.
Emma deitou-se outra vez.
— Dexter, por que você está tão desesperado para que eu tire a roupa?
— Só pensei que a gente poderia ficar mais relaxado se tirássemos a roupa.
— I-na-cre-di-tá-vel, simplesmente inacreditável...
— Você não acha que iria se sentir mais relaxada?
— NÃO!
— Por que não?
— Não importa por que não! Além do mais, acho que sua namorada não ia gostar.

— Ingrid não ia ligar para isso. Ela tem uma cabeça muito aberta, a Ingrid. Teria tirado o sutiã na WH Smiths, já no aeroporto...

— Bem, sinto muito por desapontá-lo, Dex...

— Você não está me desapontando...

— Mas existe uma diferença...

— Que diferença?

— Bem, para começar a Ingrid já foi modelo...

— E daí? Você poderia ser modelo.

Emma riu alto.

— Oh, Dexter, você acha mesmo?

— Para catálogos e coisas do gênero. Você tem uma bela postura.

— "Uma bela postura", pelo amor de Deus...

— Só estou sendo objetivo, você é uma mulher muito atraente...

— ...que não quer tirar a roupa! Se está tão desesperado para bronzear as suas partes, vá em frente. Agora vamos mudar de assunto?

Dexter virou-se e deitou de bruços ao lado dela, a cabeça descansando nos braços, o cotovelo tocando-a, e mais uma vez Emma ouviu os pensamentos dele. Cutucou-a com o cotovelo.

— Claro que não vamos ver nada que a gente não tenha visto antes.

Emma baixou o livro devagar, levantou os óculos de sol até a testa e apoiou o lado do rosto nos braços, uma imagem dele no espelho.

— Como?

— Só estou dizendo que nenhum de nós dois tem algo que o outro já não tenha visto. Em termos de nudismo. — Ela continuou olhando. — Lembra aquela noite? Depois da festa de formatura. A nossa noite de amor.

— Dexter?

— Só estou dizendo que não seria nenhuma surpresa, em termos genitais.

— Acho que vou vomitar...

— Você sabe o que estou dizendo...

— Isso foi há muito tempo...

— Não tanto assim. Se eu fechar os olhos, consigo me lembrar...

— Não faça isso...

— Pronto, lá está você...

— Estava escuro...

— Não tão escuro...

— Eu estava bêbada...
— Isso é o que elas sempre dizem...
— *Elas*? Quem são *elas*?
— E você não estava tão bêbada...
— Bêbada o suficiente para baixar meus padrões. Aliás, até onde eu me lembro não aconteceu nada.
— Bem, eu não chamaria aquilo de *nada*, não do meu ponto de visão. Ou "ponto de vista"?
— Ponto de vista. Eu era jovem, não sabia das coisas. Na verdade, eu apaguei da memória, como num acidente de carro.
— Bem, eu não apaguei. Se fechar os olhos, posso ver você agora mesmo, sua silhueta contra a luz da manhã, seu macaquinho jogado de forma provocativa no tapete da Habitat...

Emma bateu com o livro no nariz dele.

— Ai!
— Escuta, não vou tirar a roupa, tá? E eu não estava de macaquinho, nunca usei um macaquinho na vida. — Afastou o livro, depois começou a rir em voz baixa.
— Qual é a graça? — perguntou Dexter.
— Tapete da Habitat — Ela riu e olhou para ele com carinho. — Às vezes você me faz rir.
— É mesmo?
— De vez em quando. Você devia trabalhar na televisão.

Satisfeito, Dexter sorriu e fechou os olhos. Na verdade retinha uma imagem mental vívida de Emma naquela noite, deitada na cama de solteiro, nua a não ser pela saia ao redor do quadril, os braços acima da cabeça enquanto os dois se beijavam. Pensou um pouco naquilo e acabou adormecendo.

No final da tarde, eles voltaram para o quarto, exaustos, pegajosos e pinicando por causa do sol, e lá estava ela outra vez: a cama. Os dois contornaram o móvel e foram até a varanda que dava para o mar, agora enevoado com o céu mudando de azul para rosa ao anoitecer.

— E aí? Quem toma banho primeiro?
— Vai você. Vou ficar lendo um pouco mais aqui fora.

Ela deitou-se na espreguiçadeira desbotada, no lusco-fusco do entardecer, ouvindo o som da água correndo e tentando se concentrar nas letras miúdas de seu romance russo, que pareciam diminuir a cada página.

De repente se levantou e andou até a geladeira, que eles tinham enchido de água e cerveja, pegou uma lata e percebeu que a porta do banheiro estava escancarada.

O boxe não tinha cortina e ela viu Dexter de costas debaixo da água fria, os olhos fechados com a ducha no rosto, a cabeça para trás, braços erguidos. Reparou em suas omoplatas, nas costas largas e bronzeadas, nas duas covinhas na base da coluna acima das nádegas brancas. Mas, meu Deus, ele estava se virando, e nesse momento a lata de cerveja escorregou da sua mão e explodiu ao bater no chão, chiando e espumando, rolando ruidosamente pelo assoalho. Emma jogou uma toalha em cima da lata, como se quisesse capturar um roedor selvagem, mas ao levantar os olhos viu Dexter, o amigo platônico, nu, a não ser pelas roupas que segurava à sua frente.

— Escorregou da minha mão — explicou Emma, batendo com a toalha na espuma da cerveja e pensando: "Mais oito dias e oito noites disso e eu vou entrar em combustão espontânea."

Depois foi a vez de ela tomar banho. Fechou a porta, lavou a cerveja das mãos e se contorceu para despir-se no minúsculo e úmido banheiro que ainda cheirava a loção de barba dele.

A regra quatro exigia que ele ficasse na sacada enquanto Emma se enxugava e se vestia, mas, depois de algumas tentativas, Dexter descobriu que se mantivesse os óculos escuros e virasse a cabeça de um certo jeito, podia ver o reflexo dela na porta de vidro, lutando para passar hidratante na região inferior de suas costas recém-bronzeadas. Observou o movimento dos quadris quando ela vestiu a calcinha, a curva côncava das costas e o arco das omoplatas quando pôs o sutiã, depois os braços erguidos e o vestido azul de verão descendo como uma cortina.

Emma juntou-se a ele na varanda.

— Talvez seja melhor nós ficarmos aqui, em vez de sair saltando de ilha em ilha — disse Dexter. — Podemos ficar uma semana, depois voltamos a Rodes, e depois para casa.

Ela sorriu.

— Tudo bem. Pode ser.

— Você não acha que vai se entediar?

— Acho que não.

— Então está feliz?

— Bom, meu rosto parece um tomate grelhado, mas fora isso...

— Deixe eu ver.

Emma fechou os olhos, virou-se para ele e levantou o queixo, o cabelo ainda molhado penteado para trás, o rosto brilhante e recém-enxaguado. Era Emma, mas renovada. Ela brilhava, e Dexter pensou nas palavras "beijada pelo sol", e considerou "dê um beijo nela, segure seu rosto e dê um beijo".

De repente ela abriu os olhos.

— O que a gente faz agora? — perguntou.

— O que você quiser.

— Palavra cruzada?

— Eu tenho os meus limites.

— Tudo bem, então que tal jantar? Parece que eles têm um negócio chamado salada grega aqui.

Os restaurantes da cidadezinha eram notáveis por ser idênticos, todos com o ar esfumaçado de carneiros na brasa. Escolheram um lugar sossegado no final do píer, onde a curva da praia começava, e tomaram um vinho com gosto de pinho.

— Árvores de Natal — comentou Dexter.

— Desinfetante — emendou Emma.

A música vinha de alto-falantes ocultos nas vinhas de plástico, com "Get into de Groove", da Madonna, executada por uma cítara. Comeram pão dormido, carneiro queimado e salada temperada com vinagre, tudo muito gostoso. Depois de um tempo o vinho ficou delicioso, parecendo um interessante antisséptico bucal, e logo Emma se sentiu pronta para quebrar a regra dois: nada de flerte.

Nunca tinha sido boa em flerte. Suas tentativas de sedução eram ineptas e sem graça, como uma conversa normal sobre patins. Mas a combinação do retsina com o sol fazia Emma se sentir leve e emocional. Resolveu calçar os patins.

— Eu tenho uma ideia.

— Pode falar.

— Bom, já que vamos ficar oito dias aqui, talvez a gente acabe ficando sem assunto, certo?

— Não necessariamente.

— Só para garantir. — Inclinou-se para a frente, pondo a mão no pulso dele. — Acho que devíamos contar alguma coisa que o outro não saiba.

— Como assim, um segredo?

— Exatamente, um segredo, algo surpreendente, um segredo por noite, todas as noites até o fim das férias.

— Algo como o jogo Verdade ou Consequência, daqueles em que se gira a garrafa? — Os olhos dele se arregalaram. Dexter se considerava um exímio jogador de Verdade ou Consequência. — Tudo bem. Você primeiro.

— Não, você primeiro.

— Por que eu primeiro?

— Você tem mais repertório para escolher.

E era verdade, ele tinha uma reserva de segredos quase sem fundo. Poderia contar que a tinha visto se vestir naquela noite, ou que havia deixado a porta do banheiro aberta de propósito quando estava no banho. Poderia contar que tinha fumado heroína com Naomi, ou que pouco antes do Natal tinha feito um sexo rápido e infeliz com Tilly Killick, a colega de apartamento de Emma; uma massagem no pé que saiu do controle de uma forma hedionda enquanto Emma estava na Woolworths comprando lâmpadas para a árvore de Natal. Mas talvez fosse melhor escolher algo que não o mostrasse tão superficial e devasso, tão dúbio e dissimulado.

Pensou durante um tempo.

— Tudo bem, vamos lá. — Pigarreou. — Algumas semanas atrás eu entrei numa com um cara num clube.

O queixo de Emma caiu.

— Com um cara? — começou a rir. — Puxa, eu tenho que tirar o chapéu, Dex, você é cheio de surpresas...

— Não foi nada de mais, só um amasso, e eu estava caindo de bêbado...

— Isso é o que todos dizem. Mas, diga lá... o que aconteceu?

— Bom, era uma noite gay da pesada, a Sexface, com traje a caráter, num clube chamado Strap in Vauxhall...

— "Sexface no Strap"! O que aconteceu com as discotecas com nomes como "Roxy" ou "Manhattan"?

— Não é uma "discoteca", é um clube gay.

— E o que você estava fazendo num clube gay?

— A gente sempre vai. A música é melhor. Mais *hardcore*, menos feliz do que essa merda de *house*...

— Como você é *purista*...

— Bom, eu estava lá dançando com a Ingrid e os amigos dela, e esse cara se aproximou, começou a me beijar e acho que eu... tipo, você sabe, correspondi.

— E aí...?
— O quê?
— Você gostou?
— Foi legal. Foi só um beijo. E uma boca é só uma boca, não é?
Emma deu uma risada alta.
— Dexter, você tem alma de poeta. "Uma boca é só uma boca." Essa foi boa, adorável. Não é um verso de "As Times Goes By"?
— Você sabe do que estou falando.
— Uma boca é só uma boca. Eles deviam escrever isso na sua lápide. E o que a Ingrid achou?
— Só deu risada. Ela não liga, até que gostou. — Deu de ombros de maneira indiferente. — Aliás, a Ingrid é bissexual, então...
Emma revirou os olhos.
— *Claro*, ela é bissexual — e Dexter sorriu como se a bissexualidade de Ingrid tivesse sido ideia dele.
— Ei, não é nada de mais, é? É nosso papel experimentar a sexualidade na nossa idade.
— É mesmo? Ninguém nunca me disse nada.
— Você precisa ir à luta.
— Uma vez eu deixei a luz acesa, mas nunca mais faço isso.
— Bom, é melhor você correr atrás do prejuízo, Em. Livre-se dessas inibições.
— Ah, Dex, você é tão *sexpert*. E o que o seu amigo do The Strap estava vestindo?
— Não é *The* Strap, é só Strap. Arreios e calça de vaqueiro de couro. Era um engenheiro de telecomunicações inglês chamado Stewart.
— E você acha que vai encontrar com ele de novo?
— Só se o meu telefone quebrar. Ele não era o meu tipo.
— Eu acho que todo mundo é o seu tipo.
— Foi um episódio inconsequente, só isso. Do que está rindo?
— É que você parece tãããão feliz consigo mesmo.
— Não, não é verdade, sua homofóbica! — Começou a olhar por cima do ombro dela.
— Ei, você vai passar uma cantada no garçom?
— Estou tentando pedir outra bebida. Agora é a sua vez. O seu segredo.
— Ah, eu desisto. Não tenho como competir com isso.
— Nada de mulher com mulher?

Emma fez que não com a cabeça, resignada.

— Sabe, um dia você vai dizer uma coisa dessas para uma lésbica de verdade e ela vai quebrar a sua cara.

— Então você nunca sentiu atração por uma...?

— Não seja ridículo, Dexter. Você quer ouvir o meu segredo ou não quer?

O garçom chegou com um licor grego que era cortesia da casa, o tipo da bebida que só se toma de graça. Emma tomou um gole e estremeceu, depois apoiou a bochecha na mão de forma estudada, que sabia aparentar uma intimidade inebriada.

— Um segredo. Vamos ver. — Tamborilou os dedos no queixo. Poderia contar que espiou quando ele estava no banho, ou que sabia tudo sobre Tilly Killick no Natal, a massagem nos pés que saiu do controle de forma hedionda. Poderia até contar que em 1983 tinha beijado Polly Dawson no quarto dela, mesmo sabendo que nunca teria levado aquilo até o fim. Além do mais, Emma já sabia o que pretendia dizer naquela noite. Quando a cítara começou a tocar "Like a Prayer", ela lambeu os lábios, lançou um olhar provocante e fez outros pequenos ajustes, até construir o que acreditava ser a sua melhor e mais atraente expressão, a que usava quando era fotografada.

— Quando a gente se conheceu na faculdade, antes de nos tornarmos, sabe, *amigos*... bem, eu tinha certa queda por você. Aliás, não certa queda, uma grande queda. Havia algum tempo. Eu escrevia poemas bobinhos e tudo o mais.

— Poemas? É mesmo?

— Não sinto orgulho disso.

— Entendi. Entendi. — Dexter cruzou os braços e se apoiou na beira da mesa, olhando para baixo. — Desculpe, Em, mas essa não vale.

— Por que não?

— Porque você disse que devia ser alguma coisa que eu não soubesse. — Estava sorrindo, e Emma mais uma vez foi lembrada de que não havia limites para a capacidade de Dexter decepcioná-la.

— Meu Deus, como você é irritante! — Deu um tapa numa região da pele dele mais queimada de sol com as costas da mão.

— Ai!

— Como você sabia?

— Tilly me contou.

— Legal, a Tilly.

— E o que aconteceu depois?

Emma olhou para o fundo do copo.

— Acho que isso é uma coisa que a gente supera com o tempo. Como um herpes.

— Não, de verdade, o que aconteceu?

— Acabamos nos conhecendo. Você me curou de você mesmo.

— Eu gostaria de ler esses poemas. O que você rimou com "Dexter"?

— "Peste". É uma meia rima.

— Falando sério, o que aconteceu com os poemas?

— Foram destruídos. Fiz uma fogueira, anos atrás. — Sentindo-se tola e abandonada, deu mais um gole no copo vazio. — Chega de conhaque. Acho melhor a gente ir embora.

Olhou em volta procurando o garçom, e Dexter começou a se sentir tolo também. Tantas coisas que poderia ter dito, por que ser tão presunçoso, convencido, tão pouco generoso? Querendo encontrar uma forma de consertar a situação, cutucou a mão dela.

— Então vamos dar uma volta?

Emma hesitou.

— Tudo bem. Vamos dar uma volta.

Os dois contornaram a baía, passando pelas casas em construção daquela cidadezinha que se espalhava ao longo da costa, um novo empreendimento turístico que eles criticaram de maneira convencional. Mas, enquanto conversavam, Emma tomou a decisão de ser mais sensata no futuro. Precipitação e espontaneidade não combinavam com ela, as situações saíam de controle, e os resultados nunca eram os esperados. A confissão feita a Dexter foi como arremessar uma bola com força, ver a esfera subir e momentos depois ouvir o som de um vidro se quebrando. Para o bem do resto do tempo que ficariam juntos, Emma resolveu manter a cabeça fria, ficar sóbria e se lembrar sempre das regras. Pensaria sempre em Ingrid, a linda e desinibida namorada bissexual que esperava por ele em Londres. Chega de revelações impróprias. De agora em diante ela teria de arrastar todo aquele papo furado como um pedaço de papel higiênico grudado na sola do sapato.

Ao se afastarem mais do vilarejo, Dexter segurou a mão dela para dar apoio na cambaleante travessia de algumas dunas ainda quentes do calor do dia. Caminharam em direção ao mar, onde a areia era firme e molhada, e Emma percebeu que Dexter continuava segurando sua mão.

— Para onde estamos indo? — perguntou, notando que sua língua enrolava um pouco.
— Eu vou nadar. Você vem comigo?
— Você é louco.
— Vamos lá!
— Eu vou me afogar.
— Vai nada. Olha que beleza! — O mar estava muito calmo, límpido como um aquário, cor de jade com um brilho fosforescente; a água cintilava quando recolhida com as mãos em concha. Dexter já estava tirando a camisa pela cabeça. — Vamos lá. Isso vai nos deixar mais sóbrios.
— Mas eu não trouxe o meu... — De repente ela percebeu. — Ah, entendi — e deu risada. — Já vi onde isso vai dar...
— O quê?
— Eu caí direitinho, não foi?
— Como assim?
— Na velha tática de nadar nu. Fazer uma garota beber e depois procurar a maior área aquática mais próxima...
— Emma, você é tão pudica. Por que você é tão pudica?
— Vai você. Eu espero aqui.
— Tudo bem, mas vai se arrepender. — Ele estava de costas para ela, tirando a calça, depois a cueca.
— Não precisa tirar a cueca! — gritou atrás dele, observando suas longas costas morenas e as nádegas brancas enquanto ele caminhava para o mar. — Você não está no Sexface em Vauxhall, sabe?
Ele mergulhou na arrebentação e ela ficou ali oscilando, meio zonza, sentindo-se solitária e ridícula. Não eram exatamente essas as experiências que desejava? Por que não conseguia ser mais impulsiva e espontânea? Se tinha medo de nadar sem maiô, como poderia dizer a um homem que queria beijá-lo? Antes de concluir esse pensamento, já tinha tirado o vestido pela cabeça num só movimento. Depois tirou a calcinha, lançando-a ao ar com o pé, deixou-a onde caiu e correu em direção à água, rindo e praguejando consigo mesma.
Na ponta dos pés na parte mais funda a que se atrevia a chegar, Dexter esfregou a água dos olhos, olhou para o mar e se perguntou o que aconteceria em seguida. Apreensão. Sentiu as apreensões aflorando. Havia uma Situação no ar, mas ele não tinha decidido tentar evitar Situações por um tempo, ser menos impulsivo e espontâneo? Afinal aquela era Emma Morley, e Em era preciosa, provavelmente sua melhor amiga.

E quanto a Ingrid, chamada secretamente de Ingrid, a Assustadora? Ouviu um grito difuso e animado na praia e se virou, mas já era tarde demais para ver Emma cambaleando nua para dentro da água, como se tivesse sendo empurrada por trás. Honestidade e franqueza, esses seriam seus lemas. Ela avançava com movimentos desajeitados na direção dele, e Dexter resolveu ser franco e honesto, para variar, e ver até onde aquilo iria chegar.

Emma chegou, ofegante. Subitamente atenta à transparência do mar, buscava encontrar uma forma de se locomover na água com um braço cobrindo os seios.

— Então é isso?
— O quê?
— Nadar nu!
— É isso. O que você acha?
— Legal, acho. Muito divertido. E o que eu faço agora, fico aqui que nem uma pateta ou jogo água em você ou o quê? — Juntou as mãos em concha, jogou um pouco de água no rosto dele. — Estou agindo certo?
— Antes que Dexter jogasse água nela também, Emma foi pega pela correnteza e jogada na direção dele, que firmou os pés no leito arenoso. Dexter segurou-a, as pernas se entrelaçando como dedos cruzados, os corpos se tocando para em seguida se separar, como dois dançarinos.

— Está parecendo que você vai chorar — disse Emma, para quebrar o gelo. — Ei, você não está fazendo xixi na água, está?
— Não...
— Então?
— Eu queria pedir desculpa. Pelo que eu disse...
— Quando?
— No restaurante, por ser tão presunçoso ou sei lá o quê.
— Tudo bem. Já estou acostumada.
— E queria dizer que eu também senti a mesma coisa. Na época. O que estou dizendo é que também gostei de você, quero dizer, "romanticamente". Não escrevi poemas nem nada disso, mas pensei em você, penso em você até hoje, você e eu. Gostaria de dizer que desejo você.
— É mesmo? Oh. Mesmo? Certo. Oh. Certo. "Então finalmente vai acontecer", pensou Emma. "Aqui e agora, nua no mar Egeu".
— Meu problema é que... — ele suspirou e sorriu com um canto da boca. — Bom, acho que eu de certo modo desejo quase *todo mundo*!
— Entendo — foi tudo o que ela conseguiu dizer.

— ...todo mundo mesmo, só de andar pela rua, é como você disse, todo mundo é o meu tipo. É um pesadelo!
— Coitadinho — disse Emma friamente.
— O que estou dizendo é que acho que eu não estava... estou... pronto para você, sabe, namorado, namorada. Acho que a gente ia querer coisas diferentes. De um relacionamento.
— Porque... você é gay?
— Estou falando sério, Em.
— Está mesmo? Eu nunca sei.
— Você está brava comigo?
— Não! Não tem importância! Eu já disse, isso foi há muito, muito tempo...
— Mesmo assim... — Debaixo d'água, as mãos de Dexter encontraram a cintura dela e a seguraram. — Mesmo assim, se você quiser se divertir um pouco...
— Divertir?
— Desobedecer as regras...
— Jogar palavras cruzadas?
— Você sabe do que estou falando. Uma farrinha. Só enquanto estamos longe, sem compromissos, sem obrigações, sem nem uma palavra para Ingrid. Nosso segredinho. Porque eu estou a fim. Só isso.

Emma emitiu um som gutural, algo entre uma risada e um grunhido. "A fim." Dexter sorria como um vendedor oferecendo uma grande oportunidade financeira. "Nosso segredinho", provavelmente para se somar a todos os outros. Uma frase vinha à sua mente: "Uma boca é só uma boca." Só havia uma coisa a fazer. Indiferente à própria nudez, e com todo o peso do corpo, empurrou a cabeça dele para baixo da água e segurou firme. Começou a contar devagar. Um, dois, três...

"Seu arrogante, convencido..."

Quatro, cinco, seis...

"E sua mulher imbecil, imbecil por gostar dele, imbecil por achar que ele gostava..."

Sete, oito, nove...

"Ele está se agitando, acho melhor soltar e fazer uma piada, fazer disso uma piada..."

Dez, e ela tirou as mãos do alto da cabeça dele e deixou que emergisse. Dexter ria, sacudindo a água do cabelo e dos olhos, e ela também riu, um rá-rá-rá rígido.

— Imagino que isso é um "não" — ele disse afinal, enxugando a água salgada do nariz.

— Creio que sim. Acho que o nosso momento passou algum tempo atrás.

— Oh. Mesmo? Tem certeza? Porque eu acho que nos sentiríamos melhor se tirássemos isso da frente.

— Tirar da frente?

— Acho que nos sentiríamos mais próximos. Como amigos.

— Você acha que o fato de *não* dormirmos juntos pode estragar a nossa amizade?

— Eu não estou me expressando muito bem...

— Dexter, eu entendo perfeitamente, esse é o problema...

— Se você está com medo da Ingrid...

— Eu não tenho medo da Ingrid, simplesmente não vou fazer *isso* só para dizer que nós *fizemos*. E não vou fazer *isso* se a primeira coisa que você vai dizer depois é "por favor, não conte a ninguém", ou "vamos esquecer que isso aconteceu". Se for para fazer algo que tenha de ser mantido em segredo, é melhor nem fazer!

Mas Dexter estava olhando para trás dela agora, em direção à praia, forçando os olhos, e Emma se virou a tempo de ver uma figura esguia correndo na areia, carregando alguma coisa acima da cabeça em triunfo, como uma bandeira capturada: uma camisa, uma calça.

— Eeeeiii! — gritou Dexter, disparando em direção à praia, com a boca cheia de água, depois correndo a passos largos na areia atrás do ladrão que tinha roubado todas as suas roupas.

Quando voltou para perto de Emma, ofegante e furioso, ela estava sentada na areia totalmente vestida e sóbria outra vez.

— Algum sinal deles?

— Nada. Sumiram! — respondeu com um tom de tragédia. — Desapareceram completamente — e foi preciso uma leve brisa para lembrá-lo de que estava nu e fazer com que pusesse uma mão entre as pernas, zangado.

— Ele levou a carteira? — perguntou Emma, a expressão fixa num ricto severo.

— Não, só algum dinheiro, umas dez ou quinze libras, não sei. Canalha!

— Bem, imagino que esse seja apenas um dos perigos de nadar nu — murmurou, retorcendo os cantos da boca.

— O que me deixa furioso foi terem levado minha calça. Era da Helmut Lang! A cueca era Prada. Trinta libras cada uma. O que está acontecendo com você?

Emma não conseguia falar de tanto rir.

— Não tem graça, Em! Eu fui roubado!

— Eu sei, desculpe...

— Era uma calça da Helmut Lang, Em!

— Eu sei! É que você... assim tão bravo e... sem roupa... — Emma se dobrou de rir, apoiando os punhos e a testa na areia antes de rolar para o lado.

— Pare com isso, Em. Não tem graça. Emma? Emma! Já chega!

Quando ela conseguiu se levantar, os dois passaram algum tempo andando pela praia em silêncio, Dexter parecendo recatado e friorento de repente, Emma caminhando discretamente na frente, olhando para a areia e tentando se conter.

— Que tipo de canalha rouba a cueca de alguém? — murmurou Dexter. — Sabe como eu vou achar esse merdinha? Vou procurar o único canalha bem-vestido nessa maldita ilha! — e Emma rolou de rir na areia de novo, a cabeça entre os joelhos.

Quando a busca se mostrou infrutífera, vasculharam a praia em busca de algo que pudesse ser usado como roupa. Emma encontrou um saco de lixo azul bem resistente. Dexter ajeitou-o com capricho em torno da cintura, como uma minissaia, enquanto Emma sugeria que o cortassem em tiras, como um avental, antes de rolar de rir mais uma vez.

O caminho de volta os levou até o cais no centro.

— Está bem mais movimentado do que eu esperava — comentou Emma.

Dexter ajustou o rosto numa expressão grave e passou andando pela taverna na calçada, ignorando os assobios jocosos. Continuaram em direção à cidade e, quando entraram numa alameda estreita, toparam com o casal da praia, os rostos avermelhados pelo sol e pela bebida, apoiando-se um no outro ao descerem os degraus que levavam ao cais. Olharam espantados para a minissaia de saco azul de Dexter.

— Alguém roubou minha roupa — ele explicou brevemente.

O casal aquiesceu, solidário, e se espremeu para passar por eles, a garota parando para se virar e gritar de longe...

— Belo saco.

— É da Helmut Lang — respondeu Emma, e Dexter reagiu àquela traição com uma careta.

O mau humor durou o caminho todo até o hotel, e, quando eles chegaram ao quarto, o problema de dividirem a cama tinha de alguma forma perdido o significado. Emma foi ao banheiro para se trocar e vestiu uma velha camiseta cinza. Quando saiu, o saco de plástico azul estava no chão, ao pé da cama.

— Você devia pendurar isso — disse, cutucando o saco com o pé. — Desse jeito vai ficar amassado.

— Ah — respondeu Dexter, deitado na cama, já com outra cueca.

— Então era igual a essa?

— O quê?

— A famosa cueca de trinta libras. Ela é o quê? Forrada de pele de arminho?

— Vamos dormir, tá? Então... de que lado?

— Desse aqui.

Os dois deitaram de costas, em paralelo, Emma deliciada com a sensação dos lençóis brancos geladinhos na pele sensível.

— Foi um dia ótimo — falou.

— Até essa última parte — resmungou Dexter.

Emma virou-se para ele, o rosto de perfil, olhando para o teto com uma expressão petulante. Cutucou o pé dele com o próprio.

— Foram só uma calça e uma cueca. Eu compro outras para você. Um pacote com três cuecas de algodão. — Dexter fungou e ela segurou a mão dele embaixo das cobertas, apertando com força até ele virar a cabeça em sua direção. — Sério, Dex — disse sorrindo. — Eu estou muito feliz de estar aqui. Estou me divertindo muito.

— É. Eu também — resmungou.

— Mais oito dias — ela disse.

— Mais oito dias.

— Você acha que consegue aguentar?

— Quem sabe? — Dexter sorriu com afeto e, para o bem ou para o mal, tudo voltou a ser como antes. — E quantas regras nós infringimos essa noite?

Emma pensou por um tempo.

— A um, a dois e a quatro.

— Bom, pelo menos não jogamos palavras cruzadas.

— Nunca se sabe o que vai acontecer amanhã. — Estendeu o braço, apagou a luz e virou-se para o outro lado, de costas para ele. Tudo tinha voltado a ser como antes, e Emma não sabia bem o que sentir a respeito. Por um momento ficou preocupada com a expectativa de não conseguir dormir depois daquele dia, mas, para seu alívio, logo foi tomada pelo cansaço, o sono percorrendo suas veias como um anestésico.

Dexter ficou deitado de costas por um tempo, olhando o teto na luz ambiente azulada, sentindo que não tinha se saído muito bem naquela noite. Estar com Emma exigia certo nível de comportamento, e nem sempre ele conseguia se manter nesse patamar. Olhando para Emma, seus cabelos caindo por cada um dos lados do pescoço, a pele recém--bronzeada contrastando com o branco do lençol, ele considerou tocar no ombro dela para se desculpar.

— Boa noite, Dex — murmurou ela, enquanto ainda conseguia falar.

— Boa noite, Em — respondeu Dexter, mas ela já estava dormindo.

"Oito dias pela frente", pensou, "oito dias inteiros". Quase qualquer coisa podia acontecer em oito dias.

Parte dois

1993-1995

Vinte e tantos anos

"Gastamos tanto dinheiro quanto podíamos e ainda conseguimos o pouco que as pessoas concordavam em nos dar. Éramos sempre mais ou menos miseráveis, e a maior parte dos nossos conhecidos estava na mesma situação. Existia entre nós uma alegre ilusão de que estávamos sempre nos divertindo, e uma sombra de verdade de que nunca nos divertíamos. Até onde podia perceber, em última análise, o nosso caso era bastante comum."

Charles Dickens, *Grandes esperanças*

CAPÍTULO SEIS
Química

QUINTA-FEIRA, 15 DE JULHO DE 1993
Parte um – A história de Dexter

Brixton, Earls Court e Oxfordshire

Atualmente as noites e as manhãs têm uma tendência a se confundir umas com as outras. As antiquadas noções de manhã e tarde tornaram-se obsoletas, e Dexter tem visto mais amanheceres do que costumava.

No dia 15 de julho de 1993 o sol nasce às 5h01. Dexter observa isso do banco de trás de um decrépito minitáxi ao voltar para casa vindo do apartamento de um estranho em Brixton. Não exatamente um estranho, mas um amigo novo em folha, um dos muitos que tem feito nesses últimos tempos, dessa vez um designer gráfico chamado Gibbs ou Gibbsy, ou talvez fosse Biggsy, e sua amiga, uma garota maluca chamada Tara, uma coisinha minúscula que parece um passarinho, com pálpebras pesadas e sonolentas e uma boca larga escarlate que não falava muito, preferindo se comunicar por meio de massagens.

É Tara quem ele conhece primeiro, pouco depois das duas da manhã, numa boate embaixo dos arcos da ferrovia. Observou-a a noite toda na pista de dança, um grande sorriso no rosto extravagante ao surgir de repente e começar a massagear os ombros ou nucas de desconhecidos. Finalmente chega a vez de Dexter e ele concorda, sorrindo, e espera o lento reconhecimento. É claro que a garota franze o cenho, leva o dedo até perto da ponta do nariz dele e diz o que todos dizem agora:

— Você é famoso!

— E você, quem é? — ele grita mais alto que a música, pegando as duas mãos pequenas dela entre as suas, segurando-as de lado como se aquilo fosse um grande reencontro.

— Eu sou a Tara!

— Tara! Tara! Oi, Tara!

— Você é famoso? Por que você é famoso? Conta para mim!

— Eu trabalho na TV. Trabalho num programa chamado *curtindo todas*. Faço entrevistas com artistas pop.

— Eu sabia! Você *é* famoso! — grita, deliciada, erguendo-se na ponta dos pés e beijando o rosto dele, e faz isso de um jeito muito encantador.

— Você é uma graça, Tara! — ele fala por cima da música.

— Eu sou uma graça! — ela repete. — Sou uma graça, mas não sou famosa!

— Mas deveria ser famosa! — grita Dexter, as mãos na cintura dela. — Acho que todo mundo deveria ser famoso!

O comentário é irrefletido e não quer dizer nada, mas o sentimento parece comover Tara, pois ela diz "Aaaaaaaah", fica na ponta dos pés e descansa sua cabeça de duende no ombro dele.

— Acho você uma graça — grita no ouvido dele, e Dexter não discorda.

— Você também é uma graça — retribui, e os dois são envolvidos por um ir e vir de "você é uma graça" que poderia continuar para sempre.

Agora estão dançando juntos, encostando as bochechas e sorrindo um para o outro, e mais uma vez Dexter é surpreendido pela facilidade com que uma conversa acontece quando ninguém está em seu perfeito juízo. Antigamente, quando as pessoas só podiam contar com o álcool, falar com uma garota envolvia diversas formas de contato visual, pagar umas bebidas, horas de interrogatório formal sobre livros e filmes, sobre os pais e os irmãos. Mas nos dias de hoje é possível passar quase imediatamente de "qual é o seu nome?" para "me mostre a sua tatuagem", digamos, ou "que tipo de calcinha você está usando?", e sem dúvida isso tinha de ser um progresso.

— Você é uma graça — grita Dexter, enquanto ela encosta as nádegas nas coxas dele. — Você é pequenininha. Parece um passarinho!

— Mas sou forte como um touro — ela fala por cima do ombro e flexiona um bíceps bonito, do tamanho de uma tangerina. É um bíceps pequeno, tão legal que ele não consegue deixar de beijá-lo. — Você é ótimo. Você é muuuito legal.

— Você também é legal — ele dispara de volta e pensa: "Meu Deus, isso está indo tão incrivelmente bem, esse vai e vem." Ela é tão pequena e bonita que o faz pensar numa pequena cambaxirra, mas não consegue se lembrar da palavra "cambaxirra" e por isso segura as mãos dela, puxando-a para perto e gritando em seu ouvido: — Como é mesmo o nome daquele passarinho minúsculo que cabe numa caixa de fósforos?

— O quê?

— UM PASSARINHO QUE A GENTE PÕE NUMA CAIXA DE FÓSFORO, QUE CABE NUMA CAIXA DE FÓSFORO, UM PASSARINHO PEQUENO, VOCÊ PARECE UM PASSARINHO QUE EU NÃO CONSIGO LEMBRAR O NOME. — Mostra o indicador e o polegar a dois centímetros de distância um do outro. — UM PASSARINHO PEQUENINO QUE PARECE VOCÊ.

Tara aquiesce, nem concordando, nem balançando a cabeça ao ritmo da música, as pálpebras pesadas adejando, com as pupilas dilatadas, os olhos reviram como os daquelas bonecas que sua irmã costumava ter, e Dexter se esquece do que estava falando e por um momento nada mais faz sentido. Por isso não discorda quando Tara aperta suas mãos e diz mais uma vez que ele é realmente uma graça e que precisa conhecer seus amigos, que também são uma graça.

Olha ao redor procurando Callum O'Neill, seu ex-colega da faculdade, e nota que ele está vestindo o paletó. Outrora o homem mais preguiçoso de Edimburgo, Callum agora é um empresário de sucesso, um homem grande que usa ternos caros, que ficou rico fazendo manutenção de computadores. Mas o sucesso trouxe a sobriedade: nada de drogas, nada de bebidas em excesso durante a semana. Parece até desconfortável ali, destoante. Dexter vai até ele e segura suas duas mãos.

— Aonde você vai, meu amigo?

— Para casa! São duas da manhã. Eu preciso trabalhar.

— Vem comigo. Quero te apresentar a Tara!

— Eu não quero conhecer a Tara, Dex. Tenho que ir embora.

— Sabe o que você é? Um fraco!

— E você está mais para lá do que para cá. Vai em frente, faça o que tiver de fazer. Eu ligo amanhã.

Dexter abraça Callum e diz que ele é muito legal, mas Tara o puxa pela mão outra vez, por isso se afasta e se deixa levar pela multidão em direção a um *lounge* de *chill-out*.

O clube é caro e supostamente de alto nível, embora Dexter raramente pague coisa alguma hoje em dia. Está até tranquilo para uma noite de quinta-feira, mas ao menos aqui não se ouve aquele terrível ritmo techno, nem se veem aqueles assustadores garotos com cabeças raspadas e ossudas que tiram a camisa e olham a gente de esguelha mostrando os dentes, mandíbulas cerradas. Em vez disso, o que se vê é muita gente simpática, atraente, de classe média e na faixa dos vinte anos, pessoas iguais a ele, como os amigos de Tara ali, refestelados em grandes almofadas, fumando, conversando e mastigando. Fica conhecendo Gibbsy, ou será Biggsy, a adorável Tash e o namorado Stu Stewport, Spex, que usa óculos, e o namorado Mark que, grande decepção, parece ser conhecido apenas como Mark; todos oferecem chicletes, água e Marlboro Lights. As pessoas falam muito de amizades, mas isso parece ser muito fácil para eles, e logo Dexter está imaginando todo mundo se encontrando, indo viajar num feriado em um trailer, fazendo um churrasco numa praia ao pôr do sol. Todos parecem gostar dele também, perguntam como é trabalhar na TV, querem saber sobre as pessoas famosas que conheceu, e ele conta algumas fofocas impudicas, com Tara o tempo todo empoleirada atrás dele, massageando seu pescoço e os ombros com minúsculos dedos ossudos, provocando pequenos tremores de prazer, até que de repente, por alguma razão, faz-se uma pausa na conversa, talvez uns cinco segundos de silêncio, mas o suficiente para que um lampejo de sobriedade o surpreenda e ele se lembre do que precisa fazer amanhã. Não, amanhã não, hoje, meu Deus, ainda hoje, e Dexter sente o primeiro estertor de medo e pânico da noite.

Mas tudo bem, tudo ótimo, porque Tara o está convidando para dançar antes que o efeito acabe, e todos ficam sob os arcos da ferrovia num grupo disperso em frente ao DJ e às luzes, dançando por um tempo no gelo seco, sorrindo, aquiescendo e estampando aquela estranha expressão franzida, sobrancelhas enrugadas, mas agora os movimentos de cabeça e os sorrisos são menos de deleite e mais por uma necessidade de reafirmação de que todos ainda estão se divertindo, que de jeito nenhum aquilo está para acabar. Dexter pensa em tirar a camisa, o que às vezes funciona, mas o momento já passou. Alguém próximo grita "som", sem muita convicção, mas ninguém se convence, não há som algum. O grande inimigo, o constrangimento, se alastra, e Gibbsy ou Biggsy é o primeiro a parar, afirmando que a música está uma merda, e todo mundo para de dançar imediatamente, como se um encanto tivesse se quebrado.

Ao se dirigir para a saída, Dexter imagina a volta para casa, a ameaçadora frota de táxis ilegais que estará na porta do clube, o medo irracional de ser assassinado, o apartamento vazio em Belsize Park e as horas de insônia enquanto lava a louça e organiza os seus vinis até a cabeça parar de latejar e ele conseguir dormir e encarar o dia, e mais uma vez sente uma onda de pânico. Dexter precisa de companhia. Olha ao redor em busca de um telefone público. Poderia verificar se Callum ainda está acordado, mas não é uma companhia masculina o que deseja no momento. Poderia ligar para Naomi, mas ela vai estar com o namorado; ou para Yolande, mas ela está filmando em Barcelona; ou para Ingrid, a Assustadora, mas ela disse que se o visse novamente arrancaria o coração dele; ou Emma, sim, Emma, não, Emma, não nesse estado, ela não entenderia, não iria aprovar. No entanto é Emma quem ele mais deseja ver. Por que Emma não está com ele esta noite? Existem tantas coisas que gostaria de perguntar, como por que os dois nunca ficaram juntos, eles ficariam tão bem juntos, uma equipe, um casal, Dex e Em, Em e Dex, todo mundo diz isso. Então é tomado por aquele súbito impulso amoroso que sente às vezes por Emma e resolve pegar um táxi até Earls Court para dizer o quanto ela é maravilhosa, o quanto a ama, mesmo, e o quanto ela é sensual e não sabe disso; e, por que não, transar simplesmente, só para ver o que acontece, e se nada daquilo funcionar, mesmo se ficarem apenas conversando, ao menos vai ser melhor do que passar o resto da noite sozinho. Seja como for, ele não pode ficar sozinho...

Já está com o fone na mão quando, graças a Deus, Biggsy ou Gibbsy sugere que todos se reúnam na casa dele, que não é longe, e eles saem do clube sentindo-se salvos pelo grupo enquanto caminham pela Coldharbour Lane.

O apartamento é grande e espaçoso, em cima de um velho *pub*. A cozinha, a sala, o quarto e o banheiro não têm paredes, a única concessão à privacidade sendo uma cortina semitransparente no chuveiro, que protege também o vaso. Enquanto Biggsy revira os discos, todos os demais se amontoam na enorme cama com dossel coberta por engraçadas peles de tigre sintéticas e lençóis pretos também sintéticos. Acima há um espelho quase engraçado, e eles o olham por entre as pálpebras pesadas, admirando-se espalhados logo abaixo, as cabeças descansando em colos, as mãos tateando outras mãos, ouvindo música, jovens e inteligentes, atraentes e bem-sucedidos, bem-informados e fora de seus juízos perfeitos, todos pensando como são bonitos e que serão bons amigos dali em diante. Vão fazer piqueniques em Heath, passar longos e preguiçosos domingos no *pub*, e Dexter está se divertindo outra vez.

— Eu acho você incrível — um diz para o outro, não importa quem seja, pois na verdade todos ali são incríveis. As pessoas são incríveis.

As horas passam sem que ninguém perceba. Alguém está falando de sexo, e todos competem para fazer revelações pessoais das quais vão se arrepender na manhã seguinte. Pessoas se beijam, e Tara ainda está massageando o pescoço dele, apalpando o alto de sua coluna com os dedos pequenos e firmes, mas agora o efeito de todas as drogas já passou e o que tinha sido uma massagem relaxante se transformou numa série de pontadas e cutucadas, e, quando Dexter presta atenção, de repente o exótico rosto de Tara parece atormentado e ameaçador, a boca larga demais, os olhos redondos demais, uma espécie de mamífero pequeno e pelado. Percebe também que ela é mais velha do que pensava — "Meu Deus, ela deve ter uns *trinta e oito anos*" — e vê uma espécie de massa branca entre seus dentes pequenos, como uma argamassa, e não consegue mais impedir que o terror do dia à frente percorra sua coluna e que uma sensação de temor, de medo e vergonha se manifeste como um suor químico pegajoso. Dexter senta-se de um salto, estremece e passa as mãos devagar pelo rosto, como se limpasse algo fisicamente.

O dia começa a clarear. Melros cantam na Coldharbour Lane e ele tem a sensação, tão vívida que é quase uma alucinação, de estar completamente oco: vazio como um ovo de Páscoa. A massagista Tara criou um grande nó retorcido de tensão entre seus ombros. A música parou e alguém na cama está pedindo um chá, todo mundo quer chá, chá, chá. Dexter se desvencilha e anda até uma geladeira imensa, do mesmo modelo que a sua, sinistra e industrial, como as que poderiam ser encontradas num laboratório de genética. Abre a porta e olha para dentro sem emoção. Uma salada apodrece num saco plástico, que está inchado e prestes a explodir. Seus olhos tremulam nas órbitas, fazendo sua visão oscilar uma última vez, mas quando entram novamente em foco localizam uma garrafa de vodca. Escondendo-se atrás da porta ele toma uma dose de uns quatro dedos, enxaguando com um gole de suco de maçã azedo que espuma de forma repulsiva na língua. Faz uma careta e engole o líquido, que leva seu chiclete junto. Alguém pede chá outra vez. Ele encontra um pacote de leite, avalia o peso na mão e tem uma ideia.

— Não tem leite! — grita.

— Deveria ter — grita Gibbsy ou Biggsy.

— Nada. Está vazio. Eu vou comprar leite. — Repõe o pacote cheio e fechado na geladeira. — Volto em cinco minutos. Alguém quer alguma coisa? Cigarro? Chiclete? — Como nenhum dos novos amigos responde, ele sai em silêncio, tropeça escada abaixo e chega à rua, passando pela porta como se emergisse para respirar e começa a correr para nunca mais ter de ver nenhuma daquelas pessoas incríveis.

Na Electric Avenue ele encontra um ponto de minitáxis. No dia 15 de julho de 1993 o sol nasce às 5h01 da manhã, e Dexter Mayhew já está no inferno.

Emma Morley come bem e bebe com moderação. Atualmente dorme oito boas horas de sono por noite, acorda lépida e por iniciativa própria pouco antes das seis e meia e toma um copo grande de água, os primeiros 250 mililitros do 1,5 litro diário que despeja de uma moringa novinha em folha, com copos combinando dispostos numa prateleira banhada pelo sol matinal perto da cama de casal quente e limpa. Uma moringa. Ela tem uma moringa. Mal consegue acreditar que isso é verdade.

Também tem móveis. Aos vinte e sete anos de idade, já está velha demais para viver como uma estudante, por isso agora tem uma cama, a estrutura de ferro batido e vime comprada numa liquidação de verão em uma loja de artigos coloniais na Tottenham Court Road. Com uma etiqueta que diz "Tahiti", a cama ocupa o quarto inteiro de seu apartamento perto da Earls Court Road. O edredom é de pluma de ganso, os lençóis são de algodão egípcio que, como informou a vendedora, é o melhor algodão conhecido pelo homem, e tudo isso significa uma nova era, de ordem, independência e maturidade. Nas manhãs de domingo ela recosta sozinha na Tahiti como se fosse uma balsa, ouvindo a ópera *Porgy and Bess* e a banda Mazzy Star, o velho Tom Waits e um estranho disco de vinil arranhado com as suítes para violoncelo de Bach. Toma litros de café e escreve pequenos comentários e ideias para contos com sua melhor caneta-tinteiro em páginas brancas de um luxuoso caderno de notas. Às vezes, quando as coisas não vão bem, Emma se pergunta se o que acredita ser um verdadeiro amor pela palavra escrita não seria apenas um fetiche por papelaria. Um verdadeiro escritor, um escritor nato, escreve palavras em sacos de papel, no verso de passagens de ônibus, na parede de uma cela. Emma não consegue se entender com nada que tenha menos de 120 gramas.

Mas em outros momentos ela se sente bem e escreve durante horas, feliz e sozinha em seu apartamento de quarto e sala, como se as palavras estivessem o tempo todo ali. Não quer dizer que se sinta solitária, ao menos não com muita frequência. Emma sai quatro noites por semana, poderia sair até mais se quisesse. As antigas amizades ainda se mantêm, e há algumas novas também, como as de seus colegas estudantes do

Teacher Training College. Nos fins de semana ela consulta revistas com a programação da cidade, todas as páginas menos as da seção de clubes noturnos, que poderiam estar escritas em rúnico, com toda essa onda de multidões dançando sem camisa. Imagina que nunca, nunca vai dançar de sutiã numa sala cheia de espuma, e isso é ótimo. Em vez disso, prefere ir a cinemas e galerias independentes com amigos, ou às vezes alugam chalés e saem da cidade para fazer saudáveis caminhadas no campo e fingir que moram ali. As pessoas dizem que ela está mais bonita, mais confiante. Parou de comer salgadinhos, parou de fumar, jogou fora as fivelas de veludo e não leva mais comida pronta para casa. Comprou uma cafeteira francesa e está pensando em investir em algumas tigelas com flores aromatizantes.

O rádio-relógio toca, mas Emma se permite continuar na cama e ouvir as manchetes do noticiário. John Smith está em conflito com os sindicatos e ela se sente dividida, porque gosta de John Smith, que parece decente, culto e um bom líder. Até o nome sugere os princípios sólidos de um homem do povo, e ela faz mais um lembrete para si mesma de averiguar a possibilidade de entrar para o Partido Trabalhista; talvez isso aplaque sua consciência, agora que largou a Campanha pelo Desarmamento Nuclear. Não que tenha deixado de simpatizar com as metas deles, mas a exigência de um desarmamento multilateral começou a lhe parecer um tanto ingênua, mais ou menos como exigir bondade universal.

Aos vinte e sete anos Emma se pergunta se está ficando velha. Costumava se orgulhar de se recusar a avaliar os dois lados de uma discussão, mas cada vez mais aceita que essas questões são mais ambíguas e complicadas do que pensava. Não domina os dois assuntos que ouviu a seguir no noticiário, relativos ao Tratado de Maastricht e à guerra na Iugoslávia. Será que deveria ter uma opinião, escolher um lado, boicotar alguma coisa? Pelo menos em relação ao *apartheid* a gente sabia onde pisar. Agora há uma guerra na Europa e ela não fez absolutamente nada para impedi-la. Está ocupada demais comprando móveis. Um pouco inquieta, empurra o edredom e se espreme no minúsculo espaço entre a cama e as paredes, andando de lado até um minúsculo banheiro que está sempre disponível, pois agora ela mora sozinha. Joga a camiseta numa cesta de roupa suja de vime — o melhor negócio em vime de sua vida desde aquela ótima promoção de verão na Tottenham Court Road —, coloca os velhos óculos e fica nua em frente ao espelho, peito estufado. "Podia ser pior", considera, e entra embaixo do chuveiro.

Toma o café da manhã olhando pela janela. O apartamento fica no sexto andar de um prédio de tijolo vermelho e sua vista é de um prédio de tijolo vermelho idêntico. Emma não gosta muito de Earls Court, um lugar decadente e temporário, o mesmo que morar em Londres num quarto de hóspedes. O preço do aluguel também era insano, e talvez tenha de arranjar um lugar mais barato quando arrumar seu primeiro emprego como professora, mas por enquanto ela adora morar ali, bem longe do Loco Caliente e do sombrio realismo social do cubículo em Clapton. Livre de Tilly Killick depois de seis anos juntas, ela adora ter certeza de que não vai encontrar roupas de baixo penduradas na pia da cozinha ou marcas de dentes no queijo *cheddar*.

Como não sente mais vergonha do lugar onde mora, chegou até a permitir que seus pais a visitassem, com Jim e Sue ocupando a Tahiti enquanto ela dormia no sofá. Durante três dias intensos eles não pararam de falar sobre a mistura étnica de Londres e o preço de uma xícara de chá, e, mesmo que não tenham expressado aprovação pelo seu novo estilo de vida, ao menos a mãe dela não sugeriu mais que voltasse a Leeds para trabalhar na Companhia de Gás.

— Muito bem, Emmy — o pai sussurrou quando ela os deixou na estação de King's Cross. Mas muito bem pelo quê? Talvez por estar vivendo como uma adulta afinal.

Claro que ela ainda não tem um namorado, mas não se importa com isso. Algumas vezes, muito ocasionalmente, digamos às quatro horas da tarde de um domingo chuvoso, Emma se sente em pânico e quase não consegue respirar com a solidão. Uma ou duas vezes se surpreende tirando o telefone do gancho para verificar se está funcionando. Às vezes pensa como seria bom ser despertada por um telefonema no meio da noite: "Pegue um táxi agora mesmo", ou "preciso encontrar com você, nós precisamos conversar". Mas na maior parte do tempo se sente como uma personagem de um romance de Muriel Spark — independente, aficionada por livros, inteligente e secretamente romântica. Aos vinte e sete anos, Emma Morley tem um diploma com duas menções honrosas, em inglês e em história, uma cama nova, um apartamento de dois cômodos em Earls Court, muitos bons amigos e uma pós-graduação em educação. Se for bem na entrevista de hoje, vai conseguir um emprego para dar aula de inglês e dramaturgia, assuntos que conhece e adora. Está prestes a iniciar uma nova carreira como professora e finalmente, finalmente, existe alguma ordem em sua vida.

E também um encontro.

Emma tem um encontro marcado, formal. Vai a um restaurante com um homem, vê-lo falar e comer. Alguém quer subir a bordo da Tahiti, e esta noite ela decidirá se vai permitir isso. Descascando uma banana ao lado da torradeira, a primeira das sete porções de frutas e vegetais do dia, Emma olha para o calendário. Dia 15 de julho de 1993, um ponto de interrogação e um ponto de exclamação. O encontro se aproxima.

A cama de Dexter é importada, italiana, uma plataforma preta, baixa e despojada que fica no centro de um quarto grande com poucos móveis, como um palco ou ringue de luta, e às vezes exerce essas duas funções. Às 9h30 ele ainda está acordado, medo e desprezo por si próprio misturando-se com frustração sexual. As terminações nervosas estão com a sensibilidade a toda e há um gosto desagradável em sua boca, como se a língua estivesse recoberta de laquê. De repente ele se levanta e anda pelos tacos pretos e brilhantes até a cozinha sueca. Encontra uma garrafa de vodca dentro do congelador da grande geladeira industrial, despeja um dedo no copo e acrescenta a mesma quantidade de suco de laranja. Seu consolo é pensar que, como ele ainda não dormiu, esse não é o primeiro drinque do dia, mas sim o último da noite anterior. Além do mais, todo esse tabu sobre beber durante o dia é um exagero; as pessoas fazem isso na Europa. O truque é usar o estímulo do álcool para compensar o abatimento das drogas: ele está se embebedando para ficar sóbrio, e quando você pensa a respeito é na verdade uma coisa bem razoável. Animado por essa lógica, Dexter despeja mais um dedo de vodca no copo, põe a trilha sonora de *Cães de aluguel* para tocar e caminha até o banheiro de modo afetado.

Meia hora depois ainda está no banheiro, pensando no que fazer para parar de suar. Já tomou um banho de água fria e trocou de camisa duas vezes, mas ainda assim a transpiração continua aumentando em suas costas e na testa, oleosa e viscosa como a vodca, e talvez seja isso mesmo. Olha para o relógio. Já é tarde. Resolve sair e tentar dirigir com os vidros abertos.

Deixou um pacote do tamanho de um tijolo perto da porta para não se esquecer, embrulhado com capricho em camadas de papel de seda de diferentes cores. Dexter pega o pacote, tranca o apartamento e sai para a avenida coberta de folhas onde seu carro o espera, um Mazda MRII conversível num tom verde-escuro. Sem lugar para passageiros, sem possibilidade de um bagageiro no teto, quase sem espaço para um estepe, muito menos para um carrinho de bebê: um carro que transborda juventude, sucesso, vida de solteiro. Embutido debaixo do capô há um CD player automático, um milagre futurístico cheio de pequenas molas e plataformas de plástico preto. Dexter seleciona cinco CDs (presentes de gravadoras, outra vantagem do emprego) e insere os discos brilhantes na gaveta como se carregasse de balas um revólver.

Atravessa a zona residencial de St. John's Wood ouvindo The Cranberries. Não é exatamente a praia dele, mas é importante estar por dentro das coisas quando se é responsável pela formação do gosto musical das pessoas. A Westway está livre do tráfego da hora do rush, e antes do disco acabar ele já está na M40 indo em direção ao oeste, passando por bairros que abrigam indústrias leves e conjuntos habitacionais daquela cidade em que ele mora tão bem, tão inserido na modernidade. Pouco depois os subúrbios dão lugar a plantações coníferas que se passam por zona rural. Está tocando Jamiroquai no estéreo e Dexter se sente muito, muito melhor, rebelde e jovial em seu carrinho esportivo, agora só um pouco enjoado. Aumenta o volume do som. Ele conhece o vocalista da banda, já o entrevistou várias vezes, e, embora não possa dizer que os dois sejam amigos, conhece muito bem o cara que toca conga e se identifica quando sua música fala sobre a situação de emergência no planeta Terra. Trata-se da versão completa, bastante longa, e o tempo e o espaço assumem uma característica elástica enquanto Dexter cantarola junto pelo que parecem muitas, muitas horas, até que sua visão embaça e tremula por um instante, efeito tardio das drogas da noite anterior nas veias, e uma buzina estridente faz com que perceba que está dirigindo a uma velocidade próxima de 180 quilômetros por hora no meio de duas pistas.

Dexter para de cantarolar e tenta trazer o carro de volta à pista central, mas percebe que esqueceu como dirigir, os braços travam nos cotovelos quando tenta desviar o carro de alguma barreira invisível. De repente a velocidade cai para 90 quilômetros por hora, e com o pé no freio e no acelerador ao mesmo tempo ele ouve outra buzina, de um caminhão do tamanho de uma casa que surgiu atrás dele. Consegue ver a expressão distorcida do motorista pelo retrovisor, um homem grande e barbudo, de óculos escuros com lentes espelhadas, gritando com ele, o rosto composto por três buracos negros, como uma caveira. Dexter luta com o volante mais uma vez, sem nem ao menos verificar o que acontece na pista de baixa velocidade, e de repente tem certeza de que vai morrer, bem aqui e agora, numa bola de chamas ardentes, ouvindo um remix ampliado do Jamiroquai. Mas a pista de baixa velocidade está vazia, graças a Deus, e ele respira fundo pela boca uma vez, duas, três vezes, como um pugilista. Desliga o som e dirige em silêncio em estáveis 110 quilômetros por hora até chegar à saída prevista.

Exausto, encontra um acostamento na Oxford Road, reclina o banco e fecha os olhos tentando dormir, mas só consegue se lembrar dos três buracos negros do rosto do motorista do caminhão gritando com ele. Do lado de fora, o sol brilha demais, o tráfego é barulhento demais, e, além disso, há algo de vulgar e perigoso em ficar com a cabeça pendente num carro estacionado às 11h45 de uma manhã de verão, por isso ele se apruma no banco, prageja e segue em frente até encontrar um *pub* na beira da estrada que conhece dos tempos de adolescente. O White Swan é uma cadeia que oferece café da manhã o dia inteiro e um filé com fritas inacreditavelmente barato. Estaciona, pega o embrulho de presente no banco do carona e entra no salão amplo e familiar, que cheira a lustra-móveis e a cigarros da noite passada.

Sentindo-se à vontade, Dexter se apoia no balcão e pede meia cerveja e uma vodca-tônica dupla. Recorda-se do *barman* do início dos anos 1980, quando costumava beber ali com colegas.

— Eu costumava vir aqui anos atrás — diz, puxando conversa.

— É mesmo? — responde o homem magro e infeliz.

Mesmo que o *barman* o reconheça, não diz nada. Dexter pega um copo em cada mão, vai até a mesa e bebe em silêncio em frente ao embrulho de presente, um pequeno pedaço de esplendor naquele salão sombrio. Olha ao redor e pensa no quão foi longe nos últimos dez anos, em tudo o que conseguiu — ser um famoso apresentador de TV, e antes de completar vinte e nove anos.

Às vezes Dexter pensa que os poderes medicinais do álcool beiram o miraculoso, pois em dez minutos já está trotando agilmente em direção ao carro, ouvindo música outra vez, com The Beloved no aparelho de CD, e fazendo um bom tempo na estrada, de forma que em dez minutos está na entrada de cascalho da casa dos pais. A casa é uma grande construção isolada, dos anos 1920, a fachada adornada com molduras de madeira falsa em xis para parecer menos moderna, mais quadrada e robusta do que na verdade é. "Uma casa confortável e feliz em Chilterns", reflete Dexter sentindo um pouco de medo.

O pai dele o espera de pé à porta, como se estivesse lá há anos. Está usando roupas demais para julho: a bainha da camisa pendurada para fora do pulôver, uma caneca de chá na mão. Outrora um gigante para Dexter, agora parece vergado e cansado, o rosto comprido e pálido, chupado e sulcado pelos seis meses em que a saúde de sua esposa deteriorava-se. Ergue a caneca de chá num cumprimento, e por um momento Dexter se vê pelos olhos do pai. Faz um esgar de vergonha por estar usando uma camisa brilhante, pelo jeito animado como dirige seu pequeno carro esporte, o barulho perturbador que faz ao parar na entrada de cascalho, a música soando insensível no estéreo:

Chilled-out.
Idiot.
Loved up.
Buffon.
Sorted, you tawdry little clown.

Dexter desliga o aparelho de CD, desencaixa a frente removível do painel e olha para a própria mão. "Calma, nós estamos em Chilterns, não em Stockwell. Seu pai não vai roubar o som. Acalme-se." À porta, o pai ergue a caneca mais uma vez e Dexter suspira, pega o presente do banco do carona, reúne todo o seu poder de concentração e sai do carro.

— Que máquina ridícula — reprova o pai.

— Bem, não é você quem dirige, certo? — Dexter encontra refúgio na facilidade da velha rotina, o pai rígido e quadrado, o filho irresponsável e arrogante.

— Acho que eu nem caberia aí. Isso é brinquedo de criança. Já estamos esperando você há algum tempo.

— Como você está, velho? — diz Dexter, sentindo uma súbita onda de afeto pelo querido e velho pai, abraçando-o instintivamente, esfregando as mãos nas suas costas e beijando sua bochecha com dificuldade.

Os dois ficam imóveis.

Dexter desenvolveu o hábito de beijar quase que por reflexo e emitiu um "mmmm" na orelha peluda do pai. Alguma parte inconsciente dele ainda acha que está sob os arcos da ferrovia com Gibbsy, Tara e Spex. Sente a saliva nos lábios úmidos e percebe o constrangimento na expressão do pai ao contemplar o filho do alto, um olhar digno do Velho Testamento. Filhos beijando pais — uma lei da natureza foi desobedecida. Ainda nem passou pela porta e a ilusão de sobriedade já desapareceu. O pai dele funga — por desagrado ou por ter sentido o hálito do filho, e Dexter não sabe ao certo o que é pior.

— Sua mãe está no jardim. Ficou a manhã inteira esperando você.
— Como ela está? — pergunta. Talvez ele responda "muito melhor".
— Vá lá e veja você mesmo. Vou ligar a chaleira elétrica.

O corredor parece frio e escuro comparado ao brilho do sol lá fora. Sua irmã mais velha, Cassie, está voltando do jardim, uma bandeja nas mãos, o rosto reluzindo de competência, bom-senso e compaixão. Aos trinta e quatro anos ela já se estabeleceu no papel de rigorosa supervisora de um hospital, e o papel cai bem nela. Meio sorriso, meia carranca, ela encosta a bochecha na dele.

— A volta do filho pródigo!

Sua mente não está tão aturdida a ponto de não reconhecer uma alfinetada, mas Dexter ignora a observação e olha para a bandeja. Uma tigela de cereal marrom-acinzentado dissolvido em leite, a colher ao lado, não utilizada.

— Como ela está? — pergunta. Talvez ela responda "muito melhor".
— Vá lá e descubra — responde Cassie. Ele se espreme para passar pela irmã, pensando: "Por que ninguém me diz como ela está?"

Dexter observa a mãe da porta, sentada em uma poltrona antiga com vista para os campos e bosques, com Oxford como uma mancha cinzenta e enevoada à distância. Do ponto de vista dele, o rosto dela está obscurecido por um grande chapéu e óculos escuros — atualmente a luz fere os olhos dela —, mas pode ver pelos braços finos e pela forma como a mão pende do braço da poltrona que ela mudou muito nessas três semanas, desde a última vez em que veio visitá-la. Sente uma súbita vontade de chorar. Quer se encolher como uma criança e sentir os braços dela ao seu redor, e também quer fugir dali o mais rápido possível, mas nenhuma das duas coisas é possível. Em vez disso, desce os degraus saltitante, uma chegada artificialmente animada, como a de um apresentador de programa de entrevistas.

— Oláááá!

A mãe sorri como se o próprio ato de sorrir tivesse se tornado um esforço. Dexter abaixa-se para beijá-la por baixo da aba do chapéu, a pele do rosto dela surpreendentemente fria, esticada e brilhante. O lenço amarrado sob o chapéu disfarça a queda de cabelo, mas Dexter tenta não observar o rosto dela muito de perto e logo localiza uma cadeira de jardim de metal enferrujado. Puxa a cadeira para mais perto com um ruído, acomodando-se de forma que os dois fiquem de frente para a paisagem, mas sente os olhos da mãe fixos nele.

— Você está suando — ela comenta.

— Bem, o dia está quente. — Ela não parece convencida. Não foi suficiente. "Concentre-se. Lembre-se de com quem você está falando."

— Você está todo suado.

— É essa camisa. Fibra artificial.

Ela estende o braço e toca a camisa com as costas da mão. Franze o nariz com desagrado.

— Que marca?

— Prada.

— Cara.

— Apenas a melhor — replica Dexter, pegando o pacote do muro do jardim, ansioso por mudar de assunto. — Presente para você.

— Que amor.

— Não é meu, é da Emma.

— Dá para perceber pelo embrulho. — Desata a fita com cuidado. — Os seus vêm em sacos de lixo com fita-crepe.

— Isso não é verdade... — Sorri, tentando manter o tom casual da conversa.

— ...isso quando você me dá algum presente.

Dexter tem dificuldade em manter o sorriso, ainda bem que os olhos dela estão no pacote que abre com cuidado, revelando uma pilha de livros: Edith Wharton, alguns Raymond Chandler, F. Scott Fitzgerald.

— Que delicado da parte dela. Você pode agradecer em meu nome? Emma Morley é um amor. — Examina a capa do Fitzgerald. — *Belos e malditos*. Somos eu e você.

— Mas quem é o quê? — ele pergunta sem pensar, mas, ainda bem, a mãe parece não ter ouvido. Ela está lendo o verso do cartão-postal, uma propaganda de oposição em preto e branco de 1982: "Fora Thatcher!" A mãe dá uma risada.

— Que garota simpática. Ela é muito engraçada. — Segura o romance e mede sua espessura com o indicador e o polegar. — Talvez seja um pouco otimista demais. É melhor você dizer para me mandar alguns contos curtos da próxima vez.

Dexter sorri e suspira obediente, mas odeia esse tipo de humor negro. A intenção é mostrar coragem, levantar o astral, só que ele acha isso chato e bobo. Preferiria que o indizível continuasse não dito.

— Aliás, como está Emma?

— Muito bem, acho. Ela obteve uma licenciatura. É uma professora diplomada. Tem uma entrevista de emprego hoje mesmo.

— Isso sim é uma profissão. — Vira a cabeça para olhar para ele. — Você não pensou em ser professor um tempo atrás? O que aconteceu?

Dexter reconhece a alfinetada.

— Não combina comigo.

— Não — é só o que ela diz. Faz-se silêncio e Dexter sente o dia fugindo ao controle mais uma vez. Tinha sido levado a acreditar, pela TV e por alguns filmes, que o lado positivo de uma doença era aproximar as pessoas, proporcionar uma abertura, um entendimento natural entre elas. Mas ele e a mãe sempre foram próximos, sinceros um com o outro, porém aquele entendimento habitual foi substituído por amargura, ressentimento e uma revolta de ambas as partes contra o que acontecia. Encontros que deveriam ser carinhosos e reconfortantes descambaram para bate-bocas e recriminações. Oito horas atrás ele estava contando seus segredos mais íntimos a pessoas completamente estranhas, e agora não conseguia falar com a própria mãe. Alguma coisa estava errada.

— Pois é. Eu assisti ao seu programa na semana passada — diz a mãe.

— É mesmo?

Ela fica em silêncio, e Dexter é forçado a acrescentar:

— O que você achou?

— Acho que você é muito bom. Muito natural. Parece muito bem na tela. Mas, como já disse antes, não gosto muito do programa.

— Bom, o programa não é mesmo para pessoas como você.

Ela reage à frase e vira a cabeça, autoritária.

— O que você quer dizer com pessoas como eu?

Nervoso, Dexter continua:

— Quer dizer, é um programa bobo, tarde da noite, só isso. Uma coisa para assistir depois do *pub*...

— Está dizendo que eu não estava *bêbada* o suficiente para gostar do programa?

— Não...

— Também não sou nenhuma puritana, não me incomodo com vulgaridade, só não entendo por que é preciso humilhar as pessoas o tempo todo...

— Ninguém é humilhado de verdade, é só uma situação engraçada...

— Vocês fazem concursos para eleger a namorada inglesa mais feia. Não acha que isso é humilhante?

— Na verdade, não...

— Pedir aos homens que mandem fotos de suas namoradas feias...

— É engraçado, o importante é que os caras amam as namoradas, mesmo que elas não estejam... dentro dos padrões de beleza, essa é a questão, é engraçado!

— Você fica repetindo que é engraçado, está tentando me convencer ou convencer a si mesmo?

— Não vamos falar sobre isso, certo?

— E você pensa que elas acham engraçado, as namoradas, as "mocreias"...

— Mãe, eu apresento as bandas, só isso. Só pergunto aos artistas sobre novos vídeos, esse é o meu trabalho. É um meio para atingir um fim.

— Mas *que* fim é esse, Dexter? Nós sempre tentamos ensiná-lo a acreditar que pode fazer o que quiser. Mas não achei que você ia querer *isso*.

— O que você quer que eu faça?

— Não sei, alguma coisa *boa*. — De repente leva a mão esquerda ao peito e recosta na cadeira.

Depois de algum tempo, Dexter fala:

— É uma coisa boa. Ao seu modo. — A mãe torce o nariz. — É um programa idiota, só entretenimento — continua Dexter —, e é claro que eu não gosto, mas é uma experiência, pode levar a outras coisas. Na verdade, eu me considero bom no que faço, seja lá o que for. Além do mais, eu me divirto.

Ela espera um momento e diz:

— Então suponho que você precise mesmo fazer isso. A gente deve fazer o que gosta. Sei que você vai fazer outras coisas com o tempo, é que... — pega a mão dele, sem concluir o raciocínio. Depois ri, quase sem fôlego. — Mas não entendo por que você precisa falar com sotaque *cockney*.

— É o meu personagem, com a voz do povo — explica Dexter e ela abre um pequeno sorriso, mas ele se apoia naquilo.

— Nós não devíamos discutir — diz a mãe.

— Não estamos discutindo, estamos argumentando — responde, mesmo sabendo que os dois estavam discutindo.

Ela leva a mão à cabeça.

— Eu estou tomando morfina. Às vezes não sei bem o que estou dizendo.

— Você não falou nada de mais. Eu é que estou um pouco cansado.

O sol bate nas lajotas do piso e Dexter sente a pele do rosto e dos braços queimando, chiando, como se fosse um vampiro. Sente a chegada de outra onda de náusea e transpiração. "Fique calmo", diz para si mesmo. "É só uma reação química."

— Você foi dormir tarde?

— Bem tarde.

— Curtindo todas, né?

— Um pouco. — Esfrega as têmporas para indicar alguma dor e diz, sem pensar: — Imagino que você não tenha um pouco de morfina sobrando, tem?

A mãe nem se dá o trabalho de olhar para ele. O tempo passa. Dexter percebe que está ficando idiota. Sua decisão de manter a cabeça no lugar e os pés no chão não está dando certo e ele já se deu conta, bem objetivamente, de que está ficando imprudente e egoísta, fazendo comentários cada vez mais estúpidos. Tentou fazer algo a respeito, mas agora isso parece quase fora de controle, como o avanço de uma calvície. Por que não desistir simplesmente e ser um idiota? Parar de se preocupar. O tempo passa e ele percebe que a grama e o mato começaram a invadir o piso da quadra de tênis. O lugar já está caindo aos pedaços.

Finalmente a mãe fala.

— É melhor eu já ir avisando que o seu pai está preparando o almoço. Guisado enlatado. Prepare-se. Pelo menos Cassie deve voltar a tempo para fazer o jantar. Você vai dormir aqui?

Dexter poderia passar a noite lá. Seria uma oportunidade de se redimir.

— Não vai dar — responde.

Ela vira um pouco a cabeça.

— Eu tenho ingressos para *Jurassic Park* esta noite. É a pré-estreia. Até Lady Di vai estar lá! Não comigo, devo dizer. — Enquanto fala, a voz que ouve é de alguém que despreza. — Não posso deixar de ir, é coisa de trabalho, foi agendado muito tempo atrás. — Os olhos da mãe se estreitam quase de forma imperceptível, e para amenizar a situação ele logo conta uma mentira. — Eu vou levar a Emma, sabe? Eu nem iria, mas ela está louca para ir.

— Ah. Sei.

Mais silêncio.

— É o seu estilo de vida — ela diz com sinceridade.

Silêncio mais uma vez.

— Dexter, você vai me desculpar, mas acho que a manhã me cansou muito. Vou precisar subir e dormir um pouco.

— Tudo bem.

— E preciso de uma ajuda.

Aflito, Dexter olha ao redor procurando a irmã ou o pai, como se tivessem alguma qualificação que ele não tem, mas nenhum dos dois está à vista. As mãos da mãe apoiam-se nos braços da poltrona num esforço inútil, e Dexter percebe que precisa fazer alguma coisa. Devagar, sem convicção, passa o braço sob o dela e a ajuda a se levantar.

— Você quer que eu...?

— Não, eu posso entrar sozinha, só preciso de ajuda na escada.

Os dois atravessam o pátio, a mão dele apenas tocando o tecido do vestido azul de verão que cai nela como uma camisola de hospital. A lentidão é enlouquecedora, uma afronta.

— Como está Cassie? — pergunta, para preencher o tempo.

— Ah, tudo bem. Acho que tem um certo prazer em mandar em mim, mas ela é muito atenciosa. Coma isso, tome aquilo, agora está na hora de dormir. Rigorosa porém justa, essa é a sua irmã. É uma vingança por eu não ter comprado aquele pônei para ela.

"Se Cassie é tão boa nisso", ele se pergunta, "onde está quando se precisa dela?" Os dois entraram, agora estão ao pé da escadaria. Dexter nunca tinha notado que havia tantos degraus.

— Como é que eu...?

— É melhor você simplesmente me levar no colo. Eu não estou muito pesada, não atualmente.

"Eu não consigo fazer isso. Não sou capaz. Achei que seria, mas não sou. Está faltando alguma parte de mim, eu não consigo fazer isso."

— Dói em algum lugar? Quer dizer, há algum lugar que eu deveria...?

— Não se preocupe com isso. — Tira o chapéu de sol e ajeita o lenço. Dexter faz um apoio firme abaixo das omoplatas dela, os dedos da mão alinhados com os vãos das costelas, então segura os joelhos, sente a parte de trás das pernas dela nos antebraços, lisas e frias, e quando acha que ela está pronta a levanta, sentindo o corpo pender em seus braços. A mãe dá um longo suspiro, seu hálito é doce e quente no rosto dele. Ele está mais fraco do que imaginava ou ela está mais pesada do que esperava, pois deixa o ombro dela esbarrar na coluna da escada antes de conseguir se equilibrar e virar de lado para começar a subida. A cabeça dela descansa em seu ombro, o lenço desliza pelo rosto dele. Parece a paródia de uma cena familiar, talvez o marido entrando pela porta carregando a noiva, e várias situações engraçadas passam pela sua cabeça, mas nenhuma torna aquilo mais fácil. Ao chegarem ao patamar, ela agradece:

— Meu herói — diz olhando para ele, e os dois sorriem.

Dexter abre a porta do quarto escuro com o pé e põe a mãe na cama.

— Precisa de alguma coisa?

— Não, estou bem.

— Está na hora de algum remédio ou coisa assim...?

— Não, está tudo bem.

— Um *dry* martíni com uma casquinha de limão?

— Ah, sim, por favor.

— Quer entrar debaixo das cobertas?

— Só o cobertor, por favor.

— Fecho as cortinas?

— Por favor. Mas deixe a janela aberta.

— Então a gente se vê mais tarde.

— Até mais, querido.

— Até mais.

Dexter dá um sorriso contido, mas a mãe já está virada para o outro lado, de costas para ele. Sai do quarto e encosta a porta. Um dia desses, muito em breve, dentro de um ano talvez, ele vai sair do quarto e nunca mais verá a mãe. É uma ideia tão difícil de conceber que Dexter tira aquilo da cabeça com violência, preferindo concentrar-se em si mesmo: na própria ressaca, em como está se sentindo cansado, na dor latejando nas têmporas.

A cozinha, grande e desarrumada, está vazia. Dexter abre a geladeira e constata que também está quase sem nada: um aipo murcho, uma carcaça de frango, latas abertas e umas bandejas de presunto, tudo indica que seu pai assumiu as tarefas domésticas. Na porta da geladeira encontra uma garrafa de vinho branco aberta. Pega a garrafa e bebe do gargalo: quatro, cinco goles do líquido doce antes de ouvir os passos do pai no corredor. Põe a garrafa no lugar, limpa a boca com as costas da mão no momento exato em que o pai entra com duas sacolas plásticas de supermercado.

— Onde está sua mãe?

— Disse que estava cansada e eu a levei até o quarto para descansar um pouco. — Dexter quer demonstrar que é corajoso e maduro, mas o pai não parece impressionado.

— Entendi. Vocês conversaram?

— Um pouco. Uma coisa ou outra. — A voz soa estranha nos seus ouvidos: um tom alto, enrolado e cauteloso demais. Bêbado. Será que o pai está percebendo? — A gente vai conversar mais quando ela acordar. — Abre outra vez a porta da geladeira e finge ver o vinho pela primeira vez. — Posso...? — Esvazia o resto da garrafa num copo e passa pelo pai.

— Vou ficar um pouco no meu quarto.

— Por quê? — o pai olha de cara feia.

— Estou fazendo uma pesquisa. Livros antigos.

— Você não quer almoçar? Um pouco de comida para acompanhar o vinho, talvez?

Dexter dá uma olhada na sacola de compras aos pés do pai, quase rasgando com o peso de tantas latas.

— Talvez mais tarde — responde, já saindo da cozinha.

No alto da escada ele repara que a porta do quarto dos pais está aberta, e mais uma vez entra no aposento, em silêncio. As cortinas se movem com a brisa da tarde e a luz do sol ilumina a figura adormecida da mãe embaixo de um velho cobertor, as solas dos pés encardidas visíveis, os dedos curvados para baixo. O aroma que ele recorda da infância, de loções caras e pós misteriosos, foi substituído por um odor vegetal sobre o qual prefere não pensar. Um cheiro de hospital invadiu o lar da sua infância. Ele fecha a porta e se dirige ao banheiro.

Enquanto faz xixi, examina o armário de remédios: o monte de pílulas para dormir do armário do pai fala de noites cheias de medo, e lá está também um antigo frasco de Valium da mãe, datado de 1989, há muito substituído por medicamentos mais fortes. Tira duas pílulas do frasco e guarda na carteira, depois pega um terceiro Valium e o engole com água da torneira da pia colhida na mão, só para acalmar a agitação.

Seu antigo quarto agora é usado como depósito, e ele precisa se espremer entre um velho sofá, um carrinho de chá e algumas caixas de papelão. Algumas fotos da família com os cantos dobrados forram as paredes, assim como as fotos em preto e branco de conchas e folhas que tirou quando adolescente, malfixadas e já esmaecendo. Como uma criança de castigo, deita-se na velha cama de casal, mãos atrás da cabeça. Sempre imaginou que aos quarenta e cinco ou talvez cinquenta anos ele teria algum tipo de equipamento mental que o ajudasse a lidar com a iminente morte de um dos pais. Se ao menos tivesse esse equipamento, estaria tudo bem. Poderia se mostrar nobre e altruísta, sábio e filosófico. Talvez pudesse até ter seus próprios filhos, usufruindo assim da maturidade que vem junto com a paternidade, a compreensão da vida como um processo.

Mas ele não tem quarenta e cinco anos, tem vinte e oito. E a mãe tem quarenta e nove. Houve um terrível engano, a sincronia não funcionou, e como ele poderia lidar com isso, a visão de sua extraordinária mãe minguando daquele jeito? Não era justo com ele, não em meio a tantos outros acontecimentos. Dexter é um homem ocupado, no limiar de uma carreira de sucesso. Dito em termos mais francos, ele tem coisas melhores a fazer. Mais uma vez sente uma súbita vontade de chorar, mas já faz quinze anos que não chora, por isso prefere engolir as substâncias químicas de que se apossou e dormir um pouco. Equilibra o copo de vinho em cima de uma mala ao lado da cama e vira de lado. Agir como um ser humano decente vai exigir esforço e energia. Depois de um breve descanso ele vai pedir desculpas e mostrar o quanto ama sua mãe.

Dexter acorda num sobressalto e olha o relógio, depois olha outra vez. São 6h26 da tarde. Ele dormiu seis horas, algo impossível, mas quando abre as cortinas vê o sol começando a mergulhar no horizonte. A cabeça ainda dói, os olhos estão grudados e quase não abrem, sente um gosto metálico na boca e está sedento e com mais fome do que nunca. Quando pega o copo, percebe que o vinho está quente. Bebe a metade do conteúdo e se assusta — um besouro caiu no vinho e está zumbindo em seus lábios. Solta o copo, derramando vinho na camisa e na cama. Levanta-se cambaleando.

No banheiro, lava o rosto. O suor da camisa azedou, assumindo um inconfundível fedor etílico. Um pouco enjoado, exagera no velho desodorante de bastão do pai. Ouve o ruído de panelas no andar de baixo, o barulho de um rádio, sons familiares. Ânimo: anime-se, seja feliz e educado, depois vá embora.

Mas, ao passar pelo quarto da mãe, a vê sentada na beira da cama, de perfil, olhando pela janela como se estivesse esperando por ele. Ela vira a cabeça lentamente, mas Dexter fica parado na soleira da porta, como uma criança.

— Você perdeu o dia inteiro — comenta em voz baixa.

— Dormi demais.

— Dá para notar. Está se sentindo melhor?

— Não.

— Bom... seu pai está um pouco zangado com você, acho.

— Isso não é novidade. — A mãe sorri de forma indulgente e Dexter acrescenta, mais animado: — Atualmente parece que todo mundo anda zangado comigo.

— Pobrezinho — ela comenta, e Dexter se pergunta se está sendo sarcástica. — Venha sentar um pouco aqui — convida sorrindo, pondo uma das mãos na cama ao seu lado. — Perto de mim. — Obediente, ele entra no quarto e se senta, seus quadris se tocam. A mãe encosta a cabeça no ombro dele. — Nós não estamos sendo nós mesmos, não é? Sem dúvida eu não sou mais a mesma. E você também não. Nem parece você mesmo. Não me lembro de você desse jeito.

— Em que sentido?

— Quer dizer... posso falar sinceramente?

— Isso é necessário?

— Acho que sim. É uma prerrogativa minha.

— Então vai em frente.

— Acho que... — Desencosta a cabeça do ombro dele. — Acho que você sempre quis ser uma boa pessoa. Até mesmo fora do comum. Eu sempre achei isso. É o que as mães fazem, não é? Mas acho que você não chegou lá. Ainda não. Parece que ainda tem uma longa caminhada pela frente. Só isso.

— Entendi.

— Não leve a mal, mas às vezes... — Segura a mão do filho entre as suas, acariciando a palma com o polegar. — Às vezes me preocupo com que você não seja mais uma pessoa tão boa.

Os dois ficam sentados por um tempo, até que ele finalmente diz:

— Não tenho nada a dizer sobre isso.

— Não tem que dizer nada.

— Você está zangada comigo?

— Um pouco. Mas eu ando zangada com quase todo mundo esses dias. Com todo mundo que não esteja doente.

— Sinto muito, mãe. Sinto muito, muito mesmo.

Ela pressiona o polegar na palma da mão dele.
— Eu sei que sente.
— Resolvi dormir aqui esta noite.
— Não, hoje não. Você está ocupado. Prefiro que volte outro dia e comece tudo de novo.

Dexter se levanta, segura os ombros da mãe de leve e encosta a bochecha na dela, ouvindo sua respiração, sentindo o hálito quente e doce, e começa a andar em direção à porta.

— Agradeça a Emma por mim — diz a mãe. — Pelos livros.
— Pode deixar.
— Mande lembranças. Quando encontrar com ela hoje à noite.
— Hoje à noite?
— É. Você não vai encontrá-la hoje à noite?

Dexter lembra-se da mentira.

— Sim, sim, vou fazer isso. E desculpe por não ter sido muito... agradável hoje.

— Bem, imagino que sempre haja uma próxima vez — ela responde sorrindo.

Dexter desce as escadas correndo, torcendo para que o ímpeto do momento se mantenha, mas seu pai está na sala lendo o jornal local, ou fingindo ler. Mais uma vez, é como se estivesse esperando por ele, uma sentinela de prontidão, o policial pronto para executar a prisão.

— Dormi demais — diz Dexter para as costas do pai.

O pai vira a página do jornal.

— É, percebi.
— Por que você não me acordou, pai?
— Achei que não fazia muito sentido. Imagino também que não seja da minha conta. — Vira outra página. — Você não tem mais catorze anos, Dexter.

— Mas isso significa que eu preciso ir embora agora!
— Bom, se você precisa ir... — A frase fica no ar. Dexter avista Cassie na sala de estar, também fingindo ler, o rosto vermelho de reprovação e integridade. "É melhor sair daqui logo, ir embora, porque tudo está prestes a desmoronar." Põe a mão na mesa do corredor à procura das chaves do carro, mas não encontra nada.

— As chaves do meu carro.
— Eu escondi — replica o pai, lendo o jornal.

Dexter não consegue deixar de rir.

— Você *não pode* esconder as minhas chaves!
— Claro que posso, tanto que escondi. Quer brincar de procurar por elas?
— Posso perguntar por quê? — indaga Dexter, indignado.
O pai ergue a cabeça do jornal, como se estivesse farejando o ar.
— Porque você está bêbado.
Cassie levanta do sofá da sala, passa pela porta e a fecha.
Dexter dá risada, mas sem convicção.
— Não, eu não estou bêbado!
O pai olha para trás, por cima do ombro.
— Dexter, eu sei quando alguém está bêbado. Especialmente você. Eu vejo você bêbado há doze anos, lembra?
— Mas eu não estou bêbado, estou de ressaca, só isso.
— Bom, mesmo assim você não vai dirigir desse jeito.
Mais uma vez Dexter dá uma risada irônica e revira os olhos em sinal de protesto, mas não encontra o que dizer, a não ser uma frase fraca e com a voz em falsete:
— Pai, eu tenho vinte e oito anos de idade!
Foi a deixa para o pai:
— Você quase me enganou. — Depois pega as chaves do próprio carro no bolso, joga para cima e as recolhe com uma jovialidade fingida. — Vamos. Eu te dou uma carona até a estação.
Dexter não se despede da irmã.

"Às vezes me preocupo com que você não seja mais uma pessoa tão boa." O pai dirige o grande e antigo Jaguar em silêncio, com Dexter ao lado, morrendo de vergonha. Quando o silêncio torna-se insuportável, o pai começa a falar com calma e sobriedade, os olhos fixos na estrada.
— Você pode vir buscar seu carro no sábado. Quando estiver sóbrio.
— Eu estou sóbrio — retruca Dexter, ouvindo a própria voz ainda chorosa e petulante, a voz de quando tinha dezesseis anos. — Pelo amor de Deus! — acrescenta, exagerado.
— Eu não vou discutir com você, Dexter.
Dexter bufa e se afunda no assento, a testa e o nariz pressionados contra a janela, vendo as alamedas rurais e as casas elegantes passando ao largo. O pai, que sempre abominou qualquer tipo de confronto e se sente nitidamente incomodado, liga o rádio para aliviar o silêncio e os dois começam a ouvir música clássica: uma marcha banal e bombástica.

Estão se aproximando da estação de trem. O carro para no estacionamento, agora vazio. Dexter abre a porta e põe um pé no cascalho, mas seu pai não faz nenhum gesto de despedida, fica apenas esperando com o motor ligado, neutro como um chofer, os olhos fixos no painel, dedos tamborilando ao ritmo daquela marcha insana.

Dexter sabe que deveria aceitar o castigo e partir, mas seu orgulho não permite.

— Tudo bem, eu vou embora agora, mas se me permite dizer, acho que você está exagerando...

E de repente acontece uma verdadeira transformação na expressão do seu pai, que diz, com os dentes cerrados e a voz esganiçada:

— Não se *atreva* a insultar a minha inteligência ou a da sua mãe. Você é um homem, não é mais criança. — O momento de raiva de Dexter passa instantaneamente e ele percebe que o pai está prestes a chorar. O lábio superior treme, uma das mãos segura o volante, os dedos longos da outra mão cobrem os olhos como uma venda. Dexter sai depressa do carro, já está quase fechando a porta quando o pai desliga o rádio e fala outra vez: — Dexter...

O rapaz se abaixa e olha para dentro do carro. Os olhos do pai estão úmidos, mas a voz está firme quando ele diz:

— Dexter, sua mãe te ama muito, muito mesmo. E eu também. Sempre amamos e sempre vamos amar. Acho que você sabe disso. Mas seja qual for o tempo que resta para sua mãe... — Ele hesita, baixa os olhos como que procurando palavras, e volta a olhar para cima. — Dexter, se vier mais uma vez visitar sua mãe neste estado, juro que não vou deixar você entrar em casa. Não vou deixar você passar pela porta. Vou fechar a porta na sua cara. Estou falando sério.

A boca de Dexter está aberta, embora não tenha nada a dizer.

— Agora vá para casa, por favor.

Dexter bate a porta, mas ela não fecha. Bate a porta outra vez, bem no momento em que seu pai, ainda nervoso, arranca para a frente, depois dá marcha a ré para sair do estacionamento em velocidade. Dexter fica ali em pé, observando o carro se afastar.

A estação está vazia. Dexter procura na plataforma o velho e famoso telefone público que usava quando adolescente para fazer seus planos de fuga. São 6h59 da noite. A conexão para Londres chega em seis minutos, mas ele precisa fazer essa ligação.

* * *

Às sete horas da noite Emma dá uma última olhada no espelho para se certificar de que não exagerou na produção. O espelho está encostado na parede de forma precária, e ela sabe que essa posição causa um efeito redutor, mas ainda assim estala a língua ao admirar os próprios quadris, as pernas curtas sob a saia jeans. Está quente demais para meias-calças, mas ela não suporta ver seus joelhos vermelhos e esfolados, por isso está usando meias assim mesmo. O cabelo, recém-lavado e cheirando a algo chamado frutas silvestres, está com um caimento elegante, perfumado e esvoaçante. Emma dá uma ajeitada com a ponta dos dedos, para dar movimento, depois usa o dedinho para limpar manchas de batom dos cantos da boca. Os lábios estão muito vermelhos, o que a faz se perguntar se não estaria exagerando. Afinal de contas, não vai acontecer nada, ela deve chegar em casa por volta das 22h30. Esvazia o último gole de uma boa dose de vodca-tônica, faz uma careta ao sentir a reação imediata com a pasta de dente, joga as chaves dentro de sua melhor bolsa e fecha a porta.

O telefone toca.

Emma já está no corredor quando escuta o telefone tocar. Por um segundo pensa em voltar correndo para atender, mas já está atrasada, e provavelmente deve ser a mãe ou a irmã querendo saber como foi a entrevista. No final do corredor, ouve as portas do elevador se fecharem no momento em que a secretária eletrônica atende a ligação.

— "...deixe sua mensagem depois do bip e eu ligo quando puder."

— Oi, Emma, aqui é o Dexter. O que eu ia dizer, mesmo? Bom, ia dizer que estou na estação ferroviária aqui perto de casa e acabei de sair da casa da minha mãe e... e fiquei pensando se você ia fazer alguma coisa hoje à noite. Eu tenho ingressos para a pré-estreia de *Jurassic Park*! Na verdade acho que não dá mais tempo, mas quem sabe a gente pode ir à festa depois? Eu e você. A princesa Di vai estar lá. Desculpe, estou enchendo linguiça, para o caso de você estar aí. Atenda o telefone, Emma. Atenda, atenda, atenda, atenda. Não? Tudo bem, acabo de lembrar que você tem um encontro hoje à noite, não é? Seu grande encontro. Bom... divirta-se, me ligue quando voltar, *se* você voltar. Para contar o que aconteceu. É sério, ligue para mim assim que puder.

Dexter cambaleia, recupera o fôlego e diz:

— Foi um dia terrível, Em, uma merda — e perde a voz outra vez.

— Eu fiz uma coisa muito, muito ruim. — Ele sabe que deveria desligar, mas não quer fazer isso. Precisa ver Emma Morley e confessar seus pecados, mas ela tem um encontro. Contorce a boca num esgar e diz: — Eu ligo amanhã. Quero saber tudo! Sua destruidora de corações. — Desliga. "Destruidora de corações."

Os trilhos começam a estalar e ele ouve o barulho do trem se aproximando, mas não consegue subir a bordo, não no estado em que se encontra. Vai ter de esperar o próximo. O trem para Londres chega e parece esperar por ele, tiquetaqueando educadamente, mas Dexter esconde-se atrás da cabine telefônica, sente o rosto afundar na cabeça, a respiração entrecortada e descontínua, e quando começa a chorar diz a si mesmo que tudo aquilo é um efeito químico, só químico, só químico.

CAPÍTULO SETE
Senso de humor

QUINTA-FEIRA, 15 DE JULHO DE 1993
Parte dois – A história de Emma

Covent Garden e King's Cross

Ian Whitehead estava sozinho numa mesa para dois na filial do Forelli's de Covent Garden, quando olhou para o relógio: quinze minutos de atraso, mas imaginou que fosse parte do exótico jogo de gato e rato de um encontro. Bem, que o jogo comece. Molhou o pão *ciabatta* no pratinho de azeite de oliva como se estivesse umedecendo um pincel, abriu o cardápio e verificou quais pratos estavam dentro das suas possibilidades.

A vida de comediante de *stand-up* ainda não tinha trazido a riqueza e a exposição prometidas na TV. Se os jornais de domingo alardeavam que o humor era uma nova onda, como o rock and roll, por que ele ainda batalhava para fazer apresentações gratuitas no Sir Laffalots nas noites de terça-feira? Já tinha adaptado seu repertório para se encaixar na tendência atual, retirando o material político e empírico e enveredando pela comédia de costumes, surrealismo, canções cômicas e esquetes. Mas nada parecia fazer o público rir. Uma tentativa de se adotar um estilo mais agressivo tinha provocado murros e chutes, e seu curso com uma equipe de comediantes aos domingos à noite só havia provado que ele não conseguia ser engraçado quando se manifestava de forma espontânea e improvisada. Mas Ian continuava na batalha, indo e voltando pela Northern Line, rondando as imediações do Circle em busca das boas risadas.

Talvez houvesse algo no nome "Ian Whitehead" que dificultasse a escrita em néon. Já tinha até considerado trocá-lo por um nome mais divertido, jovial e monossilábico — Ben, Jack ou Matt —, mas em meio a essa busca de sua verdadeira essência artística teve de aceitar um emprego na Sonicotronics, uma loja de artigos eletrônicos na Tottenham Court Road, onde jovens pálidos de camiseta vendiam memória RAM e processadores gráficos para outros jovens pálidos, também de camiseta. O salário não era grande coisa, mas tinha as noites livres para suas apresentações, e muitas vezes fazia os colegas rirem com suas piadas mais recentes.

Mas o melhor da Sonicotronics, a melhor coisa que aconteceu, foi ter topado com Emma Morley na hora do almoço. Ian estava na porta de um escritório da Igreja de Cientologia, decidindo se fazia ou não um teste de personalidade, quando avistou Emma, quase escondida atrás de uma grande cesta de roupa suja; ao abraçá-la, a Tottenham Court Road iluminou-se gloriosa e transformou-se numa rua de sonhos.

No segundo encontro, lá estava ele num elegante e moderno restaurante italiano perto de Covent Garden. O gosto de Ian tendia mais para o apimentado e os temperos fortes, o salgado e o crocante, e ele teria preferido um *curry*. Mas sabia o suficiente sobre os caprichos da alma feminina para deduzir que Emma iria querer verduras e legumes frescos. Olhou para o relógio de novo — vinte minutos atrasada — e sentiu uma pontada no estômago, que em parte era fome, em parte, amor. Havia anos seu coração e seu estômago estavam pesados de amor por Emma Morley, e não era apenas amor platônico sentimental, mas também um desejo carnal. Depois de todos esses anos, ainda guardava — lembraria para o resto da vida — a imagem dela só com as roupas de baixo descombinadas, no vestiário do Loco Caliente, iluminada por uma nesga do sol da tarde que parecia a luz de uma catedral, gritando para ele sair e fechar a maldita porta.

Sem saber que Ian estava pensando nas roupas de baixo dela, Emma Morley o observava ao lado do *maître*, notando que ele realmente estava mais bonito. A coroa de cabelos crespos e compactos tinha desaparecido, agora aparada bem curta e ligeiramente alisada com um pouco de gel, e também tinha perdido aquele ar de "garoto recém-chegado à cidade". Na verdade, não fosse pelas roupas terríveis e pela forma como sua boca pendia sempre aberta, ele até seria atraente.

Embora ela se encontrasse em uma situação estranha, reconhecia que era um restaurante clássico para um encontro — com o preço certo, não muito iluminado, não muito pretensioso, mas também não muito barato, o tipo de lugar onde as pizzas custavam caro. A decoração era um pouco cafona, mas não chegava a ser ridícula, e ao menos não serviam *curry* ou, Deus me livre, burritos de peixe. O salão era decorado com velas e palmeiras, e no ambiente ao lado um senhor interpretava temas de Gershwin num piano de cauda: "*I hope that he / turns out to be / someone to watch over me.*"

— Está procurando alguém? — perguntou o *maître*.

— Aquele rapaz ali.

No primeiro encontro Ian a levou para assistir a *Uma noite alucinante 3* no Odeon, na Holloway Road. Sem melindres ou esnobismo, Emma gostava de filmes de terror mais do que a maioria das mulheres, mas mesmo assim achou a escolha estranha e um tanto arrogante. *A liberdade é azul* estava em cartaz no Everyman, mas lá estava ela vendo um homem com uma serra elétrica no lugar do braço e considerando tudo aquilo estranhamente relaxante. Do ponto de vista convencional, esperava que ele a levasse a um restaurante depois, mas parece que para Ian uma ida ao cinema não seria completa sem uma refeição de três pratos durante a sessão. Ian analisou o menu da barraquinha na rua como se fosse um cardápio à la carte antes de pedir nachos de entrada, um cachorro-quente como prato principal e chocolate com passas de sobremesa, enxaguando tudo com um balde de coca do tamanho de um torso humano, fazendo com que as poucas cenas reflexivas de *Uma noite alucinante 3* fossem acompanhadas pelo sopro quente e tropical de Ian arrotando no próprio pulso.

Apesar de tudo isso — do amor pela violência extrema e por comidas salgadas, da mostarda no queixo —, Emma se divertiu mais do que esperava. No caminho para o *pub* Ian mudou de lado na calçada para não permitir que ela fosse atropelada por um ônibus desgovernado — um comportamento estranho e fora de moda ao qual Emma jamais havia se sujeitado —, enquanto discutiam os efeitos especiais, as cabeças cortadas e as eviscerações, com ele afirmando, depois de alguma análise, que aquele era o melhor filme da trilogia *Uma noite*. Trilogias e antologias, comédia e terror ocupavam lugar de destaque na vida cultural de Ian, e no *pub* os dois tiveram uma interessante discussão sobre se uma *graphic novel* poderia ser tão profunda e significativa quanto, digamos, um romance de George Eliot como *Middlemarch*. Atento e protetor, ele parecia um irmão mais velho que sabia das coisas, mas com a diferença de obviamente querer dormir com ela. O olhar dele era tão escancarado, tão penetrante que Emma diversas vezes achou que havia algo fora do lugar em seu rosto.

Foi dessa mesma forma que Ian sorriu para ela no restaurante, levantando-se com tanto entusiasmo que esbarrou na mesa com a coxa, entornando água nas azeitonas de cortesia.

— Não é melhor pedir um pano? — ela perguntou.

— Não, tudo bem, eu posso usar o paletó.

— Você não vai usar o paletó, toma... use o meu guardanapo.

— Puxa, eu afoguei nossas azeitonas. Não literalmente, devo acrescentar!

— Ah. Certo. Tudo bem.

— Foi uma piada! — bradou, como se gritasse "Fogo!". Não se sentia tão nervoso desde aquela desastrosa noite do último improviso, e disse isso a si mesmo com firmeza, tentando se acalmar enquanto enxugava a toalha da mesa. Quando ergueu os olhos, viu Emma se desvencilhando do blazer leve, projetando os ombros para trás e empinando os seios daquele jeito bem feminino, sem perceber a dor que podiam provocar. E assim aconteceu a segunda grande bolha de amor e desejo da noite por Emma Morley.

— Você está muito bonita — deixou escapar, incapaz de se conter.

— Muito obrigada. Você também está elegante — ela replicou automaticamente. Ian usava um uniforme de comediante de *stand-up*: paletó de linho por cima de uma camiseta preta. Em homenagem a Emma, sem nomes de banda ou frases irônicas no peito, por isso muito discreta.

— Gostei desse modelo — observou Emma, apontando o paletó. — Bem elegante!

Ian alisou a lapela com o polegar e o indicador, como se dissesse: "Imagina, essa coisa *velha*?"

— Quer tirar o casaco? — perguntou o garçom, delicado e sedutor.

— Sim, obrigada. — Emma entregou o blazer, e Ian ficou pensando que teria de dar uma gorjeta por isso depois. Não tem importância. Valia a pena.

— Vão beber alguma coisa? — perguntou o garçom.

— Eu gostaria de uma vodca-tônica.

— Dose dupla? — perguntou o garçom, induzindo-a a gastar mais.

Emma olhou para Ian e viu um lampejo de pânico passar pelo seu rosto.

— Estou abusando?

— Não, fique à vontade.

— Tudo bem, dose dupla!
— E o senhor?
— Eu vou esperar o vinho, obrigado.
— Água mineral?
— ÁGUA DA TORNEIRA! — gritou e, depois, mais calmo. — Água da torneira, por favor, a não ser que você...
— Água da torneira está ótimo — disse Emma, sorrindo de forma tranquilizadora. O garçom se afastou. — Aliás, isso nem precisaria ser dito, mas nós vamos dividir a conta, certo? Sem discussão. Afinal estamos em 1993, puxa vida — e Ian percebeu que a amava mais ainda. Por uma questão de formalidade, achou melhor fingir certa resistência.
— Mas você ainda é estudante, Em!
— Não sou mais. Agora sou professora formada! Tive minha primeira entrevista de emprego hoje.
— E como foi?
— Bem, muito bem mesmo!
— Meus parabéns, Em, que coisa fantástica — inclinou-se sobre a mesa para beijá-la numa bochecha, não, nas duas bochechas, não, espera, só numa bochecha, não, tudo bem, nas duas bochechas.

O menu de tiradas engraçadas já havia sido preparado antecipadamente, e enquanto Emma tentava se concentrar Ian encenava alguns trocadilhos selecionados: será que valia a *"penne"* pedir essa massa e coisas assim. O peixe grelhado do cardápio deu brecha para que comentasse que o peixe devia ter ficado muito "grilado" por ter sido grelhado. E o filé do peixe-agulha, seria um filé ou um filete? E por que toda essa onda de "ragu"; desde quando o velho mexidinho tinha virado "ragu"? E como um analfabeto poderia entender uma "sopa de letrinhas"? Será que o prato faria sentido? Ou não?

À medida que as piadas se sucediam, Emma sentia suas esperanças para aquela noite se esvanecerem. "Ele quer me fazer rir para ir para a cama comigo", pensou, "mas na verdade só está me dando vontade de voltar para casa e rir em frente à televisão". No cinema ao menos havia o chocolate com passas e a violência para distraí-lo, mas aqui, cara a cara, não havia nada senão a compulsão exibicionista. Emma estava acostumada com isso. Os garotos do seu curso de pós-graduação eram todos metidos a engraçadinhos, principalmente num *pub* depois de algumas cervejas, e, embora isso a exasperasse, sabia também que ela incentivava aquele tipo de comportamento; garotas sorrindo enquanto rapazes faziam truques com palitos de fósforo e falavam de programas infantis da TV ou de salgadinhos esquecidos da década de 1970. Mania de ser estrela, o irritante e incessante cabaré dos rapazes nos *pubs*.

Emma tomou sua vodca. Agora Ian lia a carta de vinhos, fazendo seu show sobre como vinho é algo esnobe: *um voluptuoso bocado de fogo florestal com uma nota de fundo de fragrância de maçã que explodiu* etc. A escala em Dó maior de um humorista amador, sua rotina, tinha potencial para ser infinita, e Emma tentou visualizar um homem imaginário, uma pessoa fantástica que não fizesse nenhum alarde a respeito de nada, que apenas consultasse a carta de vinhos e fizesse o pedido, sem pretensão, porém com autoridade.

— ...aroma de Baconzitos defumado com uma suculenta nota de girafa ao fundo...

"Isso está me deixando com sono", pensou. "Eu poderia fazer perguntas cretinas, suponho, poderia jogar um pãozinho na cabeça dele, mas ele já comeu todos." Deu uma olhada nos outros comensais, todos fazendo o mesmo espetáculo, e se perguntou se tudo se resumia àquilo. "Então é isso o amor romântico, um concurso de talentos? Coma o seu prato, vamos para a cama, apaixone-se por mim e eu prometo anos e anos de material de primeira como este?"

— ...imagine se eles vendessem cerveja assim? — Imitando um sotaque de Glasgow: — Nossa fórmula especial se acomoda de forma intensa ao paladar, com forte sugestão de imóveis do Estado alugados a inquilinos de baixa renda, velhos carrinhos de compra e decadência urbana. Combina muito bem com violência doméstica...!

Emma ficou pensando de onde vinha a falácia de que havia algo de irresistível em homens engraçados. Cathy não desejava Heathcliff por ele ser engraçado. O mais irritante naquela barreira é que na verdade ela gostava muito de Ian, teve esperanças e até mesmo alguma empolgação quanto a esse encontro, mas agora ele estava dizendo...

— ...nosso suco de laranja é laranja com uma nota grave de laranjas...

"Certo, agora chega."

— ...extraído... não, *atraído* das tetas das vacas, o leite da safra de 1989 tem uma "leititude" distinta...

— Ian?

— Sim?

— Dá para calar a boca?

Seguiu-se um silêncio, Ian parecendo magoado e Emma se sentindo constrangida. Deve ter sido a dose dupla de vodca. Para disfarçar, ela disse em voz alta:
— Que tal pedirmos um Valpolicella?
Ian consultou a carta.
— Amoras e baunilha, diz aqui.
— Talvez eles digam isso porque o vinho tem um certo gosto de amoras e baunilha?
— Você gosta de amoras e baunilha?
— Adoro.
Os olhos dele resvalaram no preço.
— Então vamos pedir!
Depois disso, graças a Deus, as coisas começaram a melhorar um pouco.

Oi, Em. Sou eu de novo. Sei que você está fora com o Garoto Engraçado, mas só queria que você soubesse quando chegar em casa, se estiver sozinha, que eu resolvi não ir mais à pré-estreia. Vou ficar em casa a noite toda, se você quiser vir. Quer dizer, eu gostaria que viesse. Eu pago o táxi, você pode passar a noite aqui. É isso. A hora que você quiser vir, me dá uma ligada e pegue um táxi. É isso. Espero te ver mais tarde. Um beijo e tudo o mais. Tchau, Em. Tchau.

Os dois relembraram os velhos tempos, episódios de três anos atrás. Emma tomou sopa e depois comeu peixe, mas Ian partiu para um festival de carboidratos, começando por um prato imenso de macarrão com carne, que ele soterrou numa montanha de parmesão. Isso, mais o vinho, o deixou um pouco sedado, e Emma também se sentia relaxada, já a caminho de ficar bêbada. E por que não? Será que ela não merecia? Os últimos meses tinham sido de trabalho duro em algo em que acreditava, e, embora alguns locais de ensino fossem terríveis, Emma conseguiu perceber que era boa naquilo. Na entrevista daquela tarde tinham claramente sentido a mesma coisa, com o diretor aquiescendo e sorrindo em sinal de aprovação, e mesmo que não se atrevesse a dizer em voz alta, sabia que havia conseguido o emprego.
Então por que não comemorar com Ian? Enquanto ele falava, Emma examinava seu rosto e concluía que definitivamente estava mais bonito que antes: agora ela não pensava mais em tratores ao olhar para ele. Não

havia nada de refinado ou sensível naquele rosto: no elenco de um filme de guerra, talvez Ian fosse o corajoso Tommy, sempre escrevendo cartas para a mãe, enquanto Dexter seria... o quê? Um nazista efeminado. Mesmo assim, Emma gostava da maneira como Ian olhava para ela. Com carinho, essa era a palavra. Com um carinho inebriado, e, em retribuição, ela também se sentia relaxada e carinhosa com ele.

Ian despejou o resto do vinho na taça dela.

— Então, você ainda vê alguém daquela turma?

— Não muito. Uma vez encontrei com Scott no Hail Caesar's, aquele restaurante italiano terrível. Estava bem, continua bravo. Fora isso, eu tento evitar contatos. É um pouco como uma prisão... é melhor não se associar com ex-colegas de cadeia. Com exceção de você, claro.

— Não foi tão ruim assim, foi? Trabalhar lá?

— Bom, foram dois anos da minha vida que eu não gostaria de repetir. — Dita em voz alta, a observação a chocou, mas ela deu de ombros. — Não sei, acho que não foi uma época muito feliz, só isso.

Ian deu um sorriso meio magoado e afagou as juntas dos dedos dela.

— Foi por isso que não atendeu aos meus telefonemas?

— Será? Não sei, pode ser. — Ergueu a taça até os lábios. — Mas agora estamos aqui. Vamos mudar de assunto. Como vai indo a carreira de humorista?

— Ah, tudo bem. Estou fazendo um número de improviso, que é uma coisa que não dá para planejar, é realmente imprevisível. Às vezes não consigo fazer ninguém rir! Mas acho que essa é a graça do improviso, não é? — Emma não sabia ao certo se era verdade, mas concordou assim mesmo. — E eu faço outro número na terça à noite no Mr. Chuckles, em Kennington. É algo mais fino, mais temático. Como aquelas tiradas do Bill Hicks sobre propaganda. Como os anúncios estúpidos da TV...

Ian voltou ao seu discurso, Emma fixou um sorriso no rosto. Seria mortal se ela dissesse, mas desde que os dois se conheciam Ian a tinha feito rir talvez umas duas vezes, e uma delas foi quando caiu da escada da adega. Era um homem com um grande senso de humor, mas ao mesmo tempo não era nada engraçado. Diferentemente de Dexter: ele não tinha nenhum interesse por piadas, provavelmente achava que senso de humor era algo um tanto constrangedor e deselegante, assim como consciência política, mas com Dexter ela ria o tempo todo, às vezes até de uma forma histérica, chegando a fazer xixi na calça. Naquelas férias na

Grécia eles riram durante dez dias seguidos, depois de terem esclarecido aquele pequeno mal-entendido. E se perguntou: "Onde estaria Dexter agora?"

— Então, você tem visto o programa dele na televisão? — perguntou Ian.

Emma estremeceu como se tivesse sido pega de surpresa.

— De quem?

— Do seu amigo Dexter, aquele programa bobo.

— Às vezes. Se a TV estiver ligada.

— E como ele está?

— Ah, tudo bem, na mesma. Bem, para ser honesta, um pouco pirado, meio fora dos trilhos. A mãe dele está doente e ele não está aceitando isso muito bem.

— Sinto muito. — Ian franziu o cenho, preocupado, tentando arranjar uma forma de mudar de assunto. Não era insensibilidade; ele simplesmente não queria que a doença de uma pessoa estranha se metesse em sua noite. — Vocês se falam bastante?

— Eu e Dex? Quase todos os dias. Mas a gente quase nunca se vê, por conta dos compromissos na TV e das *namoradas*.

— Com quem ele está saindo agora?

— Não faço ideia. Essas namoradas são como peixinhos de aquário: não adianta dar nomes, elas nunca duram muito tempo. — Emma já tinha usado aquela metáfora antes e achou que Ian ia gostar, mas ele continuou com o rosto franzido. — Que cara é essa?

— Acho que nunca gostei dele.

— É, eu me lembro.

— Eu bem que tentei.

— Mas tente não levar isso para o lado pessoal. Ele não se dá bem com homem nenhum, não vê sentido nisso.

— Para dizer a verdade, eu sempre achei que...

— O quê?

— Que ele não dava valor a você. Só isso.

Eu de novo! Só dando uma verificada. Aliás, agora um pouco bêbado. Meio sentimental. Você é uma grande garota, Emma Morley. Vai ser legal te ver. Ligue quando chegar. O que mais eu queria dizer? Nada, a não ser que você é uma grande, grande figura. É isso. Quando chegar, me liga. Me dá uma ligada.

Quando o segundo conhaque chegou, não havia mais dúvidas de que os dois estavam bêbados. O restaurante inteiro parecia bêbado, até o pianista de cabelos prateados, cantarolando "I Get a Kick Out of You" com displicência, o pé bombeando o pedal como se alguém tivesse cortado o cabo do freio. Forçada a erguer a voz, Emma ouvia o som ecoando na cabeça ao falar com grande paixão e intensidade sobre sua nova carreira.

— É uma escola grande no norte de Londres, que ensina inglês e um pouco de dramaturgia. Boa escola, bem diversificada, não é dessas escolas plácidas de subúrbio onde é tudo "sim, senhora", "não, senhora". Por isso os alunos são uma espécie de desafio, mas isso é bom, não é? Os alunos têm de ser assim mesmo. Estou dizendo isso agora. Provavelmente aqueles merdinhas vão me comer viva. — Agitou o conhaque no copo do jeito que tinha visto nos filmes. — Tenho uma visão de mim mesma sentada na beira da mesa, explicando como Shakespeare foi o primeiro rapper ou coisa assim, e todos aqueles garotos olhando para mim de boca aberta... hipnotizados. De certa forma me imagino sendo carregada nos ombros de jovens inspirados. É como eu me deslocaria pela escola, pelo estacionamento, pela cantina e por toda parte, em cima dos ombros de garotos que me adoram. Como esses professores *carpe diem*.

— Desculpe, professores o quê?
— *Carpe diem*.
— *Carpe...?*
— Você sabe, aproveite o dia de hoje!
— Esse é o sentido? Achei que queria dizer aproveite o carpete!

Emma deu um sorriso educado, o que para Ian valeu como um tiro de largada.

— Então foi aí que eu errei! Uau, o tempo que passei na escola teria sido diferente se soubesse disso! Todos esses anos, tanto empenho...

Chega.

— Ian, não faça isso — disse Emma bruscamente.
— O quê?
— O seu show. Você não precisa fazer isso, sabe. — Ian pareceu magoado, Emma lamentou seu tom de voz e debruçou-se na mesa para pegar na mão dele. — Só acho que você não precisa ser *espirituoso* o tempo todo, nem fazer gracejos ou trocadilhos. Não estamos numa sessão de improviso, Ian, nós só estamos, sabe, conversando e ouvindo um ao outro.

— Desculpe, eu...

— Não é só você, são os homens de uma forma geral, todos vocês fazem um show particular o tempo todo. Meu Deus, o que eu não daria por alguém que só conversasse e soubesse ouvir! — Sabia que estava falando demais, mas se entusiasmou com o próprio embalo. — Não consigo entender a necessidade disso. Não se trata de um teste ou de uma audição.

— Só que é mais ou menos isso, não é?

— Não comigo. Não precisa ser.

— Desculpe.

— Também não precisa se desculpar.

— Ah. Tudo bem.

Ian ficou em silêncio por um tempo, e agora era Emma quem sentia vontade de se desculpar. Não deveria falar o que pensa; isso não leva a nada de bom. Estava prestes a pedir desculpas quando Ian suspirou e apoiou o queixo na mão.

— Acho que é o seguinte: quando você está na escola e não é tão brilhante, nem bonito, nem popular, seja o que for, e um dia você diz uma coisa e alguém dá risada, bom, a gente se agarra nisso, certo? A gente pensa: bom, eu sou engraçado, tenho essa cara grande e boba, essas coxas enormes e ninguém quer nada comigo, mas ao menos posso fazer as pessoas rirem. E é uma sensação tão boa, fazer as pessoas rirem, que a gente pode acabar confiando demais nisso. Quer dizer, se você não é engraçado, você não é... nada. — Agora ele olhava para a toalha da mesa, empilhando migalhas de pão numa pequena pirâmide com a ponta dos dedos, e continuava: — Aliás, eu achei que você pudesse entender como são essas coisas.

Emma levou a mão ao peito.

— Eu?

— É, sobre representar um papel.

— Eu não represento papel nenhum.

— O que você falou há pouco, sobre os peixinhos de aquário, já tinha dito antes.

— Não, eu... e daí?

— E daí que acho que somos bem parecidos, eu e você. Às vezes.

A primeira reação de Emma foi se sentir ofendida. Não, não somos, queria dizer, que ideia absurda, mas ele estava sorrindo para ela de uma forma tão — qual era a palavra — carinhosa, e talvez ela tivesse

sido um pouco áspera com ele. Em vez de falar qualquer coisa, preferiu dar de ombros.
— De qualquer forma, eu não acredito nisso.
— No quê?
— Que ninguém fosse a fim de você.
Ian falou com uma voz jocosa, nasal:
— Bem, as provas materiais parecem sugerir o contrário.
— Eu estou aqui, não estou? — Fez-se um silêncio. Emma realmente tinha bebido demais, e agora chegara sua vez de brincar com as migalhas da mesa. — Na verdade, eu estive pensando o quanto você está mais bonito.
Ian segurou a barriga com as duas mãos.
— Bem, eu ando malhando.
Emma deu risada, com bastante naturalidade, olhou para ele e decidiu que afinal Ian não era tão feio: não tinha o rosto bobo de um garotão bonito, e sim de um homem decente. Sabia que depois de a conta ser paga ele tentaria beijá-la, e dessa vez decidiu que iria deixar.
— A gente precisa ir embora — ela falou.
— Vou pedir a conta. — Fez o pequeno sinal de escrever alguma coisa no ar para o garçom. — É estranha essa mímica que todo mundo faz, não é? De quem terá sido a ideia?
— Ian?
— O quê? Desculpe. Desculpe.
Dividiram a conta, como combinado, e na saída Ian abriu a porta chutando a soleira de forma a dar a impressão de ter levado um portada no rosto.
— Um pouco de comédia pastelão...
Do lado de fora, uma pesada cortina de nuvens negras e roxas havia se formado no céu. O vento morno tinha aquele gosto férreo que precede uma tempestade, e Emma sentia-se deliciosamente alcoolizada e animada pelo conhaque quando os dois cruzaram a praça em direção ao norte. Ela sempre odiou Covent Garden, com suas bandas de flautas peruanas, ilusionistas e toda aquela alegria forçada, mas hoje parecia tudo bem, assim como parecia bom e natural estar de braço dado com aquele homem que sempre fora tão simpático e interessado por ela, mesmo que estivesse carregando o paletó no ombro, pendurado pela pequena alça na lapela. Ao olhar para ele, notou que sua expressão estava tensa.

— O que foi? — perguntou, apertando o braço dele contra o corpo.

— É que, sabe, acho que pisei um pouco na bola, só isso. Fiquei meio nervoso, me esforcei demais, fiz comentários meio malucos. Sabe qual é a pior coisa de ser um comediante de *stand-up*?

— As roupas?

— É que as pessoas sempre esperam que você esteja "ligado". A gente está sempre atrás de uma boa risada...

Em parte para mudar de assunto, Emma pôs as mãos nos ombros de Ian, usando o corpo dele para se apoiar enquanto ficava na ponta dos pés para beijá-lo. A boca de Ian estava úmida, porém morna.

— Amora com baunilha — murmurou com os lábios ainda pressionando os dele, embora na verdade o gosto fosse de parmesão e álcool. Não tinha importância. Ian riu no meio do beijo e Emma desceu da ponta dos pés, segurou e olhou bem para seu rosto. Parecia que ele poderia começar a chorar de gratidão, e ela se sentiu bem por ter feito aquilo.

— Emma Morley, posso dizer uma coisa... — Olhou para ela com grande solenidade. — Você é uma criatura maravilhosa.

— Você e suas palavras doces — ela replicou. — Vamos até a sua casa? Antes que comece a chover.

Adivinha quem é? Agora são onze e meia. Onde você está, sua sacaninha? Tudo bem. Me ligue a qualquer hora, eu estou aqui, não vou a lugar nenhum. Tchau. Tchau.

O apartamento de Ian no andar térreo da Cally Road era iluminado apenas pelas lâmpadas de sódio da rua e por alguns ocasionais faróis dos ônibus de dois andares que passavam. Várias vezes por minuto o quarto inteiro vibrava, estremecido por um ou mais metrôs das linhas Piccadilly, Victoria ou Northern e pelos ônibus 30, 10, 46, 214 e 390. Em termos de transporte público, talvez fosse o melhor apartamento de Londres, mas só nesse aspecto. Deitada no sofá-cama, meias baixadas até o meio das coxas, Emma sentia todos aqueles tremores nas costas.

— E esse aí, qual foi?

Ian prestou atenção ao tremor.

— Piccadilly Leste.

— Como você aguenta, Ian?

— A gente se acostuma. E também uso aquelas coisas... — apontou dois vermes gordos feitos de uma cera cinza no parapeito da janela. — Plugues moldáveis para os ouvidos.

— Ah, isso é bom.

— Só que outro dia eu esqueci de tirar antes de sair de casa. Achei que estava com um tumor no cérebro. Ficou tudo meio esquisito, se é que você me entende.

Emma deu risada, depois gemeu ao liberar outra bolha de náusea. Ian pegou na mão dela.

— Está se sentindo melhor?

— Eu fico melhor se mantiver os olhos abertos. — Virou-se para olhar para ele, empurrando as dobras do edredom para ver seu rosto e notando, com certo mal-estar, que o edredom não era forrado e tinha cor de sopa de cogumelo. O quarto cheirava a um bazar de caridade, o odor de homens que vivem sozinhos. — Acho que foi o segundo conhaque que fez isso. — Ian sorriu, mas a luz clara de um ônibus que passava varreu o quarto e ela pôde ver que ele parecia preocupado. — Você está bravo comigo?

— Claro que não. É que, sabe, a gente começa a beijar uma garota e de repente ela para tudo porque está enjoada...

— Eu já disse que foi a bebida. Eu estou numa boa, mesmo. Só precisava recuperar o fôlego. Vem cá... — Sentou-se para beijá-lo, mas seu melhor sutiã estava enrugado e a armação interna machucava sua axila. — Ai, ai, ai! — Pôs a alça no lugar e desabou para a frente com a cabeça entre as pernas. A mão dele acariciou suas costas, como uma enfermeira, e Emma sentiu vergonha por ter estragado tudo. — É melhor eu ir embora, acho.

— Ah. Tudo bem. Se é o que você quer.

Ouviram o som de pneus na rua molhada, uma luz branca passou pelo quarto.

— E esse?

— Número 30.

Emma puxou as meias, levantou-se desequilibrada e ajeitou a saia.

— Eu me diverti muito!

— Eu também...

— Só que bebi demais...

— Eu também...

— Eu vou para casa, ver se melhoro...

— Entendo. Mesmo assim é uma pena.

Emma olhou o relógio: 23h52. Sob seus pés um trem do metrô passou trepidante, lembrando-a de que estava em cima de um importante cruzamento metroviário. Cinco minutos de caminhada até King's Cross, depois em direção a Piccadilly Oeste, em casa à meia-noite e meia, fácil. Uma chuva molhava o vidro da janela, mas não muito.

Mas imaginou a chegada depois da caminhada, o silêncio do apartamento vazio ao procurar as chaves, as roupas molhadas grudando na pele. Imaginou-se sozinha na cama, o teto girando, a Tahiti oscilando abaixo, náusea, arrependimento. Será que seria tão ruim assim ficar ali mesmo, sentindo um pouco de calor, afeto e intimidade para variar? Ou será que preferia ser uma dessas garotas que via às vezes no metrô: de ressaca, pálida e hesitante dentro de um vestido da festa da noite anterior? A chuva bateu na janela, agora um pouco mais forte.

— Quer que eu acompanhe você até a estação? — perguntou Ian, vestindo a camiseta. — Ou talvez...

— O quê?

— Você poderia ficar, dormir aqui? Sabe como é, abraçadinhos.

— Ficar abraçado.

— É. Ou nem isso. Podemos simplesmente ficar deitados, rígidos e constrangidos a noite toda, se preferir.

Emma sorriu, e ele também sorriu, esperançoso.

— Solução para lentes de contato — ela falou. — Eu não tenho aqui comigo.

— Eu tenho.

— Não sabia que você usava lentes de contato.

— Então é isso aí... mais uma coisa que temos em comum. — Ian sorriu e ela também sorriu. — Talvez eu até tenha um par extra de plugues de ouvido, se você estiver com sorte.

— Ian Whitehead, você é muito espertinho.

...atenda, atenda, atenda. Já é quase meia-noite. Na última badalada da meia-noite eu vou virar um, o quê, não sei, provavelmente um idiota. Bom, de qualquer maneira, se você ouvir isso...

— Alô? Alô?

— *Você está aí!*

— Oi, Dexter.

— *Eu não acordei você, acordei?*

— Acabei de chegar. Está tudo bem, Dexter?
— Ah, tudo ótimo.
— Sua voz está péssima.
— Ah, é que estou fazendo uma festa. Só eu. Uma festinha particular.
— Quer abaixar a música, por favor?
— Na verdade eu estava pensando... espera aí, eu vou abaixar o som... se você não quer vir aqui. Tem champanhe, tem música, talvez até algumas drogas. Alô? Alô, está me ouvindo?
— Achei que tínhamos decidido que isso não era uma boa ideia.
— Foi mesmo? Porque eu acho uma ótima ideia.
— Você não pode me telefonar de repente e esperar que eu...
— Ah, sai dessa, Naomi, por favor. Eu preciso de você.
— Não!
— Você pode estar aqui em meia hora.
— Não! Está chovendo muito.
— Eu não estou dizendo para você vir andando. Pega um táxi, eu pago.
— Eu disse que não!
— Eu realmente preciso de companhia, Naomi.
— Liga para Emma!
— Emma não está em casa. E não estou falando desse tipo de companhia. Você sabe o que estou dizendo. O fato é que se não tocar em outro ser humano esta noite eu acho que posso até morrer.
— ...
— Eu sei que você está aí. Estou ouvindo a sua respiração.
— Tudo bem.
— Tudo bem?
— Chego aí em meia hora. Pare de beber. Me espere.
— Naomi? Naomi, você entende o que está fazendo?
— O quê?
— Você entende que está salvando a minha vida?

CAPÍTULO OITO
Show business

SEXTA-FEIRA, 15 DE JULHO DE 1994

Leytonstone e Isle of Dogs

Emma Morley come bem e bebe com moderação. Dorme oito boas horas por noite e acorda prontamente e por iniciativa própria pouco antes das 6h30 e toma um copo grande de água, os primeiros 250 mililitros do 1,5 litro diário, que despeja da moringa, com copos combinando, que fica numa prateleira banhada pelo sol fresco matinal perto da cama de casal.

O rádio-relógio segue tiquetaqueando, mas ela se permite continuar na cama ouvindo as manchetes do noticiário. O líder do Partido Trabalhista, John Smith, morreu, e a reportagem é sobre o funeral na Abadia de Westminster, com respeitosas homenagens dos dois partidos ao "melhor primeiro-ministro que já tivemos", além de uma discreta especulação sobre quem o substituirá. Mais uma vez, pensa na possibilidade de se filiar ao Partido Trabalhista, agora que seu registro na CND já expirou faz algum tempo.

Mais notícias sobre a interminável Copa do Mundo fazem com que saia da cama. Afasta o edredom de verão, põe seus velhos óculos de aros grossos, espreme-se pelo estreito corredor entre a cama e as paredes, vai até o banheiro e abre a porta.

— Um minuto!!

Fecha a porta imediatamente, mas mesmo assim não pode deixar de ver Ian Whitehead debruçado na privada.

— Por que você não tranca a porta, Ian? — grita em frente ao banheiro.

— Desculpe!

Emma volta para a cama meio impaciente e ouve a previsão do tempo para as lavouras. Ao fundo, o som de uma descarga, outra descarga, um som de buzina que indica que Ian assoa o nariz, depois outra descarga.

Afinal ele aparece na porta, o rosto vermelho e sofrido. Está sem cueca e veste uma camiseta que mal chega ao quadril. Nenhum homem no mundo ficaria bem num traje daquele, mas Emma faz um esforço consciente para manter os olhos focados no rosto. Ian exala lentamente pela boca.

— Puxa. Foi uma experiência e tanto.

— Está se sentindo melhor? — Tira os óculos, só para se garantir.

— Não muito. — Faz uma expressão amuada, as mãos esfregando o estômago. — Agora estou com dor de barriga. — Ele fala com uma voz lenta, cheia de dor, e, apesar de achar Ian incrível, alguma coisa na expressão "dor de barriga" faz com que Emma tenha vontade de bater a porta na cara dele.

— Eu disse que aquele bacon estava estragado, mas você não acreditou...

— Não foi isso...

— Ah, sim, você acha que bacon não estraga. Que bacon é *defumado*.

— Acho que é algum vírus...

— É, pode ser essa virose que está circulando por aí. Todo mundo na escola pegou, talvez eu tenha passado para você.

Ian não nega.

— Eu não dormi a noite toda. Estou me sentindo péssimo.

— Eu sei, querido.

— Diarreia misturada com catarro...

— É uma combinação imbatível. Como música à luz do luar.

— E eu odeio esses resfriados de verão.

— Não é culpa sua — comenta Emma, sentando-se.

— Imagino que seja uma virose gástrica — diz Ian, deliciando-se com a sonoridade das palavras.

— Soa bem, virose gástrica.

— Estou me sentindo tão... — Punhos cerrados, procura uma palavra que resuma a injustiça daquilo tudo. — Tão... entupido! Não posso ir trabalhar desse jeito.

— Então não vá.

— Mas eu tenho que ir.

— Então vá.

— Mas não dá para ir desse jeito, dá? É como se eu tivesse um litro de muco bem aqui — passa a mão pela testa. — Um litro de catarro puro.

— Bom, eis aí uma imagem que vai me inspirar o resto do dia.

— Desculpe, mas é como eu me sinto. — Espreme-se do seu lado da cama e entra embaixo do edredom com outro suspiro de agonia.

Emma se prepara para levantar. Hoje é um grande dia para Emma Morley, um dia monumental, e ela poderia passar sem aquilo. É a noite de estreia da produção do musical *Oliver!* na escola onde ensina, em Cromwell Road, e o potencial para um grande desastre é quase infinito.

É um grande dia para Dexter Mayhew também. Deitado num amontoado de lençóis úmidos, os olhos arregalados, ele imagina todas as coisas que podem dar errado. Esta é a noite em que vai aparecer ao vivo em cadeia nacional em seu próprio programa de TV. Um veículo. É um veículo para os seus talentos, e de repente ele não sabe ao certo se tem algum talento.

Na noite anterior Dexter foi para a cama cedo, como um garotinho solitário e sóbrio enquanto ainda era dia claro do lado de fora, com a esperança de acordar com o rosto fresco e o intelecto afiado esta manhã. Mas ficou acordado sete das nove horas que passou na cama, e agora sentia-se exausto e nauseado de ansiedade. O telefone toca, Dexter senta bruscamente e ouve a própria voz na secretária eletrônica.

— Olá... pode falar! — diz a voz, educada e confiante, fazendo Dexter pensar: "Idiota. Você precisa mudar essa mensagem."

A secretária emite um bipe.

— Ah. Tudo bem. Oi. Sou eu. — Sente o alívio familiar ao ouvir a voz de Emma, e está quase atendendo quando lembra que os dois andaram discutindo e que ele deveria estar magoado. — Desculpe ligar tão cedo e tudo o mais, mas alguns têm empregos normais e precisam chegar na hora certa. Só queria falar sobre a grande noite de hoje. Então, boa sorte. Sério, boa sorte mesmo. Você vai se sair bem, mais do que bem, você vai estar ótimo. É só vestir uma roupa bacana e não falar com aquela voz estranha. Sei que está chateado por eu não poder ir, mas vou estar assistindo pela TV e aplaudindo, como qualquer outro imbecil...

Agora Dexter está fora da cama, nu, olhando para a secretária. Pensa se deve ou não atender.

— Não sei a que horas eu vou voltar, você sabe como são essas peças de escola. Esse negócio maluco que chamamos de espetáculo. Eu ligo mais tarde. Boa sorte, Dex. Montes de beijos. A propósito, você *tem* que mudar a mensagem da sua secretária eletrônica.

Desliga. Dexter pondera se deveria ligar de volta agora mesmo, mas conclui que em termos táticos deve ficar magoado por mais algum tempo. Os dois voltaram a discutir. Emma acha que ele não gosta do namorado dela, mas, apesar de sua enfática negação, não consegue mesmo gostar do tal namorado.

Bem que tentou, tentou mesmo. Os três chegaram a ir juntos a cinemas, esticando depois em restaurantes baratos e bebendo em algumas espeluncas, com Dexter olhando nos olhos de Emma com um sorriso de aprovação enquanto Ian fungava no pescoço dela; sonhos de amor juvenil em meio a canecas de cerveja. Jogou Trivial Pursuit na minúscula mesa da cozinha do minúsculo apartamento dela em Earls Court, de modo tão selvagem e competitivo que parecia uma luta de boxe sem luvas. Chegou a ir junto com outros sujeitos da Sonicotronics ao The Laughter Lab em Motlake, assistir a uma *stand-up* de Ian sobre comportamento e costumes, com Emma sorrindo nervosa ao seu lado e cutucando seu braço para indicar a hora certa de rir.

Mesmo nesses melhores momentos, sua hostilidade parece tangível, e também recíproca. Ian aproveita todas as oportunidades para insinuar que Dexter é uma farsa, que só é famoso por acaso, que é um esnobe, um janota que prefere andar de táxi a viajar em ônibus noturnos, que frequenta clubes privados e não bares temáticos, bons restaurantes e não refeições compradas prontas para "viagem". E o pior de tudo é que Emma concorda com todas aquelas críticas, com as lembranças de seus fracassos. Será que não entendem como é difícil se manter íntegro e com a cabeça no lugar quando tanta coisa acontece com a gente e a vida é tão intensa e agitada? Quando Dexter quer pagar a conta de um jantar, ou se oferece para pagar um táxi em vez de tomarem um ônibus, os dois cochicham e reclamam como se estivessem sendo de alguma forma insultados. Por que as pessoas não ficam contentes por ele estar sendo tão bom, não agradecem sua generosidade? Aquela última e torturante noite — uma "noite de vídeo" num sofá decrépito assistindo a *Star Trek: a ira de Khan* e tomando cerveja em lata, quando sua calça da Dries van Noten ficou manchada de molho de manteiga indiana fluorescente — foi a gota-d'água. Dali em diante, quando se encontrasse com Emma, ela teria de estar sozinha.

De uma forma irracional, e nada razoável, Dexter sentiu... o quê? Ciúme? Não, ciúme não, talvez só uma certa mágoa. Sempre imaginou que Emma estaria por perto, alguém a quem poderia recorrer a qualquer momento, como um serviço de emergência. Desde o cataclismo da morte de sua mãe no último Natal, Dexter se viu cada vez mais dependente de Emma, exatamente num momento em que ela se tornava menos disponível. Ela costumava retornar suas ligações imediatamente, mas agora se passavam dias sem uma palavra. Tinha "saído com Ian", dizia, mas aonde eles vão? O que fazem? Compram móveis juntos? Assistem a vídeos? Vão a *quizz* em *pubs*? Ian já foi apresentado aos pais de Emma, Jim e Sue. Os dois o adoram, diz Emma. Por que Dexter nunca conheceu Jim e Sue? Será que eles não iriam gostar dele até um pouco mais?

O mais irritante de tudo é que Emma parece estar se deliciando com essa recém-adquirida independência de Dexter. É como se ele estivesse aprendendo uma lição, como se estivesse sendo esbofeteado por aquela alegria recém-descoberta por Emma.

— Você não pode esperar que as pessoas construam suas vidas em torno de você, Dexter — ela disse, tripudiando, e eles discutiram de novo, tudo porque Emma não estaria no estúdio para a transmissão ao vivo do programa dele.

— O que você quer que eu faça, que cancele *Oliver!* só porque você vai estar na televisão?

— Você não pode vir depois?

— Não! É longe demais!

— Eu mando um carro!

— Eu preciso falar com as crianças depois, com os pais...

— Por que você?

— Dexter, seja razoável, é o meu trabalho!

Dexter sabe que está sendo egoísta, mas seria bom ver Emma na plateia. Sente-se uma pessoa melhor quando ela está por perto. E não é para isso que servem os amigos, para animar e fazer o melhor uns pelos outros? Emma é o talismã dele, seu amuleto da sorte, mas não vai estar lá, nem a mãe dele, e se pergunta por que afinal está fazendo aquilo tudo.

Depois de um longo tempo debaixo do chuveiro ele se sente um pouco melhor. Veste um suéter de caxemira com gola em "v", leve e bem surrado, sem camisa por baixo, calça de linho listrada, sem cueca; calça um par de Birkenstocks e vai até a lojinha de jornais e revistas para ler as notícias da TV e conferir se sua assessoria de imprensa está fazendo um bom trabalho. O jornaleiro sorri para seu famoso cliente com uma reverência casual, e Dexter volta para casa com os braços cheios de jornais. Sente-se melhor agora, ainda trêmulo, mas um pouco mais animado, e assim que liga a máquina de café expresso o telefone toca outra vez.

Mesmo antes de a secretária eletrônica atender, algo lhe diz que é o pai, e prefere não atender. Desde a morte da mãe, as ligações dele se tornaram mais frequentes e mais aflitivas: gaguejantes, circulares e distraídas. O pai — um *self-made man* — agora parece um homem ameaçado pelas tarefas mais simples. O luto o enfraquecera e em uma das raras visitas à casa da família, Dexter viu o pai olhando desolado para a chaleira elétrica, como se fosse parte de uma tecnologia alienígena.

— Olá... pode falar! — diz o idiota na secretária eletrônica.

— Oi, Dexter, aqui é o seu pai — usando sua poderosa voz de telefone. — Só estou ligando para desejar boa sorte em seu programa na TV hoje à noite. Estarei assistindo. É uma coisa muito boa. Alison estaria muito orgulhosa. — Faz-se uma pequena pausa, durante a qual pai e filho percebem que provavelmente aquilo não era verdade. — É tudo o que eu queria dizer. Só mais uma coisa: não ligue para o que os jornais dizem. Simplesmente divirta-se. Tchau. Tchau...

Não ligue para *o quê*? Dexter pega o telefone.

— ...Tchau!

Mas o pai desligou. Acionou a bomba-relógio e desligou, e Dexter olha para a pilha de jornais, agora cheios de ameaças. Aperta o cadarço da calça de linho e folheia as páginas da programação da TV.

Quando Emma sai do banheiro, Ian está ao telefone e ela já sabe, pelo tom afetuoso e brincalhão de sua voz, que está falando com a mãe dela. Desde que se conheceram em Leeds no Natal, a mãe e o namorado estão tendo uma espécie de caso de amor limítrofe: "Que delícia de legumes", "Como esse peru está suculento". A afeição entre os dois é elétrica, e tudo o que Emma e o pai podem fazer é estalar a língua e revirar os olhos.

Espera pacientemente até que Ian se despeça.

— Até a próxima, sra. M. Sim, também espero que sim. É só um resfriado de verão, vai passar logo. Até a próxima. — Emma pega o fone enquanto Ian, mortalmente enfermo outra vez, volta para a cama.

A mãe está toda animada.

— Que rapaz adorável. Ele não é mesmo uma graça?

— É, sim, mãe.

— Espero que esteja cuidando bem dele.

— Eu preciso sair para trabalhar, mãe.

— Bem, mas por que foi mesmo que eu liguei? Esqueci completamente.

Ela tinha ligado para falar com Ian.
— Não foi para me desejar boa sorte?
— Boa sorte por quê?
— A peça da escola.
— Ah, sim, boa sorte. Sinto muito não podermos ir até aí assistir. Mas Londres é tão cara...

Emma finge que a torrada está queimando e encerra a conversa. Depois vai ver o paciente, que está quase sufocando embaixo do edredom numa tentativa de "suar a febre". Parte dela tem uma vaga noção de estar deixando a desejar como namorada. É um papel novo, e às vezes ela se surpreende como que plagiando um "comportamento de namorada": de mãos dadas, abraçada em frente à televisão, esse tipo de coisa. Ian a ama muito, diz isso o tempo todo, talvez até com uma frequência exagerada, e Emma acha que também poderia amá-lo, mas isso vai requerer certa prática. Ela quer tentar realmente, e agora, num gesto constrangido de solidariedade, Emma se enrosca com ele na cama.

— Se você achar que não vai conseguir ir ao espetáculo hoje à noite...
Ian senta-se, alarmado.
— Não! Não, não, não, eu vou de qualquer jeito...
— Eu vou entender...
— Nem que seja de ambulância.
— É só uma peça boba de escola, vai ser até meio constrangedor.
— Emma! — Ela levanta a cabeça para olhar para ele. — É a sua grande noite! Eu não perderia isso por nada no mundo.
Ela sorri.
— Que bom. Fico contente. — Abaixa-se e o beija de forma antisséptica, com os lábios fechados, depois pega a bolsa e sai do apartamento, pronta para o seu grande dia.

A manchete diz:

SERÁ QUE ESTE É O HOMEM MAIS
DETESTÁVEL DA TELEVISÃO?

...e por um instante Dexter acha que deve haver um engano, porque embaixo do título eles acidentalmente imprimiram a sua fotografia, e abaixo da foto está escrita a palavra "Presunçoso", como se Presunçoso fosse o seu sobrenome. Dexter Presunçoso.

Continua a leitura, com a pequena xícara de expresso crispada entre o polegar e o indicador.

Esta noite na TV

Será que existe atualmente na TV alguém mais presunçoso, mais complacente e espertalhão do que Dexter Mayhew? Um lampejo subliminar de seu rosto arrogante e bonitinho já faz a gente querer chutar a tela do aparelho. Na escola tínhamos uma frase para isso: eis aí um homem que realmente pensa que é o TAL. É estranho, mas alguém no mundo televisivo deve adorá-lo tanto quanto ele adora a si mesmo, pois, depois de três anos de *curtindo todas* (você não odeia essa caixa baixa? É tão anos 1990), ele agora vai ter seu próprio programa musical tarde da noite, o *Madrugada adentro*. Então...

Dexter deveria parar de ler por aqui, fechar o jornal e seguir em frente, mas sua visão periférica já captou mais uma ou duas palavras. "Inépcia" é uma delas. Continua lendo...

Então, se você quiser ver um garoto que estudou em escola particular cara tentando ser um novo homem, enrolando a língua e flertando com a moçaaada, tentando parecer maneiro com os garotos sem saber que estão rindo da cara dele, chegou a sua vez. E ainda por cima é ao vivo, o que pode até proporcionar algum prazer em conferir sua famosa inépcia como entrevistador, ou, se preferir, pode fazer uma marca no rosto com um ferro de passar regulado para "linho". A coapresentadora é a "efervescente" Suki Meadows, com música de Shed Seven, Echobelly e The Lemonheads. Só não diga que não avisei.

Dexter guarda uma caixa de recortes de jornal no fundo de um armário, uma caixa de sapatos da Patrick Cox, mas resolve deixar aquele de lado. Com muito barulho e fazendo muita bagunça, prepara outro expresso.

"Isso é que é síndrome da conversa fiada, uma doença britânica", pensa Dexter. "Um pouco de sucesso e eles já querem derrubar a gente, mas eu não ligo, eu gosto do meu trabalho e sou muito bom no que faço.

E é muito mais difícil do que as pessoas imaginam, é preciso ter colhões de aço para ser um apresentador de TV, e uma cabeça que pense rápido de qualquer jeito, e, além do mais, não se pode levar as críticas para o lado pessoal. Quem precisa de um crítico? Ninguém acorda um dia e resolve ser crítico; por isso prefiro estar lá fazendo as coisas e dando a cara a tapa a ser um eunuco odioso qualquer para ganhar doze mil por ano. Ninguém nunca fez uma estátua para um crítico. Eu vou mostrar para eles, vou mostrar para todos eles."

Variações desse monólogo passam pela cabeça de Dexter ao longo de todo o seu grande dia: em seu percurso até o escritório da produção, no trajeto com motorista na limusine até o estúdio na Isle of Dogs, durante o ensaio do guarda-roupa à tarde, na reunião da produção, nas sessões com o cabeleireiro e o maquiador, até o momento de ficar sozinho em seu camarim e finalmente poder abrir a mala, retirar a garrafa que tinha guardado lá de manhã, servir um copo grande de vodca, completar com suco de laranja morno e começar a beber.

— Porrada, porrada, porrada, porrada, porrada...
Quarenta e cinco minutos antes de abrir as cortinas, aquele canto de guerra pode ser ouvido por todo o quarteirão.
— Porrada, porrada, porrada...
Andando apressada pelo corredor, Emma vê a professora Grainger cambaleando na saída do camarim como se estivesse fugindo de um incêndio.
— Eu tentei fazer com que parassem, mas eles não me atendem.
— Obrigada, professora Grainger, eu vou cuidar disso.
— Devo chamar o senhor Godalming?
— Não é necessário, eu cuido de tudo. Pode ir ensaiando a banda.
— Eu disse que isso ia dar problemas. — Sai andando depressa, a mão no peito. — Avisei que não ia dar certo.
Emma respira fundo, entra e vê a multidão, trinta adolescentes usando cartolas, saias armadas e barbas postiças eriçadas, gritando e gesticulando enquanto Raposa Esperta apoia os joelhos nos braços de Oliver Twist e pressiona seu rosto contra o chão empoeirado.
— O que está ACONTECENDO aqui, pessoal?
A multidão vitoriana olha para ela.
— Tira essa garota de cima de mim, professora — geme Oliver contra o linóleo.

— Eles estão brigando, professora — diz Samir Chaudhari, de doze anos, com costeletas de algodão.

— Eu já percebi, Samir, muito obrigada — e se mete entre a multidão para separar os dois. Sonya Richards, a garota negra magricela que faz o papel do Raposa, ainda está com os dedos enfiados nas madeixas louras desgrenhadas do cabelo de Oliver. Emma a segura pelos ombros e olha em seus olhos.

— Pode soltar, Sonya. Agora pode soltar, certo? Tudo bem? — Finalmente Sonya desiste e dá um passo atrás, os olhos úmidos agora que a raiva diminuiu, substituída por seu orgulho ferido.

Martin Dawson, o órfão Oliver, está atônito. Encorpado, com um 1,50 de altura, chega a ser mais alto que o senhor Bumble, e ainda assim o corpulento andarilho está quase chorando.

— Foi ela que começou! — exclama entre o grave e o esganiçado, limpando com a palma da mão o rosto manchado.

— Já chega, Martin.

— É, cala a boca, Dawson...

— Eu falei para parar, Sonya. Chega! — Agora Emma está no centro do círculo, segurando os adversários pelos cotovelos como um árbitro de luta de boxe, e percebe que se quiser salvar o espetáculo deverá improvisar um discurso motivador, um dos muitos momentos que moldam a carreira de Henrique V.

— Olhem só para vocês mesmos! Vejam como todos estão bonitos nesses trajes! Vejam o pequeno Samir aqui, com essas costeletas enormes! — A turma dá risada e Samir faz o seu papel, cofiando os pelos postiços. — Os seus pais e os seus amigos lá fora vão assistir a uma grande peça teatral, uma verdadeira performance. Ou pelo menos eu pensei que iam. — Cruza os braços, dá um suspiro. — Porque acho que vamos ter de cancelar o espetáculo...

Emma está blefando, claro, mas o resultado é perfeito, um grande gemido de protesto comunitário.

— Mas nós não fizemos nada, professora! — protesta Fagin.

— Então quem estava gritando "porrada, porrada, porrada", Rodney?

— É que ela ficou completamente louca, professora — gorjeia Martin Dawson, e Sonya volta a ameaçar avançar contra ele.

— Ei, Oliver, você quer *mais*?

Todos dão risada, mas Emma tira o velho trunfo da manga contra as adversidades.

— Chega! Vocês são uma companhia teatral, não uma gentinha! Devo avisar que tem gente lá fora esta noite que acha que vocês não vão conseguir fazer esse espetáculo! Eles acham que vocês não têm competência, que tudo isso é complicado demais para vocês. "Afinal, trata-se de um Charles Dickens, Emma!", eles alertam, "esses garotos não são tão inteligentes assim, não têm disciplina para trabalhar em equipe, não estão à altura de *Oliver!* Arranje algo mais fácil para eles".

— Quem disse isso, professora? — pergunta Samir, pronto para dar a partida nos motores.

— Não faz diferença quem disse o quê, é o que eles pensam. E talvez tenham razão! Talvez seja melhor cancelar tudo! — Por um instante se pergunta se não está exigindo demais, mas é difícil superestimar o apetite dos adolescentes para o dramático, e de repente todos estão gemendo e protestando, agitando seus gorros e cartolas. Mesmo se souberem que Emma está blefando, eles estão se deliciando com o risco. Faz uma pausa para aumentar o efeito. — Agora, Sonya, Martin e eu vamos ter uma conversinha, e quero que vocês continuem se preparando, que fiquem tranquilos e pensem nos seus papéis, depois decidimos o que vamos fazer. Tudo bem? Perguntei se está tudo bem.

— Sim, professora!

O camarim fica em silêncio enquanto ela sai com os dois adversários, mas explode num grande alarido quando a porta se fecha. Emma conduz Oliver e o Raposa pelo corredor, passando pelo ginásio onde a senhora Graiger rege a banda num "Consider Yourself" tremendamente dissonante, e ela mais uma vez se pergunta onde está se metendo.

Emma fala primeiro com Sonya.

— Então, o que aconteceu?

A luz noturna permeia as grandes janelas reforçadas do salão enquanto Sonya olha em direção ao departamento de ciências lá fora, fingindo indiferença.

— Eu só quero conversar um pouco com vocês, só isso.

Sonya está sentada na beira de uma carteira, balançando as longas pernas cobertas por calças velhas intencionalmente esfarrapadas, apliques de papel-alumínio enfeitando os tênis pretos. Com uma das mãos belisca a cicatriz de sua vacina BCG, o rosto pequeno, severo e bonito crispado como um punho, como se alertasse Emma para não tentar nenhuma bobagem do tipo salvar o mundo. Os outros garotos têm medo de Sonya Richards, e até Emma às vezes sente-se um pouco apreensiva. É o olhar direto, a expressão de fúria.

— Eu não vou pedir desculpas — declara.

— Por que não? E, por favor, não diga que "foi ele que começou".

O rosto dela assume uma expressão indignada.

— Mas foi ele que começou!

— Sonya!

— É que ele disse... — e não fala mais nada.

— O que ele disse? Sonya?

Sonya faz um cálculo, pesando a desonra de contar a história e seu sentimento de injustiça.

— Ele disse que só estou fazendo esse papel porque não preciso representar, pois sou uma caipira de verdade na vida real.

— Uma caipira.

— É.

— Foi isso que o Martin disse?

— Foi isso mesmo, daí eu bati nele.

— Bem... — Emma suspira e olha para o chão. — Em primeiro lugar, não importa o que digam, você não pode sair por aí batendo nos outros. — Sonya Richards é o seu projeto particular. Emma sabe que não deveria ter projetos particulares, mas Sonya é tão inteligente, talvez a mais inteligente da turma, mas é também muito agressiva, uma figurinha que irradia ressentimento e orgulho ferido.

— Ele é muito babaca, professora!

— Sonya, por favor, não comece! — adverte Emma, embora em parte ache que Sonya tem uma certa razão a respeito de Martin Dawson. O garoto trata os outros alunos, os professores e todo o sistema educacional como se ele fosse um missionário fazendo o favor de estar entre eles. Na noite anterior, durante o ensaio geral, tinha chorado lágrimas verdadeiras na execução de "Where is Love?", esganiçando as notas agudas como se estivesse expelindo pedras dos rins, e Emma teve vontade de subir no palco, espalmar uma das mãos na cara dele e empurrá-lo para trás. Chamar a garota de caipira cabia perfeitamente no caráter de Martin, mas ainda assim...

— Se foi o que ele disse...

— Foi, professora...

— Vou conversar com ele e averiguar, mas, se Martin disse isso mesmo, só mostra o quanto ele é ignorante, e como você é ousada por ter reagido. — Emma tropeça no termo "ousada", uma palavra meio pedante. "Rua, seja mais rua", diz para si mesma. — Escuta, se nós não conseguirmos resolver esse... *desentendimento*, acho que não dá para fazer o espetáculo.

A expressão de Sonya se fecha outra vez, Emma chega a pensar que ela poderia começar a chorar.

— A senhora não faria isso.
— Talvez eu precise fazer.
— Professora!
— Não dá para fazer o espetáculo desse jeito, Sonya.
— Claro que dá!
— Como? E se você começar a estapear o Martin no meio de "Who Will Buy"? — Sonya dá risada, mesmo sem querer. — Você é esperta, Sonya, muito inteligente, mas as pessoas põem essas armadilhas no seu caminho e você cai direitinho nelas. — Sonya dá um suspiro, estabiliza a expressão e olha para o pequeno retângulo de grama perto do departamento de ciências. — Você está indo tão bem, não só na peça, mas também nas aulas. O seu trabalho desse semestre está ótimo, sensato e reflexivo. — Sem saber como lidar com aquele elogio, Sonya funga e faz uma careta. — Você pode se sair melhor ainda no próximo semestre, mas precisa controlar esse gênio, Sonya, precisa mostrar às outras pessoas que você é melhor do que isso. — Mais um discurso. Às vezes Emma acha que gasta energia demais fazendo esse tipo de discurso. Tinha a esperança de poder servir como inspiração, mas o olhar de Sonya agora passa por cima do ombro dela e aponta na direção da porta da sala. — Sonya, você está me ouvindo?

— O Barba chegou.

Emma se vira e vê um rosto coberto de pelos escuros perto da porta, espiando de longe como um urso curioso.

— Não chame o senhor Godalming de Barba. Ele é o diretor — Emma repreende Sonya, antes de fazer sinal para ele se aproximar. Mas é verdade: a primeira e a segunda palavras que passam pela sua cabeça sempre que vê o senhor Godalming são "barba". Trata-se de uma daquelas barbas assustadoras, que cobrem o rosto inteiro: não muito cerrada, aparada rente e bem-cuidada, mas muito, muito preta, como a de um conquistador das Américas, os olhos azuis aparecendo como buracos num tapete. Por isso ele é o Barba. Quando ele se aproxima, Sonya começa a coçar o queixo e Emma arregala os olhos num sinal de alerta.

— Boa noite a todos — diz, com a voz animada de quem já encerrou o expediente. — Como vão as coisas? Está tudo bem, Sonya?

— Um pouco cabeludas, senhor, mas acho que vai dar tudo certo — responde.

Emma solta a respiração com um ruído e o senhor Godalming vira-se para ela.

— Está tudo bem, Emma?

— Eu e Sonya estamos tendo uma pequena conversa antes do espetáculo. Você quer continuar os preparativos, Sonya? — Sonya sorri aliviada, pula da carteira e saracoteia em direção à porta. — Diga a Martin que estou indo em dois minutos.

Emma e o senhor Godalming ficam sozinhos.

— Então! — ele sorri.

— Então.

Num arroubo de informalidade, o senhor Godalming começa a se sentar ao contrário numa cadeira, como um diretor de cinema. Ainda tenta mudar de ideia no meio do ato, mas logo percebe que não há como voltar atrás.

— Meio problemática essa Sonya.

— Ah, foi só um rompante.

— Ouvi relatos de uma briga.

— Não foi nada. É a tensão da pré-estreia.

Com as pernas abertas ao redor do encosto da cadeira, ele parece extremamente desconfortável.

— Ouvi dizer que sua protegida andou atacando o nosso futuro líder.

— Coisas da idade. E não acho que Martin é tão inocente.

— Agredido por uma pequena fera, foi a frase que ouvi.

— O senhor parece muito bem-informado.

— Bem, eu sou o diretor. — O senhor Godalming sorri atrás de sua touca estilo esquiador enquanto Emma se pergunta se seria possível ver o cabelo crescer se alguém ficar observando com bastante atenção. O que haveria debaixo de tudo aquilo? Será que o senhor Godalming era bonito? Ele faz um sinal com a cabeça em direção à porta. — Eu vi Martin no corredor. Ele está muito... emocionado.

— É que ele está encarnando o personagem há seis semanas. É um método de interpretação. Acho que, se pudesse, teria até ficado raquítico.

— E ele é bom nisso?

— Não, meu Deus, ele é péssimo. O lugar mais indicado para ele seria um orfanato. Fique à vontade para tapar os ouvidos com o programa durante "Where Is Love?". — O senhor Godalming sorri. — Mas Sonya é ótima. — O diretor não parece convencido. — O senhor vai ver.

Ele se mexe na cadeira, desconfortável.

— E o que podemos esperar desta noite, Emma?

— Não faço ideia. Pode acontecer qualquer coisa.

— Eu, particularmente, preferia *Sweet Charity*. Refresque minha memória, por que nós não montamos *Sweet Charity*?

— Bem, é um musical sobre prostituição...

O senhor Godalming ri mais uma vez. Ele costuma rir muito com Emma, os outros também perceberam. Fofocas correm pela sala dos professores, cochichos sobre favoritismos, e sem dúvida ele está olhando-a com muito interesse esta noite. Passa-se um momento e Emma olha outra vez para a porta, onde Martin Dawson espia lacrimoso pela janela de vidro.

— É melhor eu dar uma palavrinha com a Edith Piaf lá fora, antes que ele saia dos trilhos.

— É claro, é claro. — O senhor Godalming parece satisfeito ao desmontar da cadeira. — Boa sorte esta noite. Eu e minha esposa aguardamos com muito interesse essa peça a semana toda.

— Duvido.

— É verdade! Você vai conhecer Fiona depois do espetáculo. Quem sabe a gente pode tomar alguma coisa com o seu... noivo?

— Puxa, não, é só namorado. Ian...

— Nos vemos no coquetel depois do espetáculo...

— Com jarras de suco de laranja diluído...

— A comida foi comprada fora...

— Ouvi dizer que vai ter nuggets de frango à Kiev...

— É bom ser professor, não é...?

— E as pessoas ainda dizem que a nossa profissão não tem glamour...

— Aliás, você está muito bonita, Emma.

Emma deixa os braços caírem pela lateral do corpo. Está maquiada, usando um pouco de batom para combinar com o antigo vestido púrpura estampado, talvez um pouco justo demais. Olha para baixo como se surpreendesse com o vestido, mas na verdade foi o comentário que a pegou de surpresa.

— Muito obrigada! — responde, mas ele notou sua hesitação.

Passa-se um momento e ele olha para a porta.
— Vou mandar Martin entrar, tudo bem?
— Por favor.
Começa a andar em direção à porta, mas logo para e se vira.
— Desculpe, será que quebrei algum tipo de protocolo profissional? Posso dizer isso a um membro da minha equipe? Que ele está bem?
— Claro que pode — responde Emma, mas os dois sabem que a palavra que ele usou não foi "bem". A palavra foi "bonita".

— Com licença, estou procurando o homem mais detestável da televisão? — diz Toby Moray da porta, naquela voz chorosa e em falsete bem característica. Veste um terno xadrez e já está maquiado para as câmeras, o cabelo liso e oleoso penteado num topete, e Dexter tem vontade de atirar uma garrafa nele.
— Acho que vai descobrir que está procurando a si mesmo, não a mim — retruca Dexter, subitamente incapaz de um discurso conciso.
— Bem-vindo, superastro — diz seu colega de palco. — Então, você leu as críticas?
— Não.
— Eu posso te mostrar algumas fotocópias...
— É apenas uma crítica negativa, Toby.
— Então você não leu o *Mirror*. Nem o *Express*, nem *The Times*...
Dexter finge estar estudando o roteiro.
— Ninguém nunca construiu uma estátua em homenagem a um crítico.
— É verdade, mas ninguém nunca construiu uma estátua em homenagem a um apresentador de TV também.
— Vai se foder, Toby.
— Ah, *le mot juste*!
— Afinal o que você está fazendo aqui?
— Vim desejar boa sorte. — Atravessa a sala e põe as mãos nos ombros de Dexter. Rotundo e indelicado, o papel de Toby no programa é o de um bobo da corte irreverente e desbocado. Dexter despreza aquele homenzinho saltitante e caloroso, mas também o inveja. No programa piloto e nos ensaios, Toby tocou campainhas ao redor de Dexter, zombando e caçoando dele com muita malícia, fazendo com que se sentisse com a língua presa, lento, pateta, um garotão bonito incapaz de pensar. Dexter afasta as mãos de Toby. Dizem que esse tipo de antagonismo é

a essência da grande televisão, mas Dexter se sente paranoico, perseguido. Precisa de outra vodca para recuperar o bom humor, mas agora não dá, não enquanto Toby o estiver observando no espelho com sua carinha de coruja.

— Se não se incomoda, eu gostaria de meditar um pouco.

— Entendo. Manter essa sua mente em foco.

— A gente se vê lá fora, tá?

— É isso aí, bonitão. Boa sorte. — Bate a porta, mas logo a abre de novo. — É verdade. Sério. Boa sorte.

Quando tem certeza de que está só, Dexter serve outra dose e se olha no espelho. Camiseta vermelha brilhante por baixo de um paletó de smoking, calça jeans desbotada e sapatos pretos de bico fino, o cabelo cortado curto e meio espetado, Dexter quer passar a imagem de um jovem macho cosmopolita, mas de repente se sente velho e muito cansado, com uma tristeza inacreditável. Pressiona dois dedos em cada olho e tenta entender aquela melancolia paralisante, mas não consegue pensar direito. É como se alguém tivesse chacoalhado sua cabeça. As palavras estão virando mingau, e Dexter não consegue enxergar uma forma plausível de superar aquele estado. "Não desmorone", diz a si mesmo, "não aqui, não agora. Segure essa barra".

No entanto, uma hora é tempo demais para apresentar um programa ao vivo na TV, por isso decide que talvez precise de uma força. Esvazia a garrafinha de água do camarim na pia e em seguida, de olho na porta, tira a garrafa de vodca da gaveta e despeja sete... não, nove centímetros do líquido viscoso na garrafa de plástico e tampa de novo. Observa o líquido contra a luz. Ninguém poderia notar a diferença, e é claro que ele não vai beber tudo, mas aquilo vai estar lá, na mão dele, para ajudar a passar por aquela situação. Todo esse preparativo faz com que se sinta animado e confiante outra vez, pronto para mostrar à plateia, a Emma e ao pai em casa o que é capaz de fazer. Que não é um simples apresentador. É um *comunicador*.

A porta se abre.

— UHU! — diz Suki Meadows, a garota que vai apresentar o programa com ele. Suki é a namoradinha ideal do país, uma mulher para quem ser efervescente é uma forma de vida, no limite da doença. Suki seria capaz de começar uma carta de pêsames com a palavra "UHU!" e Dexter poderia considerar essa incansável exuberância um tanto cansativa se ela não fosse tão atraente, popular e tão louca por ele.

— COMO VAI, MEU QUERIDO? SE CAGANDO DE MEDO, IMAGINO! — e esse é o outro grande talento de Suki como apresentadora de TV, manter toda comunicação como se estivesse se dirigindo ao público de alguma colônia de férias de uma praia de veraneio bem popular.

— É, confesso que estou um pouco nervoso, sim.

— ÓÓÓÓÓ! VEM CÁ! — Abraça a cabeça dele como se fosse uma bola de futebol. Suki Meadows é bonita, no estilo que se costumava chamar de *mignon*, crepitante e efervescente como um aquecedor elétrico jogado numa banheira. Há algum tempo paira no ar certo flerte entre os dois, se é que se pode chamar de flerte, com Suki apertando o rosto dele contra o peito daquele jeito. Como ambos são ícones juvenis, tem havido alguma pressão para que as duas estrelas fiquem juntas, o que faz algum sentido do ponto de vista profissional, se não do emocional. Suki espreme a cabeça dele debaixo do braço. — VOCÊ VAI ARREBENTAR! — Segura Dexter pelas orelhas e puxa o rosto dele na sua direção. — ESCUTE O QUE ESTOU FALANDO. VOCÊ É LINDO, SABE DISSO, E NÓS VAMOS FORMAR UMA GRANDE DUPLA, EU E VOCÊ. MINHA MÃE VEIO ME VER E QUER TE CONHECER DEPOIS. CÁ ENTRE NÓS, ACHO QUE ELA ESTÁ A FIM DE VOCÊ. EU ESTOU A FIM DE VOCÊ, ENTÃO ACHO QUE ELA TAMBÉM ESTÁ. MINHA MÃE QUER O SEU AUTÓGRAFO, MAS VOCÊ PRECISA ME PROMETER QUE NÃO VAI TRANSAR COM ELA!

— Vou fazer o possível, Suki.

— TEM ALGUM PARENTE SEU NA PLATEIA?

— Não...

— ALGUM AMIGO?

— Não...

— O QUE VOCÊ ACHA DA MINHA ROUPA? — Está usando uma blusa tomara que caia e uma saia minúscula, segurando a indefectível garrafa de água na mão. — DÁ PARA VER MEUS MAMILOS?

Será que isso é um flerte? Dexter corresponde automaticamente:

— Só se a gente estiver procurando — diz com um sorriso hesitante, e Suki sente alguma coisa. Segura as mãos dele ao lado do corpo e grita baixinho: — QUAL É O PROBLEMA, QUERIDO?

Dexter dá de ombros.

— Toby esteve aqui, me provocando...

Antes de terminar a frase, Suki ergue o corpo dele e o abraça pela cintura, as mãos puxando o elástico da cueca em sinal de solidariedade.

— IGNORE ESSE CARA, ISSO É INVEJA POR VOCÊ SER MELHOR DO QUE ELE. — Olha para Dexter, o queixo cutucando seu peito. — VOCÊ TEM UM TALENTO INATO, VOCÊ SABE DISSO.

O diretor de cena aparece na porta.

— Tudo pronto, gente.

— NÓS SOMOS ÓTIMOS JUNTOS, NÃO SOMOS, EU E VOCÊ? SUKI E DEX, DEX E SUKI? NÓS VAMOS ARRASAR. — De repente ela o beija uma vez, muito forte, como se carimbasse um documento. — MAIS TARDE TEM MAIS, GAROTO DE OURO — fala no ouvido dele, pegando a garrafa de água e tomando o rumo do estúdio.

Dexter faz uma pausa para olhar seu reflexo no espelho. *Garoto de Ouro.* Dá um suspiro, aperta o crânio com os dez dedos e tenta não pensar na mãe. "Fique firme, não vá estragar tudo. Seja bom. Faça algo de bom." Abre o sorriso que guarda especialmente para a televisão, pega a garrafa de água batizada e sai em direção ao estúdio.

Suki está esperando na extremidade do imenso cenário, segura na mão dele e aperta. A equipe está zanzando pelo palco, dando-lhe tapinhas solidários no ombro ou soquinhos no braço ao passar perto de Dexter, enquanto lá em cima dançarinas exóticas de biquíni e botas de caubói esticam as pernas em suas gaiolas exóticas. Toby Moray está aquecendo a plateia, aliás arrancando boas risadas, e de repente apresenta a dupla: música, por favor, para os anfitriões desta noite, Suki Meadows e Dexter Mayhew!

Dexter não quer se mover. A música martela nos alto-falantes: "Start the Dance", com The Prodigy. Quer continuar ali na coxia, mas Suki está puxando a mão dele, e de repente ela está sob as luzes brilhantes do palco, bradando:

— ÉISSOAÍÍÍÍÍ!

Dexter a acompanha, a metade mais cosmopolita e delicada da dupla de apresentadores. Como sempre o palco contém um monte de andaimes, e os dois precisam subir rampas para se situar acima da plateia, com Suki tagarelando o tempo todo:

— OLHEM QUE MARAVILHA, VOCÊS SÃO LINDOS! ESTÃO PRONTOS PARA SE DIVERTIR? FAÇAM ALGUM BARULHO! Dexter fica em silêncio ao lado de Suki na passarela, o microfone inerte na mão, e percebe que está bêbado. Sua grande oportunidade em rede nacional ao vivo e ele está encharcado de vodca, embriagado. A passarela parece alta demais, bem mais alta do que nos ensaios, e Dexter só quer deitar, mas se fizer isso existe a possibilidade de dois milhões de pessoas perceberem, por isso resolve assumir seu papel e dispara:

— Olátodomundovocêstãonumaboa?

Uma voz masculina, nítida e solitária, chega até a passarela:

— *Babaca!*

Dexter procura o intrometido, um bobão magricela e sorridente, com o cabelo ao estilo da banda Wonder Stuff, mas todos riem muito da piada. Até os câmeras estão rindo.

— Senhoras e senhores, esse é o meu agente — replica Dexter, e a plateia acha graça, mas só isso. Eles devem ter lido os jornais. Será esse o homem mais detestável da televisão? "Meu Deus, é verdade", pensa. "Eles me odeiam."

— Atenção, um minuto — grita o diretor de cena, e Dexter de repente percebe que está em pé num andaime. Observa a multidão em busca de um rosto amigo, mas não encontra nenhum, e mais uma vez deseja que Emma estivesse ali. Ele poderia se mostrar para Emma, dar o melhor de si se Emma ou a mãe estivessem ali, mas elas não estão, só aquela plateia sarcástica e desconfiada, composta de gente muito, muito mais jovem que ele. Precisa tirar um pouco de força de algum lugar, uma certa atitude e, com a lógica ágil de um bêbado, decide que o álcool pode ajudar; por que não? Já está no prejuízo mesmo. As dançarinas estão em posição nas gaiolas, as câmeras deslizam para seus lugares. Dexter desatarraxa a tampa de sua garrafa ilícita, dá um gole e faz uma careta. Água. A garrafa de água contém água. Alguém substituiu a vodca de sua garrafa de água por...

Suki está com a garrafa dele.

Trinta segundos para entrar no ar. Suki pegou a garrafa errada. Está com ela na mão, um pequeno acessório sofisticado.

Vinte segundos para ir ao ar. Suki está abrindo a tampa da garrafa.

— Onde você pegou essa garrafa? — grita Dexter.

— ESTÁ TUDO BEM, NÃO É? — Ela pula na ponta dos pés como um pugilista.

— Eu peguei sua garrafa por engano.

— E DAÍ? É SÓ LIMPAR O GARGALO!

Dez segundos para entrar no ar. A plateia começa a urrar com entusiasmo, as dançarinas seguram-se nas barras das gaiolas e começam a girar. Suki leva a garrafa aos lábios.

Sete, seis, cinco...

Dexter tenta pegar a garrafa, mas Suki empurra a mão dele, dando risada.

— SEM ESSA, DEXTER, VOCÊ TEM A SUA!

Quatro, três, dois...

— Mas isso não é água — diz Dexter.

Suki dá um gole.

Rolam os títulos.

E de repente Suki está tossindo, engasgada, o rosto vermelho. As guitarras irrompem pelos alto-falantes, soam os tambores, dançarinas se agitam e uma câmera presa a um trilho desce do teto como uma ave de rapina planando sobre a plateia em direção aos apresentadores, dando aos telespectadores em casa a impressão de que trezentos jovens estão aplaudindo uma mulher bonita em cima de um andaime.

A música para e o único som que se ouve é o de Suki tossindo. Dexter está imóvel, seco, paralisado no ar e trombando bêbado com seu próprio veículo. O avião está caindo, o chão cresce em sua direção.

— Diga alguma coisa, Dexter — fala uma voz no fone de ouvido. — Alô? Dexter? Diga alguma coisa? — mas o cérebro dele não funciona, a boca não funciona e ele não consegue se mover, totalmente entorpecido. Os segundos se esticam.

Graças a Deus, Suki, uma verdadeira profissional, limpa a boca com as costas da mão.

— ISSO AÍ, GENTE! ISSO É PROVA DE QUE ESTAMOS MESMO AO VIVO! — e a plateia ruge em risadas e animação. — ESTÁ TUDO INDO MUITO BEM ATÉ AGORA, NÃO É, DEX? — Cutuca as costelas dele com um dedo e ele volta à vida.

— Desculpem a Suki aqui... — diz. — É que a garrafa está com vodca! — e faz o tradicional gesto cômico com o pulso que sugere alguém que bebe escondido. As risadas aumentam e ele se sente melhor.

Suki também ri, dá uma cotovelada nele, ergue um punho, diz:

— Vejam vocês... — Ela imita o estilo dos Três Patetas, e só Dexter percebe o lampejo de desprezo por trás daquela efervescência antes de partir para a segurança do roteiro ensaiado.

— Sejam bem-vindos ao *Madrugada adentro*, eu sou Dexter Mayhew...

— ...E EU SOU SUKI MEADOWS!

E os dois estão de volta aos trilhos, apresentando a grande festa de música e humor de sexta-feira, sedutores e atraentes como os dois jovens mais antenados da escola.

— Agora chega de abobrinha, vamos fazer um pouco de barulho, por favor... — Dexter estende o braço para trás como um mestre de picadeiro — ...e dar as boas-vindas do *Madrugada adentro* à banda Shed Seven!

A câmera se afasta como se tivesse perdido o interesse por eles, e agora as vozes da galeria tagarelam na cabeça dele, por cima do som da banda.

— Está tudo bem aí, Suki? — pergunta o produtor. Dexter olha para Suki com uma expressão suplicante. Suki devolve o olhar, os olhos apertados. Poderia responder: Dexter é um alcoólatra, está bêbado, o cara está péssimo, é um amador, não se pode confiar nele.

— Tudo bem — responde. — Eu engasguei, só isso.

— Vamos mandar alguém arrumar a sua maquiagem. Dois minutos, gente. E, Dexter, segura a barra aí, tá?

"Sim, segurar a barra", diz a si mesmo, mas os monitores informam que ainda faltam cinquenta e seis minutos e vinte e dois segundos para o programa terminar, e Dexter realmente não sabe se vai conseguir chegar até o fim.

Aplausos! Aplausos como Emma nunca ouviu antes, ecoando pelas paredes do ginásio. Sim, a banda estava em sustenido e os cantores em bemol, claro que houve alguns problemas técnicos com acessórios que faltaram e cenários que desmoronaram, e claro que seria difícil imaginar uma plateia mais receptiva, mas ainda assim é um triunfo. A morte de Nancy faz até o professor de química, o senhor Routledge, chorar, e a perseguição em cima dos telhados de Londres, com o elenco em silhueta, é um *coup de théâtre* sensacional, que provoca o mesmo tipo de sustos e reações que em geral se manifestam em espetáculos de fogos de artifício. Sonya brilhou, como previsto, deixando Martin Dawson rangendo os dentes ao perceber que ela recebe os aplausos mais prolongados. Houve ovações e pedidos de bis, agora a plateia bate nas cadeiras e sobe nos aparelhos e Emma é arrastada para o palco por Sonya, que está chorando, realmente chorando, agarrando a mão de Emma e dizendo parabéns, professora, incrível, incrível. Uma produção escolar pode ser considerada o menor triunfo que se pode imaginar, mas o coração de Emma está pulsando no peito e ela não consegue parar de sorrir enquanto a banda executa uma desafinada "Consider Yourself" e ela dá as mãos aos garotos de catorze anos de idade e faz outra reverência. Sente o prazer de ter feito algo bem-feito, e pela primeira vez em dez semanas não quer mais dar um chute em Lionel Bart, o compositor das músicas de *Oliver!*.

No coquetel depois do espetáculo, os refrigerantes circulam como vinho, mas há também cinco garrafas de espumante para serem divididas entre os adultos. Num canto do ginásio, com um prato de nuggets e um copo de plástico com comprimidos antigripais que trouxe para a festa, Ian sorri e espera pacientemente que Emma receba os elogios.

— Tão bom que poderia estar nos teatros! — alguém diz com certo exagero, e Emma nem se importa quando Rodney Chance, o Fagin da peça, embriagado de refrigerante batizado com álcool, diz que Emma "até que está em forma para uma professora".

O senhor Godalming ("por favor, me chame de Phil") dá os parabéns enquanto Fiona, de bochechas coradas como a esposa de um fazendeiro, olha ao redor, entediada e de mau humor.

— Em setembro precisamos conversar sobre o seu futuro aqui — diz Phil, abaixando-se para lhe dar um beijo de despedida, fazendo com que alguns garotos e parte da equipe emitam um "hummmm".

Diferentemente da maioria das festas artísticas, a comemoração termina às 21h45, e, em vez de subirem numa limusine, Emma e Ian pegam o 55 e o 19 e embarcam no metrô na Piccadilly Line para casa.

— Estou muito orgulhoso de você... — diz Ian, a cabeça recostada na dela —, mas acho que isso acabou com os meus pulmões.

Assim que entra em casa, Emma sente o cheiro de flores. Um enorme buquê de rosas vermelhas sobressai numa caçarola na mesa da cozinha.

— Meu Deus, Ian, que lindas!

— Não fui eu — murmura Ian.

— Oh. Quem foi então?

— O Garoto de Ouro, imagino. Chegaram hoje de manhã. Um exagero total, se quer saber. Eu vou tomar um banho quente, ver se melhoro um pouco.

Emma tira o casaco e abre o pequeno cartão. "Desculpe ter ficado amuado. Espero que dê tudo certo esta noite. Muitos beijos. Dx." Só isso. Ela lê o cartão duas vezes, olha para o relógio e corre para ligar a TV e assistir à grande estreia de Dexter.

Quarenta e cinco minutos depois, quando rolam os créditos finais, Emma franze o cenho e tenta entender o que acabou de ver. Ela não entende muito de televisão, mas tem certeza de que Dexter não brilhou.

Parecia trêmulo, às vezes até intimidado. Trocando falas, olhando para a câmera errada, parecia quase um inepto amador. Como se sentissem sua insegurança, as pessoas que entrevistou — o *rapper* de plantão, os quatro jovens metidos dos Mancunians — responderam às perguntas com sarcasmo e desdém. A plateia também se comportou de maneira estranha, como adolescentes emburrados numa pantomima, braços cruzados no peito. Pela primeira vez desde que o conheceu, Dexter pareceu pouco à vontade. Será que ele estava... bêbado? Emma não entende muito de mídia, mas sabe reconhecer um mico. Quando a última banda se apresenta, ela está cobrindo o rosto com a mão, e já sabe o suficiente sobre TV para perceber que aquilo estava longe do ideal. Existe muita ironia em torno de tudo hoje em dia, mas não a ponto de transformar vaias em alguma coisa positiva.

Desliga a televisão. Do banheiro, ouve o som de Ian assoando o nariz numa flanela. Fecha a porta e pega o telefone, moldando a boca num sorriso de felicitação, e em um apartamento vazio em Belsize Park uma secretária eletrônica atende a ligação.

— Olá... pode falar! — diz Dexter, e Emma faz o seu número.

— Ei, você! Oi! Sei que você está na festa, mas eu queria dizer, bem, antes de mais nada, obrigada pelas flores. Muito lindas, Dex, não precisava ter feito isso. Mas principalmente... Puxa! Finalmente! Viva! Você estava fantástico, tão engraçado e relaxado, achei fantástico, realmente um belo programa, mesmo. — Hesita um pouco: "Não diga 'realmente'. Se disser 'realmente' muitas vezes, as palavras vão soar como 'não realmente'. Continua: — Ainda não sei bem se gostei da camiseta embaixo do terno, e é sempre animador ver mulheres dançando em gaiolas, mas fora isso foi excelente, Dexter. Realmente. Sinto-me *orgulhosa* de você, Dex. Se estiver interessado, *Oliver!* também foi um sucesso.

Percebe que sua atuação está perdendo a convicção e resolve encerrar.

— Então. Aqui estamos nós. Os dois temos algo a comemorar! Mais uma vez, obrigada pelas rosas. Boa noite, a gente se fala amanhã. Vamos nos ver na terça, certo? E parabéns. Sério. Parabéns. Tchau.

Na sua festa de comemoração, Dexter está sozinho no bar, braços cruzados, ombros caídos. As pessoas passam para dar os parabéns, mas ninguém fica muito tempo e os tapinhas nos ombros acabam parecendo mais um consolo ou, na melhor das hipóteses, bem-feito por perder aquele pênalti. Está bebendo há algum tempo, mas o champanhe tem um gosto azedo na boca e nada parece aliviar a sensação de desapontamento, anticlímax e vergonha.

— Uhu! — diz Suki Meadows em um estado de espírito contemplativo. Antes uma coadjuvante, agora certamente a estrela, ela se senta ao lado dele. — Olha só como você está, todo triste e cabisbaixo.

— Oi, Suki.

— Então! Correu tudo bem, eu achei!

Dexter não está convencido, mas eles brindam assim mesmo.

— Desculpe aquele episódio... da bebida. Eu te devo desculpas.

— Deve mesmo.

— Era para relaxar um pouco, sabe?

— Mesmo assim a gente devia conversar a respeito. Alguma outra hora.

— Tudo bem.

— Porque eu não vou entrar de novo em cena com você trocando as pernas, Dex.

— Eu sei. Isso não vai acontecer. E eu vou compensar de alguma forma.

Suki encosta-se nele e apoia o queixo em seu ombro.

— Semana que vem?

— Semana que vem?

— Você me convida para jantar. Num lugar caro, diga-se. Na próxima terça.

A testa dela está encostada na dele, a mão sobre sua coxa. Tinha marcado de jantar com Emma na terça-feira, mas sabe que pode cancelar, ela não vai se importar.

— Tudo bem. Na próxima terça.

— Mal consigo esperar. — Belisca a coxa dele. — Então, agora você vai se animar?

— Vou tentar.

Suki Meadows inclina-se para a frente e beija sua bochecha, depois põe a boca perto, muito perto do ouvido dele.

— AGORA VAMOS DAR UM ALÔ PARA MINHA MÃE!

CAPÍTULO NOVE
Cigarros e álcool

SÁBADO, 15 DE JULHO DE 1995

Walthamstow e Soho

           Retrato em carmim
         Um romance de Emma T. Wilde

           Capítulo 1

     A chefe de polícia Penny de Tal já tinha visto algumas
     cenas de crime na vida, mas nunca uma como aquela.
       — Levaram o corpo? — perguntou.

As palavras cintilavam no verde bilioso da tela do processador de texto, resultado de uma manhã inteira de trabalho. Sentada na pequena carteira escolar no quartinho dos fundos do minúsculo apartamento novo, Emma leu aquelas palavras, depois leu outra vez, enquanto atrás dela o aquecedor a óleo borbulhava em tom de deboche.
    Nos fins de semana, ou à noite, quando conseguia ter energia, Emma escrevia. Já tinha começado dois romances (um passado num *gulag*, outro num futuro pós-apocalíptico), um livro infantil que ela própria ilustraria, sobre uma girafa de pescoço curto, um teledrama amargurado e revoltado sobre militantes dos direitos humanos chamado "Bela merda", uma peça de teatro sobre a complexidade da vida emocional de jovens de vinte e poucos anos, um romance fantástico para adolescentes cujos professores eram robôs malignos, um monólogo radiofônico sobre uma sufragista moribunda, uma história em quadrinhos e um soneto. Nada havia sido concluído, nem mesmo os catorze versos do soneto.
    Aquelas palavras na tela representavam seu projeto mais recente, uma tentativa de escrever uma série de romances policiais comerciais e discre-

tamente feministas. Aos onze anos Emma já havia lido tudo de Agatha Christie, depois também leu muita coisa de Raymond Chandler e James M. Cain. Parecia não haver razão por que não pudesse tentar alguma coisa do gênero, mas estava percebendo mais uma vez que ler e escrever não eram a mesma coisa: não se podia simplesmente absorver tudo e regurgitar. Viu-se incapaz de pensar num nome para sua investigadora, sem falar de um enredo coerente original, e até mesmo seu pseudônimo era fraco: Emma T. Wilde? Será que estava condenada a ser uma daquelas pessoas que passam a vida *tentando* fazer coisas? Já tinha tentado formar uma banda, escrever peças e livros infantis, ser atriz e arranjar emprego numa editora. Talvez o livro policial fosse apenas outro projeto destinado ao fracasso, a ser encostado ao lado do trapézio, do budismo e do espanhol. Usou a ferramenta de contagem de palavras do processador. Trinta e sete palavras, incluindo o título e seu péssimo pseudônimo. Emma deu um gemido, soltou a alavanca hidráulica da cadeira de escritório e afundou para mais perto do tapete.

Alguém bateu na porta de compensado.

— Como vão as coisas no pavilhão Anne Frank?

A mesma frase outra vez. Para Ian as piadas não eram um item para usar apenas uma vez, mas algo que utilizava até se desfazer na mão como um guarda-chuva barato. Quando se conheceram, noventa por cento do que Ian dizia vinha sob o rótulo de "humor", porque sempre envolvia um trocadilho, uma voz engraçada, alguma intenção cômica. Com o passar do tempo ela esperava que aquilo diminuísse para quarenta por cento, o que seria uma redução aceitável, mas quase dois anos depois o número permanecia em torno de setenta e cinco por cento, e a vida doméstica continuava ao som daquele rumor de comicidade. Será que era realmente possível alguém continuar tão "ligado" durante quase dois anos? Emma tinha conseguido se livrar dos lençóis pretos dele, dos descansos de copos de cerveja, selecionado suas cuecas e até reduzido os seus famosos "churrascos de verão", mas parecia estar chegando ao limite do quanto é possível mudar um homem.

— Que tal uma bela xícara de chá para a madame? — perguntou com a voz de um serviçal do subúrbio.

— Não, obrigada, querido.

— Rabanadas? — agora com sotaque escocês. — Posso fazer umas rabanadas para minha Chuchuzinha?

Chuchuzinha era um achado recente. Quando pressionado para se justificar, Ian explicou que era por conta de ela ser tão chuchuzinha, tão chuchuzinha mesmo. Chegou a sugerir que ela retaliasse chamando-o de Chuchuzão: Chuchuzinha e Chuchuzão, Chuchuzão e Chuchuzinha, mas não tinha colado.

— ...uma fatiazinha de rabanada? Para forrar o estômago para hoje à noite?

Hoje à noite. Então era isso. Em geral, quando Ian usava um de seus dialetos era por estar com algo na cabeça que não podia ser expresso numa voz natural.

— Grande noite esta. Uma noite na cidade com Mike TV.

Emma preferiu ignorar o comentário, mas ele não estava facilitando as coisas. Com o queixo apoiado na cabeça dela, leu as palavras na tela.

— *Retrato em carmim...*

Emma cobriu a tela com a mão.

— Por favor, não leia por cima do meu ombro.

— Emma T. Wilde. Quem é Emma T. Wilde?

— Meu pseudônimo. Ian...

— Você sabe o que significa esse T?

— Terrível.

— Terrificante. Tremenda.

— Terminal, como se...

— Se algum dia quiser que eu leia...

— Por que você ia querer ler isso? É uma droga.

— Nada que você faz é uma droga.

— Bom, isso aqui é. — Emma desvia o olhar da tela e desliga o monitor, e mesmo antes de se virar já sabe que Ian está com sua expressão de vira-lata que apanhou. Era muito comum se sentir assim com Ian, alternando sentimentos de irritação e remorso. — Desculpe! — falou, segurando um dedo da mão dele e balançando.

Ian beijou o alto da cabeça dela, depois falou com a boca em seu cabelo:

— Sabe o que eu acho que esse T significa? É "T" de Tesão. Emma Tesão Wilde.

Depois dessa ele saiu da sala: uma técnica clássica, fazer um elogio e fugir. Alerta para não cair no truque, Emma empurrou a porta, voltou a ligar o monitor, leu as palavras escritas, estremeceu visivelmente, fechou o arquivo e arrastou-o para o ícone da lata de lixo. Um som eletrônico de papel amassado, o som da escrita.

O guincho do alarme contra incêndios revelou que Ian estava cozinhando. Emma levantou-se e seguiu o cheiro de manteiga queimada pelo corredor até a cozinha/sala de jantar: não era um cômodo separado, apenas o canto mais engordurado da sala de estar do apartamento que os dois compraram juntos. Emma teve dúvidas sobre aquela compra; era o tipo da vizinhança em que as pessoas chamavam a polícia, explicou, mas Ian acabou vencendo pelo cansaço. Era uma loucura continuar pagando aluguel, eles se viam quase todas as noites, e além do mais era perto da escola dela, o primeiro passo da jornada etc. Assim, tinham raspado as economias deles e comprado também alguns livros sobre decoração de interiores, inclusive um que ensinava como pintar compensado de forma a parecer mármore italiano. Houve planos inspirados de reinstalação da lareira, de montar estantes de livros, armários embutidos e soluções de armazenagem. Assoalho de madeira aparente! Ian ia alugar uma lixa e deixar o assoalho brilhando, como mandava o figurino. Num sábado chuvoso de fevereiro, eles levantaram o carpete, examinaram com desânimo a maçaroca de compensado esfarelando, desintegrando embaixo de jornais velhos, e voltaram a fechar tudo, sentindo-se culpados, como se estivessem escondendo um cadáver. Havia algo de não convincente e efêmero naquelas tentativas de construir um lar, como se fossem duas crianças montando uma cabana, e, apesar da pintura nova, dos quadros nas paredes, dos novos móveis, o apartamento mantinha a mesma atmosfera de coisa gasta e temporária.

Ian estava envolto numa faixa de luz do sol enfumaçada na pequena cozinha, as costas largas viradas para Emma. Ela ficou observando da porta, reconhecendo a velha camiseta cinza cheia de furos, dois centímetros da cueca visíveis acima da calça de moletom, os "sapatos de caminhada". Leu a etiqueta Calvin Klein perto do cabelo castanho da nuca de Ian e imaginou que provavelmente não era aquilo que Calvin Klein havia pensado.

Emma falou, para quebrar o silêncio.

— Não está ficando um pouco queimado?

— Queimado, não, *tostado*.

— Eu digo queimado, você diz tostado.

— Isso é Cole Porter, *Let's call the whole thing off!*

Silêncio.

— Estou vendo um pedaço da sua cueca — disse Emma.
— Sim, é intencional. — com a voz sussurrante, afeminada. — Está na moda, querida.
— Bem, de fato é bem provocante.
Silêncio, apenas o som da comida queimando.
Mas agora era a vez de Ian fazer sua jogada.
— Então. Onde o Garoto Alfa vai te levar? — perguntou sem se virar.
— Em algum restaurante no Soho, sei lá. — Na verdade sabia, mas o nome do restaurante era um recente sinônimo de modismo, um lugar sofisticado, e ela não queria piorar ainda mais as coisas. — Ian, se você não quer que eu vá hoje à noite...
— Não, você deve ir, se divertir...
— Ou se quiser vir com a gente...?
— O quê, Harry e Sally e eu? Ah, acho que não, o que você acha?
— Não teria problema nenhum.
— Para vocês dois ficarem fazendo piadas e falando de mim a noite toda...
— Nós não fazemos isso...
— Da última vez fizeram!
— Não, não fizemos!
— Tem certeza de que não quer uma rabanada?
— Tenho!
— De qualquer forma, eu tenho uma apresentação hoje à noite, não é? Na House of Ha Ha, em Putney.
— Uma apresentação *com cachê*?
— É, uma apresentação *com cachê*! — confirmou. — Então está tudo bem, muito obrigado. — Começou a procurar um molho escuro dentro do armário, fazendo muito barulho. — Não se preocupe comigo.
Emma suspirou, irritada.
— Se você não quiser que eu vá, é só dizer.
— Em, nós não nascemos juntos. Você vai se quiser. Divirta-se. — O vidro de molho escuro chiou, quase vazio. — Só não vai transar com ele, tá?
— Bom, isso realmente não vai acontecer, não é?
— Pelo menos é o que você sempre fala.
— Ele está namorando Suki Meadows.
— E se não estivesse?
— Não faria a menor diferença, porque eu amo você.

Ainda não era o bastante, Ian não disse nada. Emma suspirou, atravessou a cozinha, com os pés grudando no linóleo e passou os braços ao redor da cintura dele, ao que ele reagiu se unindo a ela. Apertou o rosto nas costas de Ian, inalou o aroma quente e familiar do seu corpo e beijou o tecido da camiseta, murmurando:

— Deixe de ser bobo. — Os dois ficaram assim por algum tempo, até ficar claro que Ian estava ansioso para comer. — Certo. Melhor eu corrigir logo essas redações — disse Emma, se afastando. Vinte e oito tediosas opiniões sobre o livro *O sol é para todos*.

— Em? — chamou Ian quando ela estava chegando à porta. — O que você vai fazer hoje à tarde? Por volta das dezessete horas?

— Já devo ter terminado. Por quê?

Ele se mexeu na cozinha com o prato no colo.

— Pensei que a gente podia ficar na cama, sabe? Curtir um pouco a tarde.

"Eu amo Ian", pensou Emma, "só não sou *apaixonada* por ele, e também não o amo. Já tentei, batalhei para conseguir amá-lo, mas não consigo. Estou construindo uma vida com um homem que não amo, e não sei o que fazer a respeito".

— Pode ser — respondeu da porta. — Pode ser. — Franziu os lábios num beijo, sorriu e fechou a porta.

Não existiam mais manhãs, só manhãs do dia seguinte.

O coração batendo forte, empapado de suor, Dexter acordou pouco antes do meio-dia com um homem gritando lá fora, mas na verdade era a banda M People. Mais uma vez, tinha adormecido em frente à televisão, e agora era hora de encontrar o herói dentro de si mesmo.

Os sábados seguintes ao *Madrugada adentro* eram sempre assim, com o ar estagnado e as cortinas fechadas contra o sol. Se ainda estivesse viva, sua mãe gritaria do pé da escada para ele acordar e cuidar da vida, mas, em vez disso, Dexter estava fumando no sofá de couro preto, usando a mesma cueca da noite anterior, jogando *Ultimate Doom* no Playstation e tentando não mexer a cabeça.

No meio da tarde sentiu a melancolia do fim de semana invadi-lo novamente e resolveu ensaiar suas mixagens. Espécie de DJ amador, Dexter tinha uma parede repleta de CDs e vinis raros em prateleiras de pinho feitas sob medida, dois toca-discos e um microfone, tudo abatido do imposto de renda, e costumava ser visto em lojas de discos do Soho com um enorme par de fones de ouvido que pareciam duas metades de um coco partido ao meio. Ainda de cueca, passava e repassava mixagens indolentes de ritmos sincopados na mesa de mixagem de CDs novinha em folha, preparando-se para a próxima grande noite com os amigos. Mas faltava alguma coisa, e ele logo desistiu.

— CD não é vinil — declarou, antes de perceber que tinha dito aquilo para uma sala vazia.

Melancolia outra vez. Suspirou e foi até a cozinha andando devagar, como um homem que se recupera de uma cirurgia. A geladeira enorme transbordava de garrafas de uma sensacional nova marca de sidra, que custara uma fortuna. Além de apresentar seu programa ("Um show de arrebentar", como chamavam, e parecia uma coisa positiva), Dexter começou a trabalhar com locução. Ele era "inclassificável", diziam, o que também parecia uma coisa positiva. Era o exemplo de uma nova categoria de homem britânico: cosmopolita, endinheirado, sem vergonha da própria masculinidade, de sua orientação sexual, de ser apaixonado por carros, relógios de titânio e artefatos de aço escovado. Até agora tinha feito locuções para essa sidra especial, criada para cativar uma tribo jovem que se vestia como Ted Baker, e para uma nova marca de aparelho de barbear, um extraordinário objeto de ficção científica cheio de lâminas e com uma fita lubrificante que deixava um traço de muco, como se alguém tivesse espirrado no seu queixo.

Dexter tinha até se aventurado um pouco pelo mundo das passarelas da moda, uma antiga ambição que nunca teve coragem de declarar, logo descartada como "só um pouco de diversão". Naquele mesmo mês havia aparecido na seção de moda de uma revista masculina, ilustrando o tema "gangster chique", com nove páginas em que mastigava charutos ou jazia estendido no chão crivado de balas em vários ternos estilo jaquetão. Alguns exemplares da revista foram espalhados pelo apartamento, para que os convidados pudessem casualmente dar de cara com elas. Havia até um exemplar no banheiro, e às vezes lá estava ele na privada vendo as próprias fotos, seu corpo sem vida, porém muito bem-vestido, estirado no capô de um Jaguar.

Apresentar um "Um show trash" na TV foi legal por um tempo, mas havia um limite para todo aquele lixo. Em algum momento ele teria de fazer algo para contrabalançar o estilo "tão ruim que chega a ser bom", e numa tentativa de ganhar certa credibilidade tinha aberto uma produtora, a Mayhem TV plc. Por enquanto a Mayhem estava restrita a uma logomarca estilosa estampada em papel encorpado, mas por certo isso iria mudar. Deveria mudar. Como disse seu agente, Aaron:

— Você é um grande apresentador de programas jovens, Dexy. O problema é que você não é jovem. — E o que mais ele poderia fazer, dadas as circunstâncias? Ser ator? Conhecia um monte de atores, tanto profissional como socialmente, jogava pôquer com alguns e, francamente, se *eles* podiam ser atores...

Sim, tanto em termos profissionais quanto sociais, os últimos anos foram uma época de oportunidades, de grandes novos amigos, coquetéis e pré-estreias, passeios de helicóptero e muitas discussões por causa de futebol. É claro que houve momentos de baixa: uma sensação de ansiedade e pavor paralisante, um ou dois episódios em que vomitou em público. Parecia que a presença dele num bar ou numa boate fazia com que os outros homens se indignassem, ou até mesmo o agredissem, e havia pouco tempo ficara paralisado de medo atrás do palco durante a apresentação de um concerto de Kula Shaker — e aquilo não foi nada engraçado. Numa recente coluna do tipo "por dentro" e "por fora", Dexter fora classificado como "por fora". O rótulo doeu na alma, mas preferiu atribuir aquilo à inveja. Inveja é uma espécie de imposto que se paga pelo sucesso.

Houve outros sacrifícios de sua parte. Infelizmente, foi obrigado a se afastar de alguns velhos amigos da faculdade, pois afinal não era mais 1988. Seu ex-colega de apartamento, Callum, aquele com quem iria abrir uma empresa, continuava deixando mensagens cada vez mais sarcásticas, mas Dexter sabia que logo entenderia o recado. O que eles queriam? Partilhar um casarão pelo resto da vida? Não, amigos eram como roupas: lindas enquanto novas, mas acabavam se desgastando ou não cabiam mais. Com isso em mente, elaborou uma política de três dentro, um fora. No lugar dos velhos amigos que teve de abandonar, adotava trinta, quarenta, cinquenta amigos mais bonitos e bem-sucedidos. Era impossível contestar o grande número de amigos, mesmo se não tivesse certeza de que gostava de todos. Era famoso, não, era notório por suas bocas-livres, sua inesgotável generosidade, seus trabalhos como DJ e as saideiras que promovia em seu apartamento e que terminavam em discotecagem. Foram muitas as manhãs em que acordou em meio a ruínas esfumaçadas para descobrir que alguém tinha roubado sua carteira.

Não tem importância. Nunca houve melhor época para ser um homem britânico jovem e bem-sucedido. Londres era uma cidade fervilhante, e de alguma forma Dexter sentia isso dentro de si. Era um contribuinte dono de um modem e de um aparelho de CD, tinha uma namorada famosa e muitas, muitas abotoaduras, além de uma geladeira abarrotada de sidra Premium e um banheiro cheio de aparelhos de barbear equipados com várias lâminas, mesmo que não gostasse de sidra e que os aparelhos de barbear irritassem sua pele. A vida era boa ali, com as cortinas fechadas no meio da tarde, no meio do ano, no meio da década, perto do centro da cidade mais excitante do planeta.

A tarde se estendia à sua frente. Logo chegaria a hora de ligar para o traficante. Hoje iria a uma festa numa casa imensa perto de Ladbroke Grove. Antes, precisava sair para jantar com Emma, mas seria fácil se livrar dela por volta das onze horas.

Emma estava na banheira cor de abacate quando ouviu a porta da frente se fechar. Era Ian partindo para sua longa jornada até a House of Ha Ha em Putney, para apresentar o seu show: quinze infelizes minutos sobre algumas das diferenças entre cães e gatos. Pegou o copo de vinho no chão do banheiro, segurou-o com as duas mãos e franziu o cenho para as torneiras do misturador. Era impressionante como o encanto de ter uma casa própria havia desaparecido, como os pertences deles combinados pareciam sem substância e esfarrapados naquele pequeno apartamento de paredes finas e carpetes que vieram de outras pessoas. Não que o lugar fosse sujo: todas as superfícies foram limpas com uma escova de aço — mas conservava uma irritante sensação pegajosa e um cheiro de papelão velho que pareciam impossíveis de se remover. Na primeira noite, quando fecharam a porta da frente e abriram o champanhe, Emma teve vontade de chorar. É normal demorar algum tempo até sentirmos que é a nossa casa, disse Ian ao abraçá-la na cama naquela noite, e ao menos eles tinham conseguido subir um primeiro degrau. Mas a ideia de subir a escada juntos, degrau após degrau, ano após ano, a enchia de uma terrível tristeza. E o que haveria no topo?

Mas agora chega. Esta seria uma noite especial, uma comemoração. Emma saiu da banheira, escovou os dentes e usou fio dental até machucar as gengivas, borrifou-se uma quantidade generosa de uma colônia com aroma de madeira e examinou seu escasso guarda-roupa em busca de algo que não a fizesse parecer a "professora de inglês Emma Morley saindo à noite com seu amigo famoso". Decidiu-se por um par de sapatos que machucavam os pés e um vestidinho de festa preto que tinha comprado meio bêbada na Karen Millen.

Olhou para o relógio. Como estava adiantada, ligou a televisão. Numa pesquisa nacional para encontrar o Animal de Estimação mais Talentoso da Grã-Bretanha, Suki Meadows estava no litoral de Scarborough apresentando aos espectadores um cão que tocava bateria num pequeno tambor, com as baquetas presas por fita crepe nas patas. Em vez de achar aquela imagem devidamente inquietante, Suki Meadows gargalhava, de modo borbulhante e estridente, e por um instante Emma pensou em ligar para Dexter dando alguma desculpa e voltar para a cama. Afinal, qual era o sentido daquele encontro?

Não era só a questão da namorada efervescente. O fato era que Em e Dex não andavam se dando muito bem ultimamente. Era comum ele cancelar os encontros na última hora, e quando se encontravam Dexter parecia distraído, embaraçado. Falavam um com outro com vozes estranhas e estranguladas, tinham perdido o jeito de um fazer o outro rir, transformado em zombarias em tom jocoso e ferino. A amizade entre os dois era como um buquê de flores murchas que Emma insistia em regar. Por que não deixar morrer? Era tão irrealista desejar que uma amizade durasse para sempre, e ela tinha muitos outros amigos: a velha turma da faculdade, os professores da escola, e Ian, é claro. Mas para quem ela faria confidências a respeito de Ian? Não para Dexter, não mais. O cão tocava os tambores e Suki Meadows ria muito quando Emma desligou a TV.

No corredor ela se examinou no espelho. O que pretendia era uma sofisticação subliminar, mas se sentia como alguém abandonado no meio de uma maquiagem. Nos últimos tempos andava comendo mais linguiça do que jamais imaginou ser possível, e lá estava o resultado: uma barriguinha. Ian diria que ela estava linda se estivesse em casa, mas ela só conseguia enxergar o inchaço do ventre embaixo do cetim negro. Passou a mão na barriga, fechou a porta e começou a longa jornada de seu apartamento na zona leste até a zona oeste.

— UHU!

Naquela noite quente de verão na Frith Street, Dexter estava ao telefone com Suki.

— VOCÊ VIU?

— O quê?

— O CACHORRO! TOCANDO TAMBOR! FOI INCRÍVEL!

Dexter estava muito elegante do lado de fora do Bar Italia, de terno e camisa pretos-foscos, um chapeuzinho de feltro empurrado para trás, o telefone celular a dez centímetros do ouvido. Tinha a sensação de que, mesmo se desligasse o aparelho, continuaria ouvindo a voz dela.

— ...AS PEQUENAS BAQUETAS COM AS PATINHAS!

— Foi demais — comentou, apesar de não ter assistido.

A inveja não era um sentimento confortável para Dexter, mas ele sabia dos rumores — que Suki era o verdadeiro talento, que o carregava nas costas — e se consolava com a ideia de que o grande destaque atual de Suki, seu alto salário e a simpatia popular eram uma espécie de concessão artística. O Animal de Estimação mais Talentoso da Grã-Bretanha? Ele nunca se sujeitaria a isso. Mesmo se pedissem.

— ELES CALCULAM NOVE MILHÕES DE TELESPECTADORES NESTA SEMANA. DEZ, TALVEZ...

— Suki, posso explicar uma coisa sobre os telefones? Você não precisa gritar com eles. O telefone faz isso por você...

Suki bufou e desligou na cara dele, e do outro lado da rua Emma fez uma pausa para observar Dexter xingando o telefone na mão. Estava muito bem naquele terno. O chapéu destoava, mas ao menos não estava usando aqueles fones de ouvido ridículos. Viu a expressão dele se abrir ao avistá-la e sentiu uma onda de afeto e esperança em relação à noite.

— Você devia se livrar dessa coisa — falou, apontando com a cabeça para o telefone.

Dexter guardou o telefone no bolso e beijou o rosto dela.

— Você pode escolher: ligar direto para mim ou para um lugar onde eu possa ou não estar no momento...

— Eu prefiro ligar para o lugar.

— E se eu não atender?

— Até parece que você perde alguma ligação.

— Não estamos mais em 1988, Em...

— É, eu sei...

— Seis meses, eu dou seis meses para você mudar de ideia...

— Nunca...

— Aposto...

— Certo, vamos apostar. Se algum dia eu comprar um celular eu pago o jantar.

— Puxa, isso seria uma novidade.
— Além do mais, isso faz mal para o cérebro...
— Isso *não* prejudica em nada o cérebro...
— Como você sabe?

Os dois ficaram um momento em silêncio, ambos com uma vaga sensação de que a noite não tinha começado bem.

— Não acredito que você já começou a pegar no meu pé — ele comentou, amuado.

— Bom, é a minha função. — Emma sorriu e o abraçou, encostando o rosto no dele. — Eu não vou pegar no seu pé. Desculpe, desculpe.

A mão dele estava no pescoço dela.

— Faz um tempão.
— Tempo demais.

Dexter deu um passo atrás.

— Aliás, você está linda.
— Obrigada. Você também.
— Bom, lindo não...
— Então, muito atraente.
— Obrigado. — Pegou as mãos dela e segurou ao lado do corpo. — Você devia usar vestido mais vezes, fica mais feminina.
— Gostei do seu chapéu, agora pode tirar.
— E os sapatos!

Ela apontou um tornozelo na direção dele.

— É o primeiro salto alto ortopédico do mundo.

Começaram a andar pela multidão em direção a Wardour Street, Emma segurando no braço dele, sentindo a estranha textura do tecido do terno entre o indicador e o polegar.

— A propósito, o que é isso? Veludo? Lã aveludada?
— Fustão.
— Já tive um *training* desse tecido uma vez.
— Nós somos uma dupla e tanto, não somos? Dex e Em...
— Em e Dex. Como Ginger Rogers e Fred Astaire...
— Richard Burton e Elizabeth Taylor...
— Maria e José...

Dexter deu risada, pegou no braço dela e logo os dois chegavam ao restaurante.

O Poseidon era um enorme refúgio escavado no que havia restado de um estacionamento subterrâneo. A entrada era uma escadaria imensa e teatral que parecia suspensa acima do salão principal por milagre, fornecendo uma permanente atração para os comensais abaixo, que passavam a maior parte do tempo avaliando a beleza e a fama dos recém-chegados. Sem se sentir nem bela nem famosa, Emma desceu a escada, uma das mãos no corrimão, a outra em concha escondendo a barriga até que Dexter pegasse esse braço fazendo-a parar. Ele examinava o lugar com tanto orgulho que parecia ter sido o arquiteto do projeto.

— Então. O que você acha?

— Uma espécie de Clube Tropicana — ela respondeu.

A decoração do interior sugeria o romantismo e o luxo dos transatlânticos dos anos 1920: reservados de veludo, garçons de *libré* carregando coquetéis, escotilhas decorativas que se abriam para o nada. A ausência de luz natural conferia ao lugar um aspecto submarino, como se já tivesse se chocado com o iceberg e estivesse afundando. A pretendida atmosfera de elegância entreguerras era ainda ressaltada pelo clamor e pela ostentação do salão, um ambiente impregnado de sexo e juventude, de dinheiro e fritura. Todo aquele veludo azul e os impecáveis vestidos de linho não conseguiam abafar o tumulto e o barulho da cozinha aberta, um borrão branco de aço inoxidável. "Então, eles tinham chegado", pensou Emma: eram os anos 1980.

— Tem certeza de que é isso mesmo? Deve ser muito caro.

— Eu já disse que estou convidando. — Escondeu a etiqueta do vestido dela, não sem antes ter lido, depois pegou Emma pela mão e conduziu-a pelo resto da escada com um passo meio no estilo de Fred Astaire, em direção a todo aquele dinheiro, sexo e juventude.

Um homem esbelto e atraente, ostentando umas dragonas navais absurdas, informou que a mesa estaria pronta em dez minutos, por isso eles seguiram até o bar, onde outro garçom com um falso traje naval fazia malabarismos com garrafas.

— O que vai querer, Em?

— Gim-tônica?

Dexter desaprovou.

— Você não está mais no Mandela Bar. Deve tomar os drinques apropriados. Dois martínis Bombay Sapphire, bem secos, com uma casquinha de limão. — Emma fez menção de dizer algo, mas Dexter ergueu um dedo autoritário. — Confie em mim. É o melhor martíni de Londres.

Obediente, Emma deliciou-se com o desempenho do *barman* enquanto Dexter fazia comentários.

— O truque é deixar tudo muito gelado antes de começar. Água gelada nas taças, gim no congelador.

— Como você sabe tudo isso?

— Minha mãe me ensinou quando eu tinha... o quê, nove anos? — Tocaram as taças num brinde sem palavras a Alison e os dois se sentiram outra vez esperançosos em relação à noite e à amizade entre eles.

Emma levou o martíni aos lábios.

— Eu nunca tomei isso. — O primeiro gole foi delicioso, gelado e imediatamente inebriante, e ela tentou não derramar o líquido ao estremecer. Ia agradecer quando Dexter deixou a taça na mão dela, já quase pela metade.

— Vou ao banheiro. Os banheiros aqui são incríveis, os melhores de Londres.

— Mal posso esperar! — replicou Emma, mas ele já tinha saído e ela ficou sozinha com duas taças na mão, tentando transmitir uma certa aura de autoconfiança e glamour para não parecer uma das garçonetes. De repente uma mulher alta surgiu ao seu lado com um colete de pele de leopardo, meia-calça e suspensórios, e sua aparição foi tão súbita e surpreendente que Emma deu um gritinho quando o martíni transbordou no seu pulso.

— Cigarros? — A mulher era extraordinariamente bonita, voluptuosa e quase nua, como uma figura da fuselagem de um B-52, os seios pendentes sobre uma bandeja em balanço com charutos e cigarros. — Deseja alguma coisa? — repetiu, sorrindo por trás da maquiagem e ajustando a gargantilha de veludo no pescoço com um dedo.

— Não, obrigada, eu não fumo — respondeu Emma, como se fosse uma falha de caráter que pretendia corrigir, mas a mulher já havia redirecionado seu sorriso para além do ombro de Emma, adejando os cílios pretos e pegajosos.

— Cigarro, senhor?

Dexter sorriu, tirando a carteira do bolso interno do paletó enquanto examinava o material exposto debaixo dos seios dela. Com uma mesura de *connaisseur*, decidiu-se por um maço de Marlboro Lights, e a Vendedora de Cigarros aquiesceu como se o cavalheiro tivesse feito uma excelente escolha.

Dexter entregou uma nota de cinco libras dobrada no sentido longitudinal.

— Pode ficar com o troco — sorriu. Será que existia alguma frase mais poderosa do que "Pode ficar com o troco"? Ele costumava se sentir constrangido ao dizer isso, mas agora não mais. A jovem agradeceu com um sorriso afrodisíaco, e por um breve e indelicado momento Dexter preferiu estar jantando com a Vendedora de Cigarros, não com Emma.

"Olhe só para ele, o bem-amado", pensou Emma, percebendo o leve brilho de satisfação em seu rosto. Houve uma época, não muito tempo atrás, em que todos os garotos queriam ser Che Guevara. Agora todos querem ser Hugh Hefner. Com um videogame. Quando a Vendedora de Cigarros saiu para se embrenhar na multidão, Emma teve a impressão de que Dexter poderia dar um tapinha na bunda dela.

— Você está babando no fustão.

— Como?

— O que significa isso?

— É uma Vendedora de Cigarros — Dexter deu de ombros, guardando o maço fechado no bolso. — Esse lugar é famoso por elas. Isso tem um certo glamour, um pouco de teatro.

— Mas por que ela se veste como uma prostituta?

— Sei lá, Em, talvez seu vestido preto mais careta esteja na lavanderia. — Pegou de volta o martíni e esvaziou a taça. — Pós-feminismo, talvez?

Emma fez uma expressão cética.

— Ah, então é assim que se chama hoje em dia?

Dexter fez um gesto de cabeça em direção ao traseiro da Vendedora de Cigarros.

— Você poderia ficar assim, se quisesse.

— Ninguém supera você nessas observações, Dex.

— O que eu quero dizer é que tudo é uma questão de escolha. Isso dá poder a ela.

— O pensamento com a velocidade de um laser...

— Se ela aceitou usar essa roupa, ela pode usar essa roupa!

— Mas seria demitida se recusasse.

— Assim como os garçons! De qualquer forma, talvez ela goste de usar essa roupa, talvez ache divertido, se sinta sensual. Isso é feminismo, não é?

— Bom, não é a definição do *dicionário*...

— Não me faça parecer um tipo machista, eu também sou feminista!

Emma estalou a língua e revirou os olhos, lembrando-o de como podia ser chata e tender a dar sermões.

— Eu sou feminista! Sou mesmo! E sou capaz de lutar até a morte, veja bem, até a *morte*, pelo direito de uma mulher mostrar os seios para ganhar gorjetas.

Agora foi a vez de Dexter revirar os olhos e dar uma risada condescendente.

— Nós não estamos mais em 1988, Em.

— Como assim? Você continua falando isso e eu não sei o que significa.

— Significa que eu não luto em batalhas que já foram perdidas. O movimento feminista deveria tratar de salários, oportunidades iguais e direitos civis, não decidir o que uma mulher pode ou não usar de livre e espontânea vontade num sábado à noite!

A boca de Emma se abriu numa expressão indignada.

— Não foi isso que eu...

— E, além do mais, eu estou pagando o jantar! Não dificulte a minha vida!

Era em momentos como aquele que Emma precisava lembrar que era apaixonada por ele, ou que tinha sido apaixonada por ele muito tempo atrás. Os dois estavam à beira de uma longa discussão sem sentido que ela achava que venceria, mas que arruinaria a noite. Em vez de argumentar, escondeu o rosto na bebida, mordeu o vidro com os dentes e contou até dez antes de dizer:

— Vamos mudar de assunto.

Mas Dexter não estava ouvindo, pois olhava por cima do ombro dela na direção do *maître* que os tinha recebido.

— Vamos... eu consegui arranjar um banquete para a gente.

Os dois se sentaram num reservado de veludo púrpura e consultaram os menus em silêncio. Emma esperava alguma coisa sofisticada, francesa, mas o cardápio era basicamente composto de pratos de cantina, só que mais caros: bolo de peixe, torta de cordeiro e hambúrgueres, e acabou definindo o Poseidon como o tipo de restaurante em que o ketchup é servido numa bandeja de prata.

— É um restaurante inglês moderno — explicou Dexter pacientemente, como se pagar todo aquele dinheiro para comer salsicha e purê de batatas fosse moderno e inglês.

— Eu vou pedir ostras — disse. — Ostras cultivadas, acho.

— Elas são mais amistosas? — perguntou Emma sem convicção.

— O *quê?*

— As ostras cultivadas... são mais amistosas? — insistiu, pensando: "Meu Deus, estou falando como o Ian."

Sem entender bem, Dexter franziu o cenho e voltou ao menu.

— Não, elas são só mais doces, peroladas e mais saborosas que as ostras que vêm das pedras, mais delicadas. Vou pedir uma dúzia.

— De repente você está entendendo de tudo.

— Eu adoro comida. Sempre adorei comida e vinhos.

— Eu me lembro do atum frito que você me preparou uma vez. Ainda sinto o gosto na garganta. De amônia...

— Não estou falando de *cozinhar*, mas de restaurantes. Atualmente eu como fora quase todos os dias. Aliás, me convidaram para escrever críticas para um suplemento de domingo.

— Sobre restaurantes?

— Sobre bares. Uma coluna semanal chamada "De bar em bar", uma visão de um homem das rodas sociais.

— E você mesmo vai escrever?

— Claro que eu mesmo vou escrever! — respondeu, embora já tivesse sido acertado que boa parte da coluna seria escrita por um *ghost-writer*.

— O que tanto há para dizer sobre coquetéis?

— Você ficaria surpresa. Os coquetéis estão muito na moda. Uma coisa de glamour retrô. Na verdade... — encostou a boca na taça de martíni vazia — ...eu mesmo sou uma espécie de mixólogo.

— Misógino?

— Mi*xó*logo.

— Desculpe, achei que tinha dito "misógino".

— Pode me perguntar como se faz um coquetel, qualquer coquetel.

Ela apertou o queixo com o dedo.

— Certo... hã... uma cerveja com colarinho.

— Estou falando sério, Em. Isso é uma verdadeira arte.

— O quê?

— Mixologia. As pessoas fazem cursos livres.

— Você devia ter incluído isso nas suas matérias da faculdade.

— Sem dúvida teria sido muito mais útil.

A observação foi tão azeda e beligerante que Emma ficou visivelmente abalada, e Dexter pareceu também um pouco chocado e escondeu o rosto atrás da carta de vinhos.

— O que você vai querer, tinto ou branco? Eu vou pedir outro martíni, depois vamos começar com um belo Muscadet para acompanhar as ostras e passar para algo como um Margaux. O que você acha?

Fez os pedidos e saiu para o banheiro outra vez, levando junto seu segundo martíni, o que Emma considerou anormal e vagamente inquietante. Os minutos se alongaram. Emma leu o rótulo do vinho umas duas vezes e depois ficou olhando para o espaço, imaginando em que momento Dexter tinha se tornado um... mixólogo? E por que ela estava sendo tão áspera, ferina e desagradável? Não se importava com a maneira como a Vendedora de Cigarros se vestia, não tanto assim, então por que tinha sido tão pedante e dona da verdade? Resolveu relaxar e se divertir. Afinal aquele era o Dexter, seu melhor amigo, de quem ela gostava muito. Não gostava?

No toalete mais incrível de Londres, debruçado sobre a pia, Dexter pensava mais ou menos a mesma coisa. Gostava de Emma Morley, achava que gostava, mas cada vez mais se ressentia com aquela atitude de retidão, de ser o centro da comunidade, da cooperativa de teatro, de 1988. Ela parecia tão... intimidada. Não era adequado, especialmente num ambiente como aquele, um lugar projetado especialmente para fazer um homem se sentir como um agente secreto. Depois do *gulag* sombrio e ideológico de uma educação dos anos 1980, com suas políticas de culpa e bolchevistas, ele finalmente se permitia ter alguma diversão, e será que era tão ruim assim gostar de um coquetel, de um cigarro, de flertar com uma garota bonita?

E aquela ironia. Por que estava sempre pegando no pé dele, lembrando-o dos seus fracassos? Ele não os havia esquecido. E toda aquela história de as coisas serem "chiques", de se sentir gorda, os saltos altos ortopédicos, a interminável desvalorização de si mesma. "Deus me livre das comedi*ennes*", pensou, "com suas anedotas autodepreciativas". Por que uma mulher não poderia ter um pouco de autoconfiança em vez de se comportar o tempo todo como um espantalho?

E a questão de classe! Não dava nem para mencionar. Faz questão de trazer a amiga a um belo restaurante por sua conta, e lá vem bala! Havia uma espécie de vaidade e certo orgulho na atitude dos heróis da classe trabalhadora que o deixavam louco. Por que ela continuava se gabando de ter estudado numa escola pública, de nunca ter passado as férias no exterior, de nunca ter comido ostras? Emma já está com quase trinta anos, isso tudo aconteceu muito, muito tempo atrás, chegou a hora de assumir a responsabilidade pela própria vida. Deu uma libra ao nigeriano que lhe entregou uma toalha de rosto e voltou ao restaurante. Avistou Emma do outro lado do salão em seu vestido de enterro da sua High Street, dedilhando os talheres, e sentiu uma nova onda de irritação. No bar, à sua direita, viu a Vendedora de Cigarros, sozinha. Ela também o viu, sorriu, e ele resolveu fazer um desvio.

— Um maço de Marlboro Lights, por favor.
— Mais um? — perguntou sorrindo, a mão tocando no pulso dele.
— O que posso fazer? Eu fumo demais.

Ela riu outra vez, e Dexter imaginou-a ao seu lado na mesa, a mão apoiada na coxa de meia-calça dela por baixo da mesa. Pegou a carteira.

— Aliás, eu vou a uma festa mais tarde com minha ex-colega de faculdade que está ali... — "Ex-colega", pensou, "um toque interessante".
— ...e não quero ficar sem cigarro. — Entregou uma nota de cinco libras, novinha e dobrada em dois no sentido longitudinal, entre o indicador e o médio. — Pode ficar com o troco.

Quando ela sorriu, Dexter notou uma pequena lasca de batom rubi nos seus imaculados dentes da frente. Teve muita vontade de segurar o queixo dela e limpar aquela mancha com o polegar.

— Você está com batom...
— Onde?

Estendeu o braço até ficar com o dedo a cinco centímetros dos lábios dela.

— Ali.
— Isso não pega bem! — Passou a ponta da língua rosa nos dentes. — Está melhor? — sorriu.
— Muito melhor. — Dexter sorriu e se afastou, depois voltou a olhar para ela.
— Só por curiosidade — falou —, a que horas você sai do trabalho?

As ostras tinham chegado, lustrosas e exóticas em seu leito de gelo derretendo. Emma tinha matado o tempo bebendo muito, com o sorriso fixo de alguém que fora abandonado, mas na verdade não se importava com aquilo. Finalmente viu Dexter ziguezagueando pelo restaurante, de uma forma um tanto instável. Ele enfiou-se no reservado de forma atabalhoada.

— Achei que tinha se perdido! — Era uma frase que a avó dela costumava dizer. Agora estava usando frases da avó.

— Desculpe — disse Dexter, e nada mais. Eles começaram pelas ostras. — Olha, tem uma festa hoje mais tarde. Na casa do meu amigo Oliver, que joga pôquer comigo. Eu já falei com você sobre ele. — Encaixou uma ostra na boca. — É um baronete.

Emma sentiu água do mar escorrer pelo pulso.

— E o que isso tem a ver com qualquer coisa?

— Como assim?

— O fato de ele ser um baronete.

— Só estou dizendo que ele é um cara legal. Quer limão?

— Não, obrigada. — Engoliu a ostra, ainda tentando descobrir se tinha sido convidada para a festa ou apenas informada de que haveria uma festa. — E onde é essa festa? — perguntou.

— Holland Park. Uma casa imensa.

— Ah. Certo.

Ainda não estava claro. Será que era um convite ou uma desculpa para sair mais cedo? Comeu outra ostra.

— Se quiser, você também pode ir — disse Dexter afinal, pegando o Tabasco.

— É mesmo?

— Claro — confirmou. Emma observou-o retirando a tampa pegajosa do frasco de Tabasco com a ponta do garfo. — Só que você não conhece ninguém lá, tem isso.

Nitidamente ela não estava sendo convidada.

— Eu conheço você — disse sem convicção.

— É, acho que sim. E a Suki! Suki também vai estar lá.

— Ela não está filmando em Scarborough?

— Está voltando agora à noite.

— Ela está indo muito bem, não é?

— Bem, nós dois estamos — respondeu Dexter, de repente um pouco alto demais.

Emma preferiu ignorar.

— Sim. Foi o que eu quis dizer. Vocês dois. — Pegou outra ostra, mas devolveu. — Eu gosto muito da Suki — falou, embora só a tivesse visto uma noite, numa assustadora festa temática inspirada na discoteca Studio 54, em um clube de Hoxton. E Emma tinha gostado dela, embora não conseguisse deixar de sentir que Suki a tratava de uma forma estranha, como uma das amigas do passado e do velho estilo de Dexter, como se ela só estivesse na festa por ter ganho uma promoção por telefone.

Dexter engoliu outra ostra.
— Suki é ótima, não é?
— É, sim. E como vão vocês dois?
— Tudo bem. Um pouco complicado, sabe como é, estando o tempo todo na vista do público...
— Nem me diga! — comentou Emma, mas ele pareceu não ter ouvido.
— E às vezes parece que estou saindo com um sistema de alto-falantes públicos, mas tudo bem. Mesmo. Sabe o que é o melhor no nosso relacionamento?
— Diga lá.
— Ela sabe como é trabalhar na televisão. Ela entende.
— Dexter... essa é a coisa mais *romântica* que já ouvi na vida.
"Lá vem ela de novo", pensou Dexter, "com suas observações cortantes".
— Mas é verdade — deu de ombros, decidindo que assim que pagasse a conta a noite estaria encerrada. Como se concluísse um pensamento, acrescentou: — Então, quanto à festa, o que me preocupa é como você vai voltar para casa, só isso.
— Walthamstow não é em Marte, Dex. Fica no noroeste de Londres. Existe vida humana por lá.
— Eu sei!
— É na Victoria Line!
— Só que fica longe de transportes públicos, e a festa só começa depois da meia-noite. Você vai chegar lá e já vai ter que ir embora. A não ser que eu dê dinheiro para você pegar um táxi...
— Eu tenho dinheiro, eu recebo um salário.
— De Holland Park até Walthamstow?
— Mas se houver algum inconveniente em eu ir...
— Não! Inconveniente nenhum. Eu gostaria que fosse. Vamos resolver depois, tá? — e sem dar explicações foi ao banheiro de novo, levando o copo junto, como se tivesse outra mesa por lá. Emma ficou sozinha, tomando taças e mais taças de vinho, fervendo como uma chaleira de água no fogo.

E assim acabou-se o prazer. Dexter voltou no momento em que chegavam os pratos principais. Emma examinou seu hadoque empanado na cerveja com purê de ervilhas e hortelã. As batatas fritas, grossas e pálidas, tinham sido cortadas à máquina em tetraedros perfeitos e precariamente empilhadas sobre o peixe como tijolos, quinze centímetros acima do prato, como se fossem mergulhar na poça de gosma espessa e esverdeada abaixo. Qual era a deles? Brincar com blocos de madeira? Com todo o cuidado, pegou uma batata de cima da pilha. Dura e fria por dentro.

— E como vai o Rei da Comédia? — Depois que voltou do banheiro, o tom de voz de Dexter tinha se tornado ainda mais beligerante e provocativo.

Emma sentiu-se uma traidora. Aquela poderia ser a deixa para fazer um desabafo sobre a crise do seu relacionamento e sua confusão quanto ao que fazer. Mas não poderia conversar com Dexter, não agora. Engoliu uma batata crua.

— Ian está ótimo — respondeu com ênfase.

— Vocês estão morando juntos, não é? O apartamento está legal?

— Muito bom. Você ainda não conhece, não é? Precisa visitar a gente um dia desses! — O convite foi sem entusiasmo, e a resposta foi um descomprometido "Hum", como se Dexter duvidasse que existissem prazeres além da Zona 2 do metrô. Fez-se silêncio, e os dois voltaram aos seus pratos.

— Como está o seu filé? — ela perguntou afinal. Dexter parecia ter perdido o apetite, dissecando a carne vermelha e sangrenta sem na verdade comer nada.

— Sensacional. E o seu peixe?

— Frio.

— É mesmo? — Examinou o prato dela e depois meneou a cabeça com um ar de conhecedor. — Está firme e consistente, Em. É assim que o peixe tem que ser preparado, para ficar consistente.

— Dexter... — a voz dela soou dura e aguda — esse peixe está *consistente* porque é congelado. E não foi bem descongelado.

— É mesmo? — Cutucou violentamente a camada de empanado com o dedo. — Bom, vamos mandar isso de volta!

— Tudo bem. Eu vou comer só as batatas.

— Que merda, nada disso! Vamos devolver! Eu não vou pagar por uma porra de um peixe congelado! — Acenou para um garçom e Emma viu Dexter se afirmar, insistindo em que o prato não estava bom, que no menu estava escrito peixe fresco, que aquilo tinha de ser retirado da conta e substituído por outro prato sem custo nenhum. Emma tentou dizer que havia perdido a fome, mas Dexter insistia em que ela comesse outra coisa, pois não iria custar nada. Não houve outra escolha a não ser consultar o menu de novo, sob as vistas do garçom e de Dexter, e durante todo esse tempo o filé continuava no prato, mutilado e não comido, até que as coisas afinal se resolveram e ela pediu uma salada verde e os dois ficaram a sós outra vez.

Permaneceram em silêncio no meio dos escombros da noite, diante de dois pratos de comida desprezados, e Emma achou que talvez fosse chorar.

— Puxa. Isso vai indo bem — falou Dexter, afastando o guardanapo.

Emma queria ir para casa. Pular a sobremesa, esquecer a festa — ele nem queria mesmo que fosse — e ir para casa. Talvez Ian já tivesse voltado, delicado e atencioso, apaixonado por ela, e os dois poderiam conversar, ou apenas ficar abraçados e assistir à televisão.

— Então... — Os olhos dele escaneavam o salão enquanto falava. — Como vai o trabalho de professora?

— Vai muito bem, Dexter — respondeu com uma careta.

— O que foi? O que eu fiz dessa vez? — replicou indignado, voltando os olhos para ela.

Emma falou com a voz firme.

— Se você não está interessado, não pergunte.

— Eu estou interessado! É que... — Serviu mais vinho na taça. — Achei que você estava querendo escrever um *livro* ou coisa assim?

— Eu estou escrevendo um livro ou coisa assim, mas também preciso ganhar dinheiro. E, indo direto ao ponto, eu gosto de ensinar, Dexter, e sou uma professora muito boa!

— Tenho certeza de que é ótima! É que, bom, você conhece o ditado: "Quem sabe, faz..."

O queixo de Emma caiu. "Fique calma..."

— Não, não conheço, Dexter. Diga para mim. Qual é o ditado?

— Você sabe...

— Não, é sério, Dexter, fala para mim.

— Não é importante. — Estava começando a parecer envergonhado.

— Eu gostaria de saber. Termine a frase. "Quem sabe, faz..."

Dexter suspirou, a taça de vinho na mão, depois falou sem emoção.

— "Quem sabe, *faz*, quem não sabe, *ensina*..."

Emma cuspiu as palavras:

— E os que ensinam querem que você se foda.

Agora a taça de vinho estava caída no colo dele, pois Emma empurrou a mesa para se levantar e pegar a bolsa, derrubando garrafas, batendo pratos ao sair do reservado para ir embora correndo daquele lugar odioso, odioso. As pessoas em volta olhavam assustadas, mas ela não ligava, só queria sair de lá. "Não chore, você não vai chorar", ordenou a si mesma e, olhando para trás, viu Dexter furioso enxugando o colo, aplacando o garçom e saindo atrás dela. Emma virou-se, começou a correr e lá estava a Vendedora de Cigarros descendo a escada em sua direção, de pernas longas e saltos altos, um sorriso dividindo a boca escarlate. Apesar de seu juramento, Emma sentiu lágrimas quentes de humilhação queimarem seus olhos e tropeçou naqueles estúpidos saltos altos, caindo na escada, e toda a plateia de comensais atrás dela prendeu a respiração quando ela ficou de joelhos. A Vendedora de Cigarros estava ao seu lado, segurando-a pelo cotovelo, com um olhar de preocupação verdadeira e irritante.

— Está tudo bem?
— Sim, obrigada, tudo bem...

Mas agora Dexter tinha chegado e a ajudava a se levantar. Emma se desvencilhou da ajuda dele com firmeza.

— Sai da minha frente, Dexter!
— Não grite, acalme-se...
— Eu *não* vou me acalmar!
— Tudo bem, desculpe, desculpe, desculpe. Seja o que for que deixou você brava, desculpe!

Emma virou-se para ele na escada, os olhos flamejantes.

— O quê, então você *não sabe*?
— Não! Vamos voltar para a mesa e aí você me conta! — Mas ela saiu cambaleando, passou pela porta vaivém, fechando-a atrás dela, o que fez com que o batente de metal acertasse o joelho de Dexter. Ele saiu mancando atrás dela. — Isso é uma bobagem, nós dois estamos um pouco bêbados, só isso...

— Não, Dexter. *Você* está bêbado! Está sempre bêbado ou drogado de uma coisa ou de outra toda vez que a gente se encontra. Sabe que eu não vejo você sóbrio há uns, sei lá, três anos? Já esqueci como você é quando sóbrio. Agora você só fala de si mesmo e dos seus novos amigos, isso quando não sai correndo para o banheiro de dez em dez minutos... Não sei se é disenteria ou se é cocaína demais, mas de qualquer forma é muito indelicado e, acima de tudo, chato para cacete. Mesmo quando fala comigo você está sempre olhando por cima do meu ombro, para o caso de haver uma opção melhor...

— Isso não é verdade!

— É a verdade, Dexter! Ah, que se dane. Você é um *apresentador de TV*, Dex. Você não inventou a penicilina, só trabalha na TV, e uma TV de merda aliás. Vá para o inferno, para mim chega.

Os dois estavam no meio da multidão da Wardour Street, sob o que restava da luz da tarde.

— Vamos até algum lugar conversar sobre isso.

— Eu não quero conversar sobre nada, só quero ir para casa...

— Emma, por favor?

— Dexter, me deixe em paz, tá?

— Você está histérica. Vem cá. — Pegou no braço dela de novo e, de uma forma idiota, tentou abraçá-la. Emma o empurrou, mas ele continuou segurando. As pessoas olhavam para eles, mais um casal brigando no Soho numa noite de sábado, e ela afinal cedeu, permitindo-se ser puxada para uma rua lateral.

Os dois ficaram em silêncio, Dexter afastando-se para vê-la melhor. Emma estava de costas, enxugando os olhos com a palma da mão, e de repente sentiu uma pontada de vergonha.

Finalmente falou, com a voz calma, o rosto virado para a parede.

— Por que você está sendo assim, Dexter?

— Assim como?

— Você sabe como.

— Eu só estou sendo eu mesmo!

Emma virou-se para encará-lo.

— Não, você não é assim. Eu sei como você é, e esse não é você. Você fica horrível desse jeito. Está detestável, Dexter. Quer dizer, você *sempre* foi um pouco detestável de vez em quando, meio cheio de si, mas também era engraçado, e às vezes até delicado, interessado por outras pessoas que não você mesmo. Mas agora está fora de controle, com a bebida e todas essas drogas.

— Só estou me divertindo!

Emma fungou e olhou para ele através dos olhos borrados de maquiagem.

— E às vezes eu exagero um pouco, só isso — continuou. — Se você não... me julgasse o tempo todo...

— Eu? Acho que não. Eu tento não fazer isso. É que eu não... — Parou de falar, balançou a cabeça. — Eu sei que você passou por muita coisa nesses últimos anos, eu tentei entender isso, tentei mesmo, com a morte da sua mãe e tudo o mais...

— Continue — falou Dexter.

— Mas acho que você não é mais a pessoa que eu conhecia. Não é mais meu amigo. Só isso.

Dexter não conseguia pensar em nada para dizer diante daquilo, por isso os dois ficaram em silêncio, até Emma estender a mão, segurar dois dedos da mão dele e apertar.

— Talvez... talvez seja isso, então — falou. — Talvez simplesmente tenha acabado.

— Acabado? O que foi que acabou?

— Nós. Você e eu. A amizade. Eu tinha coisas para conversar com você, Dex. Sobre Ian e eu. Se você fosse meu amigo eu conseguiria falar, mas não consigo e, se eu não consigo mais falar com você, bom, qual o sentido disso tudo? De nós dois?

— Qual é o sentido...?

— Você mesmo disse que as pessoas mudam, não adianta ser sentimental a respeito. O negócio é ir em frente, encontrar outras pessoas.

— Sim, mas eu não estava falando de *nós*...

— Por que não?

— Porque nós somos... nós. Somos Dex e Em. Não somos?

Emma deu de ombros.

— Talvez a gente tenha se afastado um do outro.

Por um momento Dexter não disse nada, depois falou:

— Então você acha que eu me afastei de você, ou que você se afastou de mim?

Emma enxugou o nariz com as costas da mão.

— Eu acho que você me acha... patética. Acha que eu *atrapalho o seu estilo*. Você perdeu o interesse por mim.

— Em, eu *não* acho você patética.

— Nem eu! Nem eu! Eu me acho *maravilhosa*, porra, só que você não percebe, mas pelo que sei você também pensava assim. Se não pensa mais e se não vai me dar mais valor, tudo bem. Eu simplesmente não estou preparada para continuar sendo tratada dessa maneira.

— Tratada de que *maneira*?

Emma suspirou, passou-se um momento antes de ela responder.

— Como se estivesse sempre querendo estar em outro lugar, com outra pessoa.

Dexter teria negado, mas naquele exato instante a Vendedora de Cigarros estava esperando no restaurante, o número do celular dele espetado na cinta-liga. Mais tarde se perguntaria se havia algo mais que pudesse ter dito para salvar a situação, talvez fazer uma piada. Mas não conseguiu pensar em nada e Emma largou a mão dele.

— Então pode ir embora — disse Emma. — Vai para a sua festa. Agora você está livre de mim. Totalmente livre.

Com uma hesitante bravata, Dexter tentou rir.

— Você fala como se estivesse me dispensando!

Emma deu um sorriso tristonho.

— Acho que estou, de certa forma. Você não é mais o mesmo. Eu realmente gostava do outro Dex, gostaria que ele voltasse. Enquanto isso, sinto muito, mas acho que você não devia mais me telefonar. — Deu meia-volta e começou a andar pela alameda lateral, um pouco desequilibrada, em direção à Leicester Square.

Por um instante Dexter teve uma lembrança passageira, porém perfeitamente clara, de si mesmo no enterro da mãe, encolhido no chão do banheiro enquanto Emma o abraçava e acariciava seus cabelos. Mas, de alguma forma, tinha conseguido reduzir aquilo a nada, jogar tudo fora como um entulho inútil. Andou um pouco atrás dela.

— Vamos lá, Em, ainda somos amigos, não somos? Sei que tenho andado meio estranho, mas é que... — Emma parou, mas não se virou, e Dexter sabia que ela estava chorando. — Emma?

Emma virou-se rapidamente, caminhou até ele e puxou seu rosto contra o dela, o rosto quente e úmido encostado no dele, falando depressa e em voz baixa no seu ouvido, e por um instante de glória Dexter pensou que seria perdoado.

— Dexter, eu te amo muito. Muito, *muito*, e provavelmente sempre amarei. — Os lábios dela encostaram no rosto dele. — Só que eu não gosto mais de você. Sinto muito.

E assim ela foi embora, e Dexter se viu sozinho naquela viela lateral tentando imaginar o que fazer a seguir.

Ian volta pouco antes da meia-noite e encontra Emma encolhida no sofá, assistindo a um filme antigo.

— Chegou cedo. Como estava o Garoto de Ouro?

— Péssimo — murmura Emma.

Ian não demonstra na voz se sente alguma alegria com aquilo.

— Por quê? O que aconteceu?
— Eu não quero falar sobre isso. Não hoje.
— Por que não? Conta para mim, Emma! O que ele disse? Vocês discutiram?...
— Ian, por favor? Hoje não. Só venha ficar do meu lado, tá?
Emma se ajeita para que ele possa se sentar no sofá, e Ian nota o vestido que está usando, o tipo de roupa que nunca usa com ele.
— Você foi com esse vestido?
Emma segura a bainha do vestido entre o polegar e o indicador.
— Foi um erro.
— Você está linda.
Emma se acomoda melhor, a cabeça no ombro dele.
— E como foi o seu show?
— Nada espetacular.
— Você apresentou o quadro dos cães e gatos?
— Hu-hum.
— Houve muitas interferências?
— Algumas.
— Talvez não seja o seu melhor número.
— E algumas vaias.
— Mas isso faz parte, não faz? Todo mundo passa por isso algum dia.
— Imagino que sim. Mas às vezes eu fico pensando...
— O quê?
— Que talvez eu não seja... muito engraçado.
Emma fala com a boca no peito dele.
— Ian?
— O quê?
— Você é um cara muito, muito engraçado.
— Obrigado, Em.
Afagando a cabeça dela, pensa na pequena caixa carmim forrada de seda amassada com o anel de noivado. Nas últimas duas semanas a caixinha esteve escondida numa meia enrolada, esperando o momento certo. Mas não seria agora. Dali a três semanas eles vão estar numa praia grega em Corfu. Imagina os dois num restaurante em frente ao mar, a lua cheia, Emma em seu vestido de verão, bronzeada, sorrindo, talvez com uma travessa de lulas entre eles. Imagina-se presenteando-a com o anel de uma forma divertida. Há algumas semanas vem criando diferentes cenários cômico-românticos na cabeça — talvez jogar o anel

na taça de vinho quando ela estiver no toalete, ou encontrá-lo por acaso na boca do peixe grelhado e reclamar com o garçom. Ou talvez disfarçá-lo no meio dos anéis de lula. Poderia até simplesmente entregar a ela. Ensaia as palavras mentalmente. "Vamos nos casar, Emma Morley. Vamos nos casar."
— Eu te amo muito, Em — fala.
— Eu também te amo — retribui Emma. — Eu também te amo.

A Vendedora de Cigarros está no balcão curtindo seus vinte minutos de folga, o traje coberto pelo casaco, bebericando uísque e ouvindo aquele homem que não para de falar da amiga, a pobre garota bonita que caiu na escada. Parece que os dois brigaram. A Vendedora de Cigarros se liga e desliga do monólogo do homem, concordando de vez em quando e olhando disfarçadamente para o relógio. Faltam cinco minutos para a meia-noite e ela precisa voltar ao trabalho. O período entre meia-noite e uma hora é o melhor para gorjetas, uma marca registrada da luxúria e da estupidez por parte dos clientes do sexo masculino. Mais cinco minutos e ela terá de ir. O pobre rapaz mal consegue ficar em pé, realmente.

Ela o reconhece daquele programa idiota — não é ele que está saindo com a Suki Meadows? —, mas não se recorda o nome. Aliás, será que alguém assiste àquele programa? O terno dele está manchado, os bolsos estufados de maços de cigarro fechados, há um brilho oleoso no nariz, o hálito é pesado. E, o que é pior, ele ainda não pensou em perguntar qual é o nome dela.

A Vendedora de Cigarros chama-se Cheryl Thomsom. Trabalha a maior parte dos dias como enfermeira, o que é cansativo, mas às vezes faz um bico ali porque estudou com o gerente e as gorjetas são inacreditáveis, desde que se esteja preparada para flertar um pouquinho. O noivo a espera em seu apartamento em Kilburn. Milo, italiano, 1,85m, já foi jogador de futebol, mas agora também é enfermeiro. Muito bonito. Eles vão se casar em setembro.

Poderia contar tudo isso se o homem perguntasse, mas ele não pergunta. Assim, dois minutos antes da meia-noite do Dia de São Swithin, ela pede licença — preciso voltar ao trabalho; não, não posso ir à festa; sim, eu tenho o seu telefone; espero que se entenda com a sua amiga — e deixa o homem sozinho no bar, pedindo mais uma bebida.

Parte três

1996-2001

Trinta e poucos anos

"Às vezes você percebe quando os seus grandes momentos estão acontecendo, às vezes eles surgem do passado. Talvez seja a mesma coisa com as pessoas."

James Salter, *Burning the Days*

CAPÍTULO DEZ
Carpe diem

SEGUNDA-FEIRA, 15 DE JULHO DE 1996

Leytonstone e Walthamstow

Emma Morley está deitada de barriga para cima no chão do escritório do diretor, com o vestido amarrotado em torno da cintura e expira devagar pela boca.

— Ah, a propósito, a nona série precisa de mais exemplares de *Cider With Rosie*.

— Vou ver o que posso fazer — responde o diretor, abotoando a camisa.

— Então, aproveitando que estou deitada no seu carpete, tem mais alguma coisa que você queira discutir? Questões orçamentárias, alguma inspeção do Ministério da Educação? Algo que queira analisar outra vez?

— Eu gostaria de analisar *você* outra vez — ele responde, deitando-se de novo e cheirando o pescoço dela. É o tipo da insinuação sem sentido na qual o senhor Godalming (Phil) é especialista.

— O que significa isso? Não significa nada. — Emma estala a língua, afasta-se dele e se pergunta por que o sexo a deixa tão mal-humorada, mesmo quando é agradável. Os dois ficam deitados por um momento. São seis e meia da tarde do último dia do período letivo e o Colégio de Cromwell Road tem aquela quietude sinistra típica de uma escola depois do expediente. Os faxineiros já passaram por lá, a porta do escritório está trancada por dentro, mas ela se sente inquieta e ansiosa. Não deveria existir uma espécie de comunhão posterior, uma sensação de bem-estar? Nos últimos nove meses, Emma tem feito amor no carpete daquela instituição, em cadeiras de plástico e sobre mesas de fórmica. Sempre atencioso com seus funcionários, Phil retirou a almofada de espuma do armário do escritório, que agora está debaixo de seus quadris; ainda assim ela gostaria de um dia poder fazer sexo em algum lugar menos atulhado de móveis.

— Sabe de uma coisa? — pergunta o diretor.
— O quê?
— Eu acho você sensacional — aperta o seio dela para dar ênfase à afirmação. — Não sei o que vou fazer nessas seis semanas sem você.
— Ao menos o seu carpete vai poder descansar um pouco.
— Seis semanas inteiras sem você. — A barba arranha o pescoço dela. — Eu vou enlouquecer de desejo...
— Bom, você sempre pode recorrer à senhora Godalming — diz Emma, ouvindo a própria voz, amarga e maldosa. Senta-se e puxa o vestido até os joelhos. — Além do mais, achei que férias mais longas eram uma das vantagens de ser professor. Foi o que você disse quando eu me candidatei...
Magoado, olha para ela do carpete.
— Não faça isso, Em.
— O quê?
— O papel de mulher rejeitada.
— Desculpe.
— Eu também não gosto dessa situação.
— Só que eu acho que gosta.
— Não, não gosto. Não vamos estragar tudo, tá? — Apoia a mão nas costas dela, como que para animá-la. — Essa é a nossa última vez até setembro.
— Tudo bem, eu já pedi desculpa, certo? — Para enfatizar a mudança de assunto, gira a cintura e dá um beijo nele. Quando já está se afastando, ele põe a mão na sua nuca e a beija outra vez, numa atitude delicada e exploratória.
— Puxa, eu vou sentir sua falta.
— Sabe o que eu acho que devia fazer? — ela pergunta, com a boca colada na dele. — É bem radical.
Phil olha para ela, ansioso.
— Diga.
— Nesse verão, assim que terminar o período letivo...
— Pode falar.
Emma põe um dedo no queixo dele.
— Acho que você devia raspar essa barba.
Ele se senta.
— De jeito nenhum!

— Imagine só, depois de todo esse tempo ainda não sei como você é!
— Eu sou ASSIM!
— Mas o seu *rosto*, o seu verdadeiro rosto. Talvez você até seja muito bonito. — Põe a mão no braço dele e o puxa de novo para baixo. — Quem está por trás dessa máscara? Me deixa entrar, Phil. Deixa eu saber quem é você de verdade.

Os dois voltam a rir, mais uma vez à vontade.

— Você ia ficar decepcionada — diz, acariciando a barba como se fosse um animal de estimação. — De qualquer forma, é isso ou fazer a barba três vezes por dia. Eu costumava me barbear de manhã, mas na hora do almoço já estava parecendo um mendigo. Então resolvi deixar crescer, fazer disso minha marca registrada.

— Ah, sua *marca registrada*.

— É uma coisa informal. Os garotos adoram. Dá a mim um ar rebelde.

Emma ri outra vez.

— Não estamos mais em 1973, Phil. Hoje em dia barba tem outro significado.

Phil dá de ombros, na defensiva.

— Fiona gosta. Diz que meu queixo fica muito pequeno sem barba.
— Segue-se um silêncio, como sempre acontece quando a esposa é mencionada. Para aliviar a situação, ele diz, irônico consigo mesmo: — Claro que você sabe que todos os garotos me chamam de O Barba.

— Não, não sabia. — Phil dá risada e Emma sorri. — E, aliás, não é "O Barba", é só "Barba". Sem o artigo, Homem-macaco.

Ele senta-se bruscamente, franzindo o cenho.

— *Homem-macaco?*
— É como eles te chamam.
— Quem?
— Os garotos.
— *Homem-macaco?*
— Você não sabia?
— Não!
— Ops. Desculpe.

Phil se deita de novo no chão, magoado e ressentido.

— Não acredito que eles me chamam de Homem-macaco!
— É só de brincadeira — comenta Emma, para acalmá-lo. — É um apelido carinhoso.

— Não me parece muito carinhoso. — Esfrega o queixo como se consolasse um bichinho de estimação. — É que eu tenho muita testosterona, só isso. — O emprego da palavra "testosterona" é suficiente para excitá-lo, e Phil puxa Emma para o chão e a beija mais uma vez. Emma sente o gosto do café dos funcionários e do vinho que guarda no armário.

— Eu vou ficar com a pele marcada.
— E daí?
— Daí que as pessoas vão saber.
— Todo mundo já foi embora. — A mão dele está na coxa dela, quando o telefone toca sobre a mesa e ele recua como se tivesse levado uma ferroada. Ergue-se cambaleando.
— Deixa tocar! — diz Emma.
— Eu preciso atender! — Começa a vestir a calça, como se falar com Fiona nu da cintura para baixo fosse uma traição excessiva, como se de alguma forma pudesse mostrar que estava com as pernas de fora.
— Alô! Oi, amor! Sim, eu sei! Já estou quase na porta... — Assuntos domésticos são debatidos (massa ou fritura, TV ou um DVD) e Emma se distrai da vida doméstica do amante recolhendo suas roupas de baixo enroladas sob a mesa, junto com clipes de papel e canetas hidrográficas. Enquanto se veste, vai até a janela. As lâminas da persiana estão empoeiradas, e lá fora uma luz púrpura ilumina o departamento de ciência, e de repente Emma gostaria de estar num parque, numa praia ou em alguma praça de uma cidade europeia, em qualquer lugar que não ali naquela sala abafada, com um homem casado. "Como pode um dia você acordar e perceber que chegou aos trinta anos e é amante de um homem casado?" A expressão é abjeta, repulsiva, ela não deveria estar pensando naquilo, mas não consegue encontrar outra definição. Agora ela é a amante do chefe, e o melhor que pode ser dito nessas circunstâncias é que pelo menos não há filhos envolvidos.

O caso — outra palavra terrível — começou em setembro do ano anterior, depois daquelas desastrosas férias em Corfu, com o anel de noivado no meio das lulas.

— Acho que nós queremos coisas diferentes — foi o máximo que conseguiu dizer, e o resto daquelas longuíssimas duas semanas se passou em meio a uma névoa de queimaduras de sol, mau humor, autocomiseração e preocupação se o joalheiro aceitaria ou não o anel de volta. Nada no mundo podia ser mais melancólico do que a rejeição de um anel de noivado: ficou dentro da mala no quarto do hotel, emanando tristeza como se fosse uma espécie de radiação.

Emma voltou das férias bronzeada e infeliz. A mãe dela, que sabia do pedido e praticamente já tinha comprado o vestido da festa de casamento, reclamou e resmungou durante semanas, até a própria Emma começar a se questionar sobre sua rejeição da proposta. Mas responder com um sim seria como ceder por inércia, e Emma sabia pelos romances que lera que não se deve jamais ceder por inércia a um casamento.

O caso teve início quando ela começou a chorar no meio de uma reunião de rotina no escritório de Phil. Ele saiu de trás da mesa, passou o braço nos ombros dela e encostou os lábios no alto da sua cabeça, quase como se dissesse "finalmente". Depois do expediente Phil a levou a um lugar de que tinha ouvido falar, um "gastropub", onde se tomava cerveja mas a comida também era muito boa. Comeram bifes de alcatra e salada de queijo de cabra, e quando os joelhos dos dois se tocaram debaixo da grande mesa de madeira Emma deixou acontecer. Depois da segunda garrafa de vinho, tudo era apenas uma questão de formalidade; o abraço se transformou em beijo no táxi para casa, o envelope pardo em sua caixa de correio (*Sobre a noite de ontem, não consigo deixar de pensar em você. Faz anos que sinto isso por você, precisamos conversar. Quando podemos falar?*).

Tudo o que Emma sabia sobre adultério era o que tinha visto em novelas da TV dos anos 1970. Associava aquilo a Cinzano e motos Triumph TR7, a festas com queijos e vinho, pensava ser algo que pessoas de meia-idade faziam, principalmente da classe média: golfe, iates e adultério. Agora que estava envolvida num caso — com sua parafernália de olhares secretos, mãos dadas embaixo da mesa, trocas de carinhos no escritório —, Emma se surpreendia com a familiaridade de tudo aquilo, como a luxúria podia ser uma emoção forte quando combinada com culpa e baixa autoestima.

Uma noite, depois de fazer sexo no cenário de sua produção natalina de *Nos tempos da brilhantina*, Phil entregou-lhe uma caixa embrulhada para presente de um jeito solene.

— Um telefone celular!

— Para quando eu precisar ouvir a sua voz.

Sentada no capô lustroso do carro, Emma olhou para a caixa e suspirou.

— É, acho que isso ia acontecer mais cedo ou mais tarde.

— Como assim? Você não gostou?

— Não, é ótimo. — Sorriu ao se recordar da conversa com Dexter. — É que acabo de perder uma aposta com uma pessoa, só isso.

Em algumas ocasiões, caminhando e conversando numa radiante noite de outono em uma região pouco conhecida de Hackney Marshes, ou dando risadinhas no meio de um hino natalino na escola, bêbada de vinho quente e com os quadris se tocando, chegou a pensar que estava apaixonada por Phillip Godalming. Ele era um bom professor, íntegro e dedicado, ainda que às vezes um tanto pretensioso. Tinha olhos bonitos, conseguia ser engraçado. Pela primeira vez na vida ela era objeto de uma paixão sexual quase obsessiva. Claro que, com quarenta e quatro anos, Phil era velho demais, e seu corpo já tinha aquela característica flácida e escorregadia abaixo da pele, mas era um amante sincero e intenso, às vezes intenso até demais para o seu gosto: ele gostava de falar obscenidades. Era difícil de acreditar que o mesmo homem que discursava nas reuniões sobre fundos de caridade usasse aquele tipo de linguagem. De vez em quando tinha vontade de interromper tudo e dizer:

— Senhor Godalming... o senhor falou um *palavrão*!

Mas agora nove meses já haviam se passado, o encantamento diminuía e Emma achava difícil entender o que estava fazendo ali, perdendo seu tempo no corredor de uma escola naquela linda tarde de verão. Deveria estar com amigos, ou com um namorado de quem se orgulhasse e pudesse mencionar na frente de outras pessoas. Triste, sentindo-se culpada e envergonhada, fica esperando do lado de fora do banheiro masculino enquanto Phil se lava com sabonete do governo. Sua Senhoria, o Diretor de Inglês e de Dramaturgia, e sua amante. Oh, Deus, meu Deus.

— Tudo pronto! — anuncia Phil, saindo do banheiro. Acolhe a mão dela entre as suas, ainda úmidas da torneira da pia, mas afasta-se discretamente quando saem ao ar livre. Fecha a porta principal, liga o alarme e os dois caminham até o carro sob a luz do final da tarde, mantendo uma distância profissional, a pasta de couro dele às vezes esbarrando na panturrilha dela.

— Eu levaria você até o metrô, mas...

— ...é melhor não arriscar.

Andam um pouco mais.

— Daqui a quatro dias! — ele diz de repente, quebrando o silêncio.

— Aonde você vai mesmo? — pergunta Emma, embora já saiba.

— Córsega. Fazer caminhadas. Fiona adora caminhadas. Caminhar, caminhar, caminhar, sempre caminhando. Ela parece o Gandhi. Depois, à noite, tiram-se as botas, apagam-se as luzes...

— Phil, por favor... não.

— Desculpe. Desculpe. — Mudando assunto, ele pergunta: — E você?

— Talvez eu visite minha família em Yorkshire. Vou ficar por aqui, trabalhando.

— Trabalhando?

— Escrevendo, sabe.

— Ah, sim, *escrevendo*. — Assim como todos os outros, Phil diz aquilo como se não acreditasse nela. — Não é sobre nós dois esse seu famoso livro, é?

— Não, não é. — Agora eles chegaram ao carro e Emma está ansiosa para ir embora. — Além do mais, não sei se nós dois somos tão interessantes assim.

Phil está encostado em seu Ford Sierra azul, preparando-se para a grande despedida, mas agora ela estragou tudo. Franze o cenho, o lábio inferior se mostrando rosado por entre a barba.

— O que você quer dizer com isso?

— Sei lá, é que...

— Pode falar.

— Phil, isso... nós dois. Isso não me faz feliz.

— Você se sente infeliz?

— Bom, não é uma situação ideal, é? Uma vez por semana, no carpete de uma instituição pública.

— Você me pareceu bem feliz.

— Não estou falando de *satisfação*. Meu Deus, não tem nada a ver com sexo, são... as circunstâncias.

— Bem, eu me sinto feliz...

— É mesmo? Mas de verdade?

— Se me lembro bem, você também se sentia feliz.

— Empolgada, acho, por um tempo.

— Pelo amor de Deus, Emma! — Olha para ela como se tivesse sido pega fumando no toalete feminino. — Eu preciso ir! Por que tocar nesse assunto logo agora que estou indo embora?

— Desculpe, eu...

— Mas que merda, Emma!

— Ei! Não fale assim comigo!

— Não é isso, eu só, só... Vamos esperar o fim das férias de verão, está certo? Depois pensamos no que fazer.

— Acho que não há nada que a gente possa fazer, não é? Só podemos parar ou continuar, e acho que não deveríamos continuar...

Ele abaixa a voz.

— Tem uma coisa que podemos fazer... que eu posso fazer. — Olha em volta e, ao perceber que estão em segurança, segura a mão dela. — Eu poderia contar para Fiona neste verão.

— Eu não quero que você conte nada para ela, Phil...

— Enquanto estivermos viajando, ou até antes, na semana que vem...

— Não quero que você conte nada para ela. Não há razão para isso...

— Não há razão?

— Não!

— Porque eu acho que há uma razão, acho que pode haver.

— Ótimo! Então vamos conversar depois das férias, vamos, sei lá... agendar uma reunião.

Mais animado, ele lambe os lábios e verifica de novo se alguém está vendo.

— Eu te amo, Emma Morley.

— Não ama, não — ela suspira. — Não de verdade.

Phil abaixa a cabeça, como se olhasse para ela por cima de uns óculos imaginários.

— Acho que sou eu quem deve saber isso, não? — Emma odeia aquele olhar e o tom de voz de autoridade. Sente vontade de chutar a canela dele.

— É melhor você ir agora — sugere.

— Vou sentir saudade, Em...

— Boas férias, se não nos falarmos mais...

— Você não faz ideia do quanto vou sentir sua falta...

— A Córsega deve ser linda...

— Todos os dias...

— Então a gente se vê. Tchau...

— Espera... — Erguendo a pasta como um escudo, ele dá um beijo nela. Muito discretamente, ela acha, e continua impassível. Phil abre a porta do carro e entra. Um Sierra azul-marinho, carro típico de um diretor de escola, o porta-luvas atulhado de mapas de viagem. — Ainda não consigo acreditar que eles me chamam de Homem-macaco... — resmunga, meneando a cabeça.

Emma continua no estacionamento vazio por um tempo, observando enquanto ele se afasta. Trinta anos de idade, quase apaixonada por um homem casado, mas pelo menos não há filhos envolvidos.

Vinte minutos depois ela está embaixo da janela do edifício maciço de tijolos vermelhos onde fica o seu apartamento e avista uma luz acesa na sala. Ian apareceu outra vez.

Considera voltar e se esconder em algum *pub* ou, quem sabe, visitar alguns amigos naquela noite, mas sabe que Ian vai simplesmente se sentar na poltrona, apagar a luz e esperar como um assassino. Respira fundo e procura a chave.

O apartamento parece muito maior desde que Ian saiu de lá. Sem caixas de vídeo e transformadores, sem cabos e adaptadores, sem álbuns duplos de vinil, a impressão é de que o local foi assaltado há pouco tempo, e mais uma vez Emma se dá conta de como tem pouco a mostrar dos seus últimos oito anos. Logo ao entrar, ouve ruídos no quarto. Larga a bolsa e anda em silêncio em direção à porta.

O conteúdo das gavetas da cômoda está espalhado pelo chão: cartas, comunicados bancários, envelopes rasgados de fotografias e negativos. Fica observando em silêncio da porta e percebe que Ian está ofegante, esforçando-se para explorar o fundo de uma gaveta. Está com os tênis desamarrados, calça de moletom e uma camisa amassada. Uma roupa cuidadosamente escolhida para indicar o máximo de desleixo. Tudo para que ela se sinta culpada.

— O que está fazendo, Ian?

Vira-se sobressaltado, mas só por um instante, depois olha para ela com indignação, como um arrombador ultrajado.

— Isso são horas? — pergunta, acusador.

— Não é da sua conta.

— Só queria saber por onde você tem *andado*, só isso.

— Eu estava ensaiando, Ian, e acho que já combinamos que você não pode aparecer aqui desse jeito.

— Por quê, você está *acompanhada*, é isso?

— Ian, eu não estou a fim de entrar nessa... — Larga a bolsa e tira o casaco. — Se está atrás de algum diário ou coisa parecida, está perdendo o seu tempo. Faz anos que eu não tenho um diário...

— Na verdade, só estou pegando as *minhas* coisas. Essas coisas são *minhas*, sabe? Eu sou o *dono* delas.

— Você já levou todas as suas coisas.

— Meu passaporte. Eu não peguei o meu passaporte!

— Tenho certeza de que seu passaporte não está na minha gaveta de calcinhas. — Claro que ele está blefando. Emma sabe que Ian levou o passaporte, só quer fuçar suas coisas e lhe mostrar o quanto está mal. — Por que você precisa do passaporte? Está indo viajar? Vai morar fora, talvez?

— Ah, você adoraria, não é? — zombou ele.

— Bom, não importa — diz ela passando por cima da bagunça para sentar na cama.

Ian adota uma voz de detetive particular.

— Ora, pode ir se *acostumando*, querida, porque eu não vou a *lugar nenhum*. — Como namorado rejeitado, Ian tem mostrado uma firmeza e uma agressividade que nunca teve como humorista, e com certeza está fazendo um belo show esta noite. — De qualquer forma, eu não teria dinheiro para isso.

Emma sente vontade de gritar.

— Então imagino que não esteja fazendo muitos shows no momento, certo, Ian?

— O que você *acha*, querida? — responde abrindo os braços, mostrando a barba por fazer, o cabelo sem lavar, a pele macilenta: sua postura típica de "olha só o que você fez comigo". Ian está fazendo um espetáculo de autopiedade, o show de mágoa e rejeição que vem elaborando nos últimos seis meses. Mas esta noite Emma não está com paciência para aquilo.

— De onde você tirou esse "querida", Ian? Não sei se estou gostando disso.

Ele volta às suas explorações, murmurando alguma coisa dentro da gaveta, talvez "vai se foder, Em". Será que está bêbado? Emma vê uma lata de cerveja forte e barata aberta sobre a penteadeira. "Beber — eis uma *boa ideia*." Sente vontade de se embebedar o mais rápido possível. Por que não? Parece funcionar com todo mundo. Animada com o projeto, vai até a cozinha para dar a partida.

Ian vai atrás.

— Então, onde você estava?

— Eu já falei. Na escola, ensaiando.

— E o que você estava ensaiando?

— *Bugsy Malone*. É uma grande comédia. Por quê, quer alguns ingressos?

— Não, obrigado.

— Tem armas à beça.

— Imagino que estava com alguém.

— Ah, não, por favor... lá vamos nós outra vez. — Abre a geladeira. Meia garrafa de vinho, mas nesses momentos só destilados funcionam. — Ian, por que essa obsessão pelo fato de eu estar com *alguém*? Por que não pensa simplesmente que eu e você não somos a pessoa certa um para o outro? — Com um puxão forte, consegue abrir o congelador empedrado. O gelo se espalha no chão.

— Mas nós *somos* a pessoa certa um para o outro!

— Tudo bem, se você pensa assim, vamos voltar a ficar juntos! — Atrás de umas velhas panquecas de carne congeladas ela encontra uma garrafa de vodca. — Maravilha! — Empurra as panquecas para Ian. — Olha... pode ficar com isso. Faz de conta que estou pagando a sua pensão alimentícia. — Bate a porta da geladeira com força e sai em busca de um copo. — De qualquer forma, e se eu *estivesse* com alguém, Ian? E daí? Nós terminamos, lembra?

— Faz sentido, faz sentido. Então, quem é ele?

Emma despeja a vodca no copo, cinco centímetros.

— Quem é quem?

— O seu novo *namorado*? Vai, pode contar, eu não me importo — abre um esgar. — Afinal, nós ainda somos *amigos*.

Emma dá um gole e inclina-se para a frente, cotovelos apoiados no balcão, as palmas das mãos apertando os olhos e sentindo o líquido gelado descer pela garganta. Passa-se um tempo.

— É o senhor Godalming. O diretor. Nós estamos tendo um caso há nove meses, cheio de idas e vindas, mas acho que é mais uma questão de sexo. Para ser sincera, a coisa toda é meio degradante para nós dois. Eu me sinto um pouco envergonhada. Um pouco triste. Mas, como costumo dizer, pelo menos não há filhos envolvidos. Pronto... — ela fala dentro do copo. — Agora você já sabe.

A cozinha fica em silêncio. Até que afinal...

— Você está brincando comigo.

— Olhe pela janela, dê uma olhada, veja por si mesmo. Ele está esperando no carro. Um Sierra azul-marinho...

Ian dá uma fungada, incrédulo.

— Porra, isso não tem graça nenhuma, Emma.

Emma larga o copo vazio no balcão e solta o ar devagar.

— Não, eu sei que não tem. De forma alguma essa situação poderia ser definida como engraçada. — Vira-se e olha para ele. — Eu já disse, Ian, eu não estou saindo com ninguém. Não estou apaixonada por ninguém nem quero me apaixonar. Só quero que me deixe em paz...

— Eu tenho uma teoria! — diz Ian, orgulhoso.

— Que teoria?

— Eu sei quem é ele.

Emma suspira.

— Certo, quem é ele, Sherlock?

— *Dexter!* — responde, triunfante.

— Ah, pelo amor de Deus... — Bebe o resto de vodca do copo.

— Eu estou certo, não estou?

Emma dá uma risada amarga.

— Meu Deus, antes estivesse...

— O que você quer dizer com isso?

— Nada, Ian. Como você sabe muito bem, eu não falo com Dexter há meses...

— Isso é o que você diz!

— Você está sendo ridículo, Ian. O que você acha, que estamos tendo um caso de amor secreto, sem ninguém saber?

— É o que as provas parecem sugerir.

— Provas? Que *provas*?

E pela primeira vez Ian parece um pouco encabulado.

— Os seus cadernos.

Emma larga o copo num local fora do alcance da mão, para não se sentir tentada a atirá-lo em Ian.

— Você tem lido os meus cadernos?

— Dei uma olhada. Uma ou duas vezes. Ao longo desses anos.

— Seu *canalha*...

— As partes de poesia, aqueles dez dias mágicos na Grécia, todos os anseios, aquele desejo...

— Como você *teve coragem*! Como teve o desplante de fazer isso comigo!

— Você deixava esses cadernos por aí! O que queria?

— Queria que você *confiasse* em mim, e esperava que tivesse um pouco de dignidade...

— De qualquer forma, eu nem precisava ler nada, era tão óbvio, vocês dois...

— Minha paciência está se esgotando, Ian! Há meses você anda gemendo e choramingando e ganindo por aqui como um cachorro abandonado. Da próxima vez que aparecer aqui de repente e começar a fuçar as minhas gavetas, eu juro que chamo a polícia, porra...

— Vai em frente! Vai, pode chamar a polícia! — e avança em direção a ela, os braços estendidos abrangendo a pequena cozinha. — Este apartamento também é meu, lembra?

— É mesmo? Como assim? Você nunca pagou as prestações! Fui eu que paguei! Você nunca fez nada a não ser ficar por aí com pena de si mesmo...

— Isso não é verdade!

— E todo dinheiro que ganhava era gasto em vídeos estúpidos e em refeições prontas para comer em casa...

— Eu colaborava! Quando podia...

— Bom, não era o suficiente! Meu Deus, como eu odeio esse apartamento, odeio a minha vida aqui. Preciso sair desse lugar antes que eu enlouqueça...

— Esse era o nosso lar! — protesta Ian, em desespero.

— Eu nunca fui feliz aqui, Ian. Como você não conseguia perceber? Eu só acabei ficando... presa aqui, nós dois ficamos. Você deve saber disso.

Ian nunca a havia visto daquele jeito, nem jamais tinha ouvido Emma falar assim. Chocado, os olhos arregalados como os de uma criança em pânico, ele cambaleia na direção dela.

— Calma! — segura o braço dela. — Não diga essas coisas...

— Sai de perto de mim, Ian! É sério, Ian! Vai embora daqui! — Agora eles estão gritando um com o outro e Emma pensa: "Meu Deus, nós nos transformamos num desses casais malucos que as pessoas ouvem através das paredes à noite. Em algum lugar alguém deve estar pensando: 'Será que devo chamar a polícia?' Como a situação chegou a esse ponto?" — Vai embora! — grita outra vez quando ele tenta abraçá-la, desesperado. — Devolva as minhas chaves e saia daqui, eu nunca mais quero ver você...

E de repente os dois estão chorando, caídos no chão do estreito corredor do apartamento que compraram juntos com tantas esperanças. Ian cobre o rosto com as mãos e luta para falar entre soluços e golfadas de ar.

— Eu não aguento mais. Por que isso está acontecendo comigo? Isso é um inferno. Eu estou no inferno, Em!

— Eu sei. Desculpe. — Passa os braços ao redor do ombro dele.

— Por que você não consegue me amar? Por que não consegue se apaixonar por mim? Você estava apaixonada antes, não estava? No começo.

— Claro que estava.

— Então por que não consegue me amar outra vez?

— Ah, Ian, não consigo. Eu tentei, mas não consigo. Sinto muito. Sinto muito, mesmo.

Algum tempo depois eles ainda estão deitados no chão no mesmo lugar, como se tivessem sido jogados pela maré. A cabeça de Emma está no ombro dele, o braço apoiado no peito de Ian, sentindo o seu cheiro, o aroma cálido e confortável com que tanto tinha se acostumado. Afinal ele fala.

— Eu devia ir embora.

— Acho que devia mesmo.

Escondendo o rosto vermelho e inchado, Ian senta e aponta com a cabeça para a bagunça de papéis, cadernos e fotografias no chão do quarto.

— Sabe o que me deixa mais triste?

— Diga.

— Que não temos mais fotos de nós. Quer dizer, juntos. Há milhares de fotos suas com Dex, mas quase nenhuma de nós dois. Pelo menos não recentes. É como se tivéssemos parado de tirar fotos.

— É que não tínhamos uma câmera boa — diz Emma sem convicção, mas ele prefere aceitar a desculpa.

— Desculpe por... sabe, aparecer desse jeito, remexer nas suas coisas. Um comportamento totalmente inaceitável.

— Tudo bem. Só não faça mais isso.

— Alguns dos seus contos são muito bons, aliás.

— Obrigada. Mas eram coisas só minhas.

— Mas qual é o sentido disso? Você vai ter que mostrar a alguém um dia. Vai ter que se mostrar.

— Sim, talvez eu faça isso. Um dia.

— Não os poemas. Não mostre os poemas, mas os contos. São bons. Você escreve bem. É inteligente.
— Obrigada, Ian.
O rosto dele começa a ficar crispado.
— Não foi tão mau, foi? Morar aqui comigo?
— Foi ótimo. Só estou descontando em você, é isso.
— Você quer conversar a respeito?
— Não há nada para conversar.
— Certo.
— Certo.
Os dois sorriem um para o outro. Agora ele está perto da porta, uma das mãos na maçaneta, ainda sem forças para sair.
— Só uma última coisa.
— Diga.
— Você não está saindo com ele, está? Com Dexter. Eu só estou sendo paranoico.
Emma suspira e balança a cabeça.
— Ian, juro pela minha vida. Eu não estou saindo com o Dexter.
— Porque eu vi no jornal que ele se separou da namorada e pensei: agora que estamos separados, e com ele sozinho de novo...
— Eu não vejo Dexter, sei lá, há séculos.
— Mas aconteceu alguma coisa enquanto estávamos juntos? Entre você e Dexter, sem eu saber? Porque eu não suportaria a ideia...
— Ian... não aconteceu nada — responde, esperando que ele saia sem fazer a pergunta seguinte.
— Mas você queria que acontecesse?
Será que queria? Sim, algumas vezes. Com frequência.
— Não. Não, não queria. Nós somos apenas amigos, só isso.
— Tudo bem. Ótimo. — Olha para ela, tentando sorrir. — Eu sinto muito a sua falta, Em.
— Eu sei que sente.
Ian leva a mão ao estômago.
— E me sinto doente por isso.
— Vai passar.
— Será? Porque acho que estou ficando meio maluco.
— Eu sei. Mas não posso fazer nada por você, Ian.
— Você poderia... mudar de ideia.
— Não posso. Não vou. Sinto muito.

— Tudo bem. — Dá de ombros e sorri com os lábios contraídos, seu sorriso de Stan Laurel. — Mesmo assim, perguntar não ofende, certo?
— Acho que não.
— Eu continuo achando você maravilhosa, sabia?
Emma sorri porque ele quer que ela sorria.
— Não, *você* que é maravilhoso, Ian.
— Bom, eu não vou ficar aqui discutindo isso! — Suspira, incapaz de manter a conversa, e caminha até a porta. — Então tá. Mande lembranças aos seus pais. A gente se vê por aí.
— A gente se vê.
— Tchau.
— Tchau.
Ian vira-se e abre a porta com um puxão, chutando o batente de forma a dar a impressão de ter batido o rosto. Emma ri por obrigação, ele respira fundo e vai embora. Ela fica no chão por mais um minuto, depois se levanta de repente e, com uma renovada determinação, pega as chaves e sai do apartamento.

Sons de uma noite de verão, gritos e ruídos ecoando dos edifícios, algumas bandeiras de São Jorge ainda penduradas. Emma atravessa o pátio na frente do prédio. Bem que ela poderia ter um círculo de amigos interessantes para ajudar numa situação dessas. Poderia estar recostada num sofá enorme com umas seis ou sete pessoas legais e divertidas, afinal não era isso a vida na cidade? Mas eles moram a duas horas de distância, ou estão com as famílias ou namorados; ainda bem que, na ausência de grandes amigos, ela pode contar com uma loja de bebidas chamada Booze'R'Us, um nome confuso e deprimente.

Garotos mal-encarados fazem uma ronda preguiçosa perto da entrada, mas ela não tem medo e passa bem no meio deles, sem olhar de lado. Dentro da loja, escolhe a garrafa de vinho menos duvidosa que encontra e entra na fila. O homem à sua frente tem uma teia de aranha tatuada no rosto, e, enquanto ele conta seus trocados para comprar dois litros de sidra forte, Emma vê uma garrafa de champanhe trancada num armário de vidro. Empoeirada, uma relíquia de um inimaginável e suntuoso passado.

— Eu quero esse champanhe também, por favor — diz. — O balconista olha com desconfiança, mas é claro que ela tem dinheiro suficiente, dobrado na mão fechada.

— Uma comemoração, é?
— Exatamente. Grande comemoração, grande. — Depois, num suspiro: — E um maço de Marlboro também.

Com as garrafas balançando numa frágil sacola de plástico apoiada no quadril, Emma sai da loja enfiando um cigarro na boca como se fosse um antídoto contra alguma coisa. Logo em seguida ouve uma voz.

— Professora?

Olha em volta, com uma expressão de culpa.

— Professora? Aqui!

Caminhando a largos passos em sua direção vem se aproximando Sonya Richards, sua protegida, o seu projeto. A garotinha magricela de cabelos cacheados que fez o papel do Raposa Esperta se transformou, Sonya está surpreendente: alta, cabelo penteado para trás, autoconfiante. Emma tem uma clara noção de como está sendo vista por Sonya: cabisbaixa e com os olhos vermelhos, cigarro na boca, na porta da Booze'R'Us. Um modelo, uma inspiração. Numa reação absurda, esconde o cigarro aceso atrás das costas.

— Como vai, professora? — De repente Sonya parece pouco à vontade, os olhos revirando de um lado para o outro, como se se arrependesse daquela abordagem.

— Estou ótima! Ótima? E você, Sonya?

— Tudo bem, professora.

— Como vão os estudos? Tudo bem?

— Tudo bem, tudo bem.

— Você se forma no ano que vem, certo?

— Isso mesmo. — Sonya lança olhares furtivos para a sacola plástica tilintando ao lado de Emma, a nuvem de fumaça sinuosa subindo pelas costas.

— Universidade no ano que vem?

— Em Nottingham, espero. Se eu conseguir boas notas.

— Vai conseguir. Vai conseguir.

— Graças a você — diz Sonya, sem muita convicção.

Faz-se um silêncio. Em desespero, Emma segura as garrafas em uma das mãos, o maço de cigarro na outra e dá uma sacudidela.

— MINHA COMPRA SEMANAL!

Sonya parece confusa.

— Bom, é melhor eu ir andando.

— Certo, Sonya, foi muito bom ver você. Sonya? Boa sorte, tá? Boa sorte mesmo. — Mas Sonya já está se afastando, sem olhar para trás, enquanto Emma, uma daquelas professoras *carpe diem*, fica parada no meio da rua, olhando.

Mais tarde naquela mesma noite, acontece uma coisa estranha. Meio adormecida, deitada no sofá com a TV ligada e uma garrafa vazia no chão, Emma é despertada pela voz de Dexter Mayhew. Não entende bem o que ele está dizendo — algo sobre atiradores em primeira pessoa e opções para diversos jogadores e ação ininterrupta. Confusa e apreensiva, faz força para abrir os olhos, e Dexter está bem à sua frente.

Emma se levanta e sorri. Já viu aquele programa antes. *Game On* é um programa de TV que vai ao ar tarde da noite, com as notícias do dia e as novidades do mundo dos jogos de computador. O cenário é uma masmorra iluminada de vermelho feita de rochas de isopor, como se o ambiente dos jogos de computador fosse uma espécie de purgatório. Jogadores pálidos sentam-se curvados diante de uma tela gigantesca enquanto Dexter Mayhew os incentiva a apertar os botões mais depressa, mais depressa, fogo, fogo.

Os jogos, ou *torneios*, são intercalados por resenhas sérias em que Dexter e uma mulher compenetrada de cabelos alaranjados discutem os últimos lançamentos da semana. Talvez seja a minúscula televisão de Emma, mas Dexter está parecendo um pouco balofo nos últimos tempos, meio velho. Deve ser a tela pequena, mas está faltando alguma coisa. A ginga de que ela se lembra tão bem não existe mais. Agora está falando sobre o *Duke Nukem 3D* e parece inseguro, até um pouco envergonhado. Mesmo assim, Emma sente uma grande onda de afeto por Dexter Mayhew. Em oito anos, não se passou um dia sem que pensasse nele. Ela sente saudade e quer Dexter de volta. "Eu quero meu melhor amigo de volta, porque sem ele nada é bom e nada está certo. Vou ligar para ele", pensa antes de pegar no sono.

"Amanhã. Logo cedo, eu ligo para ele."

CAPÍTULO ONZE
Dois encontros

TERÇA-FEIRA, 15 DE JULHO DE 1997

Soho e South Bank

— Então. A má notícia é que eles vão cancelar o *Game On*.
— Cancelar? Sério?
— Vão.
— Certo. Tudo bem. Certo. Eles deram alguma explicação?
— Não, Dexy, eles simplesmente acham que não conseguiram uma boa maneira de divulgar a pungência romântica dos jogos de computador para o público noturno. O canal acha que os ingredientes não estão muito bem-equilibrados, por isso vão cancelar o programa...
— Entendo.
— ...retomando depois com outro apresentador.
— Com um nome diferente também?
— Não, vão continuar a chamá-lo *Game On*.
— Certo. Então... vai ser o mesmo programa.
— Eles estão fazendo um monte de mudanças radicais.
— Mas vai continuar se chamando *Game On*?
— Vai.
— Mesmo cenário, mesmo formato e tudo o mais.
— Em termos gerais.
— Mas com outro apresentador.
— É. Com outro apresentador.
— Quem?
— Não sei. Mas não é você.
— Eles não disseram quem vai ser?
— Disseram mais jovem. Alguém mais jovem, eles querem alguém mais jovem. É só o que eu sei.
— Então... em outras palavras, eu fui demitido.

— Bom, acho que você devia enxergar de outra forma: sim, nesse caso eles decidiram tomar outro caminho. Um caminho que passa longe de você.
— Tudo bem. Tudo bem. Então... qual é a boa notícia?
— Como?
— Você disse que a má notícia é que eles vão cancelar o programa. Qual é a boa notícia?
— É só isso. Só isso. É a única notícia que eu tenho para dar.

Nesse exato momento, a uns três quilômetros dali, do outro lado do Tâmisa, Emma Morley está subindo num elevador com sua velha amiga Stephanie Shaw.
— O principal é, e eu não posso deixar de recomendar isso: não se sinta intimidada.
— Por que eu me sentiria intimidada?
— Porque ela é uma lenda viva no mercado editorial, Em. É uma figura marcante.
— Marcante? Por qual motivo?
— Por ter uma... personalidade forte — e, mesmo estando sozinhas no elevador, Stephanie Shaw baixa a voz num sussurro. — É uma editora maravilhosa, mas é um pouco... excêntrica, só isso.

As duas sobem os vinte andares seguintes em silêncio. Ao lado dela no elevador, Stephanie Shaw, pequena e inteligente, veste uma camisa branca impecável — não, camisa não, uma *blusa* — e saia preta reta justa, e tem o cabelo bem-aparado à altura da nuca, anos distante da figura gótica e taciturna que sentava ao seu lado nas aulas tanto tempo atrás. Emma fica surpresa por se sentir intimidada por sua antiga colega; sua postura profissional, a atitude direta. É quase certo que Stephanie Shaw já tenha *demitido* pessoas. Provavelmente diz coisas como "tire uma cópia disso para mim!" Se Emma fizesse o mesmo na escola onde leciona, eles ririam na cara dela. No elevador, mãos cruzadas na frente do corpo, Emma sente uma súbita vontade de rir. É como se as duas estivessem participando de um jogo chamado "Escritório".

A porta do elevador se abre no trigésimo andar, uma grande área aberta, vidros fumê com vista para o Tâmisa e para Lambeth. Quando chegou em Londres, Emma escreveu cartas esperançosas e desinformadas para editoras, e imaginava os envelopes sendo abertos com estiletes de marfim por secretárias idosas com óculos em forma de meia-lua, em casas georgianas antigas e atulhadas. Mas aquele lugar era todo polido, iluminado e jovial, uma típica sede moderna de empresa de comunicação. A única coisa que a deixa mais tranquila são os amontoados de livros espalhados pelo chão e sobre as mesas, pilhas instáveis aparentemente dispostas de forma aleatória. Stephanie vai na frente e Emma segue atrás dela, e por todo o escritório cabeças se erguem de trás de paredes de livros para espiar aquela recém-chegada tentando tirar o casaco e andar ao mesmo tempo.

— Olha, eu não posso garantir que ela tenha lido tudo, aliás nem mesmo que tenha lido uma *parte*, mas quis falar com você, o que é ótimo, Em, ótimo mesmo.

— Eu agradeço muito, Stephanie.

— Confie em mim, Em, seu texto é muito bom. Se não fosse, eu não teria mostrado a ela. Eu é que não vou dar lixo para ela ler.

Era uma história juvenil, na verdade um romance para adolescentes passado numa faculdade em Leeds. Uma espécie de *Mallory Towers*, da escritora inglesa Enid Blyton, só que mais realista e ousado, envolvendo uma produção escolar da peça *Oliver!* e narrado do ponto de vista de Julie Criscoll, uma garota tagarela e irresponsável que faz o papel do Raposa Esperta. Havia também ilustrações, com esboços de desenhos, caricaturas e balões de falas sarcásticas como os encontrados no diário de uma adolescente, tudo isso misturado ao texto.

Emma tinha enviado as primeiras vinte mil palavras e esperado pacientemente até receber uma carta de recusa de cada editora; uma série completa. *"Não é o nosso perfil, sentimos muito não poder ajudar, esperamos que tenha sucesso em outra editora"*, diziam, e a única coisa animadora naquelas recusas era o tom vago: claramente o original não tinha sido lido, apenas recusado com uma carta padrão. De todas as coisas que tinha escrito e abandonado, aquela era a primeira que, depois de ter lido, Emma não quis atirar para o outro lado do quarto. Sabia que era algo bom. Sem dúvida valeria a pena apelar para algum tipo de nepotismo.

Apesar dos vários contatos influentes da faculdade, Emma havia se comprometido consigo mesma a jamais pedir favores; puxar suas contemporâneas mais bem-sucedidas pelo braço era muito parecido com pedir dinheiro emprestado a amigos. Mas agora tinha uma pasta cheia de cartas de recusa, e, como sua mãe gostava muito de lembrar, ela não estava ficando mais jovem. Durante um intervalo de almoço, procurou uma sala de aula vazia, respirou fundo e ligou para Stephanie Shaw. Era a primeira vez que se falavam em três anos, mas ao menos as duas realmente gostavam uma da outra, e depois de uma conversa agradável Emma tomou coragem: Será que ela poderia ler esse texto que eu escrevi? Alguns capítulos e um resumo de um livro bobinho para adolescentes. É sobre um espetáculo musical numa escola.

E agora lá está ela, prestes a se encontrar com uma editora, uma editora de verdade. Um pouco trêmula pelo excesso de café, zonza de ansiedade e com seu estado febril um pouco agravado pelo fato de ter sido obrigada a faltar na escola. Hoje é dia de uma reunião importante, a última antes das férias, e, como uma aluna matando aula, Emma tinha acordado de manhã, apertado a ponta do nariz e ligado para a secretária, grasnando alguma coisa sobre uma crise gástrica. A desconfiança da secretária foi perceptível pelo telefone. Emma teria problemas com o senhor Godalming também. Phil ia ficar furioso.

Mas agora não havia tempo para se preocupar com isso, pois as duas já estavam chegando à sala do canto, um cubo de vidro, um espaço comercial privilegiado no qual Emma vê uma figura feminina bem magra, de costas, e mais além uma impressionante vista panorâmica que se estendia da St. Paul até o Parlamento.

Stephanie aponta uma cadeira baixa perto da porta.

— Pronto. Espere aqui. Depois venha falar comigo para contar como foi. E lembre-se... não fique com medo...

— Eles deram algum motivo para me dispensar?

— Nada específico.

— Sem essa, Aaron, pode falar.

— Bom, a expressão exata foi que, bem, a expressão exata foi que você é muito 1989.

— Uau. Uau. Certo, tudo bem. Tudo bem, ora... eles que se fodam, o.k.?

— Exatamente, foi o que eu disse.

— Disse mesmo?

— Eu disse que não tinha gostado.

— Certo, e o que mais tem pela frente?

— Nada.
— Nada?
— Tem esse programa em que eles põem robôs para lutar e você teria que, de certa forma, apresentar os robôs...
— Por que os robôs têm que lutar?
— Quem pode saber? É da natureza deles, imagino. São robôs agressivos.
— Acho que não.
— Tudo bem. Um programa automobilístico, *Homens motorizados*?
— O quê, TV via satélite?
— Satélite e cabo são o futuro, Dex.
— Mas e quanto à TV aberta?
— As coisas andam meio paradas por lá.
— Não para a Suki Meadows, nem para o Toby Moray. Não consigo passar por uma televisão sem ver o maldito Toby Moray.
— TV é assim mesmo, Dex, as coisas são passageiras. Toby é passageiro. Você foi passageiro, agora é a vez dele.
— Então eu fui um *modismo*?
— Você não é um *modismo*. O que estou dizendo é que todo mundo está sujeito a altos e baixos, só isso. Acho que você precisa pensar em novos horizontes. Precisamos mudar a percepção que as pessoas têm de você. A sua reputação.
— Espera aí... eu tenho uma *reputação*?

Emma espera sentada na cadeira baixa de couro, observando o trabalho no escritório, meio envergonhada por sentir uma ponta de inveja daquele mundo corporativo e dos profissionais jovens e dinâmicos que o integram. Uma inveja saudável. Não há nada de tão especial nesse escritório, mas, comparado às instalações da Cromwell Road, sem dúvida é algo futurístico: existe uma enorme diferença em relação ao local onde trabalha, com suas xícaras manchadas, o mobiliário envelhecido e em mau estado de conservação, o clima geral de resmungos, queixas e insatisfação. É claro que as crianças são ótimas, algumas delas, ao menos parte do tempo, mas os confrontos hoje em dia parecem mais frequentes e cada vez mais alarmantes. Pela primeira vez diziam "não estou nem aí", uma nova atitude que acha difícil de aceitar. Ou talvez esteja simplesmente perdendo o jeito, a motivação, a energia. E a situação com o diretor também não está ajudando em nada.

E se a vida tivesse tomado outro rumo? E se tivesse insistido com aquelas cartas às editoras quando tinha vinte e dois anos? Será que Emma, e não Stephanie Shaw, estaria comendo sanduíches da Pret A Manger e vestindo uma saia reta. Já havia algum tempo ela alimentava a convicção de que sua vida vai mudar simplesmente porque tem de mudar, e talvez seja isso mesmo, talvez essa reunião seja um novo começo. Sente o estômago revirar de ansiedade quando a secretária desliga o telefone e se aproxima. Agora Marsha já pode atendê-la. Emma se levanta, ajeita a saia do jeito que viu as pessoas fazerem na televisão e entra no aquário.

Marsha — ou senhorita Francomb? — é alta e imponente, com feições aquilinas que conferem a ela um traço lupino e intimidante. Pouco mais de quarenta anos, o cabelo grisalho curto e penteado para a frente em estilo soviético, a voz áspera e autoritária, ela se levanta e estende a mão.

— Ah, você deve ser a minha doze e trinta.

Emma esboça uma resposta, "sim, isso mesmo, doze e trinta", embora a rigor devesse ser doze e quinze.

— *Setzen Sie, bitte hin* — diz Marsha, inexplicavelmente. Alemão? Por que alemão? Bem, é melhor fazer o jogo dela.

— *Danke* — responde Emma, olhando ao redor, e se acomoda no sofá e repara na sala: troféus nas prateleiras, capas de livros emolduradas, lembranças de uma carreira ilustre. Emma tem uma irrefreável sensação de que não deveria estar ali, não faz parte daquele lugar, está tomando o tempo dessa mulher admirável que publica livros, livros de verdade, que as pessoas compram e leem. E Marsha não facilita as coisas para ela. Paira um silêncio no ar enquanto ela desce as persianas para diminuir a claridade. As duas ficam à meia-luz, e Emma tem a súbita sensação de que vai ser interrogada.

— Desculpe ter feito você esperar, mas estou muitíssimo ocupada, sinto muito. Mal consegui encaixar a sua entrevista. Mas não quero fazer nada precipitado. Com uma coisa dessas é muito importante tomar a decisão certa, não acha?

— Sim, é vital. Sem dúvida.

— Mas, diga, há quanto tempo você trabalha com crianças?

— Hã... deixa eu ver, desde 1993... uns cinco anos.

Marsha inclina-se para a frente, fervorosa.

— E você *adora* o que faz?

— Sim. Pelo menos a maior parte do tempo. — Emma sente que Marsha está sendo um pouco rígida e formal. — Quando elas não me dão muito trabalho.

— As crianças dão muito trabalho?

— Às vezes conseguem ser meio irritantes, para dizer a verdade.

— É mesmo?

— Quando são insolentes, bagunceiras, sabe?

Marsha hesita um pouco, volta a sentar na cadeira.

— E o que você faz para manter a disciplina?

— Ah, o habitual, jogo algumas cadeiras nelas! Não, é brincadeira! As coisas de sempre, mando para fora da sala, esse tipo de coisa.

— Entendi. Entendi. — Marsha não fala mais nada, mas emana uma profunda desaprovação. Seus olhos voltam para os papéis sobre a mesa, e Emma se pergunta quando vão começar a falar sobre o seu trabalho.

— Bem — começa Marsha —, devo dizer que o seu inglês é bem melhor do que eu esperava.

— Como?

— Quer dizer, você é fluente. Parece ter morado na Inglaterra a vida inteira.

— Bem... mas eu morei mesmo.

Marsha mostra certa irritação.

— Mas não é isso que diz o seu currículo.

— Como assim?

— O seu currículo diz que você é alemã!

O que Emma pode fazer para corrigir aquilo? Será que deve fingir que é alemã? Não seria bom. Ela nem fala alemão.

— Não, eu sou totalmente inglesa. — E que currículo é esse? Ela não mandou currículo nenhum.

Marsha está balançando a cabeça.

— Desculpe, mas parece que estamos falando de coisas diferentes. Você é a minha doze e trinta, não é?

— Sim! Acho que sim. Sou?

— A babá? Você está aqui pelo emprego como babá?

— Então eu tenho uma *reputação*?

— Um pouco. No ramo.

— De quê?

— De não ser muito... confiável.
— Não sou confiável?
— Pouco profissional.
— Em que sentido?
— No sentido de bêbado. No sentido de aparecer chapado diante das câmeras.
— Ei, eu nunca...
— ...e de ser arrogante. As pessoas acham você arrogante.
— Arrogante? Eu sou autoconfiante, não arrogante.
— Ei, só estou dizendo o que as pessoas falam, Dex.
— As "pessoas"! Quem são essas "pessoas"?
— Pessoas com quem você trabalhou...
— É mesmo? Meu Deus...
— Só estou dizendo que se você acha que tem algum problema...
— O que eu não tenho.
— ...pode ser o momento de resolvê-lo.
— Mas eu não tenho nenhum problema.
— Bem, então estamos entendidos. Enquanto isso, acho que você devia administrar melhor os seus gastos. Ao menos por alguns meses.

— Emma, eu sinto muito...
Emma caminha em direção aos elevadores, envergonhada e com os olhos ardendo, Marsha vindo logo depois e Stephanie seguindo atrás dela. Cabeças se levantam dos cubículos quando elas passam em procissão. Isso é para ela aprender a não pensar grande, devem estar achando.
— Desculpe ter tomado o seu tempo — diz Marsha, tentando ser delicada. — Alguém deveria ter ligado para cancelar...
— Tudo bem, não é culpa sua... — murmura Emma.
— Nem é preciso dizer que vou ter de conversar com a minha secretária. Tem *certeza* de que não recebeu o recado? Detesto cancelar compromissos, mas realmente eu não consegui ler o seu material. Poderia até dar uma lida rápida agora, mas parece que a pobre Helga está esperando...
— Eu entendo.
— Stephanie me garantiu que você é muito talentosa. Estou ansiosa para ler o seu trabalho...
Chegando aos elevadores, Emma aperta o botão.

— Sim, bem...
— Pelo menos você vai ter uma história engraçada para contar.
"Uma história engraçada?" Emma aperta o botão como se estivesse cutucando um olho. Não está a fim de histórias engraçadas, quer uma mudança, uma ruptura, não anedotas. Sua vida tem sido repleta de anedotas, uma longa fila de besteiras, mas agora ela quer que alguma coisa dê certo pelo menos uma vez. Quer ter sucesso, ou no mínimo a esperança de fazer sucesso.
— Creio que na semana que vem vai ser difícil, depois eu estou saindo de férias, então talvez demore algum tempo. Mas antes de terminar o verão, prometo.
"Antes de terminar o verão?" Meses e meses se passando sem nenhuma mudança. Aperta de novo o botão do elevador sem dizer nada, como uma adolescente emburrada, fazendo os outros sofrerem. As duas esperam. Aparentemente impassível, Marsha a observa com olhos azuis e atentos.
— Diga, Emma, o que está fazendo no momento?
— Eu dou aulas de inglês. Numa escola de ensino médio que fica em Leytonstone.
— Deve ser um trabalho muito puxado. Como você encontra tempo para escrever?
— À noite. Nos fins de semana. Às vezes de manhã cedo.
Marsha aperta os olhos.
— Você deve gostar muito de escrever.
— É a única coisa que eu realmente quero fazer. — Emma se surpreende não só com a honestidade das próprias palavras, mas também ao perceber que a observação é verdadeira. O elevador se abre atrás dela e Emma olha por cima do ombro, agora quase querendo ficar.
Marsha segura a mão dela.
— Bem, até logo, senhorita Morley. Espero que nos encontremos em breve.
Emma aperta os dedos finos de Marsha.
— Espero que consiga a sua babá.
— Eu também. A última era totalmente psicopata. Acho que não quer esse emprego, quer? Imagino que você seja bem competente. — Marsha sorri, Emma devolve o sorriso e, atrás de Marsha, Stephanie morde o lábio inferior e diz "desculpe desculpe desculpe" com os lábios, sem som, fazendo mímica de uma ligação telefônica.

— Liga para mim!

As portas do elevador se fecham e Emma desaba contra a parede enquanto desce os trinta andares, sentindo seu entusiasmo coalhar na boca do estômago numa decepção azeda. Às três horas da manhã, sem conseguir dormir, tinha fantasiado um almoço de improviso com sua nova editora. Imaginou-se tomando vinho branco gelado no restaurante Oxo Tower, entretendo sua companhia com envolventes histórias dos tempos de faculdade, e agora lá está ela, expelida de South Bank em menos de vinte e cinco minutos.

Em maio, Emma havia comemorado o resultado das eleições ali mesmo, mas agora não existe nada daquela euforia. Depois de ter alegado estar com uma crise gástrica, não podia nem mesmo comparecer à reunião do trabalho. Sente mais uma discussão fermentando ali também, com recriminações e indiretas. Resolve dar um passeio para espairecer e parte na direção da Tower Bridge.

Mas nem o Tâmisa consegue reanimar seu estado de espírito. Aquele trecho de South Bank está em obras, uma confusão de andaimes e tapumes, com a estação de Bankside parecendo abandonada e opressiva no meio do dia. Emma está com fome, mas não há lugar para comer, ninguém para almoçar com ela. Seu telefone toca e ela remexe a bolsa para atender, ansiosa para descarregar sua frustração, só percebendo tarde demais quem estava ligando.

— Então... uma crise gástrica, é? — diz o diretor.

Emma dá um suspiro.

— Isso mesmo.

— Você está de cama, não é? Porque esses sons não são de alguém que está na cama. Para mim parece que você está aproveitando o sol.

— Phil, por favor... não complique a minha vida.

— Ah, não, *senhorita Morley*, não se pode ter tudo. Não pode terminar a nossa relação e esperar algum tipo de tratamento especial... — A mesma voz que vem usando há meses, impertinente, meio cantada e maliciosa, e Emma sente uma nova explosão de raiva diante das armadilhas que preparou para si mesma. — Se você quer ser estritamente profissional, então teremos que manter as coisas estritamente profissionais! É isso! Se não se importa, pode me dizer por que não está aqui hoje, nessa reunião tão importante?

— Não faça isso, Phil, por favor? Eu não estou nada bem.

— Porque eu detestaria transformar isso numa questão *disciplinar*, Emma...

Emma afasta o telefone do ouvido enquanto o diretor continua sua ladainha. Agora volumoso e ultrapassado, é o telefone que ele deu de presente para "quando precisar ouvir sua voz". Meu Deus, eles fizeram até sexo por telefone com aquela coisa. Ou pelo menos ele tinha feito isso...

— Você foi expressamente avisada de que a reunião era obrigatória. Como você bem sabe, o período letivo ainda não acabou.

E por um instante Emma pensa em como seria bom atirar aquele maldito aparelho no Tâmisa, ver o telefone atingir a água como um tijolo. Mas antes teria de retirar o chip, o que de certa forma mataria o simbolismo, e esse tipo de gesto dramático só funciona em filmes e na TV. Além do mais, ela não teria dinheiro para comprar outro aparelho.

Não agora que tinha resolvido pedir demissão.

— Phil?

— Vamos manter o senhor Godalming, sim?

— Tudo bem... senhor Godalming?

— Sim, senhorita Morley?

— Eu me demito.

Ele ri, aquela irritante e falsa risada de sempre. Emma consegue até ver como está nesse momento, meneando lentamente a cabeça.

— Emma, você não pode pedir demissão.

— Posso, sim, e já pedi. E tem mais uma coisa, senhor Godalming...

— Emma?

A palavra obscena se forma em seus lábios, mas ela não consegue pronunciar. Em vez disso, articula as palavras sem som, desliga aliviada, joga o telefone na bolsa e continua andando em direção ao leste às margens do rio Tâmisa, zonza de alegria e medo do futuro.

— Então, desculpe, mas não vou poder almoçar com você, eu tenho uma reunião com outro cliente...

— Tudo bem. Obrigado, Aaron.

— Talvez numa outra ocasião, Dexy. O que acontece? Você parece um pouco baqueado, amigo.

— Nada, não. Um pouco preocupado, só isso.

— Com o quê?

— Você sabe com o quê. Com o futuro. Com a minha carreira. Não é o que eu esperava.

— Nunca é, não é mesmo? O futuro. É por isso que as coisas são tão EMOCIONANTES, porra! Ei, espera aí. Eu tenho algo a dizer. Tenho uma teoria sobre você, meu amigo. Quer ouvir?

— Manda bala.

— As pessoas te amam, Dex, de verdade. O problema é que elas te amam de uma forma irônica, meio sacana, uma espécie de mistura de ódio e amor. O que você precisa é de alguém que ame você *sinceramente*...

CAPÍTULO DOZE
Como dizer "Eu te amo"

QUARTA-FEIRA, 15 DE JULHO DE 1998

Chichester, Sussex

Então, sem saber bem como aconteceu, Dexter percebe que está apaixonado, e de repente a vida se transforma em um longo intervalo.

Sylvie Cope. O nome dela é Sylvie Cope, um lindo nome, e, se você perguntasse como ela é, Dexter balançaria a cabeça, daria um suspiro e diria que ela é formidável, simplesmente... fantástica! É linda, é claro, mas de um jeito diferente das outras — não extravagante e modelo de capa de revistas juvenis como Suki Meadows, nem tem uma beleza que está na moda como Naomi, Ingrid ou Yolande, mas uma beleza clássica, serena. Em sua encarnação anterior de apresentador de TV, poderia tê-la chamado de "classuda", ou até de "absolutamente classuda". Cabelo longo, loiro e liso, repartido exatamente no meio, traços bem-feitos e delicados estampados com perfeição no rosto pálido em forma de coração, ela o faz lembrar de uma pintura da qual não recorda o nome, uma figura medieval com flores no cabelo. Assim é Sylvie Cope: o tipo de mulher que pareceria perfeitamente à vontade abraçada com um unicórnio. Alta e esguia, um pouco austera, quase sempre severa, com uma expressão que não muda muito a não ser para franzir o cenho ou às vezes revirar os olhos por causa de alguma tolice que Dexter fez ou disse. Sylvie é perfeita, e exige perfeição.

As orelhas se sobressaem só um pouquinho, brilhando como corais quando iluminadas por trás, e sob essa mesma luz pode-se ver uma delicada penugem na testa e nas bochechas. Em outra época de sua vida, mais superficial, Dexter poderia ter feito algumas restrições a essas características, as orelhas brilhantes, a penugem na testa. Mas, ao olhar para ela agora, sentada à sua frente, à mesa, num gramado inglês em pleno verão, o queixo perfeito descansando na mão de dedos longos, com andorinhas voando acima, velas iluminando seu rosto como um daqueles retratos do pintor das velas, Dexter a definiria como totalmente hipnótica. Sylvie sorri para ele e Dexter resolve que esta noite vai dizer que a ama. Dexter nunca chegou a dizer "eu te amo" antes, não sóbrio ou intencionalmente. Já chegou a dizer "eu te amo, porra", mas era diferente, e agora sente que é o momento de usar aquelas palavras em sua forma mais pura. Está tão concentrado em seu plano que por um momento não consegue escutar o que estão dizendo à sua volta.

— E o que você *faz* exatamente, Dexter? — pergunta a mãe de Sylvie do lado mais distante da mesa. Helen Cope parece um pássaro indiferente numa caxemira bege.

Sem ouvir a pergunta, Dexter continua admirando Sylvie, que ergue as sobrancelhas num sinal de alerta.

— Dexter?
— Hum?
— Mamãe fez uma pergunta a você.
— Desculpe, eu estava longe.
— Dexter é um *apresentador de TV* — diz Sam, um dos irmãos gêmeos de Sylvie. Com dezenove anos e ombros de um remador universitário, Sam é um nazistinha grandalhão e presunçoso, igualzinho ao seu irmão gêmeo Murray.

— É ou foi? Você continua trabalhando como apresentador? — ironiza Murray, e os dois irmãos se entreolham sob as franjas loiras. Esportistas, olhos azuis e pele clara, os dois parecem ter sido criados em laboratório.

— Mamãe não estava falando com *você*, Murray — repreende Sylvie.

— Bem, eu ainda sou apresentador, mais ou menos — responde Dexter, pensando: "Ainda pego vocês dois, seus canalhas." Eles já se encontraram em Londres, Dexter e os Gêmeos. Com seus trejeitos e risadinhas, os dois já mostraram que não gostam muito do novo namorado da irmã, acham que ela poderia conseguir coisa melhor. A família Cope é composta por Vencedores, e todos só convivem com Vencedores. Dexter é apenas um homem charmoso, alguém que já era, cheio de pose mas em plena decadência. Faz-se silêncio na mesa. Será que deveria continuar falando?

— Desculpe, qual foi mesmo a pergunta? — diz Dexter momentaneamente perdido, porém determinado a dar a volta por cima.

— Queria saber o que você está fazendo atualmente, em termos de trabalho — repete a mãe pacientemente, deixando claro que aquilo é uma entrevista de emprego para o cargo de namorado de Sylvie.

— Na verdade eu ando trabalhando em alguns novos programas para a TV. Estamos esperando para ver o que vai ser aprovado.

— Sobre o que são esses programas de TV?

— Bem, um é sobre a vida noturna de Londres, uma coisa do tipo "o que acontece na cidade", o outro é um programa de esportes. De esportes radicais.

— Esportes radicais? O que são "esportes radicais"?

— Hã... bem... *mountain bike*, esqui, skate...

— E você pratica algum "esporte radical"? — ironiza Murray.

— Eu ando um pouco de skate — responde Dexter na defensiva, percebendo que na outra ponta da mesa Sam enfiou o guardanapo na boca.

— Será que nós já vimos você em algum programa da BBC? — pergunta Lionel, o pai, bonitão, encorpado, cheio de si e ainda estranhamente loiro com quase sessenta anos.

— É pouco provável. Esses programas são muito tarde. — "Esses programas são muito tarde", "Ando um pouco de skate". "Meu Deus", pensa, "o que você está dizendo?" Alguma coisa na família Cope faz com que se comporte como se estivesse num drama de época. O fato é que os programas vão ao ar tarde da noite. Enfim, se tudo isso for mesmo necessário...

Agora Murray, o outro gêmeo — ou será Sam? — entra na conversa, a boca cheia de salada:

— A gente costumava assistir ao programa noturno que você fazia, *curtindo todas*. Com muitos palavrões e garotas dançando em gaiolas. Você não gostava que a gente assistisse, lembra, mãe?

— Meu Deus, aquele programa? — observa a senhora Helen Cope, franzindo o cenho. — Na verdade eu me lembro, *sim*, vagamente.

— Você *odiava* o programa — diz Murray, ou Sam.

— "Desliga essa TV!", você gritava — comenta o outro. — "Desliga essa TV! Isso faz mal para a cabeça!"

— Engraçado, era exatamente o que minha mãe dizia — observa Dexter, mas ninguém acha graça no comentário, e ele pega a garrafa de vinho.

— Então aquele era *você*? — pergunta Lionel, o pai de Sylvie, a sobrancelha erguida, como se o cavalheiro à sua mesa tivesse se revelado um grosseirão.

— Bem, sim, mas não era bem assim. O que eu mais fazia era entrevistar bandas e estrelas de cinema. — Ficou pensando se tinha se saído bem naquela conversa de bandas e artistas de cinema, mas antes que se tranquilizasse os gêmeos voltaram a abrir fogo.

— Então você continua saindo com um monte de *estrelas de cinema*? — indaga um deles, com uma surpresa fingida, o pequeno ariano sarado.

— De jeito nenhum. Não mais. — Dexter resolve responder com sinceridade, mas sem qualquer arrependimento ou autocomiseração. — Isso tudo... já passou.

— Dexter está sendo modesto — interrompe Sylvie. — Ele recebe diversas propostas o tempo todo, só que anda muito seletivo com seu trabalho na tela. O que deseja mesmo é trabalhar como produtor. Dexter tem uma produtora! — diz com orgulho, e os pais aquiescem em aprovação. Um homem de negócios, um empreendedor; agora sim.

Dexter também sorri, mas o fato é que as coisas andam bem devagar. A Mayhem TV plc não tem nenhum contrato, ainda não encontrou nenhum cliente, e no momento só existe na forma de um dispendioso papel timbrado. Aaron, seu agente, o abandonou. Acabaram-se os trabalhos de locução e promocionais, e agora quase não é mais convidado para pré-estreias. Deixou de ser a voz da sidra premium, foi discretamente dispensado pela turma do pôquer, e até o sujeito que toca conga no Jamiroquai não telefona mais para ele. Apesar disso tudo, dos reveses na vida profissional, Dexter está bem, porque se apaixonou por Sylvie, a linda Sylvie, e agora os dois fazem pequenas viagens.

Em geral os fins de semana começam e terminam no aeroporto de Stansted, de onde costumam partir para Gênova ou Bucareste, Roma ou Reykjavík, viagens que Sylvie planeja com a precisão de um exército invasor. Como um casal cosmopolita europeu e muito atraente, os dois ficam em hotéis pequenos e exclusivos e passeiam e compram, compram e passeiam, tomando xicarazinhas de café em cafeterias nas calçadas, depois se trancam em luxuosos quartos em tons neutros, com sauna e um arranjo de bambu num vaso longo e fino.

Quando não estão explorando pequenas lojas alternativas em grandes cidades europeias, passam algum tempo na zona oeste com os amigos de Sylvie: garotas baixinhas e bochechudas com seus namorados de rostos rosados e bundas grandes, que trabalham em marketing, em propaganda ou no mercado financeiro, assim como Sylvie e suas amigas. Na verdade ele não tem muito a ver com esses supernamorados superconfiantes. Fazem Dexter lembrar-se dos estudantes mais velhos, monitores de alguma disciplina, que conheceu na escola: não exatamente desagradáveis, mas também não muito legais. Tudo bem. A vida não é feita só de coisas boas, e existem certas vantagens num estilo de vida mais ordeiro e menos caótico.

Serenidade não combina muito bem com bebedeira, e, salvo uma ocasional taça de vinho ou champanhe no jantar, Sylvie não toma bebidas alcoólicas. Nem fuma, nem usa drogas, nem consome carne vermelha, pão, açúcar refinado ou batata. E, o mais importante, não tem paciência para os porres de Dexter. Suas habilidades de fabuloso mixólogo não significam nada para ela. Considera a embriaguez algo constrangedor e inadequado aos homens, e mais de uma vez Dexter se viu sozinho no final da noite por causa do terceiro martíni. Embora a situação não tenha sido apresentada dessa forma, ele ficou diante de uma escolha: ou saía dessa vida e andava na linha ou a perderia. Em consequência, agora as ressacas se tornaram muito menos frequentes, o nariz quase não sangra mais e diminuíram muito as manhãs atoladas em vergonha e desgosto consigo mesmo. Dexter não vai mais para a cama com uma garrafa de vinho tinto para o caso de sentir sede de madrugada, e se sente grato por isso. Sente-se um novo homem.

Mas a coisa mais impressionante a respeito de Sylvie é o fato de Dexter gostar muito mais dela do que ela dele. Dexter gosta da sinceridade de Sylvie, de sua postura e sua autoconfiança. Gosta da forma como é ambiciosa, feroz e desprovida de culpa, e de seu gosto por coisas caras e refinadas. É claro que também gosta da sua aparência, e de como os dois ficam bonitos juntos, mas admira também a falta de sentimentalismo da namorada: Sylvie é dura, brilhante e desejável como um diamante. E, pela primeira vez na vida, é ele quem tem de empreender a caçada. No primeiro encontro dos dois, num restaurante francês escandalosamente caro em Chelsea, Dexter perguntou se ela estava se divertindo. Sylvie respondeu que estava se divertindo muito, mas que não costumava rir quando estava acompanhada porque não gostava do que o riso fazia com o seu rosto. Embora uma parte de Dexter tenha se arrepiado um pouco com essa observação, outra parte admirou muito aquela obstinação.

Essa visita, a primeira, à casa dos pais dela, faz parte de um longo fim de semana, que incluiu uma parada em Chichester antes de continuarem pela M3 até um chalé alugado na Cornualha, onde Sylvie vai ensiná-lo a surfar. Certamente não poderia tirar tanto tempo de folga, deveria estar trabalhando, ou procurando trabalho. Mas a perspectiva de Sylvie, severa e de bochechas rosadas de biquíni, com os cabelos presos, era mais do que poderia resistir. Agora Dexter olha para Sylvie em busca de um retorno quanto ao seu comportamento, e ela sorri de forma afirmativa sob a luz das velas. Por enquanto está indo bem, e se serve de mais uma taça de vinho. Mas não pode beber demais. Tem de se manter sóbrio no meio daquela gente.

Depois da sobremesa — sorvete feito com morangos da própria horta, que ele elogiou de forma exagerada —, Dexter ajuda Sylvie a levar os pratos para dentro da casa, uma mansão de tijolos vermelhos que lembra uma casa de bonecas de luxo. Os dois depositam a louça na máquina de lavar pratos na cozinha vitoriana da casa de campo.

— Eu continuo confundindo os seus irmãos gêmeos.

— Uma boa forma de diferenciar é perceber que Sam é detestável e Murray é bobão.

— Acho que eles não gostam muito de mim.

— Eles não gostam de ninguém a não ser de si mesmos.

— Tenho a impressão que me acham muito metido.

Sylvie segura as mãos dele por cima do faqueiro.

— Faz alguma diferença o que a minha família pensa de você?

— Depende. Faz diferença para você o que sua família pensa de mim?

— Um pouco, acho.

— Então faz diferença para mim também — diz Dexter, com muita sinceridade.

Sylvie para de mexer na máquina de lavar e o examina com atenção. Além de não gostar de rir em público, Sylvie não é muito chegada a demonstrações ostensivas de afeto, a chamegos e abraços. Sexo para ela é como um jogo de *squash* particularmente exigente, que deixa Dexter cheio de dores e com a impressão de que perdeu a partida. Os contatos físicos são raros, e quando acontecem tendem a surgir do nada e ser rápidos e violentos. Agora, de repente, Sylvie põe a mão na nuca dele e o beija com força, enquanto pega a mão dele e a enfia no meio das pernas. Dexter fita os olhos dela, abertos e convictos, e prepara o próprio rosto para expressar desejo, disfarçando o desconforto com a porta da lavadora machucando suas canelas. Ouve a família voltando para casa, as vozes grosseiras dos irmãos soando na entrada. Dexter tenta se afastar, mas seu lábio inferior está preso entre os dentes de Sylvie e se esticam de forma cômica, como num desenho da Warner Brothers. Dá um gemido, ela sorri e solta seu lábio, que volta estalando como um elástico.

— Mal posso esperar para ir para a cama mais tarde — ela sussurra, enquanto Dexter leva a mão ao lábio para verificar se não está sangrando.

— E se a sua família escutar?

— Não estou nem aí. Eu já sou adulta. — Dexter se pergunta se não deveria agir agora mesmo, dizer que a ama. — Oh, Dexter, você não pode simplesmente pôr as panelas na lavadora sem enxaguar. — Sylvie parte para a sala de estar e o deixa passando água nas panelas.

Dexter não costuma se sentir intimidado com facilidade, mas alguma coisa naquela família, algo autossuficiente e seguro demais, faz com que se ponha na defensiva. Por certo não é uma questão de classe: a família dele também é de uma classe privilegiada, e muito mais liberal e boêmia do que os altamente conservadores Cope. O que o deixa angustiado é essa obrigação de ter de se provar um vencedor. Os Cope são novos-ricos, arrivistas, recém-chegados: saudáveis, vigorosos e superiores, mas ele decide não se deixar abalar.

Quando entra na sala, os poderes do Eixo viram-se em sua direção, e Dexter percebe uma movimentação dissimulada, como se até há pouco estivessem falando sobre sua pessoa. Sorri confiante, afundando-se num sofá baixo estampado. A sala era decorada como um hotel de campo, incluindo exemplares das revistas *Country Life*, *Private Eye* e *The Economist* espalhados na mesa de centro. Paira um silêncio momentâneo. Um relógio tiquetaqueia, e Dexter começa a pensar em folhear um exemplar de *The Lady* quando:

— Já sei, vamos jogar "Você está aí, Moriarty?" — propõe Murray, sob a aprovação geral da família, inclusive de Sylvie.

— O que é "Você está aí, Moriarty?" — pergunta Dexter, e os Cope abanam a cabeça em uníssono perante a ignorância daquele intruso.

— É um jogo de salão maravilhoso! — exclama Helen, mais animada do que esteve a noite toda. — Nós jogamos há anos! — Enquanto isso, Sam já está enrolando um exemplar do *Daily Telegraph* na forma de um longo e rígido bastão. — Basicamente, uma pessoa é vendada e fica ajoelhada em frente a uma outra, segurando esse jornal enrolado...

— E a outra pessoa também está com os olhos vendados — complementa Murray enquanto remexe as gavetas de uma antiga escrivaninha em busca de um rolo de fita adesiva. — O que estiver com o jornal enrolado pergunta "Você está aí, Moriarty?" — e joga o rolo de fita para Sam.

— E a outra pessoa tem que desviar, sair da frente e responder "Sim!", ou "Aqui!" — Sam começa a moldar o jornal na forma de um porrete. — E, a partir da direção da voz, quem está com o jornal precisa tentar acertar o outro.

— Você tem três tentativas, e se errar as três tem de servir de alvo para o jogador seguinte — intervém Sylvie, maravilhada diante da perspectiva de um jogo de salão vitoriano. — Mas, se acertar, você pode escolher o próximo jogador. Pelo menos é assim que *nós* jogamos.

— Então... — diz Murray, batendo na palma da mão com o porrete de papel. — Quem vai encarar um esporte radical?

Fica estabelecido que Sam vai enfrentar Dexter, o intruso, e que, surpresa, é Sam quem vai ficar com o bastão. O campo de batalha é um grande tapete surrado no meio da sala. Sylvie ajeita Dexter na posição e amarra um grande lenço branco sobre seus olhos, como uma princesa paparicando seu leal cavaleiro. Dexter tem um último vislumbre de Sam ajoelhado à sua frente, um sorrisinho por baixo da venda ao bater o jornal na palma da mão, e de repente sente-se imbuído da obrigação de vencer aquele jogo, mostrar sua fibra àquela família.

— Mostra para eles como é que se faz — murmura Sylvie, o hálito quente em seu ouvido, e Dexter se recorda do momento na cozinha, com a mão no meio das suas pernas. Agora Sylvie segura o namorado pelo cotovelo e o ajuda a se ajoelhar, e os dois adversários ficam frente a frente, em silêncio, como gladiadores numa arena sobre o tapete persa.

— Que vença o melhor! — brada Lionel, como um imperador.

— Você está aí, Moriarty? — pergunta Sam com um esgar.

— Aqui — responde Dexter, antes de se inclinar para trás como um dançarino.

O primeiro golpe acerta seu rosto embaixo do olho, fazendo um som estalado que ecoa por toda a sala.

— Ai, ai! — comemoram os Cope, rindo da dor de Dexter.

— Essa deve ter *doído* — comenta Murray de forma provocativa, e Dexter sente uma profunda pontada de humilhação ao ouvir aquela risada sarcástica dizendo "bem-feito".

— Você me pegou — admite, esfregando a bochecha, mas Sam sentiu o cheiro de sangue e já está perguntando...

— Você está aí, Moriarty?

— Eu...

Antes de conseguir se mexer, o segundo golpe acerta seu traseiro, desequilibrando-o e jogando-o para o lado. Mais uma vez a família cai na gargalhada, e Sam comemora com um sibilante grito de vitória.

— Essa foi boa, Sammy — estimula a mãe, orgulhosa do filho, e Dexter subitamente sente um ódio profundo daquele jogo de merda, que parece ser um estranho e humilhante ritual familiar...

— Duas vezes — comemora Murray. — Boa, mano.

"Deixe de ser imbecil, seu babaca", pensa Dexter, furioso, pois se há uma coisa que odeia é que riam dele, especialmente aquele tipo de gente, que o considera um fracassado, alguém à deriva que não está à altura do precioso cargo de namorado de Sylvie.

— Acho que estou pegando o jeito — fala com um riso forçado, tentando manter o senso de humor ao mesmo tempo que tem vontade de dar um murro na cara de Sammy...

— Então vamos continuar... — estimula Murray, de novo com a mesma voz.

...ou então acertar a cara dele com uma frigideira, uma frigideira de ferro...

— Vamos lá... acho que vão ser três em três...

...ou uma marreta, uma clava...

— Você está aí, Moriarty? — pergunta Sam.

— Aqui! — responde Dexter, retorcendo a cintura como um ninja, atirando-se para a direita.

O terceiro golpe é um cutucão insolente que o acerta em cheio no ombro, empurrando-o para trás em cima da mesa de centro. O golpe é tão impertinente e preciso que Dexter quase se convence de que Sam roubou no jogo. Quando arranca a venda dos olhos para encarar Sam, vê Sylvie debruçada sobre ele às gargalhadas, indiferente ao que o riso faz com seu rosto.

— Ponto! Ponto claro! — brada o merdinha do Murray. Dexter se levanta e vê a expressão de deleite no rosto dele. Todos aplaudem aquela vitória.

— OBAAAAA! — comemora Sam, mostrando os dentes, o rosto corado e radiante, levando os dois punhos fechados ao peito num gesto vitorioso.

— Melhor sorte da próxima vez — deseja Helen, a maligna imperatriz romana.

— Você acaba aprendendo — rosna Lionel, enquanto Dexter, furioso, percebe que os gêmeos fazem um F com os dedos na frente da testa. F de fracassado.

— Mesmo assim continuo orgulhosa de você — provoca Sylvie, remexendo no cabelo dele e dando tapinhas em seu joelho quando ele se afunda no sofá perto dela. "Sylvie não deveria ficar do lado dele? Em termos de lealdade", pensa, "ela continua sendo um deles".

O torneio continua. Murray bate Sam, depois Lionel derrota Murray, depois Lionel apanha de Helen, e tudo é muito divertido e compartilhado, apenas algumas pancadinhas e tapinhas com um jornal enrolado, bem mais engraçado do que foi na vez de Dexter, que apanhou na cara com o que parecia um pedaço de pau. Afundado no sofá, observa a cena com um sorriso sem graça e, como parte de sua vingança, incumbe-se de enxugar em silêncio uma garrafa do ótimo vinho *claret* de Lionel. Houve época em que conseguiria fazer esse tipo de coisa. Se ainda tivesse vinte e três anos ele se sentiria confiante, sedutor e seguro, mas de alguma forma perdeu a mão, e seu estado de espírito vai ficando mais sombrio à medida que a garrafa esvazia.

Em seguida Helen vence Murray e Sam derrota Helen, e agora é a vez de Sam tentar acertar a irmã. Pelo menos Dexter sente um pouco de prazer e orgulho ao observar o quanto Sylvie é boa naquele jogo, esquivando-se facilmente das desesperadas tentativas do irmão, girando e se desviando de uma forma elegante e esportiva, sua garota de ouro. Continua assistindo à cena afundado no sofá, mas quando imagina que todos já se esqueceram dele...

— Vamos lá. É a sua vez! — Sylvie está apontando o bastão na sua direção.

— Mas você acabou de ganhar!

— Eu sei, mas você ainda não teve chance de bater, coitadinho — e faz um biquinho. — Vamos lá. Manda bala. Acerte em mim!

Todos os Cope adoram aquela ideia e se irmanam num entusiasmado rugido pagão, quase sexual de uma forma bizarra, e sem dúvida Dexter não tem escolha. Sua honra, a honra dos Mayhew, está em jogo. Numa atitude solene, Dexter larga o copo, levanta-se e pega o bastão.

— Tem certeza? — pergunta, ajoelhando-se no tapete a um braço de distância de Sylvie. — Olha que sou um bom jogador de tênis.

— Claro que tenho — responde, rindo de forma provocativa, movimentando as mãos como uma ginasta enquanto alguém veda os seus olhos. — E acho que também sou boa nesse jogo.

Atrás dele, Sam aperta a venda nos olhos de Dexter como um torniquete.

— Então, agora vamos ver quem é melhor.

A arena fica em silêncio.

— Muito bem, você está pronta? — pergunta Dexter.

— Estou.

Dexter segura o bastão com as duas mãos, os braços à altura dos ombros.

— Tem certeza?

— Estou tão pronta quanto...

De repente uma imagem surge em sua mente — a de um jogador de beisebol plantado na base —, e Dexter gira o bastão na diagonal, num violento golpe cruzado que corta o ar de forma audível, o impacto subsequente enviando ondas de choque que percorrem seus braços e chegam até o peito. Segue-se um momento de espanto e silêncio, e por um instante ele tem certeza de que se deu bem, muito bem. Mas um pouco depois ouve um barulho de queda e um grito de surpresa emitido em uníssono por toda a família.

— SYLVIE!

— Minha nossa!

— Querida, meu amor, você está bem?

Tira a venda e vê que de alguma forma Sylvie foi transportada para o outro lado da sala e está caída na lareira, como uma marionete com os fios cortados. Os olhos arregalados estão piscando e a mão dela em concha cobre o rosto, mas já é possível ver o filete de sangue escorrendo do nariz enquanto ela geme baixinho.

— Ai, meu Deus, desculpe! — diz Dexter, horrorizado. Imediatamente corre até ela, mas a família chegou antes.

— Meu Deus, Dexter, o que você fez? — urra um Lionel de rosto afogueado, erguendo-se em toda a sua altura.

— VOCÊ NEM PERGUNTOU "VOCÊ ESTÁ AÍ, MORIARTY?"! — esganiça a mãe.

— Não perguntei? Desculpe...

— Não, você simplesmente bateu como um louco!

— Como um doido varrido...

— Desculpe. Desculpe. Esqueci. Eu estava...

— *Bêbado!* — interrompe Sam. A acusação paira no ar. — Você está bêbado, cara. Completamente de porre!

Todos se viram para ele.

— Foi um acidente. Eu só acertei o rosto dela num ângulo estranho.

Sylvie puxa a manga de Helen.

— Como está o meu rosto? — pergunta numa voz chorosa, tirando a mão do nariz com cuidado. Era como se estivesse segurando um punhado de sorvete de morango.

— Não é tão grave — diz Helen num sobressalto, levando a mão à boca numa expressão de horror, fazendo Sylvie se desmanchar em lágrimas.

— Eu quero ver, eu quero ver! Vou ao banheiro! — choraminga, e a família a ajuda a se levantar.

— Foi só um acidente infeliz... — Segurando o braço da mãe, Sylvie passa depressa por Dexter, olhos fixos à frente. — Quer que eu vá com você? Sylvie? Sylv? — Mas não há resposta, e ele fica observando, angustiado, a mãe levando a filha pelo corredor e subindo a escada para chegar ao banheiro.

Ouve os passos silenciarem.

E agora são apenas Dexter e os homens da família Cope. Uma cena primitiva, todos olhando para ele. Instintivamente, crispa a mão no cabo de sua arma, o exemplar do *Daily Telegraph*, rígido e enrolado, e diz a única coisa em que consegue pensar.

— Ai!

— Então... você acha que causei uma boa impressão?

Dexter e Sylvie estão na grande e macia cama de casal do quarto de hóspedes. Sylvie vira-se para ele, o rosto inexpressivo, o nariz pequeno e fino pulsando acusador. Funga e não diz nada.

— Você quer que eu peça desculpas de novo?

— Dexter, está tudo *bem*.

— Você me perdoa?

— Perdoo — responde sem paciência.

— E você acha que eles me acharam simpático, que não pensam que sou um psicopata violento ou coisa parecida?

— Eles acham que está tudo *bem*. Vamos esquecer esse assunto, tá?

— Vira para o outro lado, longe dele, e apaga a luz do abajur.

Passa-se um momento. Como um colegial envergonhado, Dexter sente que não vai conseguir dormir a não ser que obtenha mais garantias.

— Desculpe por ter... estragado tudo — murmura. — *De novo.* — Ela se vira mais uma vez e encosta uma das mãos no rosto dele com carinho.

— Não seja ridículo. Você estava indo muito bem até me acertar. Eles gostaram muito de você, mesmo.

— E quanto a você? — pergunta Dexter, ainda jogando verde.

Sylvie dá um suspiro e sorri.

— Eu também acho você legal.

— Então existe alguma possibilidade de um beijo?

— Não dá. Eu vou começar a sangrar outra vez. Amanhã a gente compensa. — Vira para o lado outra vez. Agora satisfeito, Dexter se afunda mais na cama e põe as mãos atrás da cabeça. A cama é enorme e macia e cheira a lençóis recém-lavados, e as janelas dão vista para uma calma noite de verão. Sem mantas ou cobertores, os dois estão cobertos apenas por um lençol de algodão branco, e ele pode ver a maravilhosa linha das pernas dela e o quadril estreito, a curva longa de suas costas. O potencial sexual da noite evaporou no momento do impacto e diante da possibilidade de uma concussão, mas ainda assim ele se vira na direção dela e põe uma das mãos na sua coxa embaixo do lençol. A pele é fresca e macia.

— Vai ser uma longa viagem amanhã — ela resmunga. — Vamos dormir.

Dexter continua olhando para a parte de trás da cabeça dela, onde o cabelo longo e fino descobre a nuca, revelando redemoinhos mais escuros por baixo. "Valeria uma foto", pensa, "de tão bonito." Poderia chamar de "Textura". Dexter fica pensando se ainda diria que a ama ou, de uma forma menos precisa, que "acha que pode estar apaixonado por ela", o que não só é mais comovente como também mais fácil de retroceder. Mas nitidamente não é o momento, não agora, com o tampão de gaze ensanguentada na mesinha de cabeceira.

Mas sente que deveria dizer alguma coisa. Inspirado, beija o ombro dela e suspira.

— Bem, você sabe o que dizem... — Faz uma pausa para dar mais efeito. — A gente sempre machuca quem ama!

"Foi uma observação inteligente e adorável", pensa, e faz-se um silêncio enquanto ele espera pela compreensão das implicações, sobrancelhas erguidas em expectativa.

— Vamos dormir um pouco, tá? — diz Sylvie.

Derrotado, volta a se recostar ouvindo o suave ruído da A259. Naquele momento, em algum lugar da casa, ele está sendo feito em pedaços pelos pais dela, e Dexter percebe, surpreso, que sente uma súbita vontade de rir. Começa a rir em silêncio, depois passa a gargalhar, lutando para manter silêncio quando seu corpo começa a estremecer, balançando o colchão.

— Você está rindo? — pergunta Sylvie com a boca no travesseiro.

— Não! — responde Dexter, fechando a cara para se manter sério, mas o riso agora vem em ondas, e ele sente outro ímpeto de histeria se formando no estômago. Existe um ponto no futuro em que até mesmo o pior desastre se transforma em piada, e Dexter consegue ver certo potencial nessa história. É o tipo de história que ele gostaria de contar a Emma Morley. Mas não sabe onde está Emma Morley, ou o que anda fazendo, já que eles não se veem há mais de dois anos.

Mas não pode esquecer aquela história. Precisa contar a Emma algum dia.

Começa a rir outra vez.

CAPÍTULO TREZE
A terceira onda

QUINTA-FEIRA, 15 DE JULHO DE 1999

Somerset

Começaram a chegar. Uma infindável cascata de envelopes elegantes e refinados deixados embaixo da porta. Convites de casamento.

Não era a primeira onda de casamentos. Alguns de seus contemporâneos tinham se casado ainda na universidade, mas daquele jeito meio maluco e supérfluo, paródias fingidas de casamento, como aquelas divertidas festas estudantis em que todo mundo usava vestidos de noite para comer torta de pasta de atum. As festas de casamento estudantis eram piqueniques nos parques que continuavam num *pub*, com os convidados usando ternos emprestados e trajes de gala de segunda mão. Nas fotos, a noiva e o noivo erguiam canecas de cerveja para a câmera, um cigarro pendurado na boca pintada de batom da noiva, e os presentes eram modestos: uma bela seleção de músicas gravadas, uma fotomontagem emoldurada, uma caixa de velas. Casar-se na faculdade era também uma façanha engraçada, um ato de rebeldia inconsequente, como uma minúscula tatuagem que ninguém vê ou como raspar a cabeça em favor de uma instituição beneficente.

A segunda onda, a dos casamentos dos que estavam entre vinte e trinta anos, ainda mantinha esse ar brincalhão e caseiro. As recepções aconteciam em centros comunitários ou nos jardins da casa dos pais, os votos eram rigorosamente seculares e escritos de próprio punho, e alguém sempre lia aquele poema sobre a chuva ter gotas tão pequenas. Mas agora começava a surgir um toque de profissionalismo frio e cortante. A ideia de uma "lista de casamento" começava a mostrar a cara.

Em algum momento no futuro esperava-se uma quarta onda — os segundos casamentos: acontecimentos agridoces, quase apologéticos que terminam por volta das 21h30, por conta de todos os filhos.

— Não é nada de mais — diria o casal —, só uma desculpa para fazer uma festa.

Mas neste ano os casamentos já pertenciam à terceira onda, e essa terceira onda estava se mostrando a mais poderosa, a mais espetacular, a mais devastadora de todas. São casamentos de pessoas de trinta e poucos anos a trinta e tantos anos, e ninguém está mais rindo.

A terceira onda é incontrolável. Parece que toda semana chega um novo e luxuoso envelope, da espessura de uma carta-bomba, contendo um convite elaborado — um triunfo da engenharia do papel —, com um grande dossiê de números telefônicos, endereços eletrônicos, sites, como chegar lá, o que vestir, onde comprar os presentes. Hotéis-fazenda são alugados em série, pescam-se grandes cardumes de salmão ilegalmente, enormes toldos aparecem da noite para o dia como tendas de beduínos. Fraques cinza e cartolas são alugados e usados sem o menor constrangimento, e é uma temporada próspera e dourada para floristas e bufês, quartetos de corda e conjuntos de música celta, escultores de gelo e fabricantes de câmeras descartáveis. As boas bandas *cover* de artistas da Motown estão caindo de exaustão. As igrejas voltam à moda, e agora o casal feliz percorre o curto trajeto entre o local da cerimônia e o da recepção em ônibus londrinos sem teto, em balões de ar quente, montado em parelhas de garanhões brancos ou em ultraleves. Um casamento requer uma imensa reserva de amor, compromisso e licença do trabalho, às vezes até dos convidados. O confete custa oito libras a caixa. Um saco de arroz comprado na loja da esquina está fora de cogitação.

O sr. e a sra. Anthony Killick convidam Emma Morley e cônjuge para o casamento de sua filha Tilly Killick com Malcolm Tidewell.

Emma estaciona no posto da autoestrada com seu novo carro, seu primeiro carro, um Fiat Panda de quarta mão. Observa o convite e tem certeza absoluta de que vai encontrar homens fumando charuto e algum inglês usando um *kilt*.

"Emma Morley e cônjuge."

O mapa rodoviário que consulta é uma edição antiga, sem diversas referências. Virou a folha cento e oitenta graus, depois voltou noventa, mas era como tentar navegar a partir de um guia muito antigo, e ela jogou o exemplar no banco do passageiro, onde deveria estar o seu cônjuge.

Emma era uma péssima motorista, ao mesmo tempo descuidada e assustada, e durante os primeiros oitenta quilômetros, sem perceber, tinha dirigido com os óculos por cima das lentes de contato, de forma que os outros carros surgiam de forma ameaçadora do nada, como naves espaciais alienígenas. Foram necessárias várias paradas para estabilizar sua pressão arterial e enxugar o suor acima do lábio superior, quando pegava a bolsa para verificar a maquiagem no espelho, tentando se ver de fora para conferir o efeito. O batom estava mais vermelho e provocante do que gostaria, e a pequena quantidade de pó aplicado nas bochechas parecia agora berrante e absurda, como algo saído de uma comédia antiga. "Por que eu sempre pareço uma garota usando a maquiagem da mãe?", perguntava-se. Tinha cometido também o erro elementar de cortar o cabelo, não um corte comum, mas com um "stylist", na véspera, num arranjo artístico de mechas e camadas; o que a mãe dela chamaria de um "penteado".

Sentindo-se frustrada, puxou com força a barra do vestido, um modelo em estilo chinês de seda azul, ou uma imitação de seda, que a fazia parecer uma garçonete gorducha e infeliz do restaurante Golden Dragon. Quando sentava, o vestido se embolava e amontoava, e a combinação de alguma coisa na "seda" e os sobressaltos na estrada estavam fazendo com que suasse. O ar-condicionado do carro tinha duas posições, túnel de vento e sauna, e toda a sua elegância havia se evaporado em algum lugar perto de Maidenhead, substituída por duas luas crescentes sob os braços. Ergueu os cotovelos até a cabeça, examinou as manchas e pensou em dar meia-volta e ir para casa e trocar de roupa. Ou simplesmente voltar para casa. Voltar para casa, ficar em casa, trabalhar um pouco no livro. Afinal, ela e Tilly Killick já não eram grandes amigas. Os dias em que Tilly fora sua senhoria no minúsculo apartamento em Clapton tinham projetado uma longa sombra, pois as duas nunca resolveram uma pendência de um depósito reembolsável jamais devolvido. Era difícil desejar felicidades aos recém-casados quando a noiva ainda lhe devia quinhentas libras.

Por outro lado, os velhos amigos estariam lá. Sarah C, Carol, Sita, os gêmeos Watson, Bob, Mari com o Big Hair, Stephanie Shaw, da editora, Callum O'Neill, o milionário dos sanduíches. Dexter estaria lá. Dexter e a namorada.

E foi exatamente nesse momento, enquanto expunha as axilas à ventilação do ar-condicionado e se perguntava o que fazer, que Dexter passou sem ser visto em seu Mazda esportivo, com Sylvie Cope ao seu lado.

— Então, quem vai estar lá? — perguntou Sylvie, baixando o som do rádio. Travis, escolha dela dessa vez. Sylvie não era muito ligada em música, mas abria uma exceção para a banda escocesa Travis.

— Só um bando de gente da faculdade. Paul e Sam, Steve O'D, Peter e Sarah, os Watson. E Callum.

— Callum. Que bom, eu gosto do Callum.

— Mari com o Big Hair, Bob. Nossa, são pessoas que não vejo há anos. Minha velha amiga Emma.

— Mais uma ex?

— Não, não é uma ex...

— Um casinho?

— Também não é um casinho, só uma velha amiga.

— A professora de inglês?

— Era professora de inglês, agora é escritora. Você conversou com ela no casamento de Bob e Mari, lembra? Em Cheshire.

— Vagamente. Muito bonita.

— Acho que sim. — Dexter deu de ombros. — Nós andamos afastados um tempo. Eu contei para você, lembra?

— São tantas que nem lembro direito. — Vira-se para a janela. — E você teve alguma coisa com ela?

— Não, eu nunca tive *nada* com ela.

— E a noiva?

— Tilly? O que tem ela?

— Alguma vez você fez sexo com a noiva?

Dezembro de 1992, naquele horrível apartamento em Clapton que sempre cheirava a cebola frita. Uma massagem no pé que fugiu ao controle enquanto Emma estava na Woolworths.

— Claro que não. Quem você pensa que eu sou?

— Parece que toda semana a gente vai a um casamento cheio de mulheres com quem você dormiu...

— Isso não é verdade.

— ...um salão cheio delas. Como uma conferência.

— Não é verdade, não é verdade...

— É verdade.

— Ei, você é a única para mim agora. — Mantendo uma das mãos no volante, estendeu o braço e pôs a outra mão na barriga de Sylvie, achatada embaixo do cetim cor de pérola do vestido curto, depois avançou até a coxa nua.

— Só não me deixe falando com estranhos, tá? — alertou Sylvie, aumentando o volume do som.

Emma só conseguiu chegar à portaria da casa de campo no meio da tarde, exausta e atrasada, perguntando-se se a deixariam entrar. Era uma vasta propriedade rural em Somerset, onde investidores ousados conseguiram transformar o Morton Manor Park numa espécie de complexo para festas de casamento, com uma capela, salão de banquetes, um labirinto particular, spa, quartos de hóspedes com banheiras de hidromassagem, tudo cercado por uma alta muralha coroada por arame farpado: um campo de casamento. Com grutas e alamedas frondosas, fossos, gazebos e um castelo exuberante, era uma espécie de Disneylândia para casamentos sofisticados, que podia ser reservado por um fim de semana inteiro pelos olhos da cara. Parecia um local estranho para o casamento de uma ex-militante do Partido Socialista dos Trabalhadores, e Emma conduziu o carro pela entrada de cascalho sentindo-se confusa e desconcertada com tudo aquilo.

Perto da capela, um homem de peruca branca vestindo uma sobrecasaca de lacaio surgiu à sua frente, acenou com os punhos de renda para que descesse o vidro e inclinou-se na janela.

— Algum problema? — ela perguntou. Quase o chamou de "seu guarda".

— Eu preciso das chaves, senhora.

— As chaves?

— Para estacionar o carro.

— Puxa, é mesmo? — respondeu, envergonhada com o musgo crescendo nas borrachas de vedação das janelas, o amontoado de embalagens e garrafas plásticas vazias espalhadas pelo piso. — Tudo bem. Só que as portas não trancam, você precisa usar essa chave de fenda para fechá-las, e o freio de mão não funciona, por isso é melhor parar num lugar plano ou de frente para uma árvore e deixar engrenado, certo? — O lacaio segurou as chaves entre o polegar e o indicador, como se estivesse segurando um rato morto.

Emma veio dirigindo descalça, e se deu conta de que precisava enfiar os pés inchados nos sapatos, como uma irmã de criação feia. A cerimônia já havia começado. Da capela ela podia ouvir "A chegada da Rainha de Sabá" executada por quatro, talvez cinco, mãos enluvadas. Cambaleou pelo caminho de cascalho em direção à capela, os braços erguidos para evaporar parte da transpiração, como uma criança fingindo ser um avião, e com um último puxão discreto na barra do vestido esgueirou-se discretamente pelas grandes portas de carvalho e ficou na última fila da capela lotada. Um grupo vocal se apresentava, estalando loucamente os dedos e cantando "I'm into Something Good", enquanto o feliz casal sorria cheio de dentes um para o outro, os olhos úmidos. Era a primeira vez que Emma via o noivo: tipo jogador de rúgbi, bonitão, num terno de verão cinza-claro, a pele irritada pelo aparelho de barbear, virando seu grande rosto para Tilly com diferentes variações da expressão "meu momento mais feliz". Estranhamente, Emma percebeu, a noiva tinha optado por um modelito Maria Antonieta — seda e laços cor-de-rosa, saia rodada, cabelo alto e uma pinta no rosto —, e se perguntou se Tilly havia realmente se formado em história e francês. Mas parecia muito feliz, e ele parecia muito feliz, e toda a congregação parecia muito, muito feliz.

As canções e as encenações prosseguiam, o casamento mais parecia um espetáculo de variedades da família real, e Dexter notou que seus pensamentos começavam a dispersar. Agora a sobrinha de Tilly, de bochechas rosadas, lia um soneto, algo que dizia que o casamento de duas mentes não admitia nenhum impedimento, seja lá o que isso *significasse*. Tentou com afinco se concentrar nos versos do poema e transferir todo aquele romantismo aos seus próprios sentimentos por Sylvie, mas logo voltou a contar as convidadas com quem tinha dormido. Não para se gabar, não exatamente, mas com uma espécie de nostalgia.

— O amor não se altera em poucas horas ou semanas... — dizia a sobrinha da noiva, enquanto Dexter chegava à conta de cinco. Cinco ex-amantes numa pequena capela. Seria uma espécie de recorde? Será que a noiva valia algum ponto extra? Nem sinal de Emma Morley ainda. Com Emma seriam cinco e meia.

Do fundo da igreja, Emma observava Dexter contando nos dedos, imaginando o que estaria fazendo. Usava um terno preto com uma gravata preta fininha: como todos os rapazes hoje em dia, tentava parecer um gângster. De perfil, era visível o começo de uma pequena papada embaixo do queixo, mas continuava bonito. Muito bonito, aliás, e bem menos corpulento e inchado do que antes de conhecer Sylvie. Desde que os dois se desentenderam, Emma havia visto Dexter três vezes, sempre em casamentos. Em todas as ocasiões ele a havia abraçado e beijado como se nada tivesse mudado, dizendo "precisamos conversar, precisamos conversar", mas isso nunca tinha acontecido, não mesmo. Estava sempre com Sylvie, um casal muito ocupado em parecer bonito. E lá estava ela, a mão possessiva sobre o joelho dele, a cabeça e o pescoço erguidos como uma flor de caule longo para ver tudo ao redor.

Agora chegava a hora dos votos. Emma ainda conseguiu ver Sylvie pegar a mão dele e apertar, como um gesto de solidariedade ao casal feliz. Sussurrou no ouvido dele, e Dexter olhou para ela com um sorriso franco e um pouco estúpido, foi o que Emma pensou. Respondeu alguma coisa, e, mesmo sem ter nenhum conhecimento de leitura labial, Emma imaginou que havia grande chance de ter sido "eu também te amo". Meio constrangido, Dexter olhou ao redor, encontrou o olhar de Emma e sorriu como se tivesse sido surpreendido fazendo o que não devia.

O show terminou. Só houve tempo para uma duvidosa apresentação de "All You Need Is Love", com a congregação lutando para cantar no compasso de 7/4, antes de os convidados saírem da capela atrás do casal feliz e a festa começar de verdade. Em meio àquele monte de gente se abraçando, dando vivas e apertando-se as mãos, Dexter e Emma se procuraram e de repente se encontraram.

— Ora, ora — falou Dexter.

— Ora, ora.

— Não conheço você de algum lugar?

— Seu rosto me parece familiar.

— O seu também. Mas você está diferente.

— É, eu sou a única mulher aqui banhada de suor — disse Emma, puxando o tecido embaixo dos braços.

— Você quer dizer "transpiração".

— Na verdade, não, é suor mesmo. Parece que fui retirada de um lago. Seda natural o cacete!

— É um modelito oriental, não é?

— Eu chamo de modelo "A queda de Saigon". É chinês, tecnicamente. O problema com esses vestidos é que depois de quarenta minutos você já precisa de outro! — observou, e no meio da frase teve a sensação de que seria melhor não ter dito nada. Era imaginação dela ou ele revirou um pouquinho os olhos? — Desculpe.

— Tudo bem. Eu gostei do vestido. Aliás, *mim gosta* faz tempo.

Foi a vez de Emma revirar os olhos.

— Lá vai você. Agora estamos quites.

— O que eu *quis dizer* é que você está bonita. — Agora examinava o cabelo dela. — E isso é...?

— O quê?

— É o que se chama um *penteado*?

— Não abuse da sorte, Dex — replicou Emma, passando a ponta dos dedos no cabelo. Depois olhou para onde Tilly e o novo marido posavam para fotografias. Tilly toda coquete, abanando um leque em frente ao rosto. — Infelizmente eu não sabia que o tema era a Revolução Francesa.

— O estilo Maria Antonieta? — comentou Dexter. — Bom, pelo menos já sabemos que vai ter bolo.

— Acho que ela vai percorrer o caminho até a recepção num tílburi.

— O que é um tílburi?

Os dois se entreolharam.

— Você não mudou nada, não é? — perguntou Emma.

Dexter chutou o cascalho.

— Mudei, sim. Um pouco.

— Agora você me deixou intrigada.

— Eu conto mais tarde. Olha...

Tilly estava no estribo de um Rolls-Royce Silver Ghost que a transportaria pelos cem metros até a recepção, o buquê nas duas mãos, pronto para ser atirado como um porrete.

— Não quer arriscar a sorte, Em?

— Não vai dar — respondeu, botando as duas mãos para trás das costas quando o buquê foi jogado na multidão e apanhado por uma tia franzina e mais velha, o que de certa forma pareceu enfurecer as outras convidadas, como se a última chance de alguém ter um futuro feliz tivesse sido desperdiçada. Emma fez um sinal de cabeça para a constrangida tia, o buque caído na mão, sem animação. — Aquela sou eu daqui a quarenta anos — comentou Emma.

— É mesmo? Quarenta anos? — replicou Dexter, e Emma pisou com o salto do sapato no pé dele. Por cima do ombro, Dexter viu Sylvie ali perto, procurando por ele. — É melhor eu ir. Sylvie não conhece quase ninguém. Recebi ordens expressas de não deixá-la sozinha. Depois venha dar um oi para ela, tá?

— Daqui a pouco. Agora preciso ir falar com a noiva feliz.

— Pergunte sobre o depósito que ela te deve.

— Você acha mesmo? Logo hoje?

— A gente se vê depois. Talvez a gente consiga sentar perto um do outro na recepção. — Fez um sinal com os dedos cruzados, e Emma fez o mesmo.

A manhã nublada dera lugar a uma linda tarde, com nuvens altas rolando pelo imenso céu azul. Os convidados seguiram o Silver Ghost em procissão até o grande salão para o champanhe e os canapés. Ali, com um grande "Oba!", Tilly afinal viu Emma e as duas se abraçaram da melhor maneira que puderam, afastadas pela grande saia rodada.

— Que bom que você veio, Em!
— Claro que vim. Você está linda.
Tilly abanou o leque.
— Não acha meio exagerado?
— De jeito nenhum. Você está deslumbrante — e olhou de novo para a pinta, que dava a impressão de ser uma mosca pousada no lábio dela. — A cerimônia também foi muito bonita.
— Ahhh, é mesmo? — Era um antigo hábito de Tilly iniciar cada frase com um simpático "ah", como se Emma fosse uma gatinha com a pata machucada. — Você chorou?
— Como uma órfã...
— Ahhh! Estou tão contente por você ter vindo. — Bateu com o leque no ombro de Emma numa postura real. — E mal posso esperar para conhecer o seu namorado.
— Bem, eu também, mas infelizmente não tenho namorado.
— Ahhh, é mesmo?
— É, e já há um bom tempo.
— É mesmo? Tem certeza?
— Acho que eu teria notado, Tilly.
— Ahhh! Sinto muito. Então você precisa arranjar um! E RÁPIDO!!! Não, é sério, namorados são um barato! Marido é melhor ainda! Precisamos encontrar alguém para você! — declarou. — Hoje mesmo! Vamos dar um jeito em você! — e Emma sentiu sua cabeça ser verbalmente afagada. — Ahhhhh. Então! Já falou com o Dexter?
— Rapidamente.
— Já conheceu a namorada dele, com a testa peluda? Ela não é linda? Parece a Audrey Hepburn. Ou será a Katharine? Nunca lembro qual é qual.
— Audrey. Definitivamente ela é uma Audrey.

* * *

À medida que o champanhe fluía, uma sensação de nostalgia se difundiu pelo Grande Salão, com velhos amigos se reencontrando e a conversa girando em torno de quanto as pessoas ganhavam agora e quanto tinham engordado.

— Sanduíches. Esse é o futuro — dizia Callum O'Neill, agora pesando e ganhando muito mais. — Comida de conveniência de alta qualidade e padrões éticos, esse é o grande negócio, meu amigo. Comida é o novo rock and roll!

— Pensei que a comédia fosse o novo rock and roll.

— E era, depois foi o rock and roll, e agora é comida. Fique ligado, Dex! — O velho companheiro de apartamento estava quase irreconhecível depois de todos aqueles anos. Próspero, grande e dinâmico, tinha desistido do negócio de manutenção de computadores e vendido a empresa com grande lucro para começar uma cadeia de lanchonetes chamada "Natural Stuff". Com um pequeno cavanhaque bem-aparado e o cabelo curto, era um exemplo de jovem empreendedor autoconfiante e bem-sucedido. Callum ajeitou a manga do terno sob medida muito bem-cortado, e Dexter se perguntou se aquele era o mesmo irlandês magricelo que usou a mesma calça todos os dias durante três anos.

— É tudo orgânico, feito na hora, fazemos sucos e vitaminas à vontade do cliente, servimos um café de primeira. Já estamos com quatro filiais que estão sempre lotadas, constantemente, de verdade. A gente fecha às três da tarde, porque a essa hora a comida já acabou. Estou dizendo, Dex, a cultura alimentar desse país está mudando, as pessoas querem coisa melhor. Ninguém mais quer comida em lata e salgadinhos em pacote. Querem *homus*, suco de papaia, lagostim...

— Lagostim?

— Com rúcula no pão integral. É sério, lagostim é o sanduíche de ovo dos tempos modernos, e a rúcula é a alface crespa. É muito barato produzir lagostim, eles se reproduzem de forma inacreditável e são deliciosos, é a lagosta dos pobres! Ei, você devia ir conversar comigo uma hora dessas.

— Sobre lagostim?

— Sobre o negócio. Acho que pode haver muitas oportunidades para você.

Dexter escavou o gramado com o salto do sapato.

— Callum, você está me oferecendo um *emprego*?

— Não, só estou dizendo para você ir...

— Não acredito que um amigo meu está me oferecendo um *emprego*.
— ...almoçar! Não essa porcaria de lagostim, num restaurante de verdade. Eu pago. — Passou um grande braço pelos ombros de Dexter e falou em voz baixa: — Não tenho visto você na TV nos últimos tempos.
— Porque você não vê TV a cabo e por satélite. Eu trabalho muito em cabo e satélite.
— Em quê?
— Bom, estou fazendo um novo programa chamado *Sport Xtreme*. Xtreme com X. Com cenas de surfe, entrevistas com skatistas. De todas as partes do mundo.
— Então você anda viajando bastante?
— Eu só apresento as filmagens. O estúdio é em Morden. Então, sim, eu viajo muito, mas para Morden.
— Bom, como já disse, se um dia quiser mudar de carreira... Você conhece um pouco de comida e bebida, sabe lidar com as pessoas, se quiser. O negócio *são* as pessoas. Acho que poderia ser bom para você. Só isso.
Dexter expirou pelo nariz, encarou o velho amigo e tentou se sentir chateado com ele.
— Cal, você usou a mesma calça todos os dias durante três anos.
— Isso já faz muito tempo.
— Durante um período letivo inteiro você não comeu nada além de picadinho de carne enlatado.
— Como posso explicar... as pessoas mudam! Então, o que você acha?
— Tudo bem. Eu deixo você me pagar um almoço. Mas já vou avisando que não entendo nada de negócios.
— Não tem importância. De qualquer forma vai ser bom relembrar os velhos tempos. — Tocou o cotovelo de Dexter com um leve tom de repreminda. — Você andou afastado por um tempo.
— Foi mesmo? Eu estava ocupado.
— Não tão ocupado assim.
— Ei, você também podia ter ligado!
— Eu liguei, muitas vezes. Você nunca retornou minhas ligações.
— Não mesmo? Desculpe. Eu devia estar com muita coisa na cabeça.
— Eu soube da sua mãe — disse Callum olhando para o copo. — Sinto muito. Uma mulher adorável, sua mãe.
— Tudo bem. Já faz tempo.

Houve um momento de silêncio, confortável e afetuoso, enquanto todos olhavam para o gramado e viam velhos amigos conversando e dando risada ao sol do final da tarde. Ali perto, a mais recente namorada de Callum, uma garota espanhola pequena e notável, dançarina de vídeos de hip-hop, conversava com Sylvie, que se inclinava para ouvi-la.

— Vai ser bom falar com Luiza outra vez — disse Dexter.

— Acho melhor eu não me apegar demais. — Callum deu de ombros. — Acho que Luiza está me deixando.

— Algumas coisas nunca mudam.

Uma garçonete bonitinha, constrangida com a touca que precisava usar, chegou para encher os copos. Os dois sorriram para ela, flagraram um ao outro sorrindo e fizeram um brinde.

— Faz onze anos que nos formamos — comentou Dexter, meneando a cabeça incrédulo. — Onze anos. Cacete, como isso aconteceu?

— Estou vendo Emma Morley daqui — disse Callum do nada.

— Eu sei. — Os dois olharam e viram Emma conversando com Miffy Buchanan, uma velha arqui-inimiga. Mesmo àquela distância, dá para ver que Emma se esforçava para sorrir.

— Ouvi dizer que você e Emma andaram se desentendendo.

— É verdade.

— Mas está tudo bem com vocês agora?

— Não sei bem. Veremos.

— Grande garota, Emma.

— É mesmo.

— E está muito bonita.

— Muito bonita, muito bonita.

— Vocês já...?

— Não. Quase. Uma ou duas vezes.

— Quase? — Callum dá um suspiro. — O que *significa* isso?

Dexter muda de assunto.

— Mas você está bem, certo?

Callum deu um gole no champanhe.

— Dex, eu estou com trinta e quatro anos, tenho uma linda namorada, casa própria, meu próprio negócio, trabalho duro em algo de que gosto, ganho bastante dinheiro. — Apoiou a mão no ombro de Dexter. — E você... tem um programa de madrugada na TV! A vida tem sido boa para nós.

Em parte por orgulho ferido, em parte pelo velho espírito competitivo, Dexter resolveu contar para ele.

— Então... quer saber uma coisa engraçada?

Emma ouviu o urro de Callum O'Neil do outro lado do grande gramado e olhou a tempo de vê-lo dando uma gravata em Dexter e esfregando as juntas da mão na cabeça dele. Sorriu e voltou a concentrar-se em odiar Miffy Buchanan.

— Ouvi falar que você está desempregada — ela estava dizendo.
— Bom, prefiro dizer que estou trabalhando por conta própria.
— Como escritora?
— Por um ano ou dois, um período sabático.
— Mas você ainda não publicou nada?
— Ainda não. Mas já recebi um pequeno adiantamento...
— Hum — replicou Miffy, cética. — Harriet Bowen já publicou três romances.
— É, me disseram. Várias vezes.
— E ela tem três filhos.
— Pois é.
— Você viu os meus dois? — Perto delas, dois bebês imensos, com roupa de adulto, esfregam canapés no rosto um do outro. — IVAN! SEM MORDER!
— São lindos.
— Não são? E você já tem algum *filho*? — perguntou Miffy, como se escrever romances e ter filhos fossem situações excludentes.
— Não...
— Está namorando alguém?
— Não...
— Ninguém?
— Não...
— Alguém em vista?
— Não...
— Mesmo assim, você está mais bonita. — Miffy mediu-a de alto a baixo, analisando-a, como se estivesse pensando em comprá-la num leilão. — Na verdade você é uma das poucas pessoas que *emagreceu*! Quer dizer, você nunca foi muito *gorda*, nada disso, só um pouco cheinha, mas conseguiu perder esses quilos a mais!

Emma sentiu a mão apertar mais forte a taça de champanhe.

— É bom saber que esses últimos onze anos não foram totalmente perdidos.

— E você tinha um sotaque do Norte bem forte, mas agora está falando como todo mundo.

— É mesmo? — exclamou Emma, surpresa. — Bom, é uma pena. Eu não perdi o sotaque de propósito.

— Para ser honesta, sempre achei que você forçava aquele sotaque. Uma forma de afetação, sabe...

— O *quê*?

— O seu sotaque. Você sabe... os "r" mais carregados, Guat-e-mala, essas coisas, rá-rá-rá! Sempre achei que você forçava a barra. Mas agora voltou a falar normalmente!

Emma sempre invejou essas pessoas que falam tudo o que passa pela cabeça, que dizem o que sentem sem se importar com as convenções sociais. Nunca conseguiu agir dessa forma, mas agora sentia um palavrão se formando nos lábios.

— ...e você era sempre tão *brava* com tudo o tempo todo.

— Ah, eu ainda sou brava, Miffy...

— Ah, meu Deus, olha lá o Dexter Mayhew. — E Miffy cochichou no ouvido dela, uma das mãos apertando seu ombro. — Você sabia que nós tivemos um casinho uma vez?

— Sabia, você me contou. Muitas, muitas vezes.

— Ele continua muito bonito, não é? — dando um suspiro enlevado. — Como é que vocês dois nunca ficaram juntos?

— Sei lá... talvez por causa do meu sotaque, por eu ser cheinha...?

— Você não era assim *tão* feia. Já conheceu a namorada dele? Não é linda? Não acha que ela é exótica? — Quando Miffy se virou para ouvir a resposta, ficou surpresa ao ver que Emma não estava mais lá.

Os convidados agora se reuniam sob o toldo, amontoando-se para saber a organização dos lugares nas mesas, como se consultassem o resultado das provas. Dexter e Emma se encontraram na multidão.

— Mesa cinco — informou Dexter.

— Eu estou na vinte e quatro — disse Emma. — A mesa cinco é bem perto da noiva. A vinte e quatro é perto dos banheiros químicos.

— Você não deve levar isso para o lado pessoal.

— Qual é o prato principal?

— Dizem os boatos que vai ser salmão.

— Salmão. Salmão, salmão, salmão, salmão. Eu como tanto salmão nesses casamentos que duas vezes por ano sinto uma ânsia de nadar correnteza acima.
— Venha sentar na mesa cinco. A gente troca os cartões de lugar.
— Alterar os lugares dos convidados? Pessoas são fuziladas por muito menos que isso. Eles têm até uma guilhotina lá atrás.
Dexter deu risada.
— Depois a gente se fala, tá?
— Você me procura.
— Ou você pode vir me procurar.
— Ou você me procura.
— Ou você me encontra.

Como castigo por algum antigo deslize, Emma foi colocada entre a tia mais velha do noivo e um tio da Nova Zelândia, e as expressões "linda paisagem" e "excelente qualidade de vida" alternaram-se por umas boas três horas. Às vezes Emma se distraía com uma grande onda de risadas vinda da mesa cinco, Dexter e Sylvie, Callum e a namorada Luiza: a mesa mais cheia de glamour. Emma serviu-se de outra taça de vinho e perguntou de novo sobre a paisagem e a qualidade de vida. Baleias: alguma vez já tinham visto baleias ao vivo? — perguntou, olhando com inveja para a mesa cinco.

Na mesa cinco, Dexter espiava com inveja a mesa vinte e quatro. Sylvie tinha criado um novo jogo: sempre que Dexter pegava a garrafa de vinho, ela cobria a taça dele com a mão, transformando aquela longa refeição num difícil teste para os seus reflexos.

— Vai com calma, tá? — sussurrava quando ele marcava um ponto, e Dexter garantia que estava indo com calma, mas o resultado era sempre um pequeno aborrecimento, uma inveja cada vez maior da irritante autoconfiança de Callum. Via Emma na mesa vinte e quatro conversando com delicadeza e sinceridade com um casal mais idoso, de pele bronzeada, notando a atenção com que ouvia, agora com a mão pousada no braço do velho, rindo de alguma observação engraçada, depois tirando uma foto com a câmera descartável, em seguida se posicionando para ser fotografada. Dexter prestou atenção no vestido azul, o tipo de roupa que ela nunca teria usado dez anos atrás, e percebeu que o zíper nas costas tinha uns sete centímetros a menos, que a barra do vestido tinha subido até o meio da coxa, e teve uma lembrança passageira porém muito vívida de Emma num quarto em Edimburgo, na Rankeillor Street. A luz da alvorada passando pela cortina, uma cama de solteiro, a saia enrolada na cintura, braços erguidos acima da cabeça. O que tinha mudado desde aquele dia? Não muito. As mesmas marcas se formavam ao redor da boca quando ela ria, só que agora eram um pouco mais profundas. Ainda tinha os mesmos olhos, brilhantes e astutos, e ainda ria com a boca fechada, como se ocultasse algum segredo. De várias maneiras estava muito mais atraente do que era aos vinte e dois anos. Não cortava mais o próprio cabelo, era uma das coisas, e tinha perdido parte da palidez de biblioteca, da petulância e da expressão carrancuda. Como se sentiria, ele se perguntou, se estivesse vendo aquele rosto pela primeira vez naquele momento? Se tivesse sido escalado para sentar na mesa vinte e quatro e se apresentado ao chegar? De todas as pessoas reunidas ali naquele dia, achou que Emma era a única com quem gostaria de conversar. Pegou a taça e afastou a cadeira para trás.

Mas o ruído de facas batendo nos copos tinha começado. Os discursos. Como mandava a tradição, o pai da noiva estava bêbado e chato, o padrinho estava bêbado e não teve graça nenhuma e quase se esqueceu de mencionar a noiva. A cada taça de vinho tinto que tomava Emma sentia sua energia se esvair, e começou a imaginar o quarto em que ficaria na casa principal, a camisola branca e limpa, a cópia de cama antiga com dossel e cortinas. Haveria uma dessas banheiras de hidromassagem que tanta gente desejava e toalhas demais para uma só pessoa. Como se tivesse a intenção de reforçar sua ideia, a banda começou a afinar os instrumentos e o baixista tocou a introdução de "Another One Bites the Dust". Emma decidiu que chegara o momento de encerrar sua participação, pegar sua fatia do bolo de casamento, embrulhada num saquinho de veludo especial, ir para o quarto e dormir até o final da festa.

— Com licença, será que não conheço você de algum lugar?

Um toque de mão no braço, uma voz vinda de trás. Dexter estava agachado ao seu lado, o sorriso inebriado, uma garrafa de champanhe na mão.

Emma estendeu a taça.

— É possível, acho que sim.

A banda começou a tocar como um ruído de fundo e todas as atenções se voltaram para a pista de dança, onde Malcolm e Tilly se balançavam ao som de sua música favorita, "Brown-Eyed Girl", contorcendo os quadris de forma reumática, quatro polegares erguidos.

— Meu Deus, quando foi que nós começamos a dançar como gente velha?

— Não me ponha nessa — replicou Dexter, empoleirando-se numa cadeira.

— Você sabe dançar?

— Você não lembra?

Emma balançou a cabeça.

— Não num *palco* com um apito e sem camisa, estou falando de dançar de forma civilizada.

— Claro que sei. — Segurou a mão dela. — Quer uma demonstração?

— Talvez mais tarde. — Precisavam gritar para ouvir um ao outro. Dexter abaixou-se e puxou-a pela mão.

— Vamos sair daqui. Só nós dois.

— E para onde nós vamos?

— Não sei. Parece que tem um labirinto por aí.

— Um *labirinto*? — Ela se levantou num instante. — Por que você não falou antes?

Pegaram as taças e saíram discretamente do toldo para a noite. Ainda estava quente, morcegos voavam pelo ar escuro do verão enquanto eles caminhavam de braços dados pelo jardim de rosas em direção ao labirinto.

— Então, qual é a sensação? — perguntou Emma. — De ver uma antiga paixão nos braços de outro homem?

— Tilly Killick não é uma antiga paixão.

— Ah, Dexter... — Emma meneou lentamente a cabeça. — Quando você vai aprender?

— Não sei do que está falando.

— Deve ter sido, deixa eu ver... dezembro de 1992, no apartamento em Clapton. Aquele que cheirava a cebola frita.

Dexter fez uma careta.

— Como você sabe dessas coisas?

— Bom, quando eu saí para ir até a Woolworths vocês estavam massageando os pés um do outro com o meu melhor óleo de amêndoas, e quando *voltei* ela estava chorando e tinha pegadas de óleo no meu melhor tapete, no sofá, na mesa da cozinha e subindo até metade da parede, eu me lembro. Depois de analisar atentamente as provas, cheguei a essa conclusão. Ah, e você também deixou seu dispositivo anticoncepcional na pia da cozinha, o que não foi nada legal.

— Eu fiz isso? Desculpe.

— Mais o fato de ela ter me contado.

— Ela contou? — Dexter balançou a cabeça, sentindo-se traído. — Mas isso devia ser segredo nosso!

— As mulheres falam sobre essas coisas, sabe? Não adianta jurarem segredo, no fim elas contam tudo.

— Vou me lembrar disso no futuro.

Os dois chegaram à entrada do labirinto, uma sebe meticulosamente podada de mais de três metros de altura, a entrada marcada por um pesado portão de madeira. Emma parou, a mão na maçaneta de ferro.

— Será que é uma boa ideia?

— O que pode ser tão difícil?

— E se nós nos perdermos?

— Podemos nos guiar pelas estrelas ou coisa assim. — O portão abriu com um rangido. — Esquerda ou direita?

— Direita — respondeu Emma, e os dois entraram no labirinto. Os grandes arbustos eram iluminados em cores diferentes projetadas do nível do chão, e o ar tinha aquele cheiro de verão denso e penetrante, quase oleoso, exalado pelas folhas quentes.

— Onde está Sylvie?

— Sylvie está numa boa, fascinada por Callum. Ele é a alma da festa, o charmoso milionário irlandês. Resolvi deixar por isso mesmo. Não quero mais competir com ele, é cansativo demais.

— Mas ele está indo muito bem, sabe?

— É o que todo mundo me diz.

— Com lagostins, parece.

— Eu sei. Ele até me ofereceu um emprego.

— Como criador de lagostins?

— Ainda não sei. Quer conversar comigo sobre "oportunidades". O negócio são as pessoas, disse, seja lá o que isso signifique.

— Mas e o *Sport Xtreme*?

— Ah! — Dexter deu risada e esfregou o cabelo com uma das mãos. — Então você assistiu?

— Nunca perdi um episódio. Você me conhece, não há nada que eu goste mais do que saber coisas sobre bicicletas BMX de madrugada. Minha parte favorita é quando você diz que as coisas estão "radicais"...

— Eles me *obrigam* a dizer essas coisas.

— "Radical" e "chocante". "Vejam só esses movimentos chocantes da velha guarda..."

— Acho que eu me saio bem com essas expressões.

— Nem sempre, amigo. Esquerda ou direita?

— Esquerda, acho. — Os dois andaram um pouco em silêncio, ouvindo o som abafado da banda tocando "Superstition". — Como vão os seus textos?

— Ah, tudo bem, quando consigo escrever. Mas eu passo a maior parte do tempo sentada comendo biscoitos.

— Stephanie Shaw disse que eles deram um adiantamento.

— Só um pouco de dinheiro, suficiente para durar até o Natal. Depois veremos. Pode ser que eu volte a dar aula o dia inteiro.

— E do que se trata? O seu livro?

— Ainda não sei ao certo.

— É sobre mim, não é?

— É, Dexter, é um livro grande e grosso só sobre *você*. O título é *Dexter Dexter Dexter Dexter Dexter*. Direita ou esquerda?

— Vamos tentar pela esquerda.

— Na verdade é um livro para jovens. Adolescentes. Garotos e garotas, relacionamentos, esse tipo de coisa. É sobre uma peça escolar, aquela produção de *Oliver!* que montei anos atrás. Uma comédia.

— Sabe que você está muito bem?

— É mesmo?

— Sem a menor dúvida. Algumas pessoas ficaram mais bonitas, outras ficaram mais feias, mas você está realmente muito melhor.

— Miffy Buchanan disse que eu finalmente perdi minhas gordurinhas.

— Ela está com inveja. Você está ótima.

— Obrigada. Quer que eu diga que você também está melhor?

— Se você acha que consegue fazer isso.

— Bem, você está. Esquerda?

— Esquerda.

— Pelo menos melhor do que nos seus anos de baladas. Quando aprontava todas, ou sei lá o que andava fazendo. — Continuaram caminhando um pouco mais em silêncio, até Emma falar outra vez. — Eu estava preocupada com você.

— É mesmo?

— Todos estávamos.

— Foi só uma fase. Todo mundo precisa passar por uma fase assim, não é? Enlouquecer um pouco.

— Você acha? Não para mim. Aliás, espero que também tenha parado de usar aquela boina.

— Eu já não uso chapéu há anos.

— Bom ouvir isso. A gente já estava pensando em tentar interferir.

— Sabe como é, a gente começa com uns chapéus simples, só para tirar uma onda, e de repente, sem perceber, está usando boinas, bonés, chapéu-coco...

Mais uma encruzilhada.

— Direita ou esquerda? — perguntou Emma.

— Não faço ideia.

Olharam para as duas direções.

— É incrível como isso parou de ter graça, não?

— Vamos sentar um pouco? Ali.

Havia um pequeno banco de mármore perto da sebe, iluminado por baixo por uma luz azul fluorescente, e os dois se sentaram na pedra fria, encheram as taças, fizeram um brinde e se tocaram com os ombros.

— Puxa, eu quase esqueci... — Dexter enfiou a mão no bolso da calça, retirou um guardanapo dobrado com todo o cuidado, segurou na palma da mão, como um mágico, e desfez o pequeno pacote, uma ponta de cada vez. Dois cigarros amassados aninhavam-se no guardanapo como ovos em um ninho.

— São do Cal — sussurrou, surpreso. — Quer um?

— Não, obrigada. Eu parei de fumar há anos.

— Muito bem. Eu também parei, oficialmente. Mas aqui eu me sinto seguro... — Acendeu o cigarro contrabandeado, fingindo que a mão tremia. — Aqui ela não pode me ver... — Emma deu risada. O champanhe e a tranquilidade do ambiente tinham melhorado o seu humor, e os dois agora se sentiam sentimentais, nostálgicos, exatamente como deveriam se sentir num casamento, sorrindo um para o outro em meio à fumaça do cigarro. — Callum diz que nós somos a Geração Marlboro Lights.

— Puxa, que coisa deprimente — comentou Emma. — Toda uma geração definida por uma marca de cigarro. Eu esperava um pouco mais. — Sorriu e virou-se para ele. — Então. Como vai você?

— Estou bem. Um pouco mais sensato.

— Fazer sexo em boxes de banheiro perdeu aquele encanto agridoce?

Dexter riu, olhando a ponta do cigarro.
— Eu precisava tirar uma coisa de dentro de mim, só isso.
— E já conseguiu?
— Acho que sim, quase tudo.
— Por conta de um verdadeiro amor?
— Em parte. Também por já estar com trinta e quatro anos. Com essa idade a gente começa a não ter mais desculpas.
— Desculpas?
— É, quando a gente está botando para quebrar aos vinte e dois anos, sempre se pode dizer "tudo bem, eu só tenho vinte e dois anos". Só tenho vinte e cinco, só tenho vinte e oito. Mas "só tenho trinta e quatro"?
— Deu um gole no champanhe e encostou na sebe. — É como se todo mundo tivesse um dilema central na vida, o meu era a dúvida se poderia me envolver num relacionamento adulto, maduro e comprometido e continuar sendo convidado para sessões de orgia.
— E qual foi a resposta, Dex? — perguntou Emma, solene.
— A resposta é não, não é possível. Quando a gente entende isso, tudo fica um pouco mais simples.
— É verdade; uma orgia não mantém ninguém aquecido durante a noite.
— Uma orgia não quer saber de você quando está velho. — Deu outro gole. — De qualquer forma, eu nem estava mais sendo convidado para nada, só me fazia de bobo, metendo os pés pelas mãos. Arruinando a minha carreira, arruinando a relação com a minha mãe...
— Ei, isso não é verdade...
— ...arruinando todas as minhas amizades. — Para enfatizar, deitou a cabeça no braço dela, e Emma fez o mesmo com ele. — Simplesmente achei que tinha chegado a hora de fazer as coisas direito uma vez. E agora conheci Sylvie, e ela é ótima, de verdade, e me mantém na linha.
— Ela é uma garota adorável.
— É mesmo, é mesmo.
— Muito bonita. Serena.
— Um pouco assustadora, às vezes.
— Ela tem um pouco do jeito bonito e caloroso da Leni Riefenstahl.
— De quem?
— Deixa para lá.
— É claro que ela não tem nenhum senso de humor.

— Bom, isso é um alívio. Acho que senso de humor é uma coisa meio superestimada — observou Emma. — É uma chatice ter alguém fazendo gracinhas o tempo todo. Como Ian. Só que Ian não era engraçado. É muito melhor ter alguém de quem a gente realmente gosta, alguém para segurar sua mão.

Dexter tentou imaginar Sylvie segurando a mão dele.

— Uma vez ela me disse que nunca ri porque não gosta do que o riso faz com o rosto dela.

Emma soltou uma meia gargalhada.

— Uau! — foi tudo o que conseguiu dizer. — Uau. Mas você gosta dela, não gosta?

— Eu a adoro.

— Adora. Puxa, "adorar" é melhor ainda.

— Ela é sensacional.

— É, sim.

— E mudou completamente a minha vida. Parei com as drogas, com a bebida e deixei de fumar. — Emma olhou para a garrafa na mão dele, o cigarro na boca. Dexter sorriu. — Essa é uma ocasião especial.

— Então o verdadeiro amor triunfou afinal.

— Algo assim. — Dexter encheu a taça dela. — E você?

— Ah, eu estou bem. Tudo bem. — Ficou em pé, para mudar de assunto. — Vamos continuar andando? Esquerda ou direita?

— Direita. — Dexter se levantou com um suspiro. — Você tem visto Ian?

— Não, já faz alguns anos.

— Ninguém mais em vista?

— Não comece, Dexter.

— O quê?

— Solidariedade pela solteirona. Eu estou muito bem, obrigada. E me recuso a ser definida por um namorado. Ou pela falta de um namorado. — Começa a falar com bastante intensidade. — Quando você não se preocupa mais com essas coisas, com encontros ou relacionamentos, amor e tudo o mais, é mais fácil se sentir livre para tocar a vida real. E eu tenho o meu trabalho, e adoro o que faço. Acho que tenho mais um ano para resolver de vez essa situação. O dinheiro é curto, mas me sinto livre. Vou ao cinema à tarde. — Fez uma pequena pausa. — Posso nadar! Eu nado bastante. Nado, nado, nado, quilômetros e quilômetros. Meu Deus, como eu odeio nadar. Acho que é para esquerda.

— Sabe, acho que eu sinto o mesmo. Não quanto à natação, mas pelo fato de não ter que *sair* mais com ninguém. Desde que conheci Sylvie, é como se eu tivesse me libertado dessa enorme exigência de tempo, energia e espaço mental.

— E o que você faz com isso, com esse espaço mental?

— Jogo *Tomb Raider*, basicamente.

Emma deu risada e continuou a andar em silêncio, preocupada de não estar se mostrando tão autossuficiente e poderosa quanto pretendia.

— De qualquer forma, não é que eu esteja completamente sozinha e entediada, sabe? Tenho os meus momentos. Tive um casinho com um cara chamado Chris. Ele se dizia dentista, mas na verdade era sanitarista.

— E o que aconteceu com o Chris?

— Simplesmente acabou. Foi melhor assim. Eu achava que ele vivia examinando os meus dentes. Sempre falando fio dental, Emma, *fio dental*. Cada encontro com ele era um check-up. Pressão demais. E antes dele teve o senhor Godalming. — Estremeceu um pouco. — O senhor Godalming. Que desastre.

— Quem era o senhor Godalming?

— Fica para uma outra vez. Esquerda, direita?

— Esquerda.

— Se um dia eu ficar muito desesperada, ainda tenho a sua proposta para me salvar.

Dexter parou de andar.

— Que proposta?

— Lembra que costumava me dizer que se eu continuasse solteira até os quarenta anos você casaria comigo?

— Eu disse isso? — Franziu o cenho. — É meio condescendente.

— Também achei isso na época. Mas, não se preocupe, acho que isso não implica nenhum compromisso legal ou coisa assim, eu não vou cobrar nada. Além do mais, ainda temos sete anos pela frente. É muito tempo... — Começou a andar outra vez, mas Dexter ficou para trás, coçando a cabeça, um garoto prestes a contar que quebrou o melhor vaso da casa.

— Infelizmente, acho que eu vou ter que retirar essa proposta.

Emma parou e virou-se para trás.

— É mesmo? Por quê? — perguntou, mas parte dela já sabia a resposta.

— Eu estou noivo.

Emma piscou uma vez, muito devagar.

— Noivo para quê?

— Para casar. Com Sylvie.

Passou-se um momento, talvez meio segundo, em que suas expressões disseram o que sentiam, até Emma abrir um sorriso e começar a dar risada, os braços ao redor do pescoço dele.

— Oh, Dexter. Que coisa incrível! Parabéns! — e aproximou-se para beijar sua bochecha no momento em que ele virou o rosto. Suas bocas se esbarraram por um instante, sentiram o gosto do champanhe nos lábios um do outro.

— Você ficou contente?

— Contente? Eu estou arruinada! Mas não, de verdade, sério, é uma notícia fantástica.

— Você acha?

— Mais que fantástica, é, é... radical! Radical e chocante. É da velha guarda!

Dexter se afastou e remexeu no bolso do paletó.

— Aliás, foi por isso que eu arrastei você até aqui. Queria entregar isso pessoalmente.

Era um envelope grosso, de papel lilás encorpado. Emma pegou o envelope com entusiasmo e espiou dentro. Forrado de papel de seda, o convite tinha as bordas rasgadas à mão, de forma a parecer uma espécie de papiro ou pergaminho.

— Isso, sim... — Emma equilibrou o envelope como um tabuleiro sobre os dedos virados para cima. — *Isso* é o que eu chamo de um convite de casamento.

— Não é mesmo?

— Muito bem-feito.

— Oito libras cada um.

— Vai sair mais caro que o meu carro.

— Sinta o cheiro...

— Cheiro? — Apreensiva, levou o papel até o nariz. — É *perfumado*! O seu convite de casamento é *perfumado*?

— Deveria ter cheiro de lavanda.

— Não, Dex... tem cheiro de *dinheiro*. Cheira a *dinheiro*. — Emma abriu o cartão com muito cuidado enquanto ele a observava, recordando a maneira como ela afastava a franja da testa com a ponta dos dedos. — "Sr. e sra. Lionel Cope convidam para o casamento de sua filha Sylvie com o sr. Dexter Mayhew..." Nem acredito que estou vendo isso impresso. Sábado, 14 de setembro. Espera aí, isso é daqui a apenas...

— Sete semanas... — emendou Dexter, ainda concentrado no rosto dela, aquele rosto fantástico, para ver o que mudaria em sua expressão quando ele desse a notícia.

— Sete semanas? Pensei que essas coisas demorassem anos para acontecer?

— É, geralmente é assim, mas acho que é o que chamam de casamento de emergência...

Emma franziu o cenho, ainda sem entender muito bem.

— Para 350 convidados. Com direito a danças folclóricas.

— Quer dizer então que...

— Sylvie está meio grávida. Bem, meio grávida não, está grávida. Grávida de verdade. Esperando um bebê.

— Oh, Dexter! — Mais uma vez encostou o rosto no dele. — E você conhece o pai? Brincadeira! Meus parabéns, Dex. Puxa, não dá para espaçar um pouco esse bombardeio, soltar uma bomba de cada vez? — Segurou o rosto dele com as duas mãos, olhou em seus olhos. — Você vai se casar...?

— Vou.

— ...e vai ser *pai*?

— Eu sei! Me ferrei... vou ser pai!

— E isso é permitido? Quer dizer, eles vão deixar você fazer isso?

— Parece que sim.

— Imagino que não tenha mais aquele cigarro, tem? — Dexter enfiou a mão no bolso. — E como está Sylvie com isso tudo?

— Está maravilhada! Quero dizer, está preocupada porque pode engordar.

— Bem, acho que existe a possibilidade...

Acendeu o cigarro dela.

— Mas ela quer levar adiante, quer se casar, ter filhos, começar uma vida nova. Não quer acabar ficando sozinha com mais de trinta anos...

— Como EU!!!

— Exatamente, ela não quer acabar como você! — Pegou na mão dela. — Não foi isso que eu quis dizer, claro.

— Eu sei. Só estou brincando. Dexter, meus parabéns.

— Obrigado. Obrigado. — Uma pausa momentânea. — Deixa eu dar uma tragada? — perguntou, pegando o último cigarro da boca de Emma e levando-o aos lábios. — Ei, olha isso aqui... — Tirou da carteira um pedaço de papel manchado e abriu sob a luz de sódio. — É o ultrassom, depois de doze semanas. Não é incrível?

Emma pegou o pedaço de papel e examinou com atenção. A beleza de um ultrassom é algo que só os pais sabem apreciar, mas ela já tinha visto aquelas coisas antes e sabia o que se esperava.

— Que lindo — suspirou, embora na verdade pudesse ser uma foto do interior do bolso dele.

— Está vendo... isso é a coluna.

— Bela coluna.

— Dá até para ver os dedinhos.

— Ahhh. Menino ou menina?

— Menina, espero. Ou menino. Não faz diferença. Mas você acha que é uma coisa boa?

— Sem dúvida. Acho maravilhoso. Puta merda, Dexter, eu viro as costas por um minuto e...!

Abraçou-o mais uma vez, os braços ao redor do pescoço. Sentia-se embriagada, cheia de afeto, mas sentia também uma certa tristeza, como se alguma coisa estivesse chegando ao fim. Queria dizer algo a respeito, mas achou melhor fazer isso com uma piada.

— É claro que você acaba de destruir qualquer chance de eu ter um futuro feliz, mas estou muito contente por você, de verdade.

Dexter virou o pescoço para olhar para ela, e de repente havia algo se movendo entre eles, algo vivo e vibrando no peito dele.

Emma encostou a mão.

— É o seu coração?

— É o meu celular.

Emma se afastou e ele pegou o telefone no bolso de dentro do paletó. Ao verificar quem era, sacudiu a cabeça em busca de sobriedade e passou o cigarro a Emma com um ar culpado, como se fosse uma arma. Recitou para si mesmo: "Não fale como bêbado, não fale como bêbado", assumiu um sorriso de televendas e atendeu.

— Oi, amor!

Emma ouviu a voz de Sylvie no aparelho.

— *Onde* você está?

— Estou meio perdido.

— Perdido? Como conseguiu se perder?

— Bom, eu estou num labirinto, então...

— Num *labirinto*? O que está fazendo num *labirinto*?

— Nada... passeando. A gente achou que ia ser divertido.

— Bem, pelo menos *você* está se divertindo, Dex. Eu estou aqui ouvindo um velho falar sobre a *Nova Zelândia*...

— Entendi, e eu estou tentando sair daqui faz algum tempo, mas... isso aqui parece um labirinto! — Deu risada, mas o telefone continuou em silêncio. — Alô? Sylvie, você está aí? Está me ouvindo?

— Você está com alguém, Dexter? — perguntou Sylvie, a voz grave.

Olhou para Emma, que continuava fingindo estar fascinada com o ultrassom. Pensou por um momento, depois virou de costas e mentiu.

— Na verdade tem um monte de gente aqui. Vamos continuar tentando mais uns quinze minutos, depois a gente vai cavar um túnel, e se nada disso funcionar vamos ter que comer alguém.

— Graças a Deus Callum chegou. Eu vou falar com Callum. Volta logo, tá?

— Tudo bem. Já estou indo. Tchau, querida, tchau! — Desligou. — Será que eu falei como bêbado?

— De jeito nenhum.

— Precisamos ir embora daqui imediatamente.

— Por mim tudo bem. — Olhou nas duas direções, sem esperança. — A gente devia ter deixado uma trilha de migalhas de pão. — Como em resposta, houve um zumbido e um clique, e todas as luzes do labirinto se apagaram, uma a uma, envolvendo os dois na escuridão.

— Que ótimo — exclamou Dexter. Ficaram parados um tempo até os olhos se acostumarem à penumbra. A banda estava tocando "It's Raining Men", e os dois prestaram atenção ao som abafado, em busca de uma indicação de onde estavam.

— Nós precisamos voltar — falou Emma. — Antes que comece a chover.

— Boa ideia.

— Existe um truque, não é? — sugeriu Emma. — Se bem me lembro, a gente põe a mão esquerda na parede e continua andando até acabar saindo.

— Então vamos fazer isso! — Despejou o resto de champanhe nas duas taças e deixou a garrafa vazia na grama. Emma tirou os sapatos, encostou a ponta dos dedos na sebe e, cuidadosos no começo, os dois começaram a andar pelo corredor de folhas na penumbra.

— Então você vai? Ao meu casamento.

— É claro que vou. Só não posso prometer não arruinar a cerimônia, veja bem.

— Eu é que deveria fazer isso! — Os dois sorriram na escuridão e andaram um pouco mais.

— Na verdade, eu ia pedir um favor.

— Não, por favor, não me peça para ser madrinha, Dex.

— Não é isso, é que estou tentando escrever um discurso há um tempão, e fiquei pensando se você não podia me ajudar.

— Não! — respondeu Emma dando risada.

— Por que não?

— Acho que não vai ser tão emocionante se for escrito por mim. Escreva sobre os seus verdadeiros sentimentos.

— Bom, não sei se *isso* é uma boa ideia. "Gostaria de agradecer ao bufê, e, a propósito, estou me borrando de medo." — Fez uma careta na escuridão. — Tem certeza de que isso está funcionando? Parece que a gente está entrando cada vez mais.

— Confie em mim.

— Além do mais, não quero que você escreva tudo, é só para dar um acabamento...

— Sinto muito, mas nessa você está sozinho. — Os dois pararam em frente a uma encruzilhada de três caminhos.

— Definitivamente, nós já passamos por aqui.

— Confie em mim. Vamos em frente.

Continuaram andando em silêncio. Em algum lugar ali perto a banda tinha passado para "1999", do Prince, para a alegria dos convidados.

— Quando ouvi essa música pela primeira vez, eu achei que era ficção científica — comentou Emma. 1999. Carros aéreos, comida em pílulas e fins de semana na lua. Nós já estamos em 1999 e eu continuo dirigindo um maldito Fiat Panda. Nada mudou.

— A não ser pelo fato de agora eu ser um pai de família.

— Um pai de família. Meu Deus, você não está com medo?

— Às vezes. Mas depois a gente vê cada idiota conseguir criar filhos. Fico dizendo para mim mesmo: se Miffy Buchanan consegue fazer isso, não pode ser tão difícil.

— Você não pode levar bebês a bares, sabe? Eles não acham legal esse tipo de coisa.

— Tudo bem. Eu vou aprender a amar ficar em casa.

— Mas está feliz?

— Feliz? Acho que sim. E você?
— Um pouco mais feliz. Mais ou menos feliz.
— Mais ou menos feliz. Bom, mais ou menos feliz não é tão ruim.
— É o máximo que se pode esperar. — As pontas dos dedos da mão esquerda de Emma passaram por uma estátua que parecia conhecida, e ela sabia exatamente onde estavam. Se virassem à direita e depois à esquerda, chegariam ao jardim de flores outra vez, de volta à festa, de volta à noiva dele e aos amigos, e não haveria mais tempo para falar. De repente se sentiu surpresa e assustada e parou por um momento, virou-se e pegou as duas mãos de Dexter nas suas.
— Posso dizer uma coisa antes de voltarmos à festa?
— Vai firme.
— Eu estou um pouco bêbada.
— Eu também. Vai nessa.
— Eu... senti sua falta, sabe?
— Eu também senti sua falta.
— Mas muito, *muito*, Dexter. Eram tantas coisas que eu queria contar, e você não estava por perto...
— Eu também.
— E me sinto um pouco culpada por ter sumido daquele jeito.
— É mesmo? Mas eu não botei a culpa em você. Às vezes eu conseguia ser um pouco... desagradável.
— Mais do que um pouco, seu crápula...
— Eu sei...
— Egoísta, chato e canalha...
— Certo, já entendi...
— Mesmo assim. Eu deveria ter sido mais paciente, com a história da sua mãe e tudo o mais...
— Mas isso não era desculpa.
— Bem, não, mas eu não precisava ter feito aquilo.
— Ainda tenho a carta que você me escreveu. É uma carta linda, eu gostei muito.
— De qualquer jeito, eu deveria ter tentado entrar em contato. A gente precisa ficar junto com os amigos, não é? Aceitar as agressões.
— Eu não culpo você...
— Mesmo assim. — Envergonhada, Emma sentiu os olhos lacrimejarem.
— Ei, ei, o que foi, Em?

— Desculpe, eu bebi demais, só isso...

— Vem cá. — Dexter pôs os braços em torno dela, encostou o rosto no seu pescoço, cheirando a xampu e seda úmida. Emma respirava no pescoço dele, sentindo a mistura de cheiros de loção de barba, com suor e álcool, o aroma que emanava da sua roupa. Os dois ficaram assim algum tempo, até Emma recuperar o fôlego e falar.

— Eu vou dizer o que é. É que... quando a gente não estava se vendo, eu pensava em você todos os dias, *todos os dias* mesmo, por uma razão ou por outra...

— Eu também...

— ...mesmo que fosse só "gostaria que o Dexter visse isso", ou "onde estará o Dexter agora?", ou "saco, Dexter, que imbecil", você entende. E quando vi você hoje pensei... bem, pensei que ia ter você de volta... recuperar o meu *melhor* amigo. Só que agora, com tudo isso, casamento, filho... eu me sinto muito feliz por você, Dex, mas a impressão é de que perdi você outra vez.

— Perdeu... mas como?

— Você sabe como são essas coisas, você tem uma família, outras responsabilidades, a gente perde contato com as pessoas...

— Não necessariamente...

— Não, é verdade, acontece o tempo todo, eu sei. Você vai ter outras prioridades, os novos amigos, jovens casais simpáticos que vai conhecer nas aulas do pré-natal que também vão ter filhos e entendem dessas coisas, ou vai estar cansado demais por ter ficado acordado a noite toda...

— Não, nós vamos ter um desses bebês que não dão trabalho. É só deixar num quarto. Com um abridor de lata e um pequeno fogão a gás. — Dexter sentiu Emma rindo contra o seu peito e naquele momento percebeu que não havia nada melhor na vida do que fazer Emma Morley dar risada. — Não vai ser assim, prometo.

— Promete?

— Claro.

Emma se afastou para poder olhar para ele.

— Você jura que não vai mais desaparecer?

— Se você não desaparecer, eu não desapareço.

Os lábios dos dois se tocaram, bocas fechadas, olhos abertos, imóveis. O momento se manteve, uma espécie de confusão gloriosa.

— Que horas são? — perguntou Emma, afastando o rosto meio em pânico.

Dexter ergueu a manga e olhou o relógio.

— Quase meia-noite.

— Puxa! Hora de ir embora.

Voltaram a caminhar em silêncio, sem saber bem o que havia acontecido e o que aconteceria depois. Mais duas curvas e estariam fora do labirinto, de volta à festa. Emma estava prestes a abrir o pesado portão de carvalho, quando Dexter pegou a mão dela.

— Em?

— Dex?

Queria continuar segurando a mão dela e voltar ao labirinto. Desligar o telefone e ficar ali com Emma até a festa acabar, se perder de novo e falar sobre o que tinha acontecido.

— Amigos de novo? — disse finalmente.

— Amigos de novo. — Emma largou a mão dele. — Agora vamos procurar a sua noiva. Quero dar os *parabéns* a ela.

CAPÍTULO CATORZE
Ser pai

SÁBADO, 15 DE JULHO DE 2000

Richmond, Surrey

Jasmine Alison Viola Mayhew.

Nascida no final da tarde do terceiro dia do novo milênio, ela iria ter sempre a idade do século. Pequena, porém muito saudável, com 3 quilos, para Dexter ela era linda de uma maneira indizível, tinha certeza de que sacrificaria sua vida por ela, ao mesmo tempo que confiava em que nunca se veria diante de tal situação.

Naquela noite, sentado numa desconfortável cadeira de vinil no hospital, segurando aquela trouxinha de rosto rosado, Dexter Mayhew tomou uma decisão solene. Resolveu que dali em diante só faria a coisa certa. À parte uns poucos imperativos biológicos e sexuais, todas as suas palavras e ações seriam sempre apropriadas aos olhos e ouvidos da filha. Ia viver como se estivesse sob o constante escrutínio de Jasmine. Nunca faria nada que pudesse provocar nela alguma dor, ansiedade ou constrangimento, e nunca mais haveria nada, absolutamente nada, em sua vida de que se envergonhar.

Essa resolução solene foi mantida por mais ou menos noventa e cinco minutos. Até disparar o alarme do banheiro do quarto do hospital quando fumava escondido, mesmo tentando aprisionar a fumaça exalada numa garrafa de água mineral Evian vazia. O detector de fumaça disparou, acordando a filha e sua exausta esposa de um sono muito necessário. Teve de ser retirado do cubículo ainda com a garrafa cheia de fumaça amarelada nas mãos, e a expressão cansada nos olhos estreitos de Sylvie disseram tudo: Dexter Mayhew simplesmente não estava à altura daquela situação.

O antagonismo do casal foi exacerbado pelo fato de que no início do ano 2000 Dexter estava desempregado e sem perspectivas de trabalho. O horário de exibição do *Sport Xtreme* foi sendo inexoravelmente empurrado madrugada adentro, até ficar claro que ninguém, nem mesmo os ciclistas aficionados da BMX, conseguia ficar acordado até tão tarde durante a semana, não importava o quanto ele tentasse inventar novos maneirismos, como radical, chocante e velha guarda. A série agonizou até ser cancelada, e a licença-paternidade se transformou num bem menos respeitável estado de desemprego.

A mudança de residência providenciou uma distração temporária. Depois de muita resistência, o apartamento de solteiro de Belsize Park foi alugado por uma pequena fortuna, substituído por uma bonita casa geminada em Richmond, com grande potencial, segundo diziam. Dexter reagiu alegando ser jovem demais para morar em Surrey, que tinha só trinta e cinco anos, mas não havia como discutir com a qualidade de vida, as boas escolas, o sistema de transporte, os cervos correndo pelo parque. Era perto dos pais dela, os gêmeos moravam nas imediações, e Surrey acabou vencendo. Em maio eles começaram a interminável e dispendiosa tarefa de lixar todas as superfícies de madeira existentes e de derrubar as paredes que não tinham vigas de suporte. O Mazda esportivo também foi sacrificado, substituído por um carro maior, de segunda mão, com o indelével cheiro de vômito comunitário da família anterior.

Foi um ano muito importante para a família Mayhew, mas Dexter percebeu que não estava gostando tanto de construir um ninho como havia pensado. Imaginava que a vida em família fosse igual a uma réplica dos comerciais do banco Building Society: um belo casal jovem de macacões azuis, rolos de pintar nas mãos, retirando a louça de um velho baú do aparelho de chá e acomodando tudo num grande e antigo sofá. Imaginava a si mesmo passeando com cachorros peludos no parque e organizando cansativos porém divertidos jantares. Em algum ponto do futuro próximo haveria piscinas de pedras à beira-mar, fogueiras na praia, peixe grelhado na brasa. Inventaria jogos criativos e instalaria prateleiras. Sylvie vestiria as camisas velhas dele, com as pernas de fora. Roupas de tricô. Ele usaria muitas roupas de tricô e seria um bom provedor para seus dependentes.

Em vez disso, o que havia eram discussões, mesquinharias e olhares rancorosos em meio a uma nuvem fina de pó de reboco. Sylvie começou a passar cada vez mais tempo na casa dos pais, declaradamente por causa dos pedreiros, mas em geral também para ficar longe de seu desatento e inútil marido. Às vezes telefonava para sugerir que Dexter fizesse uma visita ao amigo Callum, o barão do lagostim, e aceitasse a oferta de emprego, mas ele resistia. Talvez conseguisse retomar sua carreira de apresentador, poderia arranjar trabalho como produtor ou fazer um curso de câmera ou editor. Enquanto isso podia ajudar os pedreiros, reduzindo custos com mão de obra, preparando chá com biscoitos, aprendendo um pouco de polonês básico e jogando Playstation para abafar a explosão sonora da lixadeira de assoalho.

Uma vez havia se perguntado o que acontecia com as pessoas mais velhas que trabalhavam em televisão, e agora sabia a resposta. Os editores e câmeras iniciantes tinham vinte e quatro, vinte e cinco anos, e Dexter não tinha experiência como produtor. A Mayhem TV plc, sua empresa independente, cada vez mais se tornava um álibi para sua inatividade em vez de um empreendimento. No fim do último ano fiscal, a empresa foi oficialmente fechada, para evitar despesas contábeis, com vinte resmas de papel timbrado vergonhosamente relegadas ao sótão. A única esperança era poder passar algum tempo com Emma outra vez, com escapadas para ir ao cinema quando deveria estar aprendendo a fazer argamassa com Jerzy ou Lech. Mas a sensação de melancolia ao sair de um cinema à luz do dia numa tarde de terça-feira acabou se tornando insuportável. E quanto aos seus votos de ser um pai perfeito? Agora ele tinha responsabilidades. No começo de junho, finalmente cedeu e foi conversar com Callum O'Neill e acabou ingressando na família Natural Stuff.

E assim, esse Dia de São Swithin encontra Dexter Mayhew de camisa de manga curta cor de aveia e gravata cor de cogumelo, supervisionando entregas do vasto suprimento diário de rúcula para a nova filial da Victoria Station. Conta as caixas de folhas verdes, o motorista por perto, encarando-o abertamente por cima da prancheta, e instintivamente Dexter já sabe o que vem a seguir.

— Você não trabalhava na televisão?

"E lá vamos nós..."

— Num passado distante, nas névoas do tempo — responde, bem-humorado.

— Como era mesmo o nome, *curtindo todas* ou algo assim?

"Não seja irônico."

— Foi um dos programas. Então, eu assino esse recibo?

— E você andou namorando a Suki Meadows.

"Sorria, sorria, sorria."

— Como já disse, faz muito, muito tempo. Uma caixa, duas, três...

— Ela está com tudo hoje em dia, né?
— Seis, sete, oito...
— Ela é linda.
— Muito encantadora. Nove, dez.
— Como era namorá-la?
— Movimentado.
— E daí... o que aconteceu com você?
— A vida. A vida aconteceu. — Dexter pega a prancheta da mão dele.
— Eu assino aqui, certo?
— Isso mesmo. Você assina aí.

Autografa a fatura e põe a mão na caixa de cima, pega um punhado de rúcula e experimenta para ver se está fresca. "Rúcula... a alface crespa *de nos jours*", costuma dizer Callum, mas Dexter acha a folha muito amarga.

O escritório central da Natural Stuff fica num depósito em Clerkenwell, arejado, limpo e moderno, com máquinas de suco de frutas, pufes, banheiros unissex, internet de banda larga e máquinas de pinball. Imensas telas ao estilo de Andy Warhol retratando vacas, galinhas e lagostins cobrem as paredes. Uma mistura de local de trabalho e quarto de adolescente, os arquitetos não chamam de escritório, mas sim de "espaço onírico", em fonte Helvetica e caixa baixa. Mas antes de Dexter entrar naquele espaço onírico é preciso aprender o ofício. Cal faz questão de que todos os executivos ponham a mão na massa, por isso Dexter está passando por um treinamento de um mês, trabalhando como assistente de gerente do mais recente posto avançado do império. Nas últimas três semanas ele já lavou centrífugas de frutas, fez sanduíches usando touca, moeu café, serviu clientes e, para sua surpresa, fez tudo muito bem. Afinal de contas, tudo se resume nisso: as pessoas são o negócio, como Callum gosta de dizer.

O pior de tudo é ser reconhecido, sentir aquele olhar de piedade no rosto do cliente ao ver um ex-apresentador da TV servindo sopa. Os trintões, seus contemporâneos, são os piores. Ter sido famoso, mesmo que não muito, e ter perdido tudo, envelhecido e talvez engordado um pouco parece uma espécie de morte em vida. Eles veem Dexter atrás da caixa registradora como se fosse um detento na cadeia. "Você é mais baixo pessoalmente", dizem às vezes; e é verdade, ele se sente muito menor agora. "Mas está tudo bem", gostaria de dizer enquanto serve a sopa de lentilha à moda de Guam. "Tudo bem. Estou em paz. Gosto daqui, e é temporário. Estou aprendendo um novo negócio, sustentando minha família. Quer pão para acompanhar? Integral ou multigrãos?"

O turno matinal na Natural Stuff vai das 6h30 às 16h30, e, depois de fechar o caixa, Dexter toma o trem para Richmond junto com todos os que saíram para fazer compras no sábado. Em seguida tem de encarar a tediosa caminhada de vinte minutos para chegar às casas vitorianas geminadas, que são muito, muito maiores por dentro do que parecem do lado de fora, até chegar ao seu lar, a Casa da Cólica. Quando passa pela entrada do jardim (sim, ele tem um jardim na entrada — como isso aconteceu?), vê Jerzy e Lech fechando a porta da frente e logo assume o tom amigável e o sotaque leve do subúrbio, obrigatório quando se fala com empreiteiros, mesmo que poloneses.

— *Cześć! Jak się masz?*

— Boa tarde, Dexter — responde Lech, indiferente.

— Está em casa, a senhora Mayhew? — É preciso trocar a ordem das palavras, é a lei.

— Sim, ela está.

Dexter abaixa a voz.

— Hoje, como elas estão?

— Um pouco... cansadas, acho.

Dexter franze o cenho e finge ter se assustado.

— Então... devo me preocupar?

— Um pouco, talvez.

— Olha aqui. — Dexter enfia a mão no bolso e tira duas barras de cereais de mel e tâmaras contrabandeadas da Natural Stuff. — Artigos roubados. Não contem a ninguém, certo?

— Tudo bem, Dexter.

— *Do widzenia.* — Abre a porta da frente e guarda a chave, sabendo que existe uma boa probabilidade de alguém estar chorando em algum lugar da casa. Às vezes parece que as duas seguem uma programação.

Jasmine Alison Viola Mayhew está no corredor, sentada meio desequilibrada na cobertura de plástico que protege os tacos recém-encerados. Traços delicados e perfeitos dispostos no centro de um rosto oval, ela é a mãe em miniatura, e mais uma vez Dexter vivencia aquele sentimento de amor intenso temperado com terror abjeto.

— Olá, Jas. Desculpe o atraso — fala, pegando-a no colo, as mãos ao redor de sua barriga, segurando-a acima da cabeça. — Como foi o seu dia, Jas?

Surge uma voz vinda da sala de estar.

— Gostaria que você não a chamasse assim. O nome dela é Jasmine, não *Jazz*. — Sylvie está lendo uma revista num sofá coberto por um plástico protetor empoeirado. — Jazz Mayhew é *horrível*. Parece nome de saxofonista de uma banda funk lésbica. *Jazz*.

Dexter coloca a filha no ombro e vai até a porta.

— Bom, se você deu o nome de Jasmine, ela vai ser chamada de Jas.

— Não fui *eu* que escolhi esse nome, *nós* escolhemos. E sei que isso vai acontecer, só estou dizendo que não gosto.

— Certo, então vou mudar totalmente a maneira de falar com a minha filha.

— Ótimo, eu gostaria muito.

Parado ao lado do sofá, Dexter olha para o relógio e pensa: "Um novo recorde mundial! Cheguei em casa há o quê, quarenta e cinco segundos, e já fiz alguma coisa errada!" A observação tem a mistura perfeita de autocomiseração e hostilidade; ele gostou, e está prestes a falar em voz alta quando Sylvie se senta fazendo uma careta, os olhos úmidos, abraçando os joelhos.

— Desculpe, querido, eu tive um dia terrível.

— O que aconteceu?

— Ela não quer dormir de jeito nenhum. Ficou acordada o dia inteiro, não pregou os olhos desde as cinco da manhã.

Dexter leva a mão à cintura.

— Bom, querida, se você só desse café descafeinado a ela, como eu falei... — Mas esse tipo de brincadeira não soa muito natural em Dexter, e Sylvie nem sorri.

— Ela chorou, choramingou o dia todo. Está tão quente lá fora, tão chato aqui dentro com Jerzy e Lech martelando pela casa inteira que... nem sei, me sinto frustrada, só isso. — Dexter senta-se ao lado dela, passa o braço pelo seu ombro e dá um beijo na sua testa. — Juro que se tiver que dar mais uma volta naquele maldito parque vou gritar.

— Não falta muito.

— Eu ando ao redor do lago, e ao redor do lago, e depois pelos balanços, e ao redor do lago de novo. Sabe qual foi o ponto alto do meu dia? Achei que tinham acabado as fraldas. Pensei que ia ter que ir até a Waitrose comprar fraldas, mas daí encontrei algumas em casa. Achei quatro fraldas, e eu fiquei muito *contente*.

— Pense que no mês que vem você volta ao trabalho.

— Graças a Deus! — Abaixa a cabeça, apoia o rosto no ombro dele e suspira. — Acho que nem vou mais sair esta noite.

— Não, você precisa ir! Está planejando isso há semanas!

— Acho que não estou muito a fim... uma *despedida de solteira*. Já estou muito velha para essas coisas.

— Bobagem...

— E fico preocupada...

— Preocupada com o quê? Comigo?

— Em deixar você sozinho.

— Ei, eu tenho trinta e cinco anos, Sylvie, já fiquei muito em casa sozinho. E, de qualquer forma, eu nem vou estar sozinho, a Jas vai cuidar de mim. Nós vamos ficar numa boa, não vamos, Jas? Quer dizer, Jasmine.

— Tem certeza?

— Absoluta. — "Ela não confia em mim", pensa Dexter. "Acha que vou beber. Mas eu não vou beber. Não vou."

A despedida de solteira é para Rachel, a mais magra e encucada das amigas da sua mulher, que alugou uma suíte de hotel completa para pernoite, com um garçom bonitão disponível para o que elas quiserem. Limusine, restaurante, mesa numa boate, café da manhã no dia seguinte, tudo foi planejado por meio de uma série de e-mails autoritários, para garantir que não houvesse nenhuma possibilidade de espontaneidade ou alegria. Sylvie só vai voltar na tarde do dia seguinte, e pela primeira vez Dexter vai ficar uma noite sozinho com sua filha.

Sylvie está se maquiando no banheiro e observa Dexter ajoelhado, dando banho em Jasmine.

— Então você põe ela na cama por volta das oito, certo? Daqui a quarenta minutos.

— Certo.

— Tem bastante leite em pó, e eu já preparei a papinha. — "*Papinha*... é irritante o jeito de ela dizer *papinha*." — Está na geladeira.

— A papinha está na geladeira, sei.

— Se ela não gostar, tem alguns potinhos em conserva no armário, mas são só para *emergências*.

— E batata frita? Eu posso dar batata frita para ela, não? Se tirar o sal...

Sylvie estala a língua em desaprovação, balança a cabeça, passa batom.

— É melhor apoiar mais a cabeça dela.

— ...e amendoins torrados? Ela já tem idade, não tem? Uma cumbuquinha de amendoins? — Vira a cabeça e olha por cima do ombro, para o caso remoto de ela estar sorrindo, e fica surpreso, como quase sempre acontece, com a beleza de Sylvie, simples e elegante num vestido preto curto e sapatos de salto alto, o cabelo ainda úmido do banho. Tira uma das mãos da banheira de Jasmine e a põe em concha na canela bronzeada da esposa. — A propósito, você está maravilhosa.

— Sua mão está molhada — diz, afastando a perna. Já faz seis semanas que não fazem amor. Dexter havia previsto uma certa frieza e irritabilidade depois do parto, mas aquilo já está durando muito tempo, e às vezes Sylvie olha para ele com uma expressão... não, não de desprezo, mas...

— Eu preferia que você voltasse hoje mesmo — diz.

...de decepção. Isso mesmo. Decepção.

— Cuidado com Jasmine... apoie a cabeça dela!

— Eu sei o que estou fazendo! — replica, com certa irritação. — Pelo amor de Deus!

E lá está de novo aquele olhar. Não resta dúvida, se tivesse uma nota fiscal, Sylvie já o teria devolvido: esse produto não está funcionando. Não é o que eu queria.

A campainha toca.

— É o meu táxi. Em caso de emergência, ligue para o meu celular, *não* para o hotel, tá? — Inclina-se e encosta os lábios no alto da cabeça de Dexter, depois se abaixa até a banheira e dá um segundo beijo na filha, bem mais convincente. — Boa noite, meu amor. Cuide do papai para mim... — Jasmine fecha a cara e faz biquinho quando a mãe se afasta, uma expressão de pânico no olhar. Dexter percebe e dá risada.

— Aonde você vai, mamãe? — murmura ele. — Não me deixe com esse *idiota*! — A porta se fecha no andar de baixo. Sylvie saiu, ele está sozinho e finalmente livre para fazer um monte de idiotices.

Tudo começa com a televisão da cozinha. Jasmine já está chorando quando Dexter luta para prendê-la na cadeirinha alta. Ela sempre deixa Sylvie fazer isso, mas agora está se contorcendo e gritando, um pacote compacto de músculos e barulho se agitando com uma força surpreendente e por nenhuma razão aparente, e ele começa a pensar: "Por que você não *aprende logo a falar*? Aprenda uma língua qualquer e me diga o que estou fazendo de errado." Quanto tempo até começar a falar? Um ano? Dezoito meses? É uma loucura, um erro de projeto absurdo, essa recusa a dominar a linguagem no momento em que é mais necessária. Eles deviam nascer falando. Não conversando nem argumentando, mas transmitindo informações práticas. "Papai, estou com gases." "Esse tipo de atividade me deixa irritada." "Estou com cólicas."

Finalmente Jasmine se acomoda, mas sempre alternando gritos e choro, e Dexter dá comida na boca da bebê quando consegue, parando vez por outra para limpar a papinha espalhada no rosto dela com a colher, como se estivesse fazendo a barba. Tentando acalmá-la, liga a pequena televisão portátil na bancada, aquela que Sylvie não aprova. Por ser sábado e horário nobre, é inevitável ver o rosto de Suki Meadows sorrindo para ele, ao vivo, da central de onde grita os resultados da loteria para o país em expectativa. Sente o estômago contrair num pequeno espasmo de inveja, depois estala a língua e balança a cabeça, e já está prestes a mudar de canal quando percebe que Jasmine está em silêncio e, mais ainda, fascinada pelos brados de "uhu" da ex-namorada.

— Olha lá, Jasmine, é a ex-namorada do papai! Ela não é do barulho? Não é um escândalo?

Suki agora está rica e cada vez mais efervescente, famosa e adorada pelo público, e mesmo que nunca tivessem se dado bem nem partilhassem nada em comum, Dexter sente saudade de sua ex-namorada e das loucuras que fazia antes de completar trinta anos, quando sua foto ainda estava nos jornais. "O que Suki iria fazer hoje à noite?", ele se pergunta.

— Talvez o papai devesse ter continuado com ela — diz em voz alta, de uma forma traiçoeira, relembrando as noites em táxis pretos e em salões de coquetéis, bares de hotel e arcos ferroviários, antes de começar a passar os sábados com uma touca na cabeça recheando sanduíches de comida mediterrânea.

Agora Jasmine está chorando outra vez, pois por alguma razão está com batata-doce no olho, e, enquanto limpa a filha, ele sente *necessidade* de um cigarro. Por que não poderia ter uma recompensa, já que concluiu seu trabalho do dia? As costas doem, os polegares ainda estão com restos de fita adesiva azul, os dedos cheiram a lagostim e a café requentado, e Dexter decide que precisa de um presente. Precisa de um presente de nicotina.

Dois minutos depois pega o carregador de bebê, sentindo aquele prazer másculo de mexer em correias e fivelas, como se preparasse uma mala de viagem. Encaixa a chorosa Jasmine na frente e parte com toda a motivação pela rua ladeada de árvores até o monótono centro comercial local. "Como conseguiu chegar a essa situação", pondera, "um centro comercial em Surrey numa noite de sábado?" Nem mesmo chega a ser Richmond, é só o subúrbio de um subúrbio, e Dexter pensa mais uma vez em Suki, que deveria estar em algum lugar na cidade com suas lindas amigas. Talvez possa ligar para ela quando Jasmine dormir, só para dar um alô. Beber algo, telefonar para uma ex-namorada, por que não?

Na loja de conveniência, sente uma comichão de ansiedade ao abrir a porta e dar de cara com uma parede alta forrada de garrafas de bebida. Desde a gravidez, foi estabelecida uma política de não ter álcool na casa para evitar o hábito de beber diariamente.

— Estou cansada de ficar sentada no sofá nas noites de terça-feira enquanto você bebe sozinho — disse Sylvie, e Dexter aceitou aquilo como um desafio e mais ou menos parou de beber.

Mas agora está numa loja de conveniência e tem tanta coisa boa ali, e tudo é tão bonito que parece tolice não aproveitar. Cervejas e destilados, vinhos brancos e tintos, ele faz uma vistoria geral e compra duas garrafas de um bom Bordeaux, só para garantir, e um maço de cigarros. Depois, por que não, vai até o restaurante de comida chinesa.

Logo o sol está se pondo e Jasmine está adormecida, recostada em seu peito, enquanto ele volta rapidamente para casa passando por ruas agradáveis até chegar à linda casinha que vai ficar adorável quando estiver pronta. Vai até a cozinha e, sem tirar a garotinha adormecida do *sling*, abre uma garrafa de vinho e se serve de uma taça, os braços abertos em volta do pequeno embrulho, como se fosse um bailarino. Pega a taça de forma quase ritualística e bebe de uma só vez, pensando: "Não beber seria tão mais fácil se beber não fosse tão delicioso." Fecha os olhos, encosta-se no tampo da bancada enquanto sente a tensão ser aliviada dos ombros. Houve época em que usava álcool como estimulante, algo para levantar o astral e dar energia, mas agora ele bebe como qualquer pai, como uma espécie de sedativo de fim de tarde. Sentindo-se mais calmo, acomoda a criança adormecida num pequeno ninho de almofadas no sofá e entra no pequeno jardim de subúrbio: um varal rotativo cercado de madeira e sacos de cimento. Mantém o *sling* no corpo, pendurado como um coldre axilar, parecendo um policial depois do expediente, divisão de homicídios, durão e experiente, irônico e perigoso, fazendo serão cuidando de um bebê em Surrey. Só falta um cigarro para completar a imagem. Vai ser o primeiro em duas semanas, e ele acende o cigarro com reverência, saboreando primeiro o aroma, uma tragada tão profunda que consegue ouvir o crepitar do tabaco queimando. Folhas queimadas e petróleo, tem gosto de 1995.

Aos poucos seu cérebro se esvazia do trabalho, dos pacotes de *falafel* e das bandejas de aveia e ele começa a se sentir esperançoso com a noite: talvez até chegue àquele estado de inatividade pacífica que é o nirvana do pai cansado. Enterra a guimba de cigarro numa caixa de areia, pega Jasmine no colo, sobe a escada na ponta dos pés até o quarto da filha e desce as persianas. Como um exímio arrombador de cofre, vai trocar a fralda sem acordar a criança.

Assim que acomoda a filha no trocador, ela acorda e começa a chorar outra vez, um choro áspero e terrível. Respirando pela boca, faz a troca de fraldas da maneira mais rápida e eficiente possível. Parte da propaganda positiva de ter um filho era o quanto o cocô de bebê é inofensivo, como aquele cocozinho perde a impressão de sujeira e se torna, se não engraçado, ao menos inócuo. A irmã dele chegava a dizer que dava até para "comer com torrada", tão benigno e aromático era o tal cocô.

Mesmo assim, ninguém gosta de sentir aquilo debaixo das unhas, e, depois da introdução da mamadeira e de alguns sólidos, aquela substância tinha ganhado uma consistência bem mais adulta. A pequena Jasmine tinha produzido algo como 250 gramas de pasta de amendoim, que de algum jeito tinha conseguido espalhar pelas costas. Com a cabeça meio zonza do vinho no estômago vazio, Dexter recolhe e limpa tudo aquilo da melhor forma possível com meio pacote de lenços umedecidos e, quando a caixa termina, com a extremidade de um bilhete de metrô. Embrulha o pacote ainda quente num repositório químico de fraldas e joga tudo num cesto de lixo de pedal, notando com um certo enjoo a condensação que se forma na tampa. Jasmine chora o tempo todo. Quando finalmente está limpa e fresquinha, pega a filha no colo e a deita em seu ombro, balançando-se na ponta dos pés até sentir dor nas panturrilhas, e, como por milagre, ela fica quieta outra vez.

Atravessa o quarto e a coloca no berço, mas ela começa a gritar. Pega a filha no colo e ela fica em silêncio. Deposita no berço, ela grita. Dexter sabe que é comum, mas parece tão pouco razoável, tão nitidamente errado ela exigir tanto quando seus rolinhos primavera estão esfriando, o vinho está aberto e aquele quartinho tem um cheiro cada vez mais intenso de cocô fresco. A expressão "amor incondicional" tem sido muito mencionada, mas naquele momento ele tem vontade de impor algumas condições.

— Vamos, Jas, jogue limpo, seja legal. Papai está acordado desde as cinco da manhã, lembra?

Ela se acalma outra vez, a respiração quente e ritmada bafejando seu pescoço, e ele ensaia mais uma vez deitá-la no berço, bem devagar, uma coreografia absurda, tentando mudar imperceptivelmente da posição vertical para a horizontal. Continua usando as correias viris, agora se imaginando um especialista em desarme de bombas: devagar, devagar, devagar.

Jasmine começa a chorar outra vez.

Dexter fecha a porta assim mesmo e trota escada abaixo. É preciso ser duro. É preciso ser cruel, é o que dizem os livros. Se ela falasse alguma língua, ele poderia explicar: "Jasmine, nós dois precisamos de um pouco de privacidade." Começa a comer em frente à televisão, mas se surpreende mais uma vez com a dificuldade de ignorar um bebê chorando. Choro controlado, eles chamam, mas Dexter perdeu o controle e tem vontade de chorar e começa a sentir uma certa indignação vitoriana em relação à esposa — que espécie de mundana irresponsável deixa um bebê com o pai? Como se atreve? Aumenta o volume da televisão e vai se servir de outra taça de vinho, mas fica admirado ao encontrar a garrafa vazia.

Não tem importância. Não existe problema de paternidade no mundo que não se resolva com um pouco de leite. Dexter prepara mais uma mamadeira e volta a subir a escada, a cabeça girando, o sangue pulsando nos ouvidos. Aquele rostinho feroz suaviza quando ele põe a mamadeira nas mãos dela, mas logo começa a gritar outra vez, um urro feroz, e Dexter percebe que se esqueceu de atarraxar a tampa e o leite derramou e encharcou a roupa de cama, o colchão, entrou pelos olhos e pelo nariz da garota, e ela grita, grita de verdade. E por que não deveria gritar, se o pai invadiu o quarto dela e jogou 250 mililitros de leite morno em seu rosto? Em pânico, Dexter procura um pedaço de pano, mas em vez disso encontra o melhor casaco de caxemira da sua mulher numa pilha de roupa lavada e usa-o para limpar o leite derramado no cabelo e nos olhos da menina, beijando-a o tempo todo, praguejando consigo mesmo — "idiota idiota idiota desculpe desculpe desculpe" — enquanto com o outro braço inicia o processo de trocar os lençóis da cama ensopados, as roupas dela, a fralda, jogando tudo numa pilha no chão. Agora se sente aliviado por ela não saber falar. "Olha só o que você fez, seu idiota", diria. "Não consegue nem cuidar de um bebê." Descendo a escada com ela, prepara outra mamadeira com uma só mão e volta para cima, alimentando a filha no quarto escuro até ela voltar a deitar a cabeça no ombro dele, agora mais calma, dormindo.

Dexter fecha a porta em silêncio e desce a escada de madeira na ponta dos pés, um assaltante em sua própria casa. A segunda garrafa de vinho está aberta na cozinha. Serve-se de outra taça.

Já são quase dez horas. Tenta ver televisão, aquela coisa chamada *Big Brother*, mas não consegue entender por que está vendo aquilo e se sente ranheta como um velho em relação ao estado atual da indústria televisiva.

— Não consigo entender — diz em voz alta.

Liga o som, uma seleção compilada para fazer a casa parecer o saguão de um hotelzinho europeu, e tenta ler uma das revistas de Sylvie, mas nem isso consegue. Liga o videogame, mas nem *Metal Gear Solid*, *Quake* ou *Doom*, nem mesmo *Tomb Raider* no nível mais avançado o deixam mais tranquilo. Está precisando de uma companhia adulta, quer conversar com alguém que não grite e choramingue para dormir. Pega o telefone. Agora está francamente bêbado, e junto com a embriaguez veio aquela antiga compulsão: dizer coisas inconvenientes para uma mulher bonita.

Stephanie Shaw comprou uma nova bomba de sucção. *Top* de linha, finlandesa, que zumbe e pulsa como um motor de popa em seu seio debaixo da camiseta enquanto eles estão no sofá tentando assistir ao *Big Brother*.

Emma foi levada a acreditar que fora convidada para um jantar esta noite, mas depois de vir até Whitechapel descobriu que Stephanie e Adam estavam cansados demais para cozinhar: esperam que ela não se importe. Então em vez disso os três estão vendo televisão e batendo papo, enquanto a bomba de sucção continua zumbindo e pulsando, conferindo à sala uma atmosfera de estábulo de ordenha. Mais uma grande noite na vida de uma titia.

Há conversas que Emma não quer mais ter, e todas dizem respeito a bebês. As primeiras chegavam a ser novidade e, sim, havia algo de intrigante, engraçado e comovente em reconhecer as feições dos amigos fundidas e misturadas naquelas miniaturas. E claro que sempre havia a alegria de presenciar a alegria dos outros.

Mas nem *tanta* alegria assim, e este ano parece que cada vez que Emma sai de casa alguém esfrega um bebê na sua cara. Sente a mesma aflição de quando alguém apresenta uma pilha do tamanho de um tijolo de fotos de viagem: que bom que você se divertiu, mas o que eu tenho a ver com isso? Por isso mesmo, reserva sempre uma expressão de fascínio quando ouve uma amiga falar sobre as dores do parto, quais drogas foram usadas, o momento em que eles desistiram e partiram para a anestesia peridural, a agonia, a alegria.

Mas não existe nada transferível no milagre do nascimento ou da paternidade em geral. Emma não quer falar sobre a tensão do sono interrompido: será que nunca tinham ouvido falar nisso antes? Nem quer ter de tecer comentários sobre o sorriso do bebê, ou se ele começou parecido com a mãe mas agora se parece com o pai, ou que era parecido com o pai mas agora tem a boca da mãe. E que obsessão é essa com o tamanho das mãos, aquelas mãozinhas com aqueles dedinhos, como se isso não fosse uma coisa normal e comum. "Olha só que mãos enormes tem esse bebê!" *Isso*, sim, valeria uma conversa.

— Estou caindo de sono — diz Adam, marido de Stephanie na poltrona, a cabeça apoiada no punho.

— Acho melhor eu ir — comenta Emma.

— Não! Fique um pouco mais — intervém Stephanie, mas sem apresentar um motivo.

Emma come mais uma batata frita. O que aconteceu com as amigas? Eram engraçadas e gostavam de se divertir, eram gregárias e interessantes, mas cada vez mais noites são passadas como aquela, com casais pálidos, irritados e com olheiras em salas malcheirosas, conversando sobre o milagre de o bebê estar crescendo em vez de diminuindo. Já cansou de expressar alegria ao ver um bebê engatinhar, como se isso fosse um desenvolvimento completamente inesperado. O que eles esperavam, que voasse? Não vê nada de mais no cheiro da cabeça de um bebê. Experimentou uma vez, e o cheiro era igual ao do interior de uma pulseira de relógio.

O telefone toca na bolsa. Emma pega o aparelho e vê o nome de Dexter no visor, mas não se dá o trabalho de atender. Não, ela não quer fazer todo o percurso de Whitechapel até Richmond para ver Dexter fazendo gracinhas em Jasmine. Sente-se particularmente aborrecida com isso, seus amigos homens fazendo o papel de jovens papais: irritadiços porém de bom humor, exaustos porém modernos, com suas jaquetas militares e calças jeans, barriguinhas protuberantes e aquela expressão de contentamento ao jogar o júnior para o alto. Pioneiros destemidos, os primeiros homens na história do mundo a tirar um pequerrucho do colete, com um pouco de vômito no cabelo.

É claro que não pode dizer nada disso em voz alta. Existe algo de antinatural em uma mulher considerar os bebês ou, mais especificamente, falar sobre isso, uma chatice. Vão achar que ela é uma mulher amarga, ciumenta, solitária. Mas, por outro lado, também não aguenta mais ouvir todo mundo dizendo o quanto ela é *feliz* de poder dormir o quanto quiser, de ter toda a liberdade e o tempo livre, poder sair quando quiser e viajar para Paris de uma hora para outra. A impressão é de que eles a estão consolando, o que a deixa ressentida ao ser tratada com tanta condescendência. Até parece que ela está sempre indo a Paris! Sente-se especialmente irritada com as piadas sobre o relógio biológico, mencionadas por amigos, pela família, em filmes e na TV. A palavra mais idiota e tola do idioma é "solteirona", seguida de perto por "chocólatra", e Emma se recusa a fazer parte de qualquer fenômeno de suplementos de estilo de vida dos jornais dominicais. Sim, ela compreende o debate, os imperativos práticos, mas é uma situação totalmente fora do seu controle. E, sim, de vez em quando tenta se imaginar numa camisola azul de hospital, suando e sofrendo, mas o rosto do homem que segura sua mão insiste em permanecer difuso, e essa é uma fantasia que prefere não aprofundar.

Quando acontecer, se acontecer, ela vai adorar a criança, vai falar sobre suas mãozinhas e até cheirar sua cabecinha sebosa. Vai discorrer sobre peridural, falta de sono, cólicas, seja lá o que for. Algum dia poderá até se empolgar com um par de sapatinhos de tricô. Mas por enquanto prefere se manter a distância, calma, serena e indiferente a tudo isso. Aliás, o primeiro a chamá-la de tia Emma vai levar um murro na cara.

Stephanie terminou a ordenha e está mostrando o leite para Adam, segurando-o sob a luz como se fosse um vinho fino. É uma bela bomba de sucção, todos concordam.

— Agora é minha vez! — brinca Emma, mas ninguém ri, e naquele momento o bebê acorda no andar de cima.

— Uma coisa que alguém precisa inventar — diz Adam — é um lenço umedecido com clorofórmio.

Stephanie suspira e vai à luta, e Emma decide mesmo ir embora logo. Pode ficar acordada até tarde, continuar trabalhando no seu livro. O telefone toca de novo. Uma mensagem de Dexter pedindo que despenque até Surrey para lhe fazer companhia.

Emma desliga o telefone.

— ...eu sei que é longe, mas acho que estou sofrendo de depressão pós-parto. Pega um táxi, eu pago. Sylvie não está em casa! Não que isso faça diferença, eu sei, mas... nós temos um quarto de hóspede, se você quiser passar a noite. De qualquer forma, me ligue se receber esse recado. Tchau. — Dexter hesita, diz mais um tchau e desliga. Uma mensagem inútil. Pisca os olhos, sacode a cabeça e se serve de mais vinho. Acessa a agenda telefônica do celular e chega ao S do celular de Suki.

Ela demora a atender, e ele se sente aliviado. Afinal, o que pode vir de bom de um telefonema a uma ex-namorada? Está quase desligando, quando de repente ouve o familiar brado.

— ALÔ!

— Olá! — diz ele, tirando a poeira de seu sorriso de apresentador.

— QUEM ESTÁ FALANDO? — Suki está gritando em meio ao alarido de uma festa, talvez em um restaurante.

— Faça algum barulho!

— O QUÊ? QUEM FALA?

— Você vai ter que adivinhar!

— COMO? NÃO ESTOU OUVINDO...

— Eu disse "adivinha"...

— NÃO ESTOU OUVINDO, QUEM ESTÁ FALANDO?

— Você vai ter que adivinhar!

— QUEM?

— EU DISSE QUE VOCÊ VAI TER QUE... — O jogo ficou cansativo, por isso ele simplesmente diz: — É o Dexter!

Há uma pausa de alguns instantes.

— Dexter? *Dexter Mayhew*?

— Quantos Dexter você conhece, Suki?

— Não, eu sei qual é o Dexter, só que... UHU, DEXTER! Alô, Dexter! Espera um pouco... — Ouve o som de uma cadeira sendo arrastada e imagina os olhares acompanhando-a, intrigados, quando ela sai da mesa do restaurante e anda até um corredor. — Então, como vai, Dexter?

— Tudo bem, tudo bem, só estou ligando para dizer que vi você esta noite na TV e fiquei lembrando os velhos tempos, aí pensei em ligar para dar um alô. Você estava ótima, aliás. Na TV. Eu gosto do seu programa. Belo formato. — "Belo *formato*? Que palhaçada." — Então, como vai, Suki?

— Ah, tudo bem, tudo bem.

— Você está em todo lugar! Está indo muito bem! Mesmo!

— Obrigada. Obrigada.

Faz-se um silêncio. O polegar de Dexter acaricia o botão que desliga o telefone. Desligar. Fingir que a linha caiu. Desligar, desligar, desligar...

— Faz quanto tempo...? Uns cinco anos, Dex!

— Eu sei, pensei em você agora porque a vi na TV. E você estava ótima, aliás. Como vai? — "Não diga isso, você já falou. Concentre-se!" — Quer dizer, onde você está? Tem muito barulho...

— Num restaurante. Estou jantando com uns amigos.

— Alguém que eu conheça?

— Acho que não. São amigos mais *recentes*.

Amigos mais *recentes*? Seria uma atitude hostil?

— Certo. Tudo bem.

— E você, onde está, Dexter?

— Ah, estou em casa.

— Em casa? Num sábado à noite? Nem parece você!

— Bem, sabe... — e está quase contando que se casou, que tem uma filha e mora no subúrbio, mas sente que isso poderia ressaltar a futilidade do telefonema e prefere ficar em silêncio. A pausa se prolonga por algum tempo. Dexter nota um filete de muco no suéter de algodão que usou no Pacha e toma consciência de um novo cheiro na ponta dos dedos, um maldito coquetel de embalagens de fraldas e bolachas de camarão.

Suki fala:

— Bom, a comida chegou...

— Certo, bem, eu estava pensando nos velhos tempos e achei que seria legal ver você! Para almoçar ou tomar alguma coisa...

A música de fundo diminui, como se Suki tivesse entrado em algum canto reservado. Numa voz mais dura ela diz:

— Sabe de uma coisa, Dexter? Acho que não é uma boa ideia.

— Ah, certo.
— Quer dizer, faz cinco anos que a gente não se vê, e acho que essas coisas não acontecem sem razão, não é?
— Eu só pensei que...
— Você nem foi tão *legal* comigo, nunca se interessou muito, e estava chapado a maior parte do tempo...
— Não, isso não é verdade!
— Você nem ao menos foi *fiel* a mim, pelo amor de Deus! Vivia por aí transando com corredoras e garçonetes ou sei lá mais o quê, e não sei por que está me ligando agora, como se fôssemos velhos amigos, dizendo que tem *saudade* dos "velhos tempos", dos nossos seis meses dourados que para mim, francamente, foram uma merda.
— Tudo bem, Suki, já entendi.
— E de qualquer forma eu estou com outro cara, um cara muito, muito *legal*, e me sinto muito feliz. Aliás ele está me esperando nesse momento.
— Tudo bem, pode ir. PODE IR! — No andar de cima Jasmine começa a chorar, talvez de vergonha.
— Você não pode encher a cara e me ligar de repente e esperar que eu...
— Não é isso, eu só, puxa, tudo bem, esquece! — Os uivos de Jasmine agora ecoam pela escadaria de madeira.
— Que barulho é esse?
— É um bebê.
— Bebê de quem?
— Meu bebê. Eu tenho uma filha. De sete meses.
Faz-se um silêncio, o suficiente para Dexter murchar visivelmente, depois Suki continua:
— Então por que diabos você está me convidando para sair?
— Apenas um drinque amigável.
— Eu *tenho* amigos — replica Suki, muito tranquila. — E acho melhor você ir cuidar da sua filha, Dex — e desliga.
Por um tempo ele continua sentado, ouvindo o silêncio da ligação interrompida. Afinal afasta o telefone do ouvido, olha para o aparelho e sacode vigorosamente a cabeça, como se tivesse sido esbofeteado. Aliás, ele *foi* esbofeteado.
— Ora, até que foi bem — resmunga.

Agenda de Telefones, Editar Contato, Apagar Contato. "Tem certeza de que quer apagar o número do celular de Suki?", pergunta o telefone. Que se foda, sim, sim, apagar, sim! Dexter aperta os botões. "Contato Apagado", diz o aparelho, mas não é suficiente: Contato Erradicado, Contato Evaporado, é disso que ele precisa. O choro de Jasmine está atingindo o pico do seu primeiro estágio, por isso ele se levanta bruscamente e atira o telefone na parede, deixando uma marca, um arranhão preto na pintura. E repete o gesto, deixando um segundo borrão.

Xingando Suki, xingando a si mesmo por ser tão imbecil, prepara uma pequena mamadeira, atarraxa bem a tampa, põe no bolso, pega o vinho e sobe a escada correndo em direção ao choro de Jasmine, um terrível som enrouquecido que agora parece dilacerar o fundo da garganta dela. Irrompe no quarto.

— Puta merda, Jasmine, quer calar a boca? — grita, e logo leva a mão aos lábios com vergonha, ao ver a menina sentada no berço, olhos arregalados de aflição. Pega a filha no colo e senta-se com as costas apoiadas na parede, absorvendo o choro dela no peito, depois a acomoda no colo, acaricia sua testa com muito carinho. Como isso não funciona, começa a acariciar a nuca com delicadeza. Não existe um ponto secreto no qual se pode fazer pressão com o dedo? Acaricia a palma da mão dela, que se abre e fecha com irritação. Nada ajuda, seus dedos grandes e grossos tentam isso, fuçam aquilo, mas nada funciona. Talvez ela não esteja bem, imagina, ou quem sabe seja o simples fato de não ser a mãe. É apenas um pai inútil, um marido inútil, um namorado inútil, um filho inútil.

Mas e se ela estiver indisposta? Pode ser cólica, imagina. Ou serão os dentes, será que os dentes já estão nascendo? Começa a ficar aflito. Será que deveria procurar um hospital? Pode ser, só que está bêbado demais para dirigir. Homem inútil, inútil.

— Vamos, *concentre-se* — diz em voz alta.

Encontra um remédio na prateleira, com as palavras "pode causar sonolência" no rótulo — as palavras mais bonitas do idioma. Antes eram "você tem uma camiseta para me emprestar?". Agora são "pode causar sonolência".

Dexter balança Jasmine nos joelhos até ela se acalmar um pouco, depois leva a colher cheia aos lábios dela até julgar que engoliu 5 mililitros. Os vinte minutos seguintes transformam-se num cabaré maluco, com animais maníacos sendo sacudidos e falando com ela. Percorre seu limitado repertório de vozes engraçadas, pedindo em tons altos e baixos e com diversos sotaques regionais que ela se acalme, pronto, pronto, vamos dormir. Segura livros de ilustrações na frente dela, levanta os encartes, vira páginas, aponta figuras.

— Pato! Vaca! Trem fazendo piuí! Olha que tigre engraçado, olha!

Monta shows de marionetes malucas. Um chimpanzé de plástico canta a primeira estrofe de "Wheels on the Bus" vezes sem conta, Tinky Winky apresenta "Old MacDonald", um porco de pelúcia canta "Into the Groove" sem nenhuma razão. Todos se espremem por entre as grades do berço e fazem exercícios. Dexter põe o celular nas mãozinhas dela e a deixa apertar os botões, babar no teclado, ouvir o despertador falante até que afinal, misericordiosamente, ela se acalma, ainda choramingando um pouco, acordada, porém mais alegre.

Há um CD player no quarto, um brinquedo enorme na forma de um trem a vapor, e Dexter abre caminho entre os livros e brinquedos jogados no chão e aperta o play. *Relaxing Classics for Tots*, parte do projeto de Sylvie de controle total da mente de um bebê. "A Dança da Fada Açucarada" sai dos minúsculos alto-falantes.

— Múúúsica! — grita, aumentando o volume na chaminé do trem e começando a valsar bêbado pelo quarto, Jasmine no peito. Ela se espreguiça, os dedinhos abrindo e fechando, e pela primeira vez olha para o pai com uma expressão que não é um esgar de desprezo. Dexter tem uma visão passageira de seu próprio rosto sorrindo para ele. Jasmine estala os lábios, olhos abertos. Está rindo. — Essa é a minha garota! — diz. — A minha linda garota. — E, em meio a essa nova sensação, ele tem uma ideia.

Joga Jasmine no ombro e sai esbarrando nos batentes das portas no caminho até chegar à cozinha, onde três caixas grandes de papelão guardam temporariamente seus CDs, até que as prateleiras sejam montadas. São milhares, principalmente promocionais, legado de quando era um formador de opinião, e essa visão o remete ao passado, aos seus dias de DJ, quando costumava perambular pelo Soho usando aqueles fones de ouvido ridículos. Ele se ajoelha e remexe na caixa com uma das mãos. O negócio não é fazer Jasmine *dormir*, mas mantê-la acordada, e para isso eles vão fazer uma festa, só os dois, muito mais animada do que qualquer boate de Hoxton. Dane-se Suki Meadows, ele vai ser o DJ da sua filha.

Agora cheio de energia, Dexter escava mais fundo as camadas geológicas de CDs que representam dez anos de tendências, escolhendo discos, arrumando-os numa pilha, preparando seu plano. *Acid jazz* e *break-beat*, *funk* dos anos 1970 e *acid house* abrem caminho para *house* progressiva, eletrônica, *big beat*, compilações rotuladas como "arrepiantes" e até uma pequena e pouco convincente seleção de *drum and bass*. Percorrer aquelas músicas antigas deveria ser um prazer, mas Dexter se surpreende ao constatar que a visão daqueles discos faz com que se sinta trêmulo e ansioso, pois estavam ligados a lembranças de noites insones e paranoicas, com estranhos no apartamento, conversas idiotas com amigos que não mais conhece. Agora música para dançar o deixa ansioso. Deve fazer parte de ficar velho, pensa.

Logo depois lê a lombada de um CD: a letra de Emma. É uma seleção que ela compilou em seu computador novo para o aniversário dele de trinta e cinco anos, em agosto, pouco antes do casamento. O nome da seleção é "Onze anos", e a capa, feita em casa, é uma fotografia processada na impressora barata de Emma, mas ainda assim é possível distinguir os dois sentados na encosta de uma montanha, o pico de Arthur's Seat, o vulcão extinto que se ergue sobre Edimburgo. Deve ter sido naquela manhã depois da formatura há, o quê, doze anos? Na foto, Dexter veste uma camisa branca e está encostado num rochedo com um cigarro pendurado nos lábios. Emma está a pouca distância abraçada aos joelhos, o queixo apoiado nestes. Usando uma calça Levi's 501 justa na cintura, está um pouco mais encorpada do que agora, desajeitada e deselegante, uma franja desigual de cabelo tingido de hena cobrindo os olhos. É a mesma expressão que mostra nas fotos desde sempre, sorrindo com um lado da boca fechada. Dexter olha aquele rosto e ri. Depois mostra a Jasmine.

— Olha só isso! É a sua madrinha, Emma! Olha como seu pai era magro. Veja as maçãs do rosto. O papai já teve maçãs no rosto. — Jasmine sorri em silêncio.

Voltando ao quarto, acomoda Jasmine num canto e tira o CD da caixa. Dentro há um cartão-postal escrito com letra miúda, seu cartão de aniversário do ano passado.

1º de agosto de 1999. Aí está — um presente feito em casa. Continue a falar para si mesmo: o que vale é a lembrança, o que vale é a lembrança. Este é um adorável CD feito a partir de uma fita cassete que compilei muito tempo atrás. Nada das porcarias que você escuta; música boa.

Espero que goste. Feliz aniversário, Dexter, e parabéns pelas ótimas notícias — Marido! Pai! Você vai ser excelente nas duas coisas.
É bom ter você de volta. Lembre-se de que te amo muito. Sua velha amiga,
Emma x

Dexter sorri e põe o disco no CD player que tem a forma de um trem a vapor.

Começa com Massive Atack, "Unfinished Sympathy". Pega Jasmine no colo e começa a balançar os joelhos com os pés fincados, murmurando palavras no ouvido dela. Antigas canções pop, duas garrafas de vinho e falta de sono se misturam para fazer com que se sinta sentimental e de cabeça leve. Aumenta ao máximo o volume do som do brinquedo.

Depois vem The Smiths, "There is a Light That Never Goes Out", e mesmo sem nunca ter gostado muito da banda ele continua a dançar, cabeça baixa, vinte anos outra vez, bêbado numa discoteca cheia de estudantes. Canta em voz alta, é constrangedor, mas ele não liga. Num pequeno quarto de uma casa geminada, dançando com a filha ao som de um trem de brinquedo, de repente se sente muito feliz. Mais que felicidade — júbilo. Dexter gira e pisa num cachorro de madeira de puxar e cambaleia como um bêbado de rua, apoiando-se na parede com uma das mãos.

— *Opa, calma aí, rapaz* — diz em voz alta, depois olha para Jasmine para ver se está bem e ela está ótima, rindo, uma risada linda, um filha linda. "Uma luz que nunca se apaga."

E agora é "Walk On By", uma música que a mãe dele gostava quando era pequeno. Lembra-se de Alison dançando na sala de estar, um cigarro na mão, um copo na outra. Coloca Jasmine nos ombros, sentindo sua respiração na nuca, segura a mão dela e sai chutando os objetos espalhados numa dança lenta à moda antiga. No meio daquela euforia movida a cansaço e a vinho, sente uma súbita vontade de falar com Emma, contar que está ouvindo aquela fita, e por coincidência o telefone toca assim que a música termina. Remexendo entre brinquedos e livros, pensa que talvez seja Emma retornando a ligação. O visor diz "Sylvie" e ele solta um palavrão. Mas é preciso atender. "Sóbrio, sóbrio, sóbrio", diz para si mesmo. Recosta-se no berço, acomoda Jasmine no colo e atende a ligação.

— Alô, Sylvie!

Naquele momento, "Fight the Power" com o Public Enemy irrompe de repente do trenzinho a vapor e ele corre até os controles.

— O que foi isso?

— Um pouco de música. Jasmine e eu estávamos fazendo uma festinha, né, Jas? Quer dizer, Jasmine.

— Ela ainda está *acordada*?

— Receio que sim.

Sylvie solta um suspiro.

— O que você andou aprontando?

"Fumei vários cigarros, me embebedei, dopei nossa filha, telefonei para ex-namoradas, baguncei a casa, dancei por aí falando comigo mesmo. Caí como um bêbado de rua."

— Ah, nada de mais, assistindo TV. E você, está se divertindo?

— Tudo bem. Com todo mundo bêbado, claro.

— Menos você.

— Estou cansada demais para ficar bêbada.

— E por que esse silêncio? Onde você está?

— No quarto do hotel. Vou dar uma descansada antes de voltar para o segundo tempo. — Enquanto ela fala, Dexter analisa a bagunça no quarto de Jasmine: a roupa de cama encharcada de leite, livros e brinquedos espalhados, a garrafa de vinho vazia, a taça engordurada.

— E a Jasmine?

— Está sorrindo, não é, querida? É a mamãe no telefone. — Como se espera, Dexter põe o telefone no ouvido de Jasmine, mas ela continua em silêncio. Não tem graça nenhuma, por isso desiste. — Sou eu de novo.

— Então você conseguiu.

— Claro que sim. Você chegou a duvidar de mim? — Houve uma pequena pausa. — Você devia voltar para sua festa.

— Talvez eu faça isso. A gente se vê amanhã. Mais ou menos na hora do almoço. Devo chegar por volta das onze.

— Ótimo. Então boa noite.

— Boa noite, Dexter.

— Te amo — diz.

— Eu também.

Quando ela está prestes a desligar, ele se sente compelido a dizer mais uma coisa.

— Ah, Sylvie? Sylvie? Está me ouvindo?

Sylvie põe o telefone de novo no ouvido.
— Hã?
Dexter engole em seco, lambe os lábios.
— Eu só queria dizer que... sei que não estou sendo muito bom nisso no momento, nessa coisa de ser pai, marido. Mas estou progredindo, estou tentando. Eu vou melhorar, Sylv, prometo.
Ela parece ter entendido, pois há um pequeno silêncio antes de voltar a falar, a voz meio embargada.
— Dex, você está indo bem. Nós estamos... procurando o caminho, só isso.
Dexter suspira. Por algum motivo esperava mais do que aquilo.
— Você devia voltar para sua festa.
— A gente se vê amanhã.
— Te amo.
— Eu também.
E ela desliga.
A casa parece muito quieta agora. Dexter fica na mesma posição por um minuto inteiro, a filha dormindo no colo, ouvindo o rugido do sangue e do vinho na cabeça. Por um instante sente uma onda de terror e solidão, mas afasta aquela sensação, levanta-se e ergue a filha adormecida até o rosto, agora com os membros pendentes como os de uma gatinha. Sente seu aroma: leitoso, quase doce, o sangue do seu sangue e carne de sua carne. Carne e sangue. A expressão é um clichê, mas por um momento fugidio consegue se ver no rosto dela, toma consciência do fato e quase não acredita. Para o bem ou para o mal, ela é uma parte de mim. Acomoda a filha delicadamente no berço.
Saindo do quarto, pisa num porco de matéria plástica cortante como sílex, que se crava no seu calcanhar. Pragueja consigo mesmo e apaga a luz.

Em um quarto de hotel em Westminster, quinze quilômetros para o leste ao longo do Tâmisa, Sylvie está nua, sentada na beira da cama com o telefone pendendo na mão, e começa a chorar baixinho. Do banheiro vem o som de um chuveiro ligado. Sylvie não gosta do que o choro faz com suas feições, por isso, quando o som do chuveiro silencia, ela enxuga os olhos com as palmas das mãos e joga o telefone em uma pilha de roupas no chão.
— Tudo bem?

— Ah, você sabe. Não muito. Ele parecia bem bêbado.
— Deve estar tudo bem.
— Não, ele está *muito* bêbado. Falou umas coisas estranhas. Talvez fosse melhor eu ir para casa.

Callum amarra o cinto do roupão, anda até a cama e se abaixa para beijar os ombros de Sylvie.

— Como eu disse, tenho certeza de que está tudo bem. — Ela não diz nada, Callum se senta e a beija outra vez. — Tente esquecer isso. Divirta-se um pouco. Quer outra bebida?

— Não.
— Quer se deitar?
— Não, Callum! — Afasta o braço dele. — Pelo amor de Deus!

Callum resiste à tentação de falar algo, levanta e volta ao banheiro para escovar os dentes, vendo as esperanças para aquela noite se evaporarem. Tem um horrível pressentimento de que ela vai querer discutir a relação — "Isso não é justo, não podemos continuar assim, talvez seja melhor eu contar para ele" e todas aquelas coisas. Mas que saco, pensa com indignação, eu até já arranjei um emprego para o sujeito. Será que não é o bastante?

Enxágua a boca e cospe, volta ao quarto e se afunda na cama. Pega o controle remoto e muda freneticamente os canais da TV a cabo, enquanto a senhora Sylvie Mayhew olha pela janela, para as luzes ao longo do Tâmisa, e se pergunta o que vai fazer com o marido.

CAPÍTULO QUINZE
Jean Seberg

DOMINGO, 15 DE JULHO DE 2001

Belleville, Paris

A data da chegada estava marcada para o dia 15 de julho, no trem das 15h55 vindo de Waterloo.

Emma Morley chegou ao portão de desembarque da Gare du Nord um pouco antes e misturou-se à multidão: amantes ansiosos com flores na mão, motoristas entediados suando dentro dos ternos e segurando cartazes escritos à mão. Seria engraçado segurar um cartaz com o nome de Dexter, imaginou. Talvez com o nome escrito errado. Talvez ele até risse da situação, pensou, mas será que valia o esforço? Além disso, o trem já vinha chegando, a multidão ansiosa se aproximava do portão. Houve um longo hiato até as portas se abrirem com um chiado, depois os passageiros se espalharam pela plataforma e Emma manteve-se entre amigos e familiares, amantes e motoristas, todos atentos aos rostos que chegavam.

Ajustou o sorriso certo no próprio rosto. Na última vez em que eles se encontraram, coisas foram ditas. Na última vez em que se encontraram, algo tinha acontecido.

Dexter continuou em seu lugar no último vagão do trem parado, esperando os outros passageiros descerem. Não tinha mala, só uma pequena bolsa de viagem no assento ao seu lado. Na mesinha à frente havia um livro com uma capa de cores brilhantes, um desenho simples do rosto de uma garota embaixo do título *A grande Julie Criscoll contra o mundo inteiro*.

Ele acabou de ler o livro no momento em que o trem entrou nos subúrbios de Paris. Era o primeiro romance que lia até o fim em meses, mas sua sensação de proeza mental era atenuada pelo fato de o livro se dirigir a jovens de onze a catorze anos e conter ilustrações. Enquanto esperava o vagão esvaziar, examinou mais uma vez a quarta capa, com a fotografia em preto e branco da autora, observando com atenção, como se quisesse gravar na memória. Numa blusa branca cara e imaculada, ela estava meio desajeitada na beira de uma cadeira de junco, a mão cobrindo a boca no momento em que poderia dar uma gargalhada. Reconheceu aquela expressão e o gesto também, sorriu, guardou o livro na bolsa, levantou e se juntou aos poucos passageiros que ainda esperavam para descer à plataforma.

A última vez em que os dois se encontraram, coisas foram ditas. Algo aconteceu. O que ele ia dizer agora? O que ela diria? Sim ou não?

Enquanto esperava, Emma brincava com o cabelo, desejando que estivesse mais comprido. Logo depois de chegar a Paris, dicionário na mão, ela criou coragem para ir a um cabeleireiro — *un coiffeur* — fazer um corte. Embora envergonhada de admitir em voz alta, queria um corte igual ao de Jean Seberg em *Acossado*, pois afinal, se você vai ser uma romancista em Paris, é melhor fazer isso à altura. Agora, três semanas depois, já não sentia mais vontade de chorar quando via seu reflexo no espelho, mas continuava passando as mãos na cabeça como se tentasse ajeitar uma peruca. Fazendo um esforço consciente, voltou a atenção para os botões da blusa cinza novinha, comprada naquela manhã numa loja, não, numa butique, na Rue de Grenelle. Dois botões abertos, puritano demais, três desabotoados mostravam muito o colo. Abriu o terceiro botão, estalou a língua e voltou a olhar para os passageiros. Agora que a multidão diminuía, começou a se perguntar se ele não tinha perdido o trem, quando afinal o avistou.

Dexter parecia arrasado. Magro e cansado, o rosto sombreado por uma barba rala que não ficava bem nele, uma barba de prisão, e nesse momento ela se lembrou do potencial desastroso que essa visita trazia consigo. Mas, quando a viu, Dexter começou a sorrir e apressou o passo, e Emma retribuiu o sorriso. Mas logo depois começou a se sentir insegura, parada naquele portão, sem saber o que fazer com as mãos nem com os olhos. A distância entre eles parecia imensa, será que teria de ficar sorrindo e olhando, sorrindo e olhando durante os cinquenta metros do percurso? Quarenta e cinco metros. Olhou para o chão, depois para as vigas. Quarenta metros e olhou outra vez para Dexter, depois outra vez para o chão. Trinta e cinco metros...

Enquanto percorria aquela enorme distância, Dexter ficou surpreso com o quanto Emma tinha mudado desde que eles se encontraram pela última vez, nesses dois meses desde que tudo havia acontecido. O cabelo estava bem curto, uma franja varria sua testa e o rosto tinha mais cor: era o rosto do verão que ele lembrava. Mais bem-vestida também: sapatos de salto alto, uma saia escura bacana, blusa cinza-claro desabotoada um pouquinho demais, mostrando a pele bronzeada e um triângulo de sardas mais escuras abaixo do pescoço. Continuava sem saber o que fazer com as mãos ou para onde olhar, e Dexter estava começando a se sentir inseguro também. Dez metros. O que ele diria, e como diria? Seria um sim ou um não?

Apertou o passo e finalmente os dois se abraçaram.

— Você não precisava ter vindo me buscar.

— Claro que precisava. Turista.

— Gostei. — Passou o polegar pela franja curta. — Tem uma expressão para isso, não tem?

— Sapatão?

— Moleca. Você parece uma moleca.

— Não é mesmo sapatão?

— De jeito nenhum.

— Você devia ter visto duas semanas atrás. Eu parecia uma colaboracionista! — A expressão dele não se alterou. — Foi a primeira vez que fui a um cabeleireiro parisiense. Assustador! Eu estava na cadeira pensando: "*Arrêtez-vous, arrêtez-vous!*" O engraçado é que até em Paris eles perguntam sobre as férias da gente. Você acha que eles vão falar de dança contemporânea ou especular se os homens podem mesmo ser livres, mas eles acabam perguntando: "*Que faites-vous de beau pour les vacances? Vous sortez ce soir?*" — A expressão dele continuou inalterada. Ela estava falando demais, se esforçando demais. Calma. Não se afobe. *Arrêtez-vous.*

A mão dele tocou o cabelo curto da nuca de Emma.

— Acho que você ficou bem.

— Não sei se combina com o meu rosto.

— Combina muito bem com o seu rosto. — Segurou-a pelas duas mãos e examinou-a de cima a baixo. — Se fosse uma festa à fantasia, você estaria de Parisiense Sofisticada.

— Ou Garota de Programa.

— Mas uma Garota de Programa de classe alta.

— Melhor. — Tocou o queixo dele com as costas da mão, roçou a barba curta. — E qual seria a sua fantasia?

— Divorciado suicida totalmente fodido. — Foi uma observação impensada e ele se arrependeu imediatamente. Mal tinha chegado à plataforma e já estragava tudo.

— Bem, pelo menos você não está amargurado — observou Emma, usando a primeira frase feita.

— Quer que eu volte no mesmo trem?

— Ainda não. — Puxou Dexter pela mão. — Vamos embora daqui?

Saíram da Gare du Nord para um ar esfumaçado e sufocante: um típico dia de verão parisiense, quente e úmido, com nuvens densas e escuras ameaçando chuva.

— Pensei em tomarmos um café antes, perto do canal. É uma caminhada de quinze minutos, tudo bem? Depois mais quinze minutos até o meu apartamento. Mas devo avisar que não é nada especial, caso esteja imaginando assoalhos de madeira e grandes janelas com cortinas esvoaçantes ou coisa parecida. São só dois cômodos dando para um pátio.

— Uma água-furtada.

— Exatamente. Uma água-furtada.

— A água-furtada de uma escritora.

Ao planejar aquela caminhada Emma pensara em um passeio cênico, ou o que fosse mais próximo disso no meio da poeira e do tráfego do noroeste da cidade. "Eu vou passar o verão em Paris, escrevendo." Em abril, a ideia pareceu tola e estapafúrdia, mas andava tão cansada de casais dizendo que ela podia ir a Paris quando quisesse que resolveu fazer isso mesmo. Londres tinha virado uma enorme creche, então por que não se afastar por um tempo dos filhos dos outros, viver uma aventura? A cidade de Sartre e Beauvoir, de Beckett e Proust, e lá estava ela também, escrevendo livros para adolescentes, com um considerável sucesso comercial. A única forma que encontrou de tornar a ideia menos afetada foi ficar o mais longe possível da Paris turística, no 19ème Arrondissement, perto da classe trabalhadora, no limite de Belleville e Ménilmontant. Sem atrações turísticas, poucos marcos históricos...

— ...mas é bastante animado, barato, multicultural e... Meu Deus, eu quase falei muito "real".

— Isso significa que é violento?

— Não, sei lá, é a Paris *de verdade*. Estou falando como uma estudante, não é? Com trinta e cinco anos, morando num pequeno apartamento de dois cômodos como se estivesse com a matrícula trancada.

— Acho que Paris combina com você.

— Combina.
— Você está ótima.
— Estou?
— E mudou bastante.
— Não mudei, não. Não mesmo.
— Não, é verdade. Você está muito bonita.

Emma franziu o cenho e manteve o olhar à frente enquanto os dois continuaram andando, descendo as escadas de pedra até o Canal St. Martin, até chegar a um pequeno bar perto da margem do rio.

— Parece Amsterdã — disse Dexter num tom suave, puxando uma cadeira.

— Na verdade é um antigo canal de despejo industrial no Sena. — "Meu Deus, agora estou falando como uma guia turística." — Corre por baixo da Place de la République, passa pela Bastille e desemboca no rio. — "Fique calma. É apenas um velho amigo, lembra? Apenas um velho amigo." Os dois se sentaram e ficaram olhando a água, e ela imediatamente se arrependeu da escolha intencional daquele cenário. Era terrível, parecia um encontro às cegas. Procurou algo para dizer.

— Então, vamos tomar um vinho ou...?
— Melhor não. Eu estou meio que sem beber.
— Ah. É mesmo? Há quanto tempo?
— Um mês ou mais. Não é uma coisa de AA. Só estou tentando evitar. — Deu de ombros. — Beber nunca deu muito certo para mim, só isso. Nada de mais.
— Ah. Tudo bem. Café então?
— Só um café.

A garçonete chegou, morena, bonita e de pernas longas, mas Dexter nem a notou. Algo deve estar muito errado, pensou Emma, se ele não está paquerando a garçonete. Fez o pedido num francês coloquial de modo ostensivo, depois sorriu sem jeito diante da sobrancelha erguida de Dexter.

— Eu tive umas aulas.
— Percebi.
— É claro que ela não entendeu uma palavra. Provavelmente vai nos trazer um frango assado.

Nada. Dexter esmagava grãos de açúcar na mesa de metal com o polegar. Ela tentou outra vez, algo sem compromisso.

— Quando foi a última vez que você esteve em Paris?

— Uns três anos atrás. Vim com a minha *esposa* em uma das nossas famosas miniférias. Quatro noites no George Cinq. — Atirou um cubo de açúcar no canal. — Foi um *desperdício* de dinheiro, que merda.

Emma abriu e fechou a boca. Não havia nada a dizer. Já tinha usado a piada "pelo menos você não está amargurado".

Mas Dexter piscou várias vezes, balançou a cabeça e pôs a mão sobre a dela.

— Sabe o que acho que podíamos fazer nos próximos dias? Você me mostra a cidade e eu fico perambulando por aí deprimido, fazendo comentários estúpidos.

Emma sorriu e apertou a mão dele.

— Isso é normal, com tudo o que você passou e ainda está passando — e cobriu a mão dele com a dela. Em seguida Dexter cobriu a mão dela com a dele e Emma fez o mesmo, cada vez mais rápido, como uma brincadeira de criança. Mas era também um ato representado, tenso e inseguro, e, para evitar o constrangimento, ela fingiu que precisava ir ao toalete.

No banheiro pequeno e abafado, Emma se olhou no espelho e puxou a franja como se tentasse encompridar o cabelo. Suspirou e disse a si mesma que se acalmasse. O que tinha acontecido, aquele incidente, era só um fato isolado, sem grande importância, Dexter é apenas um velho amigo. Deu descarga para dar mais veracidade e saiu na tarde quente e cinzenta. Na mesa, em frente a Dexter, viu um exemplar do romance dela. Curiosa, sentou-se e apontou com um dedo.

— De onde surgiu isso?

— Comprei na estação do trem. Tinha uma pilha. Está em toda parte, Em.

— Você já leu?

— Não consegui passar da página três.

— Não tem graça, Dex.

— Emma, eu achei o livro maravilhoso.

— É só um livro bobinho, para adolescentes.

— Não, sério. Estou muito orgulhoso de você. Olha que não sou adolescente nem nada, mas o livro me fez dar muita risada. Li de uma só vez. E falo como alguém que há quinze anos vem tentando ler *Howard's Way*.

— Howards End. *Howard's Way* é outra coisa.

— Tanto faz. Eu nunca li *nada* direto assim antes.

— Bom, a letra é bem grande.
— E isso foi uma das coisas de que mais gostei, as letras grandes. E as imagens. As ilustrações são muito engraçadas, Em. Eu não fazia ideia...
— Muito obrigada...
— Além de ser empolgante e engraçado, eu me sinto muito orgulhoso de você, Em. Aliás... — Tirou uma caneta do bolso. — Eu quero um autógrafo.
— Não seja ridículo.
— Não, você precisa autografar. Você é... — Leu a quarta capa do livro. — "... a mais estimulante escritora para crianças desde Roald Dahl".
— Diz a sobrinha de nove anos da editora. — Dexter cutucou Emma com a caneta. — Eu não vou autografar, Dex.
— Vamos lá. Eu insisto. — Ficou de pé, fingindo que precisava ir ao banheiro. — Vou deixar isso aqui e você vai escrever alguma coisa. Algo pessoal, com a data de hoje, para se você ficar muito famosa e eu precisar de dinheiro.
No pequeno cubículo malcheiroso, Dexter se perguntava por quanto tempo conseguiria manter aquela situação. Em algum momento teriam de conversar, era loucura evitar o assunto daquele jeito. Deu descarga para causar efeito, lavou as mãos e secou-as no cabelo, depois voltou à calçada, onde Emma estava fechando o livro. Tentou ler a dedicatória, mas ela pôs a mão na capa.
— Quando eu não estiver por perto, por favor.
Dexter sentou e guardou o livro na bolsa, e Emma inclinou-se sobre a mesa como se voltasse aos negócios.
— Certo. Eu preciso perguntar. Como vão as coisas?
— Ah, tudo ótimo. O divórcio sai em setembro, pouco antes do aniversário de casamento. Quase dois anos de um casamento maravilhoso.
— Você tem falado com ela?
— Só quando não dá para evitar. Quer dizer, nós paramos de gritar e atirar coisas um no outro, agora é só sim, não, oi, tchau. O que é mais ou menos o que dizíamos quando ainda éramos casados, aliás. Você soube que elas foram morar com o Callum? Naquela mansão ridícula em Muswell Hill onde íamos a *jantares* festivos...
— É, eu soube.
Dexter encarou-a com seriedade.
— Quem contou? Callum?

— Claro que não! Você sabe... as pessoas comentam.
— Pessoas com pena de mim.
— Não com pena... solidárias. — Ele torceu o nariz com desgosto. — Não é uma coisa ruim, Dex, as pessoas se preocupam com você. Já conversou com o Callum?
— Não. Ele tentou. Continua deixando mensagens, como se nada tivesse acontecido. "Ei, amigão! Dá uma ligada. Que tal a gente sair para tomar uma cerveja e 'falar sobre as coisas'". Talvez eu devesse ir. Tecnicamente ele ainda me deve três semanas de salário.
— Você já está trabalhando?
— Não exatamente. Estamos alugando aquela maldita casa em Richmond e o apartamento, e eu tenho vivido disso. — Tomou o resto do café e olhou para o canal. — Sei lá, Em. Dezoito meses atrás eu tinha uma família, um trabalho; não era um grande emprego, mas havia oportunidades, eu ainda recebia propostas. Tinha uma van, uma boa casinha em Surrey...
— Que você detestava.
— Eu não *detestava*.
— Você detestava a van.
— Tá certo, é verdade, eu detestava aquilo tudo, mas era a minha vida. E de repente estou morando numa quitinete em Kilburn com a minha metade da lista de casamento e não tenho... nada. Só eu mesmo e um monte de panelas Le Creuset. Minha vida acabou.
— Sabe o que eu acho que você devia fazer?
— O quê?
— Talvez... — Emma respirou fundo e pegou nos dedos da mão dele. — Talvez implorar para trabalhar de novo com Callum. — Dexter olhou para ela e fez um gesto com a mão. — Brincadeira! Estou brincando! — disse Emma e começou a dar risada.
— Ainda bem que você acha a carnificina do meu casamento engraçada, Em.
— Eu não acho *engraçada*, só acho que sentir pena de si mesmo não resolve.
— Não estou com pena de mim, são os fatos.
— "Minha vida na verdade acabou"?
— Só queria dizer que... não sei. É que... — olhou para o canal e deu um suspiro teatral. — Quando eu era mais jovem tudo parecia possível. Agora nada parece possível.

Emma, para quem o oposto tinha provado ser verdade, disse apenas:
— Não é tão ruim assim.
— Então onde está o lado bom dessa história? De sua mulher fugir com o seu melhor amigo...
— Ele não era o seu "melhor amigo", vocês ficaram anos sem se ver. Só estou dizendo que... Bom, para começar, você não mora numa quitinete em Kilburn, mas num bom apartamento de dois cômodos em West Hampstead. Houve época em que eu mataria alguém para morar num apartamento assim. E você vai ficar lá só até recuperar o seu apartamento.
— Mas eu vou fazer trinta e sete anos daqui a duas semanas! Já estou praticamente na meia-idade.
— Trinta e sete não é meia-idade! Está chegando lá. Tudo bem, você está desempregado no momento, mas não está exatamente vivendo da previdência. Vive de um aluguel que recebe, o que é uma grande sorte se quer saber. E tem muita gente que muda de vida mais velho. Tudo bem se sentir infeliz por um tempo, mas você não era tão feliz quando estava casado, Dex. Eu sei, eu ouvia o tempo todo: "A gente nunca conversa, nunca se diverte, nunca sai de casa..." Sei que é difícil, mas em algum momento você vai encarar isso como uma nova vida! Um novo começo. Existe um monte de coisas que você pode fazer, só é preciso tomar uma decisão...
— O quê, por exemplo?
— Não sei... a mídia? Não poderia tentar trabalho como apresentador outra vez? — Dexter deu um gemido. — Tudo bem, alguma coisa nos bastidores? Como produtor, diretor ou algo assim? — Dexter fez uma careta. — Ou fotografia! Você vivia falando de fotografia. Ou comida, você poderia, sei lá, fazer alguma coisa no ramo de alimentação. E, se nada disso der certo, você tem o seu diploma de antropologia. — Deu um tapinha nas costas da mão dele para dar ênfase. — O mundo sempre vai precisar de antropólogos. — Dexter sorriu, mas logo lembrou que não deveria estar sorrindo. — Você é um pai trintão saudável, capaz, com certa estabilidade financeira e mais ou menos atraente. Você... está numa boa, Dex. Só precisa recuperar a autoconfiança, só isso.

Dexter suspirou e olhou para o canal.
— Então esse era o seu discurso para me animar?
— Isso aí. O que você acha?
— Continuo querendo pular no canal.

— Talvez seja melhor a gente ir embora. — Deixou um dinheiro na mesa. — Meu apartamento é a uns vinte minutos naquela direção. Podemos ir a pé ou pegar um táxi... — Começou a levantar, mas Dexter não se mexeu.

— O pior de tudo é que eu sinto muita falta da Jasmine. — Emma sentou outra vez. — O estranho é que isso está me enlouquecendo, mas eu nem ao menos era um bom *pai*.

— Ah, sai dessa...

— Não era, Em, eu era um inútil, completamente. Eu sabia disso, não queria estar naquela situação. Todo esse tempo fingindo que éramos uma família perfeita, e eu sempre achei que aquilo era um equívoco, que não era para mim. Ficava imaginando como seria bom poder *dormir* outra vez, viajar num fim de semana, ou simplesmente sair, ficar até mais tarde, me divertir. Ser livre, não ter responsabilidades. E, agora que tenho tudo isso de volta, só consigo olhar para minhas coisas ainda encaixotadas e sentir falta da minha filha.

— Mas você ainda mantém contato com ela.

— Uma vez a cada duas semanas, só por uma noite.

— Mas você pode aumentar a frequência, pedir mais tempo...

— Claro que posso! Mas até hoje ainda vejo o medo nos olhos dela quando a mãe vai embora: não me deixe aqui com esse cara estranho e triste! Eu compro milhares de presentes para ela, é patético, tem uma pilha esperando cada vez que chega lá em casa, parece Natal, porque se a gente não estiver abrindo presentes não sei o que fazer com ela. Jasmine começa a chorar e chamar pela mãe, o que significa a mãe e o canalha do Callum! Já nem sei mais o que comprar, porque cada vez que a gente se encontra ela está diferente. Você vira as costas por uma semana, dez dias, e tudo mudou! Olha só, ela já começou a *andar* e eu não vi isso acontecer! Como assim? Como eu posso estar perdendo isso? Quer dizer, esse não é o meu *papel*? Eu nem cheguei a fazer nada de errado e de repente... — A voz dele vacilou por um momento, logo depois mudou de tom, cheia de mágoa. — ...e, enquanto isso, claro que o merda do *Callum* está com elas, na sua grande *mansão de merda* em Muswell Hill...

Mas o embalo do desabafo não foi suficiente para evitar um falsete na voz. De repente parou de falar, apertou o nariz com as mãos e abriu bem os olhos, como se tentasse suprimir um espirro.

— Tudo bem com você? — perguntou Emma, a mão no joelho dele.

Dexter aquiesceu.

— Eu não vou ficar assim o fim de semana inteiro, prometo.

— Eu não me importo.

— Bom, eu me importo. Isso é... humilhante. — Levantou abruptamente e pegou a mochila. — Por favor, Em. Vamos falar de outra coisa. Me conte alguma coisa. Fale sobre você.

Caminharam pela beira do canal, contornaram a Place de la République e viraram para o leste pela Rue du Faubourg St-Denis, conversando sobre o trabalho dela.

— O segundo é uma continuação. É até onde consegue chegar a minha imaginação. Já passei da metade. Julie Criscoll faz uma viagem a Paris, se apaixona por um garoto francês e vive várias aventuras, surpresa, surpresa. É a minha desculpa para estar aqui. "Fazer pesquisa."

— E o primeiro livro está indo bem?

— É o que dizem. O suficiente para me pagarem por mais dois.

— É mesmo? Mais duas continuações?

— É. Julie Criscoll é o que eles chamam de uma *franquia*. Parece que é onde está o dinheiro. É preciso ter uma franquia! E estamos conversando com um pessoal da TV sobre um programa. Um programa infantil de animação baseado nas minhas ilustrações.

— Você está brincando!

— Eu sei. Que loucura, né? Estou trabalhando na "mídia"! Como produtora associada!

— O que significa isso?

— Absolutamente nada. Quer dizer, não estou nem aí, eu adoro. Mas gostaria de escrever um livro para adultos algum dia. Foi o que sempre quis escrever, um grande romance crítico sobre a situação do país, algo violento e atemporal que desvende a alma humana, não essa bobagem de paquerar garotos franceses em discotecas.

— Mas não é só sobre isso, é?

— Talvez não. E talvez seja assim que acontece: você começa querendo mudar o mundo através da linguagem e acaba achando que basta contar algumas boas piadas. Nossa, o que estou dizendo! Minha vida na arte!

Dexter deu um empurrão carinhoso.

— Que foi?

— Estou muito feliz por você, só isso. — Passou o braço em torno dos ombros dela e apertou. — Uma escritora. Uma escritora de verdade. Finalmente você está fazendo o que sempre quis. — Os dois continuaram andando daquele jeito, um pouco constrangidos e hesitantes, a mochila batendo na perna dele, até o desconforto ficar muito grande e Dexter tirar o braço.

Continuaram caminhando, e aos poucos o estado de espírito melhorou. O manto de nuvens se abriu, e a Faubourg St-Denis ganhou outro aspecto no cair da tarde: agitada, festiva e cheia de vida e ruídos, às vezes parecendo um mercado persa, Emma trocando olhares com Dexter como uma guia turística ansiosa. Atravessaram o movimentado Boulevard de Belleville e continuaram para o leste ao longo do limite entre o 19ème e o 20ème. Subindo a ladeira, Emma mostrou os bares de que gostava, falou sobre a história do lugar, Edith Piaf e a Comuna de Paris de 1871, as comunidades chinesa e norte-africana, mas Dexter mal ouvia, tentando imaginar o que aconteceria quando afinal chegassem ao apartamento dela. "Olha, Emma, sobre aquilo que aconteceu..."

— ...é como se fosse o bairro de Hackney em Paris — dizia.

Dexter deu um daqueles sorrisos irritantes.

Emma o cutucou.

— Que foi?

— Só você para vir a Paris e ficar na parte que mais se parece com Hackney.

— É interessante. Pelo menos eu acho.

Afinal entraram numa tranquila rua lateral e chegaram ao que parecia uma porta de garagem. Emma digitou um código no painel e empurrou o pesado portão com o ombro. Entraram em um pátio interno antigo e desgastado, cercado por apartamentos de todos os lados. Roupas lavadas penduradas em sacadas enferrujadas, surrados vasos de plantas murchando no sol da tarde. O pátio reverberava com o barulho de aparelhos de TV que concorriam entre si e crianças jogando futebol com uma bola de tênis, e Dexter reprimiu um pequeno sentimento de irritação. Enquanto ensaiava para essa ocasião, tinha fantasiado uma praça sob a sombra de algumas árvores, janelas adornadas, talvez com vista para a Notre-Dame. Aquilo tudo era muito bonito, até bacana de uma forma urbana e industrial, mas alguma coisa mais romântica teria facilitado as coisas.

— Como eu disse, não é nada especial. Quinto andar, sinto muito.

Apertou o interruptor da luz, que tinha um *timer*, e os dois começaram a subir pelas escadas de ferro batido de curvas fechadas, parecendo até estar desprendendo da parede em alguns lugares. De repente Emma se inteirou de que os olhos de Dexter estavam no mesmo nível de seu traseiro e começou a puxar a saia para baixo, alisando pregas que não existiam. Quando chegaram ao patamar do terceiro andar o *timer* da luz desligou, e por um momento os dois ficaram no escuro. Emma tateou até encontrar a mão dele e o conduziu escada acima até saírem por uma porta. Sob a luz difusa de uma claraboia, os dois sorriram um para o outro.

— Chegamos. *Chez moi*!

Tirou um enorme molho de chaves da bolsa e começou a trabalhar numa complicada sequência de fechaduras. Depois de algum tempo a porta se abriu para um apartamento pequeno porém agradável, o desgastado assoalho pintado de cinza, um grande sofá e uma mesinha dando para o pátio, as paredes forradas de austeros livros em francês, as lombadas num tom amarelo-claro uniforme. Havia rosas francesas e frutas sobre a mesa numa pequena cozinha adjacente, e por uma outra porta Dexter vislumbrou o quarto. Ainda precisavam discutir onde dormiriam, mas já pôde ver que o apartamento só tinha uma cama, uma grande cama de ferro fundido, esquisita e desajeitada, parecia uma cama de fazenda. Um quarto, uma cama. O sol da tarde entrava pelas janelas, chamando a atenção. Examinou o sofá para ver se não se transformava em alguma outra coisa. Não. Uma cama. Sentiu o sangue bombeando no peito, mas talvez fosse apenas da longa subida.

Emma fechou a porta e fez-se silêncio.

— Pronto. Aqui estamos!

— É ótimo.

— É legal. A cozinha é aqui. — A subida e o estado de nervos deixaram Emma com sede, ela foi até a geladeira e pegou uma garrafinha de água com gás. Tinha começado a beber, em grandes goles, quando de repente sentiu a mão de Dexter no ombro, e de algum jeito ele já estava na frente dela, beijando-a. Com a boca ainda cheia de água gasosa, fechou os lábios para não esguichar o rosto dele como um sifão de refrigerante. Afastando-se, apontou para as próprias bochechas, absurdamente inchadas, como um baiacu, agitou as mãos e fez um som que poderia ser entendido como "espere um pouco".

Como um cavalheiro, Dexter recuou para deixar que engolisse.

— Desculpe o mau jeito.

— Tudo bem. Você me pegou de surpresa. — Enxugou a boca com as costas da mão.

— Tudo bem agora?

— Tudo bem, Dexter, mas eu tenho algo a dizer...

Mas ele já a estava beijando de novo, desajeitado, apertando-a com bastante força na mesa da cozinha, que de repente arrastou no chão com ruído, fazendo Emma se contorcer para o vaso de rosas não cair.

— Oops.

— Dex, é o seguinte...

— Desculpe o mau jeito, eu só...

— Mas é o seguinte...

— Estou me sentindo um pouco inseguro...

— Eu meio que conheci uma pessoa.

Dexter deu um passo atrás.

— Você *conheceu* uma pessoa.

— Um homem. Um cara. Estou saindo com um cara.

— Um *cara*. Certo. Tudo bem. E daí? Quem?

— O nome dele é Jean-Pierre. Jean-Pierre Dusollier.

— Ele é *francês*?

— Não, Dex, ele é *galês*.

— É que estou surpreso, só isso.

— Surpreso por ele ser francês ou pelo fato de eu ter um namorado?

— Não, é que... bem, foi rápido, não? Quer dizer, faz só algumas semanas que você chegou. Deu tempo de desfazer as malas ou...

— Dois meses! Estou aqui há dois meses, e conheci Jean-Pierre um mês atrás.

— E onde vocês se conheceram?

— Num pequeno bistrô aqui perto.

— Um pequeno *bistrô*. Certo. Como?

— Como?

— Como vocês se conheceram?

— Bem... hã... eu estava jantando sozinha, lendo um livro, e esse cara estava com uns amigos e me perguntou o que eu estava lendo... — Dexter deu um gemido e balançou a cabeça, um artesão desdenhando o trabalho de um rival. Ela o ignorou e saiu andando para a sala. — Daí a gente começou a conversar...

Dexter foi atrás.

— Como assim, em francês?

— Sim, em francês, e depois ficamos mais íntimos, e agora estamos... nos encontrando! — Emma se afundou no sofá. — Pronto. Agora você já sabe!

— Entendi. — As sobrancelhas dele subiram e desceram, a expressão se contorcendo em busca de uma forma de se mostrar magoado e sorrir ao mesmo tempo. — Certo. Que bom para você, Em, muito bom mesmo.

— Sem paternalismos, Dexter. Como se eu fosse uma senhora solitária...

— Não é isso! — Com uma indiferença forçada, virou-se para olhar o pátio pela janela. — Então, como ele é, esse *Jean*...

— Jean-Pierre. Ele é legal. Muito atraente, muito charmoso. Ótimo cozinheiro, sabe tudo de comida, de vinho, de arte e de arquitetura. Sabe como é, muito, muito... francês.

— Como assim, mal-educado?

— Não...

— Sujo?

— Dexter!

— Usa um colar de cebolas, anda de bicicleta...

— Meu Deus, às vezes você sabe ser insuportável...

— E que diabos significa ser "muito francês"?

— Não sei, só muito tranquilo, sereno e...

— *Sensual*...?

— Eu não falei "sensual".

— Mas você está toda sensual, mexendo no cabelo, a blusa desabotoada...

— Que palavra estúpida, "sensual"...

— Mas vocês fazem muito sexo, certo?

— Dexter, por que você tem que ser tão...?

— Olha só como você está, brilhando, um certo brilho de suor...

— Não há razão para ser tão... aliás, por que você está reagindo desse jeito?

— Como assim?

— Sendo tão... mesquinho, como se eu tivesse feito algo errado!

— Eu não estou sendo mesquinho, só pensei que... — Parou de falar e virou para olhar pela janela, a testa encostada no vidro. — Seria melhor ter me contado antes. Eu teria reservado um quarto de hotel.

— Você pode ficar aqui! Eu vou dormir com Jean-Pierre esta noite. — Mesmo de costas para ela, Emma notou que Dexter estremeceu. — Dormir no *apartamento* do Jean-Pierre. — Inclinou-se para a frente no sofá, o rosto apoiado nas mãos. — O que você achou que iria acontecer, Dexter?

— Não sei — respondeu num murmúrio da janela. — Não isso.

— Bom, sinto muito.

— Por que acha que eu vim visitar você, Em?

— Para dar um tempo. Ficar um pouco longe das coisas. Ver a paisagem!

— Eu vim falar sobre o que aconteceu. Eu e você, finalmente juntos. — Tirou uma lasca de massa da janela com a unha. — Achei que tinha sido uma coisa importante para você. Só isso.

— Nós dormimos juntos *uma vez*, Dexter.

— Três vezes!

— Não estou falando de quantos atos de *intercurso*, Dex, mas da ocasião, da noite, só passamos uma noite juntos.

— E eu pensei que pudesse ter sido importante! Logo depois você fugiu para Paris e se atirou nos braços do primeiro francês que encontrou...

— Eu não "fugi", a passagem já estava reservada! Por que você acha que tudo o que acontece gira em torno de você?

— E você não poderia ter me telefonado antes de...?

— Para quê, para pedir sua permissão?

— Não, para saber o que eu sentia a respeito.

— Espera um minuto... Você está chateado porque nós não analisamos os nossos *sentimentos*? Está chateado por achar que eu deveria ter *esperado* você?

— Sei lá — murmurou. — Talvez!

— Deus do céu, Dexter, você... está com *ciúme* de verdade?

— Claro que não!

— Então por que está tão emburrado?

— Eu não estou emburrado!

— Então olhe para mim!

Dexter obedeceu, petulante, os braços cruzados sobre o peito, e ela não conseguiu deixar de rir.

— O que foi? *O quê?* — perguntou, indignado.

— Bom, você tem que admitir que existe certa ironia em tudo isso, Dex.

— Que ironia?

— Você se mostrando assim tão convencional e... monogâmico, de repente.

Dexter não disse nada por um momento, depois se virou para a janela.

Mais conciliadora, ela disse:

— Olha... nós dois estávamos meio bêbados.

— Eu não estava *tão* bêbado...

— Você tirou a calça sem tirar o sapato, Dex! — Mesmo assim ele não olhou para ela. — Não fique aí na janela. Vem sentar aqui no sofá. — Levantou o pé descalço e sentou em cima das pernas. Dexter bateu no vidro da janela com a testa uma vez, duas vezes, depois atravessou a sala sem encarar os olhos dela e sentou ao seu lado, uma criança de castigo na escola. Emma apoiou os pés na coxa dele.

— Tudo bem, você quer conversar sobre aquela noite? Vamos conversar.

Dexter não disse nada. Emma cutucou-o com os dedos do pé, e quando afinal ele ergueu os olhos ela falou.

— Muito bem, eu falo primeiro. — Respirou fundo. — Acho que você estava muito triste e um pouco bêbado quando veio me visitar naquela noite, e simplesmente... aconteceu. Toda aquela infelicidade com a separação da Sylvie, de sair de casa e não poder ver Jasmine, você estava se sentindo um pouco sozinho e precisava de um ombro para chorar. Ou para dormir. E foi isso que signifiquei. Um ombro para dormir.

— Então é isso que você acha?

— É o que eu acho.

— E só dormiu comigo para eu me sentir melhor?

— Você se sentiu melhor?

— Sim, muito melhor.

— Eu também, viu só? Funcionou.

— Mas a questão não é essa.

— Existem razões bem piores para se dormir com alguém. Você devia saber disso.

— Mas sexo por piedade?

— Piedade não, *compaixão*.

— Não me provoque, Em.

— Não estou provocando... não teve nada a ver com piedade, você sabe disso. Mas é que... é complicado. Nós dois. Vem cá. — Cutucou-o um pouco mais com o pé, e depois de um tempo Dexter caiu como uma árvore tombada, a cabeça descansando no ombro dela.

Emma suspirou.

— Nós nos conhecemos há muito tempo, Dex.

— Eu sei. Só achei que podia ser uma boa ideia. Dex e Em, Em e Dex, nós dois. Tentar um pouquinho, ver como funcionava. Pensei que era isso que você queria também.

— E é. Era. Nos anos 1980.

— E por que não agora?

— Porque não. Porque é tarde demais. Tarde demais para nós dois. Eu já estou cansada.

— Mas você só tem trinta e cinco anos!

— Eu sinto que o nosso momento passou, só isso — respondeu.

— Como pode saber sem dar uma chance?

— Dexter, eu conheci outra pessoa.

Os dois ficaram em silêncio por algum tempo, ouvindo as crianças gritando no pátio lá embaixo, o som de televisões distantes.

— E você gosta dele? Desse cara?

— Gosto. Gosto muito dele.

Dexter abaixou e pegou o pé esquerdo dela na mão, ainda empoeirado da rua.

— Meu *timing* não é muito bom, né?

— Não, não mesmo.

Dexter examinou o pé que segurava. As unhas estavam pintadas de vermelho, cortadas curtas, a do dedinho mal se notava.

— O seu pé é horrível.

— Eu sei.

— O seu dedinho parece um grão de milho.

— Então pare de brincar com ele.

— Então, aquela noite... — Apertou o polegar contra pele dura da sola do pé dela. — Foi assim tão terrível?

Emma cutucou forte o quadril dele com o outro pé.

— Sem essa de *jogar verde*, Dexter.

— Não, de verdade. Conta para mim.

— *Não*, Dexter, *não foi* assim tão terrível, aliás foi uma das noites mais especiais da minha vida. Mas ainda assim acho que devemos parar

por aí. — Tirou os pés do sofá e se endireitou, os quadris se tocando, e segurou a mão dele, agora com a cabeça recostada em seu ombro. Os dois ficaram olhando para a estante de livros, até Emma finalmente dar um suspiro. — Por que você não disse tudo isso... sei lá, oito anos atrás?
— Não sei, acho que estava ocupado demais... me divertindo, imagino.
Ela levantou a cabeça e deu um olhar de soslaio.
— E agora que parou de se divertir você pensou: "A boa e velha Em, vamos dar uma chance..."
— Não foi isso que eu quis dizer...
— Eu não sou um prêmio de consolação, Dex. Não sou uma coisa com que você pode *contar*. Por acaso acho que tenho muito mais valor do que isso.
— Eu também acho que você vale mais do que isso. Foi por isso que vim aqui. Você é maravilhosa, Em.
Depois de um instante ela se levantou bruscamente, pegou uma almofada, atirou na cabeça dele com violência e foi para o quarto.
— Cala a boca, Dex.
Dexter tentou segurar a mão dela na passagem, mas Emma se desvencilhou.
— Aonde você vai?
— Tomar um banho, mudar de roupa. Não posso ficar nessa a noite toda! — gritou do quarto, furiosa, tirando roupas do armário e jogando na cama. — Afinal de contas, ele vai chegar em vinte minutos!
— Quem vai chegar?
— Quem você acha? O meu NOVO NAMORADO!
— Jean-Pierre vai vir aqui?
— Hu-hum. Às oito horas. — Começou a abrir os pequenos botões da blusa, mas desistiu e a retirou pela cabeça, sem paciência, jogando-a no chão. — Nós vamos sair para jantar! Nós três!
Dexter deixou a cabeça pender para trás e soltou um longo gemido.
— Meu Deus. É mesmo necessário?
— Infelizmente sim. Já foi combinado. — Agora ela estava nua e furiosa consigo mesma, com aquela situação. — Vamos levá-lo ao restaurante onde a gente se conheceu! O famoso *bistrô*. Vamos sentar na mesma mesa, de mãos dadas, e contar tudo para você! Vai ser muito, *muito* romântico. — Bateu a porta do banheiro, gritando. — E ninguém vai ficar constrangido!

Dexter ouviu o som do chuveiro aberto e recostou no sofá, olhando para o teto, envergonhado por aquela ridícula expedição. Achava que tinha a resposta, que eles poderiam resgatar um ao outro, quando na verdade Emma estava muito bem havia anos. Se alguém precisava ser resgatado era ele.

E talvez ela tivesse razão, talvez ele só estivesse se sentindo um pouco sozinho. Ouviu o antigo encanamento roncar quando a torneira foi fechada, e lá estava outra vez aquela terrível e vergonhosa palavra. Sozinho. E o pior de tudo é que sabia que era verdade. Nunca na vida tinha imaginado que seria um solitário. No seu aniversário de trinta anos, chegou a lotar uma boate da Regent Street: as pessoas faziam fila na calçada para entrar. O cartão de memória do celular em seu bolso transbordava de números telefônicos das centenas de pessoas que havia conhecido nos últimos dez anos, mas a única pessoa com quem desejava conversar todo esse tempo estava no quarto ao lado.

Será que era isso mesmo? Examinou detalhadamente aquela hipótese outra vez e, ao perceber que era verdadeira, levantou de repente com a intenção de lhe dizer isso. Andou em direção ao quarto, mas parou.

Podia ver Emma pela fresta da porta. Estava numa pequena penteadeira dos anos 1950, o cabelo curto ainda úmido do banho, usando um vestido de seda preto até o joelho e fora de moda, o zíper aberto nas costas chegando à base da coluna, mostrando a sombra entre as omoplatas. Estava ereta, imóvel e bem elegante, como se esperasse alguém para fechar o zíper, e havia algo tão atraente naquela ideia, algo tão íntimo e prazeroso naquele gesto simples, ao mesmo tempo novo e familiar, que Dexter quase entrou no quarto. Fecharia o vestido dela, depois beijaria a curva entre o pescoço e o ombro e diria tudo.

Em vez disso, ficou observando em silêncio quando ela pegou um livro da penteadeira, um grande e surrado dicionário francês/inglês. Começou a folhear as páginas até parar de repente, a cabeça caída para a frente, as duas mãos massageando as sobrancelhas e empurrando a franja para trás, e deu um gemido irritado. Dexter riu da sua exasperação, pensando não fazer barulho, mas Emma olhou em direção à porta e ele logo deu um passo atrás. O assoalho estalou sob seus pés de uma forma ridícula quando trotou em direção à cozinha, abrindo as duas torneiras e mexendo em algumas xícaras sob a água corrente, sem necessidade, só como álibi. Depois de um tempo ouviu um "tlim" do antigo telefone do quarto sendo tirado do gancho e fechou as torneiras para bisbilhotar a conversa com o tal Jean-Pierre. Um sussurro baixo, entre amantes, em francês. Esforçou-se para ouvir, mas não conseguiu entender uma palavra.

O "tlim" soou outra vez quando ela desligou. Passou-se algum tempo, e de repente Emma estava na soleira da porta atrás dele.

— Quem era no telefone? — perguntou por cima do ombro, casualmente.

— Jean-Pierre.

— E como estava Jean-Pierre?

— Está bem. Muito bem.

— Que bom. Então, acho que eu devia me trocar. A que horas ele vem mesmo?

— Ele não vem mais.

Dexter se virou para ela.

— O quê?

— Eu disse para ele não vir.

— Verdade? Você disse?

Dexter teve vontade de rir...

— Eu disse que estava com amidalite.

...muita vontade de rir, mas não podia, ainda não. Enxugou as mãos.

— Como se diz isso? Amidalite. Em francês?

Emma pôs os dedos na garganta.

— *Je suis très désolée, mais mes glandes son gonflées* — deu uma risada febril. — *Je pense que je peux avoir l'amygdalite.*

— L'amy...?

— *L'amygdalite.*

— Você tem um vocabulário incrível.

— Sabe como é. — Deu de ombros, modesta. — Eu tive que procurar no dicionário.

Os dois sorriram um para o outro. Depois, como se tivesse tido uma súbita ideia, ela atravessou a sala em três passos longos, pegou o rosto dele entre as mãos e o beijou. Dexter pôs as mãos nas costas dela, encontrando o vestido ainda aberto, a pele nua e fresca e ainda úmida do banho. Ficaram se beijando assim durante algum tempo. Em seguida, ainda segurando o rosto dele nas mãos, olhou para Dexter com intensidade.

— Se você aprontar comigo, Dexter...

— Eu não vou aprontar.

— Estou falando sério, se você se aproveitar de mim ou me decepcionar ou me enganar pelas costas, eu mato você. Juro por Deus, eu devoro o seu coração.

— Eu não vou fazer isso, Em.

— Não?

— Juro que não.

Emma franziu o cenho, meneou a cabeça e abraçou-o mais uma vez, apoiando a cabeça no ombro dele, soltando um grunhido quase raivoso.

— O que foi? — ele perguntou.

— Nada. Ah, nada. É que... — Olhou para ele. — Eu achei que finalmente tinha me livrado de você.

— Acho que você não vai conseguir fazer isso — respondeu Dexter.

Parte quatro

2002-2005

Trinta e tantos anos

"Eles falavam muito pouco do que sentiam um pelo outro: não havia necessidade de frases bonitas e pequenas atenções entre amigos tão experientes."

Thomas Hardy, *Far From the Madding Crowd*

CAPÍTULO DEZESSEIS
Segunda-feira de manhã

SEGUNDA-FEIRA, 15 DE JULHO DE 2002

Belsize Park

Como sempre, o rádio-relógio toca às 7h05. Já está claro e brilhante lá fora, mas nenhum dos dois se move. Continuam deitados, o braço dele em torno da cintura dela, as pernas entrelaçadas pelos tornozelos, na cama de casal de Dexter em Belsize Park, no que já foi, muitos anos atrás, um apartamento de solteiro.

Faz algum tempo que está acordado, ensaiando na cabeça um tom de voz e um fraseado ao mesmo tempo casual e importante, e, ao sentir que ela se move, ele fala:

— Posso dizer uma coisa? — pergunta com a boca encostada nela, os olhos ainda fechados, a boca grudada de sono.

— Vai fundo — ela responde um pouco cansada.

— Acho uma loucura você manter o seu apartamento.

Emma abre um sorriso, sem se virar.

— Certo.

— Afinal, você dorme aqui quase todas as noites.

Ela abre os olhos.

— Mas não precisa ser assim.

— Não, mas eu quero que você fique.

Emma se vira na cama, olha para ele e vê que ainda está de olhos fechados.

— Dex, você...?

— O quê?

— Está me pedindo para morar com você?

Ele sorri e, sem abrir os olhos, segura a mão dela debaixo do lençol e aperta.

— Emma, você quer morar comigo?

— Finalmente! — ela resmunga. — Dex, é o que eu mais quero na vida.

— Então é um sim?
— Vou pensar a respeito.
— Então diga logo, tá? Porque, se não estiver interessada, eu posso arrumar outra pessoa.
— Eu disse que vou pensar.
Dexter abre os olhos. Ele esperava um sim.
— O que há para pensar?
— Não sei, não. *Morar juntos.*
— Nós moramos juntos em Paris.
— Eu sei, mas foi em Paris.
— Nós mais ou menos moramos juntos agora.
— Eu sei, é que...
— É loucura continuar pagando aluguel, é dinheiro jogado no ralo do mercado imobiliário atual.
— Você fala como se fosse meu consultor financeiro. É muito romântico. — Fecha os lábios e dá um beijo nele, um cauteloso beijo matinal. — Não é só uma questão de planejamento financeiro, é?
— Principalmente, mas eu também acho que seria... legal.
— Legal.
— Você morar aqui.
— E quanto a Jasmine?
— Ela se acostuma. Além disso, Jasmine só tem dois anos e meio, não precisa decidir nada. Nem a mãe dela.
— E não seria um pouco...?
— O quê?
— Apertado. Nós três aqui nos fins de semana.
— A gente dá um jeito.
— E onde eu vou trabalhar?
— Você pode trabalhar aqui enquanto eu estiver fora.
— E aonde você vai levar suas amantes?

Dexter dá um suspiro, um pouco chateado com a piada depois de um ano de fidelidade quase maníaca.
— A gente pode ir a um hotel durante a tarde.

Ficam em silêncio enquanto o rádio continua falando, e Emma fecha os olhos de novo, tentando se imaginar desempacotando caixas de papelão, encontrando espaço para suas roupas, seus livros. Na verdade, prefere a atmosfera de seu apartamento atual, um agradável sótão meio boêmio na Hornsey Road. Belsize Park é um tanto chique e elegante demais, e apesar das suas tentativas e da gradual invasão de seus livros e roupas, o apartamento de Dexter ainda mantém um clima dos anos de solteiro: o console de jogos, a televisão imensa, a cama ostensiva. Continuava achando que poderia de repente abrir um guarda-louça e ser soterrada por uma avalanche de *calcinhas* ou algo assim. Mas ele fez a proposta, e Emma sente que deve retribuir de alguma forma.

— Talvez a gente possa comprar um apartamento juntos — sugere.
— Um lugar maior. — Mais uma vez eles se veem diante do grande assunto não discutido. Segue-se um longo silêncio, Emma se pergunta se Dexter pegou no sono outra vez, até ele dizer:
— Tudo bem. Vamos conversar sobre isso à noite.

E assim começa outro dia da semana, igual ao anterior e aos que ainda virão. Os dois se levantam para se arrumar, Emma recorrendo ao estoque limitado de roupas que mantém amontoado no armário emprestado. Dexter toma banho primeiro, ela em seguida, enquanto ele sai para comprar jornal e leite, se necessário. Dexter lê as páginas de esportes, Emma lê as notícias. Depois do café da manhã, transcorrido quase todo em um confortável silêncio, ela pega a bicicleta no corredor e sai andando com ele na garupa em direção ao metrô. Todos os dias dão um beijo de despedida por volta das 8h25.

— Sylvie vai deixar Jasmine às quatro — diz Dexter. — Eu devo voltar às seis. Tem certeza de que não tem problema você esperar?
— Claro que não.
— E tudo bem ficar com Jasmine?
— Tudo bem. A gente vai ao zoológico ou algo assim.

Os dois se beijam outra vez, ela vai trabalhar, ele também, e assim os dias passam, mais depressa do que nunca.

Trabalho. Dexter voltou a trabalhar, agora em seu próprio negócio, embora "negócio" soe grandioso demais para seu pequeno café e delicatéssen numa rua residencial entre Highgate e Archway.

A ideia surgiu em Paris, durante aquele longo e estranho verão em que a vida dele foi desmantelada e remontada de novo. Foi ideia de Emma, os dois sentados do lado de fora de um café perto do Parc des Buttes Chaumont, no nordeste da cidade.

— Você gosta de comida — ela disse. — Entende de vinhos. Poderia servir um bom café, queijos importados, todas essas coisas chiques que as pessoas querem hoje em dia. Sem pretensão ou luxo, só uma lojinha simpática, com mesas do lado de fora no verão.

De início ele fez restrições à palavra "loja", não conseguia se ver como um "lojista" ou, ainda pior, como um merceeiro. Mas "especialista em alimentos importados" era diferente. Melhor pensar na coisa como um café-restaurante que também vendesse comida. Dexter seria um empresário.

Assim, no final de setembro, quando Paris tinha finalmente começado a perder parte de seu brilho, eles voltaram juntos de trem. Ligeiramente bronzeados e de roupas novas, os dois caminharam de braços dados pela plataforma como se estivessem chegando a Londres pela primeira vez, com planos e projetos, resoluções e ambições.

Os amigos anuíram de modo sábio e sentimental, como se soubessem daquilo o tempo todo. Emma foi apresentada mais uma vez ao pai de Dexter:

— É claro que me lembro. Você me chamou de fascista. — E eles levaram adiante a ideia do novo negócio, na esperança de que o pai ajudasse no financiamento. Quando Alison morreu, fizeram um acordo segundo o qual algum dinheiro iria para Dexter na hora certa, e aquele parecia ser o momento. No fundo, Stephen Mayhew ainda achava que o filho poderia perder até o último centavo, mas era um pequeno preço a ser pago para ele nunca mais aparecer na televisão. E a presença de Emma ajudava. O pai de Dexter gostava dela e pela primeira vez em alguns anos descobriu-se gostando do filho por causa dela.

Os dois encontraram o local juntos. Uma locadora de vídeos, já uma anomalia com suas prateleiras cheias de fitas VHS empoeiradas, tinha dado afinal seu último suspiro, e, com um empurrãozinho de Emma, Dexter decidiu-se e alugou o imóvel por doze meses. Durante um longo e úmido janeiro eles se livraram das prateleiras de metal e distribuíram os vídeos restantes de Steven Seagal por instituições de caridade das redondezas. Rasparam as paredes e as pintaram de um branco amanteigado, instalaram painéis de madeira escura, conseguiram comprar de restaurantes e cafés falidos uma boa cafeteira industrial, geladeiras e freezers com portas de vidro; mas todos aqueles negócios fracassados lembravam Dexter o que estava em jogo, que seu negócio também poderia dar errado.

Mas o tempo todo Emma estava lá, incentivando-o, convencendo-o de estar fazendo a coisa certa. Os corretores de imóveis já perceberam o potencial da região: cada vez mais procurada por jovens profissionais que conhecem o valor da palavra "artesanal" e querem consumir patê de pato, clientes que não se importam em pagar duas libras por uma fatia irregular de pão ou um pedaço de queijo de cabra do tamanho de uma bola de *squash*. O café seria o tipo de lugar aonde pessoas iriam escrever seus romances.

No primeiro dia da primavera os dois se sentaram ao sol na calçada, do lado de fora da loja parcialmente reformada, e escreveram uma lista de nomes possíveis: combinações batidas de palavras como *magasin*, *vin*, *pain*, Paris pronunciado "Parri", até se definirem pelo Belleville Café, trazendo um sabor do 19ème Arrondissement para o sul da A1. Dexter abriu uma companhia limitada, sua segunda empresa, contando com a Mayhem TV plc, com Emma como secretária e acionista minoritária. O dinheiro dos dois primeiros livros *Julie Criscoll* tinha começado a chegar, a série de desenho animado ia entrar em sua segunda temporada, falava-se de *merchandising*: estojos, cartões de aniversário e até uma revista mensal. Não havia como negar, agora Emma era o que sua mãe chamaria de alguém "bem de vida". Depois de muitos pigarros e hesitações, ela se viu na estranha e até um pouco intimidante posição de poder oferecer alguma ajuda financeira a Dexter. Depois de algumas evasivas, ele aceitou.

A loja foi inaugurada em abril, e durante as primeiras seis semanas Dexter ficou atrás do balcão de madeira escura vendo gente entrar, dar uma olhada em volta, cheirar e sair de novo. Mas a notícia se espalhou, as coisas começaram a melhorar, ele pôde até contratar ajudantes. O local começou a ter uma clientela fixa, e Dexter passou até a gostar do que fazia.

E agora o lugar estava na moda, ainda que de uma forma mais serena e civilizada do que Dexter estava acostumado. Sua fama é apenas local, por conta de seus chás de ervas selecionados, mas Dexter ainda balança um pouco o coração das animadas futuras mamães que vêm comer tortas depois de suas aulas de ginástica: de uma forma mais modesta, ele é quase, quase um sucesso outra vez.

Ao chegar, destranca o pesado cadeado que mantém fechadas as portas metálicas, já quentes demais para serem tocadas nessa radiante manhã de verão. Suspende essas portas metálicas, destranca a porta de entrada e se sente... como? Alegre? Satisfeito? Não, feliz. Secretamente, e pela primeira vez em muitos anos, sente-se orgulhoso de si mesmo.

Claro que ainda acontecem longas e tediosas terças-feiras chuvosas, quando Dexter tem vontade de fechar as portas e beber metodicamente todo o seu estoque de vinho tinto, mas não é o caso de hoje. Está fazendo calor, ele vai encontrar a filha à noite e passar a maior parte dos próximos oito dias com ela, enquanto Sylvie e o canalha do Callum vão viajar em mais uma de suas constantes férias. Por algum estranho mistério, Jasmine está agora com dois anos e meio, linda e tranquila como a mãe; já pode vir à loja, brincar e ser mimada pelos funcionários, e quando ele chegar em casa à noite Emma vai estar lá. Pela primeira vez em muitos anos, Dexter sente que está mais ou menos onde queria. Tem uma parceira que ama e deseja, e que é também sua melhor amiga. Tem uma filha linda e inteligente. Está fazendo tudo certo. Tudo vai ficar bem, desde que nada mude.

A três quilômetros dali, perto da Hornsey Road, Emma sobe um lance de escadas, abre uma porta e sente o ar frio e viciado de um apartamento que passou quatro dias vazio. Prepara um chá, senta à escrivaninha, liga o computador e olha fixamente para a tela durante quase uma hora. Há muito o que fazer — ler e aprovar os roteiros para a segunda temporada da série *Julie Criscoll*, escrever quinhentas palavras para o terceiro volume, ilustrações a serem trabalhadas. Precisa ler cartas e e-mails de jovens leitores, mensagens sérias e às vezes muito pessoais às quais deve dar alguma atenção, sobre solidão e ser vítima de *bullying*, ou sobre o menino de que eu gosto muito.

Mas Emma não consegue parar de pensar na proposta de Dexter. Durante o longo e estranho verão em Paris no ano anterior, os dois chegaram a algumas resoluções sobre seu futuro — se é que eles tinham um futuro juntos —, e uma importante decisão era que não morariam juntos: vidas separadas, apartamentos separados, amigos separados. Eles se empenhariam para estar juntos e ser fiéis, claro, mas não de uma forma convencional. Nada de perambular com corretores de imóveis em finais de semana, nada de jantares festivos, nada de flores no Dia dos Namorados, sem aquela parafernália de casal ou de vida doméstica. Ambos já haviam tentado aquilo, e nenhum dos dois tinha conseguido se dar bem.

Emma imaginou que esse arranjo seria sofisticado, moderno, um novo projeto de vida. Mas era necessário tanto esforço para fingir que não queriam ficar juntos que parecia inevitável que um deles iria ceder.

Ela não esperava que fosse Dexter. Havia um assunto que permanecia intocado, e agora parecia não haver modo de evitá-lo. Emma precisava respirar fundo para dizer a palavra. Filhos. Não, não "filhos", melhor não o assustar, melhor usar o singular. Emma queria um filho.

Os dois já tinham conversado sobre isso, de uma maneira jocosa e indireta, e Dexter deu a entender que talvez, no futuro, quando as coisas estivessem um pouco mais assentadas. Mas quanto mais assentadas as coisas poderiam ficar? O assunto continua no meio da sala, e eles acabam esbarrando nele. Está lá quando os pais dela telefonam, sempre que ela e Dexter fazem amor (menos do que durante aquela orgia do apartamento em Paris, mas ainda com frequência). Chega até a mantê-la acordada durante a noite. Às vezes Emma acha que pode mapear sua vida pelo que a preocupa às três horas da manhã. Já foram rapazes, depois, por muito tempo, dinheiro, carreira, sua relação com Ian, sua infidelidade. Agora é isso. Está com trinta e seis anos e quer ter um filho, e, se ele não quiser, talvez fosse melhor que...

O quê? Terminar a relação? Parece melodramático e degradante enunciar um ultimato desse tipo, e a ideia de levar a cabo aquela ameaça parece inconcebível, ao menos no momento. Mas Emma resolve abordar o assunto naquela noite. Não, não naquela noite, não com Jasmine lá, mas logo. Logo.

Depois de desperdiçar seu tempo numa manhã cheia de dúvidas, Emma sai para nadar na hora do almoço, indo e voltando pela raia da piscina sem conseguir desanuviar a cabeça. Com os cabelos ainda molhados, pedala de volta até o apartamento de Dexter e ao chegar depara com um imenso 4x4 preto, vagamente sinistro, esperando em frente. É um carro de gângster, com duas silhuetas visíveis no para-brisa, uma baixa e atarracada, outra magra e alta: Callum e Sylvie, ambos gesticulando enfaticamente no meio de mais uma discussão. Mesmo do outro lado da rua, ela pode ouvir os dois e se aproxima de bicicleta até ver o rosto contraído de Callum, e Jasmine no banco de trás, olhos fixos num livro de gravuras, tentando ignorar o barulho. Emma bate na janela mais próxima de Jasmine. E vê a menina olhar e sorrir, dentes pequenos e brancos numa boca larga, puxando o cinto de segurança para sair.

Emma e Callum acenam da janela do carro. Há alguma coisa de patético na etiqueta da traição, da separação e do divórcio, mas lealdades foram declaradas, inimizades juradas e, embora conheça Callum há quase vinte anos, Emma não pode mais falar diretamente com ele. Quanto à ex-mulher, Sylvie e Emma estabeleceram uma relação cordial, inteligente e sem ressentimentos, mas a antipatia entre as duas vibra no ar como uma névoa quente.

— Desculpe a cena! — diz Sylvie, desdobrando as longas pernas fora do carro. — Uma pequena discordância sobre quanta bagagem levar!

— Férias podem ser estressantes — diz Emma num tom neutro. Jasmine é desafivelada do assento e sobe nos braços de Emma, encostando o rosto no pescoço dela, as pernas magrinhas envolvendo a cintura. Emma sorri, um pouco sem graça, como se dissesse "o que eu posso fazer?". Sylvie retribui com um sorriso tão artificial que parece ter sido moldado com os dedos.

— Onde está o papai? — pergunta Jasmine no pescoço de Emma.

— No trabalho. Mas ele volta logo.

Emma e Sylvie sorriem mais um pouco.

— E como vai indo? — pergunta Sylvie. — O café?

— Vai bem, muito bem.

— Bem, pena ele não poder estar aqui. Mande um abraço.

Mais silêncio. Callum dá um cutucão e liga o motor.

— Vocês querem entrar? — pergunta Emma, já sabendo a resposta.

— Não, já está na hora.

— Para onde desta vez?

— México.

— México. Que ótimo.

— Você conhece?

— Não, mas já trabalhei num restaurante mexicano.

Sylvie não disfarça uma expressão de desprezo, e a voz de Callum irrompe do assento dianteiro.

— Vamos! Eu quero evitar o trânsito!

Jasmine entra outra vez no carro para as despedidas e recomendações de ser boazinha e não assistir muito à TV, enquanto Emma discretamente pega a bagagem da garota dentro do carro, uma pequena mala de vinil cor-de-rosa com rodinhas e uma mochila em forma de panda. Quando volta, Jasmine está esperando na calçada um tanto formalmente, uma pilha de livros no peito. É uma garota bonita, elegante, impecável e um pouco triste, bem parecida com a mãe, nada com Emma.

— Precisamos ir. O *check-in* nessa época é um pesadelo. — Sylvie recolhe as longas pernas para dentro carro, parecendo um canivete. Callum olha para a frente.

— Certo. Divirtam-se no México. Aproveitem os mergulhos de *snorkel*.

— *Snorkel* não, a gente mergulha com cilindro. *Snorkel* é coisa de criança — diz Sylvie, ríspida mesmo sem querer.

Emma se corrige.

— Desculpe. Aproveitem os mergulhos com cilindros! E não se afoguem! — Sylvie ergue as sobrancelhas, a boca formando um pequeno "o", mas o que mais Emma poderia dizer? "Foi o que eu disse, Sylvie, por favor não se afoguem, não gostaria que vocês se afogassem." Tarde demais, o estrago já está feito, a ilusão de fraternidade foi despedaçada. Sylvie carimba um beijo no topo da cabeça de Jasmine, bate a porta e vai embora.

Emma e Jasmine ficam paradas, acenando.

— Então, Min, seu pai só volta lá pelas seis. O que você quer fazer?

— Não sei.

— Ainda é cedo, a gente não podia ir ao zoológico?

Jasmine concorda com entusiasmo. Emma pega um *ticket* de entrada familiar para o zoológico e entra em casa para se preparar para passar mais uma tarde com a filha de outra mãe.

Dentro do grande carro preto, a ex-senhora Mayhew está com os braços cruzados, a cabeça repousando no vidro fumê e sentada sobre os pés, enquanto Callum reclama do trânsito na Euston Road. Os dois raramente se falam nos últimos tempos, só gritam e se repreendem, e aquelas férias, assim como as outras, são uma tentativa de consertar as coisas.

O último ano de Sylvie não foi exatamente um sucesso. Callum acabou se mostrando um homem grosseiro e egoísta. O que Sylvie interpretou como energia e ambição acabou se revelando como falta de vontade de voltar para casa à noite. Ela desconfia que ele tenha alguns casos. Callum parece se ressentir da presença de Sylvie na casa *dele*, e também da presença de Jasmine; grita com ela pelo simples fato de se comportar como uma criança, ou simplesmente evita sua companhia. Vocifera frases absurdas:

— *Quid pro quo*, Jasmine, *quid pro quo*.

A menina tem dois anos e meio, pelo amor de Deus. Com toda a sua inépcia e irresponsabilidade, ao menos Dexter mostrava interesse, às vezes até demais. Callum, por outro lado, trata Jasmine como uma funcionária que não está correspondendo às expectativas. E, se a família dela já tinha alguma reserva em relação a Dexter, despreza Callum completamente.

Agora, sempre que encontra o ex-marido ele está sorrindo, anunciando sua felicidade como se pertencesse a alguma seita. Joga Jasmine para o alto e a carrega nos ombros, sempre mostrando como se tornou um pai maravilhoso. E essa tal de Emma. Jasmine fala dela o tempo todo: é Emma isso, Emma aquilo, como Emma é o máximo, a melhor amiga da sua filha. Traz para casa pedaços de massa colados em cartões coloridos e, quando Sylvie pergunta o que é, diz que é Emma, depois fica falando sobre como as duas foram ao zoológico juntas. Parece que eles têm *ticket* de entrada familiar. Deus, e a aquela insuportável presunção do casal: Dex e Em, Em e Dex, ele com sua lojinha de esquina cafona — aliás, Callum está agora com quarenta e oito filiais da Natural Stuff — e ela com sua bicicleta, cintura grossa, aquele jeito de estudante e os malditos olhares de esguelha. Para Sylvie existe também algo de sinistro e calculado no fato de Emma ter sido promovida de madrinha a madrasta, como se estivesse sempre espreitando por perto, fazendo um cerco, esperando para dar o bote. "Não se afoguem!" Vaca atrevida.

Ao seu lado, Callum reclama do trânsito na Marylebone Road, e Sylvie sente muita inveja da felicidade alheia, combinada com a infelicidade de se encontrar no time errado dessa vez. Também sente tristeza por todos aqueles pensamentos feios, desagradáveis e maldosos. Afinal, foi ela quem deixou Dexter, que o magoou.

Agora Callum reclama do trânsito na Westway. Sylvie quer ter outro filho logo, mas como? A perspectiva é de uma semana de mergulhos e num hotel de luxo no México, mas ela já sabe que isso não vai adiantar.

CAPÍTULO DEZESSETE
discursodograndedia.doc

TERÇA-FEIRA, 15 DE JULHO DE 2003

North Yorkshire

O chalé de férias não tinha nada a ver com as fotos. Pequeno e escuro, exalava aquele cheiro de casa de temporada, de aromatizante e armários mofados, e parecia ter retido o frio do inverno nas espessas paredes de pedra, pois mesmo num ensolarado dia de julho continuava úmido e gelado.

Porém não chegava a ser um grande problema. Era funcional e isolado, e a vista do Parque Nacional de Yorkshire era esplendorosa, apesar das janelas muito pequenas. Eles passavam a maior parte do dia fora, andando ou dirigindo ao longo da costa, visitando antigos balneários de que Emma se lembrava de suas excursões na infância, cidadezinhas empoeiradas que pareciam empacadas em 1976. Hoje, o quarto dia da viagem, os dois estavam em Filey, caminhando ao longo do calçadão que dominava boa parte da praia, muito vazia para uma terça-feira em plenas férias escolares.

— Está vendo aquilo ali? Foi lá que minha irmã foi mordida por um cachorro.

— Interessante. Que tipo de cachorro?

— Ah, sinto muito, estou sendo chata?

— Só um pouco.

— Que indelicadeza. Ainda faltam quatro dias para irmos embora.

À tarde eles iam fazer um passeio um tanto ambicioso, planejado por Emma na noite anterior, até uma cachoeira, mas, depois de uma hora, os dois se viram no meio do mato, sem entender bem o mapa oficial da cidade. Acabaram desistindo, preferindo descansar na urze ressecada e cochilar sob sol. Emma tinha trazido um guia de pássaros e um binóculo imenso do exército, com o tamanho e o peso de um motor diesel, que ela agora erguia com esforço até os olhos.

— Olha lá. Acho que é um gavião.
— Humm.
— Dá uma olhada. Logo ali.
— Não quero. Estou dormindo.
— Como você pode não se interessar? É lindo.
— Sou muito jovem para observar pássaros.
Emma riu.
— Você está sendo ridículo, e sabe disso.
— E ainda por cima nós estamos discutindo. Daqui a pouco a gente vai estar ouvindo música clássica.
— Sei, você é *cool* demais para observar pássaros...
— Depois vai ser jardinagem, com você comprando jeans na Marks and Spencer e querendo se mudar para o campo. Daqui a pouco a gente vai chamar um ao outro de "benhê". Já estou até vendo isso acontecer, Em. Aí é ladeira abaixo.
Emma se ergueu num braço, inclinou-se e beijou Dexter.
— Às vezes me pergunto por que eu vou me casar com você.
— Ainda dá para cancelar.
— Será que eles devolvem o depósito?
— Acho que não.
— Certo. — Beijou-o de novo. — Vou pensar a respeito.

Eles iam se casar em novembro, no inverno, com uma despojada e discreta cerimônia no cartório, seguida de uma pequena recepção para a família e os amigos mais próximos num restaurante local. Não era exatamente um casamento, insistiam, era mais uma desculpa para fazer uma festa. Os votos não seriam religiosos, nem muito sentimentais, e ainda precisavam ser redigidos; uma situação meio constrangedora, ter de sentar frente a frente e escrever os juramentos mútuos.
— Não podemos usar os votos que você fez à sua ex-mulher?
— Mas você tem que prometer me obedecer, certo?
— Só se você jurar que nunca vai se meter a jogar golfe.
— Você vai usar o meu sobrenome?
— "Emma Mayhew". Podia ser pior, acho.
— Você pode usar um hífen.
— Morley-Mayhew. Parece nome de uma aldeia de Cotswolds. "Nós temos uma casinha bem ao lado de Morley-Mayhew."

E era assim que eles falavam sobre o grande dia: com irreverência, mas, no fundo, muito felizes.

Aquela semana em Yorkshire era a última oportunidade de tirar férias antes daquele modesto e discreto grande dia. Emma tinha prazo para entregar seu trabalho, e Dexter relutou em abandonar o negócio por uma semana inteira, mas ao menos a viagem propiciou uma parada na casa dos pais de Emma, um evento que a mãe dela tratou como uma visita da realeza. Guardanapos em vez do costumeiro papel-toalha na mesa, uma torta e uma garrafa de Perrier na geladeira. Depois do fim do relacionamento de Emma com Ian, parecia que Sue Morley nunca mais voltaria a amar, mas acabou se afeiçoando ainda mais por Dexter, flertando com ele em um tom de voz esquisito e exagerado, como um relógio falante coquete. Solícito, Dexter retribuía o flerte, mas o resto da família não podia fazer nada a não ser olhar para as lajotas do piso e tentar não rir. Mas Sue não ligava. Via tudo aquilo como se sua eterna fantasia estivesse afinal se realizando: a filha ia se casar com o príncipe Andrew.

Observando Dexter pelos olhos de sua família, Emma sentia-se orgulhosa: ele piscava para Sue, era infantil e divertido com os primos, parecia sinceramente interessado na carpa japonesa do pai e nas chances do United no campeonato. Apenas a irmã mais nova parecia cética quanto ao seu charme e sua sinceridade. Divorciada, com dois filhos, ressentida e sempre exausta, Marianne não conseguia entrar no clima daquele casamento. As duas conversaram naquela noite, enquanto lavavam os pratos.

— Eu só queria saber por que a mamãe fala nesse tom de voz tão idiota.

— Ela gosta dele. — Emma cutucou o braço da irmã. — E você também gosta, não gosta?

— Ele é legal. Eu gosto dele. Mas acho que gosta muito de aparecer, de ser a alegria da festa.

— Um tempo atrás, talvez. Não agora.

Marianne torceu o nariz, discordando, e comentou alguma coisa sobre os leopardos não perderem as manchas.

Emma e Dexter desistiram de procurar a cachoeira, voltando de carro até o *pub* local para passar o final da tarde comendo batatas fritas e jogando disputadas partidas de sinuca.

— Acho que a sua irmã não gosta muito de mim — disse Dexter ajeitando as bolas para a partida decisiva.
— É claro que gosta.
— Ela mal fala comigo.
— É só uma garota tímida e um pouco irritadiça. É o jeito da nossa mana.
Dexter sorriu.
— Seu sotaque.
— Qual é o problema?
— Ficou bem mais nortista desde que chegamos aqui.
— É mesmo?
— Assim que entramos na M1.
— Incomoda?
— De jeito nenhum. De quem é a vez?

Emma ganhou o jogo e eles voltaram para o chalé sob a luz do final da tarde, sentindo-se mais carinhosos e meio tontos depois de tomar cerveja com o estômago vazio. Férias com trabalho. O plano era passarem o dia juntos e ela trabalhar à noite, mas a viagem coincidiu com os dias mais férteis de Emma, e eles precisavam aproveitar a oportunidade.

— O quê, de novo? — resmungou Dexter quando Emma fechou a porta e deu um beijo nele.
— Só se você quiser.
— Sim, quero. Só me sinto um pouco como... um garanhão de fazenda.
— Ah, mas é exatamente o que você é.

Por volta das nove horas Emma dormia na cama grande e desconfortável. Ainda havia luz lá fora, e por um tempo Dexter ficou ouvindo sua respiração, olhando para a pequena trilha que atravessava o charco, que podia ser vista da janela do quarto. Ainda agitado, saiu da cama, se vestiu e desceu a escada em silêncio até a cozinha, onde se presenteou com um copo de vinho e imaginou o que poderiam fazer agora. Apesar de acostumado com a paz de Oxfordshire, Dexter achava esse tipo de isolamento irritante. Era demais esperar por uma conexão de banda larga, mas o anúncio do chalé se gabava de não ter televisão, e todo aquele silêncio o deixava ansioso. Selecionou um Thelonius Monk em seu iPod — nos últimos tempos ele ouvia mais jazz —, levantou uma nuvem de poeira ao desabar no sofá e pegou seu livro. Meio de brincadeira, Emma tinha comprado *O morro dos ventos uivantes* para que ele lesse na viagem, mas Dexter estava achando o livro insuportável. Por isso preferiu abrir o laptop e olhar para a tela.

Dentro de uma pasta chamada "Documentos Pessoais", havia outra chamada "Aleatório", e dentro, um arquivo de apenas 40KB com o nome de discursodograndedia.doc: o texto de seu discurso de noivo. A horrível lembrança de seu desempenho estúpido, incoerente e semi-improvisado do casamento anterior ainda permanecia vívida, e agora estava determinado a começar a trabalhar nele com antecedência para fazer com que este saísse perfeito.

Até o momento, o texto em sua totalidade estava da seguinte maneira:

Meu discurso de noivo

Depois de um tempestuoso romance! etc.

Como nos conhecemos. Na mesma univ. mas não nos conhecíamos. Eu a via por lá. Sempre brava com alguma coisa e cabelos terríveis. Mostro as fotos? Achava que eu era um figurão. Macacão jeans, ou estou imaginando coisas? Finalmente nos conhecemos. Chamou meu pai de fascista.

Grande amizade com intervalos. Eu sendo idiota. Às vezes não vejo o que está na cara. (brega)

Como descrever Em. Suas muitas qualidades. Engraçada. Inteligente. Boa dançarina quando quer mas péssima cozinheira. Bom gosto musical. Nós discutimos. Mas podemos sempre conversar rindo. Linda mas nem sempre sabe disso etc. etc. Ótima com Jas, até se dá bem com minha ex-mulher! He he he. Todo mundo gosta dela.

Perdemos contato. Um pouco sobre Paris.

Finalmente juntos, romance tempestuoso de quase 15 anos, afinal faz sentido. Todos os amigos disseram. Mais feliz do que nunca.

Pausa enquanto convidados se manifestam em uníssono.

Reconhecer segundo casamento. Fazer certo desta vez. Agradecer ao serviço do restaurante. Agradecer a Sue Jim por me darem boas-vindas. Por me fazer sentir um piadista honorário na terra dela etc. Telegramas? Amigos ausentes. Sinto muito minha mãe não estar aqui. Teria aprovado. Finalmente!

Um brinde a minha linda esposa blá-blá-blá.

Era um começo, a estrutura estava lá. Dexter se pôs a trabalhar seriamente, mudando a fonte de Courier para Arial, depois para Times New Roman e voltando a Arial de novo, mudando tudo para itálico, contando as palavras, ajustando os parágrafos e as margens de modo a parecer mais substancial.

Finalmente começou a falar em voz alta, usando o texto como lembrete, tentando reviver a fluência que tinha na TV.

— Gostaria de agradecer a todos que estão aqui hoje...

Mas ouviu um estalido no segundo andar e fechou a tampa do laptop, empurrou-o para debaixo do sofá e pegou *O morro dos ventos uivantes*.

Nua e com olhos sonolentos, Emma desceu alguns degraus, parou no meio do caminho e sentou com os braços em volta dos joelhos. Bocejou.

— Que horas são?

— Quinze para as dez. A noite é uma criança, Em.

Bocejou outra vez.

— Você me cansou. — Deu um sorriso. — Seu garanhão.

— Vá vestir uma roupa, Em.

— O que você está fazendo? — Dexter mostrou *O morro dos ventos uivantes* e Emma sorriu. — "Não posso viver sem minha vida! Não posso viver sem minha alma." Ou é "amar sem minha vida"? Ou "viver sem meu amor"? Não consigo lembrar.

— Ainda não cheguei nessa parte. Ainda estou no papo furado de uma mulher chamada Nelly.

— Melhora, prometo.

— Explique outra vez: por que não tem uma televisão aqui?

— É para a gente aprender a se divertir sozinho. Vamos conversar na cama.

Dexter se levantou, atravessou a sala e se apoiou no corrimão para beijá-la.

— Só se você prometer que não vai me obrigar a fazer sexo de novo.

— E o que a gente vai fazer?

— Eu sei que pode parecer estranho — disse, meio encabulado. — Mas acho que eu toparia jogar palavras cruzadas.

CAPÍTULO DEZOITO
O meio

QUINTA-FEIRA, 15 DE JULHO DE 2004

Belsize Park

Algo estranho estava acontecendo com o rosto de Dexter.

Pelos negros e ásperos começaram a aparecer no alto de sua face, juntando-se aos solitários pelos longos e grisalhos que brotavam de suas sobrancelhas. Como se não fosse suficiente, tufos finos e brancos surgiam dos ouvidos e na base dos lóbulos das orelhas. Os pelos pareciam brotar da noite para o dia, como agrião, e não tinham nenhum propósito a não ser chamar a atenção para o fato de ele estar chegando à meia-idade. Agora era um homem de meia-idade.

Havia também o bico de viúva, especialmente notável depois do banho: duas entradas paralelas que se alargavam gradualmente, abrindo caminho para o alto da cabeça, onde um dia as duas trilhas se encontrariam e estaria tudo acabado. Depois de enxugar os cabelos com a toalha, fazia questão massagear com a ponta dos dedos até conseguir encobrir aquele caminho.

Algo esquisito estava acontecendo com o pescoço de Dexter. Parecia um corpo estranho debaixo do queixo, uma bolsa carnosa, um saco vergonhoso que parecia a gola rulê de um suéter cor de pele. Ficava nu em frente ao espelho do banheiro e apertava o pescoço com a mão, como se tentasse empurrar aquilo de volta para o lugar. Era como viver numa casa caindo aos pedaços — toda manhã ele acordava e inspecionava o lugar em busca de novas rachaduras ou novos deslizamentos ocorridos durante a noite. Era como se a carne estivesse se desprendendo do esqueleto, a decadência física característica de alguém que havia muito tinha deixado de frequentar a academia de ginástica. Já divisava uma incipiente barriga e, mais grotesco ainda, estava acontecendo algo estranho com seus mamilos. Já não podia usar algumas roupas, como camisetas justas e malhas de lã apertadas, pois os mamilos sobressaíam como bicos de mamadeira, afeminados e repulsivos. Também parecia ridículo em qualquer roupa com capuz, e na semana passada surpreendeu-se, em estado hipnótico, ouvindo um programa de jardinagem da BBC. Em mais duas semanas ele completaria quarenta anos de idade.

Balançou a cabeça e disse a si mesmo que não era tão desastroso. Se visse a si mesmo de passagem, mantendo a cabeça de certa maneira e aspirando fundo, poderia aparentar, digamos, trinta e sete anos? Sua vaidade garantia que ainda era um homem muito atraente, mas ninguém mais o chamava de lindo, e Dexter sempre acreditou que envelheceria melhor do que isso. Imaginou que ficaria como um astro de cinema: enrugado, aquilino, têmporas grisalhas, sofisticado. Em vez disso, estava envelhecendo como um apresentador de TV. Como um ex-apresentador de TV. Um ex-apresentador de TV casado duas vezes que comia muito queijo.

Emma chegou nua do quarto e Dexter começou a escovar os dentes, outra obsessão: sentia que sua boca estava velha, como se nunca mais fosse ficar limpa.

— Eu estou engordando — resmungou, a boca cheia de espuma.

— Não está, não — disse Emma sem muita convicção.

— Estou, sim; olha só.

— Então pare de comer tanto queijo — ela recomendou.

— Pensei que você tinha dito que eu não estava engordando.

— Se você acha que está, então está.

— E eu não como tanto queijo assim. Meu metabolismo está ficando mais lento, é isso.

— Então faça algum exercício. Volte para a academia. Venha nadar comigo.

— E eu lá tenho tempo para isso! — Quando tirou a escova de dentes da boca, ela o beijou, tentando animá-lo. — Olha só, eu estou um lixo — balbuciou Dexter.

— Eu já disse que você tem seios lindos, querido — ela riu, deu um tapinha na bunda dele e entrou no chuveiro. Dexter enxaguou a boca, sentou na cadeira do banheiro e ficou olhando para ela.

— Acho que a gente devia dar uma olhada naquela casa hoje à tarde.

Emma suspirou em meio ao som da água corrente.

— Será que precisamos mesmo?

— Bom, não sei de que outra maneira podemos encontrar...

— Está bem. Está certo! Vamos ver essa casa.

Continuou tomando banho de costas para ele, e Dexter foi para o quarto se vestir. Andavam meio brigões e irritados um com o outro outra vez, e Dexter dizia a si mesmo que era por conta da tensão de procurar um lugar para morar. O apartamento já havia sido vendido, e grande parte das coisas estava guardada num depósito para aumentar o espaço útil dos dois. Se não encontrassem logo um lugar para morar, teriam de alugar um, e tudo isso os deixava tensos e ansiosos.

Mas ele sabia que havia outro problema, e, enquanto lia o jornal esperando a água ferver, Emma falou de repente:

— Acabei de ficar menstruada.
— Quando?
— Agora há pouco — ela respondeu com uma calma estudada. — Senti que ia acontecer.
— Bem... — disse Dexter, e Emma continuou a fazer o café, de costas para ele.

Levantou, abraçou-a pela cintura e beijou de leve sua nuca, ainda úmida do banho. Emma não tirou os olhos do jornal.

— Não tem importância. A gente vai continuar tentando, certo? — disse ele, parando por um instante com o queixo no ombro dela. Era uma posição elegante, porém incômoda, e, quando ela virou a página do jornal, ele entendeu a dica e voltou para a mesa.

Os dois se sentaram e ficaram lendo; Emma as atualidades, Dexter as páginas de esporte, mas sentia-se tenso com Emma bufando e sacudindo a cabeça daquele jeito irritante que fazia às vezes. A Investigação Butler, sobre as origens da guerra, dominava as manchetes, e Dexter pressentiu que Emma arquitetava algum tipo de comentário político. Tentou se concentrar nas últimas de Wimbledon, mas...

— É estranho, não é? Como essa guerra continua e quase ninguém protesta? Era de se esperar que houvesse passeatas ou algo assim, você não acha?

Aquele tom de voz também o enervava. Era o mesmo de anos atrás: aquela voz de estudante, superior e assertiva. Fez um ruído de desconforto, nem de desafio nem de aceitação, na esperança de que fosse suficiente. O tempo passou, páginas do jornal foram viradas.

— Quer dizer, era de se esperar algo como o movimento contra a Guerra do Vietnã, mas nada. Só teve uma manifestação, depois todo mundo deu de ombros e foi para casa. Nem os estudantes estão protestando!

— O que isso tem a ver com os estudantes? — perguntou Dexter, de uma forma que pensou ser bem moderada.

— Faz parte de uma tradição, não é? Que estudantes sejam politicamente engajados. Se ainda fôssemos estudantes, nós estaríamos protestando. — Voltou ao jornal. — Pelo menos *eu* estaria.

Era uma provocação. Muito bem, se era isso que ela queria...

— E por que não está?

Emma olhou para ele com um ar de desafio.

— O quê?

— Protestando. Se isso a deixa tão indignada.

— É exatamente o que estou dizendo. Talvez eu devesse estar protestando! Era disso que eu estava falando! Se houvesse algum tipo de movimento aglutinador...

Dexter retornou ao jornal, decidido a ficar quieto, mas não conseguiu.

— Ou talvez as pessoas simplesmente não liguem.

— Como assim? — Encarou-o, os olhos apertados.

— Essa guerra. Quer dizer, se as pessoas estivessem mesmo indignadas, haveria protestos, mas quem sabe elas não estão contentes com a queda do ditador. Não sei se você notou, Em, mas ele não era um sujeito muito legal...

— Você pode ficar contente com a queda do Saddam e mesmo assim ser contra a guerra.

— É o que estou dizendo. É uma situação ambígua, não é?

— O quê? Você acha que essa guerra é *mais ou menos* justa?

— Eu não estou falando necessariamente de *mim*, mas das pessoas.

— Mas e você? — Ela fechou o jornal, e Dexter sentiu uma verdadeira sensação de desconforto. — O que você acha?

— O que eu acho?

— É, o que você acha?

Dexter soltou um suspiro. Tarde demais, não havia mais volta.

— Eu só acho um pouco estranho que tantas pessoas de esquerda sejam contra a guerra, enquanto o Saddam estava justamente matando o pessoal que a esquerda deveria apoiar.

— Como quem?

— Os sindicalistas, as feministas, os homossexuais. — Será que devia acrescentar os curdos? Estaria correto? Resolveu arriscar. — Os curdos!

Emma bufou indignada.

— Ah, então você acha que os Estados Unidos estão envolvidos nessa guerra para proteger os sindicalistas? Acha que Bush invadiu o Iraque porque estava preocupado com a sorte das mulheres iraquianas? Ou dos gays?

— Só estou dizendo que manifestações contra a guerra teriam um pouco mais de credibilidade se essas mesmas pessoas tivessem protestado contra o regime iraquiano antes! Elas protestavam contra o *apartheid*, por que não pelo Iraque?

— E o Irã? E a China, a Rússia, a Coreia do Norte e a Arábia Saudita? Não se pode protestar contra todo o mundo.

— Por que não? Você fazia isso!

— Não tem nada a ver!

— É? Quando eu a conheci, você *vivia* boicotando coisas. Não comia um maldito chocolate Mars sem dar uma aula sobre responsabilidade pessoal. Não é culpa minha se você se tornou complacente...

Voltou às suas ridículas notícias de esporte com um pequeno sorriso de satisfação, enquanto Emma sentia o rosto começar a enrubescer.

— Eu não me tornei... Não mude de assunto! A questão é que é ridículo afirmar que essa guerra é por uma questão direitos humanos, por causa das armas de destruição em massa ou qualquer coisa assim. É por causa de uma coisa, e só uma coisa...

Dexter soltou um gemido. Agora era inevitável: ela estava prestes a dizer "petróleo". Por favor, por favor, não diga "petróleo"...

— ...e não tem nada a ver com direitos humanos. Tem tudo a ver com petróleo!

— Bem, e não é uma boa razão? — perguntou, pondo-se de pé e arrastando a cadeira de propósito. — Ou você não usa petróleo, Em?

Assim que acabou de falar, sentiu que tinha sido bastante eficaz, mas era difícil sair de uma discussão naquele apartamento de solteiro, que de repente parecia tão pequeno, atravancado e claustrofóbico. Claro que ela não ia deixar uma observação insensata como aquela sem resposta. Emma seguiu-o até a sala, mas ele já estava esperando, e virou-se com uma ferocidade que deixou ambos chocados.

— Eu vou dizer do que se trata *na verdade* tudo isso. Você menstruou, está irritada com isso e quer descontar em mim! Pois bem, eu não gosto de ser alvo de pregações no café da manhã!

— Eu não estou fazendo *pregações*...

— Então está discutindo...

— Nós não estamos discutindo, estamos debatendo.
— Estamos? Porque eu estou discutindo...
— Calma, Dex...
— Essa guerra não foi ideia minha, Em! Eu não ordenei a invasão, e desculpe se não me comovo tanto quanto você. Talvez eu devesse, talvez, mas não consigo. Não sei por quê, talvez eu seja *burro* demais ou algo assim...

Emma parecia perplexa.
— De onde tirou isso? Eu não disse que você é...
— Mas me trata como se eu fosse. Ou como um idiota de direita porque não fico declamando clichês sobre a guerra. Juro que da próxima vez em que eu estiver numa reunião e alguém disser que "é tudo por causa do petróleo"... Pode até ser, e daí? Vá fazer o seu protesto, pare de usar petróleo, ou aceite a situação e cale a porra da boca!
— Não se atreva a me dizer...
— Eu não estou dizendo que... Eu... Ah, esquece.

Espremeu-se para contornar a maldita bicicleta no meio do corredor *dele* e foi para o quarto. A persiana ainda estava fechada, a cama desfeita, toalhas úmidas pelo chão, o quarto cheirando aos corpos deles na noite anterior. Começou a procurar as chaves no escuro. Emma o olhava da porta com aquele seu irritante ar de preocupação, mas Dexter evitou o olhar.

— Por que você fica tão alterado quando discute política? — perguntou calmamente, como que para uma criança tendo um chilique.
— Não estou alterado, só estou... entediado. — Remexendo no cesto da lavanderia, Dexter revirava os bolsos das roupas sujas tentando encontrar as chaves. — Eu acho política um saco... Pronto, agora já falei. Saiu!
— É mesmo?
— Mesmo.
— Na faculdade também?
— Principalmente na faculdade! Eu só fingia interesse porque era a coisa a ser feita. Lá estava eu às duas da manhã ouvindo Joni Mitchell, e vinha algum palhaço tagarelar sobre *apartheid*, desarmamento nuclear ou segregação das mulheres, e eu pensava: "foda-se, isso é uma chatice, será que a gente não podia falar sobre, sei lá, família, música, sexo ou qualquer outra coisa, de pessoas..."
— Mas são as *pessoas* que fazem a política!
— O que isso *significa*, Em? Não faz sentido, é só uma frase vazia...

— Significa que nós falávamos sobre um monte de coisas!
— Falávamos? O que eu me lembro daqueles dias dourados é de um monte de gente se exibindo, principalmente os homens, fazendo discurso sobre feminismo para poder levar alguma garota para a cama. Falando o óbvio: "Sim, Nelson Mandela é fantástico", "Guerra nuclear é ruim", "É revoltante que algumas pessoas não tenham o que comer"...
— Não era *isso* que as pessoas diziam.
— E continua exatamente igual, só que o óbvio mudou. Agora é o aquecimento global e que Blair se vendeu!
— Você não concorda?
— *Concordo*! Só acho que seria bom ouvir alguém que a gente conhece, pelo menos uma pessoa, dizer que Bush não pode ser tão burro assim, que graças a Deus alguém está encarando aquele ditador fascista! E, a propósito, eu adoro o meu carrão. Seria uma opinião equivocada, mas ao menos haveria algo para se falar! Pelo menos não ficaria todo mundo dando tapinhas nas costas uns dos outros, haveria outros assuntos que não armas de destruição em massa, escolas dos filhos ou os malditos preços dos imóveis.
— Ei, você também fala sobre preços de imóveis!
— Eu sei! E também estou puto da vida! — O grito ficou ecoando enquanto Dexter atirava as roupas do dia anterior na parede, e os dois ficaram parados naquele quarto escuro, as persianas ainda baixadas, a cama desfeita.
— Então eu sou uma chata? — perguntou Emma calmamente.
— Não seja ridícula! Não foi isso que eu disse. — Sentindo-se subitamente cansado, ele sentou na cama.
— Mas eu sou uma chata?
— Não, você não é chata. Vamos mudar de assunto?
— Tudo bem, sobre o que você quer falar?
Encolhido no canto da cama, Dexter levou as mãos ao rosto e exalou através dos dedos.
— Faz só dezoito meses que nós estamos tentando, Em.
— Dois anos.
— Dois anos, que seja. Mas eu detesto esse... seu olhar.
— Que olhar?
— Quando não funciona, parece que a culpa é minha.
— Eu não faço isso.
— Mas é como eu me sinto.

— Sinto muito. Desculpa. É que eu fico... decepcionada. Eu queria muito que desse certo.
— Eu também!
— Você também?
Dexter pareceu magoado.
— É claro que sim!
— Porque no começo não era assim.
— Bem, mas agora é. Eu te amo, Em. Você sabe disso.
Emma atravessou o quarto e sentou perto dele, e os dois ficaram assim por um tempo, de mãos dadas, ombros encurvados.
— Vem cá — ela disse, deitando o corpo para trás na cama, e Dexter fez o mesmo, as pernas balançando na borda. Uma tênue réstia de luz atravessava a persiana.
— Desculpe por ter descontado em você — falou.
— Desculpe por... sei lá.
Emma pegou a mão dele e levou aos lábios.
— Sabe, acho que a gente devia fazer um exame. Procurar uma clínica de reprodução assistida ou algo assim. Nós dois.
— Não há nada errado com a gente.
— Eu sei, mas vamos confirmar.
— Dois anos não é tanto tempo assim. Por que não esperar mais uns seis meses?
— Eu acho que não tenho mais esses seis meses, só isso.
— Você está louca.
— Vou fazer trinta e nove anos em abril, Dex.
— E eu vou fazer quarenta daqui a duas semanas!
— Exatamente.
Dexter deu um suspiro, visões de tubos de ensaio flutuaram diante de seus olhos. Cubículos deprimentes, enfermeiras estalando luvas de borracha. Revistas.
— Tudo bem, vamos fazer alguns *testes*. — Olhou para ela outra vez.
— Mas o que vamos fazer quanto à lista de espera?
Foi a vez de Emma suspirar.
— Acho vamos ter que ir a um clínica particular, sei lá.
Depois de um tempo ele falou:
— Meu Deus. Nunca pensei que você diria uma coisa dessas.
— Nem eu — concordou Emma. — Nem eu.

* * *

Uma vez estabelecida uma frágil paz conjugal, Dexter se aprontou para ir trabalhar. Já estava atrasado, por conta daquela discussão absurda, mas ao menos o Belleville Café andava mais ou menos em ordem. Ele havia contratado uma gerente inteligente e confiável, Maddy, com quem tinha estabelecido boas relações de trabalho e em quem dava cantadas despretensiosas, por isso não precisava mais abrir as portas todas as manhãs. Emma acompanhou-o pela escada e os dois saíram à rua num dia sombrio e desinteressante.

— Então, onde fica essa casa?

— Em Kilburn. Depois eu mando o endereço. Parece uma casa legal, pelo menos nas fotos.

— Nas fotos sempre parecem legais — murmurou Emma, ouvindo a própria voz, amuada e triste. Dexter preferiu não falar nada, e passou-se um momento antes que ela conseguisse abraçá-lo pela cintura, encostando-se nele. — Hoje o dia não começou muito bem, não foi? Talvez seja por minha causa. Desculpe.

— Tudo bem. Vamos ficar em casa hoje à noite, eu e você. Eu faço o jantar ou a gente sai para comer fora. Podemos ir ao cinema ou qualquer coisa assim. — Apoiou o rosto no alto da cabeça dela. — Amo você, e nós vamos sair dessa, certo?

Emma ficou parada na porta, em silêncio. A melhor coisa a fazer seria dizer que o amava também, mas preferiu continuar deprimida um pouco mais. Resolveu ficar de mau humor até a hora do almoço, depois compensar tudo aquilo à noite. Se o tempo abrisse, talvez eles pudessem ir até Primrose Hill, como costumavam fazer. "O importante é que ele vai estar em casa e vai dar tudo certo."

— É melhor você ir logo — falou no ombro dele. — *Maddy* deve estar sentindo a sua falta.

— Não comece.

Emma abriu um sorriso e olhou para ele.

— Eu vou estar melhor à noite.

— Vamos fazer algo divertido.

— Isso mesmo.

— Nós ainda nos divertimos juntos, não é?

— Claro que sim — ela confirmou, dando-lhe um beijo de despedida.

Sim, eles ainda se divertiam juntos, embora agora fosse diferente. Todo aquele desejo ardente, a angústia e a paixão foram substituídos por um ritmo estável de prazer e satisfação, com alguns atritos ocasionais, mas parecia ser uma mudança para melhor. Talvez Emma já tivesse sido mais feliz em outros momentos da vida, mas nunca as coisas estiveram tão estáveis quanto agora.

Às vezes achava que sentia falta da intensidade inicial, não só do romance, mas do começo da amizade com Dexter. Lembrava-se de escrever cartas de dez páginas até tarde da noite: coisas insanas, apaixonadas, cheias de sentimentalismo e segundas intenções, repletas de pontos de exclamação e trechos sublinhados. Por um tempo chegou a escrever cartões-postais diários, sem contar os telefonemas de uma hora de duração antes de ir para a cama. Os tempos do apartamento em Dalston, quando ficavam conversando e ouvindo música até o sol nascer, ou na casa dos pais dele, nadando no rio no Ano-Novo, ou aquela tarde em que tomaram absinto num bar clandestino em Chinatown: todos esses momentos foram registrados e guardados em cadernos, cartas e maços de fotografias, fotografias que não acabavam mais. Houve época, provavelmente no começo dos 1990, quando os dois não conseguiam passar por uma cabine fotográfica sem entrar, pois precisavam sempre se assegurar da presença um do outro.

Porém, ficar olhando para alguém e conversar até perceber que o dia está amanhecendo? Quem tem tempo ou energia para conversar a noite toda agora? Sobre o que falariam? Preços dos imóveis? Houve época em que esperava ansiosamente que o telefone tocasse à meia-noite, hoje em dia o telefone só toca tarde da noite no caso de algum acidente. E será que precisavam de mais fotografias, quando se lembravam tão bem do rosto um do outro e tinham caixas de sapatos cheias de fotos, um arquivo de quase vinte anos? Quem escreve longas cartas hoje em dia e nessa idade, e qual a razão para se preocupar tanto?

Às vezes imaginava o que a Emma de vinte e dois anos pensaria da Emma Mayhew de hoje. Será que a consideraria egoísta? Acomodada? Uma burguesa assumida, interessada em imóveis e viagens ao exterior, roupas de Paris e cortes de cabelo em salões chiques? Será que a acharia convencional, com um novo sobrenome e esperanças de uma vida em família? Talvez, mas a Emma Morley de vinte e dois anos não era um paradigma: pretensiosa, petulante, preguiçosa, adorava fazer discurso, dona da verdade. Cheia de autocomiseração, autoafirmativa e autocentrada, todos os autos menos autoconfiante, que sempre foi a qualidade de que mais precisou.

Não, esta era a vida real, e era normal não se sentir mais tão curiosa ou apaixonada como no passado. Aos trinta e oito anos, seria inapropriado, indigno, ter amizades ou casos de amor com o mesmo entusiasmo e a intensidade de uma garota de vinte e dois. Apaixonar-se daquele jeito? Escrever poemas, chorar ouvindo uma música pop? Arrastar pessoas para dentro de cabines fotográficas, levar um dia inteiro para gravar uma seleção de músicas numa fita, perguntar às pessoas se queriam dormir com ela só para fazer companhia? Se hoje em dia você citasse Bob Dylan, T.S. Eliot ou, Deus me livre, Brecht para alguém, a resposta seria um sorriso formal e um passo atrás, e quem poderia culpá-los? Ridículo, aos trinta e oito anos, esperar que uma canção, um livro ou filme mudem a sua vida. Não, tudo agora estava assentado e estabelecido, e a vida era levada num clima geral de conforto, satisfação e familiaridade. Não haveria mais enervantes altos e baixos. Os amigos de agora eram os amigos que teriam em cinco, dez, vinte anos. Não tinham esperança de se tornar muito mais ricos ou pobres, só queriam continuar saudáveis por algum tempo ainda. Encontravam-se na média: classe média, meia-idade, felizes com a felicidade possível.

Finalmente amava alguém e sentia-se razoavelmente confiante de que também era amada. Quando alguém perguntava, como às vezes acontecia em festas, como ela e o marido tinham se conhecido, Emma respondia:

— Nós crescemos juntos.

Então Emma e Dexter foram trabalhar, como de costume. Emma sentou-se ao computador, ao lado de uma janela em frente a uma rua arborizada, para escrever o quinto e último romance *Julie Criscoll*, em que sua heroína ficcional, ironicamente, ficava grávida e tinha que decidir entre a maternidade e a universidade. Não estava indo muito bem: o tom era demasiado sombrio e introspectivo, as piadas não fluíam. Queria muito terminar o romance, mas ainda não sabia o que fazer em seguida, ou o que seria capaz de fazer; talvez um livro para adultos, algo sério e devidamente pesquisado sobre a Guerra Civil Espanhola, ou sobre o futuro próximo, algo meio parecido com Margaret Atwood, alguma coisa que a Emma mais jovem respeitasse e admirasse. De todo modo, a ideia era essa. Enquanto pensava, arrumou o apartamento, fez chá, pagou algumas contas, lavou umas roupas coloridas, guardou os CDs nas caixas, fez mais chá e afinal voltou ao computador numa atitude de submissão.

No café, Dexter flertou um pouco com Maddy, depois entrou no minúsculo depósito cheirando a queijo para tentar fechar o balanço trimestral da loja. Mas a melancolia e a culpa pelo acesso de raiva daquela manhã ainda se faziam sentir, e, quando não conseguiu mais se concentrar, pegou o telefone. Geralmente era Emma quem fazia as ligações conciliatórias, mas nesses oito meses desde o casamento eles pareciam ter trocado de papel, agora Dexter se sentia incapaz de fazer qualquer coisa pensando que ela estava infeliz. Digitou o número e imaginou Emma na escrivaninha olhando para o celular, vendo o nome dele aparecer e desligando. Achou melhor assim: era muito mais fácil ser sentimental para uma caixa postal.

— Bem, estou aqui fazendo minhas contas e continuo pensando em você, só queria dizer para não se preocupar. Combinei de vermos a casa às cinco horas. Vou mandar o endereço por torpedo. Vamos ver. Construção antiga, quartos amplos. Parece que tem um daqueles balcões na cozinha. Sei que você sempre sonhou com um balcão desse tipo. Então é isso. Aproveito para dizer que amo você e que não deve se preocupar. Esqueça as suas preocupações. Só isso. A gente se vê às cinco. Te amo. Tchau.

Como exigia a rotina, Emma trabalhou até as duas, almoçou e foi nadar. Em julho ela às vezes preferia ir à piscina feminina em Hampstead Heath, mas, como o dia estava escuro e carregado, teve coragem de enfrentar os adolescentes na piscina coberta. Durante vinte minutos, teve que nadar entre garotos e garotas mergulhando, espalhando água e flertando entre si, enlouquecidos com a liberdade do fim do semestre. Quando foi para o vestiário, ouviu a mensagem de Dexter e sorriu. Decorou o endereço da casa e ligou de volta.

— Oi. Sou eu. Só para dizer que estou saindo agora e mal posso esperar para ver o balcão da cozinha. Devo chegar uns cinco minutos atrasada. E obrigada pela mensagem, gostaria de dizer... Desculpe pela irritação hoje de manhã e por aquela discussão boba. Não tem nada a ver com você. Só ando um pouco maluca no momento. O importante é que eu te amo muito. Certo. Lá vamos nós. Boa sorte. Acho que é isso. Tchau, meu amor. Tchau.

Fora do centro esportivo as nuvens tinham escurecido e afinal desabaram, derramando gotas de uma chuva quente, espessa e acinzentada. Amaldiçoou o tempo, montou na bicicleta e partiu por North London em direção a Kilburn, improvisando uma rota por um labirinto de ruas residenciais rumo a Lexington Road.

A chuva ficou mais pesada, gotas oleosas de uma água amarronzada caíam sobre a cidade. Emma pedalava de cabeça baixa, por isso só conseguiu ter um vislumbre de um movimento indistinto na rua ao lado e à esquerda. A sensação foi mais de ter sido apanhada e arremessada do que de ter saído voando. Ao perceber que está caída na beira da calçada, o rosto encostado no asfalto molhado, seu primeiro instinto é procurar a bicicleta, que por alguma razão não está mais embaixo dela. Tenta mover a cabeça, mas não consegue. Quer tirar o capacete, porque agora as pessoas estão todas olhando, pescoços esticados, e ela deve estar ridícula com aquele capacete, mas elas se abaixam com expressões preocupadas, não param de perguntar se está tudo bem, se ela está bem. Alguém começa a chorar, e pela primeira vez Emma percebe que não está bem. Pisca os olhos sob a chuva que cai no seu rosto. Realmente ela vai chegar atrasada. Dexter vai ficar esperando.

Naquele momento Emma pensa em duas coisas muito específicas.

A primeira é uma fotografia dela aos nove anos de idade, de maiô vermelho, em uma praia que não consegue lembrar onde fica, em Filey ou talvez em Scarborough. Está com os pais, que a posicionam na direção da câmera, os rostos queimados de sol deformados pelas risadas. Depois pensa em Dexter, se protegendo da chuva na escada da casa nova, olhando impaciente para o relógio. Ele vai se perguntar onde estou, pensa. Vai ficar preocupado.

Então Emma Mayhew morre, e tudo o que ela pensou ou sentiu se desfaz e desaparece para sempre.

Parte cinco

Três aniversários

"Filosoficamente ela anotava quando as datas se passavam na virada do ano; (...) seu próprio aniversário; e outros dias marcados por incidentes dos quais tinha participado. De repente pensou, uma tarde, enquanto se olhava no espelho em sua formosura, que havia ainda outra data, mais importante do que aquelas para ela; a da sua morte, quando todos aqueles encantos teriam desaparecido; um dia que jazia furtivo e invisível entre todos os outros dias do ano, sem emitir sinal nem som quando passava por ela ano após ano; mas que certamente estava lá. Quando seria?

Thomas Hardy, *Tess of the d'Urbervilles*

CAPÍTULO DEZENOVE
A manhã seguinte

SEXTA-FEIRA, 15 DE JULHO DE 1988

Rankeillor Street, Edimburgo

Quando abriu os olhos outra vez, o rapaz magricela ainda estava lá, de costas para ela, sentado precariamente na beira da sua velha cadeira de madeira, vestindo a calça no maior silêncio possível. Ela olhou para o rádio-relógio: nove e vinte. Eles tinham dormido umas três horas, e agora ele estava saindo de mansinho. Viu quando pôs a mão no bolso da calça e ouviu o tilintar das moedas, depois se levantou e pegou a camisa branca da noite anterior. Uma última olhada no longo dorso bronzeado do rapaz. Bonito. Era mesmo estupidamente bonito. Queria muito que ficasse, talvez quase tanto quanto ele queria ir embora. Emma decidiu que teria de falar alguma coisa.

— Você não está indo embora sem se despedir, está?

Ele se virou, pego de surpresa.

— Eu não queria te acordar.

— Por que não?

— Você parecia tão bem, dormindo.

Ambos sabiam que era uma desculpa pouco convincente.

— Certo. Certo, entendi — replicou, ouvindo a própria voz carente e chateada. "Não demonstre o que está sentindo, Em. Seja indiferente. Seja... *blasée*."

— Eu ia deixar um bilhete, mas... — Gesticulou como se procurasse uma caneta, alheio ao pote de geleia cheio delas na mesa.

Ela ergueu a cabeça do travesseiro e apoiou-a sobre a mão.

— Não tem importância. Pode ir se quiser. Como os navios que passam à noite, essas coisas. Muito, como você diria... agridoce.

Ele sentou na cadeira e continuou a abotoar a camisa.

— Emma?

— Sim, Dexter?

— A noite foi ótima.

— Dá para notar, pelo jeito como está procurando os sapatos.

— Não, é sério. — Dexter inclinou-se para a frente na cadeira. — Estou muito contente por termos nos conhecido, afinal. E por todas as outras coisas também. Depois de todo esse tempo. — Coçou o rosto, procurando as palavras certas. — Você é realmente *linda*, Em.

— Sei, sei...

— Não, é mesmo.

— Tudo bem, você também é lindo, agora pode ir. — Permitiu que ele desse um pequeno sorriso constrangido. Dexter respondeu atravessando o quarto de repente e ela ergueu o rosto em expectativa, só para constatar que ele estava procurando uma meia perdida embaixo da cama. Dexter reparou seu movimento.

— Meia embaixo da cama — falou.

— Certo.

Encarapitou-se pouco à vontade na beira da cama, falando num tom tenso porém animado enquanto calçava as meias.

— Grande dia hoje! De volta para casa!

— Onde, Londres?

— Oxfordshire. É onde moram meus pais. Pelo menos a maior parte do tempo.

— Oxfordshire. Muito agradável — comentou, horrorizada com a velocidade com que a intimidade evapora, substituída por uma conversa formal. Tinham falado tanto e feito todas aquelas coisas na noite anterior, e agora pareciam estranhos numa fila de ônibus. Seu erro foi adormecer, o que quebrou o encanto. Se tivessem ficado acordados, ainda poderiam estar se beijando, mas em vez disso estava tudo terminado, e ela acabou dizendo:

— Quanto tempo leva a viagem até Oxfordshire?

— Umas sete, oito horas. Meu pai é um excelente motorista.

— Hu-hum.

— Você não vai voltar para...?

— Leeds. Não, vou passar o verão aqui. Eu falei, lembra?

— Desculpe, eu estava meio bêbado ontem à noite.

— E este é o argumento da defesa, Meritíssimo...

— Não é uma desculpa, é... — Voltou a olhar para ela. — Você está chateada comigo, Em?

— Em? Quem é Em?
— Tá bom, Em*ma*.
— Não estou chateada, eu só queria... que você tivesse me acordado, em vez de sair à francesa assim todo furtivo...
— Eu ia escrever um bilhete!
— E o que ia dizer esse precioso bilhete?
— Ia dizer "Levei sua bolsa".

Emma deu risada, um grunhido matinal saído do fundo da garganta. Havia algo tão gratificante no sorriso dela, os dois parênteses profundos nos cantos de sua boca, a maneira como mantinha os lábios fechados, como se guardasse um segredo, que Dexter quase se arrependeu da mentira. Não tinha intenção de ir embora na hora do almoço. Seus pais iam ficar mais um tempo, tinham combinado de jantar fora com ele à noite, e só partiriam na manhã seguinte. Foi uma mentira instintiva, para facilitar uma fuga rápida e limpa, mas agora, ao se curvar para beijá-la, perguntou-se se haveria uma forma de se desdizer. A boca era macia e ela se deixou cair na cama, que ainda cheirava a vinho, a seu corpo quente e a amaciante de roupa. Dexter decidiu que deveria tentar ser mais honesto no futuro.

Emma desvencilhou-se do beijo.
— Só vou ao banheiro — disse, erguendo os braços dele e passando por baixo. Levantou-se, engachou dois dedos no elástico da calcinha e ajeitou-a para cobrir as nádegas.
— Tem algum telefone que eu possa usar? — ele perguntou, enquanto ela andava pelo quarto.
— No corredor. É um desses aparelhos engraçadinhos, sinto muito. Muito bobo. Tilly acha *hilário*. Fique à vontade. Não se esqueça de deixar uma moeda — e saiu pelo corredor para ir ao banheiro.

A torneira já estava aberta para um dos épicos banhos de imersão que sua colega de apartamento tomava nos dias quentes de verão. Tilly Killick estava de touca e roupão, olhos arregalados por trás dos grandes óculos de aros vermelhos no meio do vapor, a boca aberta num escandalizado "O".
— Emma Morley, sua danada!
— O quê?
— Tem alguém no seu quarto?
— Talvez!

— Não é quem eu estou pensando...
— É só o Dexter Mayhew! — disse Emma, indiferente, e as duas caíram na gargalhada.

No corredor Dexter encontrou o telefone em forma de um espantoso hambúrguer realista. Segurou a parte do pão com sementes de gergelim e ficou ouvindo os sussurros vindos do banheiro, saboreando a satisfação que sempre sentia quando sabia que as pessoas estavam falando dele. Palavras e frases casuais eram audíveis através da parede: *Então você estava com ele? Não! E o que aconteceu? A gente só conversou e essas coisas. Coisas? O que você quer dizer com coisas? Nada! E ele fica para o café? Não sei. Bem, veja se consegue que ele fique para o café.*

Dexter ficou olhando para a porta, esperando Emma reaparecer. Discou 123, a Hora Certa, levou o hambúrguer ao ouvido e falou para o recheio do sanduíche.

— *...com o patrocínio da Accurist, são nove horas, trinta e dois minutos e vinte segundos.*

Depois de três repetições, começou a encenar o seu ato.

— Oi, mãe, sou eu... sim, tudo bem... — Desarranjou os cabelos com um gesto que acreditava ser muito charmoso. — Não, eu dormi na casa de uma amiga... — e olhou para Emma, que passava por perto, de camiseta e calcinha, fingindo que ia pegar a correspondência.

— *...com o patrocínio da Accurist, são exatamente nove horas e trinta e três minutos...*

— Olha, aconteceu uma coisa e eu pensei se não poderíamos adiar a volta para casa até amanhã cedo, em vez de hoje. Acho que seria mais fácil para o papai dirigir... Eu não faço questão de ir hoje, se você... O papai está aí? Então pergunte a ele.

Calculando pela Hora Certa, ele se deu trinta segundos e exibiu o seu sorriso mais afável para Emma. Ela retribuiu, pensando: que cara legal, alterando seus planos por minha causa. Talvez o tivesse julgado mal. Sim, ele é um idiota, mas talvez nem tanto. Ou nem sempre.

— Sinto muito! — falou.

— Não precisa mudar os seus planos por minha causa — disse Emma, como que se desculpando.

— Não, eu gostaria de...

— Sério, se você precisa mesmo ir para casa...

— Não, tudo bem, acho que vai ser melhor desse jeito...
— *Com o patrocínio da Accurist, na terceira badalada serão exatamente nove horas e trinta e quatro minutos.*
— Não tem importância, eu não me senti ofendida nem nada...
Ele fez sinal com a mão, pedindo silêncio.
— Oi, mãe...? — Fez uma pausa para criar expectativa, mas sem exagero. — É mesmo? Tudo bem, ótimo! Tudo certo, a gente se vê mais tarde no hotel! Tchau. — Fechou o telefone como uma castanhola e os dois sorriram um para o outro.
— Belo telefone.
— Deprimente, né? Toda vez que preciso usar essa coisa tenho vontade de chorar.
— Você ainda quer a moeda?
— Não. Tudo bem. Fica por conta da casa.
— Então! — disse Dexter.
— Então — ecoou Emma. — O que vamos fazer?

CAPÍTULO VINTE
O primeiro aniversário
Uma celebração

SEXTA-FEIRA, 15 DE JULHO DE 2005

Londres e Oxfordshire

Alegria, alegria, alegria — alegria é a resposta. Seguir em frente e não parar nem um momento para olhar ao redor nem pensar, pois o truque é não ficar deprimido, se divertir e enxergar esse dia, esse primeiro aniversário, como... o quê? Uma celebração! Da vida dela e dos bons tempos, das lembranças. Das risadas, de todas as risadas.

Com isso em mente, Dexter ignorou os protestos de Maddy, sua gerente, pegou duzentas libras da caixa registradora do café e convidou três da equipe — Maddy, Jack e Pete, que trabalha aos sábados — para comemorar aquele dia especial em grande estilo. Afinal, é o que ela teria desejado.

Assim, os primeiros momentos daquele Dia de São Swithin o encontraram no bar em um porão em Camden com seu quinto martíni numa das mãos e um cigarro na outra, por que não? Por que não se divertir um pouco e celebrar a *vida* dela? Diz isso aos amigos, que sorriem um pouco sem graça e bebericam seus drinques tão devagar que ele começa a se arrepender de tê-los trazido. São tão chatos e limitados, que o acompanham de bar em bar não como bons companheiros, mas como funcionários de hospital, incentivando-o e garantindo que não trombe com outras pessoas ou quebre a cabeça ao sair do táxi. Bem, já chega. Dexter quer uma folga, quer se descabelar um pouco, ele merece, depois do ano que acaba de ter. Pensando nisso, convida todos para irem a um clube onde já esteve uma noite desacompanhado. Um clube de *striptease*.

— Nem pense nisso, Dex — diz Maddy, retraída e intimidada.

— Ah, vamos lá, Maddy! Por que não? — insiste, o braço apoiado no ombro dela. — Ela gostaria disso! — Dá risada e ergue o copo mais uma vez, tentando encontrar a boca e errando feio, respingando o gim nos seus sapatos. — Vai ser divertido! — Maddy pega o casaco pendurado na cadeira. — Maddy, sua amadora! — grita.

— Acho que você deveria ir para casa, Dexter — diz Pete.

— Mas mal passou da meia-noite!

— Boa noite, Dex. A gente se vê depois.

Dexter segue Maddy até a porta. Gostaria que ela se divertisse, mas Maddy parece chorosa e preocupada.

— Fique mais um pouco, tome outra bebida! — pede, segurando seu cotovelo.

— Vai com calma, tá? Por favor?

— Você não pode deixar os rapazes sozinhos!

— Eu preciso ir. Sou eu que abro de manhã, lembra? — Vira-se e segura as mãos dele nas suas do jeito irritante de sempre, toda protetora e compreensiva. — Tenha cuidado... tá?

Mas Dexter não quer compreensão, quer outro drinque, então larga as mãos dela abruptamente e volta ao balcão. Não tem problema em ser atendido. Uma semana atrás algumas bombas explodiram no sistema de transporte público. Estranhos planejavam matar a esmo, e, apesar de toda a coragem e a bravata, a cidade está em clima de estado de sítio esta noite. As pessoas têm medo de sair de casa, por isso Dexter não tem dificuldade em pegar um táxi rumo a Farringdon Road. Com a cabeça apoiada na janela, ouve Pete e Jack desistirem, dando as desculpas de sempre: é tarde, eles têm que trabalhar de manhã.

— Eu tenho esposa e filhos, sabe? — diz Pete em tom de brincadeira; parecem reféns implorando pela liberdade. Dexter sente a festa se desintegrando, mas não tem energia para resistir, por isso pede para o motorista parar em King's Cross e deixar todo mundo sair.

— Venha com a gente, Dex! Vamos, amigão! — diz Jack olhando pela janela com um ar estúpido de preocupação no rosto.

— Não, estou bem.

— Por que não fica na minha casa? — tenta Pete. — Você pode dormir no sofá.

Mas Dexter sabe que não é bem assim. Como bem ressaltou, Pete tem mulher e filhos, por que iria querer esse monstro em sua casa? Estirado inconsciente no sofá, fedendo e choramingando enquanto os filhos se arrumam para ir à escola. A tristeza tinha transformado Dexter Mayhew em um idiota outra vez; por que deveria impor isso aos amigos?

Melhor se juntar a estranhos esta noite. Faz um gesto de despedida e orienta o táxi em direção a uma desolada esquina da Farringdon Road, o clube noturno Nero's.

A fachada é marcada por pilares de mármore negro, como uma agência funerária. Quase caindo do táxi, chega a se preocupar com a possibilidade de não o deixarem entrar, mas na verdade é o cliente perfeito: bem-vestido e estupidamente bêbado. Dexter dá um sorriso travado para o homenzarrão de cavanhaque e cabeça raspada, paga o ingresso, passa pela porta e chega ao salão principal. O ambiente é soturno.

Houve um tempo, não muito distante, em que uma visita a um clube de *striptease* era uma coisa banal, pós-moderna; irônica e excitante ao mesmo tempo. Mas não agora. Esta noite o Nero's parece uma sala de embarque da classe executiva no início dos anos 1980. Todo em cromo prateado, sofás baixos de couro preto e vasos de plástico com plantas, mostrando um aspecto particularmente suburbano da decadência. Um mural amadorístico, copiado de um livro infantil, que retrata escravas carregando cachos de uvas, cobre a parede do fundo. Pilares romanos de isopor brotam aqui e ali, e desagradáveis cones de luz alaranjada espalhados pelo salão iluminam o que parecem mesinhas de centro onde estão as *strippers*, as dançarinas, as artistas, todas se exibindo em vários estilos ao som alto do *rhythm and blues*: aqui uma dança lânguida, ali um ato de mímica hipnótica, lá outra executa surpreendentes chutes e movimentos aeróbicos, todas nuas ou quase. Abaixo ficam os homens, quase todos de terno, gravatas frouxas, escorregando nos reservados, cabeças viradas para cima como se os pescoços tivessem entortado de vez: a turma dele. Dexter observa o salão, os olhos tentando entrar em foco, sorrindo estupidamente ao sentir luxúria e vergonha combinadas, num torpor frenético. Cambaleia nos degraus, se apoia no corrimão de cromo engordurado, arregaça as mangas e contorna os pódios em direção ao bar, onde uma mulher com expressão dura no rosto duro informa que não se vendem drinques avulsos, só garrafas, vodca ou champanhe, cem libras cada. Acha graça na audácia daquela bandidagem explícita e entrega o cartão de crédito brandindo-o, como se os desafiasse a fazer pior do que isso.

Pega sua garrafa de champanhe — de marca polonesa, dentro de um balde de água morna — e dois copos de plástico e leva tudo para um reservado de veludo preto, onde acende um cigarro e começa a beber com determinação. O "champanhe" é açucarado como um suco artificial de maçã e quase não tem gás, mas tudo bem. Seus amigos já se foram e agora não há ninguém para lhe tirar o copo da mão nem para conversar, e depois do terceiro copo o próprio tempo começa a assumir uma estranha característica elástica, acelerando e desacelerando, com breves apagões. Dexter está prestes a cair no sono, ou num estado de inconsciência, quando sente um toque de mão no braço e se vê diante de uma garota magra num vestido vermelho colado, muito curto, com cabelos longos e loiros que ficam pretos a um centímetro do couro cabeludo.

— Posso tomar um pouco do seu champanhe? — pergunta, entrando no reservado. A pele embaixo da maquiagem pesada é muito ruim e ela tem um sotaque sul-africano, que ele elogia.

— Você tem uma voz muito bonita! — fala bem alto, acima da música. Ela funga, torce o nariz e se apresenta como Barbara, de uma maneira que sugere que "Barbara" foi o primeiro nome que lhe veio à cabeça. É pequena, tem braços ossudos e seios pequenos, que ele olha fixamente, mas ela parece não se incomodar. Corpo de bailarina. — Você faz balé? — pergunta. Ela funga e dá de ombros. Naquele momento, Dexter decidiu que gostava muito de Barbara.

— O que traz você aqui? — ela pergunta mecanicamente.

— Estou comemorando um aniversário!

— Meus parabéns — comenta ausente, servindo-se de champanhe e erguendo o copo de plástico.

— Você não vai me perguntar aniversário de quê? — diz Dexter, mas deve estar enrolando demais a língua, pois a garota pede que ele repita três vezes. Melhor tentar algo mais direto. — Hoje faz exatamente um ano que minha mulher sofreu um acidente — explica. Bárbara dá um sorriso nervoso e começa a olhar em volta, como que arrependida de ter sentado. Lidar com bêbados faz parte do trabalho, mas esse é muito estranho, comemorando um acidente, balbuciando de modo incoerente e exaustivo alguma coisa sobre um motorista que não sabia aonde estava indo, um julgamento no tribunal que ela não consegue entender nem tem paciência para tentar.

— Quer que eu dance para você? — pergunta, tentando mudar de assunto.

— O quê? — chegando mais perto. — O que você disse? — A respiração está arquejante, ele baba um pouco em cima dela.

— Perguntei se quer que eu dance para você, para se animar um pouco? Você parece que está precisando de um pouco de animação.

— Agora não. Talvez mais tarde — responde, dando um tapinha no joelho dela, que é duro e firme como um corrimão. Começa a tagarelar outra vez, não uma fala normal, um emaranhado de coisas enjoativas e desconexas, observações amargas que já fez antes. — Só trinta e oito anos e estávamos tentando ter um filho e o motorista escapou impune e imagino o que o desgraçado está fazendo exatamente agora me tirando minha melhor amiga espero que ele sofra só trinta e oito anos e onde está a justiça e o que vou fazer agora, Barbara, diga o que eu faço agora? — Para de repente.

Barbara está de cabeça baixa, olhando as mãos, recolhidas devotamente no colo como numa prece, e por um instante Dexter acha que sua história a deixou comovida, de alguma forma aquele belo estranho conseguiu tocá-la profundamente. Talvez esteja rezando por ele, ou até chorando — ele fez essa pobre garota chorar e sente uma profunda afeição pela tal Bárbara. Quando põe as mãos sobre as dela num sinal de gratidão, percebe que ela está mandando uma mensagem de texto pelo celular. Enquanto ele falava de Emma, ela enviava uma mensagem com o celular no colo. Sente um súbito acesso de raiva e revolta.

— O que está fazendo? — pergunta com a voz trêmula.

— O *quê*?

Agora ele começa a gritar.

— Eu perguntei que *porra* você está fazendo? — Dá um tapa nas mãos dela, fazendo o celular escorregar e cair no chão. — Eu estava falando com você! — ele grita, mas agora ela também está gritando, chamando-o de maníaco, de lunático e fazendo sinais para o leão de chácara. É o mesmo homem imenso, de cavanhaque, tão amistoso na porta, que agora pega Dexter pelos ombros com um braço forte e o agarra pela cintura com o outro, segurando-o como um bebê e carregando-o pelo salão. Cabeças se voltam, espantadas, enquanto Dexter vocifera por cima do ombro: — *Sua imbecil, sua vaca idiota, você não entendeu nada* — e tem uma última visão de Bárbara, ambos os dedos médios erguidos num gesto obsceno e rindo da cara dele. A porta de emergência se abre com um chute e Dexter está na rua outra vez.

— Meu cartão de crédito! Vocês ficaram com a porra do meu cartão de crédito! — protesta, mas o leão de chácara ri da cara dele, como todo mundo, e fecha a porta da saída de emergência.

Furioso, Dexter desce da calçada e agita os braços para os vários táxis que rumam para o lado oeste, mas nenhum deles vai parar, não enquanto ele estiver cambaleando no meio da rua daquele jeito. Respira fundo, volta para a calçada, encosta numa parede e revista os bolsos. A carteira não está lá, nem as chaves de casa e do carro. Quem tiver ficado com a carteira e as chaves, vai ter também seu endereço, que está na carteira de motorista. Ele vai ter de trocar as fechaduras, e Sylvie disse que chegará na hora do almoço. E vai trazer Jasmine. Dexter dá um chute no muro, encosta a cabeça nos tijolos, revira outra vez os bolsos e encontra uma nota de vinte libras amassada na calça úmida de sua própria urina. Vinte libras são suficientes para chegar bem em casa. Pode acordar os vizinhos, pegar a chave sobressalente e dormir em paz.

Mas vinte libras também são suficientes para ir até o centro e ainda sobra um troco para mais um drinque ou dois. Casa ou perdição? Faz um esforço para se recuperar, chama um táxi e manda seguir para o Soho.

Atrás de uma porta vermelha, num beco saindo da Berwick Street, Dexter encontra um antro subterrâneo ilícito ao qual costumava ir há uns dez, quinze anos, sempre como último recurso. É uma sala imunda e sem janelas, escura e densa de fumaça com gente bebendo latas de Red Stripe. Contorna a mesa de fórmica que dobra como um balcão usando as pessoas como apoio, mas descobre que está sem dinheiro, que deu a única nota que tinha para o motorista do táxi e não pegou o troco. Vai ter de apelar para o que costumava fazer quando perdia todo o dinheiro: pegar a bebida mais próxima e tomar de um trago. Volta para a sala, ignorando o incômodo das pessoas em que esbarra, pega o que parece ser uma lata esquecida e bebe o que sobrou num gole só. Cria coragem, pega outra e se atira num canto, suando, a cabeça encostada num alto-falante, os olhos fechados, a bebida escorrendo pelo queixo, molhando a camisa, e de repente sente a mão de alguém no peito, empurrando-o para um canto. O sujeito está querendo saber que *merda* ele pensa que está fazendo, roubando bebida dos outros. Dexter abre os olhos: o homem diante dele é velho, olhos vermelhos, atarracado como um sapo.

— Na verdade, acho que eu pensei que a bebida era minha — responde, e ri com ironia de uma mentira tão inverossímil. O homem rosna, arreganha os dentes amarelos e mostra o punho. Nesse momento Dexter percebe o que deseja: que o homem o agrida. — Tira a mão de mim, seu velho feio e babaca — fala enrolando a língua, e, depois de um apagão misturado a um ruído, ele está caído no chão, com as mãos no rosto e o homem chutando seu estômago, acertando suas costas com o calcanhar. Sente o carpete sujo enquanto os chutes vão e voltam, e de repente passa a flutuar, rosto para baixo, seis homens o erguendo pelas pernas e braços, como acontecia na escola quando fazia aniversário e os colegas o jogavam na piscina. Continua rindo e berrando ao ser carregado por um corredor, passar pela cozinha e ser arremessado num beco, no meio de um monte de latas de lixo. Ainda rindo, rola no chão duro e sujo, sentindo o sangue na boca, aquele gosto de ferro quente, e pensa: bem, é o que ela teria desejado. É o que ela teria desejado.

15 de julho de 2005

Oi, Dexter!

Espero que não se incomode por eu estar escrevendo. É uma coisa estranha de se fazer, não é? Escrever uma carta nesses tempos de internet! Mas achei mais apropriado. Eu queria fazer algo para marcar esse dia, e isso me pareceu a melhor coisa.

Então, como vai? E como está levando? Nós conversamos brevemente no dia da missa de aniversário de morte, mas eu não quis me intrometer, pois evidentemente estava sendo muito difícil para você. Brutal, não foi? Assim como você, tenho certeza, eu penso em Emma todos os dias. Sempre me surpreendo pensando nela, mas hoje está especialmente difícil, e sei que você também deve sentir isso, mas eu queria escrever umas linhas com os meus pensamentos, pelo que eles valem (isto é, não muito!!!). Lá vai então.

Quando Emma me deixou, muitos anos atrás, achei que minha vida se reduziria a cacos, e assim foi por alguns anos. Para ser sincero, acho que fiquei meio maluco. Mas depois conheci uma garota numa loja onde eu trabalhava e no nosso primeiro encontro a levei para assistir ao meu número de *stand-up*. Depois da apresentação ela disse, pedindo para eu, por favor, não levar a mal, que eu era um comediante muito, muito ruim, e que a melhor coisa a fazer era desistir daquilo e ser eu mesmo. Aquele foi o momento em que me apaixonei por ela, e já estamos casados há quatro anos e temos três filhos incríveis (um de cada! Rá-rá). Moramos na fervilhante metrópole que é Taunton, para ficar perto dos meus pais (isto é, babá grátis!!!). Agora trabalho numa grande companhia de seguros, no serviço de atendimento ao cliente. Sem dúvida isso pode parecer um tanto chato para você, mas sou bom no que faço e damos umas boas risadas. De forma geral, eu sou muito feliz. Nossos filhos são um menino e duas meninas. Sei que você também tem uma filha. Cansativo, não é?!

Mas por que estou dizendo isso tudo? Nós nunca fomos exatamente bons amigos e você não deve se importar muito com o que eu faço. Mas acho que se há uma razão para estar escrevendo isso, é a seguinte:

Quando Emma me deixou pensei que estava acabado, mas não estava, já que encontrei Jacqui, minha esposa. Agora você também perdeu Emma, só que nunca mais vai poder tê-la de volta, nenhum de nós pode, mas eu só queria dizer que você não deve desistir. Emma sempre o amou muito, muito mesmo. Por vários anos isso me fez sofrer muito e sentir ciúme. Eu costumava ouvir por acaso seus telefonemas, ver vocês juntos em festas, e ela tinha um brilho com você que nunca teve comigo. Tenho vergonha de contar que costumava ler seus cadernos quando ela estava fora, sempre repletos de referências a você e à sua amizade, e eu não conseguia suportar aquilo. Para ser honesto, companheiro, eu achava que você não a merecia, mas acredito que na verdade nenhum de nós dois a merecia. Ela vai ser sempre a pessoa mais inteligente, generosa, divertida e leal que conhecemos, e o fato de não estar mais entre nós simplesmente não é justo.

Então, como já disse, eu achava que você não a merecia, mas depois de um breve contato com Emma descobri que tudo tinha mudado. Você era um merda, e depois não era mais, e sei que você a fez muito, muito feliz nos anos em que ficaram juntos. Ela brilhava, não é? Tinha realmente um brilho próprio. Gostaria de agradecer a você por isso e dizer que não há ressentimentos, companheiro, e desejar tudo de bom para o resto de sua vida.

Desculpe se esta carta está ficando um pouco chorosa. Datas como essa são difíceis para todos nós, especialmente para a família dela e para você, e eu odeio essa data e sempre vou odiar por todos os anos, de agora até o fim. Meus pensamentos estão com você. Sei que tem uma linda filha e espero que sinta algum consolo e prazer com ela.

Bem, preciso terminar! Seja feliz e seja _bom_ e ligado na vida! Viva o dia de hoje e tudo o mais. Acho que é o que Emma teria desejado.

Felicidades (e até um forte abraço),
Ian Whitehead

* * *

— Dexter, está me ouvindo? Oh, Deus, o que você fez? Está me ouvindo, Dex? Abra os olhos, sim?

Quando ele acorda, Sylvie está lá. De algum jeito, Dexter está estirado no chão do apartamento, espremido entre o sofá e a mesa, com Sylvie equilibrada em pé acima dele, tentando puxá-lo para fora daquele espaço apertado e fazer com que se sente. Suas roupas estão molhadas e grudentas e ele percebe que vomitou durante o sono. Está surpreso e envergonhado, mas sem forças para se mover, e Sylvie continua grunhindo e arfando, as mãos sob as axilas dele.

— Ah, Sylvie — diz, lutando para ajudá-la. — Desculpe. Eu estraguei tudo de novo.

— Tente se levantar, querido, faça isso por mim.

— Eu estou fodido, Sylvie. Estou muito fodido...

— Você vai ficar bem, só precisa dormir. Ah, não chore, Dexter. Escute o que estou falando. — Sylvie está de joelhos, as mãos no seu rosto, olhando-o com uma ternura que ele poucas vezes viu quando eram casados. — Vamos limpar tudo isso e você vai poder dormir. Está bem?

Olhando além de Sylvie, Dexter vê uma figura ansiosa parada no corredor: sua filha. Dá um gemido e acha que vai vomitar de novo, tão poderoso é o súbito espasmo de vergonha.

Sylvie segue seu olhar.

— Jasmine, querida, por favor espere no quarto, sim? — diz o mais suavemente possível. — Papai não está se sentindo bem. — Jasmine não se move. — Eu disse, entre já na porta ao lado! — insiste, com certo pânico na voz.

Dexter quer muito dizer alguma coisa para tranquilizar Jasmine, mas sua boca está inchada e ferida e ele não consegue articular as palavras, apenas fica deitado de costas, derrotado.

— Não se mexa — diz Sylvie. — Fique exatamente onde está. — E sai da sala com a filha. Ele fecha os olhos, esperando, rezando para tudo aquilo passar. Ouve vozes no corredor. Telefonemas são feitos.

Depois disso, só consegue se lembrar de estar num carro, retorcido e desconfortável no banco de trás, debaixo de um cobertor xadrez. Tenta se enrolar na coberta — apesar do calor do dia, não consegue parar de tremer — e percebe que é um velho cobertor de piquenique que, assim como o cheiro do surrado estofamento vinho do carro, o faz recordar do tempo em que viajava com a família. Com alguma dificuldade, consegue levantar a cabeça e olhar pelo vidro da janela de trás. Estão numa via expressa. O rádio toca Mozart. Vê a nuca do pai, cabelos grisalhos cortados rente e os tufos de pelo da orelha.

— Aonde estamos indo?
— Estou levando você para casa. Pode continuar dormindo.

Estava sendo sequestrado pelo pai. Por um momento considera começar uma discussão: "Me leve de volta para Londres, eu estou ótimo, não sou mais criança." Mas o estofamento de couro parece quente em seu rosto e ele não tem energia para se mover, muito menos para discutir. Sente mais um calafrio, puxa o cobertor até o queixo e adormece.

Acorda com o som das rodas no cascalho da grande e sólida casa da família.

— Chegamos — diz o pai, abrindo a porta do carro como um chofer. — Vamos tomar uma sopa! — e caminha em direção à casa, brincando com as chaves do carro. Sem dúvida, decidiu fingir que não aconteceu nada de extraordinário, e Dexter se sente grato por isso. Alquebrado e instável, sai do carro com dificuldade, livra-se do cobertor de piquenique e segue o pai para dentro da casa.

No pequeno banheiro embaixo da escada, Dexter examina o rosto no espelho. O lábio inferior está cortado e inchado, e um dos lados está marcado por uma grande mancha marrom-amarelada. Tenta erguer os ombros, mas as costas doem, os músculos estão distendidos e doloridos. Faz uma careta e examina a língua, ulcerosa, mordida dos lados, inchada e com uma mancha acinzentada. Passa a ponta da língua nos dentes, que não têm sido muito escovados nos últimos tempos, e consegue sentir o próprio hálito refletido no espelho. É um odor fecal, como se algo estivesse apodrecendo dentro dele. As veias do nariz e das bochechas estão estouradas. Dexter tem bebido com um novo propósito todas as noites, e muitas vezes durante o dia, e ganhou bastante peso: o rosto está rechonchudo e caído, os olhos sempre vermelhos e remelentos.

Apoia a cabeça no espelho e suspira. Nos anos em que esteve com Emma, às vezes se perguntava como seria a vida sem ela, não de uma maneira mórbida, mas de forma pragmática, especulativa, pois afinal não é o que fazem todos os amantes? Imaginar como seria a vida sem o outro? Agora a resposta está no espelho. A perda não resultou em nenhuma grandeza trágica, apenas o tornou estúpido e banal. Sem Emma, ele ficou desprovido de mérito, virtude ou propósito, é apenas um pobre bêbado de meia-idade, solitário, envenenado de arrependimento e vergonha. Tem uma lembrança desagradável daquela manhã, do pai e da ex-mulher tirando suas roupas e ajudando-o a tomar banho. Em duas semanas vai estar com quarenta e um anos, e o pai precisa ajudá-lo a tomar banho. Por que eles simplesmente não o levaram a um hospital para fazer uma lavagem estomacal? Teria sido mais digno.

Escuta o pai falando com sua irmã no corredor, gritando ao telefone. Senta na borda da banheira. Nem é preciso fazer força para escutar. Aliás, é impossível deixar de ouvir.

— Ele acordou os vizinhos, tentando derrubar a porta de casa a pontapés. Eles o ajudaram a entrar... Sylvie o encontrou no chão... Parece que tinha bebido um pouco demais, só isso... só alguns cortes e hematomas... Não faço ideia. De qualquer modo, nós demos um banho nele. Amanhã vai estar bem. Quer vir dar um alô? — No banheiro, Dexter reza por um "não", e ainda bem que a irmã também não vê nenhum sentido em visitá-lo. — Tudo bem, Cassie. Veja se consegue dar uma ligada para ele amanhã, tá?

Quando tem certeza de que o pai saiu, Dexter atravessa o corredor e vai até a cozinha. Bebe água morna da torneira num copo empoeirado e olha para o jardim sob o sol da tarde. A piscina está vazia, coberta por uma lona azul impermeável, a quadra de tênis foi abandonada e tomada pela vegetação. A cozinha tem um cheiro bolorento. O casarão da família foi gradualmente sendo fechado, cômodo a cômodo, e agora seu pai ocupa apenas a cozinha, a sala de estar e um quarto, mas ainda assim a casa é grande demais para ele. A irmã diz que às vezes ele dorme no sofá. Preocupados, eles tentaram convencê-lo a se mudar, comprar algo mais administrável, um pequeno apartamento em Oxford ou Londres, mas o pai não quis escutar. "Eu pretendo morrer na minha casa, se vocês não se importam", diz, numa argumentação muito comovente para ser contestada.

— Está se sentindo melhor? — pergunta o pai está atrás dele.

— Um pouco.

— O que é isso? — Aponta com a cabeça para o copo de Dexter. — Gim?

— Só água.

— Fico feliz em saber. Achei que poderíamos tomar uma sopa hoje à noite, já que é uma ocasião especial. Você consegue tomar uma lata de sopa?

— Acho que sim.
Segura duas latas no ar.
— Caldo de carne com curry ou creme de galinha?

E assim os dois homens começam a arrastar os pés pela grande cozinha embolorada, dois viúvos fazendo mais bagunça do que seria necessário para esquentar duas latas de sopa. Desde que passou a morar sozinho, a dieta do pai de Dexter se transformou em algo semelhante à de um escoteiro ambicioso: feijão em lata, salsichas, peixe congelado; chega até a preparar uma travessa de gelatina.

O telefone toca no corredor.

— Você atende? — pede o pai, passando manteiga numa fatia de pão branco. Dexter hesita. — O telefone não morde, Dexter.

Vai até lá e atende. É Sylvie. Dexter senta num degrau. Sua ex-mulher agora mora sozinha, depois de a relação com Callum ter afinal entrado em combustão pouco antes do Natal. A infelicidade mútua, somada ao desejo de proteger Jasmine daquilo tudo, aproximou os dois de uma forma estranha, e pela primeira vez desde que se casaram eles eram quase amigos.

— Como está se sentindo?
— Ah, você sabe. Meio envergonhado. Desculpe por tudo.
— Tudo bem.
— Acho que me lembro de você e o papai me pondo no banho.
Sylvie ri.
— Ele não se incomodou muito com isso. "Não há nada que eu já não tenha visto!"

Dexter sorri e estremece ao mesmo tempo.
— Jasmine está bem?
— Acho que sim. Está ótima. Vai ficar ótima. Eu disse que você tinha comido alguma coisa estragada.
— Eu vou conversar com ela. Como já disse, sinto muito.
— Essas coisas acontecem. Mas nunca, nunca mais faça isso, está bem?

Dexter emite um som que parece: "Sim, bem, vamos ver..."
Faz-se um silêncio.
— Eu preciso desligar, Sylvie, a sopa está fervendo.
— A gente se vê no sábado à noite, certo?
— A gente se vê. Dá um beijo na Jasmine. E desculpe.

Ouve Sylvie ajeitando o fone.

— Todos nós o amamos, Dexter.
— Só não vejo motivo para esse amor — resmunga, envergonhado.
— Talvez não haja um motivo. Mas nós o amamos.

Depois de um momento, Dexter põe o telefone no gancho e senta ao lado do pai em frente à televisão, bebendo suco de limão diluído em proporções homeopáticas. A sopa é servida em bandejas com laterais acolchoadas, de forma a se acomodarem ao colo — uma inovação recente que Dexter acha meio deprimente, talvez porque seja o tipo de coisa que sua mãe jamais admitiria em casa. A sopa está quente como lava e arde em seus lábios cortados, o pão branco fatiado que seu pai comprou está com pouca manteiga, amassado e com um miolo cor de cimento. Mas, estranhamente, o gosto é delicioso, a manteiga derrete na sopa grossa, e os dois comem vendo *EastEnders*, a mais recente compulsão de seu pai. Quando os créditos estão passando na tela, ele coloca a bandeja no chão, aperta o botão "mudo" no controle remoto e vira-se para Dexter.

— Então você acha que isso vai se tornar um acontecimento anual?
— Não sei ainda. — Passa algum tempo e seu pai olha de novo para a TV emudecida. — Desculpe — diz Dexter.
— Por quê?
— Bem, você teve que me pôr no banho e...
— É, eu preferiria não ter que fazer isso *de novo*, se você não se importa. — Com a TV ainda muda, começa a mudar de canais. — De qualquer forma, daqui a pouco é você quem vai fazer isso por mim.
— Meu Deus, espero que não — diz Dexter. — Será que Cassie não poderia cuidar disso?

O pai sorri e volta o olhar para ele.

— Eu realmente não estou a fim de ter uma conversa franca. Você está?
— Acho que não.
— Bem, então não. Vou só dizer que acho que a melhor coisa que você pode fazer é viver como se Emma ainda estivesse aqui. Não acha que seria o melhor?
— Não sei se consigo.
— Bom, você vai ter que tentar. — Pega o controle remoto. — O que você acha que eu tenho feito nesses últimos dez anos? — O pai encontra o que estava procurando na TV e afunda na cadeira. — Ah, *The Bill*.

Os dois ficam vendo TV sob a luz daquela noite de verão, na sala cheia de fotos de família, e, para seu constrangimento, Dexter percebe que está chorando de novo, bem baixinho. Disfarça e cobre os olhos com a mão, mas o pai ouve sua respiração e vira-se para ele.

— Tudo bem aí?
— Desculpe — diz Dexter.
— Não foi a sopa que eu preparei, foi?
Dexter ri e funga.
— Ainda estou um pouco bêbado, acho.
— Tudo bem — diz o pai voltando à TV. — *Testemunha silenciosa* começa às nove horas.

CAPÍTULO VINTE E UM
Arthur's Seat

SEXTA-FEIRA, 15 DE JULHO DE 1988

Rankeillor Street, Edimburgo

Depois de tomar uma ducha no banheiro apertado e cheio de limo, Dexter vestiu a camisa da noite anterior. Cheirava a suor e a cigarro, por isso vestiu também o paletó para reter o odor, e teve de usar o indicador com pasta de dentes para a higiene oral.

Encontrou Emma Morley e Tilly Killick na cozinha, embaixo de um pôster engordurado, do tamanho da parede, do filme *Jules e Jim*, de Truffaut. Jeanne Moreau ficou rindo acima deles enquanto tomavam um desajeitado e enjoativo café da manhã: torrada de pão preto com pasta de soja e uma espécie de cereal improvisado. Por ser uma ocasião especial, Emma havia lavado a máquina de café expresso, daquele tipo que parecia estar sempre mofada por dentro, e depois da primeira xícara do líquido negro e oleoso Dexter começou a se sentir um pouco melhor. Ficou em silêncio, ouvindo as brincadeiras meio sem graça das colegas de apartamento, ambas com grandes óculos que pareciam medalhas de honra, e teve a vaga sensação de ter sido tomado como refém por uma companhia de teatro itinerante da periferia. Afinal, talvez fosse melhor não ter ficado. Por certo foi um erro ter saído do quarto. Como poderia beijar Emma agora, com Tilly Killick ao lado falando sem parar?

De sua parte, Emma se sentia cada vez mais irritada com a presença da amiga. Será que ela não percebia? Será que precisava mesmo ficar ali daquele jeito, o queixo apoiado na mão, brincando com o cabelo e chupando uma colher de chá? Emma cometeu o equívoco de tomar banho com um frasco de gel de morango da Body Shop que ainda não havia experimentado, e estava com vergonha de cheirar como um iogurte de frutas. Queria muito ir até o banheiro para se livrar daquele perfume, mas não ousava deixar Dexter sozinho com Tilly e sua camisola aberta, mostrando a sua melhor roupa de baixo, uma peça vermelha inteiriça da Knickerbox; às vezes Tilly era tão *óbvia*.

O que Emma queria mesmo era voltar para a cama e tirar parte da roupa, mas era tarde demais para isso, todos estavam muito sóbrios. Ansiosa para sair de casa, perguntou em voz alta o que poderiam fazer hoje, o primeiro dia de sua vida depois de formados.

— Será que não poderíamos ir a um *pub*? — sugeriu Dexter, sem convicção. Emma deu um gemido de náusea.

— Sair para almoçar? — perguntou Tilly.

— Estou sem dinheiro.

— Então que tal um cinema? — propôs Dexter. — Eu pago...

— Hoje não. Está um dia lindo, acho que a gente devia aproveitar.

— Certo, então vamos à praia em North Berwick.

Emma rejeitou a ideia. Isso significaria ter de usar um maiô na frente dele, e não se sentia preparada para aquele tipo de emoção.

— Eu nem sei o que fazer numa praia.

— Tudo bem, então o quê?

— Por que a gente não sobe o Arthur's Seat? — perguntou Tilly.

— Eu nunca fiz isso — comentou Dexter de forma casual. As duas olharam para ele de boca aberta.

— Você nunca subiu o Arthur's Seat?

— Nunca.

— Você está em Edimburgo há quatro anos e nunca...?

— É que eu andei meio ocupado.

— Fazendo o quê? — perguntou Tilly.

— Estudando antropologia — respondeu Emma, e as duas caíram na risada.

— Bom, então vamos! — decidiu Tilly, e seguiu-se um breve silêncio. Os olhos de Emma flamejavam atentos.

— Eu não estou com sapatos adequados — objetou Dexter.

— Não é o K2, é só uma grande colina.

— Mas eu não vou conseguir subir com esse sapato!

— Não tem problema, não é difícil.

— De terno?

— Claro! A gente pode fazer um piquenique! — Emma sentiu que o entusiasmo começava a esfriar, mas Tilly acabou falando:

— Na verdade acho melhor vocês dois irem. Eu tenho... umas coisas para fazer.

Quando se virou para Tilly, Emma ainda viu o fim de uma piscadela e sentiu vontade de dar um beijo nela.

— Tudo bem. Então, vamos! — disse Dexter, também animado, e quinze minutos depois eles saíram naquela enevoada manhã de julho, com o Salisbury Crags assomando acima do horizonte no final da Rankeillor Street.

— Nós vamos mesmo subir?

— Qualquer criança consegue. Acredite em mim.

Fizeram as compras para o piquenique num supermercado localizado na Nicolson Street, um pouco desconfortáveis diante do ritual doméstico de partilhar uma cesta de mantimentos, ambos inseguros com suas escolhas: será que comprar azeitonas era muito pedante? Seria divertido levar umas latas de refrigerante, seria ostentação demais comprar uma garrafa de champanhe? Encheram a mochila militar de Emma de suprimentos — ela fazendo piada, Dexter fingindo ser sofisticado —, depois voltaram rumo a Holyrood Park e começaram a subida pela base da escarpa.

Dexter ia um pouco atrás, suado dentro do terno, os sapatos escorregando, um cigarro entre os lábios e a cabeça latejando do vinho tinto e do café da manhã. Tinha uma vaga noção de que deveria estar fascinado pelo esplendor da paisagem, mas só conseguia manter os olhos fixos no traseiro de Emma, com sua calça Levi's 501 desbotada e bem apertada na cintura e seu All-Star preto de cano alto.

— Você é bem ágil.

— Como um cabrito montanhês. Eu costumava fazer muitas caminhadas perto de casa na minha fase de Cathy. Em charcos selvagens açoitados pelo vento. Era emocionante. "Não posso viver sem minha vida! Não posso viver sem minha alma!"

Não muito atento, Dexter imaginou que ela estivesse citando algo, mas se distraiu com um filete de suor escuro se formando entre as omoplatas dela e um relance da alça do sutiã por baixo da camiseta. Teve um lampejo de outra imagem da noite passada na cama com ela, mas Emma olhou para ele como se censurasse aquele pensamento.

— Como está se saindo, Sherpa Tenzing?

— Estou ótimo. Só queria que esses sapatos fossem mais aderentes.

— Emma deu risada. — Qual é a graça?

— Eu nunca vi ninguém fumar e escalar ao mesmo tempo.

— E o que eu deveria fazer?

— Olhar a paisagem!

— Uma paisagem é uma paisagem é uma paisagem.

— Isso é Shelley ou Wordsworth?

Dexter deu um suspiro e parou, as mãos nos joelhos.

— Tudo bem. Ótimo. Eu vou apreciar a paisagem. — Virou-se e avistou os conjuntos habitacionais do município, os pináculos e as ameias da Cidade Velha sob o grande vulto cinza do castelo, e mais além, em meio ao mormaço do dia quente, o estuário do rio Forth. Em geral, Dexter seguia uma política de nunca parecer impressionado com nada, mas realmente era uma vista magnífica, que reconheceu de alguns cartões-postais. E se perguntou por que nunca estivera ali antes.

— Muito bonito — teve de admitir, e os dois continuaram subindo em direção ao cume, imaginando o que aconteceria quando chegassem lá.

CAPÍTULO VINTE E DOIS
O segundo aniversário
Desempacotando

SÁBADO, 15 DE JULHO DE 2006

North London e Edimburgo

Às seis e quinze da tarde, Dexter fecha as portas metálicas do Belleville Café e passa o cadeado pesado. Maddy está esperando ali perto, ele pega na mão dela e os dois saem andando juntos em direção à estação do metrô.

Finalmente, ele tinha conseguido se mudar, para um apartamentinho dúplex de três quartos, agradável e discreto, em Gospel Oak. Maddy mora em Stockwell, não muito perto, na outra ponta da Northern Line, e às vezes faz sentido passar a noite na casa dele. Mas não hoje. Nada solene ou melodramático, mas esta noite ele iria querer passar um tempo consigo mesmo. Havia uma tarefa a cumprir, e Dexter só poderia fazer isso sozinho.

Os dois se despedem do lado de fora da estação do metrô de Tufnell Park. Maddy é um pouco mais alta, com cabelos negros, longos e lisos, e precisa se abaixar um pouco para dar um beijo de despedida.

— Me ligue mais tarde, se quiser.
— Pode ser.
— E se mudar de ideia e quiser que eu vá...
— Tudo bem.
— Tudo bem. A gente se vê amanhã, talvez?
— Eu te ligo.

Depois de mais um beijo de despedida, breve e meigo, ele começa a descer a ladeira em direção à nova casa.

Faz dois meses que Dexter tem saído com Maddy, a gerente do café. Ainda não contaram oficialmente para os outros da equipe, mas desconfiam que todos já sabem. Não é um caso de paixão, é mais a aceitação gradual de uma situação inevitável durante o último ano. Para Dexter, a situação parece um tanto conveniente e trivial demais, e no íntimo não se sente muito confortável com a transição que Maddy fez de confidente a amante; por ter se originado de tanta tristeza, paira uma sombra no relacionamento.

Mas a verdade é que eles estão se dando muito bem, todo mundo fala, e Maddy é bondosa, sensível, atraente, alta, magra e um pouco desajeitada. Sua ambição é ser pintora, e Dexter a considera boa: algumas de suas telas estão expostas no café e às vezes são vendidas. É dez anos mais nova que ele — já imagina Emma revirando os olhos diante daquilo —, mas é inteligente, esperta e já teve sua cota de infelicidade: um divórcio precoce, vários relacionamentos infelizes. Tranquila, contida e pensativa, tem um ar melancólico que no momento combina com Dexter. É também compassiva e muito leal; foi Maddy quem salvou o negócio durante o tempo em que ele bebia todo o faturamento e não aparecia para trabalhar, e Dexter se sente muito grato por isso. Jasmine gosta dela. Até que eles estão bem, ao menos por enquanto.

É uma agradável noite de sábado, Dexter caminha sozinho por tranquilas ruas residenciais até chegar a um quarteirão de casas térreas de tijolos vermelhos com porão, não muito longe de Hampstead Heath. O apartamento retém o cheiro e o papel de parede do casal idoso que morava lá antes, e ele só desempacotou o essencial: a TV, o DVD e o som. No momento, o local é uma bagunça, com frisos em relevo nas paredes, um banheiro horroroso e muitos espaços pequenos e desarrumados, mas Sylvie insiste em que a casa vai ficar muito boa depois de derrubar algumas paredes e lixar o chão. Há um quarto grande para quando Jasmine vier e também um jardim. Um jardim. Por um tempo ele brincava dizendo que ia cimentar tudo, mas agora resolveu aprender jardinagem e até comprou um livro sobre o assunto. Em algum ponto no fundo de sua consciência Dexter acabou aceitando a noção de um lar. Logo vai estar jogando golfe e dormindo de pijama.

Já dentro de casa, depois de passar pelas caixas amontoadas na entrada, ele toma um banho, vai até a cozinha e pede comida tailandesa por telefone. Acomoda-se no sofá da sala e começa a listar mentalmente as coisas que precisa fazer antes de iniciar sua tarefa.

Para um pequeno e diversificado círculo de pessoas, uma data anteriormente inócua assumiu uma carga melancólica, e agora certas ligações precisam ser feitas. Ele começa por Sue e Jim, os pais de Emma, que moram em Leeds. O diálogo é agradável e direto, e Dexter fala sobre os negócios, como Jasmine está indo na escola, repetindo a conversa duas vezes, para a mãe e para o pai.

— Bem, essas são as novidades — diz para Sue. — Liguei mais para lembrar que estou pensando em vocês hoje, e espero que estejam bem.

— Nós também, Dexter. Cuide-se, hein? — recomenda a mãe, a voz um pouco trêmula, e desliga.

Dexter continua a percorrer a lista, falando com sua irmã, seu pai, com a ex-mulher e a filha. As conversas são breves, intencionalmente leves e não mencionam o significado do dia, mas o que está nas entrelinhas é sempre o mesmo: "Eu estou bem."

Liga para Tilly Killick, mas ela reage de uma forma afetada e exageradamente emocional:

— Mas como você está *realmente*, querido? *De verdade*. Você está sozinho? Mas está se sentindo *bem* sozinho? Não quer que a gente vá até aí? — Irritado, ele tenta tranquilizá-la e termina a ligação o mais rápido e educadamente possível.

Depois liga para Ian Whitehead em Taunton, mas ele está pondo as crianças na cama, e não é uma boa hora. Ian promete ligar durante a semana e talvez até visitá-lo algum dia, e Dexter diz que é uma boa ideia, mesmo sabendo que aquilo nunca acontecerá. Há uma sensação geral, assim como em todas as ligações, de que o pior da tempestade já passou. Provavelmente ele nunca mais vai falar com Ian Whitehead, e está tudo bem, para os dois.

Dexter janta com a televisão ligada, mudando de canal e restringindo-se à cerveja que veio grátis com a encomenda. Mas há certa tristeza em comer sozinho, curvado no sofá, naquela casa estranha, e pela primeira vez naquele dia sente um lampejo de desespero e solidão. Nos últimos tempos seu estado de espírito parece com uma caminhada sobre um rio congelado: na maior parte do tempo ele se sente seguro e confiante, mas existe sempre o perigo de afundar. Nesse momento Dexter ouve o gelo trincar sob os pés, e a sensação de pânico é tão forte que precisa se levantar por um tempo, esfregar as mãos no rosto e recuperar o fôlego. Respira fundo, devagar, o ar passando através dos dedos, depois anda rápido até a cozinha e joga os pratos sujos na pia com um barulho. Sente uma súbita e avassaladora necessidade de beber, e de continuar bebendo. Pega o telefone.

— O que foi? — pergunta Maddy, a voz preocupada.

— Um pequeno ataque de pânico, só isso.

— Tem certeza de que não quer que eu vá até aí?

— Agora já passou.

— Eu posso pegar um táxi. Chego aí em...

— Não, sério. Prefiro ficar sozinho. — Percebe que o som da sua voz já foi suficiente para acalmá-lo, e a tranquiliza mais uma vez antes de dizer boa-noite. Quando tem certeza de que não há mais razão para ninguém ligar, desliga o telefone, fecha as persianas, sobe e começa o seu trabalho.

O quarto de hóspedes não contém nada a não ser um colchão, uma mala aberta e sete ou oito caixas de papelão, duas das quais rotuladas "Emma 1" e "Emma 2", com a letra dela, escritas com uma caneta hidrográfica preta de ponta grossa. Foi o que sobrou das coisas de Emma que ficaram no apartamento, as caixas com cadernos, cartas e envelopes de fotografias. Dexter leva tudo para a sala e passa o resto da noite desempacotando, separando as coisas que não representam nada — antigos extratos bancários, receitas, velhos menus de restaurantes *delivery*, que deposita num cesto preto — das coisas que vai mandar para os pais dela e dos itens que vai guardar consigo.

O processo leva algum tempo, mas é conduzido de forma pragmática, sem lágrimas, apenas com breves paradas ocasionais. Evita ler os diários e os cadernos com esboços de poesia e peças de teatro da juventude. Não parece certo — imagina Emma estremecendo por cima do seu ombro ou avançando para lhe tirar aquelas coisas das mãos. Prefere se concentrar nas cartas e fotografias.

A maneira como o material foi empacotado significa que ele está seguindo uma ordem cronológica inversa na escavação das camadas, começando pelos anos como casal, regredindo aos anos 1990 até chegar finalmente nos anos 1980, no fundo da caixa 2. Na primeira camada encontra *layouts* das capas dos romances *Julie Criscoll*, a correspondência com Marsha, sua editora, recortes de jornais. A camada seguinte revela cartões-postais e fotos de Paris, inclusive uma fotografia do famoso Jean-Pierre Dusollier, o ex-namorado, de pele bronzeada e muito bonito. Num envelope cheio de bilhetes do metrô, menus dobrados e um contrato de aluguel em francês, Dexter encontra algo tão impressionante e comovente que quase larga tudo no chão.

É uma foto de Polaroid tirada em Paris, naquele verão, mostrando Emma deitada nua na cama, as pernas cruzadas nos tornozelos, os braços estirados languidamente acima da cabeça. A foto foi tirada numa noite de amor e bebedeira, depois de verem *Titanic* em francês na TV em preto e branco. Apesar de Dexter ter achado a fotografia linda, Emma arrancou da mão dele dizendo que ia destruí-la. O fato de ter guardado a foto em segredo devia deixá-lo contente, pois mostrava que ela tinha gostado da foto mais do que deu a entender. Mas isso faz com que sua ausência o atinja outra vez em cheio, exigindo uma pequena pausa para recuperar o fôlego. Guarda a foto no envelope de novo e fica em silêncio, reunindo forças. O gelo estala sob os pés.

Dexter continua. Recuando ao final dos anos 1990, encontra uma sequência de comunicados de nascimento, convites de casamento e ordens de serviço, um cartão de despedida tamanho gigante dos funcionários e alunos da escola de Cromwell Road; e, no mesmo envelope, uma série de cartas de alguém chamado Phil, tão suplicantes e obsessivas sexualmente que ele logo dobra e volta a guardá-las. Há filipetas anunciando shows de Ian e uma papelada entediante de advogados referentes à compra do apartamento na E17. Encontra uma série de cartões-postais sem graça, que ele enviou quando estava viajando no começo dos anos 1990 — "Amsterdã é uma LOUCURA", "Dublin é DEMAIS". Recorda-se das cartas que recebeu em resposta, pequenos pacotes lindos em papel de carta azul-claro que ele às vezes relê, e mais uma vez sente vergonha de sua imaturidade aos vinte e quatro anos: "VENEZA COMPLETAMENTE INUNDAAADA!!!!" Vê uma fotocópia do programa de *Carga Cruel*, "uma peça para jovens, de Emma Morley e Gary Cheadle", e velhos ensaios e dissertações sobre "Donne's Women" e "Eliot e o fascismo", uma pilha de cartões-postais com reproduções artísticas perfurados de tachinhas de painéis de casas de estudantes. Encontra também um tubo de papelão. Dentro, bem enrolado, o diploma de Emma, intocado, ele imagina, por quase vinte anos. Dexter verifica a data: 14 de julho de 1988. Fez dezoito anos ontem.

Num envelope de papel amarrotado encontra ainda fotografias da formatura, e passa por elas sem grande nostalgia. As fotos foram tiradas pela própria Emma, que quase não aparece, e Dexter já nem se lembra da maioria dos colegas da época: naquele tempo Emma fazia parte de outra turma. Mas fica impressionado pela juventude naquelas expressões, e também pelo poder que Tilly Killick tem de o irritar, mesmo numa foto de dezenove anos atrás. Uma foto de Callum O'Neill, magro e orgulhoso de si mesmo, está rasgada ao meio e amassada no fundo do envelope.

Em algum momento ela deve ter passado a câmera para Tilly, pois finalmente vê uma sequência de fotos de Emma, fazendo caretas de ironia e falso heroísmo em sua toga de formatura, os óculos puxados para a ponta do nariz, numa postura intelectual. Sorri, mas em seguida solta um grunhido de vergonha ao deparar com uma foto de seu velho eu.

Está com uma expressão ridícula de modelo masculino, as bochechas encovadas e fazendo beicinho, Emma passando um braço em torno do seu pescoço, o rosto próximo ao dele, olhos bem abertos e uma das mãos apontando o próprio rosto, como se estivesse ao lado de uma celebridade. Logo depois daquela foto eles foram para a festa de formatura, para o *pub* e afinal à festa naquela casa. Não consegue lembrar quem morava lá, só que a casa estava lotada e praticamente destruída, e que a festa se espalhou pela rua e pelo jardim dos fundos. Tentando se esconder de todo aquele caos, os dois descobriram um lugar no sofá da sala e ficaram lá juntos, plantados a noite toda. Foi onde ele a beijou pela primeira vez. Olha a foto da formatura outra vez: Emma atrás dos óculos de armação preta e grossa, os cabelos ruivos e malcortados, o rosto um pouco mais rechonchudo do que ele se lembra agora, a boca rasgada por um sorriso largo, o rosto encostado no dele. Põe a foto de lado e olha a próxima.

É a manhã seguinte. Os dois estão juntos na encosta de uma montanha. Emma de jeans 501 bem apertado na cintura e All-Star preto. Dexter um pouco distante, com a camisa branca e o terno preto que tinha usado na véspera.

De modo um pouco decepcionante, o cume do Arthur's Seat estava cheio de turistas e estudantes que tinham ido na mesma festa de formatura, todos pálidos e trôpegos das comemorações da noite anterior. Dex e Em acenaram para alguns conhecidos, mas tentaram manter distância para evitar fofocas, mesmo que já fosse tarde demais.

Vagaram ociosamente pelo acidentado platô cor de ferrugem, apreciando a paisagem de todos os ângulos. Ao pararem na coluna de pedra que marcava o topo, fizeram as observações típicas de tais situações: quanto tinham andado e como podiam ver suas casas de lá. A coluna estava cheia de pichações: coisas particulares como "DG esteve aqui", "Escócia para sempre", "Fora Thatcher".

— A gente devia gravar as nossas iniciais — sugeriu Dexter, sem entusiasmo.

— Escrever o quê, Dex e Em?
— "4ever."
Emma torceu o nariz numa expressão de dúvida e examinou o grafite mais chocante, um grande pênis desenhado com tinta verde indelével.
— Imagine só, subir até aqui só para desenhar isso. Será que ele trouxe a caneta para isso? "É uma vista maravilhosa, beleza natural e tudo o mais, mas o que o lugar realmente precisa é de um pau grande com suas bolas."

Dexter riu por educação, e mais uma vez pairou sobre eles certo constrangimento: agora que estavam aqui, tudo parecia um equívoco, e os dois começavam a se perguntar se não deveriam esquecer o piquenique e simplesmente voltar para casa. Mas nenhum deles estava preparado para fazer essa proposta e, em vez disso, encontraram uma cavidade não muito longe do topo, onde as rochas pareciam formar uma mobília natural, e se instalaram para esvaziar a mochila.

Dexter abriu o champanhe, já morno, que espumou em sua mão e caiu na grama. Beberam da garrafa, mas o clima não era de comemoração, e depois de um breve silêncio, Emma recorreu mais uma vez ao tema da paisagem.

— Muito bonito.
— Hum.
— E nem sinal de chuva.
— Hum?
— Aquilo que você disse do Dia de São Swithin. "Se chover no Dia de São Swithin..."
— É mesmo. Nem sinal de chuva.

O tempo. Ela estava falando do tempo. Envergonhada daquela banalidade, ficou em silêncio antes de tentar uma abordagem mais direta.
— Então, como está se sentindo, Dex?
— Meio entrevado.
— Não, estou falando de ontem à noite. De nós dois.

Dexter olhou para ela e tentou imaginar o que esperava que ele dissesse. Sentiu certa apreensão diante daquele confronto, sem dispor de um meio imediato de escape que não fosse se jogar montanha abaixo.
— Eu me sinto ótimo! E você? Como se sente depois da noite de ontem?
— Ótima. Acho que um pouco envergonhada por ter falado todas aquelas coisas, sabe... sobre o futuro. Mudar o mundo e tudo o mais.

Fica um pouco ingênuo, iluminado por essa inclemente luz do dia. Deve ter soado brega, em especial para alguém sem princípios ou ideais...

— Ei, eu tenho ideais!

— Querer dormir com duas mulheres ao mesmo tempo não é um ideal.

— Bem, isso é o que *você* diz...

Emma estalou a língua.

— Você consegue ser bem desagradável às vezes, sabe?

— Não posso fazer nada.

— Pois devia tentar. — Pegou um punhado de mato e jogou na direção dele. — Você é muito mais legal quando tenta. A questão é que eu não queria ter sido tão chata.

— Você não foi chata. Foi interessante. Como já disse, eu gostei muito. Pena que só nos conhecemos agora.

O irritante sorrisinho de consolo de Dexter fez Emma torcer o nariz.

— Como assim? Então quer dizer que em outras circunstâncias nós seríamos namorado e namorad*a*?

— Não sei. Quem sabe?

Dexter estendeu a mão, a palma para cima. Ela ficou olhando por um momento, contrariada, depois suspirou e segurou a mão dele. Os dois ficaram de mão dadas, inutilmente, sentindo-se idiotas até que seus braços cansaram e as mãos se soltaram. A melhor solução, decidiu Dexter, era fingir que dormia para passar o tempo, por isso tirou o paletó, dobrou-o como um travesseiro e fechou os olhos para se proteger do sol. Seu corpo doía e o álcool pulsava em sua cabeça, e já estava quase dormindo quando ela falou.

— Posso dizer uma coisa? Só para deixar você mais tranquilo?

Dexter abriu os olhos, ainda meio zonzo. Grogue. Emma estava ao lado, as pernas dobradas junto ao peito, braços ao redor, o queixo encostado nos joelhos.

— Pode falar.

Ela suspirou, como se estivesse organizando os pensamentos, depois continuou.

— Não quero que você pense que estou chateada ou coisa assim. Quer dizer, o que aconteceu ontem à noite, eu sei que foi só porque estava bêbado...

— Emma...

— Deixa eu terminar, tá? Mas eu gostei muito da noite de ontem, de qualquer jeito. Não é sempre que eu faço... esse tipo de coisa. Não costumo planejar essas coisas, não como você, mas foi legal. Você é um cara legal, Dex, quando quer. Talvez as circunstâncias não sejam ideais, sei lá, mas acho que você deve mesmo ir para a China, ou para a Índia, ou para onde for, para se encontrar. Eu vou continuar bem feliz com as minhas coisas aqui. Não quero ir com você, nem quero receber cartões-postais semanais, nem sequer quero saber o seu telefone. Também não quero casar e ter filhos com você, nem ter um casinho. Nós passamos uma noite juntos e foi mesmo muito legal, só isso. Eu sempre vou me lembrar dessa noite. E, se por acaso a gente se encontrar outra vez no futuro, numa festa ou coisa assim, também vai ser ótimo. Vamos conversar normalmente. Não vamos ficar constrangidos só porque você pôs a mão embaixo da minha blusa, ninguém vai ficar sem jeito e a gente vai se sentir muito à vontade com toda essa história, certo? Eu e você. Vamos ser... amigos. Combinado?

— Tudo bem. Combinado.

— Certo, então estamos conversados. Agora... — pegou a mochila e fuçou até encontrar uma Pentax SLR à pilha.

— O que está fazendo?

— O que você acha? Tirando uma foto. Algo para me lembrar de você.

— Eu devo estar péssimo — disse Dexter, já arrumando o cabelo.

— Não me venha com essa, você adora...

Ele acendeu um cigarro, era um acessório.

— Para que você quer uma foto?

— Para quando você for famoso — respondeu enquanto ajustava a câmera, enquadrando a imagem. — Quero poder dizer aos meus filhos: olhem só quem está aqui, uma vez ele enfiou a mão embaixo da saia da mamãe numa sala cheia de gente.

— Foi você quem começou!

— Não, foi você quem começou, meu amigo! — Emma ajustou o *timer* da câmera e ajeitou o cabelo com a ponta dos dedos, enquanto Dexter mudava o cigarro de um canto da boca para o outro. — Tudo bem... trinta segundos.

Dexter aperfeiçoou a postura.

— E o que vamos fazer? Dizer "xis"?

— Não. Vamos dizer "passamos a noite juntos!" — Apertou o botão e a câmera começou a zumbir. — Ou "promiscuidade!" — Subiu numas rochas.
— Ou "ladrões que passam à noite".
— Não são ladrões. São navios que passam à noite.
— E o que fazem os ladrões?
— Os ladrões são uns imbecis.
— Qual o problema em dizer "xis"?
— Não vamos dizer nada. Vamos apenas sorrir, com naturalidade. Como jovens cheios de esperanças e ideais, essas coisas. Pronto?
— Pronto.
— Tudo bem, então vamos sorrir e...

CAPÍTULO VINTE E TRÊS
O terceiro aniversário
O último verão

DOMINGO, 15 DE JULHO DE 2007

Edimburgo

— Trim-trim. Trim-trim.

Dexter acorda com o dedo indicador da filha apertando seu nariz como se fosse uma campainha.

— Trim-trim. Trim-trim. Quem é? É a Jasmine!!

— O que está fazendo, Jas?

— Acordando você. Trim-trim. — O dedo agora está no olho, apertando a pálpebra. — Acorda, preguiçoso!

— Que horas são?

— Já é de manhã!

Ao lado dele na cama de hotel, Maddy procura o relógio.

— Seis e meia — resmunga com a cabeça metida no travesseiro, e Jasmine dá uma risada maliciosa. Dexter abre os olhos e vê o rosto da filha no seu travesseiro, o nariz a poucos centímetros.

— Você não trouxe algum livro para ler ou bonecas para brincar, essas coisas?

— Não.

— Que tal colorir um desenho, hein?

— Eu estou com fome. A gente pode chamar o serviço de quarto? Que horas abre a piscina?

O hotel Edinburgh é elegante, grande e tradicional, com painéis de carvalho e banheiras de porcelana. Os pais dele ficaram lá uma vez, por ocasião da sua formatura. É um pouco mais antiquado e caro do que Dexter gostaria, mas se é para fazer isso, é melhor que seja com algum estilo. Eles vão ficar duas noites — Dexter, Maddy e Jasmine —, antes de alugar um carro e dirigir até um chalé perto do lago Lomond. Glasgow é mais perto, claro, mas Dexter não ia a Edimburgo havia quinze anos, desde aquele fim de semana devasso em que apresentou um programa de

TV do Festival. Tudo isso agora parece ter acontecido muito, muito tempo atrás, numa outra vida. Hoje ele vai cumprir seu papel de pai e mostrar a cidade à filha. Consciente do simbolismo daquela data, Maddy resolveu deixar os dois sozinhos.

— Tem certeza de que não liga? — pergunta-lhe na privacidade do banheiro.

— Claro que não. Eu vou à galeria, ver aquela exposição.

— Só quero mostrar alguns lugares a Jasmine. Uma viagem no tempo. Não tem motivo para você sofrer também.

— Eu já disse, realmente não me incomodo.

Dexter a examina com atenção.

— E não acha que eu sou maluco?

Maddy esboça um sorriso.

— Não, eu não acho que você seja maluco.

— Não acha que é meio esquisito ou fantasmagórico?

— De jeito nenhum. — Se Maddy está se sentindo excluída, por certo não demonstra. Dexter dá um beijo no pescoço dela. — Fique à vontade para fazer o que quiser — diz ela.

A possibilidade de chover quarenta dias seguidos pode ter parecido absurda no passado, mas não este ano. Nas últimas semanas tem chovido todos os dias no país, com ruas desaparecendo sob a água diluviana, e aquele verão estava tão diferente que quase parecia uma quinta estação do ano, uma estação de monções. Mas, quando eles saem à rua, o dia está radiante, com nuvens altas, e ao menos no momento não chove. Combinam de almoçar mais tarde com Maddy e seguem caminhos separados.

O hotel fica na Cidade Velha, bem na Royal Mile, e Dexter leva Jasmine para um tour tradicional, passando por becos e escadarias secretas até chegarem à Nicolson Street em direção ao sul, afastando-se do centro da cidade. Em suas lembranças, aquela rua era movimentada e cheia de fumaça de ônibus, mas naquela manhã de domingo está calma e um pouco triste, e Jasmine começa a ficar inquieta e entediada agora que saíram da rota turística. Dexter sente a mão dela ficar mais pesada na sua, mas continua andando. Aquele endereço estava numa das cartas de Emma, e Dexter logo avista uma placa. Rankeillor Street. Os dois entram na calma rua residencial.

— Aonde estamos indo?

— Estou procurando um prédio. O número dezessete. — Eles já estão em frente. Dexter localiza a janela do terceiro andar, cortinas fechadas, aparência inexpressiva e comum.

— Está vendo aquele apartamento? É onde Emma morava quando estudávamos juntos na faculdade. Aliás, foi onde nos conhecemos melhor. — Jasmine observa, obediente, mas não há nada que diferencie aquela construção comum com varanda das outras de ambos os lados, e Dexter começa a questionar o objetivo daquela excursão. É uma atitude indulgente, mórbida e sentimental: o que ele esperava encontrar? Não há nada ali de que se lembre, e o prazer resultante daquela nostalgia é fútil e passageiro. Por um instante ele considera interromper o passeio, ligar para Maddy e combinar de se encontrarem um pouco mais cedo, mas Jasmine aponta para o final da rua, uma escarpa de granito assomando incongruente acima das casas.

— O que é aquilo?

— É Salisbury Crags. É o caminho para Arthur's Seat.

— Tem gente lá em cima!

— A gente pode subir. Não é difícil. O que você acha? Vamos tentar? Você acha que consegue?

Os dois tomam o caminho para Holyrood Park. É triste, mas a filha de sete anos e meio sobe a trilha da montanha com muito mais energia que o pai, parando só de vez em quando para olhar para trás e rir dele, suado e ofegante.

— É que o meu sapato escorrega — justifica Dexter, e os dois continuam subindo, saindo da trilha principal e escalando as rochas até finalmente depararem com o platô cor de ferrugem do topo de Arthur's Seat. Encontram a coluna de pedra que marca o ponto mais alto e Dexter inspeciona os rabiscos, meio que esperando ver suas próprias iniciais: "Abaixo o fascismo", "Alex M 5/5/07", "Fiona 4ever".

Para distrair Jasmine dos grafites pornográficos, Dexter a ergue nos braços e a coloca sentada sobre a coluna, um braço em torno da sua cintura. Ela balança as pernas enquanto ele mostra os pontos de referência.

— Ali é o castelo, perto do hotel. Lá é a estação. Ali é o estuário do rio Forth, correndo para o mar do Norte. A Noruega está para aqueles lados. Ali é Leith, e lá é a Cidade Nova, onde eu morava. Vinte anos atrás, Jas. No século passado. E lá longe, perto da torre, é Calton Hill. Se você quiser, a gente pode subir lá também, mais tarde.

— Você não está cansado? — ela pergunta, irônica.

— Eu? Está brincando? Eu sou um atleta. — Jasmine arfa como se estivesse sem fôlego, um punho fechado no peito, imitando o pai. — Palhacinha. — Levanta a filha do pilar e a segura pelas axilas, fingindo que vai jogá-la pela encosta da montanha, e fica balançando com ela nos braços, dando risada.

Andam um pouco mais e encontram uma cavidade natural ali perto, com vista para a cidade inteira. Dexter deita com as mãos atrás da cabeça, com Jasmine ao seu lado comendo salgadinhos temperados e bebendo uma caixa de suco bem concentrado. Sente o sol quente no rosto, mas o dia começou cedo, e em poucos minutos está quase dormindo.

— Emma também vinha aqui? — pergunta Jasmine.

Dexter abre os olhos e se levanta, apoiando-se nos cotovelos.

— Vinha. Nós viemos aqui juntos. Eu tenho uma foto lá em casa. Vou mostrar para você. Naquela época o papai era magrinho.

Jasmine estufa as bochechas e olha para ele, depois começa a lamber o sal dos dedos.

— Você sente saudade dela?

— De quem? Da Emma? É claro. Todos os dias. Ela era a minha melhor amiga. — Dá um cutucão nela com o cotovelo. — E você?

Jasmine franze o cenho, tentando se lembrar.

— Acho que sim. Eu só tinha quatro anos, não me lembro muito bem dela, só quando vejo as fotos. E me lembro do casamento. Ela era legal, não era?

— Muito legal.

— E quem é a sua melhor amiga agora?

Ele põe a mão na nuca da filha, ajeitando o dedo numa reentrância.

— Você, claro. E quem é a sua melhor amiga?

Franze a testa, compenetrada.

— Acho que é a Phoebe — diz, chupando o canudo da caixa de suco vazia e fazendo aquele ruído pouco educado.

— Desse jeito você vai espantar as pessoas — comenta Dexter, e Jasmine ri com o canudo preso entre os lábios. — Vem cá — diz, agarrando-a e puxando-a para trás até ela deitar em seu braço, a cabeça em seu ombro. Por um instante ela fica imóvel e ele fecha os olhos outra vez, sentindo o sol do meio da manhã nas pálpebras.

— Lindo dia — murmura. — Sem sinal de chuva. Pelo menos até agora — e mais uma vez o sono começa a ganhar terreno. Sente o cheiro do xampu do hotel nos cabelos de Jasmine, a respiração dela no pescoço, lenta e regular, salgadinhos temperados, está quase cochilando.

Fica assim meio inconsciente por uns dois minutos, até sentir os cotovelos ossudos da filha no peito.

— Pai? Eu estou um pouco cansada. Vamos embora, por favor?

Emma e Dexter passaram o resto daquela tarde na encosta da colina, rindo e conversando, trocando informações sobre si mesmos: o que os pais faziam, quantos irmãos tinham, contando as anedotas favoritas. No meio da tarde, como por acordo mútuo, os dois pegaram no sono, deitados um ao lado do outro, até as cinco da tarde, quando Dexter despertou com um sobressalto. Recolheram as garrafas vazias e os restos do piquenique e começaram a descer a colina, ainda meio zonzos, a caminho da cidade e de casa.

Ao se aproximarem da saída do parque, Emma se deu conta de que logo estariam se despedindo e era muito provável que nunca mais se encontrassem de novo. Ainda haveria algumas festas, quem sabe, mas eles eram de grupos diferentes, e, além disso, ele logo estaria viajando. Mesmo que se encontrassem, seria algo formal e passageiro, e Dexter logo esqueceria tudo o que aconteceu nas primeiras horas daquela manhã naquele pequeno quarto alugado. Conforme desciam a colina, Emma começou a se sentir cada vez mais triste e percebeu que ainda não queria que ele fosse embora. Mais uma noite. Gostaria de ter ao menos mais uma noite, para que pudessem terminar o que haviam começado. Mas como poderia expressar aquela ideia? Não podia, é claro. Tímida, como de costume, tinha esperado demais. Preciso ser mais corajosa, disse a si mesma. No futuro iria dizer o que pensa, com intensidade, paixão. Estavam agora nos portões do parque, onde provavelmente iriam se despedir.

Emma chutou o cascalho da trilha e coçou a cabeça.

— Bom, acho melhor eu...

Dexter segurou a mão dela.

— Escuta, que tal a gente beber alguma coisa?

Ela fez força para impedir que sua expressão demonstrasse muita alegria.

— Como assim, agora?

— Ou pelo menos ir comigo até lá em casa?

— Seus pais não estão esperando?

— Só vou encontrar com eles à noite. Ainda são cinco e meia.

Dexter passava o polegar nos dedos dela. Emma fingiu estar tomando uma decisão.

— Então vamos — e deu de ombros, indiferente. Ele soltou a mão dela e os dois começaram a andar.

Enquanto atravessavam a ferrovia em North Bridge e passavam pela Cidade Nova, um plano se delineou na cabeça de Dexter. Chegaria em casa por volta das seis, ligaria imediatamente para os pais no hotel e combinaria de se encontrar com eles no restaurante às oito, e não no seu apartamento às seis e meia. Isso daria um intervalo de quase duas horas. Callum estava com a namorada, os dois poderiam ficar sozinhos em casa e ele beijaria Emma outra vez. Os cômodos de pé-direito alto e paredes brancas estavam vazios, a não ser por algumas malas e uns poucos móveis, o colchão no quarto dele, a velha espreguiçadeira. Só faltavam alguns lençóis cobrindo os móveis para se transformar no cenário de uma peça russa. Já conhecia Emma o suficiente para saber que ela cairia naquela história, e tinha quase certeza de que conseguiria beijá-la, mesmo sóbrio. Não importava o que aconteceria entre os dois no futuro, as rixas e repercussões envolvidas, Dexter sabia que queria muito beijar Emma agora. A caminhada levaria mais uns quinze minutos, e de repente ele se sentiu meio sem fôlego. Deviam ter pegado um táxi.

Talvez ela concordasse, pois os dois estavam andando muito depressa ao descer a ladeira da Dundas Street, os cotovelos às vezes esbarrando um no outro, o nebuloso Forth a distância. Depois de todos aqueles anos, Emma ainda se maravilhava com a visão daquele rio azul metálico por entre belos conjuntos de casas geminadas em estilo georgiano.

— Eu devia saber que você morava por aqui — disse, desaprovando o local, mas com certa inveja, e ao falar aquilo sentiu que estava sem fôlego. Estava indo para o apartamento dele, eles iam transar, e Emma sentiu vergonha ao perceber que estava corada de ansiedade. Passou a língua nos dentes, tentando um polimento ineficaz. Será que precisava escovar os dentes? Champanhe sempre a deixava com mau hálito. Será que deviam parar para comprar um chiclete? Ou preservativos, será que Dexter tinha preservativos em casa? Claro que tinha; era como perguntar se tinha sapatos. Mas será que deveria escovar os dentes ou simplesmente se atirar nele assim que a porta fechasse? Tentou se lembrar de quais roupas de baixo estava usando, então recordou que eram específicas para escalar montanhas. Tarde demais para se preocupar com isso; eles viraram na Fettes Row.

— Já estamos chegando — disse Dexter sorrindo, e ela também sorriu, depois deu risada e pegou na mão dele, antecipando o que estava para acontecer. Agora os dois estavam quase correndo. Ele disse que morava no número trinta e cinco, e Emma se pegou contando mentalmente. Setenta e cinco, setenta e três, setenta e um. Cada vez mais perto. O coração pulsava forte no peito, sentia-se um pouco enjoada. Quarenta e sete, quarenta e cinco, quarenta e três. Sentiu uma pontada em um lado do corpo e um formigamento elétrico na ponta dos dedos, Dexter começou a puxá-la pela mão e os dois começaram a rir e a correr pela rua. De repente ouviram uma buzina impertinente. Esqueça, continue andando, não pare, aconteça o que acontecer.

Mas uma voz de mulher começou a chamar:

— Dexter! Dexter! — E lá se foi toda a esperança. Era como se tivesse dado de cara com uma parede.

O Jaguar do pai de Dexter estava estacionado em frente ao número trinta e cinco, e a mãe dele descia do carro, acenando do outro lado da rua. Nunca tinha imaginado que poderia sentir tão pouco prazer em ver os pais.

— Finalmente você chegou! Nós estávamos esperando!

Emma sentiu quando Dexter largou sua mão de repente, quase jogando-a bruscamente, e atravessou a rua para abraçar a mãe. Com um pequeno espasmo de irritação, notou que a senhora Mayhew era muito bonita e se vestia com muita elegância, mas o pai nem tanto; um homem alto, discreto, desalinhado, mostrando toda sua irritação com aquela espera. A mãe olhou para Emma por cima do ombro do filho e abriu um sorriso indulgente, solidário, quase como se soubesse de tudo. Era o olhar de uma duquesa ao encontrar o filho errante beijando uma serviçal.

Depois disso, as coisas aconteceram mais rápido do que Dexter gostaria. Lembrando-se do telefonema forjado, percebeu que estava prestes a ser pego numa mentira, a menos que pusesse os pais dentro de casa o mais depressa possível. Mas seu pai não sabia onde estacionar o carro, a mãe perguntava por *onde* Dexter tinha andado o dia inteiro, por que não tinha ligado. Em meio a isso tudo Emma ficou um pouco afastada, ainda a serviçal, respeitosa e desnecessária, imaginando quando poderia aceitar a derrota e voltar para casa.

— Acho que nós dissemos que viríamos pegar você às seis...
— Seis e meia, na verdade.
— Eu deixei um recado na sua secretária eletrônica hoje de manhã...
— Mamãe, papai... essa é minha amiga Emma!
— Tem certeza de que posso estacionar aqui? — perguntou o pai.
— Prazer em conhecê-la, Emma. Alison. Você está corada. Onde os dois estiveram o dia todo?
— Se eu levar uma multa por estacionar em local proibido, Dexter...
Dexter virou-se para Emma, os olhos fulgurando uma desculpa.
— Então, quer entrar e tomar alguma coisa?
— Ou jantar? — disse Alison. — Por que não janta conosco?
Emma olhou para Dexter, que parecia apavorado diante daquela ideia, ou seria só impressão? Será que gostaria que ela fosse? De qualquer forma, ela recusaria. Aquelas pessoas pareciam muito simpáticas, mas não era o que ela queria, invadir uma comemoração de família. Eles iriam a algum lugar elegante, e ela estava vestida como um lenhador. Além disso, qual era o sentido daquilo? Ficar sentada olhando para Dexter enquanto eles perguntavam o que os pais dela faziam, em que escola tinha estudado. Já se via intimidada diante da impetuosa autoconfiança daquela família, daquela afeição mútua explícita, de todo aquele dinheiro, estilo e encanto. Iria se sentir retraída ou, pior, ia se embebedar, e nem uma coisa nem outra melhoraria suas chances. Melhor desistir. Esboçou um sorriso.
— Acho melhor eu voltar para casa.
— Tem certeza? — perguntou Dexter, franzindo o cenho.
— Sim, eu tenho umas coisas para fazer. Vão vocês. A gente se vê por aí, quem sabe.
— Ah, tudo bem — disse Dexter, desapontado. Se não quisesse vir junto, tudo bem, mas "a gente se vê por aí, quem sabe"? Ficou imaginando se estava chateada com ele por alguma razão. Fez-se um silêncio. O pai se afastou outra vez para procurar um parquímetro.
Emma ergueu a mão.
— Então, tchau.
— Até a próxima.
Olhou para Alison.
— Prazer em conhecê-la.
— Igualmente, Emily.
— Emma.

— É claro. Emma. Até mais, Emma.

— E... — Emma deu de ombros, olhando para Dexter sob as vistas da mãe. — Bem, tudo de bom.

— Para você também. Tudo de bom.

Deu meia-volta e começou a andar. A família Mayhew ficou olhando enquanto se afastava.

— Dexter, sinto muito. Nós interrompemos alguma coisa?

— Não. Nada, não. Emma é só uma amiga.

Sorrindo para si mesma, Alison Mayhew inspecionou seu lindo filho, segurou a lapela do paletó, ajeitando-o nos ombros.

— Dexter... você não estava usando essa roupa ontem?

E assim Emma Morley voltou para casa sob a luz daquele final de tarde, deixando uma trilha de desilusão no caminho. O dia estava esfriando, ela tremia e sentia algo no ar, um inesperado arrepio de ansiedade percorrendo a espinha, tão intenso que a fez parar por um momento. Medo do futuro, pensou. Estava no imponente cruzamento da George Street com a Hanover Street, e ao seu redor pessoas apressadas voltavam do trabalho ou iam se encontrar com amigos ou amantes, todos com um objetivo e uma direção. E lá estava ela, vinte e dois anos e sem planos, voltando para um esquálido apartamento, mais uma vez derrotada.

"O que você vai fazer com sua vida?" De uma forma ou de outra, parecia que as pessoas estavam sempre fazendo aquela pergunta — os professores, os pais, os amigos às três da manhã —, mas a questão nunca tinha parecido tão premente, e ela estava longe de obter uma resposta. O futuro se estendia à sua frente, uma sucessão de dias vazios, cada um mais desanimador e incompreensível que o outro. Como iria preencher todos eles?

Retomou a caminhada para o sul, em direção a The Mound. "Viver cada dia como se fosse o último" — esse era o conselho convencional, mas na verdade quem tinha energia para isso? E se chovesse ou você estivesse de mau humor? Simplesmente não era prático. Era bem melhor tentar ser boa, corajosa, audaciosa e se esforçar para fazer a diferença. Não exatamente mudar o mundo, mas um pouquinho ao redor. Seguir em frente, com paixão e uma máquina de escrever elétrica e trabalhar duro em... alguma coisa. Mudar a vida das pessoas através da arte, talvez. Alegrar os amigos, permanecer fiel aos próprios princípios, viver com paixão, bem e plenamente. Experimentar coisas novas. Amar e ser amada, se houver oportunidade.

Essa era a teoria geral, mesmo que não tivesse começado muito bem. Dando de ombros e aparentando indiferença, tinha se despedido de alguém de quem realmente gostava, o primeiro rapaz pelo qual havia realmente se interessado, e agora teria de aceitar o fato de que talvez nunca mais o visse. Não tinha nenhum número de telefone nem o endereço, e, mesmo que tivesse, o que iria fazer? Ele também não tinha lhe pedido o número do telefone, e Emma era muito orgulhosa para se comportar como uma tontinha deixando mensagens indesejadas. "Tudo de bom para você" tinha sido sua última frase. Será que era o melhor que poderia ter dito?

Continuou andando. Quase avistava o castelo, quando ouviu passos, solas de sapatos elegantes batendo forte no chão atrás dela. Mesmo antes de ouvir seu nome e se virar para olhar, já estava sorrindo, porque sabia quem era.

— Pensei que tinha perdido você! — disse Dexter, diminuindo o passo, o rosto vermelho, ofegante, tentando aparentar indiferença.

— Não, estou aqui.

— Desculpe pelo que aconteceu.

— Não tem problema, tudo bem.

Dexter parou com as mãos nos joelhos, recuperando o fôlego.

— Eu achei que meus pais só iam chegar mais tarde, mas de repente eles estavam lá e tudo aquilo me deixou confuso. Mas aí percebi que... não me leve a mal, mas percebi que não teria como entrar em contato com você.

— Ah. Certo.

— Então... olha, estou sem caneta. Você tem uma caneta? Você deve ter.

Emma revirou os restos do piquenique na mochila. "Ache uma caneta, por favor, tenha uma caneta, você tem de ter uma caneta..."

— Oba! Uma caneta!

"Oba? Você gritou 'oba', sua imbecil. Fique calma. Não estrague tudo agora."

Procurou um pedaço de papel na carteira, achou uma notinha de supermercado, passou para ele e ditou o número do seu telefone, o número dos pais em Leeds, o endereço deles e o seu próprio, em Edimburgo, com ênfase especial no código postal correto. Em troca, Dexter escreveu os seus dados também.

— Esse sou eu. — Entregou-lhe o precioso pedaço de papel. — Você me liga, ou eu ligo para você, mas um de nós vai ligar, certo? O que eu quero dizer é que não se trata de uma competição. Ninguém perde se ligar primeiro.

— Entendi.

— Vou estar na França até agosto, mas quando voltar de repente a gente pode passar um tempo juntos. Que tal?

— Ficar *juntos*?

— Não para sempre. Por um fim de semana. Na minha casa. Na casa de meus pais, se você quiser.

— Ah. Tudo bem. Sim. Tudo bem. Sim. Sim. Tudo bem. Sim.

— Bom. Agora eu preciso voltar. Tem certeza de que não quer tomar alguma coisa? Ou jantar?

— Acho melhor não — respondeu.

— É, talvez seja melhor mesmo. — Ele pareceu aliviado, e Emma se sentiu rejeitada mais uma vez. "Por que não? Será que ele tinha vergonha dela?", pensou.

— Ah. Certo. Por quê?

— Porque, se você fosse, eu ficaria meio nervoso. De frustração, quer dizer. Com você ao meu lado e sem poder fazer o que eu quero.

— Por quê? O que você quer fazer? — ela perguntou, embora soubesse a resposta. Dexter colocou a mão no pescoço dela, ao mesmo tempo que Emma tocava de leve no quadril dele, e os dois se beijaram no meio da rua, rodeados de pessoas que corriam para casa sob os últimos raios do sol de verão, e foi o beijo mais doce que já tinham sentido.

É onde tudo começa. Tudo começa aqui, hoje.

E logo depois termina.

— Bom, a gente se vê por aí — disse Dexter, começando a se afastar.

— Espero que sim — ela sorriu.

— Eu também. Tchau, Em.

— Tchau, Dex.

— Até mais.

— Até mais. Até mais.

Agradecimentos

Minha eterna gratidão a Jonny Geller e Nick Sayers pelo entusiasmo, pelas sacações e pela orientação. Também a Peter Gethers, Deborah Schneider e todos da Vintage.

Sou grato também aos leitores da primeira versão: Hannah MacDonald, Camilla Campbell, Matthew Warchus, Elizabeth Kilgarriff, Michael McCoy, Roanna Benn e Robert Bookman. Agradeço aos detalhes apontados por Ayse Tashkiran, Katie Goodwin, Eve Claxton, Anne Clarke e Christian Spurrier. Agradeço ainda a Mari Evans. E mais uma vez, sou grato a Hannah Weaver por seu apoio e inspiração, e por aguentar tanta coisa.

Devo muito também a Thomas Hardy, por, sem querer, ter sugerido o tema e pelas conversas meio parafraseadas do capítulo final. Devo mencionar ainda Billy Bragg, por sua ótima canção "St Swithin's Day".

Alguns comentários e observações de muita sagacidade neste romance podem ter sido surrupiados de amigos e conhecidos ao longo dos anos, e espero que um agradecimento coletivo — ou um pedido de desculpa — seja suficiente.

*Você é linda, sua velha rabugenta, e se eu pudesse
te dar só um presente
para o resto da sua vida seria este.
Confiança.
Seria o presente da Confiança.
Ou isso ou uma vela perfumada.*

1ª edição	MAIO DE 2011
impressão	IMPRENSA DA FÉ
papel de miolo	CHAMOIS FINE DUNAS 70G/M²
papel de capa	CARTÃO SUPREMO ALTA ALVURA 250G/M²
tipologia	SABON

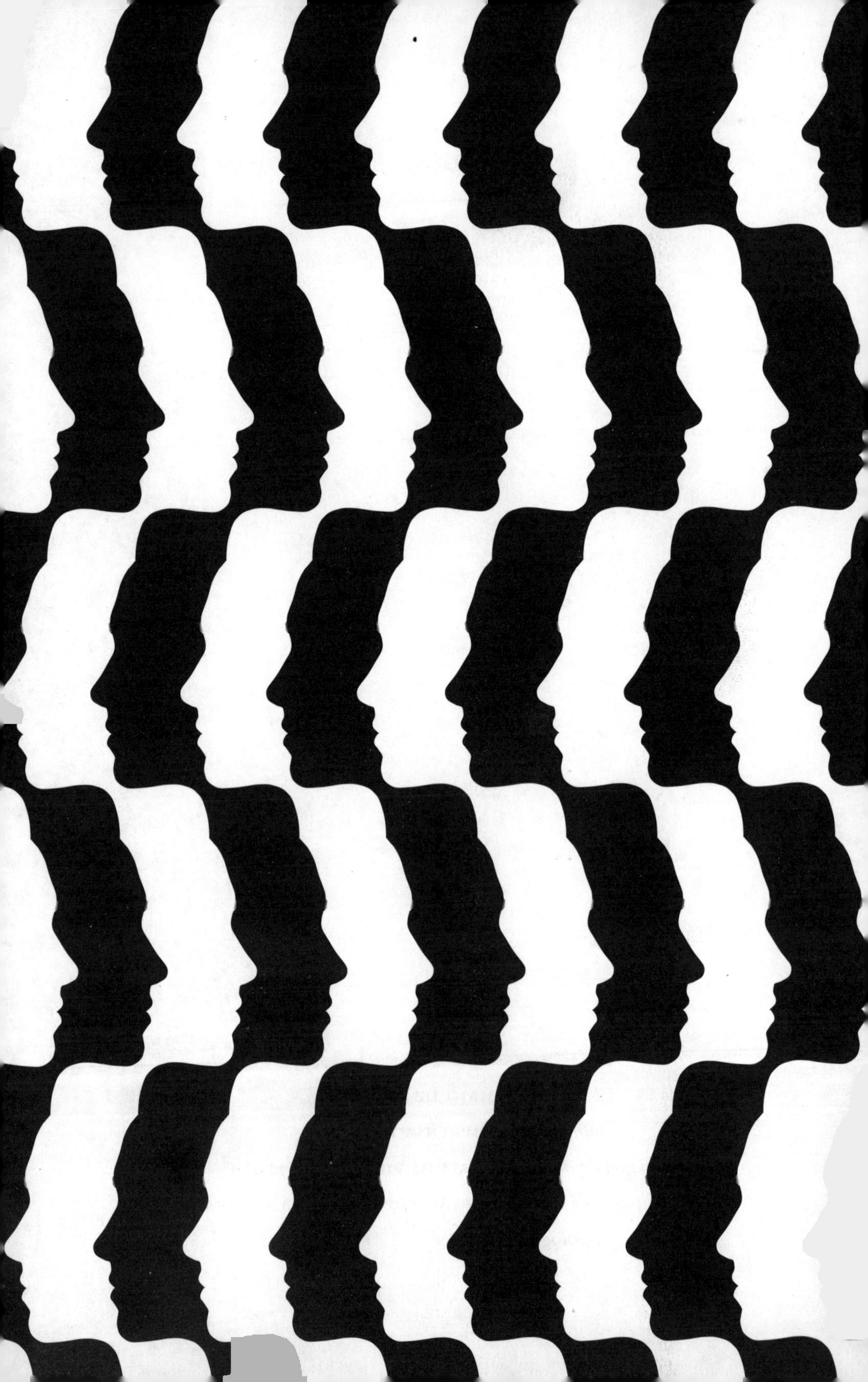